# दाखिल खारिज

[उपन्यास]

# दाखिल खारिज

रामधारी सिंह दिवाकर

राजकमल प्रकाशन

ISBN : 978-81-267-2594-6

**मूल्य :** ₹495



**पहला संस्करण :** 2014
**दूसरा संस्करण :** 2019

**प्रकाशक :** राजकमल प्रकाशन प्रा. लि.
1-बी, नेताजी सुभाष मार्ग, दरियागंज
नई दिल्ली-110 002

**शाखाएँ :** अशोक राजपथ, साइंस कॉलेज के सामने, पटना-800 006
पहली मंज़िल, दरबारी बिल्डिग, महात्मा गांधी मार्ग, इलाहाबाद-211 001
36 ए, शेक्सपियर सरणी, कोलकाता-700 017

वेबसाइट : www.rajkamalprakashan.com
ई-मेल : info@rajkamalprakashan.com

**मुद्रक :** बी.के. ऑफसेट
नवीन शाहदरा, दिल्ली-110 032

DAKHIL KHARIJ
*Novel by* Ramdhari Singh Diwakar

घर–बार छोड़
परदेस कमाने वाले
इसी उपन्यास के एक पात्र
**बंदेलाल** के साथी–श्रमजीवियों को
समर्पित!

# अनुक्रम

# ...जहाँ आपनो गाँव

नए बने मकान की छत पर पहला कदम रखते हुए प्रमोद बाबू ने पूरब के क्षितिज की तरफ देखा। दिख गई गाँव की रेत बनी नदी। टेढ़ी-मेढ़ी, मोटी-सी उजली रेखा! मृत सर्पिणी की पेटी-सी। सिहर गए प्रमोद बाबू।

आसपास की सारी नदियाँ सूख गईं। सरायगंज गाँव से फारबिसगंज के बीच सात-आठ छोटी-छोटी नदियाँ थीं-कुछ बरसाती, कुछ सदानीरा! अब किसी नदी का अस्तित्व नहीं है। नेशनल हाई-वे के दूधिया-मटमैले पुल हैं रेत की नदियों पर।

सुबह की चमकती धूप में आँखें चौंधिया रही थीं। प्रमोद बाबू ने आँखों से चश्मा उतारा और दोनों हथेलियों से दुर्बल दृष्टि वाली बूढ़ी आँखों को आहिस्ता-आहिस्ता सहलाने लगे।

पत्नी सावित्री जी छत पर चहलकदमी कर रही थीं। प्रमोद बाबू ने मुस्कराते हुए पूछा, 'सावित्री, कैसा लग रहा है अपना यह मकान?' सावित्री जी सिर्फ मुस्कराईं। उनके मुस्कराने में उपलब्धि का संतोष शायद रहा हो, लेकिन अंदाज कुछ ऐसा था जिसमें उदासीनता का निर्वेद भी था और सही-गलत हर फैसले में पति के साथ रहने की आत्मीय विवशता भी।

प्रमोद बाबू छत पर प्रसन्न मुद्रा में टहलते हुए पश्चिमी किनारे पर आ गए। डेढ़-दो फुट ऊँची रेलिंग थी जो अभी और ऊँची उठने वाली थी। छत के किनारे से अपना पुश्तैनी घर दिख रहा था। एक जमाने में हवेली कही जाने वाली खपरैल और उससे जुड़ा पक्के का छोटा-सा मकान अब बड़े भाई चंद्रदेव सिंह और उनके दो बेटों के अधिकार में है।

प्रमोद बाबू आँखों के आगे झीने कोहरे-जैसी धुंध के कारण अपने पुश्तैनी मकान को बहुत साफ-साफ नहीं देख पा रहे थे, फिर भी दिख रहे थे सुपारी-नारियल के ठूँठ पेड़ जो आभासी दुनिया के करुण यथार्थ-जैसे प्रतीत हो रहे थे। उत्तर-दक्षिण आड़े-तिरछे फैला हुआ अपना पूरा बबुआन टोला चढ़ती धूप में ऐसा धुँधला और मटमैला दिख रहा था जैसे कोई लैंड-स्केप भूल से पानी में गिर गया हो और जिसे अभी-अभी निकाला गया हो।

'चलो, नीचे चलें।' उन्होंने पत्नी से कहा।

ठेकेदार अनुज गुप्ता मिनी ट्रक से उतारा गया सामान जहाँ-तहाँ रखवा रहा था। सामान भागलपुर के प्रोफेसर्स क्वार्टर से आया था। मुख्यतः घरेलू सामान था-कुछ मेजें, कुछ कुर्सियाँ, गैस-चूल्हा, सिलेंडर, बरतन-बासन! लोहिये-तसले से लेकर करछुल-छोलनी तक। वर्षों से तिनके-तिनके जोड़कर बसाई गई एक पूरी गृहस्थी। इनके अतिरिक्त टीवी सेट, इन्वर्टर वगैरह।

इन चीजों के साथ प्रमोद बाबू कुछ ऐसी चीजें भी लाए थे जो अदृश्य थीं-कुछ सपने, कुछ हसरतें! कुछ निहायत निजी, कुछ समाजी। इन अदृश्य चीजों का अपने इस गाँव के अतीत से अटूट रिश्ता था। इन्हीं में शामिल थे राजकचहरी चौक के पास का बड़ा-सा बरगद, सिपहिया लॉज का हाई स्कूल...ज्योत्स्ना का पुराना टिनहा घर...गाँव की धूल-माटी में दबी पड़ी कितनी सारी स्मृतियाँ!

प्रमोद बाबू अधबने-से बरामदे पर आकर बैठे ही थे कि 'पेपर-पत्रिका' दुकान वाला रामचंद्र साव आ गया। पचास-पचपन की उम्र का रामचंद्र इसी गाँव का है। पहले बगल के कस्बे फारबिसगंज में एक पेपर एजेंट के यहाँ नौकरी करता था। उसी समय से वह प्रमोद बाबू के संपर्क में है। कुछ वर्षों से अपने गाँव के बाजार में उसकी 'पेपर-पत्रिका' नाम से दुकान है। सरायगंज और आसपास के गाँवों के लोगों को 'पेपर-पत्रिका' दुकान से ही अखबार, पत्र-पत्रिकाएँ वगैरह मिलते हैं।

रामचंद्र अपने साथ एक आदमी लाया था-पच्चीस-छब्बीस साल का एक देहाती युवक।

'सर, यह रामनिहोरा है। आपने कहा था, एक आदमी की जरूरत होगी!' तुड़ी-मुड़ी गंदी सी पैंट! वैसी ही शर्ट। देखते ही समझ गए प्रमोद बाबू, रामनिहोरा दिल्ली-पंजाब से हो आया है।

प्रमोद बाबू ने रामचंद्र से अखबारों और पत्रिकाओं की बाबत बात की। रामचंद्र ने कहा, प्रादेशिक अखबार तो वह दस बजे दिन तक पहुँचा दिया करेगा, लेकिन 'दि हिंदू' और अंग्रेजी पत्रिकाओं के लिए पूर्णियाँ के एजेंट से कहना पड़ेगा। दरअसल अंग्रेजी अखबार और पत्र-पत्रिकाओं के ग्राहक यहाँ हैं नहीं। पहले खोखा बाबू और डाक्टर बनर्जी 'टाइम्स ऑफ इंडिया' मँगाते थे। खोखा बाबू मर गए और डाक्टर बनर्जी के बड़े बेटे फेलू बाबू ने अखबार बंद करवा दिया। डाक्टर बनर्जी का कंपाउंडर हरिलाल कभी फारबिसगंज जाता है तो डाक्टर साहब के लिए बंगला अखबार 'आनंद बाजार पत्रिका' खरीद लाता है।

ठेकेदार अनुज गुप्ता ने दो-तीन घंटे में ही घर को इतना व्यवस्थित कर दिया कि खाना बनाया जा सके। अनुज प्रमोद बाबू के ली-एकेडमी के साथी का पुत्र है। उसके पिता ने मकान बनाने का ठेका लेते समय ही अनुज से कह दिया था, 'बेटा, यह समझना कि मकान तुम्हारे पापा का बन रहा है। इतना ही कहना काफी होगा। समझ गए होगे तुम!'

अनुज ने निभाया भी खूब। मकान का अनुमानित खर्च दो किस्तों में देकर प्रमोद बाबू भागलपुर अपने प्रोफेसर्स क्वार्टर में चले गए थे। सावित्री जी को साथ लेकर गाँव आए थे कि बड़े भैया के घर में रहकर मकान बनाएँगे। एक ही महीने में भतीजों और बहुओं के व्यवहार से पता चल गया कि यहाँ नहीं रहा जा सकता। बड़ी भाभी, दोनों बहुएँ और दोनों भतीजे–राघवेंद्र और सुरेंद्र, यहाँ तक कि बड़े भैया का व्यवहार भी इस तरह बदल गया था कि मन को विश्वास दिलाने पर भी विश्वास नहीं होता था, यह अपना पुश्तैनी मकान है जहाँ बचपन बीता और अभी हाल तक जिस घर में आने पर ऐसा नहीं लगा कि यह अपना घर नहीं है।

बिलगाव का कारण ऐसा कुछ अदृश्य भी नहीं था। बात जाहिर थी। बँटवारे में प्रमोद बाबू को मिली जमीन अब तक बड़े भैया और भतीजे ही उपजाते–खाते रहे। पिछली बार यहाँ आकर प्रमोद बाबू ने अपने हिस्से की साढ़े ग्यारह–बारह बीघे जमीन की खेती–बाड़ी और पूरी व्यवस्था अपने हाथ में ले ली। बड़े भैया, भाभी और भतीजे तो यही सोचते थे कि प्रमोद सिंह विश्वविद्यालय में प्रोफेसर थे, रिटायरमेंट के बाद भला वे गाँव लौटेंगे! अर्थशास्त्र के नामी–गिरामी विद्वान, पाँच साल तक बिहार लोक सेवा आयोग के सदस्य...वे शहरी सुविधाएँ छोड़कर भला गाँव लौटेंगे?

लेकिन प्रमोद बाबू ने तो सेवानिवृत्ति के बहुत पहले तय कर लिया था, अपने गाँव में छोटा–सा मकान बनाएँगे।

अपना गाँव!

हालाँकि उनकी कल्पना का गाँव आज का गाँव नहीं रह गया था, फिर भी यूनिवर्सिटी क्वार्टर में रहते हुए वे अपने गाँव में जा बसते थे। पुश्तैनी मकान से थोड़ा हटकर, इमली के पेड़ के पास, हरियाली के बीच अपना मकान!

मकान के पीछे पोखर होगा। पोखर में मछलियाँ होंगी। पोखर के चारों 'मोहारों' पर केले, अमरूद, पपीते के पेड़ होंगे। मकान के सामने फूलों की बगिया होगी। मकान से सटा पुस्तकालय–कक्ष होगा। उसी से जुड़ा एक कमरा गाँव के लड़के–लड़कियों को पढ़ाने के लिए बनाएँगे। परिवार को लेकर कोई बड़ी चिंता तो अब रही नहीं। बस एक चिंता छोटे बेटे समरेश की शादी को लेकर है। अमरेश से सात साल छोटा समरेश दिल्ली में एक बहुराष्ट्रीय कंपनी में इंजिनियर है। जयपुर में बैंक अधिकारी अमरेश को एक बेटा है। समरेश शादी के लिए राजी नहीं होता। पता नहीं उसके मन में क्या है।

गाँव का हवा–पानी, अपने लोग, हमउम्र साथी–संगी...। हमउम्र साथियों पर सोचते हुए श्यामसखा सिंह 'सखा' की याद आ जाती। ली–एकेडमी में सखा जी एक क्लास सीनियर थे। बेहद दिलचस्प और मनमौजी! पता नहीं, कैसे कवि हो गए! बाद में तो ऐसे घनघोर कवि हुए कि गाँव–जवार के लोग उनको उनके नाम से नहीं, 'कविजी' नाम से जानने–पुकारने लगे। बीए किया तो एजी ऑफिस राँची में नौकरी

मिल गई। कभी मुलाकात होती तो कहते, प्रमोद, रिटायरमेंट के बाद हम लोग गाँव में रहेंगे। एक मकान शहर में भी होगा। मेरा तो पुश्तैनी मकान है ही गाँव में। अकेला बेटा हूँ, इसलिए बँटवारे की कोई समस्या भी नहीं है। तुम अलग से अपना मकान बना लेना गाँव में...।

लंबे अरसे से सखा जी से मुलाकात नहीं हुई। कोई पक्की खबर भी नहीं मिली उनकी। सखा जी पर सोचकर प्रमोद बाबू के मन में अजीब किस्म की गुदगुदी होने लगती। कितनी सारी दिलचस्प यादें जो भुलाए नहीं भूलतीं!...अद्‌भुत्–अनोखे व्यक्ति कविजी!...

दोपहर बाद दियादी रिश्ते के भाई–भतीजे, बहुएँ, बच्चे सब आ गए। रामचंद्र अपने घर से टिफिन कैरियर में दो की जगह तीन लोगों का खाना ले आया था।

बरामदे पर लगी कुर्सी पर प्रमोद बाबू बैठे सिगरेट पी रहे थे कि ग्राम पंचायत के मुखिया सदानंद यादव तीन लोगों को लेकर मिलने आ गए। बोलेरो से आए थे। यादव जी उम्र में पाँच–छह साल छोटे होंगे। बरामदे पर चार–पाँच कुर्सियाँ लगी थीं। एक बड़ी–सी चौकी भी अनुज गुप्ता ने लगवा दी थी। चौकी पर दरी और जाजिम बिछी थी।

मुखिया सदानंद यादव प्रसन्न भाव से हाथ जोड़ते हुए बोले,' आप गाँव आ गए सर, यह हम लोगों का सौभाग्य! आप–जैसे विद्वान का गाँव लौटना मामूली बात नहीं है। शहर में इज्जतदार नौकरी करने वाला कौन लौटकर अपने गाँव आता है!'

मुखिया जी बोल ही रहे थे कि बगल के गाँव रतनपुरा में रहने वाले छोटे भाई विनोद जी किसी की मोटरसाइकिल की पिछली सीट पर बैठे आ गए। चरण छुए।

'कैसे आ गए विनोद? कैसे खबर मिली?'

विनोद जी मुट्‌ठी में रखा मोबाइल फोन दिखाते हुए बोले, 'ई जो मोबइल है न भैया!...हाथ में मोबाइल यानी पूरी दुनिया। खबर मिल गई कि आप आज सुबह आए हैं।'

'लेकिन मोटरसाइकिल से आए कैसे? वह बरसतिया नाला जो है बीच में!'

'गर्मियों में नाला सूख जाता है भैया! बरसात में जब 'चौर' में पानी आता है, बरसतिया नाला छोटी–सी नदी बन जाता है। वैसे, अब जो बरसाती मौसम आएगा, हम लोगों को इधर आने में भारी कठिनाई होगी, काहे कि कठपुलिया जर्जर हो गई है। बाँस की चंचरी डालकर हम लोग आते–जाते थे बरसात में, अब चंचरी भी काम नहीं करेगी। पुलिया के चार लकड़ी के खंभे चोर ले गए।'

मुखिया जी विनोद जी की तरफ देखने लगे, 'विनोद बाबू, कठपुलिया की मरम्मत के लिए आप लोग मुखिया से क्यों नहीं कहते हैं? पंचायत के पास इतना फंड रहता है।' प्रमोद बाबू ने पूछा, 'रतनपुरा पंचायत की मुखिया तो कोई महिला है?'

'जी, महिला है! टिकुली देवी नाम है। दो हजार पाँच में पंचायतों में आरक्षण

लागू हो गया! टिकुली देवी मुखिया बन गई। खवासिन की बहू टिकुली देवी!' विनोद जी के बोलने में जो आत्मपीड़ा-जैसा भाव था वह प्रमोद बाबू से छिपा न रह सका। विनोद जी शायद कुछ और बोलते, लेकिन यादव जी की मौजूदगी के कारण चुप रह गए। मुखिया जी ने प्रमोद बाबू से कहा, 'आप तो सर, आइए गए हैं गाँव में। कुछ सार्वजनिक काम करवाइए। चालीस-पैंतालीस साल से लिंक कैनाल बनाने की बात हो रही है। दस-बारह साल पहले इंजिनियर आए थे। नाप-जोख कर, नक्शा बनाकर ले गए। फिर कुछ पता नहीं चला। एमएलए-एमपी सब आश्वासन देते हैं, कोई कुछ करता नहीं है।'

'हाँ, मुखिया जी! मैं भी वर्षों से सुन रहा हूँ लिंक कैनाल बनने की बात। लिंक कैनाल बन जाए तो बरसतिया नाले पर कठपुलिया की जरूरत ही नहीं रहेगी।' प्रमोद बाबू की बात पर मुखिया जी बोले, 'इतना ही नहीं सर! चौर में दो-ढाई हजार बीघे जमीन डूबी रहती है। सरायपोखर मर गया। पानी जहरीला हो गया। सुरसर नदी सूख गई।'

'लिंक कैनाल बन जाए तो नदी जी उठेगी, सर!'

'और सरायपोखर फिर कमलपोखर बन जाएगा।' प्रमोद बाबू हँसते हुए बोले।

'जी सर! हम लोगों ने देखा है कमलपोखर। इस मौसम में पूरे पोखर में कमल के फूल ही फूल दिखते थे।'

'यादव जी, आपको शायद याद हो! कमल के फूलों की सुगंध दूर-दूर तक जाती थी-हवा में उड़ती हुई।' विनोद जी बोले, 'भैया, अब जाकर देखिए। पोखर के आसपास बैर, खैर, जिलेबी वगैरह कंटीले पेड़ों का जंगल है। पोखर सूख गया है।'

मुखिया जी ने मुस्कराते हुए विनोद जी को देखा, 'विनोद बाबू अब प्रोफेसर साहब आ गए हैं। सारे पढ़े-लिखे लोग इनको जानते हैं। ये लग जाएँ तो लिंक कैनाल बनना कोई बड़ी बात नहीं है। जिला परिषद के अध्यक्ष अवधेश प्रसाद कह रहे थे कि कैनाल की सर्वे-रिपोर्ट कलेक्टेरिएट में है।'

प्रमोद बाबू बोले, 'देखूँगा, मामला कहाँ अटका पड़ा है। पहले स्थिर तो हो जाऊँ! अभी तो आया ही हूँ। आप लोगों को चाय-वाय भी कैसे पिलाऊँ!'

'नहीं सर! चाय-वाय नहीं।' ट्रक से उतारे गए सामान को देखते मुखिया जी बोले। विनोद जी मुखिया जी से कहने लगे, 'हौ मुखिया जी, लिंक कैनाल जब बनेगा तब बनेगा! पहले कठपुलिया की मरम्मत करवा दीजिए।'

मुखिया जी हँसने लगे। प्रमोद बाबू की तरफ देखकर बोले, 'सुनते हैं सर! इनको अपनी पंचायत की मुखिया से यह बात कहनी चाहिए न!'

प्रमोद बाबू ने गमछे से हथपंखे का काम लेते विनोद जी से कहा, 'ठीक ही तो कहते हैं यादव जी! तुम लोगों को अपनी मुखिया...क्या नाम है! हाँ, टिकुली देवी से मिलना चाहिए।'

'यही न असली मामला है भैया! अपने बबुआन टोले का कोई जाना ही नहीं चाहता है मुखिया के दुआर पर!'

'क्यों? क्यों नहीं जाना चाहता है?'

विनोद जी चुप।

मुखिया जी मुस्कराने लगे, 'नहीं समझे सर? असली बात यह है कि खवासिन के दुआर पर कुछ माँगने कैसे जाएँ बाबू-बबुआन!' हँसने लगे मुखिया जी, 'क्यों विनोद बाबू, यही बात है न?' प्रमोद बाबू विनोद जी से समझाने के लहजे में कहने लगे, 'रे विनोद! लोकतंत्र है। मन में यह गाँठ मत रखो कि तुम क्या थे, कैसे जाओगे मुखिया के दरवाजे पर! ग्राम पंचायत के अधिकार-क्षेत्र में है पुलिया की मरम्मत। जाकर मिलो। कोई बड़ा काम नहीं है।' विनोद जी बोले, 'हाँ भैया, करेगी ग्राम पंचायत ही। हम चार-पाँच लोग डीएम से मिले थे। डीएम ने भी कहा-इस काम के लिए ग्राम पंचायत सक्षम है।'

मुखिया जी कुर्सी से उठकर खड़े हो गए, 'अच्छा सर, चलते हैं। कोई जरूरत हो तो कहिएगा। बाहर से आए हैं आप!' यह आखिरी वाक्य प्रमोद बाबू को चुभ गया, लेकिन कुछ बोले नहीं। मुखिया जी बोलेरो गाड़ी में बैठ गए तो प्रमोद बाबू ने विनोद जी से पूछा, 'यह गाड़ी मुखिया जी की अपनी है?'

'हाँ भैया, आप बोलेरो ही देख रहे हैं न! दो ट्रकें भी चलती हैं इनकी। और यह सब मुखिया-पद की कमाई है।'

'आयं! मुखिया-पद की कमाई!'

'जी भैया, पाँच साल में नहीं-कुछ तो पचास लाख। कुछ मुखिया करोड़ भी कमा लेते हैं। वैसे, रतनपुरा पंचायत की मुखिया पर यह कलंक नहीं है। एक पैसा इधर-उधर नहीं करती है। जो कमाई है, उसके पति की है। सुराजी चौक पर किराने की दुकान है उसकी।'

विनोद जी बार-बार घड़ी देख रहे थे। बोले, 'भाभी से मिल आता हूँ भैया! देखता हूँ, घर भरा हुआ है।'

'हाँ, घर तो भरा हुआ है, लेकिन बड़े भैया के घर से कोई नहीं आया है।'

'आएँगे। किसी काम में लगे होंगे।' बोलते हुए विनोद जी अंदर भाभी से मिलने चले गए। थोड़ी देर में लौटे तो बोले, 'चलता हूँ भैया। असल में क्या है कि मोटरसाइकिल वाले को शाम से पहले रतनपुरा पहुँचना है।'

अनुज गुप्ता के प्रयास से मकान में बिजली का कनेक्शन भी आ गया है। नई टेक्नोलॉजी का इन्वर्टर भागलपुर से प्रमोद बाबू ले आए हैं। घंटे-डेढ़ घंटे में इन्वर्टर भी लग गया। चार बजते-बजते गाँव से मिलने आई स्त्रियाँ चली गईं। अनुज गुप्ता कल फिर आने की बात कहकर अपनी मोटरसाइकिल स्टार्ट करने लगा।

शाम होने से पहले प्रमोद बाबू को सिगरेट की तलब हुई तो सोचा, एक बार हो

आएँ बाजार से। ज्यादा दूर भी नहीं है। सामने की मुख्य सड़क तक पहुँचने का रास्ता अभी नहीं बना है। यही दिक्कत है। चरपहिया गाड़ियाँ तो आ जाती हैं, रिक्शा ठेल-ठालकर आता है।

ढलती धूप देखते प्रमोद बाबू ने कपड़े बदले, आँखों पर चश्मा चढ़ाया और पत्नी से बोले, 'जरा हो आता हूँ बाजार से। सिगरेट खत्म हो गई है।'

यह सोचकर कि टहलना भी हो जाएगा, उन्होंने सुराजी चौक न जाकर राजकचहरी चौक का रास्ता पकड़ लिया। गाँव से बाजार जाने का रास्ता ऐसा अपरिचित भी नहीं है। गाँव कभी छूटा नहीं। साल में कम-से-कम दो बार तो आते ही थे गाँव। अब तो यहीं रहना है। सारे रास्ते कुछ जाने कुछ अनजाने, परिचित हो ही जाएँगे!

दिन का थोड़ा-सा उजास शेष था जब वे राजकचहरी चौक पहुँचे थे। चौक से सटे बरगद के पेड़ के पास जाकर खड़े हो गए। खड़े रहे कुछ क्षणों तक। अनजान-अजनबी की तरह इधर-उधर देखते रहे या अपनी अंतश्चेतना में खोई हुई कुछ चीजें खोजते रहे। कोई देखता तो यही समझता, यह बूढ़ा-सा आदमी कहीं बाहर से आया है।

वे बरगद की सघन पत्तों वाली डालियों को देखते रहे अपलक। शाखाओं से निकली लंबी-लंबी, लाल-लाल डोरियाँ जैसे धरती तक पहुँचने को बेताब हों। बरगद की जड़ के पास हनुमान जी की अनगढ़-सी मूर्ति अवस्थित है-सिंदूर से पुती हुई। चलो, अच्छा है-उन्होंने अपने को आश्वस्त किया। हनुमान जी की मूर्ति के कारण अब बरगद को कोई काटेगा नहीं। वैसे भी कोई हिंदू बरगद-पीपल के पेड़ को काटता नहीं।

सूरज की आखिरी किरणें बरगद के शीर्ष को छू रही थीं। वे एकटक देखते रहे पेड़ को-पेड़ के ब्याज से कुछ और याद करते रहे। याद करते रहे ज्योत्स्ना को जिसके साथ मिलकर चार हाथों से रोपा गया था बरगद का छोट-सा ललछौंहा पौधा।

कितना बड़ा हो गया यह पेड़!

और वे कितने पुराने हो गए!

और ज्योत्स्ना भी तो...।

सामने थोड़ी ही दूरी पर ज्योत्स्ना का वह टिन की छाजन वाला चिपका हुआ-सा घर। उजड़ा-सा, उदास। महुए का एक पेड़ था वहाँ। आँवले, नीबू, पपीते और केले के पेड़ थे घर के पिछवाड़े। एक मेहँदी का झाड़ था। कहीं कुछ नहीं है अब। बूढ़े-बीमार आदमी-जैसा ज्योत्स्ना का पुराना घर। पहले थान सिंह चूड़ीवाला किराएदार था मकान में। लगता है, अब कोई नहीं रहता।

दो महीने भी तो नहीं हुए हैं दिल्ली से लौटे! ज्योत्स्ना के पति के देहांत पर दिल्ली गए थे। छोटा बेटा समरेश रेलवे स्टेशन आया था लेने। समरेश से नजदीकी है ज्योत्स्ना की। समरेश से प्रमोद बाबू ने ही कहा था, 'मिलते रहना ज्योत्स्ना जी से। पीतमपुरा

में रहती हैं। अपने गाँव की हैं।' फ्लैट का पता दिया था समरेश को।

समरेश ही मम्मी-पापा को ज्योत्स्ना के फ्लैट में ले गया था। ज्योत्स्ना और बेटी कणिका शोकाकुल थीं। ज्योत्स्ना ने ही बताया, समरेश दुख में हमेशा साथ रहा।

दो दिन बाद दिल्ली से लौटते वक्त ज्योत्स्ना ने रुँधी आवाज में कहा था, 'आऊँगी सरायगंज। जमीन और टिनहा घर बेच दूँगी। रखकर होगा क्या! कौन रहेगा वहाँ!'

शाम धुएँ-सी फैल रही थी। मन में तो था-घूम-टहलकर ज्योत्स्ना का वह सूना-वीराना घर भी देख लेते और वह हाई स्कूल भी जहाँ दस-बारह साल पहले उनका नागरिक अभिनंदन हुआ था। तब वे बिहार लोक सेवा आयोग के सदस्य बनाए गए थे। गाँव के लोगों ने उनके सम्मान में भव्य समारोह आयोजित किया था। आयोजकों में सबसे प्रमुख थे डाक्टर अंबर कुमार बनर्जी। बनर्जी साहब ने डाक्टर सी एम झा और दूसरे पढ़े-लिखे लोगों को बताया था, 'प्रोफेसर प्रोमोद सिंह स्कॉलर है इकोनॉमिक्स का। उसका आर्टिकिल 'टाइम्स ऑफ इंडिया' और 'दि टेलीग्राफ' में छपता है। हम पढ़ा है उसका आर्टिकिल।...'

सिगरेट-दियासलाई खरीदते हुए लौटने लगे तो अँधेरा गहरा रहा था। बाजार में बिजली की रोशनी थी, लेकिन बाजार के बाहर घर तक जाने वाली सड़क पर अँधेरा था। सड़क से अभी गहरा परिचय भी नहीं हो पाया है। सड़क परिचित हो जाती है तो पैरों को भी आँखें हो जाती हैं। पैर जान जाते हैं, सड़क पर किस जगह खंदक है, किस जगह क्या है।

रिक्शा ले लिया घर तक जाने के लिए। रिक्शे पर बैठे अभिनंदन-समारोह पर सोचते रहे। आठ-दस हजार से कम लोग नहीं थे। स्वागताध्यक्ष थे डाक्टर बनर्जी। उनकी बंगला मिश्रित हिंदी की याद कर प्रमोद बाबू हँसते रहे मन-ही-मन। हँसी होंठों पर आ गई।

अँधेरे में हँसी।

रिक्शेवाला घर के पास की सड़क तक पहुँचा गया। अपने घर के लिए शाखा की तरह फूटकर निकलने वाली कच्ची सड़क के मुहाने पर आए। सामने से वनबिलाव किसी चिड़िया के बच्चे को मुँह में दबाए तेजी से निकल गया। कें-कें-जैसी मर्मभेदी करुण आवाज सुनकर ठिठक गए प्रमोद बाबू। सामने ही दिख रहा था अपना नया बना छोटा-सा मकान। बिजली की लाइन थी। बरामदे के पास लटका पीली-कमजोर रोशनी का बल्ब अंधकार में निस्सहाय दिख रहा था। प्रमोद बाबू बल्ब को देखते सोचने लगे, कमजोर बीमार-सी रोशनी कभी-कभी अंधकार से भी ज्यादा भयावहता का सन्नाटा रचती है।

# टालक्षेत्र की टिकुली

ग्रामदेवता बरहम बाबा के 'गहबर' के सामने बटपीपल की जड़ के चारों ओर सीमेंट का गोल चबूतरा बना हुआ है। रतनपुरा की रजपुताही और ब्रह्मर्षि टोले के नजदीक पड़ता है यह। इस कारण यह दोनों टोलों की अड्डेबाजी की जगह भी है और चौपाल भी। बीघे भर का खुला मैदान, बीच में जुड़वाँ की तरह वट और पीपल गलबहियों में एक दूसरे को समेटे हुए। पेड़ दो हैं, नाम एक। रतनपुरा के बूढ़-पुरनियाँ कहते हैं–एक पगला बाबा रहते थे यहाँ जहाँ बरहम बाबा का 'गहबर' है। उन्होंने लगाया था यह वटपीपल। पीपल तो झँखाड़ हो रहा है, मगर बरगद पुरानी फटी छतरी की तरह तना खड़ा है।

इसी गोल चबूतरे पर बैठे हैं रजपुताही के बाबू विनोद सिंह और बाबू रामदीन सिंह। 'हाँ तो विनोद जी, क्या बोले प्रोफेसर साहब? कठपुलिया की मरम्मत के लिए टिकुली देवी से मिलना ही पड़ेगा क्या?' विनोद जी दाहिनी हथेली को गोल-गोल घुमाते हुए बोले, 'दूसरा कोई उपाय नहीं है। आज सुबह मझले भैया का फोन आया था। बोले, जाकर मिलो मुखिया से। मिलने से इज्जत नहीं चली जाएगी! फिर आप तो भायजी, डीएम से मिलने गए ही थे! क्या कहा था डीएम ने? यही न कि इस काम के लिए ग्राम पंचायत ही सक्षम है! दो-ढाई महीने बाद बरसात का मौसम आ जाएगा।' विनोदजी ने मझले भाई प्रमोद सिंह से हुई बातचीत का सार्वजनिक हिस्सा तो रामदीन बाबू से कह दिया, बाकी व्यक्तिगत अपने पास रखा। 'मझले भैया ने फोन पर आज सुबह कहा कि बड़े भैया और दोनों भतीजे आए थे। घूम-फिरकर मकान देखा। बड़े भैया बोले–कोई जरूरत हो तो कहना।'

पीपल की सूखी डाल पर बैठे एक कव्वे को देखते हुए रामदीन बाबू जैसे अपने आप से बात करने लगे, 'लिंक कैनाल बन जाता तो जरूरत ही नहीं रह जाती पुलिया-उलिया की!'

विनोद जी ने सुन लिया था रामदीन बाबू का आत्मालाप। बोले, 'आप सपना देख रहे हैं क्या भायजी? मत सोचिए लिंक कैनाल पर! ढपोरशंखी योजना है। चालीस-पैंतालीस साल से सुनते-सुनते थक गए हैं हम! छोड़िए वह बात!'

रामदीन बाबू लिंक कैनाल को भूल नहीं पा रहे थे, 'विनोद जी, जानते हैं आप?

चौर में मेरी छह बीघे जमीन है। लिंक कैनाल बन जाए तो चौर सूख जाएगा। मेरी जमीन उपज देने लगेगी।'

'ई सब दूर की बात है भायजी! लिंक कैनाल जब बनेगा तब बनेगा। वैसे, कलेक्टेरिएट में सर्वे रिपोर्ट जरूर होगी। असली मुद्दा ई है भायजी कि बरसात का महीना आने वाला है और अब कठपुलिया पर चंचरी भी काम नहीं करेगी। पुलिया के चार सखुए के खंभे चोर ले गए। बाँस की चंचरी टिकेगी कैसे! इसलिए भायजी, जाइए, मिलिए अपनी मुख्यिा से।'

'तो मिलना ही पड़ेगा टिकुली देवी से?'

'नहीं मिलना चाहते हैं तो चार-पाँच लाख रुपए लगाइए पुलिया में! कीजिए चंदा-चिट्ठा।'

'यह तो मुश्किल है। कौन देगा इतना चंदा!'

'तो खाली गाना गाने से होगा?' बोलते हुए विनोद जी खड़े हो गए और कमर पर बायाँ हाथ रखकर हँसते हुए बोले, 'दारू के झोंक में आप ही गाना गाते थे न भायजी! आप ही गाते थे न जब टिकुली देवी चुनाव में मुखिया-पद की उम्मीदवार बनी थी? आप ही गाते थे न ठुमक-ठुमक कर!

'एही ठैयाँ टिकुली हेराय गेलै दैया रे!
अँगना में खोजलीं, ओसरवा पर खोजलीं
सेजिया पर खोजि के लजाय गइनी दैया रे!...'

विनोद जी को नाचने की मुद्रा में गाते देख रामदीन बाबू जोर से हँसे। हँसते-हँसते खड़े हो गए। सारा टेंशन खत्म। विनोद जी बोले, 'जय बरहम बाबा! जय हो!...'

बुढ़ापे के कारण हँसते-हँसते थक गए रामदीन बाबू। चबूतरे पर बैठकर सुस्ताने लगे। विनोद जी ने पटियाने के अंदाज में रामदीन बाबू से कहा, 'हौ भायजी, अपने टोले में तो एक आप ही 'मुँहपुरुख' आदमी हैं, बाकी तो सब 'मौगाह' हैं। आप भाय जी, कठपुलिया की मरम्मत के लिए मिलिए टिकुली देवी से।'

'मैं ही क्यों? आप क्यों नहीं जाएँगे?'

'देखिए भायजी! मुखिया टिकुली देवी की सास रुपसपुरवाली आपकी खवासिन रह चुकी है। नई-नई आई थी ससुराल। चढ़ती जवानी थी। दस-बारह साल आप के घर में काम करती रही। पूरा गाँव जानता था, रुपसपुरवाली सिर्फ खवासिन नहीं थी आपकी! कुछ और थी...।' बोलते हुए विनोद सिंह आँखों में हँसने लगे। चेहरे पर गंभीरता मगर आँखों में शरारत, 'मैंने देखा था रुपसपुरवाली को। एकदम कठगर, तड़तड़ जवानी, बेल के फल-जैसे...। उसका घरवाला तो खाली नाम का था!'

रामदीन बाबू फूलकर कुप्पा। क्या जमाना था! क्या मौज-मस्ती थी! रामदीन बाबू गई जवानी की याद करते मौन साधे रहे।

आखिर विनोद जी ने रामदीन बाबू को राजी कर ही लिया। वैसे ना-नुकुर करते

रहे रामदीन बाबू, लेकिन मुस्कराहट बता रही थी, वे जाने को तैयार हैं। विनोद जी को मजा आ रहा था, 'भायजी, आपकी रुपसपुरवाली वहाँ है ही। अपने प्रेमी की पैरवी नहीं करेगी भला? हिम्मत कीजिए भायजी!'

रामदीन बाबू ने देखा, सामने के रास्ते से इंद्रदेव बाबू डग नापते हुए-से चले आ रहे हैं। विनोद जी ने भी देखा, 'हे-ई देखिए! आ रहे हैं असली रसिया रतनपुरा के!' रामदीन बाबू हँसते हुए धीरे से बोले, 'ई तो प्रमाणपत्र पाए हुए हैं 'घरढुक्की' में! क्या विनोद जी? याद है न आपको? चमरटोली के लोगों ने खदेड़-खदेड़कर धुनाई की थी! खुली धोती का फेंटा हाथ में दबाए, गिरते-पड़ते अपने टोले में आए तो जान बची। अब देखिए प्रभु की लीला! चमरटोली की जिस कलवतिया के घर में चमचोरी करने जाते थे उसी कलवतिया का बेटा डीएसपी है और इंद्रदेव बाबू के दोनों बेटे रोडनिसपीटरी कर रहे हैं। नाती बेगूसराय का भारी रंगबाज है। सुना कि फिर जेल गया है।'

इंद्रदेव बाबू चबूतरे के निकट आए। दोनों को मुस्कराते देखा तो पूछ बैठे, 'क्या बाबू लोग! बड़ा मुस्की मार रहे हैं मुझे देखकर! क्या बात है?' विनोद जी नाटकीय मुद्रा में बोले, 'किसकी मजाल है चाचा कि आपको देखकर मुस्की मारे! साले की आँखें फोड़ दूँगा।'

बुजुर्ग इंद्रदेव बाबू का लिहाज करते हुए रामदीन सिंह धीरे से बोले, 'भाई साहब, बात कुच्छो नहीं है। हँसें नहीं तो जीएँ कैसे! आप ही बताइए। पिछले समय की यादों को छोड़कर हँसने के लिए हम लोगों के पास है क्या!'

चबूतरे के किनारे को हथेली से पोंछते हुए इद्रदेव बाबू बैठ गए। विनोद सिंह से पूछा, 'क्या विनोद जी, आपके भाई प्रोफेसर साहब सनक गए हैं क्या! बताइए, शहर छोड़कर कोई गाँव लौटता है इस उमर में! एक बात कहूँ विनोद जी! प्रोफेसर साहब विद्वान तो जरूर हैं, मगर संसारी आदमी नहीं हैं। इनको पता नहीं है गाँव के हवा-पानी का! हम लोग पढ़ते थे न किताब में!...अहा! ग्राम्य जीवन भी क्या है! अब 'अहा' को 'आह' कर दीजिए और उस कविता को ऐसे पढ़िए : आह! ग्राम्य जीवन भी क्या है! टीवी में एगो प्रचार देता है न! आह से अहा तक!' विनोद जी ने इंद्रदेव बाबू की बातें सुनीं, लेकिन झखमारू बने बैठे रहे। मन ही मन कोसते रहे इंद्रदेव बाबू को। कहाँ से टपक पड़े ई बुढ़ऊँ! बात रसलीला की हो रही थी, बुढ़ऊँ ने मजा ही बिगाड़ दिया। इसी को कहते हैं रंग में भंग! लेकिन ये बातें उनके मन की थीं। प्रकट रूप में बोले, 'बात ई है चाचा कि बरसात का महीना आने ही वाला है। उसी के साथ शुरू होगी हम लोगों की परेशानी। बरसतिया नाले की कठपुलिया कितनी जर्जर हो गई है, यह तो आप देख ही रहे हैं। आप लोगों को तो चाचा, साइफन वाला पुल है आने-जाने के लिए। हम लोगों के लिए तो यही कठपुलिया!'

'तो इसमें क्या है विनोद जी! यह काम तो ग्राम पंचायत का है। लाखों रुपए क्यों

मिलते हैं मुखिया को! जाकर मिलिए टिकुली देवी से!' विनोद जी चुप। भनभनाती मधुमक्खी की तरह रामदीन बाबू बोले, 'जाइए मिलिए, कह देना आपको आसान लग रहा है, लेकिन टिकुली देवी के दुआर पर पुलिया की मरम्मत के लिए दाँत निपोरना आसान नहीं है भायजी! टिकुली देवी की सास रुपसपुरवाली मेरे घर में खवासिन थी।'

'तो क्या हुआ जो आपके घर में खवासिन थी? बाबू साहब, हाथ में सिक्कड़ लेकर मत घूमिए कि दादा के हथसार में हाथी थे! हम लोग क्या नहीं जानते हैं कि रुपसपुरवाली आपकी खवासिन थी या और कुछ थी!' बोलकर इंद्रदेव बाबू जोर से हँसे। रामदीन बाबू के मन में गुदगुदी-सी हुई। मुस्कराते रहे, बोलते क्या! रामदीन बाबू को समझाते हुए कहने लगे इंद्रदेव बाबू, 'हौ बाबू साहब, ई बताइए कि छठ पर्व में सूप-दौरा का काम पड़ता है तो आप डोमराही जाते हैं कि नहीं? क्यों जाते हैं? इसलिए न कि काम है डोमराही से! उसी तरह भायजी, कठपुलिया की मरम्मत एक काम है, वह भी सार्वजनिक महत्त्व का काम और आपको टिकुली देवी से मिलना है।'

विनोद जी जो अब तक चुप थे, अचानक खिल उठे, 'वाह चाचा! क्या कहा आपने! वाह!' इंद्रदेव बाबू चबूतरे से उठते हुए विनोद जी से बोले, 'विनोद जी, आप भी जाइए रामदीन बाबू के साथ!' विनोद जी को लगा, इंद्रदेव बाबू बेमतलब फँसा रहे हैं। बोले, 'चाचा, एक बात बताइए! क्या मुझे इनके साथ जाना चाहिए? रामदीन बाबू और रुपसपुरवाली के बीच मेरा रहना क्या उचित होगा?' इंद्रदेव बाबू हँसने लगे, 'अरे हाँ रामदीन बाबू! अकेला जाइए। मिल भी लीजिएगा। उमर बीत गई तो क्या!...और आप भी रामदीन बाबू, जवान थोड़े हैं?' रामदीन बाबू को मौका हाथ लगा, 'आप भी भायजी, जाइएगा चमरटोली! कलवतिया भी अब जवान नहीं है।' इंद्रदेव बाबू को जैसे बसंत की मादक बयार का झोंका लगा। बुढ़ापे की झुकी काया तन गई। मुस्कराते हुए रास्ते की तरफ बढ़ गए।

विनोद जी रामदीन बाबू से इस तरह बात करने लगे जैसे रूठे हुए को मना रहे हों, 'हौ भायजी, आप जाइए टिकुली देवी से मिलने। आपकी रुपसपुरवाली अपनी बहू से कहकर काम करवा देगी।'

'ठीक है विनोद जी! वैसे आप भी चलते तो अच्छा रहता।'

'फिर वही बात! आप जाइए रहे हैं तो मेरा क्या काम! कबाब में हड्डी!'

शाम होने जा रही थी। रामदीन बाबू और विनोद जी साथ-साथ अपने टोले की तरफ जाने लगे। उत्तर-दक्षिण टेढ़ी-मेढ़ी मोटी रेखा-जैसा रतनपुरा गाँव। मुखिया टिकुली देवी की खवासटोली सबसे दक्षिण में है, उससे दक्षिण, थोड़ा हटकर चमरटोली है। रजपुताही बीच में है। थोड़े फासले पर ब्रह्मर्षि टोला है। कठिन उच्चारण के कारण 'ब्रह्मर्षि' लोगों की जबान पर चढ़ नहीं पाया। लोग इस टोले को भूमिहार टोला ही कहते रहे हैं। इस टोले को साइफन वाला पुल मिला हुआ है। उधर मुखिया की खवासटोली के लिए सुविधाजनक है सूखी हुई सुरसर नदी पर लोहे का पुल। पुल

है, नदी नहीं है। रेत ही रेत है नदी में।

सूखी नदी का पुल!

बरसात का महीना आ रहा है। नाला पार करने की समस्या सामने आएगी। तब या तो डेढ़ किलोमीटर चलकर साइफन वाले पुल तक पहुँचना होगा या सूखी नदी के पुल तक। दोनों की दूरी लगभग बराबर-बराबर यानी डेढ़ किलोमीटर।

इसलिए कठपुलिया की मरम्मत रजपुताही के लिए सबसे जरूरी है! लिंक कैनाल तो एक सपना है-चालीस-पैंतालीस वर्षों से देखा जाने वाला सपना। खैरियत है कि रामदीन बाबू मुखिया टिकुली देवी से मिलने के लिए राजी हो गए हैं।

हिचक तो है कि कैसे जाएँ अपनी खवासिन के दुआर पर कुछ माँगने, लेकिन भार ले लिया है तो जाना मजबूरी है। लिहाजा पैंसठ पार के बाबू रामदीन सिंह वैशाख की अगिनधूप से बचने के लिए घर से सुबह ही निकले। खवासटोली जाने वाले रास्ते पर चलते हुए अपनी अंतर्यात्रा में वे कभी बीस-पच्चीस साल पहले के समय में पहुँच जाते थे, कभी आज के विसंगत वर्तमान में।

खवासटोली में रुपसपुरवाली के फूस घर में भीतर वाला एक कमरा उन्हीं के लिए सुरक्षित था। कमरा क्या था, बस यों ही फूस की 'एकचारी' थी जिसमें किवाड़ की जगह टाट की बोरी टँगी थी। तोसक-तकिए सब रामदीन बाबू के दिए हुए थे। रुपसपुरवाली का पति सेवीलाल इसी में खुश था कि उसे दो बीघे जमीन मिली हुई है रामदीन बाबू से। पूरा गाँव जानता था, मगर जानने से क्या होता! जब रुपसपुरवाली राजी थी, पति सेवीलाल राजी था तो किसी को क्या! दिन में रुपसपुरवाली रामदीन बाबू के घर में काम करती थी-झाड़ू-बहारू, लिपाई-पुताई, बरतन-बासन...।

समय-साल बदला। रुपसपुरवाली का बेटा भोला कमाऊँ निकला। राजमिस्त्री का काम सीख गया। दिल्ली-पंजाब-हरियाणा कमाते-खाते मजदूर साथियों के साथ बढ़ैया आया। वहीं टालक्षेत्र के खवासपुर गाँव में टिकुली से जान-पहचान बढ़ी। शादी भी हो गई।

आज भोला की छोटी-सी किराने की दुकान है सरायगंज के सुराजी चौक पर। पत्नी टिकुली देवी मुखिया है। दस-बारह साल तक रजपुताही के बाबू रामदीन सिंह के घर-परिवार में खवासिन के काम करने वाली रुपसपुरवाली बन गई मुखिया की सास।

टिकुली देवी के घर जाते हुए रामदीन बाबू बदले हुए समय को कोसते रहे। क्या जमाना आ गया! जो काम डाक्टर राममनोहर लोहिया नहीं कर सके, वह काम सरकार कर रही है। महिलाओं को, पिछड़ों को आरक्षण! मुखिया बन गई खवासिन की बहू! जिधर देखो, दलित और पिछड़े! कहाँ बिला गए सवर्ण! ब्रह्मर्षि टोले के नंदेश्वर शर्मा कह रहे थे-उनके कोई रिश्तेदार हैं आईएएस अफसर। पहले सचिवालय में शिक्षा

सचिव थे। पिछड़े तबके के मुख्यमंत्री ने उनको वहाँ से हटाकर ईख पेरने वाले विभाग में भेज दिया।

कितनी सारी असंगत–विसंगत स्थितियाँ रामदीन बाबू के दिमाग में लहरों की तरह उठती–गिरती रहीं। इसी उधेड़बुन में चलते हुए मुखिया टिकुली देवी के दरवाजे पर आ गए। रुपसपुरवाली के बेटे की कमाई दिख रही थी। घर की दीवारें ईंटों की हो गई थीं। फूस की जगह खपड़े की छप्पर थी। मुखिया की कमाई नहीं दिख रही थी जैसी दिखती है सरायगंज ग्राम पंचायत के मुखिया की कमाई। बोलेरो गाड़ी, दो–दो ट्रकें।...

घर के आगे बाँस–बल्लों पर एसबेसटस की छत वाली छोटी–सी बैठक थी। लकड़ी की एक कुर्सी थी बैठक में और एक बेंच थी। तीन लोग बैठे थे बेंच पर। तीनों शायद मुखिया के बाहर निकलने की प्रतीक्षा कर रहे थे।

रामदीन बाबू बेंच के पास चले गए। उम्मीद थी कि तीनों उठकर खड़े हो जाएँगे और कुर्सी पर बैठने के लिए कहेंगे। तीनों में सिर्फ एक उठकर खड़ा हुआ। रामदीन बाबू पहचानते थे। मलाहटोली का था–सौदागर मलाह!

'आप मलिक यहाँ?'

'हाँ, काम है। मुखियाइन है न घर में?'

'जी मालिक, हैं। हम लोग भी मिलने के लिए ही बैठे हैं।'

सौदागर मलाह के अलावा दो युवक जो बेंच पर बैठे थे, उनको पहचानते थे रामदीन बाबू। यादव टोले के थे दोनों। उन दोनों ने रामदीन बाबू को पहचानकर भी नहीं पहचाना। किसी ने प्रणाम नहीं किया। सौदागर ने बेंच की खाली जगह की तरफ इशारा कर कहा, 'बैठिए मालिक!' बोलकर वह घर के भीतर जाने लगा। रामदीन बाबू को बेंच पर उन दोनों युवकों के साथ बैठना अच्छा नहीं लग रहा था। सामने कुर्सी खाली पड़ी थी। वे आगे बढ़े कुर्सी की ओर। बैठने ही जा रहे थे कि बेंच पर बैठे युवक ने टोका, 'कुर्सी पर मत बैठिए बाबू साहब! वह मुखिया की कुर्सी है। आइए बैठिए यहाँ!' रामदीन बाबू बेंच पर बैठे नहीं, दोनों युवकों को एक नजर देखकर सामने बरामदे को देखने लगे।

अंदर से रुपसपुरवाली निकल आई। सिर पर आँचल रखे मुस्कराती हुई धीरे से बोली, 'मालिक आप!' फिर पीछे मुड़कर अपने घर की तरफ देखने लगी कि कोई है या नहीं। कोई दिखा नहीं। वह झपटती हुई घर के भीतर गई और एक मोढ़ा उठा लाई। मोढ़े को आँचल से पोंछती बोली, 'आइए मालिक, बैठिए। बहू से कोनो काम है क्या मालिक?'

सिर पर रखे आँचल के छोर से मुँह को आधा ढँके रुपसपुरवाली रामदीन बाबू को कनखियों से देखती रही। 'तो मालिक, कोनो काम है तो कहल जाय। बहुरिया रोटी बना रही है। बस निकलने ही वाली है।'

मुखिया टिकुली देवी बाहर निकली। नाटा कद, रंग साँवला। हाड़-काठ की मजबूत। चेहरे पर आत्मविश्वास की आभा। पहले भी रामदीन बाबू ने देखा है टिकुली देवी को। रामदीन बाबू मोढ़े पर बैठे थे। इस उम्मीद में थे कि टिकुली देवी प्रणाम करेगी। इसके उलट टिकुली देवी को उम्मीद थी कि वह मुखिया है, बाबू साहब प्रणाम करेंगे। रुपसपुरवाली नीचे जमीन पर पंजों के बल बैठी थी। सिर पर रखे आँचल को चेहरे पर खींचती हुई बहू से बोली, 'बहू, तुम तो बाबू साहेब को चीन्हबे करती हो। इनकरे अन्न-पानी खाये हैं हम लोग। सेवा-टहल करते थे हम। मालिक-मलिकार हैं!'

टिकुली देवी ठसक के साथ लकड़ी की कुर्सी पर बैठी मुस्करा रही थी। अनगढ़-सी कुर्सी बदसूरती में भी अपनी औकात दिखा रही थी। टिकुली देवी मुस्कराती हुई सास से बोली, 'माँजी, ई बाबू साहब मालिक थे आपके समय में, अब नहीं हैं। मुखिया मैं हूँ ग्राम पंचायत की।' बहू का सख्त चेहरा देख रुपसपुरवाली सहम गई।

रामदीन बाबू को ही नहीं, पूरे गाँव-जवार को पता है–रुपसपुरवाली की बहू कोसी क्षेत्र के ठंडे माटी-पानी की नहीं है, बढ़ैया के टाल क्षेत्र की है। उसी टाल क्षेत्र के एक आतताई भू-सामंत बैजनाथ सिंह पहलवान को कुट्टी-कुट्टी काटने वाले बाप की बेटी है। आजीवन कारावास की सजा हुई थी टिकुली देवी के बाप को।

...बढ़ैया टालक्षेत्र में एक कुत्सित परंपरा थी : छोटी जाति की कोई कन्या शादी के बाद बिदाई में ससुराल जाती तो बैजनाथ सिंह पहलवान की ड्योढ़ी के सामने उसकी डोली रोक ली जाती थी। ससुराल जाने वाली दुल्हन रात भर के लिए पहलवान की हवस की शिकार बनती थी। सुबह दूल्हे-दुल्हन की कपड़े-लत्ते, गहनों आदि से बिदाई होती थी। लंबे समय से यह परंपरा निर्विरोध चली आ रही थी। कन्या-पक्ष के लोग निचली जातियों के गरीब-असहाय मजदूर होते थे। कौन विरोध करे भू-सामंत बैजनाथ सिंह पहलवान का!

लेकिन सन् उन्नीस सौ सत्तर में एक अभूतपूर्व घटना हुई बढ़ैया के टालक्षेत्र में। खवासपुर गाँव से शादी के बाद लड़की बिदा हुई तो परंपरा के मुताबिक बैजनाथ सिंह पहलवान की ड्योढ़ी के सामने डोली रोक ली गई। डोली में थी टिकुली की बड़ी बहन रत्ना। रत्ना ने इस परंपरा को तोड़ने की कसम खाई थी और अपनी जान देने तक को तैयार थी। वह जूठी होकर नहीं जाना चाहती थी ससुराल।

डोली से खींचकर ड्योढ़ी में लाई गई रत्ना। आश्चर्य तो यह था कि ड्योढ़ी की किसी स्त्री ने इस परंपरा का कभी विरोध नहीं किया। यह परंपरा ड्योढ़ी की शान थी और इस शान में 'बट्टा' लगाना नहीं चाहती थी ड्योढ़ी की कोई स्त्री। एक कमरे में बंद कर दिया गया रत्ना को। बैजनाथ सिंह पहलवान नई-नई दुल्हनों के प्रथम शीलभंग का स्वाद चखते आए थे। कमरा खोल अंदर गए। रत्ना ने बड़ी चतुराई से 'बाहर से हो आने' का बहाना बनाया। 'बाहर से हो आना' मतलब पेशाब-पाखाने

के लिए पिछवाड़े की तरफ निकलना। रत्ना बाहर क्या निकली, निकलते ही हवा हो गई। दौड़ती, गिरती-पड़ती अपने गाँव पहुँच गई अँधेरी रात में। बदहवास रत्ना ने सारी घटना सुनाई। वर्षों से जहर पी रहे थे लोग। रत्ना के पिता, चाचा, भाई, गोतिया दियाद...जिसको जो हथियार मिला, लिये दौड़े ड्योढ़ी की ओर। रात का समय, सुनसान टालक्षेत्र। पचासों लोग ड्योढ़ी में घुसे। पकड़े गए बैजनाथ सिंह पहलवान। जिस पलंग पर वे ससुराल जाने वाली दुल्हनों का अब तक शीलभंग करते आए थे, खवासपुर के लोगों ने उसी पलंग से पहलवान को बाँध दिया और कुट्टी-कुट्टी इस तरह काटा जैसे आदमी को नहीं भेड़-बकरे को काटा गया हो।

मुकदमा लंबा चला। तीन लोगों को आजीवन कारावास की सजा हुई। उन तीन में एक शंकर मंडल था-रत्ना का पिता। टिकुली तब गोद में थी। बाद में पता चला, पिता क्यों जेल में सजा काट रहे हैं।

बंद हो गई डोली रोकने की कुत्सित प्रथा। टालक्षेत्र की दलित-पिछड़े जातियों के लोग-बिंद, बेलदार, खवास, केवट, मलाह, भुइयाँ, कानू आदि कलंकित करने वाली परंपरा की बेड़ियाँ तोड़ आजाद हो गए।

उसी खवासपुर गाँव की है टिकुली देवी! भोला की पत्नी! रुपसपुरवाली खवासिन की बहू!...बाबू रामदीन सिंह भी जानते हैं, कौन है टिकुली देवी, लेकिन ब्रह्मर्षि टोले के लोग ज्यादा जानते हैं। वे जानते हैं, कौन थे बैजनाथ सिंह पहलवान!

'हाँ तो बाबू साहब, कैसे आना हुआ?' टिकुली देवी ने कुर्सी पर बैठे-बैठे पूछा बाबू रामदीन सिंह से।

'एक काम है मुखियायिन!' रामदीन सिंह कुछ सहमते हुए बोले। टिकुली देवी ने टोका, 'मुखियायिन मत कहिए बाबू साहब! मुखिया कहिए। मैं मुखिया हूँ ग्राम पंचायत की, मुखियायिन नहीं हूँ।'

बाबू रामदीन सिंह ठिगनी-सी काली-कलूटी औरत को देखते ही रह गए। बहू को ठसक के साथ बात करते देख रुपसपुरवाली दंग रह गई। रामदीन बाबू ने बरसतिया नाले पर पुरानी जर्जर कठपुलिया के बारे में बताया। टिकुली देवी बोली, 'हाँ, देखी है कठपुलिया, मुदा अभी तक इस मामले को लेकर कोई आया नहीं। आप आए हैं पहली बार।' रामदीन बाबू ने बताया कि बरसात के महीनों में उनके टोले के लोगों को भारी दिक्कत होती है। पुलिया की मरम्मत नहीं हुई।

टिकुली देवी मुखिया की हैसियत से बोली, 'बाबू साहब, जो बात आप कह रहे हैं वही बात लिखित रूप में आवेदनपत्र बनाकर और टोले के लोगों से हस्ताक्षर करवाकर मुझे दीजिए। मैं ग्रामसभा में रखूँगी। बरसात के पहले बन जाएगी पुलिया।' रुपसपुरवाली ने बहू की तरफ देखा, 'हाँ बहू, मालिक लोगों का काम हो जाना चाहिए। भारी दिक्कत होती है मालिक लोगों को।'

मुखिया अपनी सास की बात पर हँसने लगी, 'काम हो जाएगा! लेकिन माँजी,

इनको आप मालिक-मालिक क्यों कह रही हैं?'

रामदीन बाबू को पैरों तले की जमीन खिसकती हुई महसूस हुई। मोढ़े से उठने लगे तो रुपसपुरवाली बोली, 'बैठिए मालिक! चाय पीकर जाइएगा।' रामदीन बाबू फिर से बैठ गए मोढ़े पर। रुपसपुरवाली बहू से बोली, 'चाय बना दो बहू मालिक के लिए।' मुखिया हँसने लगी, 'चाय बना देती हूँ माँजी। लेकिन आप मालिक-मालिक कहना तो छोड़िए! माँजी, अब मालिक मैं हूँ, तभी तो बाबू साहब आए हैं दुआर पर।'

चाय पीकर रामदीन बाबू बैठक से उठे। रुपसपुरवाली मंत्रमुग्ध-सी उनके पीछे-पीछे सड़क तक पहुँचाने आई। बस इतना भर बोली रामदीन बाबू से, 'मन में कुछ मत रखिएगा मालिक! बहू बढ़ैया टाल की है न! बहुत झेले हुई है। इसलिए धुआँती रहती है। पढ़ी-लिखी ज्यादा नहीं है-वही चार पाँच किलास तक, मुदा खर-खतियान सब बाँच लेती है। रोज पढ़ती है अखबार!'

रामदीन बाबू का मन भारी हो गया था। मुड़कर रुपसपुरवाली को देखा। साँवला-गठीला बदन अब हेमंत ऋतु का फूल-पेड़ बन गया था। चेहरा ऐसा जैसे जेठ के महीने में चिकनी साँवली माटी जगह-जगह से फट जाती है।

लौटते समय सोचते रहे रामदीन बाबू-लिंक कैनाल बन जाए तो पुलिया की समस्या ही खत्म हो जाएगी। विनोद सिंह तो कह रहे थे-सर्वे की रिपोर्ट है कलेक्टेरिएट में। कोई कह रहा था, प्रोफेसर साहब डीडीसी से मिलने वाले हैं। देखना है, क्या होता है।

मन में आया, अभी दोपहर नहीं हुई है, चलें, मिल लें प्रमोद बाबू से। लेकिन चढ़ती धूप और गर्म पछिया हवा के कारण हिम्मत नहीं हुई। रामदीन बाबू ने अपने टोले का रास्ता पकड़ लिया। सोचते रहे, क्या से क्या हो गया गाँव-समाज! काली-कलूटी ठिगनी-सी टिकुली देवी अपनी सास को डाँट देती है-माँजी, इनको मालिक कहना तो छोड़िए!

# माँ गो! ई की होलो!

हफ्ते भर से चीजों को सलीके से सजाने में ही लगे हुए हैं प्रमोद बाबू और सावित्री जी। पूरी गृहस्थी को भागलपुर से यहाँ लाना और नए ढंग से, नए परिवेश में उसे फिर से शुरू करना प्रमोद बाबू को ऐसा लगता है जैसे किसी पौधे को जड़ से उखाड़कर दूसरी जगह रोपा जा रहा हो।

शंका फिर भी बनी रहती है। कोई जरूरी नहीं कि प्रत्यारोपित पौधा जमीन में जड़ जमा ही ले! कभी-कभी सूखता भी है। फिर भी संकल्पित हैं प्रमोद बाबू, प्रत्यारोपित पौधे को सूखने नहीं देंगे।

अपना गाँव अपना ही होता है। अपने लोग, अपने भाई-बंद, मित्र-समाज, संगी-साथी! अपना माटी-पानी, देस-कोस! प्रमोद बाबू को अपने गाँव पर सोचते हुए अक्सर लगता है, रिश्ते सिर्फ लोगों से नहीं, पेड़-पौधों, नदियों-तालाबों तक से होते हैं-उन तमाम चीजों से जिनसे स्मृतियाँ जुड़ी हैं। सुरसर नदी, सरायपोखर, सिपहिया लॉज में चलने वाला हाई स्कूल जिसकी पहली छात्रा बनी थी ज्योत्स्ना, राजकचहरी का बरगद और ऐसी कितनी सारी चीजें जो मौन रहकर भी बोलती हैं।

कोई हठात लिया गया फैसला नहीं था प्रमोद बाबू का कि रिटायर होने के बाद अपने गाँव में घर बनाएँगे और वहीं आखिरी साँस तक रहेंगे! यहाँ खेती की अपनी पुश्तैनी जमीन है, लोगों का स्नेह-सम्मान है। इसी गाँव में नागरिक अभिनंदन हुआ। लोग कहते हैं-प्रोफेसर प्रमोद सिंह विद्वान व्यक्ति हैं। फिर अपने गाँव-समाज का ऋण भी तो चुकाना है! अब तक जो थोड़ा-सा यश-सम्मान मिला, वह सब तो अपने खाते में है। अपने गाँव के लिए भी तो कुछ करना है!

अपने नागरिक अभिनंदन की याद से डाक्टर अंबर कुमार बनर्जी की याद आ गई। सम्मान-समारोह के वही प्रेरक भी थे और मुख्य आयोजक भी।

गाँव के अपने नए मकान में आए हफ्ता बीत गया है, अभी तक डाक्टर बनर्जी से मिलने नहीं जा सके हैं। मकान में चल रहे काम-किवाड़-खिड़कियाँ, वाइरिंग, पानी टंकी, छोटी-मोटी ढेर-सारी जरूरतें...लोगों से मिलना-जुलना! समय ही नहीं मिला!

बरामदे की कुर्सी पर बैठे और उँगलियों में जलती सिगरेट दबाए प्रमोद बाबू डाक्टर बनर्जी से अपनी पिछली मुलाकात की याद करते रहे। चार-साढ़े चार महीने पहले...।

बहुत दयनीय दिखे थे डाक्टर बनर्जी। बेटों-बहुओं और पोते-पोतियों से भरे परिवार में एकदम अकेले-निस्सहाय!

राजकचहरी चौक के पास डाक्टर बनर्जी के घर पहुँचे थे तब दिन का तीसरा पहर था। रविवार था। क्लिनिक बंद थी डाक्टर बनर्जी की।

वर्षों से डाक्टर बनर्जी के घर जाते रहे हैं प्रमोद बाबू। बनर्जी-परिवार के लोग जानते हैं, प्रमोद बाबू से डाक्टर बनर्जी की निकटता है। डाक्टर बनर्जी का घर बाहर से बिहार, लेकिन अंदर से परिचय बंगाल है। ऐसा इस बार भी महसूस हुआ प्रमोद बाबू को जब डाक्टर बनर्जी का बड़ा बेटा फेलू बाबू उनको अंदर आँगन में ले गया, फिर डाक्टर साहब के सोने के कमरे में। कमरे में नीम अँधेरा था। उजाले की बात पूछने पर फेलू बाबू ने कहा, 'बाबा को अँधेरा पसंद है। कहते हैं-रोशनी में नींद नहीं आती।'

डाक्टर बनर्जी अपने पुराने पलंग पर लेटे हुए थे। फेलू बाबू ने पिता से कहा- प्रमोद बाबू एशे छेन! डाक्टर साहब ने प्रमोद बाबू को देखा, पहचाना। उठकर बैठने के लिए पलंग को पकड़कर अपनी तरफ से जोर लगाया। इस कोशिश में उनके कुंहरने की घुटती हुई-सी करुण आवाज सुनाई पड़ी।

'कैसे हैं?'

'ठीक हूँ डाक्टर साहब।'

वे चुप हो गए। पलंग पर बैठे हुए डाक्टर बनर्जी कुबड़े-जैसे दिख रहे थे। फेलू बाबू दरवाजे पर खड़ा था।

प्रमोद बाबू ने फेलू बाबू से पूछा, 'राजा बाबू कहाँ है?'

'यहीं कहीं होगा।' फेलू बाबू ने जवाब दिया।

फेलू बाबू बड़ा बेटा है डाक्टर बनर्जी का-फणींद्र मोहन बनर्जी, मझला है राजा बाबू-निशांत कुमार बनर्जी। सबसे छोटा तपन यहाँ नहीं रहता। दिल्ली विश्वविद्यालय में फिजिक्स का लेक्चरर है। पहले दुर्गापूजा में एक-दो दिनों के लिए आता भी था, तीन-चार वर्षों से नहीं आता। डाक्टर साहब के तीनों बेटों में तपन ही पढ़-लिख सका। बाकी फेलू बाबू इंटर में फेल होकर घर बैठ गया। राजा बाबू ने तृतीय श्रेणी में बीएससी किया। कौन-सी नौकरी मिलती ऐसे ठेल-ठाल कर बीएससी पास को! कुछ दिन एक दवा कंपनी में एमआर रहा, फिर घर लौट आया।

फेलू बाबू दरवाजे पर खड़ा था। वह न बैठता था, न बाहर जाता था। कमरे से बाहर फेलू बाबू और राजा बाबू की पत्नियों के बोलने की और छोटे बच्चों के झगड़ने की आवाजें आ रही थीं। प्रमोद बाबू को अकस्मात् 'मायजी' की याद आ गई। मायजी! डाक्टर साहब की पत्नी! हँसमुख-मिलनसार महिला थीं। शरीर का वजन ज्यादा था। डाक्टर बनर्जी सरकारी सेवा से रिटायर हुए। उसके कुछ महीने बाद ही मायजी ने दुनिया छोड़ी। मायजी का दुनिया से जाना डाक्टर बनर्जी को अकेला और निरुपाय बना गया।

क्षतिपूर्ति के लिए बड़े बेटे और मझले बेटे की शादियाँ करवाईं। बहुएँ आईं। डाक्टर बनर्जी से जब भी मिले प्रमोद बाबू, डाक्टर बनर्जी एक ही वाक्य बार-बार दोहराते रहे, 'बहुत कष्ट है प्रोमोद! बहुत कष्ट है। फेलू की माँ थी...' रोने लगते बोलते-बोलते।

डाक्टर बनर्जी की तरफ देखते उन पर सोच ही रहे थे प्रमोद बाबू कि दरवाजे के पास, जहाँ फेलू बाबू खड़ा था, वहाँ से अंदर की तरफ झाँकती हुई बड़ी बहू ने पूछा, 'चा खाबेन?'

'ह्याँ' यानी हाँ, पीऊँगा चाय!' डाक्टर साहब कुँहरने के बावजूद चहककर बोले।

फेलू बाबू चाय लाने गया। इस बीच डाक्टर बनर्जी खिसककर प्रमोद बाबू के नजदीक आ गए। बोले, 'बहुत कष्ट है प्रोमोद बाबू! बहुत कष्ट है।...फेलू की माँ होती, तो हमारा ई हाल नहीं होता। कोई देखने वाला नहीं है। मनमाफिक डाइट नहीं मिलता है। ब्लड प्रेशर, गठिया, छाती दर्द...। चार डेग चल नहीं पाता हूँ। बॉडी काँपने लगता है। फेलू बाबू और राजा बाबू से कहता हूँ-दिल्ली ले चलो। एम्स में दिखा दो। दोनों कहते हैं-अच्छा...।'

डाक्टर बनर्जी बोल ही रहे थे कि फेलू बाबू चाय लेकर आ गया। एक प्लेट में नमकीन और बिस्किट। 'मिष्टी आछे ना कि? मिठाई है?' डाक्टर बनर्जी ने पूछा तो बड़ी बहू रसगुल्ले ले आई दो प्लेटों में। डाक्टर बनर्जी ने चाय-बिस्किट-नमकीन सब छोड़-छाड़कर रसगुल्ले की प्लेट अपनी तरफ इस तरह खींची जैसे कई दिनों के भूखे हों। 'मिष्टी आछे'-बोलते हुए वे दोनों प्लेटों में रखे छोटे-छोटे आठ रसगुल्ले खा गए। उनको याद ही नहीं रहा कि चार रसगुल्ले प्रमोद बाबू के लिए थे।

फेलू बाबू वहाँ मौजूद नहीं था। उसकी पत्नी मिष्टी, चाय-बिस्किट और शीशे के गिलास में पानी देकर चली गई थी।

डाक्टर बनर्जी आठ रसगुल्ले खाकर तृप्ति महसूस कर रहे थे। नमकीन बिस्किट की पूरी प्लेट वे खा गए। पानी पीया और चाय पीते हुए धीरे से बोले, 'हार्ट डिजीज है प्रोमोद बाबू, हाई ब्लड प्रेशर है। फेलू बाबू और राजा बाबू से कहता हूँ तो दोनों खिसक जाते हैं।' डाक्टर साहब बोल ही रहे थे कि फेलू बाबू आ गया।

डाक्टर साहब चुप! ऐसी चुप्पी कि प्रमोद बाबू को लगा, फेलू बाबू के आ जाने के कारण डाक्टर साहब ने मन की बात मन में रख ली है। या ऐसा दिखाने का नाटक कि नहीं, कोई बात ही नहीं कर रहे थे वे प्रमोद बाबू से!

डाक्टर बनर्जी चुप थे, लेकिन माहौल चीख-चीखकर हालात का बयान कर रहा था। डाक्टर बनर्जी आँखें मूँदे पता नहीं क्या सोचने लगे थे। वे शायद यह भी भूल गए थे कि प्रमोद सिंह उनसे मिलने आए हैं और सामने बैठे हैं।

डाक्टर बनर्जी की बुभुक्षा कल्पना से परे थी। बहुत कमाया था डाक्टर बनर्जी ने! धन भी, यश भी। प्रमोद बाबू याद करने लगे-डाक्टर बनर्जी के लिए माँगुर और हिलसा मछलियाँ फारबिसगंज कस्बे से मँगाई जाती थीं। तीनों बेटे राजकुमारों की तरह

पले-बढ़े। सरकारी अस्पताल में थे, मायजी जीवित थीं तब डाक्टर साहब के बोलने से नहीं, चाहने भर से सारे काम होते थे।

वही डाक्टर साहब हैं। मिष्टी की प्लेट उन्होंने इस तरह झपट ली जैसे सामने बैठे प्रमोद बाबू न खा जाएँ। जाहिर था, रसगुल्ले प्रमोद बाबू के लिए आए थे, इसलिए डाक्टर साहब को भी दिए गए।

उस दिन कोई घंटे-डेढ़ घंटे तक प्रमोद बाबू डाक्टर बनर्जी के कमरे में रहे। बातचीत बहुत कम हुई। प्रमोद बाबू को यही महसूस होता रहा कि फेलू बाबू दरवाजे से कुछ मिनटों के लिए चला जाता है तो डाक्टर साहब आहिस्ता-आहिस्ता कुंहरते हुए कुछ बोलते हैं। उसके आते ही एकदम चुप हो जाते हैं।

पलंग से उठकर खड़े हुए प्रमोद बाबू। हाथ जोड़ते हुए बोले, 'चलता हूँ डाक्टर साहब! फिर मिलूँगा।' डाक्टर बनर्जी करुण-दयनीय मुद्रा में प्रमोद बाबू को देखते रहे।

लौटते हुए प्रमोद बाबू डाक्टर बनर्जी पर ही सोचते रहे। सौ बीघे से ज्यादा जमीन खरीदी डाक्टर साहब ने। सरकारी अस्पताल के वर्षों तक प्रभारी रहे। मकान बनवाया। घर में नौकर-चाकर। दरवाजे पर जीप। इलाके में लोकप्रियता।

उसके दूसरे ही दिन सुबह डाक्टर बनर्जी का कंपाउंडर हरिलाल हड़बड़ाया हुआ आया था। बगल के कुर्मी टोले का है। सत्रह-अठारह साल की उम्र से ही डाक्टर बनर्जी के यहाँ काम करता है।

'क्या हरिलाल! एकदम सुबह-सुबह आ गए?'

'जी सर। आप कल डाक्टर बनर्जी से मिलने गए थे?'

'हाँ, गया था। क्यों?'

'सर, आपने क्या कह दिया था फेलू बाबू से?'

'क्या कहा था!...'

'आपने डाक्टर साहब को एम्स में दिखाने के लिए कहा था फेलू बाबू से?'

'हाँ, कहा तो था! क्यों, क्या हुआ कहा तो...?''

'आपके जाने के बाद डाक्टर साहब की ऐसी दुर्गति हुई सर कि पूछिए मत। मैं था वहाँ। फेलू बाबू, राजा बाबू, दोनों बहुएँ सब इस तरह डाक्टर साहब की फजीहत कर रहे थे कि क्या बताऊँ। फेलू बाबू कहते थे-शिकायत करता है। बदनाम करता है परिवार को। गाली-गलौज।...कहते नहीं बन रहा है सर। उस रात डाक्टर साहब को खाना भी नहीं दिया गया। बड़ी बहू बोली कि बुढ़वा रसगुल्ले और बिस्किट-भुजिया खा चुका है। नहीं मिलेगा खाना।'

कई बातें सच होकर भी विश्वसनीय प्रतीत नहीं होतीं। डाक्टर बनर्जी के विषय में हरिलाल ने जितना कुछ कहा प्रमोद बाबू सिर्फ सुनते रहे।

'ऐसा क्यों...कैसे हो गया हरिलाल? डाक्टर बनर्जी जैसे भद्र आदमी के साथ

उन्हीं के बेटे...बहुएँ इस तरह के अमानवीय व्यवहार क्यों करने लगे।'

'असल में फेलू बाबू और राजा बाबू दोनों निकम्मे हैं। ढेर-सारी जमीन थी। डाक्टर साहब ने जिस प्रेमपाल गुप्ता को मैनेजर बनाया, उसी ने धोखे से कीमती जमीन अपने नाम करा ली। अब बची है ऊँसर-बलुआरी जमीन सुरसर नदी के पलार की। बस एक ही बचा है आमदनी का सोर्स और वह है डाक्टर साहब की क्लिनिक। क्लिनिक भी पहले वाली नहीं रही। दिन भर में आठ-दस पेसेंट आ गए तो बहुत समझिए।'

'आश्चर्य है हरिलाल! तुमने तो देखा ही है। डाक्टर साहब सरकारी अस्पताल में थे तब मरीजों की भीड़ लगी रहती थी।'

क्लिनिक में भी शुरू में वैसी ही भीड़ लगती थी, सर! वैसे बगल में सरकारी अस्पताल है और डाक्टर सीएम झा का 'आरोग्य निकेतन' भी है, लेकिन लोगों का विश्वास था डाक्टर साहब पर। फिर सबसे सस्ता इलाज भी तो यही करते थे।'

प्रमोद बाबू हरिलाल का चेहरा देखने लगे, 'तो फिर क्या हो गया कि...?'

'राजा बाबू ने क्लिनिक की चलती देखकर बगल के कमरे में दवा की दुकान खोल ली। पुर्जा डाक्टर साहब का, दवाएँ सब राजा बाबू की दुकान की और दुकान में घटिया और नकली दवाएँ। डाक्टर साहब को वही दवा पुर्जे पर लिखनी पड़ती थी जो राजा बाबू की दुकान में मिलती थी। यह बात धीरे-धीरे फैल गई। बैठ गई क्लिनिक।' प्रमोद बाबू ने हथेली सिर पर रख ली, 'ओफ!...' हरिलाल जाने के लिए उठकर खड़ा हुआ, 'सर, कहावत है न!...केंकड़े के बच्चे केंकड़े को ही चीथ-चीथ कर खा जाते हैं!' बोलकर विचित्र-सी हँसी हँसने लगा हरिलाल। प्रमोद बाबू ने पूछा, 'तो फिर दोनों बेटे डाक्टर साहब को इलाज के लिए कहीं बाहर क्यों नहीं ले जाते जबकि आमदनी का जरिया वही हैं? क्यों नहीं ले जाते पटना-दिल्ली? ज्यादा दिन जीएँगे तो ज्यादा कमाकर देंगे परिवार को!'

'बाहर ले जाने में खर्च होगा न सर! हार्ट का ऑपरेशन कराना होगा। दो-तीन लाख खर्च होंगे। फिर कुछ महीनों तक क्लिनिक बंद रहेगी। रोज-रोज होने वाली आमदनी भी गई और डाक्टर साहब के इलाज का खर्च ऊपर से।'

हरिलाल चला गया। प्रमोद बाबू बड़े भाई चंद्रदेव सिंह के दालान के बाहर बैठे आकाश के शून्य को देखते रहे। पूरा आकाश नीला नहीं था। याद है प्रमोद बाबू को, आकाश पर झीने बादलों की काई लगी हुई थी...।

चार-साढ़े चार महीने हो गए डाक्टर बनर्जी से मिले। इधर जबसे अपने नए मकान में आए हैं, फुर्सत ही नहीं मिली। शाम में 'पेपर-पत्रिका' दुकान से अखबार और एक अंग्रेजी पत्रिका लिये प्रमोद बाबू निकल रहे थे कि हरिलाल दिखाई पड़ा। हड़बड़ी में था। प्रणाम किया प्रमोद बाबू को।

'कैसे हो हरिलाल?'

'ठीक हूँ सर। पता चला, आप अपने नए घर में आ गए हैं। गृह प्रवेश में आपने

बुलाया भी नहीं!' प्रमोद बाबू बोले, 'हरि, ऐसा है कि गृह प्रवेश के लिए कोई अनुष्ठान किया नहीं। चार-साढ़े चार महीने पहले एक कमरा जो किसी तरह बनकर तैयार हुआ, उसी में पंडितजी को बुलाकर बहुत संक्षेप में 'ओम् शांति, पृथिवी शांति' वगैरह करा लिया था। किसी को बुलाया नहीं। बस बड़े भैया और छोटे भाई विनोद सिंह थे और दोनों के परिवारों के लोग थे।'

हरिलाल बोला, 'अभी एक जरूरी काम है सर। कल सुबह आऊँगा। आप तो डाक्टर बनर्जी से इधर मिले नहीं हैं। कुछ दिन पहले आपके बारे में उन्होंने दो-तीन बार पूछा था।'

'क्या करूँ हरिलाल! घर को व्यवस्थित करने में परेशान हूँ। काम चल रहा है। अच्छा आओ कल। चलूँगा डाक्टर साहब के यहाँ।'

दूसरे दिन सुबह हरिलाल आया। खिन्न और उदास था। प्रमोद बाबू ने पूछा, 'डाक्टर साहब का क्या हाल है हरिलाल?'

हरिलाल ने ऐसा मुँह बनाया जैसे खुद से नाराज हो, 'पहले से बदतर हाल है डाक्टर साहब का। अब तो ठीक से चल भी नहीं पाते हैं। फेलू बाबू और राजा बाबू किसी तरह ठेल-ठालकर, सहारा देकर डाक्टर साहब को क्लिनिक में बिठा देते हैं। पेसेंट अब इक्के-दुक्के आते हैं। डाक्टर साहब कुर्सी पर बैठ नहीं पाते, फिर भी बैठना पड़ता है। कभी-कभी कुर्सी पर बैठे-बैठे लुढ़क जाते हैं।'

'कहीं इलाज कराने नहीं ले गए दोनों बेटे?'

'इलाज में खर्चा होगा न सर! दोनों सोचते हैं, जितने दिन खींचें। चार-पाँच सौ रुपए तो रोज आ ही जाते हैं!'

'बेटे इतने निर्मम कैसे हो गए हरिलाल! समझ में नहीं आता।'

हरिलाल के मन में आक्रोश भरा हुआ था, 'असल में फेलू बाबू और राजा बाबू दोनों बेरोजगार-निकम्मे हैं। घर चले कैसे! थोड़ी खेती है, उसको भी ये देख नहीं पाते हैं। ले-देकर बचते हैं डाक्टर साहब। बूढ़े बीमार बैल को पीट-पीटकर हल में जोत रहे हैं। डाक्टर साहब को खाना भी अच्छा नहीं मिलता। आप तो जानते हैं सर, डाक्टर साहब बिना मछली के खाते नहीं थे। अब खाने के लिए मछली माँगते हैं तो बड़ी बहू जहर उगलने लगती है—माछ चाई? मछली चाहिए! शुधु खाच्छे। खाली खाता है!' 'खाच्छेन' नहीं 'खाच्छे'! आप तो 'खाच्छे' और 'खाच्छेन' में फर्क जानते ही होंगे सर!'

प्रमोद बाबू एकटक देखते रहे हरिलाल को। धीरे से बोले, 'पिछली बार जब उनके घर गया था तभी आभास मिल गया था। जानते हो हरिलाल! मैं ने तुमसे कहा नहीं!...मेरे लिए एक प्लेट में चार रसगुल्ले दिए गए थे, डाक्टर साहब ने झपटकर खा लिए।'

हरिलाल के होंठों पर विद्रूप भरी हँसी की स्याह लकीर-सी दिखी। बोला, 'मरीजों से जो रुपए मिलते हैं, डाक्टर साहब चुपके से कुछ रुपए मुझे दे देते हैं। मैं उनके लिए

ड्राई फ्रूट्स, बिस्किट वगैरह खरीद लाता हूँ। यह भी डाक्टर साहब खा नहीं पाते हैं। आखिर रखें कहाँ! फिर उनकी जो दुर्गति होती है...क्या बताऊँ सर! बड़ी बहू कहती है–चोरी करता है? सारा दोष मेरे ऊपर। रोज नौकरी से हटा देने की धमकी। डाक्टर साहब कुंहरते रहते हैं। मैं उनके पैर दबाता हूँ, तो इसके लिए भी मुझे गालियाँ सुननी पड़ती हैं। परसों की ही बात है सर! डाक्टर साहब घुटनों के दर्द से कराह रहे थे। मैं उनके पैर दबाने लगा। तभी आ गए राजा बाबू। दाँत कीचते हुए बोले, 'रे हरिया! ई तू क्या करता है! दिखाता है कि हम बाबा की सेवा नहीं करते हैं, तुम करते हो! खबरदार हरिया!...'

प्रमोद बाबू हत्प्रभ थे। सोचा नहीं जा सकता था कि राजकुमारों–जैसे पले बेटे बूढ़े बाप की ऐसी दुर्दशा कर सकते हैं!

'आप डाक्टर साहब को देखेंगे तो पहचानने में भी दिक्कत होगी! चेहरे पर सूजन, सूखी लकड़ी–जैसे हाथ–पाँव...कोटर में छिपी आँखें! फिर भी क्लिनिक में बैठना पड़ता है उनको!' हरिलाल कुछ क्षणों तक इस तरह सप्रयोजन चुप्पी साधे रहा जैसे विचार कर रहा हो कि अगली बात बोले या नहीं। प्रमोद ने पूछा, 'कुछ सोच रहे हो क्या?' हरिलाल कहने लगा, 'पिछले शनिवार की बात है सर! बड़ी बहू ने बाहर जाकर देखा, दो–तीन पेसेंट क्लिनिक की बेंच पर बैठे हैं। मैं क्लिनिक में ही था। बड़ी बहू ने मुझसे कहा–जाकर बुला लाओ डाक्टर साहब को! मैं उनके कमरे में गया। डाक्टर साहब करवट लेटे हुए थे और कुछ बोल रहे थे। कोई सुनने वाला नहीं था, फिर भी वे बोल रहे थे–जाबो ना...जाबो ना! मैंने उनसे क्लिनिक चलने को कहा तो वे रोने–चीखने लगे–जाबो ना! जाबो ना!...कि बड़ी बहू आ गई–क्या बोलता है? जाबो ना? बड़ी बहू ने आँखें तरेरकर डाक्टर साहब को देखा और खूँटियों पर टंगी पैंट–शर्ट उनके सामने फेंककर भुनभुनाती हुई बाहर चली गई–'शुधु खाच्छे!...किछु काज नायं।'

हरिलाल जाने के लिए उठकर खड़ा हुआ तो प्रमोद बाबू बोले, 'थोड़ी देर रुको। मैं भी चलता हूँ तुम्हारे साथ।'

हरिलाल ने घड़ी में समय देखकर कहा, 'सर, अभी सवा आठ बजे हैं। डाक्टर साहब नौ–साढ़े नौ तक सोते हैं। आप सर, चार बजे के बाद क्लिनिक में ही आ जाइएगा। मैं रहूँगा।'

उसी दिन दोपहर बाद घर में काम करने वाला रामनिहोरा बाजार से हाँफता हुआ आया। बोला, 'मालिक, सुना आपने? ऊँ बनर्जी डागडर मर गए!'

'आयं! मर गए! किसने कहा?'

'चौक पर लोग बात कर रहे थे।'

प्रमोद बाबू ने कपड़े बदले। पत्नी से बोले, 'सावित्री, डाक्टर बनर्जी नहीं रहे। रामनिहोरा बाजार से आया है अभी!'

तेज चलते हुए प्रमोद बाबू सुराजी चौक गए। रिक्शा लिया। डाक्टर बनर्जी के

क्लिनिक पहुँचे। भीड़ लगी थी। मालूम हुआ, किसी मरीज की नब्ज देख रहे थे, लुढ़क गए कुर्सी से। उसी मरीज ने डाक्टर साहब को बेंच पर लिटाया। अंदर से दोनों बहुएँ दौड़ी आईं। डाक्टर बनर्जी बेंच पर मृत पड़े थे। दोनों बहुएँ पछाड़ खाकर औंधे मुँह गिर पड़ीं। बड़ी बहू जोर से चीखी–माँ गो! ई की होलो!...

प्रमोद बाबू भीड़ में खड़े एकटक दोनों बहुओं को देख रहे थे जो बेसुध–बदहवास फर्श पर पड़ी थीं। लोग बेंच को घेरे आपस में बातचीत कर रहे थे–दोनों बहुएँ डाक्टर साहब को पिता की तरह मानती थीं। देख रहे हैं दोनों की हालत! लगता है, इनका सर्वस्व लुट गया हो!...कुछ औरतें भी खड़ी थीं भीड़ में। उनमें एक आगे बढ़कर बेसुध पड़ी बड़ी बहू के घुटनों से ऊपर सरक आई साड़ी ठीक करने लगी। एक दूसरी औरत छोटी बहू की पीठ और छाती से खिसक आया आँचल ठीक करने लगी। उसी औरत ने कहा, 'अरे बहू तो बेहोश है! पानी का छींटा मारिए चेहरे पर! अरे, कोई पानी लाओ!' बेंच के सामने फर्श पर हरिलाल पंजों के बल बैठा मुस्करा रहा था।

# अशुभ मंगलाचरण

कहते हैं–मकान और अरमान कभी पूरे नहीं होते। प्रमोद बाबू अपने छोटे-से मकान को देखते हैं तो लगता है, इस उक्ति में आधी सच्चाई है। अरमान तो सच में किसी के पूरे नहीं होते, लेकिन अपने मकान का नक्शा तो अपनी औकात के मुताबिक बनाया गया है। रहने लायक तो बन ही गया है। पुस्तकालय-कक्ष और उससे सटा एक कमरा 'कुर्सी' तक आया है। रुपए ही कम पड़ गए। पेंशन के पूरे पैसे मिले भी कहाँ! पैसे मिलेंगे तो मकान का अधूरा काम भी पूरा हो ही जाएगा।

छत पर टंकी नहीं लग पाई है। ठेकेदार अनुज गुप्ता कहता है, 'चाचा, आप निश्चिंत रहिए। मैं सारे काम कर दूँगा।' फिलहाल आँगन के ट्यूबवेल से घर के सारे काम होते हैं। सावित्री भरी बाल्टी उठा नहीं पाती। वह तो केवट टोले की कलिया है जो घर के सारे काम कर देती है। सुबह आती है, शाम से पहले चली जाती है। बाहरी काम के लिए रामनिहोरा है।

पिछले हफ्ते केवट टोले का बंदेलाल पंजाब जाने लगा तो मिलने आया। बोला, 'आपके परिवार का अन्न-पानी खाता रहा हूँ मालिक! बाप-दादे सब हवेली की सेवा-टहल में लगे रहे। मैं पंजाब कमाता हूँ। दो पैसे बच जाते हैं। साल छमाही घर आता हूँ। एक-एक पैसा जोड़कर जमा कर रहा हूँ। अगले साल कलिया का बियाह कर दूँगा। दिन-दुनिया खराब है मालिक! लड़की सयानी हो गई है। डर लगा रहता है। आपको सौंपकर जा रहा हूँ। अपनी बेटी समझिएगा मालिक।' बंदेलाल की आँखों में विवशता के आँसू थे।

सावित्री जी किवाड़ के पास खड़ी बंदेलाल को देख रही थीं। बंदेलाल का हौसला बढ़ाते प्रमोद बाबू ने कहा, 'तुम जाओ बंदेलाल! कमाओ। वैसे मैं पूरी मदद करूँगा कलिया की शादी में। बेफिक्र होकर जाओ।'

बंदेलाल ने आँखें पोंछीं। प्रमोद बाबू और सावित्री जी के पैर छूकर चला गया।

दस-बारह दिन ही हुए हैं गाँव के इस मकान में आए। कई काम बाकी हैं। बरामदे पर बैठे सिगरेट पीते हुए प्रमोद बाबू अधूरे मकान पर सोच रहे थे कि चार लड़के आ गए। शाम हो गई थी। चारों लड़कों में किसी को वे पहचान नहीं पाए। पूछा, 'कौन हो तुम लोग?' चारों में जो सबसे लंबा-तगड़ा था, उसने धीरे से जवाब दिया, 'हम

इसी गाँव के हैं, सर! बाहर से आए हैं आप, कैसे पहचानिएगा हम लोगों को!'

बाहर से आने की बात अच्छी नहीं लगी प्रमोद बाबू को, 'क्या कहा? मैं बाहर से आया हूँ? बाहरी आदमी हूँ? इसी गाँव में पुश्तैनी मकान है और मैं बाहर का हो गया?'

लड़का चुप हो गया। प्रमोद बाबू ने पूछा, 'हाँ तो कहो, क्या काम है?' वही लड़का जिसने बाहरी आदमी कहा था, सामने की चौकी पर बैठता बोला, 'आपको दस हजार रुपए देने हैं।

'किसको देने हैं?'

'हम लोगों को और किसको!'

'क्यों?...' प्रमोद बाबू का चेहरा सख्त हो गया। सावित्री जी बाहर निकल आईं।

'सुनिए सर!...' वही लड़का जो सबसे मुखर था, तनी हुई आवाज में बोला, 'हम लोग लालसेना के हैं। दस हजार 'लेवी' देनी है आपको। जो पैसे वाले हैं या बाहर से यहाँ आए हैं, सबको देनी पड़ती है 'लेवी'।

'देते होंगे जो बाहर से आए हैं या पैसे वाले हैं। मैं इसी गाँव का हूँ। यहाँ जमीन-जायदाद है मेरी।'

'इसलिए तो हम माँग रहे हैं कि आप जमीन वाले हैं। प्रोफेसर थे। लाखों रुपए हैं आपके पास।'

'किसने कहा कि मेरे पास लाखों रुपए हैं?'

'कैसे नहीं हैं? बीस-पच्चीस लाख का तो यह आपका मकान ही है। पेंशन मिलती है हजारों में। दोनों बेटे अफसर हैं। क्यों नहीं दे सकते आप?'

एक दूसरा लड़का जो दारू पीकर आया था और चौकी पर बैठा हिल-डुल रहा था, लड़खड़ाती आवाज में बोला, 'सर, सस्ते में छूट रहे हैं आप! नहीं तो दस हजार बीस हजार हो जाएगा। वो श्रीराम तिवारी हैं न! रेलवे से रिटायर होकर आए हैं। उनसे पचास हजार लिए गए हैं।'

झुँझलाते हुए प्रमोद बाबू ने पूछा, 'यह 'लेवी' है क्या?'

'किसी से पूछ लीजिएगा। सीएम झा हैं, डाक्टर बनर्जी के बेटे फेलू बाबू, राजा बाबू हैं और बाजार में जो भी पैसे वाले हैं, किसी से पूछ लीजिएगा।' जो लड़का चौकी पर बैठा हिल-डुल रहा था उसी ने यह जवाब दिया। तीसरे लड़के ने नाराजगी से विकृत-सा मुँह बनाया, 'हम बहस करने नहीं आए हैं सर! सीधा जवाब दीजिए। रुपए दे रहे हैं या नहीं?

'मैं फिर कह रहा हूँ, नहीं देनी है लेवी-वेवी!'

चारों लड़के खड़े हो गए। सबसे लंबे-तगड़े लड़के ने सीढ़ी से उतरते हुए पीछे मुड़कर प्रमोद बाबू को देखा और बदतमीज-जैसा बोला, 'आप यहाँ रह नहीं सकेंगे सर! याद रखिएगा।' चेतावनी देते हुए अपने साथियों से कहा, 'चलो रे! ई बुढ़वा

प्रोफेसर ऐसे नहीं देगा!'

प्रमोद बाबू इस घटना से चिंतित तो हुए, लेकिन विचलित नहीं हुए। भतीजे सुरेंद्र ने लालसेना के विषय में एक बार बताया था कि गाँव में एक उग्रवादी संगठन है लालसेना! पैसे वालों से ये 'लेवी' वसूलते हैं।

प्रमोद बाबू ने सिगरेट सुलगायी। मन अशांत था। सावित्री जी से बोले, 'देखा न! लालसेना! क्या है लालसेना? एक दारू पीये हुए था! लालसेना!...' क्रोध में बड़बड़ाते रहे प्रमोद बाबू।

रात हो रही थी। खाने की इच्छा नहीं हुई। सोचते रहे कि अभी ढंग से रहना शुरू भी नहीं किया है गाँव में और किसी लालसेना के लफंगे 'लेवी' माँगने आ गए। वह भी सौ-पचास नहीं, दस हजार! मन में आया, कल थाने में शिकायत करें। फिर सोचा कि कुछ लोगों से बात करें इस विषय में।

सुबह डाक्टर सीएम झा के 'आरोग्य निकेतन' गए। डाक्टर झा इसी गाँव की बभनटोली के हैं। पहले सरकारी सेवा में थे। प्रमोद बाबू का बचपन से ही संग-साथ रहा है। सरायगंज बाजार में सुराजी चौक पर इनका नर्सिंग होम है 'आरोग्य निकेतन'। सीएम झा आधा डाक्टर हैं आधा पॉलिटिशियन। तमाम राजनीतिक दलों के नेता, मुखिया, सरपंच, प्रखंड प्रमुख, जिला परिषद अध्यक्ष वगैरह यहाँ आते रहते हैं। 'आरोग्य निकतन' का एक बाहरी बड़ा-सा कमरा ऐसे ही लोगों से मिलने-जुलने के लिए है।

डाक्टर झा ने सुबह-सुबह प्रमोद बाबू को देखा तो पूछ बैठे, 'क्या प्रमोद बाबू? एकदम सवेरे-सवेरे आए हैं। कोई बात?'

'नहीं, ऐसी कोई बात नहीं झा जी!' बोलते हुए प्रमोद बाबू डाक्टर झा के कमरे में बैठे और जो बात कहने के लिए आए थे, वह बात बिना लाग-लपेट के कह दी। डाक्टर झा बोले, 'आपको लालसेना के बारे में पता नहीं था क्या? अजी, ये सब लफंगे हैं। सब दुसाधटोली, चमरटोली और मुसहरटोली के हैं। मैं सबको जानता हूँ।'

'धमकी देकर गए हैं।' प्रमोद बाबू ने कहा तो डाक्टर झा बोले, 'प्रमोद बाबू, अभी तो आप आए ही हैं गाँव में। अभी गाँव को जान कहाँ पाये हैं! जो भी पैसे वाले हैं यहाँ, सब देते हैं लेवी।'

'आप भी देते हैं?'

'हाँ, प्रमोद बाबू। मैं भी देता हूँ। आखिर रहना है यहाँ! आपको शायद जानकारी न हो। मेरे टोले के थे एक शचींद्र पाठक। लालसेना वालों का जमकर विरोध किया। परिणाम! उनकी लाश मिली सरायपोखर के किनारे जंगल में। चमरटोली के एक आदमी की हत्या मुखबिरी के कारण हुई।'

प्रमोद बाबू डाक्टर झा से यह सोचकर मिलने गए थे कि वे लालसेना वालों की ऐसी हरकतों का विरोध करेंगे, लेकिन वे तो इस तरह बात करने लगे जैसे लालसेना सर्वस्वीकृत हो! डाक्टर झा ने चाय पिलायी। चाय मीठी थी, लेकिन प्रमोद बाबू को

कड़वी लगी। चार-पाँच घूंट पीकर उन्होंने कप रख दिया।

घर आए तो पत्नी से बोले, 'सावित्री, 'बड़े भैया को सूचना दे आता हूँ, नहीं तो वे कहेंगे, उनको नहीं कहा मैं ने!'

थोड़ी ही दूरी पर बड़े भैया का पुश्तैनी मकान है। धूप थी, फिर भी वे निकल गए। दालान में ही मिल गए बड़े भैया। पूछा, 'क्या प्रमोद! इस धूप में क्यों आए?' प्रमोद बाबू ने पिछली शाम वाली घटना बतायी। बड़े भैया बोले, 'तो क्या तुमको पता नहीं था कि गाँव में लालसेना वाले हैं? नक्सली हैं?...अरे, इन्हीं से लोहा लेने के लिए हम लोगों का सुरक्षा संघ है। मजाल है कि हम लोगों से लालसेना वाले भिड़ें। असल में तुमको बाहर से आया समझकर लालसेना वाले आए होंगे। 'लेवी' इनका रोजगार है। कोई सार्वजनिक काम हो, पुल बने, सड़क बने, मकान बने...कोई भी काम हो गाँव में, इलाके में,ये लेवी वसूलते हैं। पंचायत के मुखिया इनको 'लेवी' देते हैं। न दें तो क्या ठिकाना! जान से ही मार दें। बस हम लोगों के सुरक्षा संघ से डरते हैं। एक-दो बार भिड़ंत हो चुकी है।'

चाय पीकर बड़े भैया के घर से प्रमोद बाबू लौटे। सावित्री जी को सारी बातें बतायीं। सुरक्षा संघ के विषय में भी बताया। सावित्री जी को कल शाम से ही चिंता है। बोलीं, 'किस पचड़े में पड़ गए हम। धमकी देकर गए हैं।' 'पचड़ा' शब्द का सीधा अर्थ था यहाँ बनाया गया मकान। प्रमोद बाबू समझ रहे थे, सावित्री जी कहना क्या चाहती हैं।

शाम होते फैल गई यह बात कि लालसेना वाले 'लेवी' माँगने आए थे प्रमोद बाबू से। प्रमोद बाबू ने देने से इनकार किया तो धमकी देकर लालसेना वाले गए। रामनिहोरा आया तो बोला कि उसके टोले में भी चर्चा है। शाम में प्रमोद बाबू 'पेपर-पत्रिका' दुकान गए तो रामचंद्र ने भी बताया।

देर शाम लौटकर प्रमोद बाबू बल्ब की रोशनी में बरामदे पर बैठे 'दि हिंदू' के पन्ने पलट रहे थे, तभी चार लड़के आ गए। एक को प्रमोद बाबू ने पहचाना। ललन था। रिश्ते में भतीजा।

'क्या ललन! इस वक्त! कोई खास बात?'

'जी चाचा! खास बात तो है ही। आपको लालसेना वाले धमकी देकर जाएँ, यह हम लोग बर्दाश्त नहीं करेंगे। आप विद्वान आदमी हैं चाचा! कौन नहीं जानता है आपको! लालसेना के लफुए-लफंगे आपसे 'लेवी' माँगने आएँ और नहीं देने पर धमकी दें, यह हम लोगों को बर्दाश्त नहीं होगा। हम लोग इसलिए आए हैं कि आप घबड़ाइएगा नहीं।'

'नहीं ललन, घबड़ाया नहीं हूँ, मगर चिंता तो हुई कि अपने ही गाँव के लड़कों की ऐसी बदतमीजी!' प्रमोद बाबू ने चारों लड़कों को चौकी पर बैठने के लिए कहा। सावित्री जी आ गईं। चारों ने चरण छुए। सावित्री जी ने मुस्कराते हुए पूछा, 'क्या ललन?'

'जी चाची, सुना कि कल लालसेना वाले 'लेवी' माँगने आए थे। हम लोग इसलिए

आए हैं कि उन कमीनों से डरना नहीं है। हमारा सुरक्षा संघ है मुकाबले के लिए।' ललन प्रमोद बाबू की तरफ देखने लगा, 'चाचा ये तीनों मेरे साथी हैं। सुरक्षा संघ में हैं तीनों। पहले सुरक्षा संघ में 'सवर्ण' शब्द जुड़ा हुआ था। उपाध्याय जी बोले कि हटाओ 'सवर्ण' शब्द। पिछड़े तबके के लोग समझेंगे कि यह सवर्णों का संगठन है।'

प्रमोद बाबू ने पूछा, 'हाँ तो ललन, क्या करेगा तुम्हारा यह सुरक्षा संघ?' ललन अपने साथियों की तरफ इशारा करता बोला, 'चाचा, ये तीनों पढ़े-लिखे हैं। यह शशिकांत है। मेरे रिश्ते में है, दूसरा यह श्रीनिवास शर्मा ब्रह्मषि टोले का है और यह है रघुनाथ भगत। भगत निकेतन है न बाजार में! उसी में काम करता है।'

'हाँ तो ललन, यह तो बताया नहीं कि तुम लोग क्या मदद करने आए हो?'

'चाचा देखिए!...लालसेना वाले हैं खतरनाक। गाँव में दो मर्डर कर चुके हैं। सो चाचा अगर धमकी देकर गए हैं तब तो सँभलकर रहना ही पड़ेगा। और आप चाचा जानते ही हैं, लोहा लोहे से कटता है।'

प्रमोद बाबू को हँसी आ गई, 'तो क्या हम लोहा लें लालसेना वालों से?'

'नहीं चाचा, आपको नहीं लेना है लोहा। हम लेंगे। आप हमारे गौरव हैं। किसकी मजाल जो आपको आँखें तरेरकर देखे?'

'तो बताओ क्या कर सकते हो!'

ललन कहने लगा, 'चाचा, यह शशिकांत है। आपके पुराने डीह वाले टोले में रहता है। बीए पास है। यह आपके यहाँ रात में रहेगा 'अस्त्र-शस्त्र' के साथ। आप हजार-दो हजार जो देना चाहें, इसको दे देंगे। आपको एक आदमी मिल जाएगा। निश्चिंत होकर सोइएगा। फिर हम लोग तो हैं ही।'

प्रमोद बाबू चकरा गए। यह क्या हो रहा है! ललन से पूछा, 'यह बताओ कि तुम लोगों को भेजा किसने?' ललन तपाक से बोला, 'चाचा, कौन भेजेगा हम लोगों को! बस पता चला। गाँव में, बाजार में सब जगह चर्चा है। हम सुरक्षा संघ के सदस्य हैं। हमारा काम ही है अपने लोगों को लालसेना से सुरक्षा देना।'

प्रमोद बाबू ने पूरी दृढ़ता से कहा, 'देखो ललन, मुझे या मेरे परिवार को सुरक्षा की कोई आवश्यकता नहीं है। मैं निबट लूँगा। आखिर पुलिस है न!' ललन ने तपाक से कहा, 'चाचा, थाने को सूचना देने की गलती मत कीजिएगा। आप विद्वान आदमी हैं सर! लोग आप पर गर्व करते हैं। आप यदि गाँव में रहने आ ही गए हैं तो आप कहें न कहें, हम सुरक्षा देंगे ही। आप हम लोगों के गौरव हैं।'

प्रमोद बाबू को ऐसा लगा जैसे सुरक्षा संघ के ये लड़के यह तय करके आए हैं कि एक को यहाँ रख देना है। सावित्री जी सामने खड़ी थीं। पति से बोलीं, 'रख लीजिए। एक अपना आदमी मिल जाएगा।'

ललन अपने तीनों साथियों के साथ चला गया। प्रमोद बाबू सोचने लगे–आखिर यह बात फैली कैसे।

उधर ललन सिंह गया, इधर आ गए ग्राम पंचायत के मुखिया सदानंद यादव। साथ में सरपंच और बभनटोली के उपाध्याय जी। बरामदे पर कुर्सियाँ लगी थीं। 'प्रनाम-पाती' के बाद मुखिया जी ने पूछा, 'सर, लालसेना वाले आए थे क्या?' उपाध्याय जी ने इसी में अपनी राय जोड़ दी, 'बड़े खतरनाक हैं लालसेना वाले। शचींद्र पाठक की हत्या इन्हीं लालसेना वालों ने की। ऐसे 'तत्त्वों' से उलझना ठीक नहीं है सर! ऐसे 'तत्त्वों' से आपको दूर ही रहना चाहिए।' प्रमोद बाबू चुप थे, बाकी सब बोल रहे थे।

'सब दलित टोलों के हैं–दुसाध, चमार, मुसहर। नक्सली हैं सब। 'लेवी' लेना इनका रोजगार है। 'लेवी' कहिए या रंगदारी। देनी पड़ती है सर!'

प्रमोद बाबू ने मुखिया जी से पूछा, 'आप भी देते हैं 'लेवी?'

'जी, देनी पड़ती है। आखिर रहना तो इसी गाँव में है।' मुखिया जी बोले।

मुखिया सदानंद यादव प्रबोधन देकर अपनी बोलेरो गाड़ी से चले गए। दे गए चिंता। प्रमोद बाबू सोचकर परेशान कि यह हो क्या रहा है! लोगों को मजा आ रहा है कि देखो, मकान बनाते ही प्रोफेसर प्रमोद सिंह लालसेना के निशाने पर आ गए।

दूसरे दिन सुबह जिला परिषद अध्यक्ष अवधेश प्रसाद अपनी स्कार्पियो गाड़ी से आए, 'क्या सर? मुझे तो कल शाम में पता चला। डाक्टर झा कह रहे थे कि धमकी देकर गए हैं लालसेना वाले। आप सर, विद्वान आदमी हैं। सच पूछिए तो गाँव विद्वान के लिए हइए नहीं है। आपको तो सर, यहाँ दिक्कत होगी ही। लेकिन हम हैं। आप डरिए नहीं सर!' चाय पीकर अवधेश प्रसाद चले गए।

तिल से ताड़ बनी घटना पर सोचकर उद्विग्न–अशांत हो गए प्रमोद बाबू। बात कैसे फैल गई कि लोग सांत्वना देने आने लगे हैं! यह सांत्वना है या भयभीत करने का षड्यंत्र!

सावित्री जी अलग परेशान थीं। प्रमोद बाबू ने सावित्री जी से कहा, 'सावित्री, मुझे तो लगता है, अपने ही परिवार के लोगों ने अफवाह फैलाकर हमें आतंकित करना चाहा है। अपने ही लोगों की आँखों में गड़ रहे हैं हम!'

शाम से कुछ पहले ही सुरक्षा संघ का शशिकांत देसी कट्टे के साथ अपनी 'ड्यूटी' पर आ गया। प्रमोद बाबू को सिगरेट के लिए बाजार जाना था। रामनिहोरा अभी तक यहीं था। कलिया चली गई थी।

शाम के अँधेरे को महसूस करते हुए प्रमोद बाबू ने बाजार जाने का इरादा छोड़ दिया और रामनिहोरा को क्लासिक सिगरेट का खाली पैकेट देते हुए बोले, 'मालकिन से रुपए ले लो। यही सिगरेट लेना, दूसरी नहीं।'

उधर रामनिहोरा बाजार गया, इधर बड़े भैया के परिवार की और उनके आस-पड़ोस की औरतें आ गईं। प्रमोद बाबू चकित! अचानक यह सद्भाव कैसे उमड़ पड़ा!

शशिकांत सामने चौकी पर बैठा था। प्रमोद बाबू ने शशिकांत को बरामदे से सटे कमरे को दिखाते हुए कहा, 'यही कमरा है तुम्हारे लिए।'

दूसरी शाम प्रमोद बाबू अखबार और सिगरेट खरीदने सुराजी चौक जाने वाले थे, लेकिन मन में आया कि राजकचहरी चौक चलें। टहलना भी हो जाएगा इसी बहाने।

राजकचहरी के पास डाक्टर बनर्जी की क्लिनिक सूनी पड़ी थी। आगे ज्योत्स्ना का टिन की छत वाला पुराना घर। ज्योत्स्ना ने बताया था कि एक मारवाड़ी किराएदार रहता है इसमें–थान सिंह चूड़ीवाला। लेकिन घर को देखने से प्रमोद बाबू को लगा, इसमें शायद कोई नहीं रहता। दिल्ली में ज्योत्स्ना ने आशंका व्यक्त की थी–कई महीनों से थान सिंह का अता–पता नहीं है। जमीन की मालगुजारी–रसीद कटाने का भार उसी पर था। पता नहीं, क्या कर रहा है! कोई खबर नहीं मिली उसकी!...

ज्योत्स्ना के टिनहा घर के सामने बरगद की जड़ के पास जहाँ हनुमान जी की मूर्ति अवस्थित है, प्रमोद बाबू खड़े रहे। धूल में सनी गर्मियों की शाम। गुजरे हुए समय के साक्षी बरगद की छाँह में शाम की उदासी कुछ ज्यादा ही गहरी हो गई थी। चौकीघर के अहाते में, जहाँ ज्योत्स्ना का सूना–वीरान घर है, वहाँ से मेहँदी के फूलों की मीठी–मादक सुगंध हवा में तैरती हुई यहाँ तक पहुँच रही थी।

देर तक खड़े रहे प्रमोद बाबू। लोग सामने के रास्ते से आ–जा रहे थे। लौटने लगे तो कुछ लोगों ने प्रणाम किया। रास्ते में सिगरेट के चार पैकेट खरीदे। 'पेपर–पत्रिका' की दुकान पहुँचे, तब तक जेनरेटरों की भट–भट आवाज शुरू हो गई थी। रोशन था बाजार। 'पेपर–पत्रिका' दुकान में एक डोरी पर आज के अखबार क्लिप में टँगे थे। एक पटरे पर बाजारू पत्रिकाएँ सजाकर रखी हुई थीं। रामचंद्र ने बताया था–तरह–तरह की नौकरियों के फॉर्म, गाइड बुक्स वगैरह ज्यादा बिकते हैं। सत्यनारायण व्रत–कथा, सुंदरकांड, शिव चालीसा, हनुमान चालीसा, आरती मंगल–जैसी पोथियों की बिक्री अच्छी है। प्रमोद बाबू ने पूछा था, 'कुछ स्तरीय साहित्यिक पत्रिकाएँ क्यों नहीं रखते!' रामचंद्र का जवाब था, 'हंस, वागर्थ, कथादेश और ज्ञानोदय की दो–दो प्रतियाँ महीनों पड़ी रहीं, एक भी नहीं बिकी।'

'दि हिंदू', एक प्रादेशिक अखबार और आर्डर देकर मँगवाए गए 'आउटलुक' अंग्रेजी का ताजा अंक हाथ में लिये वे भतीजे सुरेंद्र की इलेक्ट्रोनिक्स की दुकान में पहुँचे। बाजार आते हैं तो अक्सर यहीं बैठते हैं या रामचंद्र की 'पेपर–पत्रिका' दुकान में। कभी–कभी 'आरोग्य–निकेतन' जाते हैं डाक्टर सीएम झा से मिलने।

सुरेंद्र की दुकान में मोबाइल रीचार्ज कराया। चलने लगे तो सुरेंद्र ने कहा, 'चाचाजी, लालसेना वालों से आप क्यों ले रहे हैं पंगा! सब 'लेवी' देते हैं जो पैसे वाले हैं। अब आप 'लेवी' को जो समझिए। 'लेवी' कहिए या रँगदारी! इस लफड़े से दूर ही रहना चाहिए।'

सुरेंद्र की तिलमिला देने वाली सलाह पर प्रमोद बाबू कुछ बोले नहीं। खिन्न होकर वे कुर्सी से उठे। 'आरोग्य–निकेतन' के सामने आए तो मन हुआ, मिल लें डाक्टर झा से। उनकी 'बैठकी' में गए। कहा गया, डाक्टर साहब मरीज देख रहे हैं, आप बैठिए।

डाक्टर झा को डाक्टर बनर्जी की क्लिनिक बंद होने का सीधा फायदा हुआ है। मरीज आखिर जाएँ कहाँ! सरकारी अस्पताल में डाक्टर नदारद। कोई एक डाक्टर रहता है। दो गायब रहते हैं। अस्पताल का 'लाम-काफ' भारी-भरकम है, स्थिति दयनीय है।

डाक्टर झा मरीज देखकर बैठकी में आए। प्रमोद बाबू सोफे पर बैठे अखबार के पन्ने पलट रहे थे। डाक्टर झा ने प्रणाम किया। प्रमोद बाबू डाक्टर झा का मैथिल स्टाइल देख मुस्कराए। गोरे-चिट्टे, लंबे और ललाट पर सिंदूरी 'ठोप'। दाहिनी कलाई पर लाल-पीले धागे बँधे हुए हैं। आज धोती-कुर्ते में हैं। कोई एक पोशाक नहीं है डाक्टर झा की। कभी पैंट-शर्ट, कभी, कुर्ता-चुस्त पाजामा, कभी धोती कुर्ता। कम ही डाक्टर होंगे जो पान-जर्दा चबाते हों। डाक्टर झा का पनबट्टा भरा रहता है। बैठकी में पीकदान है।

'अच्छा...प्रमोद बाबू! कोई समाधान निकला?'

'किस समस्या का समाधान?'

'अजी वही! लालसेना वाले आए थे न 'लेवी' माँगने!'

प्रमोद बाबू बेफिक्री से बोले, 'उसका समाधान क्या! देखता हूँ, क्या होता है।'

डाक्टर झा सामने सोफे पर बैठे थे। टेबुल पर रखे पनबट्टे से पान का बीड़ा निकाला, मुँह में रखा। ऊपर से बाबा छाप जर्दा एक सौ बीस नंबर। पान का बीड़ा चुभलाते हुए बोले, 'आपको तो प्रमोद बाबू, किसी महानगर में रहना चाहिए था। अपने हिस्से की जमीन बचाए रखने के लोभ से आपने गाँव पकड़ लिया।'

'गाँव को पकड़ा कहाँ झा जी! गाँव से पढ़ा-लिखा, अपना पुश्तैनी मकान है यहाँ, फिर गाँव तो आता ही रहा लगातार। मैं क्या बाहर से आया हूँ?'

डाक्टर झा को पीक फेंक देनी चाहिए थी पीकदान में, लेकिन मुँह में घुलाते रहे। असल में पान की पहली पीक फेंक देने पर पान का मजा ही खत्म हो जाता है। डाक्टर झा गर्दन थोड़ी ऊपर कर इस तरह बोले ताकि पीक कुर्ते पर गिर न पड़े, 'प्रमोद बाबू, गाँव कभी-कभी आना और गाँव में रह जाना दो अलग-अलग बातें हैं। आप कभी-कभी आते थे, वह दूसरी बात थी, अब आप रहने के लिए आए हैं। हर कोई यही समझता है, आप बाहर से आए हैं। नौकरी की बाहर और अब रिटायर होकर गाँव लौटे हैं।'

प्रमोद बाबू को अप्रिय लगा डाक्टर झा का बेबुनियाद तर्क। बोले, 'डाक्टर साहब तब तो आप भी बाहरी हुए!'

'नहीं प्रमोद बाबू!...मैं नौकरी में रहा जरूर, लेकिन आसपास के प्रखंडों में रहा। ऊपर 'मैनेज' कर लिया था। अपनी खेती-बाड़ी की खबर भी लेता रहा और गाँव के लोगों से संपर्क भी बनाए रखा। मैं गाँव के ग्रामर को जानता हूँ प्रमोद बाबू!'

प्रमोद बाबू इस जवाब पर चुप रह गए। सचमुच डाक्टर झा गाँव के ग्रामर को

जानते हैं, तभी तो विभिन्न राजनीतिक दलों के लोग क्लिनिक की 'बैठकी' में आते रहते हैं। अपने पेशे को भी बखूबी समझते हैं। आखिर क्या कारण है कि पूर्णियाँ, अररिया, फारबिसगंज, जोगबनी से लेकर नेपाल तक की गर्भवती महिलाएँ अच्छे-अच्छे नर्सिंग होम छोड़ 'आरोग्य निकेतन' में लाई जाती हैं?

नौकर दो गिलास कोल्ड ड्रिंक ले आया। डाक्टर झा ने एक गिलास प्रमोद बाबू के सामने रखवाया और हँसते हुए बोले, 'प्रमोद बाबू, लीजिए। गर्मी में दिल-दिमाग ठंडा रखना चाहिए।' प्रमोद बाबू ने गिलास हाथ में लिया ही था कि जिला परिषद अध्यक्ष अवधेश प्रसाद की गाड़ी सामने आ लगी।

'आइए-आइए अवधेश बाबू!' डाक्टर झा खड़े हो गए।

छह फुट से भी ज्यादा लंबे, काला-भभूक अवधेश प्रसाद। काली चट्टान-जैसा शरीर। आवाज भी वैसी ही भारी और भर्राई हुई।

प्रमोद बाबू को प्रणाम किया। मुस्कराते हुए बोले, 'आप सर, गाँव लौटे, यह हम लोगों का सौभाग्य।'

प्रमोद बाबू ने मुस्कराते हुए कहा, 'क्या सौभाग्य! डाक्टर साहब कहते हैं, मैं बाहरी आदमी हूँ यानी घुसपैठिया!'

डाक्टर झा असमंजस में पड़ गए, 'सो तो मैं ने नहीं कहा प्रमोद बाबू!'

'कहा नहीं, मगर आपके कहने का आशय यही था।' प्रमोद बाबू के बोलने में पीड़ा भी थी और प्रतिवाद भी। अवधेश प्रसाद बीच में ही बोले, 'डाक्टर साहब, प्रमोद बाबू सरायगंज के नहीं हैं तो क्यों किया गया था इनका अभिनंदन? आप भी तो थे अभिनंदन समारोह में!'

डाक्टर झा को कंपाउंडर बुलाने आ गया। कोई नया मरीज आया था। डाक्टर झा सोफे से बोलते हुए उठे, 'आता हूँ प्रमोद बाबू! जाइएगा नहीं।'

बैठकी का बड़ा-सा कमरा। छतपंखे चल रहे थे। बिजली न रहे तब भी जेनेरेटर से चलते रहते हैं पंखे। अवधेश बाबू चेहरा ऊपर कर मुँह खोले हवा पी रहे थे। अपना भारी शरीर उनसे सँभल नहीं पा रहा था। वे सोफे पर पसर गए। बोले, 'सर, अपने अनुमंडल का डीएसपी है रामसुखित मंडल। मेरी उससे बात होती रहती है। उसी ने कहा कि प्रोफेसर प्रमोद सिंह उसके गुरु हैं। वे न रहते कमीशन के मेम्बर तो मैं डीएसपी न होता।' प्रमोद बाबू ने मुस्कराते हुए कहा, 'हाँ, कोई कह रहा था, रामसुखित आजकल अपने फारबिसगंज अनुमंडल का डीएसपी हैं।'

'आपका खूब गुणगान करता है सर! कहता है, आपकी कृपा न होती तो बीए भी नहीं कर पाता। किसी दिन आपसे मिलने आएगा।' अवधेश प्रसाद डीएसपी के लिए 'तुम' शब्द का ऐसा इस्तेमाल कर रहे थे जैसे डीएसपी उनका साथी रहा हो।

डाक्टर झा तौलिए से हाथ पोंछते बैठकी में आए। प्रमोद बाबू को काम की बात याद आई। पूछा, 'अच्छा,...अवधेश जी, आप जनप्रतिनिधि हैं, इसलिए पूछ रहा हूँ।

वह जो लिंक कैनाल बनने की बात थी, उसके बारे में कुछ बताइएगा? जल संसाधन विभाग ने सर्वेक्षण भी कराया था। सर्वेक्षण रिपोर्ट तो होगी कलेक्टेरिएट में!'

अवधेश बाबू छतपंखे को देखते याद करने लगे, 'पूछना पड़ेगा अपने विधायक से।' डाक्टर झा हँसते हुए बोले, 'विधायक क्या बताएगा! महा बकलोल है।' प्रमोद बाबू हँसने लगे। हँसते-हँसते बोले, 'अवधेश बाबू, लिंक कैनाल बन जाए तो सरायगंज और रतनपुरा के लोगों का पुराना सपना पूरा हो जाएगा। दो-ढाई हजार एकड़ जमीन चौर में समा गई है। आप तो मुझसे बेहतर समझते होंगे अवधेश जी!' अवधेश प्रसाद मुँह बाए पंखे को देख रहे थे। बोले, 'कलेक्टेरिएट में पता करना होगा सर! आप लग जाएँ इसके पीछे तो काम हो जाएगा। मैं पॉलिटिकल व्यक्ति हूँ सर! पचास तरह के काम रहते हैं। आप फ्री हैं। यहाँ के लोग जानते हैं, आप कुछ बड़े काम करेंगे।' प्रमोद बाबू कुछ सोचते हुए बोले, 'यह मामला तो डीडीसी से सम्बन्धित है। चलिए मिलें डीडीसी से! मैंने पत्र लिखा था डीडीसी को। जवाब आया कि एक महीने बाद मिलिए।'

अवधेश बाबू जो सोफे पर लेटे हुए-से थे, अचानक उठकर बैठ गए, 'नहीं-नहीं, मुझे मत ले जाइए सर! बना हुआ काम भी बिगड़ जाएगा। साउथ का है डीडीसी। नया-नया आइएएस बना है। किसी पॉलिटिकल आदमी को मत ले जाइए सर!'

प्रमोद बाबू हँसने लगे, 'नहीं कोई पॉलिटिकल आदमी नहीं जाएगा। हम तीन लोगों ने डीडीसी से मिलने का प्रोग्राम बनाया है। मेरे साथ मेरा छोटा भाई विनोद रहेगा और रतनपुरा पंचायत के ही अखिलेश शर्मा रहेंगे।'

'हाँ, ठीक है। दोनों सीधे-सादे आदमी हैं। फिर लिंक कैनाल से फायदा भी सबसे ज्यादा रतनपुरा के लोगों को होगा। कठपुलिया की जरूरत भी नहीं रह जाएगी।' अवधेश बाबू बोलकर फिर अधलेटे-से हो गए सोफे पर। धीरे से बोले, 'आप सर, मिलिए डीडीसी से। मैं अपने विधायक से कहता हूँ।' डाक्टर झा हँसने लगे, 'अवधेश बाबू, आप अपने विधायक से कहिएगा या विधायक को आदेश दीजिएगा?'

अवधेश बाबू ने ठहाका लगाया। जिस सोफे पर अवधेश बाबू बैठे थे, वह सोफा चरमराया और कुछ क्षणों तक हिलता रहा।

कार्यक्रम मोबाइल फोन से तय हो चुका था। सुबह नौ बजे से पहले ही रतनपुरा से विनोद जी और मिडिल स्कूल से प्रधानाध्यापक-पद से सेवानिवृत्त अखिलेश शर्मा आ गए। शर्मा जी की लिंक कैनाल में दिलचस्पी की खास वजह है चौर में डूबी इनकी नौ बीघे जमीन।

सावित्री जी ने सबके लिए नाश्ता तैयार किया। जिला मुख्यालय अररिया पहुँचना था। वैसे सरायगंज से अररिया के लिए रेलगाड़ी भी है, लेकिन इसका समय कोर्ट-कचहरी करने वालों के लिए असुविधाजनक है। लोग इस कारण बस से ही जाना पसंद करते हैं। बस बभनटोली के रास्ते से जाती है। इसी के पास पहले के समय का मिडिल स्कूल है जिस स्कूल से प्रमोद बाबू ने मिडिल पास किया था। पूरे सरायगंज में पहले

एकमात्र यही स्कूल था जो सरायगंज बाजार से लगभग एक किलोमीटर की दूरी पर है। प्रमोद बाबू को इस रास्ते से गुजरना पुराने दिनों से जुड़ी कितनी सारी यादों से गुजरने-जैसा महसूस होता है। स्कूल की छत आज भी वही टिन पर खपरैल की छाजन वाली है। लकड़ी के वही खंभे हैं काले-काले, लंबे से बरामदे पर। टिन की छत को मजबूती से बाँधे रखने वाली लोहे की मोटी-मोटी छड़ें भी पहले वाली हैं। बस जब स्कूल के नजदीक से गुजरती है, प्रमोद बाबू स्कूल में पढ़ने के दिनों की यादों में खो जाते हैं। 'एल' आकार की इन छड़ों से लटककर झूला झूलने में कितना मजा आता था! उधर हेड पंडित नित्यानंद मिश्र की कड़कती आवाज सुनाई पड़ती-रे! कौन लटका हुआ है?...

सरायगंज बस-अड्डे से दस बजे बस खुली। सोचा गया कि गर्मी का दिन है। थोड़ा पहले पहुँचकर आराम भी कर लेंगे। दो बजे से तीन बजे के बीच डीडीसी आम लोगों से मिलते हैं। कागजात तो थे नहीं। बस एक आवेदनपत्र था जिसे प्रमोद बाबू ने हिंदी में पूरी तैयारी से तैयार किया था।

मिडिल स्कूल से कुछ पहले शिरीष, इमली, जामुन, सेमल आदि के ऊँचे-ऊँचे पेड़ों के साये में एक बड़ा-सा पक्का कुआँ था। कुएँ के पास का दायरा गाँव-गँवई के चौराहे-जैसा था। बगल के कस्बे फारबिसगंज तक दूध ले जाने वाले दूधिए इसी चौक पर एकत्र होते थे। यहीं से बस पकड़ते थे। सीमेंट से बनी साफ-सुथरी कुएँ की जगत बैठने या लेटने के काम आती थी।

पान-चाय-बीड़ी-सिगरेट-खैनी की एक छोटी-सी दुकान हुआ करती थी। अब तो यह दूधिया चौक अच्छा-खासा चौक बन गया है। आठ-दस छोटी गुमटियों वाली दुकानें हैं।

बस दूधिया चौक से आगे बढ़ी ही थी कि सुनसान-जैसी जगह में अकस्मात् रोक दी गई। क्या बात है?...बस पर सवार लोग एक-दूसरे से पूछने लगे। पता चला, चार-पाँच लड़कों ने बस को रोक रखा है। 'क्यों?' जवाब मिला, 'लेवी' माँग रहे हैं।'

'लेवी?' प्रमोद बाबू को 'लेवी' से जुड़ी घटना याद आई। अभी हफ्ता भी नहीं बीता है। ऐसे ही लड़के थे जो 'लेवी' माँगने आए थे। अखिलेश शर्मा ने गाँव के नए-नए बाशिंदा बने प्रमोद बाबू से पूछा, 'लेवी का मतलब समझते हैं न प्रमोद बाबू?'

'हाँ, इधर हाल में समझा है इसका मतलब। 'लेवी' यानी रँगदारी! गुंडई! लालसेना वाले होंगे!' शर्मा जी बोले, 'पहले रात में वसूलते थे, अब दिन-दुपहरिया बस रोककर वसूलते हैं।' विनोद जी प्रमोद बाबू को देखने लगे, 'भैया, ये लुच्चे-लफंगे ही गए होंगे आपसे 'लेवी' वसूलने। खैर मनाइए कि ये बस के अंदर आकर 'लेवी' नहीं वसूल रहे हैं।'

'सवारियों से भी लेवी?'

'हाँ भैया, सवारियों से भी! जबरन वसूलते हैं। नहीं देने पर छीन-झपट करते हैं।'

एक लड़का बस के अंदर दरवाजे के पास खड़ा था। उसके एक हाथ में तौलिया था जिसमें कोई चीज लिपटी हुई थी। उसने ऐलान किया, 'आप लोग बस से उतरिए और पैदल जाइए। नहीं जाएगी बस।'

प्रमोद बाबू विनोद जी के साथ बस से नीचे उतरे–यह देखने कि मामला है क्या! क्या सच में नहीं जाएगी बस! विनोद जी एक लड़के को पहचानते थे। हट्टा-कट्टा काले रंग का युवक। विनोद जी ने उस लड़के को बुलाया। लड़का ड्राइवर के पास खड़ा था। लड़के ने धृष्टता से कहा, 'क्या बात है! कहा न कि पैदल जाइए आप लोग! बस नहीं जाएगी!' विनोद जी खुशामदी लहजे में बोले, 'अरे सुनो भी!...' लड़का बदतमीजी से मुँह टेढ़ा कर बोला, 'क्या सुनूँ? आपको जानता नहीं हूँ क्या! आप लोग सामंती मिजाज के अत्याचारी हैं। जानता नहीं हूँ क्या!' विनोद जी हत्प्रभ! परिचित समझकर बुलाया तो ऐसा जवाब! प्रमोद बाबू से रहा नहीं गया। शिक्षक का संस्कार। बोले, 'इस तरह क्यों बोल रहे हो?' लड़का कुछ ज्यादा ही बदतमीजी पर उतर आया, 'चुप रहिए। आपको भी जानता हूँ। बाहर से आकर महंत बनते हैं!' विनोद जी उस परिचित लड़के को निस्सहाय आँखों से इस तरह देखने लगे जैसे याचना कर रहे हों, 'किसी और दिन ले लेना 'लेवी' रासलाल। हम लोगों को अररिया डीडीसी से मिलना है। व्यक्तिगत नहीं, सार्वजनिक काम है रासलाल!'

'आप चुप नहीं रहिएगा?' जिस लड़के को रासलाल कहा गया था, उसी की कर्कश आवाज थी।

प्रमोद बाबू के लिए अपने ही गाँव की सीमा में लड़कों की ऐसी उद्दंडता अकल्पनीय थी। वे विवश-निरुपाय बस में आकर अपनी सीट पर बैठ गए। लड़कों ने हल्ला-फसाद नहीं किया। पूरी शांति बनी रही। बस कंडक्टर ने यात्रियों से जितना भाड़ा लिया था, वह पूरी राशि कंडक्टर से छीनकर एक लड़के ने अपनी पैंट की जेब में रख ली। ड्राइवर से उसकी कलाई में बंधी घड़ी और मोबाइल फोन माँगे। ड्राइवर ने बिना ना-नुकुर किए दोनों चीजें लड़के के हाथ में दे दीं।

डेढ़ घंटे बाद बस खुली। प्रमोद बाबू ने घड़ी में समय देखा–ग्यारह चालीस। अखिलेश जी बोले, 'अब डीडीसी से मुलाकात शायद नहीं हो पाएगी।' बस के सारे यात्री मनहूस बने हुए थे। लोकल बस थी और यात्री यहीं के थे–कुछ इस गाँव के, कुछ उस गाँव के। इन यात्रियों के लिए यह कोई अनहोनी घटना नहीं थी, ऐसा प्रमोद बाबू को लगा। कोई अव्यवस्था धीरे-धीरे कैसे व्यवस्था का ही अंग हो जाती है, यह प्रमोद बाबू को आज दिखाई पड़ा। उन्होंने विनोद जी से पूछा, 'तुमने नाम लेकर जिस लड़के को बुलाया, कौन था वह?' 'जी, रासलाल नाम था उसका। रासलाल पासवान।' प्रमोद बाबू चलती बस के बाहर तड़बन्ना देख रहे थे। सुरसर नदी कब की पीछे छूट गई थी। कुछ क्षण बाहर के दृश्य में डूबे रहे। याद आया, उन्होंने विनोद जी से कुछ पूछा था, 'हाँ, कौन रासलाल? जानते हो तुम?'

'हाँ भैया, रासलाल को ही क्यों, इसकी पिछली तीन पीढ़ियों को जानता हूँ। आप भी जानते होंगे। नसीब लाल पासवान का पोता है रासलाल।'

'नसीब लाल चाचा का पोता?' प्रमोद बाबू जो टाँगें फैलाकर बैठे थे, अचानक टाँगों को सीधा कर लिया, 'आएँ! नसीब लाल चाचा का पोता? इतना बदतमीज! उसी ने कहा कि आप लोग सामंती मिजाज के हैं? मुझसे उद्दंड की तरह बात की! वही? नसीब लाल चाचा का पोता!...'

ऐसा लगा जैसे प्रमोद बाबू सोए हुए थे अब तक, अकस्मात् जग गए हों।...'रास लाल पासवान का पिता सिरकिसुन पासवान! याद है आपको भैया? मेरे साथ बभनटोली के मिडिल स्कूल में पढ़ता था? याद है आपको? याद है वह घटना?'

प्रमोद बाबू को सब कुछ याद आ गया। जिंदगी की कुछ बहुत छोटी-छोटी बातें बड़ी-बड़ी घटनाओं से भी ज्यादा याद रहती हैं। वे साभिप्राय मुस्कराते हुए विनोद जी को देखने लगे। मुस्कराते हुए पूछा, 'विनोद, याद है तुम्हें! इसी रासलाल के पिता सिरकिसुन पासवान को लेकर बाबूजी ने तुम्हारी पिटाई की थी? याद है?' विनोद जी भेदभरी हँसी हँसने लगे। अखिलेश शर्मा जो बगल में बैठे थे, कुछ समझ नहीं पा रहे थे कि दोनों भाई क्या बातचीत कर रहे हैं। उनसे नहीं रह गया तो पूछ बैठे, 'क्या बात है प्रमोद बाबू?' प्रमोद बाबू स्थिति की विडम्बना पर सोचकर हँसने लगे। अखिलेश शर्मा की तरफ देखकर हँसते हुए बोले, 'अब इस चलती बस में क्या कहूँ शर्मा जी! बाद में बताऊँगा।'

प्रमोद बाबू बस के बाहर के कुछ परिचित कुछ अपरिचित दृश्यों को देखते याद करने लगे उस घटना को।

...दुसाधटोली के नसीब लाल पासवान और बाबूजी में दोस्ती का रिश्ता था। इसी रिश्ते के कारण प्रमोद बाबू नसीब लाल पासवान को चाचा कहते थे। मुश्किल दिनों में नसीब लाल चाचा ने बाबूजी का साथ दिया था। किसी मर्डर केस में दुश्मनी के कारण अपने ही गोतिया-दियाद ने बाबूजी को फँसा दिया था। वारंट निकल गया था बाबूजी की गिरफ्तारी का। नसीब लाल चाचा ने कुछ दिन अपने पड़ोसी के घर में बाबूजी को छिपाकर रखा था। बाद में उन्होंने बाबूजी को रातोरात अपनी ससुराल भेज दिया था। दो महीने बाबूजी फरार रहे। हाईकोर्ट से जमानत मिली। मुकदमा चला। परिवार की आर्थिक स्थिति ऐसी हो गई थी कि खाने पर भी आफत थी। नसीब लाल चाचा मामूली किसान थे। अपने घर के गहने गिरवी रख उन्होंने कहीं से कर्ज लिया था बाबूजी के लिए।

प्रमोद बाबू याद करते हैं-ये सारी बातें बाबूजी ने बताई थीं। बबुआन टोले के लोग एक दुसाध से बाबूजी की दोस्ती को बर्दाश्त नहीं कर पा रहे थे। बाबूजी के एक चचेरे भाई ने तो साफ-साफ कह दिया था, 'कोई और नहीं मिला तुमको जो दुसाध से दोस्ती करते हो?' बाबूजी ने जवाब दिया था, 'भैया, आप ही बताइए! आप लोग

मुझे झूठे मुकदमे में फँसाते हैं, मेरा घर–परिवार तबाह करते हैं और एक दुसाध मेरी मदद के लिए जान लगा देता है। तो भैया, बताइए, अपना कौन हुआ?' चचेरे भाई चुप। क्या जवाब देते!

दुसाधटोली अब रतनपुरा ग्राम पंचायत में है–उत्तर की तरफ, साइफन पुल के पास। नसीब लाल चाचा के बेटे सिरकिसुन पासवान और विनोद बभनटोली के मिडिल स्कूल में साथ–साथ पढ़ने जाते थे। प्रमोद बाबू उन दिनों फरबिसगंज के ली–एकेडमी हाई स्कूल में पढ़ते थे। किस वर्ग में थे, यह अब याद नहीं है। सरायगंज में तब हाई स्कूल नहीं था। विनोद स्कूल के लिए घर से निकलता। उधर से सिरकिसुन आता। दोनों साथ हो जाते और साथ–साथ स्कूल जाते। विनोद के लिए एक किलोमीटर और सिरकिसुन के लिए डेढ़ किलोमीटर दूर था बभनटोली का मिडिल स्कूल।

नसीब लाल चाचा खरीद–बिक्री का छोटा–मोटा रोजगार भी करते थे। सरायगंज में माल खरीदते और फारबिसगंज में अढ़तिये के पास बेच आते। धान–चावल–गेहूँ, दलहन–पाट वगैरह ट्रैक्टर से फारबिसगंज पहुँचाए जाते थे। नसीब लाल चाचा साइकिल से फारबिसगंज पहुँचते। रास्ता यही था–बभनटोली, देवीगंज, पलासी फिर फारबिसगंज। इसी रास्ते में बभनटोली के पास मिडिल स्कूल। नसीब लाल चाचा लौटते समय अक्सर स्कूल में गाँव के बच्चों की खोज–खबर भी लेते।

इसी खोज–खबर में स्कूल के हेडमास्टर ने बताया कि आपका लड़का सिरकिसुन और सूरजदेव बाबू का लड़का विनोद कई दिनों से स्कूल नहीं आए हैं। नसीब लाल चाचा चकित। दोनों साथ–साथ जाते हैं स्कूल और रोज घर से समय पर ही निकलते हैं। सूरजदेव बाबू से रोज बात होती है और हेडमास्टर साहब कहते हैं कई दिनों से स्कूल नहीं आए हैं।

उन्होंने सिरकिसुन से पूछा तो उसने कहा, 'कौन कहता है नहीं जाता हूँ? मैं और विनोद रोज जाते हैं स्कूल! पूछ लीजिए विनोद से।'

बुधवार और शनिवार नसीब लाल चाचा के फारबिसगंज जाने के दिन होते हैं। उस दिन बुधवार था। अढ़तिये को 'हठगोले' में माल देकर वे साइकिल से लौट रहे थे। बभनटोली का स्कूल आया तो मन हुआ, देख लें सिरकिसुन को। पता चला, आज भी न सिरकिसुन आया है न विनोद। वर्ग–शिक्षक ने शिकायत के लहजे में कहा, 'आप लोग अपने बच्चों पर ध्यान देते नहीं हैं और कहते हैं टीचर नहीं पढ़ाते।'

नसीब लाल चाचा ने खुद को अपमानित महसूस किया। साइकिल पर चढ़े और निकले गाँव की सड़क पर। आगे दूधिया चौक पर सिरकिसुन और विनोद कौड़ी–कंचा खेल रहे थे। सिरकिसुन ने पिता को देख लिया था। वह पास की झाड़ी में छुप गया। विनोद को नसीब लाल चाचा से क्या डर! ढीठ की तरह खड़ा रहा। नसीब लाल चाचा ने विनोद से पूछा 'सिरकिसुन कहाँ है?'

'यहीं कहीं था।'

'तुम लोग स्कूल नहीं गए आज भी?'

'गए थे, छुट्टी हो गई।'

'मैं स्कूल से आ रहा हूँ। तुम दोनों यहाँ कौड़ी-कंचा खेल रहे हो और कहते हो, छुट्टी हो गई?'

'आप पूछने वाले कौन हैं?' विनोद का यह बोलना भर था कि नसीब लाल चाचा ने विनोद को पकड़ा और दो-तीन थप्पड़ लगा दिए, 'आएँ! मैं कौन होता हूँ? स्कूल नहीं जाओगे और पूछने पर कहोगे मैं कौन होता हूँ पूछने वाला?'

थप्पड़ खाने के बाद विनोद का राजपूती संस्कार आचरण में उभर आया, 'आप मारिएगा? दुसाध होकर मुझे मारिएगा?'

'क्या कहा दुसाध?' नसीब लाल चाचा ने तीन-चार थप्पड़ और जड़ दिए गाल पर।

हालाँकि उन्होंने हल्के से थप्पड़ मारे थे, लेकिन विनोद के लिए यह अपमान कम नहीं था। वह रोता रहा और बार-बार कहता रहा-दुसाध होकर राजपूत को मारेगा! जाता हूँ घर, दिखा दूँगा।

नसीब लाल चाचा ने सिरकिसुन को इधर-उधर ढूँढ़ा, वह मिला नहीं। साइकिल से वे घर की ओर चले। उधर विनोद रोता और नसीब लाल चाचा को गालियाँ बकता घर आया। बाबूजी दरवाजे पर ही थे। प्रमोद बाबू को याद है, वे चौकी पर बैठे पढ़ रहे थे। विनोद को तन से ज्यादा मन पर चोट लगी थी। वह बौखलाया हुआ था। किताब-कॉपी का बस्ता चौकी पर फेंकते हुए बोला, 'वह जो नसीब लाल है न!' 'कौन नसीब लाल?'

'वही नसीब लाल पासवान! दुसाधटोली का!...उसने मुझे पीटा है।'

'क्यों पीटा?'

विनोद कहने लगा, 'स्कूल से लौट रहा था। रास्ते में खेलने लगा। उसी समय नसीब लाल आ गए। बोले-कौड़ी-कंचा खेलते हो? और मुझे पीट दिया।'

'पीट दिया? बिना कारण तो वे पीटने वाले नहीं हैं! बिना कारण पीटा?' 'बताइए! दुसाध होकर राजपूत को पीटेगा?'

इतना सुनना भर था कि बाबूजी का क्रोध तलवे से सिर पर आ गया। बगल में बाँस की करचियों का बेड़ा था। बेड़े से एक करची खींची बाबूजी ने और लगे धुनने। बीच-बीच में बोलते भी जाते थे-क्या कहा? दुसाध होकर राजपूत को पीटेगा? नसीब लाल दुसाध हैं इसलिए तुमको पीट नहीं सकते? तुम जानते हो, वे मेरे दोस्त हैं। तुमको पीट नहीं सकते?...माँ अगर आँगन से न निकल आती तो और धुनाई होती विनोद की।

थोड़ी देर बाद सिरकिसुन डरा-डरा, सहमा-सिकुड़ा पहुँचा। जाना चाहिए था उसे अपने घर, आ गया यहाँ। हाथ में बस्ता। डरते-डरते बाबूजी से कहा, 'चाचाजी, बाबूजी

आज बहुत मारेंगे, बचा लीजिए।'

'हुआ क्या है?'

'मैं और विनोद स्कूल नहीं गए आज भी। दूधिया चौक पर कौड़ी-कंचा खेल रहे थे। उसी समय बाबूजी आ गए। मैं तो झाड़ी में छुप गया। पकड़ा गया विनोद। बकटेंठी करने लगा तो बाबूजी ने दो-चार थप्पड़ लगा दिए। अब मेरी पिटाई होगी चाचाजी। डर से घर नहीं जा रहा हूँ। कसम खाता हूँ। अब से रोज जाया करूँगा स्कूल! आज बचा लीजिए।'

बाबूजी ने साइकिल निकाली। कैरियर पर सिरकिसुन को बिठाया और चले नसीब लाल चाचा के घर।

...प्रमोद बाबू को पूरी घटना याद आ रही थी। नसीब लाल पासवान और बाबूजी के रिश्ते पर सोचते-सोचते आ गया जिला शहर अररिया का बस-अड्डा।

सिरकिसुन मिडिल पास कर घर के काम-काज में लग गया। विनोद ने खींच-खाँचकर तृतीय श्रेणी में मैट्रिकुलेशन किया। आगे नहीं पढ़ सका। खुद बोला, पढ़ाई-लिखाई उसके वश की नहीं है।

बस अड्डे पर पहुँचते-पहुँचते तीन बज गए थे। अखिलेश शर्मा ने कहा, 'आधा घंटा जाने में लगेगा। मुलाकात नहीं हो सकेगी डीडीसी से। समय के बड़े पाबंद हैं। कड़ियल अफसर हैं। दानापुर में पहली पोस्टिंग एसडीओ के पद पर हुई थी। एक दबंग विधायक उलझ गया चैम्बर में। बदतमीजी से बात करने लगा। उस विधायक को धक्के देकर बाहर निकाला था इन्होंने। आंध्र प्रदेश के हैं।'

कलेक्टेरिएट पहुँचे तीनों। देवनागरी में नेम प्लेट थी-पी सुंदरम्। जिला विकास आयुक्त। प्रमोद बाबू ने अपने नाम का पुर्जा भिजवाया। चपरासी ने कहा-साहब निकल रहे हैं। लेकिन निकले नहीं डीडीसी। बुला लिया प्रमोद बाबू को। प्रमोद बाबू के साथ अखिलेश जी और विनोद जी भी अंदर गए। डीडीसी ने बैठने को कहा और बोले, 'रिपोर्ट मिल गई है। आप लोग आ गए, अच्छा हुआ। मैं लेटर ड्राफ्ट करवा कर ऊपर भेजूँगा।' पी सुंदरम् हिंदी बोल लेते थे, लेकिन अंग्रेजी बोलने में उनको सुविधा होती थी। प्रमोद बाबू समझ रहे थे। फिर बातें अंग्रेजी में होने लगीं। डीडीसी प्रभावित हुए प्रमोद बाबू से। सराहा भी कि 'आप शहर छोड़कर गाँव आ गए और गाँव के विकास के लिए कुछ कर रहे हैं, यह प्रशंसनीय हैं।' प्रमोद बाबू को पी सुंदरम् की साफ-सुथरी हिंदी अच्छी लगी। थोड़ा आश्चर्य भी हुआ कि आंध्र का यह युवक कैसे इतनी अच्छी हिंदी बोल लेता है। यहाँ की भूमि-समस्या और यहाँ के जीवन को भी अच्छी तरह समझता है। इतने कम समय में इसने इतना कैसे जान लिया! यही बात प्रमोद बाबू ने पूछी तो डीडीसी ने बताया, 'असल में ऐसा होता है प्रोफेसर साहब कि आईएएस की ट्रेनिंग के समय कैडर मिल जाता है। मुझे मालूम हुआ कि बिहार कैडर मिला है। हिंदी आती ही थी थोड़ी-बहुत। जानकारी मिली कि बिहार के जन-जीवन को और

वहाँ की भूमि-समस्या को जानना हो तो दस्तावेज से ज्यादा उपयोगी होगा फणीश्वरनाथ रेणु के उपन्यासों को पढ़ना। रेणु का नाम मैंने सुना था। ट्रेनिंग पीरियड में ही मैं 'मैला आँचल' और 'परती परिकथा' पढ़ गया। दिक्कत तो हुई, लेकिन बिहार के ही एक साथी थे। उन्होंने समझने में मदद की।' डीडीसी पी सुंदरम् को प्रोफेसर प्रमोद सिंह से बात करने में आनंद आ रहा था। कोई आइएएस अफसर अक्सर अपने दफ्तर में किसी से इतनी आत्मीयता से बात नहीं करता। चाय आई। तीनों के साथ डीडीसी ने भी चाय पी।

किसी मीटिंग में डीडीसी को जाना था, देर हो रही थी। गाड़ी में बैठते हुए उन्होंने प्रमोद बाबू से कहा, 'मैं स्ट्रौंगली रिकोमेंड करूँगा। आप जाइए।'

लौटते हुए प्रमोद बाबू से ज्यादा विनोद जी और अखिलेश शर्मा संतुष्ट थे। इतना समय देकर कौन अफसर बात करता है!

बस अड्डे तक लौटते-लौटते साढ़े पाँच बज गए थे। उमस और गर्मी कम नहीं थी। डीडीसी की बात से प्रमोद बाबू आश्वस्त थे। लिंक कैनाल की स्वीकृति मिल जाए और काम में हाथ लग जाए तो एक बड़ा काम हो जाएगा। वर्षों से लंबित है। यह काम तो जनप्रतिनिधियों का है, लेकिन विधायक और एमपी सिर्फ आश्वासन ही देते रहे अब तक। फिलहाल बरसतिया नाले की पुलिया की मरम्मत हो जाए, यही बहुत।

लौटने वाली बस में बैठते हुए प्रमोद बाबू ने विनोद जी से पूछा, 'क्या हुआ कठपुलिया की मरम्मत का?'

विनाद जी बोले, 'मुखिया तो बोली है कि बरसात के पहले मरम्मत का काम हो जाएगा। आवेदनपत्र माँग रही थी। वह दे दिया गया है। बोली, ग्रामसभा से पास कराएगी।'

प्रमोद बाबू ने कहा, 'टिकुली देवी को जानता हूँ। ईमानदार मुखिया है। झूठ नहीं बोली होगी।'

'हाँ, सो तो है भैया। एक पैसा इधर-उधर नहीं करती है। एक अपने मुखिया हैं सदानंद यादव। लाखों कमा लिया। सच पूछिए भैया, पैसा अब शहर से गाँव में आ रहा है। मनरेगा, इंदिरा आवास योजना, शिक्षामित्रों की नियुक्ति, जवाहर रोजगार योजना...एक से एक मालदार योजनाएँ हैं भैया। तभी तो मुखिया चुनाव में लाखों खर्च करते हैं। बिना 'कमीशन' के मुखिया एक भी काम करता है? बस अपवाद है टिकुली देवी!' प्रमोद बाबू टिकुली देवी के नाम से प्रफुल्लित हो गए, 'हाँ मुलाकात है टिकुली देवी से।'

विनोद जी ने रामदीन बाबू से टिकुली देवी की मुलाकात का जिक्र किया, 'जानते हैं भैया, रामदीन बाबू इसी पुलिया की मरम्मत के सिलसिले में टिकुली देवी से मिलने उसके घर गए थे। टिकुली देवी की सास रुपसपुरवाली वर्षों तक रामदीन बाबू की

खवासिन रह चुकी थी। बहू से रामदीन बाबू की पैरवी करने लगी। कहने लगी, 'मालिक हैं, इनका काम हो जाना चाहिए बहू!' जानते हैं भैया, मुखिया टिकुली देवी क्या बोली सास से? बोली कि माँजी, ई मालिक थे, हैं नहीं। अब मालिक मैं हूँ। तभी तो मेरे दुआर पर आए हैं।'

हँसने लगे प्रमोद बाबू, 'यह लोकतंत्र है विनोद! क्यों शर्मा जी!' अखिलेश शर्मा कुंठित भाव से बोले, 'हम लोगों के दुर्दिन आ गए प्रमोद बाबू। छोटी जात के लोग हैसियत वाले हो गए। पिछड़े हो गए हम। वही लोग हैं सत्ता में। एमएलए, एमपी से लेकर अफसर तक सब वही। पता नहीं, कहाँ बिला गए सवर्ण! अपने सबडिविजन का डीएसपी कोई मंडल है।' प्रमोद बाबू ने मंडल का पूरा नाम बता दिया, 'रामसुखित मंडल।'

'हाँ–हाँ, वही।'

अखिलेश शर्मा बोले, 'अवधेश प्रसाद जो जिला परिषद् का अध्यक्ष है, कह रहा था, डीएसपी आपका विद्यार्थी रह चुका है।'

'हाँ, था वह मेरा विद्यार्थी।' प्रमोद बाबू शर्मा जी की तरफ देखते हुए बोले, 'कब तक रखेंगे आप दलितों–पिछड़ों को दबाकर। अब वे जाग गए हैं। देखते नहीं हैं उत्तर प्रदेश में! दलित मुख्यमंत्री मायावती के चरण छूते हैं ब्राह्मण–राजपूत। और अभी हाल ही में अखबार में एक खबर छपी। किसी बड़े नेता ने कहा कि बिहार में अब कोई सवर्ण मुख्यमंत्री नहीं हो सकता।' अखिलेश शर्मा मन मारकर कुंहरते हुए बोले, 'क्या कर सकते हैं हम! लोकतंत्र है तो बहुमत वाले राज करेंगे ही। अस्सी–बेरासी प्रतिशत हैं दलित–पिछड़े तो ज्यादा वोट उन्हीं का हुआ! बीस–बाईस प्रतिशत वाला कैसे बनेगा मुख्यमंत्री?'

सरायगंज बस–पड़ाव तक पहुँचते–पहुँचते रात के नौ बज गए। विनोद जी और शर्मा जी रात में कैसे जाते रतनपुरा! प्रमोद बाबू ने सोचा, यदि सावित्री जी के पास मोबाइल फोन होता तो इन दोनों के खाने की व्यवस्था करने के लिए कह देते।

अखिलेश शर्मा और विनोद जी के साथ प्रमोद बाबू घर पहुँचे। खाना खाते–खाते रात के ग्यारह बज गए। गर्मी अपने चरम पर थी और बिजली की लाइन गायब।

'चलिए छत पर सोते हैं।' प्रमोद बाबू को सावित्री जी ने दरी–तकिए दिए। तीनों ऊपर छत पर चले गए।

खुला आकाश। बूँद–बूँद असंख्य तारे। घना अंधकार था। दूर सरायपोखर के पास के जंगल में उल्लुओं और बादुर पक्षियों की चीखें सुनाई पड़ रही थीं। नीरवता को चीरती हुई टिटहरी की आवाज आसमान में रेखा–सी बनाती सुरसर नदी की तरफ चली गई।

अखिलेश शर्मा ने बगल में लेटे प्रमोद बाबू से कहा, 'एक बात पूछूँ प्रमोद बाबू? गाँव में मकान बनाने और यहीं रह जाने का फैसला आपने खूब सोच–समझकर किया

था या नहीं?'

प्रमोद बाबू चकित हुए, 'ऐसा क्यों पूछ रहे हैं शर्मा जी!'

अखिलेश शर्मा आकाश की तरफ चेहरा किए बोले, 'इसलिए पूछ रहा हूँ क्योंकि आप विद्वान आदमी हैं, बहुत इज्जत है आपकी। दिक्कत यही है कि आप आदर्शवादी हैं और सबसे बड़ी दिक्कत है कि भले आदमी हैं।' प्रमोद बाबू को हँसी आ गई, 'तो शर्मा जी, क्या ये बातें यहाँ की जिंदगी के खिलाफ जाती हैं?'

'जी प्रमोद बाबू, खिलाफ जाती हैं।'

'लेकिन शर्मा जी, मैं क्या कोई बाहर का हूँ? आप तो बचपन से देख रहे हैं मुझे। गाँव-घर कभी छूटा? आता ही रहा गाँव।' शर्मा जी ने करवट बदली। प्रमोद बाबू की तरफ चेहरा किया, 'मेहमान की तरह दो-चार दिन के लिए गाँव आने में और घर बनाकर यहीं रह जाने में बहुत फर्क है प्रमोद बाबू। गाँव के लोग आपके सामने न कहें, लेकिन कहते तो हैं कि आप बाहर से आए हैं। दूसरों की बात छोड़िए, आपके भाई-भतीजे, गोतिया-दियाद सब कहते हैं कि प्रमोद बाबू को शहर में रहना चाहिए।'

'मेरे पुरखों का गाँव है शर्मा जी, आप तो जानते हैं। फिर अपनी जमीन है यहाँ। शहर में अपरिचित बनकर जीने से तो अच्छा है न अपने लोगों के बीच रहना! फिर गाँव का भी ऋण है मेरे ऊपर। कुछ करने का इरादा लेकर ही आया हूँ।' प्रमोद बाबू अपनी बात कहकर शर्मा जी की प्रतिक्रिया की प्रतीक्षा करने लगे। अखिलेश शर्मा बोले, 'सो तो आपके गाँव में रह जाने के फैसले से हम लोगों को फायदा ही होने वाला है प्रमोद बाबू। अब इसी लिंक कैनाल की बात! तीस-पैंतीस साल से बात हो रही है, लेकिन विधायक-एमपी, जिला परिषद-अध्यक्ष किसी ने कुछ नहीं किया। आप आए, सक्रिय हुए तो देखिए, काम रास्ते पर आ रहा है।'

थोड़ा अलग हटकर विनोद जी दरी बिछाकर सोये हुए थे। उनकी घर्र-घर्र बजती नाक से ऐसा लगता था जैसे तेजी से मोटरसाइकिल जा रही हो।

आधी रात बीत रही थी, लेकिन प्रमोद बाबू की आँखों में नींद की आहट तक नहीं थी। यों भी अब नींद कम आती है। विनोद जी की घर्र-घर्र बजती नाक एक अलग बाधा थी। शर्मा जी भी करवट पर करवट बदल रहे थे। प्रमोद बाबू को सावित्री जी की एक बात पर सोचकर हँसी आ रही थी। कहती थीं, 'खैर मनाइए कि मैं देहात की हूँ। शहर की कोई ज्यादा पढ़ी-लिखी पत्नी आपको मिली होती तो कब का डायवोर्स हो गया होता! मुझे तो आदत हो गई है और ऐसी आदत हो गई है कि बिना आपके खर्राटे के नींद ही नहीं आती।'

प्रमोद बाबू ने मुस्कराते हुए आँखें मूँद लीं। नींद की प्रतीक्षा में कुछ मीठी सुगंध वाले फूलों को आँखों में बसाने की कोशिश करने लगे। उन सुगंधमय फूलों में सबसे मादक मेहँदी के गुच्छे वाले फूल थे जो एक बड़े वटवृक्ष के सामने जंगली झाड़ियों में हवा के स्पर्श से झूम रहे थे।

# उलटी बही बयार

ब्रह्मर्षि टोले के इंद्रदेव शर्मा सोच-सोचकर बेचैन हो जाते हैं। सारी सामाजिक संरचना ही गड़बड़ा गई है। सब उलट-पलट हो गया। इज्जत से जीना मुश्किल। कहें किससे! पैंसठ पार की उम्र है। जिंदगी में खूब ऐश-मौज किया। गौर वर्ण, इस उम्र में भी तना हुआ शरीर। सारी इंद्रियाँ सक्रिय। आवाज थोड़ी मंद पड़ गई है। रोबदार चेहरा है, मगर रोब झाड़ें किस पर! समय बदल गया। सवर्णों के टोलों में अभी भी पक्के मकान कम हैं। खपरैल या टिन की छतों वाले पुराने मकान हैं। कहते रहें बाबू साहब अपनी खपरैल को हवेली! वैसे अभी हाल तक ब्रह्मर्षि टोले या बबुआन टोले में किसी स्त्री के नाम चिट्ठी आती थी तो स्त्री का नाम नहीं लिखा होता था लिफाफे पर। लिखा होता था- 'अंदर हवेली'। यानी लिफाफा घर की महिला के लिए है, वही खोले! अब तो गई चिट्ठी-पत्री! बस कभी-कभी निमंत्रण-पत्र आते हैं या फटे कोने वाले पोस्टकार्ड या लिफाफे।

उधर चमरटोली में झोपड़ियाँ कम, पक्के मकान ज्यादा हैं। इंदिरा आवास योजना की बलिहारी! सबके सब बीपीएल। बस सरकारी नौकरी वालों को नहीं मिली है सुविधा। इंद्रदेव बाबू सोचकर पगला जाते हैं। जिधर देखो उधर निचली जातियों के अधिकारी। मुखिया, विधायक सब दलित-पिछड़े। आरक्षण की सुविधा। स्कूल जाने वाली लड़कियों को यूनिफॉर्म मिल गया है। दुसाधटोली और चमरटोली की लड़कियाँ एक कतार में साइकिल से स्कूल जाती हैं तो इंद्रदेव बाबू को लगता है, टीवी में विज्ञापन देख रहे हैं। चमरटोली के घटरा का बेटा डीएसपी हो गया। पहले प्रमोद बाबू की जमीन का बँटाईदार था। बेटा पुलिस अफसर हो गया तो अधिया-बटैया पर खेती करना छोड़ दिया। जमीन पर जमीन खरीद रहा है। बबुआन टोले के कनकदेव सिंह की चार एकड़ जमीन खरीद ली। एकमुश्त रुपए गिन दिए। ब्रह्मर्षि टोले, बबुआन टोले और बभनटोली के कितने बीए-एमए बेरोजगारी में सड़क नाप रहे हैं। सरकार पिछड़ों की है। कोई क्या करे! सरकार ने सवर्ण आयोग बनाया है। क्या करेगा आयोग! आरक्षण तो देगा नहीं। बेमतलब! चूँ-चूँ का मुरब्बा। हवाई किला बनाते रहिए।

इंद्रदेव बाबू इधर महीने भर से अपने नाती की गिरफ्तारी और बेरहमी से उसकी पिटाई को लेकर परेशान हैं। बेगूसराय में रहने वाली बड़ी बेटी शकुंतला यहाँ आकर

बैठी है कि डीएसपी से पैरवी कर दीजिए।

डीएसपी को रिपोर्ट भेजनी है। एसपी ने माँगी है जाँच रिपोर्ट। शकुंतला जहाँ-तहाँ दौड़ रही है बेटे को जेल से छुड़ाने के लिए। कहीं पैरवी नहीं लगी तो पिता इंद्रदेव शर्मा के पास आई है। डीएसपी तुलमोहन राम इसी सरायगंज के घट्टर राम का बेटा है। शकुंतला महीने भर से यहीं है। कहती है, जैसे हो, जितने रुपए ले डीएसपी, मगर रिपोर्ट फेवर में लिख दे।

इंद्रदेव बाबू के नाती विवेकानंद मिश्रा को डेढ़ महीने पहले रँगदारी, डकैती, गुंडागर्दी आदि अपराधों के लिए पुलिस पकड़कर ले गई। दारोगा गिरफ्तार करने आया तो दारोगा को ही पीट दिया विवेकानंद ने। मामला इसी जगह से बिगड़ा, नहीं तो जेल जाना विवेकानंद के लिए कोई नई बात नहीं थी। दो-तीन बार हो आया है जेल से। इस बार थाने ले जाकर दारोगा और डीएसपी ने जमकर पीटा विवेकानंद मिश्रा को। पंद्रह-बीस दिनों तक जेल में कुंहरता रहा।

बेटी शकुंतला पिता से कहती है-रुपए की चिंता नहीं। लाख-दो लाख जो चाहे डीएसपी। बस फेवर में जाँच-रिपोर्ट लिख दे। इंद्रदेव बाबू असमंजस में हैं। कैसे कहें घटरा से! कहीं उलटा न हो जाए। पहले की घटना को अगर गिरह में बाँधे रहा होगा तब तो अशुभ की आशंका ही अधिक है। अब घटरा नहीं घट्टर बाबू हो गया है। मिजाज आसमान पर रहता है।

इंद्रदेव बाबू के मन में जो चोर बैठा था उसका कहना था कि घटरा की मेहरारू से मिलो। लेकिन मिलें कैसे! एक जमाना हो गया घटरा की मेहरारू से मिले। वह जमाना अलग था जब जाते थे घटरा की मेहरारू के पास। याद कर इंद्रदेव बाबू सहम जाते हैं। एक रात चमरटोली के लोगों ने घर में ही पकड़ लिया था। पिटाई हुई थी। गिरते-पड़ते भागकर आए थे बबुआन टोला। अधखुली धोती को किसी तरह सँभालते हाँफते-काँपते सुरक्षित क्षेत्र में पहुँचे थे। गाँव में बदनामी हुई सो अलग। तब से चमरटोली का रास्ता ही भूल गए। घट्टर राम की मेहरारू से इंद्रदेव बाबू का मेल-जोल उसी समय बढ़ा था जब चोरी के एक मामले में घट्टर राम के बड़े बेटे जगलाल का नाम आया था। बहुत पहले की बात है। डीएसपी तुलमोहन राम तब गोद में था।...

बेटी शकुंतला सिर पर सवार है, जैसे भी हो पैरवी कीजिए। जेल से छुड़वाइए अपने नाती को। किससे कहें इंद्रदेव बाबू कि क्यों नहीं जाना चाहते घट्टर राम के घर। जो घट्टर उनके दरवाजे पर आकर मालिक-मालिक कहता था, नीचे जमीन पर बैठता था, उसी के घर पैरवी के लिए जाने पर क्या बीतेगी इंद्रदेव बाबू पर, इसे क्या जानेगी बेटी शकुंतला! लोग कहते हैं, घटरा अपने डीएसपी बेटे से कह दे तो बात बन जाएगी। बाप की बात मानता है तुलमोहन।

मन में एक समाधान आया। घटरा प्रमोद बाबू का बँटाईदार रह चुका है। वैसे भी प्रमोद बाबू की पढ़े-लिखे लोग बहुत इज्जत करते हैं। यदि डीएसपी को फोन कर

दें प्रमोद बाबू तो बिना घूस के काम हो जाएगा। प्रमोद बाबू मिडिल स्कूल में साथ पढ़े हैं। वे सातवीं कक्षा में थे और प्रमोद बाबू पाँचवीं कक्षा में। साथी ही कहे जाएँगे। फिर एक गाँव के हैं। बराबर मिलना-जुलना होता रहा है।

इंद्रदेव बाबू इसी उम्मीद में पहुँचे प्रमोद बाबू के घर। दोपहर बाद का समय था। प्रमोद बाबू बरामदे पर बैठे अखबार देख रहे थे। पहली बार इंद्रदेव बाबू को अपने यहाँ आया देख प्रमोद बाबू कुर्सी छोड़ खड़े हो गए, 'आइए भाईजी, आइए। पहली बार आप आए हैं मेरे घर। कैसे रास्ता भूल गए!'

'रास्ता नहीं भूला हूँ प्रमोद बाबू! कई दिनों से आपसे मिलने की सोच रहा था।' हाल-समाचार का आदान-प्रदान हुआ। कलिया को प्रमोद बाबू ने चाय बनाने के लिए कहा। थोड़ी देर बाद कलिया चाय लेकर आई। साँवली-सी, भरे बदन की किशोरी को टकटकी लगाए देखने लगे इंद्रदेव बाबू। 'यह लड़की कौन है प्रमोद बाबू?'

'यहीं गाँव की है। मेरे घर में काम करती है।'

कलिया चाय देकर जाने लगी तो प्रमोद बाबू ने गौर किया, इंद्रदेव बाबू की आँखें कलिया के ओझल हो जाने तक उसकी पीठ पर सटी रहीं।

चाय पीते हुए इंद्रदेव बाबू ने अपने काम की बात शुरू की। पहले भूमिका बाँधी, 'ऐसा समय आ गया है प्रमोद बाबू कि जो लोग अब तक नीचे थे वे ऊपर आ गए हैं और हम लोग जो गाँव के मालिक-मुख्तार थे, वे धकेलकर नीचे गिरा दिए गए हैं। कैसे इज्जत-पानी बचे!...देख ही रहे हैं आप! अरे, आप तो विद्वान आदमी हैं, मुझसे ज्यादा आप समझते होंगे। हम लोग जो कभी ऊपर से नीचे तक छाये हुए थे, आज छोटका लोगों के पिछलग्गू बन गए हैं।' इंद्रदेव बाबू कुछ और कहने जा रहे थे। प्रमोद बाबू ने बीच में रोक दिया, 'लोकतंत्र है भाईजी! यह तो होना ही था। क्या अनर्थ हो रहा है?...खैर, कहिए और सब। कैसे आना हुआ?'

कुछ सोचते हुए और अपने ही भीतर उलझे हुए इंद्रदेव बाबू बोले, 'चमरटोली का वह घट्टर राम है न! अरे वही जो चमरटोली की आपकी जमीन बँटाई पर जोतता था!...'

'हाँ जोतता था, लेकिन यह दस-बारह साल पहले की बात है।' इंद्रदेव बाबू दोनों हथेलियों को आपस में रगड़ते हुए और दाँत निपोरते हुए धीरे से बोले, 'घटरा का बेटा डीएसपी है बेगूसराय में।'

'हाँ पता है।' प्रमोद बाबू ने सिगरेट जलाने के लिए दियासलाई की एक तिल्ली जलाई।

'उसी से एक काम आ पड़ा है प्रमोद बाबू।'

'क्या काम है?' इंद्रदेव बाबू के खुशामदी हाव-भाव को परखते हुए प्रमोद बाबू ने पूछा।

'क्या बताऊँ प्रमोद बाबू, मेरा नाती है बेगूसराय में। इसी डीएसपी ने उसको जेल

भेज दिया है। थाने में दारोगा ने पीटा भी। डेढ़ महीना हो रहा है लगभग। एसपी ने डीएसपी को जाँच-रिपोर्ट भेजने को कहा है। मेरा नाती विवेकानंद निर्दोष है। थोड़ा दबंग है जरूर, लेकिन यह तो जाति का गुण है। झूठे मामलों में फँसाकर जेल भेजा गया है। इसलिए आप एक बार फोन पर डीएसपी तुलमोहन राम को बोल देते तो...' प्रमोद बाबू अचानक सख्त हो गए, 'यह आप क्या कहते हैं भाईजी! अभी तीन-चार दिन पहले आपके चचेरे भाई अखिलेश जी मेरे साथ थे। साथ-साथ डीडीसी से मिलने गए थे। वही बता रहे थे बेगूसराय वाले आपके नाती के विषय में। बता रहे थे कि आपके नाती का बड़ा-सा मकान है बेगूसराय में, बड़ी-सी गाड़ी में चलता है। रँगदारी करता है, व्यापारियों से मंथली बँधा है, बसों-ऑटो रिक्शेवालों से हफ्ता वसूलता है और आप कहते हैं निर्दोष है! स्मग्लिंग का धंधा है उसका और आप कह रहे हैं निर्दोष है?'

'आएँ! अखिलेश ने कहा आपसे! प्रमोद बाबू, यह सब दियादी झगड़ा है। इसीलिए झूठे आरोप लगा रहा है।'

'खैर झूठ ही सही, लेकिन मैं क्या कर सकता हूँ इसमें?'

'एक फोन कर देते डीएसपी को!...'

प्रमोद बाबू ने सिगरेट बुझाते हुए कड़वे अंदाज में कहा, 'भाईजी, डीएसपी से मेरी कोई घनिष्ठता नहीं है। बस एक गाँव के होने के कारण जितनी जान-पहचान होनी चाहिए उतनी भर है। पैरवी के लायक उससे मेरा परिचय नहीं है। माफ कीजिएगा भाईजी!'

इंद्रदेव बाबू के लिए बातचीत का रास्ता बंद था। समझ गए, प्रमोद बाबू को सब पता है। नहीं करेंगे पैरवी! नमस्कार कर वे बरामदे से नीचे उतरे। घर लौटते ही बेटी शकुंतला ने पूछा, 'क्या हुआ बाबूजी! कहीं जुगाड़ बैठा? जमानत के लिए वकील लगा हुआ है, लेकिन जिला जज ने नहीं दी जमानत। वकील कहता है, हाईकोर्ट से मिल सकती है जमानत। कोई पैरवी करने वाला मिल नहीं रहा है। क्या किया जाए।'

पिता के पास आने के पहले शकुंतला अपने देवर को साथ लेकर चंद्रभान सिंह से मिलने गई थी। जाति के दबंग नेता हैं। बाहुबली के रूप में राजनीतिक पहचान है चंद्रभान सिंह की। पूर्व मुख्यमंत्री से लेकर वर्तमान मुख्यमंत्री तक उनसे मिलने जाते हैं। अपनी पार्टी में चंद्रभान सिंह को शामिल करने का यत्न मंत्री-मुख्यमंत्री तो करते ही हैं, जाति के प्रभावशाली बिचौलियों से भी पैरवी करवाते हैं। जाति पर जबरदस्त प्रभाव है चंद्रभान सिंह का। बाढ़ से लेकर बढ़ैया तक उनका शासन चलता है। लोकप्रियता ऐसी कि जेल में रहते हुए भी भारी मतों के अंतर से विधान सभा चुनाव में विजयी हुए। हत्या, अपहरण वगैरह कई आपराधिक मामले कोर्ट में चल रहे हैं, मगर उनको कोई चिंता नहीं। कई बार जेल गए और जमानत पर छूटकर आ गए। उनकी जेल-यात्रा पर हजारों समर्थक उनके पक्ष में नारे लगाते हैं-चंद्रभान सिंह मत

घबड़ाना। तेरे पीछे सारा जमाना।...

उनके दरबार में लोग शिकायतें लेकर पहुँचते हैं। तुरंत कार्रवाई होती है। फोन लगाओ एसपी को! दारोगा कौन है? लाओ तो फोन!...क्या कहता है? साहब बाथरूम में है? हमेशा बाथरूमे में रहता है एसपी?...

पैंतीस–छत्तीस की उम्र है चंद्रभान सिंह की। युवा नेता! पतली मूँछें, धप–धप गोरा रंग, बलिष्ट शरीर, लंबे–तगड़े। दाहिनी कलाई में पता नहीं कितने धार्मिक अनुष्ठानों के लाल–पीले धागे बँधे रहते हैं।

युवा नेता का आजमाया हुआ नुस्खा है–जनसेवा और सदाचरण राजनीति में सफलता के रास्ते नहीं हैं। आतंक, हत्या, दबंगई आदि से आनन–फानन में राजनीतिक पहचान बनाई जा सकती है। सत्ता पर काबिज नेता खुशामद करने आएँगे। चंद्रभान सिंह जो बोलते हैं, उसमें उनकी जाति बोलती है। अफसर सलाम करने आते हैं।

शकुंतला अपने देवर के साथ विधायक चंद्रभान सिंह के दरबार में पहुँची थी। बेटे विवेकानंद के जेल में होने का दुखड़ा रोया। चंद्रभान सिंह ने कहा, 'माताजी, मैं जानता हूँ विवेकानंद को। जेल में है तो क्या हुआ! मैं भी तो जेल जाता हूँ। देखिए माताजी, आपके बेटे का भविष्य उज्ज्वल है। नेता बनने का सही रास्ता तलाशा है आपके बेटे ने।' नेताजी ने शकुंतला के देवर से पूछा, 'का रे! मर्डर–वर्डर किया है कि नहीं?' देवर ने दाएँ–बाएँ सिर हिलाया, 'नहीं, एक्को मर्डर नहीं किया है।' 'तब तो अधकचरा है। खाली रँगदारी करने से कहीं नेता बना जाता है! जब तक नाम का आतंक नहीं फैलेगा, तब तक खाक बनेगा नेता!' नेताजी शकुंतला के देवर से बोले, 'मामला पैरवी का नहीं है। कौन करेगा एसपी–डीएसपी से पैरवी!' शकुंतला की तरफ मुखातिब हुए नेताजी, 'माताजी, विवेकानंद जेल से बाहर आए तो मिलने कहिएगा। आपके बेटे का भविष्य मैं देख रहा हूँ, आप राज करेंगी।' एक नौकर को नेताजी ने बुलाया 'जाओ, माताजी को अंदर ले जाओ। खिलाओ–पिलाओ। ...अच्छा माताजी, प्रणाम!' नेताजी ने हाथ जोड़े।

शकुंतला गई थी बेटे को जेल से छुड़ाने की पैरवी करने, लौटी दीक्षा लेकर कि बेटे का भविष्य उज्ज्वल है। शकुंतला मायके आ गई उसके बाद। डीएसपी इसी सरायगंज के हैं तो पैरवी क्यों नहीं हो सकती! पिता इंद्रदेव शर्मा ने बेटी को आश्वासन तो दिया, लेकिन उनके भीतर अतीत की इतनी गाठें थीं कि खोलना मुश्किल था। फिर भी कोशिश तो करनी थी। उन्होंने सोचा, डीएसपी के बाप घटरा को पटाना होगा।

सरायगंज बाजार में घट्टर राम से इंद्रदेव बाबू की मुलाकात हो गई। पुरानी आदत थी, सो घट्टर राम ने ही इंद्रदेव बाबू को देखकर हाथ जोड़े 'घट्टर राम!' इंद्रदेव बाबू बाग–बाग हो गए, आखिर घटरा ने प्रणाम तो किया! पहले परनाम मालिक कहता था, अब 'मालिक' नहीं कहता है। सामने पान की अच्छी–सी दुकान थी गोनर मोदी की। इंद्रदेव बाबू घट्टर राम को पान की दुकान पर ले गए। गोनर मोदी से पान लगाने

के लिए कहा। तुलसी डबल जीरो पत्ती मुँह में डालते हुए घट्टर राम थोड़ा चौंके। इंद्रदेव बाबू इतने सम्मान से पान क्यों खिला रहे हैं! छोटे कद के काले-कलूटे घट्टर राम और गौरवर्ण के लंबे बूढ़े इंद्रदेव बाबू। पहले का समय होता तो ऐसे व्यक्ति से दो-चार हाथ दूर से ही बात करते, लेकिन यह समय मकसद भरा था। घट्टर राम के कंधे पर हाथ रखे इंद्रदेव बाबू कोई एकांत कोना ढूँढ़ने लगे। सामने इलेक्ट्रॉनिक्स की दुकान के बाहर कुर्सी पर प्रमोद बाबू बैठे दिखाई दिए। इंद्रदेव बाबू घट्टर राम को दुकान की ओट में ले गए। कंधे पर हाथ रखे बोले, 'हौ घट्टर भाय, एगो पैरवी कर दीजिए। बड़ा उपकार होगा आपका!' घट्टर राम ने अपने नाटे कद से लंबी कद-काठी वाले इंद्रदेव बाबू को मापने की कोशिश की। चेहरा ऊपर उठाकर इंद्रदेव बाबू को देखा, 'हाँ कहिए, कौन पैरवी? किस बात की पैरवी?'

इंद्रदेव बाबू ने पोपले मुँह में पान का बीड़ा घुलाते हुए नाती विवेकानंद के जेल में होने की बात कही। घट्टर राम की बाँह पकड़ते हुए खुशामद करने लगे, 'तुलमोहन बाबू को जाँच रिपोर्ट भेजनी है। एसपी ने उन्हीं को रिपोर्ट भेजने का जिम्मा सौंपा है। सारा दारोमदार तुलमोहन बाबू पर है। आप भायजी, एक बार तुलमोहन बाबू से कह देते तो रिपोर्ट फेवर में हो जाती और विवेकानंद जेल से छूट जाता।'

घट्टर राम मुँह में पान की गिलौरी दबाए मुस्कराते रहे। तुलसी डबल जीरो की खुशबू मुँह में ही कुछ देर रखना चाहते थे। लेकिन बोलना जरूरी हो गया था। बगल में पीक फेंककर हथेली से मुँह पोंछते हुए घट्टर राम बोले, 'क्या मामला है, ई तो तुलमोहन ही जानता होगा। आप कहते हैं, निर्दोष है आपका नाती। मुदा ई बात तो तुलमोहन ही बताएगा। तुलमोहन परसों गाँव आ रहा है। मेरे पोते की छठी का भोज है परसों।'

'छठी का भोज! पोता हुआ है! बधाई हो घट्टर बाबू!'

घट्टर राम हँसते हुए बोले, 'बीस साल बाद बड़े बेटे जगलाल को पहली संतान का सुख मिला है।'

'बधाई हो घट्टर बाबू! बहुत बधाई! ध्यान रखिएगा। परसों है न छठी? मैं तुलमोहन बाबू से मिलने आऊँगा। आप पैरवी कर दीजिएगा घट्टर बाबू!'

घट्टर राम ने एकदम बदले स्वभाव-व्यवहार के इंद्रदेव बाबू के चेहरे को देखा। पता नहीं क्या सोचकर वे मुस्कराए, मुस्कराते ही रहे देर तक। यह मुस्कराहट इंद्रदेव बाबू को काँटे की तरह चुभ रही थी, फिर भी मुस्कराना था, वे मुस्कराए।

# दूर्वादल काँटा हुआ

इंद्रदेव बाबू घट्टर राम के व्यवहार में ठंडापन देखकर थोड़े निरुत्साहित थे। उसका मुस्कराना संदेह पैदा करता था। कहीं घटरा को पुरानी घटना की याद तो नहीं है? इंद्रदेव बाबू ने अपने को आश्वस्त करने की कोशिश की। इतनी पुरानी बात कौन याद रखता है! समय बहुत-कुछ को स्मृति से मिटा देता है, न मिटाए तो धूमिल अवश्य कर देता है।

रात में इंद्रदेव बाबू घर लौटे तो यही सोचते रहे कि परसों डीएसपी तुलमोहन गाँव आ रहा है। अच्छा मौका है। बेटी शकुंतला से उन्होंने यह बात कही तो शकुंतला बोली, 'मैं भी चलूँ आपके साथ?' विवेकानंद जैसे दबंग की माँ होने के अतिरिक्त वैशिष्ट्य के कारण कोई छुई-मुई देहाती महिला तो थी नहीं शकुंतला! इंद्रदेव बाबू ने मना कर दिया, 'अब यही बाकी रह गया है क्या! इज्जतदार घराने की बेटी होकर जाओगे चमरटोली! अपनी इज्जत का भी ध्यान होना चाहिए शकुंतला!'

जब घट्टर राम के घर जाने की बात हुई, इंद्रदेव बाबू को अपनी पिटाई और अधखुली धोती में गिरते-पड़ते भागने की घटना कुछ ज्यादा ही याद आने लगी। उसके बाद से वे चमरटोली की तरफ तो गए ही नहीं। अपने को हिम्मत बँधाने की कोशिश करते रहे इन्द्रदेव बाबू! सोचते रहे, कोई नई बात तो नहीं थी। होता ही रहता था यह सब चमरटोली में। वह तो संयोग था कि पकड़े गए घर में। सहमति तो घट्टर राम की थी ही। कम रुपए-पैसे दिए घटरा को! क्या वह नहीं समझता था, दसटकही-पंचटकही नोट क्यों दिए जा रहे हैं?

चमरटोली जाने के लिए इंद्रदेव बाबू ने किसी को साथ ले जाने का मन बनाया। कोई ऐसा व्यक्ति साथ चले जिसकी कद्र करता हो घटरा। सबसे अनुकूल तो थे प्रमोद बाबू, मगर उन्होंने तो इनकार ही कर दिया। क्यों न उनके छोटे भाई विनोद जी को साथ ले लिया जाए! बँटाईदार रह चुका है घटरा। फिर विनोद जी हैं भी सीधे-सादे व्यक्ति-'सुरहा' किसिम के। उनके साथ चलने से वजन बढ़ेगा। डीएसपी से उनकी जान-पहचान भी होगी ही।

इंद्रदेव बाबू दूसरे ही दिन बबुआन टोला गए विनोद जी से मिलने। सटा हुआ उत्तर का टोला है बबुआन टोला। जेठ की तपती दोपहर में इंद्रदेव बाबू को अपने दालान

में देखा तो पूछा, 'क्या भाईजी, इस झरकाने वाली धूप-बतास में कैसे आ गए? खबर करते, मैं खुद आ जाता! आप बुजुर्ग आदमी इस चांडाल धूप में आए हैं।'

'हाँ विनोद जी, एक पैरवी में आपको ले जाना है।' विनोद जी बोले, 'चलिए, लेकिन चलना कहाँ है? कौन पैरवी, किसकी पैरवी?'

इंद्रदेव बाबू कुर्सी पर बैठे गमछे से चेहरा पोंछते बोले, 'चमरटोली में वह घटरा है न जिसका बेटा डीएसपी है! उसी से काम आ पड़ा है।'

विनोद जी ने 'फरिया' कर पूछा, 'साफ-साफ कहिए भाईजी! घट्टर राम से काम है या डीएसपी से?'

'डीएसपी से। कल गाँव आ रहा है डीएसपी तुलमोहन राम। उसका बड़ा भाई जगलाल है न! बीस साल बाद उसको बेटा हुआ है।' विनोद जी ने मजाक किया, 'जगलाल को बेटा हुआ या जगलाल की घरवाली को?' इंद्रदेव बाबू हँसे, 'धुर जी! आपको हर बात में मजाके सूझता है!'

विनोद जी हँसते-हँसते पूछने लगे, 'मामला क्या है?'

'मामला यह है विनोद जी कि मेरा नाती है न विवेकानंद...उसको तो आप जानते ही हैं।'

'कौन विवेकानंद! बेगूसराय वाला?'

'हाँ वही। भाईजी, वह डेढ़ महीने से जेल में सड़ रहा है।'

विनोद जी ने विवेकानंद के जेल में सड़ने की बात को बहुत गंभीरता से नहीं लिया, 'विवेकानंद के लिए जेल कोई नई बात तो नहीं है। सुना कि पहले भी जा चुका है। धंधा ही जेल जाने-आने का है तो कितनी बार छुड़ाइएगा!'

इंद्रदेव बाबू ने महसूस किया, विनोद जी ना-नुकुर की भाषा बोल रहे हैं। बोले, 'बेगूसराय वाली मेरी बेटी महीने भर से यहीं है। कहती है कि डीएसपी से पैरवी कर दीजिए। डीएसपी को जाँच-रिपोर्ट लिखनी है। उसी रिपोर्ट पर सब निर्भर है। डीएसपी फेवर में रिपोर्ट लिख दे, बस। बेटी तो लाख-दो लाख देने को तैयार है।'

विनोद जी को मसखरी सूझ रही थी। दालान में उन दोनों के सिवा कोई नहीं था। गर्म पछिया हवा साँय-साँय बह रही थी। खैरियत थी कि पछिया हवा थी, पुरवैया रहती तो बरसतिया नाले की रेत से घर-दरवाजा भर जाता। विनोद जी बोले, 'वैसे तो आप जहन्नुम में भी कहिएगा जाने को तो बंदा तैयार है, मगर घट्टर राम के यहाँ आपको अकेला जाना चाहिए। कौन नहीं जानता कि घट्टर राम की घरवाली आपकी चहेती रह चुकी है।'

रंगीले मिजाज के इंद्रदेव बाबू के मन में गुदगुदी हुई। मुस्कराते हुए बोले, 'आप तो विनोद जी मजाक करने लगे। अब इस बुढ़ौती में...। क्या याद दिलाते हैं उन दिनों की!'

विनोद जी को मजा आ रहा था, 'भाईजी, कहीं डीएसपी आपकी ही 'बूँद' का

जन्मा तो नहीं है?' इंद्रदेव बाबू का मन अकस्मात् जवानी के दिनों में चला गया। हँसते हुए बोले, 'अब यह बात तो घटरा की मेहरारू ही बताएगी!'

'तो पूछिएगा न घट्टर राम की मेहरारू से!'

इंद्रदेव बाबू बेल का शरबत पीकर पान चबाते घर लौटे। बेटी शकुंतला को बताया। शकुंतला की अपने वकील से बात हुई थी। बोली कि विवेकानंद से जेलर ने मोबाइल फोन छीन लिया। बात भी कैसे की जाए!' इंद्रदेव बाबू बेटी से बोले, 'कल डीएसपी से बात हो जाएगी। विनोद जी साथ चलेंगे। घट्टर राम पहले विनोद जी के भाई प्रोफेसर साहब का बँटाईदार था। प्रभाव पड़ना चाहिए।'

दूसरे दिन जलती दोपहर में छाता ताने इंद्रदेव बाबू घर से निकले। विनोद जी को साथ लेना था। बबुआन टोला विपरीत दिशा में है। जाना था दक्षिण टोले में। विनोद जी को तैयार होने में समय लगा। बाहर निकलते समय ध्यान तो रखना ही पड़ता है कि बाबू-बबुआन हैं। विनोद जी निकलने से पहले आँगन में गए। लौटे तो इंद्रदेव बाबू ने गौर किया-गले में सोने की चेन है। विनोद जी ने घड़ी में समय देखा-दो बीस। बोले, 'भाईजी, इतनी धूप में कहाँ जाइएगा! बाहर आग बरस रही है। तुलमोहन राम अभी आया नहीं होगा, काहे कि भोज-भंडारा तो शाम में होता है।'

इंद्रदेव बाबू ने अंदर की बात कही, 'विनोद जी, पहले तो घट्टर राम को पटाना पड़ेगा। टोह लेनी पड़ेगी कि ससुरा रुपए लेकर काम करा सकता है कि नहीं! शाम में भीड़-भाड़ बढ़ जाएगी तो 'प्राइवेट' में बात कैसे होगी? इसलिए पहले चलिए।' इंद्रदेव बाबू सहसा गंभीर हो गए, 'यह दुर्दिन भी देखना पड़ रहा है विनोद जी। बताइए तो! हम लोग मालिक थे गाँव के। सो देखिए कि चमरटोली जा रहे हैं पैरवी में।'

'पावर की बात है भाईजी। हम चमरटोली कहाँ जा रहे हैं। हम तो जा रहे हैं डीएसपी से मिलने। इस रूप में सोचिए तो अपमान कम महसूस होगा।' विनोद जी की बात इंद्रदेव बाबू को छू गई।

अलग-अलग छाता लिये दोनों निकले। पछिया हवा में लोग घरों में दुबके हुए थे। कठपुलिया के पास पहुँचे तो विनोद जी बोले, 'रुकिए भाईजी! देखिए इस कठपुलिया को! कितनी जर्जर हो गई है! दोनों तरफ से टूटी हुई। बाँस की चंचरी भी अब काम नहीं करेगी और बरसात का महीना आने वाला है।' इंद्रदेव बाबू को कठपुलिया से ताल्लुक नहीं था। ब्रह्मर्षि टोले को तो पीडब्लूडी का पुल मिला हुआ है, कठपुलिया का दुख बबुआन टोले का दुख है। फिर भी विनोद जी से सहानुभूति दिखाते हुए बोले, 'सुना था कि मुखिया टिकुली देवी ने आश्वासन दिया है कि मरम्मत करा देगी। टिकुली देवी सरायगंज के मुखिया सदानंद यादव की तरह भ्रष्ट तो है नहीं। एक पैसा नहीं खाती है।' विनोद जी सहमत थे, 'हाँ, सो तो है। हम लोगों की मुखिया चाहे छोटी जात की हो, मगर ईमानदार तो है भाईजी। निडर भी है। असल में है बढ़ैया के टाल क्षेत्र की। सुना कि इसका बाप आजीवन कारावास की सजा काटकर लौटा था।'

'सही बात है विनोद जी! बढ़ैया में मेरे कुटुम्ब हैं। मालूम है, टिकुली देवी के बारे में। इसके बाप ने बैजनाथ सिंह पहलवान को कुट्टी-कुट्टी काट दिया था। उसी हत्यारे की बेटी है टिकुली देवी!'

एक किलोमीटर से भी कम दूर थी चमरटोली। टोले में आधे से भी ज्यादा छोटे-छोटे पक्के मकान। घट्टर राम का दुमंजिला मकान तो ऐसा कि पूरे ब्रह्मर्षि टोले और बबुआन टोले में उसकी टक्कर का कोई मकान नहीं है। अपनी पुरानी खपरैल को बबुआन टोले और ब्रह्मर्षि टोले वाले कहते रहें हवेली!

घट्टर राम के दुमंजिले मकान को देख चकरा गए इंद्रदेव बाबू। इधर का तो रास्ता ही वे भूल गए थे। बोले, 'हौ विनोद भाई, देखते हैं घटरा का मकान! चारदीवारी के अंदर नारियल के पेड़ों-जैसे पेड़ एक कतार में लगे हुए हैं। क्या कहते हैं इन पेड़ों को? बीच-बीच में अशोक के पेड़ हैं!'

गेट के सामने पहुँचे तो देखा, चारदीवारी के भीतरी हिस्से में शामियाना तना है। अंदर घुसे। कुर्सियाँ करीने से सजाई जा रही थीं। जगलाल खड़ा था और मजदूर कुर्सियाँ सजा रहे थे। घट्टर राम दिखाई दिए। वे बरामदे पर प्लास्टिक की कुर्सी पर बैठे थे। इंद्रदेव बाबू और विनोद सिंह को देख घट्टर राम उठकर खड़े हो गए। बिना हाथ जोड़े बोले, 'परनाम! परनाम!' फिर उन्होंने जगलाल को आवाज दी, 'दू गो कुर्सी भेजना जगलाल!' कोई मजदूर दो कुर्सियाँ ले आया। इंद्रदेव बाबू और विनोद जी बैठ गए।

'आप दूनो तो पहली बार आए हैं मेरे दुआर पर।' मुस्कराते हुए घट्टर राम बोले। इंद्रदेव बाबू का धूप में कुम्हलाया चेहरा कुछ स्याह पड़ गया। इंद्रदेव बाबू तजवीज करने लगे, इसी जगह कहीं आसपास फूस के एक घर में घटी थी वह घटना। विनोद जी ने मुस्कराते हुए कहा, 'घट्टर बाबू, काम पड़ता है तभी न कोई किसी के यहाँ जाता है! आप तो जानते ही होंगे, इंद्रदेव बाबू किस काम से आपसे मिलने आए हैं!' विनोद जी सिफारिशी मुद्रा में बोले, 'कह दीजिएगा अपने डीएसपी बेटे से! इंद्रदेव बाबू को शर्म आ रही है। इनका नाती डेढ़ महीने से जेल में है।'

घट्टर राम कुछ बोले नहीं। शामियाने के बाहरी कोने को देखने लगे जिधर हलवाई मिठाइयाँ बना रहे थे। मीठी-मीठी सुगंध आ रही थी। बुँदिया छानी जा रही थी। विनोद जी को मीठी सुगंध महसूस हुई तो वे ललचाई आँखों से उधर देखने लगे।

घट्टर राम आनंदित मुद्रा में थे। बोले, 'आने दीजिए तुलमोहन को। मामला क्या है, यह तो वही जानता होगा। मैंने तो वही सुना जो इंद्रदेव बाबू बोले।' विनोद जी ने पूछा, 'कब तक यहाँ पहुँचेंगे तुलमोहन बाबू?' घट्टर राम कुछ सोच रहे थे। बोले, 'जगलाल से उसकी बात हुई है। बोला कि बेगूसराय में मुख्यमंत्री का कोई कार्यक्रम है। मुख्यमंत्री बेगूसराय से जाएँगे तभी इधर के लिए निकलेगा तुलमोहन! हाँ, बहू आ रही है। वह पहले ही पहुँच जाएगी।'

गेट के सामने पुरहितिया पंडित गुणानंद झा आते दिखे तो घट्टर राम ने हँसते हुए कहा, 'हे ई देखिए! पंडित जी भी आ गए। बेटा आ रहा है न!' पंडित गुणानंद झा का पुत्र उग्रानंद झा मैडम का ड्राइवर है। डीएसपी साहब को तो पुलिस की गाड़ी मिली हुई है, मैडम की अपनी कार है। उसी कार का ड्राइवर है उग्रानंद। मध्यमा पास है। गाँव में कोई काम नहीं था। जजमानी से तो अब पेट पालना मुश्किल। फिर मध्यमा परीक्षा पास को इस प्रतियोगिता-समय में कौन-सी नौकरी मिलेगी? निरुपाय उग्रानंद ने ड्राइवरी सीखी। कुछ दिन डाक्टर सीएम झा की गाड़ी चलाई। सुक्खा-सुक्खी डेढ़ हजार रुपए से क्या होता! पंडित गुणानंद झा ने घट्टर राम से बात की-कहीं सिपाही-उपाही में लगा दें डीएसपी साहब! तब डीएसपी साहब सहरसा में कार्यरत थे। घट्टर राम पंडित जी के मध्यमा पास पुत्र उग्रानंद झा को अपने साथ सहरसा ले गए। निजी ड्राइवर की जरूरत थी बहू को। तय हुआ कि ड्राइवरी करने के साथ-साथ झा जी को 'बर-बाजार' के भी काम करने होंगे। खुद खाना बनाकर खाएँगे। डीएसपी साहब ने आश्वासन दिया कि जब सिपाहियों की बहाली होगी तब देखा जाएगा।

लगभग चार साल हो गए हैं उग्रानंद झा को मैडम की कार चलाते। इस बीच दो-तीन बार सिपाहियों की बहाली हुई, लेकिन झा जी ड्राइवर ही बने रहे।

'मैडम गाँव आ रही है' का मतलब हुआ उनका ड्राइवर भी गाँव आ रहा है। पिता पंडित गुणानंद झा बेटे के लिए आए हैं। क्या ठिकाना, मैडम रात में ही चली जाएँ और उग्रानंद को घर जाने का मौका न मिले! पंडिताइन आस लगाए बैठी है कि बेटा आएगा, बहन राह देख रही है कि भाई आएगा। पंडिताइन और बहन चमरटोली तो आ नहीं सकतीं। फिर आज छठी का भोज भी है। घट्टर राम ने पंडित जी को बुलाया भी नहीं है।

पंडित जी ललाट पर सिंदूरी 'ठोप' लगाए और दाहिने हाथ में बकुली छड़ी लिये गेट के भीतर आए और शामियाने में लगी कुर्सी पर बैठ गए। पता लग गया था कि मैडम पहुँचने ही वाली हैं। घट्टर राम घर के अंदर गए। इंद्रदेव बाबू ने विनोद जी से पूछा, 'विनोद जी, आपको है निमंत्रण?' विनोद जी की नाक मिठाइयों की सुगंध से भर गई थी। शामियाने के बाहर टिनशेड में, जहाँ मिठाइयाँ बन रही थीं, विनोद जी उधर देखते हुए बोले, 'नहीं है निमंत्रण। चमार भला ब्राह्मण-राजपूत-भूमिहार को भोज में बुलाएगा!' इंद्रदेव बाबू मुस्कराने लगे, 'लेकिन मुझे मिलता निमंत्रण तो मैं जरूर आता। अरे भाई, हलवाई बना रहे हैं खाना, डोम-चमार तो नहीं बना रहे!' विनोद जी पता नहीं क्यों, खिसियाये-से बोले, 'छोड़िए वह बात। जब निमंत्रण हइए नहीं है तो बेमतलब माथापच्ची!...जिस काम से आए हैं वह काम कीजिए और चलिए यहाँ से। देखते नहीं हैं, तरह-तरह की मिठाइयाँ बन रही हैं! बर्दाश्त नहीं हो रहा है।'

गेट के अंदर कार आ गई तो शामियाने में काम करने वाले और मिठाइयाँ बनाने वाले सहसा चौकन्ने हो गए। आ गईं मैडम! पंडित गुणानंद झा बकुली छड़ी कुर्सी पर

टाँगकर खड़े हो गए। घर से औरतें-लड़कियाँ-बच्चे निकल आए। कार बरामदे के सामने आकर लगी। ड्राइवर उग्रानंद ने गाड़ी रोककर फुर्ती से कार का दरवाजा खोला। मैडम बाहर निकलीं। सामने घट्टर राम खड़े थे। मैडम ने उनके पैर छुए।

घर में प्रवेश करने का रास्ता बरामदे से अंदर जाता था। इंद्रदेव बाबू और विनोद जी गेट के पास लगी कुर्सियों पर बैठे थे। मैडम को आते देख दोनों यंत्रवत् खड़े हो गए और अपनी-अपनी कुर्सी पीछे खिसकाने लगे। मैडम औरतों-बच्चों से घिरी कार के पास ही खड़ी थीं। इंद्रदेव बाबू और विनोद जी बरामदे से उतरकर नीचे एक कोने में खड़े हो गए थे। विनोद जी इंद्रदेव बाबू को देखने लगे, 'देखते हैं न डीएसपी की पत्नी को। कैसी गोरी-चिट्टी है। कोई कहेगा कि चमाइन है! एकदम ब्राह्मणी-राजपुतानी की तरह दिखती है।' विनोद जी को मजाक सूझा, 'भाईजी, यह बताइए, इसकी सास क्या कम सुंदर थी! रंग पर मत जाइए। साँवली औरत गोरी से ज्यादा नमकीन होती है। आप तो स्वाद बता सकते हैं भाईजी!' इंद्रदेव बाबू ने हँसते हुए हल्का-सा धक्का दिया विनोद जी को, 'आपकी आदत नहीं जाएगी विनोद जी! हम आए हैं पैरवी में और आपको रासलीला सूझ रही है। कहते हैं न कि बेटे की जाय जान पतोहू माँगे कजरौटा!'

मैडम अंदर चली गईं, लेकिन मैडम की अप्रस्तुत उपस्थिति इंद्रदेव बाबू और विनोद जी की चर्चा में बनी रही। विनोद जी बोले, 'जानते हैं भाईजी, यह जो घट्टर राम की बहू है, पता है आपको? पटना विश्वविद्यालय से संस्कृत में एमए है। प्रमोद भैया कह रहे थे। और जानते हैं, मैडम का बाप सेल्सटैक्स कमिश्नर है।' इंद्रदेव बाबू चकरा गए, 'आएँ! संस्कृत में एमए?' इंद्रदेव बाबू संस्कृत शब्द बोलते हुए पंडित गुणानंद झा को देखने लगे। गुणानंद झा अपने बेटे उग्रानंद को कार से सामान निकालते और बरामदे पर रखते देख रहे थे।

शाम होने को थी। जेनेरेटर बेजरूरत स्टार्ट कर दिया गया था। अभी दिन की रोशनी थी। जेनेरेटर के चलने से एक राहत यह मिल रही थी कि पैडिस्टल फैन चलने लगे थे। इंद्रदेव बाबू और विनोद जी चलते पंखे के सामने लगी कुर्सियों पर बैठ गए।

घट्टर राम को याद आया कि देर से बैठे हैं ये दोनों। इनसे बात कर ली जाए। वे इंद्रदेव बाबू और विनोद जी के सामने लगी एक कुर्सी पर बैठ गए। मुस्कराते हुए पूछा, 'हाँ, तो बाबू साहेब!...' इंद्रदेव बाबू घट्टर राम के मुस्कराने को लेकर परसों शाम से ही परेशान हैं। कुछ जवाब नहीं दे रहा है घटरा, खाली मुस्की मार रहा है। 'बात क्या है!' इंद्रदेव बाबू ने सहमते हुए कहा, 'वही पैरवी वाली बात घट्टर बाबू! परसों बात हुई थी न बाजार में! डीएसपी साहब से कह देते तो बेड़ा पार हो जाता।' घट्टर राम हँसने लगे। इंद्रदेव बाबू को उनकी हँसी ऐसी लग रही थी जैसे सीधे कलेजे में धँस रही हो। अनजानी-सी घबड़ाहट होने लगी कि ई ससुरा हँस क्यों रहा है!

दोनों पैर कुर्सी पर रखते हुए घट्टर राम ने पूछा, 'इंद्रदेव बाबू, यह बताइए कि आपका नाती काम क्या करता है कि जेल में है? जेल गया क्यों?'

'विवेकानंद अच्छा लड़का है घट्टर बाबू। थोड़ा हीरोपनी करता है। बस यही दोष है।'

'थोड़ा कि बहुत? इंद्रदेव बाबू, मैं बेगूसराय में था जब आपका नाती पकड़ा गया था। आप कहते हैं कि अच्छा लड़का है, लेकिन अच्छा लड़का नहीं है। किसने नाम रख दिया विवेकानंद? गुंडागर्दी, हफ्ता वसूली, डकैती, रँगदारी...यही सब उसका धंधा है। आप सब जानते हैं। इसी धंधे से बेगूसराय में बड़ा-सा मकान बनाया है थर्मल पावर के पास। बड़की गाड़ी है। आप ही बताइए, कहाँ से आया इतना!'

इंद्रदेव बाबू की अक्ल चकरा गई। घट्टर राम तो एकदम उलटी बात करने लगा। आए थे पैरवी के लिए, लेकिन यह तो टेंढ़ी बतियाने लगा। घट्टर राम मुस्कराते हुए बोले, 'आपका नाती तो गुंडा है, लेकिन मेरा बड़ा बेटा आपको गुंडा दिखता है?' इंद्रदेव बाबू चुप। समझ में नहीं आ रहा, घटरा क्या कहना चाहता है।

'आप शायद भूले नहीं होंगे इंद्रदेव बाबू!...' इंद्रदेव बाबू की पिल्ही चमकी। 'आपको याद होगा जब चोरी के केस में मेरे बेटे जगलाल को फँसाया गया था। आप ही के टोले के लोगों ने नाम दे दिया था, काहे कि थोड़ा दबंग था जगलाल। आप लोगों को भला चमार की दबंगई बरदास हो! दारोगा पकड़कर ले गया था। हाजत में बंद कर दिया था। पीटा था सो अलग। दारोगा आपका भांजा था। मैं और जगलाल की महतारी दौड़ते-पड़ते आपके पास गए थे कि मालिक छुड़ा लीजिए जगलाल को। चोरी नहीं की है इसने।'

इंद्रदेव बाबू हक्का-बक्का। इसी का डर था। बात तो सच थी, क्या बोलते! बड़े मौके पर पकड़ा था घट्टर ने। विनोद जी को इस घटना की कोई जानकारी नहीं थी। वे मूरत बने सुन रहे थे। घट्टर राम बोले, 'आपने कहा था इंद्रदेव बाबू कि दारोगा पकड़कर ले गया है तो ऐसे छोड़ेगा नहीं। दारोगा का मतलब ही होता है-द-अ! रो के चाहे गा के।'

आश्चर्य! घट्टर राम को इतना याद कैसे है! शब्द-शब्द, अक्षर-अक्षर याद रखे हुए है ससुरा! घट्टर राम धारदार मुस्कराहट में बोलता जा रहा था, 'मैंने आपके पैर पकड़ लिए थे-कुछ नहीं है दारोगा को देने के लिए। दारोगा आपका भांजा है। आप कहिएगा तो छोड़ देगा जगलाल को। आप बोले कि पहले वह दारोगा है, बाद में मेरा भांजा।'

इंद्रदेव बाबू को लगा, धरती हिल रही है। कुछ समझ में नहीं आ रहा था, क्या जवाब दें।

'आपने ही कहा था इंद्रदेव बाबू, 'अरे गाय है न तुम्हारे पास! मेरे बथान में बाँध आओ। रुपए मैं दे दूँगा दारोगा को...और मैं अपनी दुधारू गाय आपके बथान में बाँध

आया था। गाय मुझे देखकर डोकर रही थी।'

विनोद जी के मुँह में आवाज नहीं थी। इंद्रदेव बाबू कुर्सी पर झुके हुए जमीन को देख रहे थे। विनोद जी क्या बोलते! सोच रहे थे कि यह बात इंद्रदेव बाबू पहले बोल देते तो कोई दूसरा रास्ता ढूँढ़ा जाता!

जेनेरेटर की भट-भट आवाज से इतना फायदा जरूर हुआ कि ये बातें तीन के ही बीच रहीं। अँधेरा हो रहा था। ट्यूब लाइट में जगमग कर रहा था घट्टर राम का सफेद मकान। भोजन शायद तैयार हो चुका था। लोगों का आना शुरू नहीं हुआ था। विनोद जी सोच रहे थे, जल्दी से निकल चलें यहाँ से। आए थे पैरवी में। क्या पता था कि पुराने खाते में पिछला हिसाब बाकी था!

काला-कलूटा नाटा-सा घट्टर राम इस वक्त बड़े कद का कद्दावर व्यक्ति दिख रहा था और लम्बे गौरवर्ण के बूढ़े इंद्रदेव बाबू अपने को बौना महसूस कर रहे थे। घट्टर राम के चेहरे पर कटार की धार वाली वही मुस्कान थी। कछमछा रहे थे इंद्रदेव बाबू, लेकिन करते क्या!

उधर आँगन से सोहर गाने की आवाज आ रही थी।

इंद्रदेव बाबू को कुछ भी अच्छा नहीं लग रहा था। सोच रहे थे-एक बार पहले पानी उतर चुका है इस घर में, दूसरी बार रही-सही कसर भी पूरी हो गई। पहली बार तो अधनंगे भागे थे, इस बार तो पूरे नंगे कर दिए गए। विवश बेचैन...। घट्टर राम बोले, 'इंद्रदेव बाबू, तुलमोहन मेरी बात मानता है, मुदा ई मामला दूसरा है। आपके नाती ने दारोगा को पीट दिया था। मैं बेगूसराय में था तुलमोहन के यहाँ। मुझे ड्राइवर उग्रानंद ने बताया। पूछ लीजिएगा।'

विनोद जी अब तक चुप थे। रहा नहीं गया तो बोले, 'हौ घट्टर बाबू, अब छोड़िए वह सब। जो हुआ सो हुआ। अब बचाने का रास्ता निकालिए। छुड़ाइए इनके नाती को। तुलमोहन बाबू से कहिए, जाँच-रिपोर्ट को नरम कर दें। वकील बोला है कि रिपोर्ट ठीक रहे तो जमानत मिल जाएगी। आप कुछ कीजिए घट्टर बाबू! आखिर एक गाँव के हैं हम लोग। आँखों में पानी रखिए!'

घट्टर राम की नजर गेट पर लगी थी। कुछ आमंत्रित लोग आ रहे थे। बोले, 'कुछ नहीं बाबू साहेब! बस एक्के बात। इंद्रदेव बाबू के टोले के लोगों ने मेरे बेटे जगलाल को चोरी के केस में फँसाया था और थाने में नाम काटने के लिए इंद्रदेव बाबू ने अपने बथान में मेरी दुधारू गाय बँधवाई थी। मैं तुलमोहन से कहकर रिपोर्ट ठीक से लिखवा दूँगा। लेकिन बाबू साहेब, पूछिए इंद्रदेव बाबू से-क्या देंगे इसके लिए!'

इंद्रदेव बाबू क्या बोलते! बेटी शकुंतला ने तो कहा है लाख-दो लाख जो ले डीएसपी। मन में आया कि बोल दें लाख-दो लाख वाली बात, लेकिन गला सूख रहा था। मुँह में जैसे मकई के लावे फूट रहे हों। घट्टर राम ने धीरे से कहा, 'इंद्रदेव बाबू, आपके पास जर्सी गाय है। सुनते हैं, दस-बारह किलो दूध देती है। आप कल सुबह

खुद गाय लेकर आइए। मेरा पोता पीएगा दूध। अब आपकी मर्जी!' बोलते हुए कुर्सी से उठकर खड़े हो गए घट्टर राम। इंद्रदेव बाबू निष्प्राण-से कुर्सी पर बैठे रहे। उनको शायद याद भी नहीं था कि कहाँ बैठे हैं। घर के अंदर से सोहर गाने की आवाज आ रही थी :

'धन-धन नगर अजोधिया
कि धन राजा दसरथ हे
ललना धन रे कोसलिया के भाग
कि राम जनम लेल हे...।'

# सबद का बान लगा है मन में

प्रमोद बाबू सुबह थोड़ी देर से जगे। नींद तो पहले ही टूट गई थी। बस यों ही लेटे हुए थे। बिजली आ गई थी, पंखे चल रहे थे। आलस्य आ गया, इसलिए लेटे रहे। फिर याद आया कि अभी बिजली की लाइन है, मोटरपंप चला दें तो टंकी भर जाएगी। सुरक्षा संघ का रात्रि-प्रहरी शशिकांत बरामदे के कमरे में सोया हुआ था। मोटर का स्विच-बोर्ड बरामदे की दीवार पर था। उन्होंने स्विच ऑन किया। मोटर स्टार्ट नहीं हुआ। तीन-चार बार स्विच ऑन करने के बावजूद जब मोटर स्टार्ट नहीं हुआ तो वे बरामदे के नीचे उस कोने में गए जहाँ मोटरपंप रखा हुआ था। सुबह का उजास था। देखा, मोटर तो है ही नहीं। प्रमोद बाबू थोड़ी देर सोचते हुए खड़े रहे। तब तक रात्रि-प्रहरी शशिकांत की नींद खुल गई। वह बाहर आया बरामदे पर।

'मोटर तो है नहीं शशिकांत। कोई खोलकर ले गया।'

प्रमोद बाबू ने पत्नी को जगाया। सावित्री जी सोई हुई नहीं थीं। उठकर बाहर आईं। प्रमोद बाबू बोले, 'मोटर चोर ले गए सावित्री।' सावित्री जी उनींदी आवाज में बोलीं, 'कहती थी मैं, चारदीवारी भी बना लीजिए। आप कहते थे-हड़बड़ी क्या है। यह अपना गाँव है। यहाँ लोग चारदीवारी से घर को घेरते नहीं। अब लीजिए...।'

प्रमोद बाबू पिछला दरवाजा खोलकर ट्यूबवेल से पानी लेने गए तो देखा, ट्यूबवेल तो है ही नहीं। ट्यूबवेल का हेड गायब है। वे ट्यूबवेल के गड़े हुए पाइप को देखते रहे। यह क्या! ट्यबवेल की चोरी?...सवाल था कि पानी कहाँ से आएगा। कलिया काम पर आई तो देखा, न मोटरपंप है, न ट्यूबवेल है। बाप रे! अब पानी कहाँ से आएगा! एक बाल्टी दिखी बाथरूम में जो आधी भरी हुई थी।

प्रमोद बाबू को रात्रि-प्रहरी शशिकांत पर गुस्सा आया, 'जब सोने के लिए ही आते हो तो आने की क्या जरूरत! अपने घर में भी सो सकते हो! यहाँ सिर्फ सोने के लिए आना क्यों जरूरी है?'

शशिकांत की समझ में नहीं आ रहा था कि क्या जवाब दे।

प्रमोद बाबू आकर कुर्सी पर बैठ गए। पीने का पानी भी नहीं था घर में। क्या किया जाए। पुराना डीह यहाँ से डेढ़-दो सौ मीटर पश्चिम में है। कलिया और शशिकांत दो बाल्टियाँ लेकर पानी लाने बड़े भाई चंद्रदेव सिंह के घर गए। प्रमोद बाबू ने रामचंद्र

साव को फोन पर चोरी की घटना सुनाई और कहा, 'पीने का बोतल बंद पानी लेते आओ। बस-स्टैंड की दुकानें खुल गई होंगी।'

कलिया छत पर गई तो देखा, टीवी का डिश एंटीना तो है ही नहीं! हाय रे बाप!...डिश एंटीना तक ले गए चोर! नीचे आकर सावित्री जी से बोली, 'मालकिन, ऊ टीवी वाला एंटीना भी नहीं है।' सावित्री जी प्रमोद बाबू के पास आईं, 'डिश एंटीना भी चुराकर ले गए। यह तो हद है।' प्रमोद बाबू ने सिगरेट जलाई और कुर्सी पर बैठ गए। सोचते हुए बोले, 'पहले तो ऐसी चोरी नहीं होती थी!' शशिकांत चंद्रदेव बाबू के घर से एक बाल्टी पानी ले आया था और बाहर बैठा था। बोला, 'सर, अब तो लोग साइकिल भी रात में आँगन-दरवाजे पर नहीं छोड़ते।'

थोड़ी ही देर में 'पेपर पत्रिका' वाला रामचन्द्र साइकिल से पहुँचा। कैरियर पर बिसलेरी के चार बड़े बोतल। प्रमोद बाबू ने सावित्री जी से कहा, 'पहले पानी पिलाओ सावित्री। गला सूख रहा है।'

'अभी तो सबसे जरूरी है ट्यूबवेल का हेड लगवाना।' प्रमोद बाबू की बात पर रामचन्द्र ने चारों बोतलों को चौकी पर रखते हुए कहा, 'सर, एक घंटे के भीतर हेड लग जाएगा। शशिकांत जी को लेकर बाजार जाता हूँ। मिस्त्री के साथ ट्यूबवेल का हेड भेज देता हूँ।'

दोपहर तक ट्यूबवेल पानी देने लगा। जान में जान आई। 'असल में चारदीवारी नहीं है न! चोरों को इसी कारण बेरोक-टोक चोरी करने में सुविधा हुई।' सावित्री जी से कहते हुए प्रमोद बाबू ने अनुज गुप्ता से मोबाइल फोन पर बात की। बाउंड्रीवाल बनाने के लिए कहा और यह भी कि काम कल से शुरू हो जाए।

जब मकान बनना शुरू हुआ था, प्रमोद बाबू ने सोचा था, बाउंड्रीवाल की गाँव में क्या जरूरत! यह सब तो शहरी मकान में होता है। गाँव के मकान में कहीं बाउंड्रीवाल दिया जाता है?

अभी मकान अधूरा ही बना है और चोर ट्यूबवेल का हेड तक चुराकर ले गए। डिश एंटीना भी लगाना होगा। टीवी ही है जिससे सावित्री जी का समय कटता है। बिना डिश एँटीना के देखते रहिए दूरदर्शन पर भरतनाट्यम् या सुनते रहिए रूद्रवीणा!

आज प्रमोद बाबू को महसूस हुआ, बेकार ही अपने पुराने डीह से अलग हटकर मकान बनवाया। टोले में होते तो शायद ऐसी चोरी न होती! पानी की यह दिक्कत न आती। एक बाल्टी पानी के लिए बड़े भैया के यहाँ आदमी को भेजना पड़ा।

शशिकांत को हिदायत दी गई कि रात में यहाँ सोने के लिए नहीं, पहरा देने के लिए आया करे। जाग कर सोए। उस रात प्रमोद बाबू आधी रात तक छत पर रहे, लौटे तो शशिकांत को जाग कर सोने को कहा। गर्मी के इस मौसम में बिजली की आवाजाही से नींद में यों भी बाधा पड़ती रहती है। इन्वर्टर लगाने के लिए दुकानदार से प्रमोद

बाबू ने कहा है।

बाजार में बिजली की लाइन न रहे तो जेनेरेटर रहता है। अक्सर शाम में सुराजी चौक से राजकचहरी चौक तक जेनेरेटरों की भट-भट आवाज से कान भोथरे हो जाते हैं। कड़वा धुआँ आँखों में लाल मिर्ची के पाउडर-जैसा महसूस होता है। प्रमोद बाबू को सिगरेट और पेपर-पत्रिका के लिए अक्सर बाजार जाना ही पड़ता है। तफरीह भी हो जाती है और सांध्य भ्रमण भी।

अखिलेश शर्मा और विनोद सिंह ने प्रचारित कर दिया है कि लिंक नहर अब बनने ही वाली है। डीसीसी के चैम्बर में प्रमोद बाबू के साथ दोनों बैठे ही थे। सारी बातचीत सुनी थी। रतनपुरा पंचायत के जिन किसानों की जमीन 'चौर' में है, उन किसानों के चेहरे खिले दिखने लगे हैं। विधायक, एमपी और जिला परिषद अध्यक्ष वर्षों से आश्वासन देते रहे, लेकिन किसी ने कुछ नहीं किया। प्रमोद बाबू के इस प्रयास से लोग प्रभावित हुए हैं। एक गैर-राजनीतिक और विद्वान आदमी बिना स्वार्थ के अपने पैसे खर्च कर कई बार जिले के अफसरों से मिले, पटना गए लिंक नहर के लिए, कोशिश की, यह बड़ी बात है।

प्रमोद बाबू सुराजी चौक पर जाते हैं तो रतनपुरा पंचायत का कोई-न-कोई मिल ही जाता है। प्रणाम करने के बाद पूछता है, 'क्या सच में बनेगी नहर? पच्चीस-तीस साल से नहर-नहर सुन रहे हैं हम लोग। एक बार तो सर्वे भी हुआ था, लेकिन हुआ कुछ नहीं। चौर का रकबा बढ़ता ही गया और बरसतिया नाला हर बरसात में नदी बनता रहा। नहर बन जाए तो क्या जरूरत रहेगी पुलिया-कठपुलिया की?'

प्रमोद बाबू क्या जवाब दें! सिर्फ सरकारी आश्वासन मिला है। क्या कहें! मुखिया सदानंद यादव बाजार में मिले तो यही सवाल पूछा, 'सर, सुनते हैं लिंक नहर का प्रस्ताव मंजूर हो गया!' प्रमोद बाबू मुस्कराते हुए बोले, 'नहीं मुखिया जी, कोशिश हो रही है। डीडीसी ने अपनी अनुशंसा के साथ संचिका आगे बढ़ाई है। अभी कैसे कहा जाए! यह काम तो राजनीतिक प्रभाव के इस्तेमाल का है। एमएलए-एमपी को आगे आना चाहिए।'

सुबह रतनपुरा पंचायत की मुखिया टिकुली देवी आ गई। पैदल आई थी रतनपुरा से। थोड़ी सहमी हुई थी। बरामदे पर ही बैठे हुए थे प्रमोद बाबू। देखा, एक नाटी-सी औरत। गाढ़ा काला रंग, मामूली-सी साड़ी पहने बरामदे के नीचे खड़ी है। पैरों में हवाई चप्पलें।

'आप कौन?'

'जी, मेरा नाम टिकुली देवी है, सर। रतनपुरा पंचायत की मुखिया।'

प्रमोद बाबू खड़े हो गए। 'आओ, आओ टिकुली देवी जी! तुम्हारा नाम सुना है कई लोगों से। डाक्टर बनर्जी की मृत्यु पर तुम गई थीं। वहीं तुम्हें देखा था। सुना है कई लोगों से। भई, तुम तो आग की बनी हो!' मुस्कराती हुई चौकी पर बैठ गई टिकुली

देवी। प्रमोद बाबू को टिकुली देवी के विषय में बहुत-सारी बातों का पता है। बढ़ैया के टाल क्षेत्र की है-टाल क्षेत्र की टिकुली। टाल क्षेत्र का कठिन दुर्धर्ष जीवन जीया है। साधारण पढ़ी-लिखी है। प्रमोद बाबू को प्रसन्नता हुई टिकुली देवी को देखकर। टिकुली देवी धीरे-धीरे, रुक-रुक कर बोली, 'सर, आपके विषय में बहुत सुना है। विनोद सिंह आपके भाई हैं, उन्होंने और कई लोगों ने आपके बारे में बताया है। आप वर्षों तक प्रोफेसर रहे और रिटायर होकर अपने गाँव लौटे, यह हम लोगों के लिए बड़ी बात है सर।'

प्रमोद बाबू को टिकुली देवी के विषय में पूरी जानकारी है। मात्र पाँचवीं कक्षा तक पढ़ी है टालक्षेत्र के स्कूल में। वह स्कूल भी दो-तीन किलोमीटर दूर था। बरसात के महीनों में स्कूल जाने का रास्ता समुद्र-जैसा बन जाता था। बहुत कठिन था वहाँ जीना। उस पर भू-सामंतों का शोषण और अत्याचार। टिकुली देवी के पिता ने डोली रोकने वाले भू-सामंत बैजनाथ सिंह पहलवान को कुट्टी-कुट्टी काट दिया था। आजीवन कारावास की सजा हुई। उसके बाद से डोली रोकने की कुत्सित प्रथा का अंत हो गया। अमानवीय व्यवहार के विरुद्ध की गई हिंसा उसी की भाषा में दिया गया उत्तर होता है, अपने आप में यह उत्तर चाहे कितना भी अनुचित हो।

प्रमोद बाबू ने सावित्री जी बुलाया, 'सावित्री, यही है टिकुली देवी।' टिकुली देवी ने सावित्री जी को प्रणाम किया। बोली, 'मेरी पंचायत में सबसे पढ़ी-लिखी महिला हैं जयमाला देवी। सर, आपके विषय में उन्हीं से जाना। आपका नाम बड़े आदर से लेती हैं जयमाला जी।'

'जयमाला यहीं रहती है?' प्रमोद बाबू एक तरह से भूल ही गए थे जयमाला को।

'जी नहीं सर, रहती तो हैं पटना में, लेकिन आती रहती हैं। खेती-बाड़ी है न उनकी! अब तो उनके पति भी नहीं रहे।'

प्रमोद बाबू टिकुली देवी के विषय में कुछ और जानना चाहते थे। पूछा, 'तुम्हारे पिताजी को आजीवन कारावास की सजा हुई थी। लौटकर आए या नहीं?'

'जी सजा काटकर आए। दो चाचा भी थे साथ में, एक चचेरा भाई। सबने मिलकर कुट्टी-कुट्टी काटा था बैजनाथ सिंह पहलवान को। सजा तो होनी ही थी।'

'पिताजी, अभी जिंदा हैं?'

'नहीं सर, तीन साल पहले उनका इंतकाल हुआ। लेकिन सर, वे मेरे भीतर जिंदा हैं।'

'अच्छा, तुम आई कैसे? कोई काम है?'

टिकुली देवी सावित्री जी के हाथ से चाय का कप लेती हुई बोली, 'पहली बात तो सर...आपसे मिलने आई थी। दूसरी बात यह है कि आप डीडीसी से मिलने गए थे लिंक नहर के मामले को लेकर। क्या हुआ सर?'

'अभी तो कुछ नहीं हुआ है, लेकिन मामला आगे बढ़ा है। डीडीसी ने आश्वासन

दिया है। उम्मीद तो है! दरअसल यह काम तो एमएलए–एमपी का है। वे जनप्रतिनिधि हैं।'

'सो तो है सर, लेकिन वे कुछ करते नहीं हैं। अपना एमएलए तो एकदम बोदा है।...बोदा से भी अधिक बकलोल। जो कहें अवधेश प्रसाद, उसी की हाँ में हाँ और आप तो जान गए होंगे कि जिला परिषद के अध्यक्ष अवधेश प्रसाद कैसे आदमी हैं। लोग इनको नेताजी कहते हैं।'

'हाँ, जानता हूँ अवधेश प्रसाद को। मुलाकात है उनसे।'

सावित्री जी टिकुली देवी को अंदर घर में ले गईं। प्रमोद बाबू सोचने लगे, 'एक अपनी ग्राम पंचायत के मुखिया हैं सदानंद यादव। बोलेरो गाड़ी से आए थे यहाँ। लाखों रुपए कमाए मुखियागिरी से। बिना पीसी दिए इंदिरा आवास के रुपए नहीं मिलते। पंचायत शिक्षक–नियुक्ति, मनरेगा, जवाहर रोजगार योजना सब में घूस। दूसरी ओर है यह टिकुली देवी। विनोद कहता है–ढंग का घर भी नहीं है। दो छोटे–छोटे फूस के घर। बाहर एक बैठक है जिसमें एक लकड़ी की कुर्सी है, 'चांड़ी' लगाकर रखी हुई बेंच है। पहनने के लिए ढंग की साड़ी तक नहीं है मुखिया को।

अंदर घर दिखाकर सावित्री जी टिकुली देवी को ले आईं। धूप तीखी हो रही थी। टिकुली देवी जाना चाहती थी कि तभी प्रमोद बाबू ने देखा, एक साधु किस्म का बूढ़ा बरामदे के नीचे खड़ा है। प्रमोद बाबू ने समझा, कोई भिखारी होगा। साधु–जैसे दिखने वाले बूढ़े ने बरामदे के नीचे खड़े–खड़े पूछा, 'हौ प्रमोद बाबू! नै चीन्हे?' यानी नहीं पहचाना? प्रमोद बाबू बरामदे से नीचे उतरे 'अरे, लक्ष्मी राम!' प्रमोद बाबू ने लक्ष्मी राम को अंकवार में भर लिया। हाथ पकड़े ऊपर बरामदे पर ले आए, 'बैठिए लक्ष्मी जी।' मुखिया से परिचय कराया, 'रतनपुरा की मुखिया हैं।' लक्ष्मी राम ने नाम बता दिया, 'टिकुली देवी।'

'तब तो आप जानते ही हैं मुखिया को!'

लक्ष्मी राम 'सत्तगुरु–सत्तगुरु' कहते हुए बरामदे की चौकी पर बैठ गए। बोले, 'सब जानते हैं टिकुली देवी को।'

चमरटोली के लक्ष्मी राम कबीरपंथी साधु हो गए हैं। साधु वाला कोपिन पहनते हैं मार्किन कपड़े का। मार्किन की ही गोल गंजी। लंबे बाल, लंबी उजली दाढ़ी। सिर पर श्वेत वस्त्र की पगड़ी। गृहत्यागी साधु नहीं है। थोड़ी जमीन है। खेती–बाड़ी करता है बेटा। खुद रमता जोगी बहता पानी। मिडिल स्कूल में लक्ष्मी राम और प्रमोद बाबू एक ही वर्ग में थे। साथ–साथ मिडिल पास किया लक्ष्मी राम ने। फिर प्रमोद बाबू ली–एकेडमी फारबिसगंज चले गए, वहाँ से पटना, फिर भागलपुर में प्राध्यापक बने। गाँव आते तो कभी–कभार मुलाकात हो जाती लक्ष्मी राम से।

सन् उन्नीस सौ सड़सठ में लक्ष्मी राम अकस्मात् चर्चा में आए थे। तब प्रमोद बाबू पटना विश्वविद्यालय में पी–एचडी कर रहे थे। सरायगंज से सटा छातापुर विधान सभा

चुनाव–क्षेत्र अनुसूचित जाति सुरक्षित क्षेत्र था। आज भी वही है। वह समय कांग्रेस–शासन का था, हालाँकि सन् सड़सठ से ही कांग्रेस की सत्ता डोलने लगी थी। यहाँ अपने प्रदेश में ललित नारायण मिश्र की तूती बोलती भी। थे तो केन्द्र में मंत्री, लेकिन बिहार का शासन उनके इशारे से चलता था। लक्ष्मी राम का संपर्क था बलुआ बाजार से जहाँ के ललित नारायण मिश्र थे। सरायगंज के पास ही है बलुआ बाजार। ललित बाबू को छातापुर सुरक्षित क्षेत्र के लिए कोई अपना उम्मीदवार चाहिए था। बलुआ बाजार गए लक्ष्मी राम तो भारी भीड़–भाड़ में ललित बाबू ने पूछा, 'चुनाव लड़ोगे लक्ष्मी राम?'

अंधा क्या चाहे, दो आँखें! टिकट मिल गया कांग्रेस का। रुपए भी मिले चुनाव–खर्च के लिए। गरीब परिवार के लक्ष्मी राम। इतने रुपए कभी देखे नहीं थे। सबसे पहले उहोंने नेता वाला रूप बनाया। खादी के कुर्ते–पजामे, बंडियाँ, चप्पलें आदि खरीदे–बनवाए। इनके अलावा टॉर्च, छाता, रेडियो वगैरह खरीदे गए। जीप मिली थी। निकले प्रचार में। चार या पाँच जीपें दी गई थीं प्रचार–कार्य के लिए। इलाका यादवों का था, लेकिन चुनाव–क्षेत्र सुरक्षित था। कोई यादव तो खड़ा हो नहीं सकता था। यादव जैसा उम्मीदवार चाहते थे, ललित बाबू ने वैसा ही उम्मीदवार दिया। यानी उनके कहने के मुताबिक जो चल सके। ठप्पा मारने वाला हो! रबर स्टाम्प!

प्रचार–कार्य यादवों के हाथों में था। उनके ऊपर नियंत्रण था बलुआ बाजार का।

मतदान की तारीख आ रही थी। प्रचार के लिए लक्ष्मी राम अकेले निकलते। एक गाड़ी सिर्फ उनके लिए थी। बाकी चार–पाँच गाड़ियाँ कार्यकर्ताओं के लिए। मतदाता समझ गए थे कि ललित बाबू का आदमी है, जीत तो होगी ही।

लक्ष्मी राम अचानक नेता बन गए थे। नाटे कद के सपाट चेहरे वाले काले–कलूटे लक्ष्मी राम खादी के धवल वस्त्र में विचित्र दिखाई पड़ते थे। अचानक उनकी इज्जत बढ़ गई थी। आखिर ललित बाबू के आदमी थे! जीत लगभग तय मानी जाती थी। मतदान के चार दिन पहले रजपुताही में प्रचार करने गए। रात हो गई। फत्तेपुर–पिठौरा के राजपूतों के सिरमौर बाबू रामबुझावन सिंह ने कहा कि रात में कहाँ जाइएगा लक्ष्मी बाबू! यहीं रह जाइए। खस्सी का माँस खाइए और दारू पीकर थकान मिटाइए।

रजपुताही में लक्ष्मी राम को ऐसा सम्मान तो कभी मिला नहीं था। चाहते तो बगल की चमरटोली में भी रात गुजार सकते थे जहाँ उनकी ससुराल थी। जीप तो थी ही। अपने गाँव सरायगंज भी जा सकते थे! लेकिन हवेली की खातिरदारी को कैसे टालते! नया खरीदा रेडियो साथ ही रहता था। दालान की चौकी पर तोसक बिछा था, दो–तीन तकिए रख दिए गए थे ताकि आराम से लेट सकें लक्ष्मी राम। उनका भोजन दालान में ही मँगाया गया था। मीट, परोठे, प्याज और व्हिस्की की बोतल।

इसी गाँव में लक्ष्मी राम की ससुराल थी, लेकिन कहाँ रजपुताही, कहाँ चमरटोली! सास–ससुर, साली–सलहज–साले सब वहाँ प्रतीक्षा में थे कि पाहुन रजपुताही से लौटेंगे।

सुबह रजपुताही से चाय पीकर लक्ष्मी राम ससुराल पहुँचे तो साले ने पूछा, 'रात

में आप आए नहीं पाहुन! आपका खाना बना था। पासवान टोले के लोग भी आए थे कि आपसे मुलाकात करेंगे। बारह बजे रात तक हम लोग इंतजार करते रहे। गाने-बजाने का भी इंतजाम था। लेकिन आप तो रजपुताही के जाल में फँस गए थे।'

लक्ष्मी राम झेंपते हुए बोले, 'क्या करता भाई! रोक लिया बाबू लोगों ने। उन लोगों का आग्रह था कि मीट मँगाया गया है, यहीं खाइए। कैसे इनकार करता! आखिर वोट भी तो लेना है उनसे!'

साले ने पूछा था, 'तब तो खूब छककर खाया होगा आपने?'

'हाँ भाई, खूब खाया, खूब पीया।'

साले ने कहा, 'हम लोगों को तो उसी समय पता चल गया जब रामबुझावन सिंह का नौकर बिलट मोची आया था यहाँ।'

'कौन बिलट मोची?'

साले ने कहा, 'रामबुझावन सिंह का ट्रैक्टर चलाता है बिलट। इसी टोले का है।'

'क्या कहने आया था कि मैं वहीं खाना खाऊँगा?' लक्ष्मी राम ने पूछा तो साले ने जवाब दिया, 'बोला तो नहीं, मगर थाली-लोटा-गिलास यहीं से ले गया था। बोला कि कल पहुँचा देगा बरतन-बासन!'

लक्ष्मी राम को जैसे सोये में किसी ने लाठी मार दी हो। बोले, 'आएँ, बरतन इसी टोले से गए थे?'

'हाँ, इसी टोले से गए थे।' साले ने कहा, 'आप क्या सोचते हैं, राजपूत अपनी थाली में खिलाएँगे चमार को? आप कहाँ हैं पाहुन?'

लक्ष्मी राम धम्म से गिर पड़े बिछावन पर। साले ने पूछा, 'क्या हुआ? क्यों गिर पड़े बिछावन पर? अजी चार दिन बचे हैं मतदान के। आपको तो दिन-रात एक कर देना चाहिए!' लक्ष्मी राम पिछली रात रजपुताही में अपने 'सम्मान' पर सोचते रहे और बेचैन होते रहे।

दोपहर बेमन से ससुराल में खाना खाया। रामबुझावन बाबू के ट्रैक्टर का ड्राइवर बिलट आ गया था। साले ने बताया, 'जिस थाली-बाटी में आपने खाया था, वे बाहर दालान में जूठे पड़े थे। बिलट बरतन को माँज-धोकर ले आया है। एक स्टील का गिलास बिलट को फोकट में मिल गया। गिलास में आपने शराब पी थी क्या? मालकिन ने वह गिलास बिलट को दे दिया। बोली, ले जाओ इसे। अपवित्र हो गया है।'

दोपहर बाद चुनाव-प्रचार के लिए लक्ष्मी राम जीप से निकले। पहले यादवों के टोलों में गए। यादव मतदाताओं की संख्या सबसे अधिक है। सामाजिक-राजनीतिक वर्चस्व भी इसी बिरादरी का है। जनबल-धनबल सब में आगे हैं यादव। यह विधान सभा चुनाव-क्षेत्र अनुसूचित जाति के लिए सुरक्षित न होता तो कोई यादव ही विधायक होता।

इस चुनाव में यादवों की एक रणनीति है। अनुसूचित जाति का विधायक ऐसा

हो जिसको बैठने कहें तो बैठे, उठने कहें तो उठे। लक्ष्मी राम इस कसौटी पर खरा उतरेगा। पिछड़ों के वोट में सेंधमारी हो सकती है, मगर सवर्णों के पूरे वोट लक्ष्मी राम को ही मिलेंगे।

लक्ष्मी राम अपनी जीत के प्रति पूरी तरह आश्वस्त। यादव लोग प्रचार में लगे ही हैं। आठ-दस रैलियों में वे लक्ष्मी राम को ले गए भाषण दिलाने।

लक्ष्मी राम की चुनाव-प्रचार की दिशा एकदम विपरीत थी। उम्मीदवार ही प्रचारकों-समर्थकों को उत्साहित करता है। इस चुनाव में ऐसा था कि प्रचारक ही उम्मीदवार को उत्साहित कर रहे थे। लक्ष्मी राम के बैग में प्रचार के पर्चों के साथ सौ-सौ के नोटों की गड्डियाँ थीं जो मन में गर्मी फूँकती थीं।

शाम पाँच बजे चुनाव-प्रचार खत्म हुआ। यादव-प्रचारक ढूँढ़ने लगे-लक्ष्मी राम है कहाँ! चार जीपें दी गई थीं यादवों को। एक जीप लक्ष्मी राम को अलग से मिली थी।

प्रचारकों को पूरे विधान सभा क्षेत्र में पोलिंग बूथों के लिए व्यवस्था करनी थी। पोलिंग एजेंटों को उम्मीदवार का हस्ताक्षरित अधिकार-पत्र चाहिए था। और लक्ष्मी राम कहीं मिल नहीं रहे थे। कार्यकर्ता परेशान! करें तो क्या करें!

ढूँढ़ते-ढूँढ़ते आखिर मिल गए लक्ष्मी राम। चुनाव-क्षेत्र के जीवछपुर गाँव में मुखिया जी के दालान में आराम फरमा रहे थे।

खोजते-खोजते पहुँचे थे प्रचारक लक्ष्मी राम के पास। मुखिया जी ने ही बताया कि लक्ष्मी बाबू थके हैं और दालान में आराम कर रहे हैं। लक्ष्मी बाबू के लिए मछली तली जा रही है। मीट बन रहा है। दारू का इंतजाम भी है।

जीप से आए चारों चुनाव-प्रचारक जब दालान में गए तो देखा, लक्ष्मी राम का नया कुर्ता-पाजामा दीवार की खूटियों पर टँगे हैं। चारखाने का अंडरवीयर पहने चौकी पर चित्त लेटे हैं लक्ष्मी राम। मुड़े हुए एक घुटने पर दूसरा पैर रखे भुफला रहे हैं। ट्रांजिस्टर से विविध भारती का पंचरंगी कार्यक्रम प्रसारित हो रहा है।

एक दबंग प्रचारक ने गुस्से में कहा, 'रे नेतबा, तुमको हम लोग कल्हे से ढूँढ़ रहे हैं। कागज पर दस्तखत करने हैं तुमको और तुम साले यहाँ रईसी कर रहे हो!'

लक्ष्मी राम गालियों से बिना उत्तेजित हुए सहज भाव से बोले, 'जानें यादव लोग। जीतेंगे यादव हारेंगे यादव।'

आखिर वही हुआ। मात्र दो हजार मतों से पराजित हो गए लक्ष्मी राम और इस तरह दलित वर्ग से उभरते कांग्रेसी नेता का राजनीतिक भविष्य चौपट हुआ। लोग आपसी बातचीत में एक-दूसरे से कहते रहे-अच्छा हुआ। ऐसा निकम्मा विधायक विधान सभा में जाकर ही क्या करता! लक्ष्मी राम को पराजय से ज्यादा लोगों की लांछनाओं से तकलीफ हुई। मन में विराग उपजा। जमीन-जायदाद भी बहुत कम थी। लोभ-मोह क्या रहता! एक बेटा ज्ञानेश्वर। कामकाजू जवान। काहिल-निकम्मे बाप

के होने को न होना मानकर जीवन-यापन कर रहा था। ज्ञानेश्वर की माँ शुरू से जानती थी पति को कि इनके लिए काम करना हराम है–'भुखले छी त सुतले छी!' ऐसे लोगों के लिए संन्यास का मार्ग सबसे सुविधाजनक होता है। लेकिन पूरा संन्यासी बनना भी मुसीबत। सबसे अच्छा मार्ग सत्संग का। कबीरपंथी मठ की शरण में चले गए लक्ष्मी राम। कबीरपंथियों का 'बाना' धारण किया। साहेब बंदगी! सत्त गुरु की महिमा अपार। वही कर्ता, वही भर्ता, वही तारनहार...।

आधा गृहस्थ, आधा संन्यासी। घर-परिवार त्यागा भी नहीं, मगर घर के होकर रहे भी नहीं। वर्षों बाद दिखाई दिए लक्ष्मी राम। प्रमोद बाबू को याद आया, सरायगंज के हाई स्कूल परिसर में जब उनका नागरिक अभिनंदन हुआ था, उसमें लक्ष्मी राम भी शामिल हुए थे। मंच पर मुलाकात हुई थी उनसे।

लक्ष्मी राम अब संत लक्ष्मी दास हो गए हैं। प्रमोद बाबू के सामने चौकी पर बैठे थे लक्ष्मी दास। सामने की कुर्सी पर मुखिया टिकुली देवी बैठी थी। सावित्री जी चाय लेकर आईं। लक्ष्मी दास को चाय का कप देने लगीं तो लक्ष्मी दास ने हाथ जोड़ लिए–सतगुरु! सतगुरु! यानी चाय नहीं पीता।

लक्ष्मी दास बोले, 'आपके विषय में प्रमोद बाबू इम्हरे पता चला कि प्रोफेसरी से रिटायर होकर आप गाँव आ गए हैं। धन्य भाग सरायगंज के! आप जैसा विद्वान आदमी गाँव में रहे, गाँव के लिए कुछ करे यह तो गाँव का सौभाग्य है। सब सतगुरु की किरपा।'

मुखिया टिकुली देवी बाहर की चिलकती धूप देखती उठ खड़ी हुई। हाथ जोड़े बोली, 'सर प्रणाम! लिंक नहर को लेकर आप डीडीसी से मिले तो क्या हुआ, यही जानने आई थी। कठपुलिया की कामचलाऊ मरम्मत हो जाएगी, लेकिन लिंक नहर बन जाए तो बरसतिया नाला अपने आप सूख जाएगा। विधायक-एमपी तो कमाने पर लगे हैं। पब्लिक का काम क्या करेंगे!' प्रमोद बाबू बोले, 'खाना खाकर जाना। कैसे जाओगी इतनी धूप में!' टिकुली देवी मुस्कराती हुई बरामदे से नीचे उतरी। बोली, 'टाल क्षेत्र की हूँ, सर।' प्रमोद बाबू हँसने लगे–टाल क्षेत्र की टिकुली!

लक्ष्मी दास चौकी पर बिछी जाजिम पर पालथी मारकर बैठे थे। प्रमोद बाबू बाउंड्रीवाल बना रहे राजमिस्त्रियों का काम देख आए और अपने बचपन के साथी से बातचीत करने लगे। 'अच्छा, लक्ष्मी दास, आप अगर विधान सभा का चुनाव जीत गए होते तो आपकी जिंदगी का रास्ता ही दूसरा हो गया होता। तब कहाँ यह तुलसी की कंठी, चुट्टा और कमंडलु।' हँसने लगे लक्ष्मी दास, 'सतगुरु की किरपा! सतगुरु ने बचा लिया जाल-जंजाल से। सतगुरु जो करवाना चाहते थे, वही कर रहा हूँ।'

'और सब लक्ष्मी दास! घर-परिवार! गृहत्यागी या गृहस्थ साधु?'

'दोनों समझिए प्रमोद बाबू! घरनी चली गई दुनिया से तो क्या घर-बार!'

'एक बेटा तो है न!'

'हाँ है। नाम तो उसका रखा था ज्ञानेश्वर, लेकिन ज्ञान हुआ नहीं उसको! अज्ञानी ही रहा। पोते-पोतियाँ सब हैं।'

'और बहू! बहू तो है न सेवा-टहल के लिए?'

'बस, यहीं आकर रुक जाता हूँ प्रमोद बाबू। बहू भारी चंठ है, भारी लड़ंकिन! ऐसी झगड़ालू कि पूछिए मत। सच कहूँ तो गृह-त्याग का कारण वही है। वैसे यह भी सतगुरु की किरपा। वैसी न होती बहू तो माया-मोह में लिपटा रहता अब तक।'

'बहू झगड़ालू है।...खाना भी देती होगी तो कड़वी बातें बोलकर। है न! और आप कहते हैं, वह भी सतगुरु की कृपा है।'

'हाँ प्रमोद बाबू! सतगुरु की किरपा! नहीं तो जाल-जंजाल में फँसा ही रहता! ई जो संसार है न! झाड़-झंखाड़ है। कहा है कबीर साहेब ने कि उलझि-उलझि मर जाना है। तो प्रमोद बाबू झाड़-झंखाड़ में उलझा नहीं। गृहस्थाश्रम तो कबीर साहेब भी मानते थे। घर-दुआर क्या त्यागना! घर-परिवार में रहकर मुक्ति पाओ तब न मानें! रज्जब साहेब कहबे किहिन हैं कि एक बुड़हिं बैराग में एक तरहिं सो गिरही लोग। आप तो अपने विद्वान आदमी हैं प्रमोद बाबू। आपको क्या समझाना।'

खाने का समय हो गया तो कलिया बुलाने आ गई। 'चलिए लक्ष्मी दास। भोजन करने चलिए।'

'सतगुरु! सतगुरु...चलिए प्रमोद बाबू!'

जमीन पर जाजिम बिछा दी गई थी। दोनों आसपास बैठे। सावित्री जी दो थालियों में खाना परोसकर ले आईं। सावित्री जी से प्रमोद बाबू ने कहा, 'जानती हो न इनको? बचपन के साथी हैं। साथ-साथ मिडिल पास किया। पॉलिटिक्स में फेल होकर सत्संग में आ गए।'

'सब सतगुरु की किरपा माता राम! भटक गया था। सतगुरु ने सँभाल लिया-सबद का बान लगा है मन में बेध गया तन सारा!'

बहुत अरसे बाद लक्ष्मी दास को ऐसा भोजन मिला था। परम संतुष्ट दिख रहे थे। दोनों साथ-साथ बरामदे पर आए। आदत के कारण प्रमोद बाबू ने सिगरेट जलाई तो लक्ष्मी दास से अनुमति माँग ली, 'कोई हर्ज?'

'नहीं-नहीं। पीजिए सिगरेट!'

प्रमोद बाबू ने सिगरेट पीते हुए कहा, 'लक्ष्मी दास, आप जो यहाँ-वहाँ अलख जगाते फिरते हैं तो क्यों नहीं अपने ही घर में अलख जगाएँ?'

'अपने घर में? उसी घर के कारण तो सत्संगी बना प्रमोद बाबू! ऐसी हड़ाशंखिनी बहू!'

'उस घर की बात नहीं कर रहा हूँ! मेरा घर भी तो आपका ही घर हुआ न!' लक्ष्मी दास कुछ समझ नहीं पा रहे थे। प्रमोद बाबू कहने लगे, 'ध्यान से सुनिए। यह जो मकान है, देख रहे हैं न बगल में! नींव ऊपर आ गई है। पुस्तकालय का भवन बनेगा। इसी

से सटा टिनशेड का एक कमरा भी बनेगा। उम्मीद है, साल भर में बनकर तैयार हो जाएगा। आप पुराने समय के मिडिल पास हैं। पुस्तकालय सँभालिएगा। सरकार से स्वीकृति मिल जाएगी तो कुछ वेतन भी मिलेगा। बाकी खाने का खर्च मेरा।'

लक्ष्मी दास को प्रस्ताव सुनते ही ऐसा लगा जैसे बिच्छू ने डंक मार दिया हो। वे उठकर खड़े हो गए, 'प्रमोद बाबू, सतगुरु की किरपा से मुक्ति का मार्ग मिला है और आप फिर संसार के बंधन में बाँधना चाहते हैं? साधु तो बहता पानी है प्रमोद बाबू! आप विद्वान आदमी हैं।' बोलते हुए लक्ष्मी दास ने झटपट झोला-झंटा, चुट्टा-कमंडलु उठाए और तेजी से निकल गए।

प्रमोद बाबू देखते रहे लक्ष्मी दास को! ऐसा क्या कह दिया मैंने! सावित्री जी बरामदे पर आईं तो देखा, लक्ष्मी दास तेजी से चले जा रहे हैं पुराने डीह की तरफ। बोलीं, 'अजी, क्या कह दिया अपने साधु-मित्र को! एकाएक उठकर चले गए!' प्रमोद बाबू की समझ में कुछ नहीं आ रहा था। बोले, 'पुस्तकालय सँभालने की बात कही, इसी पर नाराज हो गए। सोचा, बेमतलब इधर-उधर भटकते रहते हैं। मिडिल पास हैं, पुस्तकालय के काम देखेंगे। बस इसी बात पर भड़क गए। दो मिनट भी नहीं लगे। दंडवत बोले और सीधे निकल गए, पलटकर देखा तक नहीं।

सावित्री जी हँसने लगीं। उनको हँसते देख प्रमोद बाबू भी हँसने लगे–'अजीब आदमी हैं! कौन-सी बुरी बात कह दी कि भाग खड़े हुए?'

# तुम रहे न तुम, हम रहे न हम...

ठेकेदार अनुज गुप्ता ने एक महीने से भी कम समय में चारदीवारी तैयार कर दी। प्रमोद बाबू को आश्वस्ति हुई कि चलो, अब चोरी तो नहीं होगी। सुरक्षा संघ के शशिकांत की खर्राटे लेकर सोने की आदत भला जाने वाली है! प्रमोद बाबू के मन में आता है, हटा दें इसको। मच्छरदानी लगाकर आराम से सोने आता है यहाँ!

जुलाई का महीना भी आ गया देखते-देखते। एक-दो बार बादल आए थे बूँदों की सौगात लेकर। पुराने डीह से बड़ा भतीजा राघव तो कभी झाँकने तक नहीं आया। छोटे भतीजे सुरेंद्र से उसकी इलेक्ट्रॉनिक्स की दुकान पर जाने से ही मुलाकात होती है। बड़े भैया बेमन से, सिर्फ भाईचारा निभाने की औपचारिकता में छोटे बहनोई को लेकर आए थे। घूमते-फिरते एक दिन डाक्टर सीएम झा आए। चारदीवारी को देख सलाह दे डाली, 'प्रमोद बाबू चारदीवारी पर यहाँ से वहाँ तक शीशे के टुकड़े धँसा दीजिए या नोकदार छड़ें डाल दीजिए ताकि कोई दीवार से अंदर न आ सके।' प्रमोद बाबू बोले, 'डाक्टर साहब, यह तो अपना गाँव है, शहर तो है नहीं। ज्यादा सुरक्षा भी तो असुरक्षित कर देती है! कोई कमीज के अंदर पिस्तौल रखता है तो समझिए वह डरा हुआ है, अपने को असुरक्षित समझ रहा है।'

डाक्टर झा बोले, 'देखिए प्रमोद बाबू, गाँव में कोई चारदीवारी देता नहीं है। लेकिन आपको चारदीवारी बनानी पड़ी, सुरक्षा के लिए। लोग तो यही मानते हैं कि आप आए हैं बाहर से।'

प्रमोद बाबू को ऐसे आरोप से ठेस लगती है। जब डाक्टर झा स्वयं सरकारी नौकरी में रहकर बाजार में 'आरोग्य निकेतन' का भवन खड़ा करते हैं तब दूसरे से क्यों कहते हैं कि आप बाहर से आए हैं! चिढ़कर बोले, 'बाहरी आदमी होऊँ या भीतरी आदमी, लेकिन हूँ तो इसी गाँव का! पुश्तैनी संपत्ति है यहाँ। बाहर का कैसे हो गया?'

डाक्टर झा समझ गए, प्रमोद बाबू को यह बात 'लग' गई है। आगे उन्होंने कुछ कहा नहीं। बोले, 'आपका मकान देखने आया था प्रमोद बाबू।'

डाक्टर झा चले गए तो प्रमोद बाबू पत्नी से बोले, 'सुना तुमने सावित्री? डाक्टर झा कह रहे थे, मैं बाहरी आदमी हूँ।' सावित्री जी मुस्कराती हुई बोलीं, 'कोई साजिश है जरूर। हमारा यहाँ आना अपने ही लोगों को अच्छा नहीं लग रहा है। गोतिया-

दियाद की आँखों में हम किरकिरी बन गए हैं। मैं कहती थी न, गाँव में पच नहीं पाइएगा!'

प्रमोद बाबू ऐसे आरोप से खिन्न होते हैं, लेकिन पछतावे का भाव मन में नहीं आया है। लोग समझ रहे हैं कि गाँव के लिए कुछ करना चाहते हैं प्रमोद बाबू। लिंक नहर वाली बात कैसे पूरे गाँव में फैल गई!

सिगरेट पीने की सोच ही रहे थे कि बगल में टेबुल पर रखा मोबाइल फोन बजा। फोन कम ही आते हैं। वैसी कोई जिज्ञासा भी नहीं रहती है। बस दोनों बेटों से जब-तब बात होती है, वह भी रात में!

'हेलो!' मोबाइल ऑन किया! उधर से स्त्री-स्वर सुनाई पड़ा-'पहचाना?' नहीं पहचान पाए। कौन हो सकती है! अचानक स्मृति में कुछ चमका, 'अरे ज्योति! कहाँ से बोल रही हो? दिल्ली से या कहीं बाहर से?'

'तुम्हारे गाँव से बोल रही हूँ-सरायगंज से! आज सुबह पहुँची यहाँ। सोचा, सरप्राइज दूँ, इसलिए फोन नहीं किया।'

'तुम इस वक्त हो कहाँ?'

'रोड पर हूँ-डाक्टर बनर्जी के घर के सामने! मेरे घर की चाबी किराएदार थान सिंह चूड़ीवाला डाक्टर बनर्जी के यहाँ रख गया था। सोचा कि पहले चाबी ले लूँ तब जाऊँगी तुम्हारे घर। लेकिन बाबा रे! डाक्टर बनर्जी के घर में तो महाभारत मचा है। आँगन में गई और उल्टे पाँव लौटकर आ गई सड़क पर। कौन माँगे चाबी!'

प्रमोद बाबू अचानक चंचल हो उठे, 'सीधे चली आओ। या मैं आ जाऊँ लेने?' 'नहीं-नहीं, सरायगंज में किसी की मदद की कोई जरूरत नहीं। बोलो, घर है कहाँ? तुम्हारे अपने टोले से तो थोड़ा अलग हटकर है, तुमने बताया था!'

'हाँ, पुराने इमली के पेड़ के पास। पेड़ अब नहीं है।'

'वही भुतहा इमली का पेड़!' फोन पर हँसने लगीं ज्योत्स्ना जी।

'रिक्शेवाले को बता देना। पहुँचा देगा।'

'बस आ रही हूँ थोड़ी देर में।'

प्रमोद बाबू के मन को पंख लग गए। तेजी से अंदर गए। कलिया फर्श साफ कर रही थी। सावित्री जी चारदीवारी के पास खड़ी थीं। आकाश में खंड-खंड बादल थे सफेद-भूरे-काले। धूप-छाँही कोने में खड़ी थीं सावित्री जी। प्रमोद बाबू ने प्रफुल्लित स्वर में कहा, 'सावित्री, ज्योत्स्ना आ रही है थोड़ी देर में।'

ज्योत्स्ना! सावित्री जी को कुछ क्षण यह तय करने में लगे कि कौन ज्योत्स्ना? 'अच्छा, वही ज्योत्स्ना जी!' सावित्री जी मुस्कराती हुई बोलीं, 'आपकी ज्योति?' प्रमोद बाबू हँसने लगे, 'हाँ, वही।'

'अचानक आ कैसे गईं? फोन-पाती कुछ नहीं!'

'मुझे भी कुछ पता नहीं था। अचानक फोन आया उसका कि सरायगंज में है।'

'समरेश ने भी फोन नहीं किया। अभी कुछ ही दिन पहले तो फोन आया था समरेश का! वह तो आता-जाता है ज्योत्स्ना जी के घर!'

'हाँ, आता-जाता तो है!' प्रमोद बाबू बोले, 'हो सकता है, समर को जानकारी न हो कि ज्योत्स्ना जी सरायगंज जा रही हैं!'

ज्योत्स्ना जी के यहाँ पहुँचने की बात थी, सो सावित्री जी बरामदे पर खड़ी रास्ते पर नजर गड़ाए थीं।

'सब-कुछ है न घर में? खाने-पीने की चीजें! सब्जी वगैरह?'

'हाँ, है। कल ही तो रामनिहोरा लाया है।'

सावित्री जी और प्रमोद बाबू बरामदे से नीचे उतरकर नए बने गेट के पास खड़े ज्योत्स्ना जी के पहुँचने की प्रतीक्षा कर रहे थे। दिखाई पड़ा रिक्शा। प्रमोद बाबू ने सावित्री जी से कहा, 'यही रिक्शा होगा।'

रिक्शा सचमुच वही था। ज्योत्स्ना जी रिक्शे से उतरीं। हाथ में एक एटैची और एक झोला। सावित्री जी ने हँसते हुए स्वागत किया, 'नमस्कार ज्योत्स्ना जी! आइए। आपका ही रास्ता देख रहे थे हम दोनों।'

प्रमोद बाबू ने एटैची हाथ में ले ली। बरामदे पर आए। कुर्सियाँ लगी थीं। 'बैठो' प्रमोद बाबू बोले। सावित्री जी पानी लाने चली गईं। गिलास में पानी ले आईं। बोलीं, 'चाय बनाती हूँ आपके लिए।' प्रमोद बाबू ने पत्नी ने कहा, 'लीकर थोड़ा हार्ड बनाना।' सावित्री जी अंदर किचन में गईं तो ज्योत्स्ना जी ने मुस्कराते हुए कहा, 'तुम अब तक भूले नहीं कि मैं हार्ड लीकर पीती हूँ।'

'कैसे भूल सकता हूँ ज्योति!'

सावित्री जी चाय लेकर आईं। कलिया पानी भरा गिलास लिये खड़ी थी। ज्योत्स्ना जी ने कलिया को देखकर प्रमोद बाबू से पूछा, 'यह लड़की कौन है?'

'कलिया नाम है। बगल के टोले की है। काम करती है यहाँ।'

'कलिया! यह भी कोई नाम हुआ भला! प्रमोद, इसका नाम थोड़ा-सा बदल दो- बस एक अक्षर! कलिका कर दो।'

सब एक साथ हँसने लगे। कलिया लजाकर चली गई।

प्रमोद बाबू पत्नी से बोले, 'सुनती हो न! आई और नाम बदलने लगी!'

सावित्री जी छोटे बेटे समरेश के विषय में जानना चाहती थीं। इधर आठ-दस दिनों से उसका फोन नहीं आया।

'समर मिलने आता है न?' सावित्री जी ने पूछा।

'हाँ, आता है छुट्टियों के दिन। क्यों, आपसे बात नहीं होती?'

'हाँ, होती है बात। इधर उसका फोन नहीं आया।'

सावित्री जी ने ज्योत्स्ना जी की बेटी कणिका के विषय में पूछा। ज्योत्स्ना जी ने बताया कि इन्फोर्मेशन टेक्नोलॉजी में डिप्लोमा लेकर वह किसी कम्पनी में काम

करती है। हैदराबाद में अच्छा जॉब मिल रहा था, नहीं गई। बोली, दिल्ली नहीं छोड़ूँगी।

ज्योत्स्ना जी के अचानक आ जाने के बाद प्रमोद बाबू को लगा, उनका घर सजा-धजा नहीं है। फर्नीचर पुराने हैं। उनकी उम्र की तरह ही सारी चीजें पुरानी पड़ रही हैं। घर जिंदगी की तरह अनुपयोगी वस्तुओं का कबाड़खाना हो जैसे। मोटर की चोरी हो गई। टंकी में पानी होता तो सुविधा होती नहाने में। डिश एंटीना तो भतीजा सुरेंद्र आकर लगा गया।

सावित्री जी भोजन आदि की व्यवस्था के लिए किचन में चली गई थीं। अपनी ओर एकटक देखते प्रमोद बाबू से ज्योत्स्ना जी ने हँसते हुए पूछा, 'क्या देख रहे हो?' प्रमोद बाबू को लग रहा था, जीवन में अकस्मात् वसंत आ गया है। बोले, 'ज्योति, तुमने साठ के दशक में बनी गुरुदत्त की फिल्म 'कागज के फूल' का वह गाना सुना होगा। गीतादत्त की दिलकश आवाज में गाया वह गाना मुझे अक्सर याद आता रहता है। इस वक्त बेसाख्ता वही गाना याद आ रहा है :

'वक्त ने किया क्या हसीं सितम
तुम रहे न तुम हम रहे न हम!'

दो पंक्तियाँ बोलकर प्रमोद बाबू छत को देखने लगे। ज्योत्स्ना जी को पूरा गाना याद था :

'बेकरार दिल इस तरह मिले
जिस तरह कभी हम जुदा न थे...'

'वाह! क्या बात है!' प्रमोद बाबू और ज्योत्स्ना जी हँसने लगे। लंबे अरसे बाद एक लम्हा आया था जब प्रमोद बाबू अपनी उम्र से बहुत पीछे के समय में चले गए थे। याद आ रही थी अपनी कही बात, 'ज्योति, तुम बिलकुल सुचित्रा सेन-जैसी दिखती हो। नाक-नक्श, कद-काठी सब-कुछ वैसा ही।' ज्योत्स्ना जी का जवाब भी याद है प्रमोद बाबू को, 'आधी बंगालिन हूँ न!'

इस वक्त जब ज्योत्स्ना जी कमरे में सामने बैठी हैं, प्रमोद बाबू को लगता है, समय यहाँ आकर ठहर गया है। थकान है ज्योत्स्ना जी के चेहरे पर। अधपके लंबे बाल। चेहरे पर वैधव्य की झाईं नहीं दिख रही है। गेहुआँ-गोरा रंग जरूर थोड़ा धूमिल हुआ है।

तभी आ गईं सावित्री जी। 'अरे, आप अभी तक बैठी हैं? जाइए बाथरूम। फ्रेश हो लीजिए।'

प्रमोद बाबू बोले, 'यह दिल्ली नहीं है ज्योति, गाँव है। ट्यूबवेल चलाकर बाल्टी भरनी होगी। टंकी है, लेकिन मोटर चोरी हो गई।'

ज्योत्स्ना जी हँसने लगीं, 'मैं भी तो इसी गाँव की हूँ प्रमोद। ट्यूबवेल क्या! याद है न! राजकचहरी के कुएँ से बाल्टी भरकर लाती थी!'

ज्योत्स्ना जी ने अटैची से कपड़े निकाले। प्रमोद बाबू कलिया से बोले, 'पानी भर देना बाल्टी में।'

इस समय प्रमोद बाबू के लिए ज्योत्स्ना जी के अलावा कुछ नहीं है। दिल्ली गए थे ज्योत्स्ना जी के पति के क्रिया-कर्म पर। ज्योत्स्ना जी ने रुँधे गले से पति के देहांत की सूचना फोन पर दी थी। यहाँ सरायगंज में ठेकेदार मकान बना रहा था। प्रमोद बाबू पत्नी के साथ भागलपुर में थे। वहीं दुखद सूचना मिली थी। लेकिन इतनी जल्दी में दिल्ली पहुँचें कैसे! रेलवे में आरक्षण मिल नहीं रहा था।

ज्योत्स्ना जी के पति आशीष शर्मा दिल्ली की एक ट्रांसपोर्ट कम्पनी में एकाउंटेंट थे। कैंसर हो गया। टाटा मेमोरियल हॉस्पीटल मुंबई में इलाज चला। मृत्यु अप्रत्याशित तो नहीं थी, फिर भी ज्योत्स्ना जी और बेटी कणिका के लिए बड़ी दुर्घटना थी। अनाथ-जैसी हो गई थीं माँ-बेटी।

समरेश रेलवे स्टेशन आया था मम्मी-पापा को लेने। दोनों पहले बेटे के किराए वाले फ्लैट में गए। शालीमार बाग में दो कमरों का उसका फ्लैट। समरेश शाम में ले गया ज्योत्स्ना जी के यहाँ। नजदीक ही है पीतमपुरा जहाँ ज्योत्स्ना जी का अपना फ्लैट है। समरेश ने बताय़ा, वह हमेशा साथ रहा ज्योत्स्ना जी के।

प्रमोद बाबू ज्योत्स्ना जी से अपने अनाम रिश्ते पर जब-तब सोचते हैं। ज्योत्स्ना जी उनकी तो कोई नहीं हैं। बस गाँव की हैं। बचपन के दिनों में संग-साथ रहा। जो चाहा वह तो हुआ नहीं। प्रमोद बाबू याद करते हैं, जिस साल उन्होंने पटना विश्वविद्यालय से बीए किया था, उसी साल ज्योत्स्ना जी ने प्राइवेट परीक्षार्थी के रूप में प्रथम श्रेणी में मैट्रिकुलेशन की परीक्षा पास की थी।

ज्योत्स्ना जी के पिता नारायण ठाकुर जमींदारी उन्मूलन के बाद बेकार हो चुके थे। हरावत इस्टेट था तब। उनकी सिपाही की नौकरी थी। जमींदारी गई, नौकरी गई। समस्तीपुर जिले के किसी गाँव में थोड़ी-सी जमीन थी जो बँटाई पर लगी थी। ज्योत्स्ना जी की माँ हरावत इस्टेट के मैनेजर सुरेन्द्र मोहन सान्याल के घर खाना बनाती थी। वही जीवन-यापन का एकमात्र अवलंब रह गया था।

ऐसी विपन्नता में किशोरी ज्योत्स्ना के आगे पढ़ने का नहीं, किसी तरह उनके विवाह हो जाने का सवाल था। पिता नारायण ठाकुर मात्र साक्षर थे, पढ़े-लिखे नहीं थे। ज्योत्स्ना की शादी में एक सामाजिक बाधा थी उसकी माँ का बंगाली होना। ब्रह्मर्षि टोले के स्वजातीय लोग शादी में किसी तरह की मदद करने को तैयार नहीं थे।

नारायण ठाकुर पत्नी और बेटी को लेकर अपने गाँव गए। सोचकर गए थे कि कोई अच्छा घर-वर मिलेगा तो जमीन बेचकर कन्यादान कर देंगे। वर की तलाश के लिए भूमिहार ब्राह्मण के कई गाँव छान मारे। आखिर समस्तीपुर जिले में ही विभूतिपुर गाँव का एक लड़का मिला। गरीब घर का था। दिल्ली की एक ट्रांसपोर्ट कम्पनी में नौकरी थी। बीए पास था। देखने में सुंदर।

नारायण ठाकुर ने अपनी पूरी संपत्ति यानी एक बीघा जमीन बेच दी और तिलक-दहेज की जानलेवा प्रथा पूरी कर बेटी को दिल्ली के लिए विदा किया।

प्रमोद बाबू को जीवन भर आत्मसंताप देने वाली बस एक ही घटना है। वे तब एमए के प्रथम वर्ष में थे जब ज्योत्स्ना ने उनको चिट्ठी लिखी थी। पहली चिट्ठी, दूसरी चिट्ठी और फिर तीसरी। हर चिट्ठी में एक ही उद्‌बोधन कि हिम्मत करो प्रमोद। लेकिन हिम्मत नहीं हुई प्रमोद बाबू की। कोई जवाब ही नहीं भेजा। परिवार, गाँव-समाज उनके फैसले पर सवाल-दर-सवाल खड़े करते रहे। घुटते रहे प्रमोद बाबू, लेकिन हिम्मत नहीं कर सके।

चचेरे भाई के घर से कन्यादान कर नारायण ठाकुर सरायगंज लौटे। साथ में पत्नी थी जो गाँव में जुसनामाय के नाम से जानी जाती थी। जुसनामाय को हरावत इस्टेट के मैनेजर रह चुके सुरेन्द्र मोहन सान्याल यानी खोखा बाबू के रसोईघर में फिर काम मिल गया। खैरियत थी, यहाँ रहने के लिए टिन का छोटा-सा घर था जो जमींदारी के दिनों में चौकसी करने वाले सिपाही के लिए बनाया गया था-चौकीघर। खोखा बाबू ने जमींदारी के दिनों में ही जुसनामाय की सेवा को देखते हुए टिन का यह घर नारायण ठाकुर के नाम कर दिया था। दाखिल खारिज भी नारायण ठाकुर के नाम से हो गया था।

सर छुपाने को एक जगह मिल गई थी जिसे अपना घर कहा जा सकता था। तभी नियति ने पलटा खाया। आसनसोल में पिता की संपत्ति में जुसनामाय ने हिस्से के लिए मुकदमा दायर कर रखा था। इस सिलसिले में तीन बार आसनसोल जा चुकी थी पति के साथ। वकील का तार आया आसनसोल शीघ्र पहुँचने के लिए। मुकदमे का फैसला आने वाला था। वकील की फीस में और कोर्ट के उचित-अनुचित गोरख धंधे में जुसनामाय के सारे गहने बिक चुके थे।

कोर्ट का फैसला पक्ष में आया। पिता के पास कोयले की दो खदानें थीं। शहर में चार-पाँच मकान और जमीन के प्लॉट थे। पंद्रह-सोलह दिन अपने चाचा के यहाँ रही। औने-पौने दाम में संपत्ति की बिक्री कर जुसनामाय सरायगंज लौटी तो लखपति बन चुकी थी। अठारह लाख रुपए की स्वामिनी। उस समय के अठारह लाख आज कुछ करोड़ में गिने जाएँगे।

लेकिन इस अप्रत्याशित-से बहुरे हुए दिन में अशुभ घटना हो गई। नारायण ठाकुर को लीवर का रोग हुआ और चार दिन में ही उनका अंत हो गया पूर्णियाँ की एक क्लिनिक में। अभावों में भी हँसती-मुस्कराती रहने वाली बंग महिला रोती-बिलखती रही कई दिनों तक। गाँव के लोगों, औरतों से कई दिनों तक जुसनामाय का घर भरा रहा। क्लेश यही कि जब अच्छे दिन आए तब पति नहीं रहे। समस्तीपुर के गाँव से ठाकुर जी के भाई-भतीजे आए। भतीजे ने ही मुखाग्नि दी।

ज्योत्स्ना को दिल्ली टेलीग्राम भेजा माँ ने। ज्योत्स्ना ने पटना में पढ़ रहे प्रमोद को

सूचना दी। पिता की मृत्यु के तीसरे दिन ज्योत्स्ना पति के साथ सरायगंज पहुँची। उसके दूसरे दिन प्रमोद भी पहुँचे सरायगंज।

पिछले ढाई-तीन महीने में कितना कुछ अप्रत्याशित घटा। खोखा बाबू के घर में रसोइए का काम करने वाली जुसनामाय लखपति बन गई। इस सुख के साथ एक बड़ा दुख कि पति नहीं रहे।

प्रमोद अपने घर आए थे, लेकिन आए थे दरअसल नारायण ठाकुर के क्रिया-कर्म में। वे ज्योत्स्ना का सामना नहीं कर पा रहे थे। शोक का समय था। पिता की छत्रछाया थी जो नहीं रही। सरायगंज में अकेली माँ कैसे रहेगी। यहाँ वही टिन का छोटा-सा घर। आगे-पीछे थोड़ी-सी जमीन। केले, अमरूद, नीबू, पपीते के कुछ पौधे। अहाते की अस्थाई घेराबंदी।

प्रमोद बचते रहे ज्योत्स्ना से, लेकिन मन में उद्दाम आकांक्षा भी थी। 'बहुत डरपोक निकले तुम प्रमोद!...' श्राद्धकर्म के सम्पन्न होने के बाद जरा-सा एकांत पाकर ज्योत्स्ना ने दाग ही दी अपनी प्रतिक्रिया। प्रमोद निर्वाक्-स्तब्ध! सिर्फ देखते रहे विवाहिता ज्योत्स्ना को। इसी ज्योत्स्ना को लेकर प्रमोद की कैसी रोमांटिक टिप्पणी थी! तुम बिलकुल सुचित्रा सेन जैसी दिखती हो।

'कुछ बोलते क्यों नहीं! क्या हुआ तुम्हारी सुचित्रा सेन का!' क्या जवाब देते प्रमोद! बस अपराधी की तरह खड़े रहे। ज्योत्स्ना की तरफ देखने का साहस नहीं हुआ।

...और फिर लंबे घटना-क्रम का सार-संक्षेप यह कि जुसनामाय बेटी-दामाद के साथ दिल्ली चली गई। टिनहा घर में ताला लगा दिया गया। सोचा गया कि कुछ दिनों बाद जुसनामाय आएगी और घर किराए पर लगा देगी।

जुसनामाय के रुपए बैंक में जमा थे। किराए के छोटे से फ्लैट में ज्योत्स्ना पति के साथ रहती थी पीतमपुरा में। वहीं तीन कमरों का फ्लैट ख़रीदा जुसनामाय ने। बचे हुए रुपए बैंक के एफडी में डाल दिए गए। मासिक मिलने वाला ब्याज काफी था जुसनामाय के लिए।

प्रमोद बाबू ने एमए किया पटना विश्वविद्यालय से। कुछ महीने बेरोजगारी में बीते। फिर एक छोटे-से कस्बे में अर्थशास्त्र के व्याख्याता नियुक्त हुए। सरायगंज के पास ही एक धनी किसान-परिवार में बिना तिलक-दहेज के प्रमोद बाबू की शादी हुई। सावित्री जी तब पूर्णियाँ महिला कालेज में बीए की छात्रा थीं। प्रमोद बाबू और ज्योत्स्ना जी का परिवार अपने-अपने तरीके से, अपनी-अपनी सीमाओं में फलता-फूलता रहा। स्मृति में सरायगंज के राजकचहरी चौक के पास का बरगद भी बड़ा होता रहा। छतनार डालियाँ, लंबी-लंबी लाल-मटमैली डोरियाँ लटक आईं।

फिर एक दिन सरायगंज लौटने पर प्रमोद बाबू ने देखा, बरगद की जड़ के पास हनुमानजी की मूर्ति अवस्थित है।

समय भागता रहा। प्रमोद बाबू विश्वविद्यालय में रीडर बने। दो पुत्रों के पिता भी बन गए। बड़ा पुत्र अमरेश, दूसरा समरेश जो सात साल छोटा था अमरेश से। ज्योत्स्ना जी से जब-तब फोन पर बात होती। सब कुछ सामान्य गति से चल रहा था। जुसनामाय का देहांत हो चुका था। ज्योत्स्ना जी एक पुत्री की माँ बन चुकी थीं।

प्रमोद बाबू दो बार पुस्तक-प्रकाशन के सिलसिले में दिल्ली गए। ज्योत्स्ना जी के फ्लैट में ही रहे। जब तक रहे, बेचैनी-सी महसूस होती रही। ज्योत्स्ना जी से बीते दिनों की बातें होतीं। पति आशीष शर्मा को दमे की बीमारी थी। नौकरी ट्रांसपोर्ट एजेंसी में थी। तनख्वाह अच्छी थी, लेकिन काम का भार ज्यादा था।

प्रमोद बाबू को ज्योत्स्ना जी के सामने आत्महीनता महसूस होती। स्वभाव से संकोची प्रमोद बाबू खुलकर बात करने में असुविधा महसूस करते।

माँ की मृत्यु के बाद आसनसोल जाने के सिलसिले में ज्योत्स्ना जी एक बार आई थीं भागलपुर। एक दिन एक रात उनके क्वार्टर में ठहरीं। सावित्री जी शादी के बाद ही प्रमोद बाबू और ज्योत्स्ना जी के रिश्ते को जान चुकी थीं। यह भी जानती थीं कि अब कुछ नहीं है दोनों के बीच, बस एक रागात्मक संबंध है। लेकिन सावित्री जी ने कभी इसको लेकर चर्चा नहीं की।

दिल्ली से ज्योत्स्ना जी का फोन आता तो सावित्री जी मुस्कराकर कहतीं, 'अजी सुनते हैं? आपकी वो ज्योत्स्ना जी हैं।'

प्रमोद बाबू हँसने लगते, 'मेरी नहीं है वह! बस मेरे गाँव की है।' कुशल-समाचार, घर-परिवार की बातें, बस यही सब होते फोन पर। नमस्कार-प्रणाम जैसा कुछ भी नहीं होता था-न बातचीत के आरंभ में, न अंत में।

'बस मेरे गाँव की है'-बोलने को तो बोल जाते प्रमोद बाबू, लेकिन क्या 'ज्योत्स्ना उनके गाँव की है' में बात समाप्त हो जाती थी? यह सब बड़ी गहरी बातें थीं-रहस्यमय जिसे वे स्वयं समझ नहीं पाते थे। मन का यह एकांत कोना उनका निहायत निजी था जहाँ वे पराजय बोध के दंश से बिंधे हुए थे।

...ज्योत्स्ना जी लगभग चार बजे अपराह्न सोकर उठीं। सावित्री जी उसी कमरे में सोई थीं। बिजली की लाइन तो नहीं थी, मगर इन्वर्टर चार्ज्ड था। पंखा चलता रहा।

आकाश में खंड-खंड बादलों की धूप-छाँही क्रीड़ा चल रही थी। गर्मी कम थी। कायदे से बरसात का महीना था, लेकिन बारिश नाममात्र की हुई थी-सिर्फ कुछ बौछारें जिनसे धरती की प्यास कुछ और बढ़ जाती है।

चाय पीकर ज्योत्स्ना जी बरामदे पर प्रमोद बाबू के सामने बैठीं। पूछा, 'प्रमोद, अपने गाँव लौटकर तुम्हें कैसा लगता है?' क्या जवाब दें प्रमोद बाबू! कुछ देर सोचने के बाद बोले, 'क्या कहूँ! समझ में नहीं आता। इतना अनुभव जरूर हुआ है कि अतीत के जिस आकर्षण से, सबके मना करने के बावजूद यहाँ आया, वह शायद बेकार-बेमतलब था।'

ज्योत्स्ना जी कुछ बोलीं नहीं। प्रमोद बाबू ने पूछा, 'तुमने यह तो बताया नहीं कि इस तरह अचानक आ कैसे गईं! फोन-पाती कुछ नहीं। समरेश ने भी फोन पर कुछ नहीं कहा!' ज्योत्स्ना जी मुस्कराईं, 'सूचना तो जान-बूझ कर नहीं दी। सोचा, अचानक प्रकट होऊँगी तो कैसा लगेगा तुम्हें!'

'लेकिन तुम तो सीधे डाक्टर बनर्जी के घर गई थीं!'

'चाबी लेनी थी। थान सिंह चूड़ीवाला डाक्टर बनर्जी के यहाँ चाबी रख गया था। पाँच-छह महीने हो गए थे। सोचा, सरायगंज जाकर देख आऊँ अपना पुराना घर। तीन साल से थान सिंह ने किराया भी नहीं भेजा। जमीन की मालगुजारी देने और रसीद लेने का दायित्व भी उसी का था। पता नहीं, क्या किया थान सिंह ने!' ज्योत्स्ना जी बोले चली जा रही थीं। प्रमोद बाबू ने बीच में टोक दिया, 'हाँ, तो डाक्टर बनर्जी के यहाँ चाबी मिली?' ज्योत्स्ना जी सिर पर दाहिनी हथेली रखे बोलने लगीं, 'डाक्टर साहब के आँगन में गई तो ऐसा दृश्य था प्रमोद कि मत पूछो। दोनों भाइयों में झगड़ा हो रहा था और दोनों बहुएँ हाथापाई कर रही थीं। गाली-गलौज...मत पूछो। मुझे लगा, कहाँ आ गई हूँ! कौन माँगे चाबी! मैं एटैची उठाए लौट आई सड़क पर। अपना बरगद है न! उसकी छाँह में खड़ी रही, फिर तुमको फोन किया।'

प्रमोद बाबू को डाक्टर बनर्जी के घर के भीतर चल रहे कलह की जानकारी नहीं थी। बोले, 'अभी पाँच-छह महीने ही हुए हैं डाक्टर साहब को मरे और बेटों-बहुओं में महाभारत शुरू हो गया है।'

ज्योत्स्ना जी की बड़ी-बड़ी आँखें आश्चर्य से फैल गई थीं, 'विश्वास ही नहीं हुआ देखकर कि यह डाक्टर बनर्जी का घर है।' ज्योत्स्ना जी को चकित देख प्रमोद बाबू कहने लगे, 'तुमने तो डाक्टर बनर्जी के उजले-सुनहरे दिन देखे हैं ज्योति। तीनों बेटे राजकुमारों की तरह पले-बढ़े। डाक्टर साहब की इच्छा ही आदेश समझी जाती थी।'

'हाँ, जानती हूँ प्रमोद! डाक्टर साहब के लिए माँगुर और हिलसा मछलियाँ फारबिसगंज से मँगाई जाती थीं। बिना मछली के खाते नहीं थे।'

'उन्हीं डाक्टर बनर्जी के आखिरी दिन कितने दर्दनाक रहे, यह नहीं जानती होगी तुम!' प्रमोद बाबू कहने लगे, 'ब्लडप्रेशर, हृदय रोग, गठिया-जैसी बीमारियों से ग्रस्त हो गए थे बनर्जी साहब। सत्तर पार की उम्र हो गई थी। मनचाहा खाना नहीं मिलता था। चाय के लिए भी रिरियाते रहते थे। कंपाउंडर हरिलाल चुराकर बिस्किट ले आता। बड़ी बहू या छोटी बहू देख लेती तो उसके लिए भी गाली-गलौज। धक्के देकर उनको क्लिनिक में बिठाया जाता।...मत पूछो यह सब। मैं तो ढाई-तीन साल से यहाँ हूँ। बड़ी बहू से ज्यादा हड़ाशंखिनी है छोटी बहू। डाक्टर बनर्जी को 'तुम' कहकर ताना मारती थी-शुधु खाच्छे!'

'और अब दोनों बेटों और बहुओं में शायद संपत्ति को लेकर मार-पीट, गाली-

गलौज हो रही है, क्यों?' ज्योत्स्ना जी के पूछने पर प्रमोद बाबू बोले, 'और क्या! वही बात होगी! डाक्टर साहब का कंपाउंडर कहता था–सर, अब देखिएगा तमाशा! बाप को मारा बेटों-बहुओं ने। देखिएगा सर, कैसे डाक्टर साहब के दोनों राजकुमार लड़ते हैं। देखिएगा, कोर्ट-कचहरी, मामले-मुकदमे! इन सबको नचाएँगे डाक्टर साहब के मैनेजर प्रेमपाल गुप्ता। मुझे पता है सर, सब-कुछ पर गुप्ता जी का कब्जा है।'

डाक्टर बनर्जी के उत्तर जीवन के घटनाक्रम से बिलकुल अनजान थीं ज्योत्स्ना जी। एकटक वे देखती रहीं प्रमोद बाबू को।

# दीवार पर बरगद

प्रमोद बाबू छोटे थे जब ब्रह्मर्षि टोले के भगिनमान ( भांजे) नारायण ठाकुर एक साँवली-सी छरहरे बदन की युवती को आसनसोल से अपने साथ लाए थे। गाँव के लोगों का कहना था–लड़की को भगाकर लाए हैं। कुछ लोग कहते थे–लड़की खुद साथ चली आई है।

नारायण ठाकुर सरायगंज में अपने मामा के घर में ज्यादा रहे, अपने मूल गाँव में कम। घर तो था समस्तीपुर जिले के एक गाँव में। माँ-बाप सब मर-बिला गए। मात्र एक बीघा जमीन। पढ़ाई-लिखाई हो नहीं पाई। आखिर मामा ने शरण दी। सरायगंज में मामा की खेती-बाड़ी देखते थे नारायण ठाकुर। जब-तब अपने गाँव भी हो आते थे।

समस्तीपुर के किसी परिचित मारवाड़ी की दुकान थी आसनसोल में। वही मारवाड़ी नारायण ठाकुर को अपने साथ ले गया। उसी ने नारायण ठाकुर को आसनसोल के एक धनी बंगाली नृपेन भट्टाचार्य के रसोईघर में काम दिला दिया। खाना बढ़िया बनाते थे नारायण ठाकुर। नृपेन भट्टाचार्य की कोयले को दो खदानें थीं। शहर में चार-पाँच मकान थे। नारायण ठाकुर गोरे-गठीले जवान। अच्छा लगा भट्टाचार्य महाशय को।

भट्टाचार्य महाशय की पच्चीस-छब्बीस साल की विधवा पुत्री सप्तपर्णा भट्टाचार्य रसोइए नारायण ठाकुर पर मोहित हो गई। सप्तपर्णा के सामने पूरी जिंदगी पड़ी थी। तड़तड़ जवान थी। तीन-साढ़े तीन साल तक नारायण ठाकुर भट्टाचार्य महाशय के यहाँ रसोइए का काम करते रहे। फिर एक रात सप्तपर्णा के साथ आए आसनसोल रेलवे स्टेशन और वहाँ से सीधे मामा के गाँव सरायगंज।

गाँव में तरह-तरह की बातें फैलीं। मामा को स्वजातीय लोगों ने सलाह दी–निकालिए अपने घर से भांजे को, नहीं तो आपको बिरादरी बाहर कर दिया जाएगा। मामा ने भांजे को अपहृत कन्या के साथ जब घर से निकल जाने को कहा तो विकट समस्या सामने आई। जाएँ कहाँ! गाँव में तो बस एक फूस का घर है और थोड़ी-सी जमीन। गुजर-बसर होगी कैसे!

हरावत इस्टेट के मैनेजर सुरेन्द्र मोहन सान्याल के पास गए। साथ में सप्तपर्णा भट्टाचार्य। खुद भी अच्छी बंगला बोलते थे नारायण ठाकुर।

इस्टेट के मैनेजर सुरेन्द्र मोहन सान्याल उर्फ खोखा बाबू की कृपा हो गई। नारायण ठाकुर को सिपाही की नौकरी दे दी और रहने के लिए चौकसी करने वाले सिपाही के लिए बना चौकीघर दे दिया। दो कमरों का टिनशेड वाला चौकीघर सड़क के किनारे था। सड़क से आने-जाने वाले लोग इस चौकीघर में ताक-झाँक करते थे कि किस बंगाली लड़की को फँसाकर लाए हैं नारायण ठाकुर! चलो तो देखें!

सप्तपर्णा भट्टाचार्य बड़े घर की थी। लजीज बंगाली खाना बनाना जानती थी। खोखा बाबू के यहाँ खाना बनाने का काम मिल गया। नारायण ठाकुर राजा के सिपाही, पत्नी सप्तपर्णा भट्टाचार्य रसोइया। खोखा बाबू के ठेठ बंगाली परिवार में सप्तपर्णा प्रिय पात्र बन गई। साल भर बाद एक पुत्री का जन्म हुआ। नाम रखा ज्योत्स्ना। गाँव-घर में कठिन उच्चारण वाला यह नाम चला नहीं, हो गया जुसना और ज्योत्स्ना की माँ जो अब तक सप्तपर्णा थी हो गई जुसनामाय!

जुसनामाय देखते-देखते अपने शील-स्वभाव के कारण सरायगंज में लोकप्रिय हो गई। रच-बस गई यहाँ के समाज में। खोखा बाबू के घर से निश्चिंत होकर लौटती तो टिनशेड वाले चौकीघर के बरामदे पर बैठ जाती चटाई बिछाकर। बगल में खेलती रहती ज्योत्स्ना।

जुसनामाय खांटी बंगालिन। हिंदी या सरायगंज की स्थानीय बोली अंगिका या मैथिलों की भाषा मैथिली बोल नहीं पाती थी। सिर्फ और सिर्फ बंगला बोलती थी। आसपास के टोलों की बाजार जाती हटवारिनों को बुला लेती, 'आसुन! आसुन! बोसुन!...बंगला में बोलती थी जुसनामाय, लेकिन यहाँ की बोली समझती थी। गाँव का तो स्वभाव है रिश्तों में बाँध लेना। जुसनामाय किसी के लिए चाची हो गई, किसी के लिए बुआ, किसी के लिए बहन! गाँव में लोगों के यहाँ आने-जाने लगी। दूध-पानी की तरह सरायगंज के समाज में घुल-मिल गई। सिर्फ बंगला बोलकर सरायगंज के सभी तबकों के लिए इतना आत्मीय हो जाना चकित करने वाली बात थी। कोथाय थेके आसछेन? कहाँ से आ रहे हैं?...

धीरे-धीरे तो ऐसा हुआ कि बंगला के कुछ वाक्य या वाक्यांश लोगों की जबान पर चढ़ गए। कभी-कभी सही-गलत बंगला में जवाब भी सुनने को मिल जाता, 'हाटे जाच्छी! कोनो काज आछे ना कि?'

सरायगंज में बंगला तीन परिवारों की भाषा थी-डाक्टर अंबर कुमार बनर्जी के परिवार की, खोखा बाबू के परिवार की और एक नीम हकीम डाक्टर मनोरंजन मजुमदार के परिवार की। चौथा परिवार आकर जुड़ गया जुसनामाय का। नारायण ठाकुर पत्नी से बंगला में बात करते, लेकिन ज्योत्स्ना जब बड़ी हुई, उसको स्थानीय बोली और हिंदी मिली। माँ बंगला बोलती थी, ज्योत्स्ना अंगिका या हिंदी। बंगला भाषा के साथ स्थानीय लोगों की बोली अंगिका की मैत्री अद्‌भुत थी। खोखा बाबू और डाक्टर अंबर कुमार बनर्जी ने अपनी जिस बंगला भाषा को घर की चारदीवारी में बंद कर रखा था,

जुसनामाय उस भाषा को सड़क पर ले आई।

जमींदारी उन्मूलन के बाद हरावत इस्टेट का अवसान हो गया। इस्टेट के मैनेजर खोखा बाबू की शान में 'बट्टा' आने लगा। चलती खत्म। टिन पर खपरैल की छाजन वाली राजकचहरी पर बबुआन टोले और ब्रह्मर्षि टोले के दबंगों ने कब्जा करना शुरू किया। इस्टेट की जमीन-जायदाद लोग हड़पने लगे। नारायण ठाकुर की जरूरत नहीं रह गई, लेकिन खोखा बाबू के परिवार में जुसनामाय की जरूरत बनी रही।

प्रमोद बाबू को जुसनामाय और नारायण ठाकुर की प्रेमकथा बाद में मालूम हुई। छोटे थे, क्या जानते! छठे या सातवें वर्ग में जब वे बभनटोली के मिडिल स्कूल में पढ़ते थे, जुसनामाय और नारायण ठाकुर के विषय में जाना। असल में जुसनामाय का गाँव में आना और गाँव के जीवन में घुल-मिल जाना एक दिलचस्प प्रसंग था। बच्चा-बच्चा जानता था-कौन है जुसनामाय!

प्रमोद बभनटोली के मिडिल स्कूल पढ़ने जाते या स्कूल से लौटते, जुसनामाय सड़क के सामने अपने बरामदे पर बैठी मिलती। याद है प्रमोद बाबू को! पहली बार जुसनामाय ने बंगला में पता नहीं क्या कहकर बुलाया था। ज्योत्स्ना तब सरायगंज बाजार के खानगी स्कूल में जाने लगी थी। छोटा-सा एक कमरे का स्कूल और अकेले शिक्षक कैथटोली के माधव लाल दास। प्रमोद सातवें दर्जे में थे जब ज्योत्स्ना काँख में बोरी दबाए माधव लाल दास के स्कूल में पढ़ने जाती थी।

चौकीघर के बरामदे पर बैठी जुसनामाय अक्सर बुला लेती प्रमोद को, '**प्रोमोद**, आसुन! आसुन! कोथाय जाच्छो?' हिंदी-बंगला मिश्रित भाषा में प्रमोद का जवाब होता 'स्कूले जाच्छी चाची!' टूटी-फूटी अटपटी बंगला बोलकर प्रमोद हँसने लगते। 'अमार मेये...! मेरी बेटी है ज्योत्स्ना।' प्रमोद ने ज्योत्स्ना को पहली बार देखा था-छोटी-सी लड़की! सलवार-फ्रॉक में! नंगे पाँव! कोई चार साल छोटी थी प्रमोद से।

ज्योत्स्ना में बंगालीपन जैसी कोई चीज नहीं थी। बंगला बोलती भी नहीं थी, हालाँकि जानती थी बंगला। माँ बंगला में पूछती, ज्योत्स्ना का जवाब स्थानीय बोली अंगिका में होता। स्कूल में बंगला का नामोनिशान नहीं था।

प्रमोद बाबू ने कई बार याद करने की कोशिश की है-ज्योत्स्ना ने पहली बार क्या पूछा था उनसे? कभी याद नहीं आया ज्योत्स्ना का पहला वाक्य! इतना भर याद है कि पहला वाक्य इनकी तरफ से नहीं, ज्योत्स्ना की तरफ से आया था हिंदी में। धीरे-धीरे जुसनामाय के घर जाना-आना बढ़ता गया था।

चौकीघर स्कूल और बाजार के रास्ते में था। शाम से पहले जुसनामाय बरामदे पर बैठ जाती थी। जुसनामाय से पहली बातचीत याद है प्रमोद बाबू को। पहले उन्होंने आप से संबोधित किया था-कोथाय थाकेन? बाबार नाम कि? बाद में 'तुम' पर आ गई थी, 'तोमार नाम कि?' प्रमोद को मिडिल पास करने के बाद फारबिसगंज ली-एकेडमी भेज दिया गया था। होस्टल था स्कूल का। नामी स्कूल था जिले का। ज्योत्स्ना

मिडिल स्कूल में पढ़ने जा नहीं सकती थी। दूर था बभनटोली का स्कूल। माधव लाल दास ने ज्योत्स्ना को प्राइवेट से मिडिल की परीक्षा में सम्मिलित कराया। अच्छे अंकों से उत्तीर्ण हुई। उसके बाद रास्ता बंद था। कोई हाई स्कूल नहीं था सरायगंज में। इलाके में सिर्फ ली–एकेडमी, वह भी पंद्रह किलोमीटर दूर।

प्रमोद अपने पिछले वर्गों की किताबें दे आए थे ज्योत्स्ना को। आठवें–नवें वर्ग की किताबें थीं। बता भी दिया करते कि क्या–क्या पढ़ना है, कैसे करनी होती है तैयारी। लेकिन सिर्फ इतने से परीक्षा की तैयारी नहीं हो सकती थी।

तभी रिटायर होकर गाँव लौटे दो शिक्षकों ने हरावत इस्टेट के खाली पड़े सिपहिया लॉज में हाई स्कूल की पढ़ाई शुरू की। सरायगंज की पाँच लड़कियों ने आठवें वर्ग में नामांकन कराया। पहला नाम ज्योत्स्ना का था।

तब मैट्रिकुलेशन की तैयारी कर रह थे प्रमोद। दुर्गा–पूजा की छुट्टियों में गाँव आए थे। ठीक याद नहीं। शायद कलश–स्थापन के एक–दो दिन बाद का कोई दिन था जब वे ज्योत्स्ना के घर गए थे।

याद है, ज्योत्स्ना को खाना बनाने का भार देकर उसकी माँ खोखा बाबू के घर काम पर चली गई थी। बोलकर गई थी–अपना और प्रमोद का खाना बना लेना। कहना प्रमोद को, यहीं खा लेगा। माँ चली गई तो दोनों घर के बाहरी बरामदे पर आए। सामने के खाली मैदान को देखने लगे। यह खाली मैदान अभी तक हरावत इस्टेट की संपत्ति था। मैदान से सटा राजकचहरी का बड़ा–सा लंबूतरा खपरैल मकान था जिसकी पुरानी लाल दीवारें जगह–जगह दरक गई थीं। सीलन के निशान दिख रहे थे। आश्विन महीने की ऊँघती–सी धूप में सीलन के धब्बे कभी पहाड़ की तरह दिखते थे, कभी बादलों की तरह। कभी लगता कि दीवार पर कोई राक्षस बैठा है।

राजकचहरी के कुछ हिस्सों पर दबंगों ने कब्जा जमा लिया था। दीवार को गौर से देखा ज्योत्स्ना ने। दीवार को फोड़कर बरगद का एक नवजात पौधा निकल आया था। फुनगी पर ललछौंहे पत्ते थे। ज्योत्स्ना ने प्रमोद से कहा, 'प्रमोद, देखो तो दीवार को। एक पौधा निकल आया है बरगद का! कितना सुंदर दिखता है रे! दीवार पर रहेगा तो धीरे–धीरे सूख जाएगा। जमीन नहीं है न जड़ में!'

'तो!...' प्रमोद बाबू को याद है, उन्होंने ज्योत्स्ना की आँखों में तैरते सपनों को देखकर सिर्फ 'तो' कहा था।

'एक काम करोगे प्रमोद? चलो, मैं भी चलती हूँ तुम्हारे साथ। तुम लंबे हो मुझसे। ऐसा करना कि दीवार पर वह जो बरगद का पौधा है, उसको तुम झटके से उखाड़कर मुझे दे देना।' प्रमोद बाबू याद करते हैं, वे कुछ क्षणों तक ज्योत्स्ना को देखते ही रह गए थे!

राजकचहरी की ध्वस्त होती दीवार को फोड़कर निकला बरगद का नवजात पौधा सचमुच बहुत सुंदर दिख रहा था। लालिमा लिए फुनगी के पत्ते, भाले की नोक जैसी

टूसी जिसमें गर्भस्थ पत्ते थे और पतली-पतली लाल-हरी डोरियों जैसी जड़ें दीवार पर चिपकी हुई थीं।

'चलो ज्योति, मैं दीवार से पौधे को उखाड़कर तुम्हारे हाथों में दे दूँगा। लेकिन इसको रोपोगी कहाँ?'

'यह सामने खाली मैदान है राजकचहरी का! इसी में रोपेंगे। हम दोनों रोपेंगे जी! मैं अकेली नहीं!...घर के सामने है। पानी से सीचूँगी कुछ दिन, फिर तो जड़ पकड़ लेगा। देखते हो न, कितना खाली-खाली वीरान-सा लगता है यह मैदान! बरगद बड़ा होकर खूब फैलेगा, छाँह देगा! बहुत तरह की पाखी आएँगी। गोल-गोल, लाल-लाल फल लगेंगे इसमें। हरियल पाखी बड़े चाव से खाती है बरगद के फल! जानते हो?'

...प्रमोद बाबू ने बहुत बाद में बरगद को लेकर उसके सपनों पर सोचा था तो याद आया था, ज्योत्स्ना ने 'पाखी' शब्द कहा था, चिड़िया नहीं! आखिर चेतना में बहुत गहरे माँ के शब्द अटके हुए थे न!

'तुम हँस क्यों रहे हो?' निष्पाप मन की किशोरी ज्योत्स्ना ने पूछा था। याद है प्रमोद बाबू को! प्रत्युत्तर में वे और ज्यादा हँसने लगे थे। हँसने लगे थे ज्योत्स्ना के सपनों पर। दीवार पर बरगद के पौधे को विशाल पेड़ के सपनों में प्रतिस्थापित करने की कल्पना से हँसी आई थी। हँसते-हँसते बोले थे , 'अच्छा चलो! धूप हो रही है। धूप में कुम्हला जाएगा पौधा।'

दोनों छोटे-से बरगद के पौधे को दीवार से उखाड़ लाए। 'रोपो इसको। कहाँ रोपोगी? घर में खुरपी-खंती जैसी कोई चीज है?' ज्योत्स्ना घर के अंदर गई। कुछ नहीं मिला तो रसोईघर से कलछुल ले आई। हँसती हुई बोली, 'इससे मिट्टी खोदेंगे।' उसी करछुल से ज्योत्स्ना ने मिट्टी खोदी। प्रमोद की दोनों हथेलियों में पड़ा बरगद का पौधा लाल-लाल हँसी हँस रहा था। कोसी-क्षेत्र की भूरी-बलुआही माटी गंगा पार की माटी जैसी सख्त नहीं होती। ज्योत्स्ना ने बित्ते भर से भी गहरी खोदी मिट्टी। दोनों ने साथ मिलकर बरगद के पौधे को गाड़ दिया। दोनों एक-दूसरे को देख पहले तो मुस्कराए, फिर हँसने लगे।

# राजकचहरी का टिनहा घर

ज्योत्स्ना जी जिस दिन प्रमोद बाबू के घर आईं, वह पूरा दिन और पूरी रात धीरे-धीरे नहीं, अकस्मात् बीत गए। पता नहीं चला, सावित्री जी के कमरे में सोई ज्योत्स्ना जी को नींद आई भी या नहीं। प्रमोद बाबू रात भर ज्योत्स्ना जी पर ही सोचते रहे या शायद ज्योत्स्ना जी के बहाने अपने पर सोचते रहे। सुबह झपकी आई।

सुबह सावित्री जी ने नाश्ता तैयार किया। राजकचहरी चौक पर अपना घर देखना था ज्योत्स्ना जी को। चाबी डाक्टर बनर्जी के यहाँ रखी हुई थी। ज्योत्स्ना जी के साथ जाने के लिए प्रमोद बाबू तैयार हुए। सिगरेट जलाई। बैठकर थोड़ी देर कुछ सोचते रहे। अधजली सिगरेट की आग को फर्श पर रगड़कर बुझाया और ज्योत्स्ना जी से बोले, 'चलो।'

पहले सुराजी चौक। वहाँ से राजकचहरी चौक जाना था। रिक्शा लिया जा सकता था, लेकिन प्रमोद बाबू को एक औरत के साथ बैठकर जाने में हिचक महसूस हो रही थी। असमंजस में पड़े प्रमोद बाबू को देख ज्योत्स्ना जी ने मुस्कराते हुए कहा, 'चलो, पैदल चलते हैं। दूरी ही क्या है!'

रास्ते पर चलती ज्योत्स्ना जी को सरायगंज गाँव बाजार जैसा दिख रहा था। बाजारू गाँव। बहुत पहले जब यहाँ अपने घर में रहती थीं, कहीं कुछ नहीं था। चौक के आगे बरगद के पेड़ के पास खड़े हो गए दोनों। ज्योत्स्ना जी पेड़ को निमग्न भाव से देखती रहीं। छतनार पेड़ का दायरा फैल गया था। लाल-लाल डोरियाँ लटक रही थीं। जड़ के पास हनुमानजी की सिंदूरी अनगढ़-सी मूर्ति खड़ी थी। ज्योत्स्ना जी को याद आ रहा था राजकचहरी की दीवार फोड़कर निकला बरगद का छोटा-सा पौधा। याद आ रही थी, महीने-डेढ़ महीने तक रोज बरगद को सींचने की दिनचर्या। बाद में तो यह गाँव जो छूटा सो छूटा ही रह गया।

प्रमोद बाबू पास ही खड़े थे। अतीत में डूबी ज्योत्स्ना जी को किसी रुके हुए समय में प्रमोद बाबू ने देखा तो पूछ बैठे, 'ज्योति, क्या तुम भी वही याद कर रही हो जो मैं कर रहा हूँ?' ज्योत्स्ना जी ने जवाब में सिर्फ देखा प्रमोद बाबू को। उस देखने में पता नहीं क्या था कि प्रमोद बाबू एकदम स्तब्ध रह गए। ज्योत्स्ना जी का चेहरा देखने लगे। ऐसा प्रतीत हुआ कि ज्योत्स्ना जी के भीतर का कुछ कहीं खो गया है जो ढूँढ़ने

से मिल नहीं रहा है।

'तुम यहीं रहना। मैं डाक्टर बनर्जी के घर से चाबी लेकर आती हूँ।'

चिलचिलाती धूप थी, लेकिन बरगद की घनी छाँह में प्रमोद बाबू को सुकून महसूस हो रहा था। बरगद को देख सोच रहे थे–क्या कोई यह सोच पाएगा कि यह जो बूढ़ा अभी यहाँ बरगद की छाँह में खड़ा है, इसी ने किशोरवय में एक किशोरी के साथ मिलकर इस बरगद को रोपा था?

ज्योत्स्ना जी डाक्टर बनर्जी की सूनी पड़ी क्लिनिक के रास्ते से झपटती हुई आईं। बोलीं, 'देर हो गई। चाय पीने लगी थी। दरअसल कल वाली घटना को लेकर बहुएँ शर्मिंदा थीं।'

झाड़–झंखाड़ के बीच वीरान–से टिनहा घर का जंग लगा ताला प्रमोद बाबू ने खोला। किवाड़ के दोनों पलड़ों को फैलाकर थोड़ी देर बाहर खड़े रहे। ज्योत्स्ना जी को बाहर छोड़कर अंदर गए। अंदर अँधेरा था। पुरानी–जर्जर खिड़कियाँ खोलीं। तीन खिड़कियाँ थीं। खिड़कियों के खुलते ही शाम जैसे सुबह में बदल गई। भीतर से ही उन्होंने आवाज दी, 'ज्योति, आ जाओ।' यह पहला कमरा था। दूसरे कमरे में जाने के लिए बरामदे पर जाना था। दूसरा कमरा खोला, खिड़कियाँ खोलीं। भीतर आँगन था, सामने रसोईघर। चांपाकल और उसके चारों ओर सीमेंट का गोल चबूतरा था जिस पर नीली-स्याह काई की सूखी पपड़ी पड़ी थी। आँगन को घेरे रहने वाली दीवार में दाएँ–बाएँ दो सुरंगनुमा दरवाजे थे। सारे दरवाजे खोल दिए प्रमोद बाबू ने और मुस्कराते हुए एक टूटी हुई खाट पर बैठकर संतुलन बनाने की कोशिश करने लगे ताकि गिर न जाएँ। बोले, 'आओ ज्योति, बैठो यहाँ।' दाहिनी हथेली से खाट को पोंछने लगे। हथेली में धूल लग गई।

यहाँ इस आँगन में इन दोनों का बहुत–कुछ दबा पड़ा था। ज्योत्स्ना जी अपना पुराना घर देख गमगीन थीं। यहीं, इसी घर में जन्म हुआ, यहीं खेला–खाया, बड़ी हुईं। कितने सारे सुख–दुख! अब साठ को छूती उम्र में अपने उस घर को देख रही हैं तो लगता है, उनकी ही तरह यहाँ का सब–कुछ पुराना हो गया है! बूढ़ा हो गया है टिन वाला घर। बुढ़ापे में आदमी के शरीर का कद जैसे कुछ छोटा हो जाता है, यह घर भी वैसा ही हो गया है। नीचे जमीन में थोड़ा धँस गया है। चिपटा–सा दिखता है। समय ने अपनी पदचाप से जैसे चिपटा बना दिया हो।

ज्योत्स्ना जी अपने उस कमरे में गईं जिसमें बचपन के कई साल गुजरे थे। अब पहले की कोई चीज नहीं थी सिवा दस इंच की दीवार के। एक कोने में टूटी चूड़ियों की ढेरी थी। चूड़ियों का व्यापारी थान सिंह थोक और खुदरा भाव में चूड़ियाँ बेचता था। खुदरा बेचने वाले व्यापारी यहाँ से चूड़ियाँ खरीदते थे। फेंक देना चाहिए था इन टूटी चूड़ियों को। ज्योत्स्ना जी का मन खिन्न हो गया टूटी चूड़ियों की ढेरी देखकर। बाहर के बरामदे को देख आँखें भर आईं। यहीं बैठकर माँ आने–जाने वालों को बुलाती

थी, 'आसुन! आसुन!...बोस। कोथाय जाच्छो?'...सुख-दुख...दुनिया-जहान की कितनी-सारी बातें।...

'मैंने सोचा है प्रमोद! यह जमीन तुम्हारे नाम लिख दूँ!' उसी समय प्रमोद बाबू को एक मच्छर ने काटा। दाईं हथेली से मच्छर काटने की जगह पर थपकी मारते बोले, 'मैं क्या करूँगा जमीन! अपनी तो सँभलती नहीं है। मैं क्या दुकान खोलूँगा यहाँ?' हँसने लगे प्रमोद बाबू।

दोनों घर के बाहर बरामदे पर आए तो देखा, सफेद लंबे बालों वाला एक बूढ़ा इधर ही आ रहा है। सरायगंज गाँव के हमउम्र या अपनी उम्र से बड़े हर आदमी को पहचानते हैं प्रमोद बाबू। नहीं पहचान पाते हैं तो गाँव के नवतुरियों को। सिर्फ न पहचानते हों इतना ही नहीं, समझ भी नहीं पाते इनको। पहचानने की कोशिश की झबरे बाल वाले बूढ़े को। लालमुनि चौबे थे। याद आया कि पहले गाँव के लोग इनको लसरघंटी चौबे कहते थे। लसरघंटी यानी समस्या-सर्जक। भोजपुरिया हैं चौबे जी। अंग्रेजी राज में पिता दारोगा बनकर यहाँ आए थे। दारोगा जी ने यहाँ अच्छी-खासी भू-संपत्ति अर्जित की, लेकिन भू-संपत्ति जैसे आई थी, वैसे ही निकल भी गई।

लालमुनि चौबे हैं शाकलद्वीपी ब्राह्मण! परंपरागत वैद्य। इस पेशे में थोड़ा-सा विचलन पिता के दारोगा बनने के कारण हुआ। लालमुनि चौबे मात्र मिडिल पास होने के कारण कुछ बन नहीं पाए। पिता की मृत्यु के बाद लोगों द्वारा हड़पी जा रही जमीन को निरीह भाव से देखते रहे। सब कुछ लुट-पिट गया तो चौबे जी ने अपना परंपरागत वैद्य वाला धंधा शुरू किया। राजकचहरी चौक पर हरावत इस्टेट की डिस्पेंसरी खुल चुकी थी। कुछ ही दिनों बाद डाक्टर अंबर कुमार बनर्जी आ गए डिस्पेंसरी में। चौबे जी ने राजकचहरी चौक से उत्तर कैथटोली के पास अपने घर में 'गुप्त रोगों का शर्तिया इलाज' के साइनबोर्ड से अपना परंपरागत धंधा शुरू किया। भाग्य ने पूरा साथ दिया। संयोग था या साजिश थी, उन्हीं दिनों नटिनियाँ टोले में खूबसूरत वेश्या आई। प्रमोद बाबू को अब तक उस वेश्या का नाम याद है-हसीना। थी भी हसीन। हसीना ने इलाके के मनचलों में 'गुप्त रोग' खूब फैलाए। सिफलिस-गनोरिया के रोगियों की संख्या इस कदर बढ़ी कि कुछ इज्जतदार लोग भी बेनकाब होने लगे। इज्जत के कारण डाक्टर बनर्जी के पास जा नहीं सकते थे, लिहाजा गाँव के अपने वैद्य पंडित लालमुनि चौबे के औषधालय में छिप-छिप कर जाने लगे।

चौबे जी का यह धंधा ज्यादा दिन चला नहीं। हसीना कहीं दूसरी जगह चली गई रोग बाँटने। पंडितजी के औषधालय में बस कुछ पुराने मरीज बच गए। नपुंसकता, शीघ्रपतन, दमा, गठिया, भगंदर जैसी बीमारियों के मरीज कितने मिलते गाँव में! पंडितजी ने रोजगार बदला। थाना-ब्लॉक 'जोतने' लगे। 'थाना-ब्लॉक जोतना' उस समय का चालू मुहावरा था।

प्रमोद बाबू तब भागलपुर विश्वविद्यालय में व्याख्याता हो चुके थे। गाँव आते

तो थाना–ब्लॉक जोतने जैसे मुहावरों से परिचित होते। थाना–ब्लॉक जोतना यानी थाने–ब्लॉक की दलाली करना। जमीन–जायदाद का मामला हो या थाने में पैरवी करनी हो, लोग पकड़ते थे चौबे जी को। थाने का दारोगा तबादले के समय जाते हुए नए दारोगा से परिचय करा देता था–बड़े काम के आदमी हैं चौबे जी! इनका ख्याल रखिएगा।

तो ये हैं लालमुनि चौबे। साधु–महात्मा जैसे दिखते हैं। अस्सी पार की उम्र। शरीर थोड़ा झुका हुआ। मुँह में दाँत नहीं, 'पगुराकर' बोलते हैं। प्रमोद बाबू ने प्रणाम किया तो पंडितजी मुस्कराते हुए बोले, 'जय हो! जय हो!' फिर इसमें जोड़ दिया, 'प्रोफेसर साहब, आप चुप्पेचाप गाँव में मकान बना लिए और हम लोगों को पता नहीं! एक्को दिन भेंटो–मुलाकात नहीं।' प्रमोद बाबू ने हँसते हुए कहा, 'घर तो था ही पंडित जी। छोटा पड़ रहा था, सो एक घर बना लिया। भाई–भतीजों के घर में रहते कैसे!' पंडितजी ने ज्योत्स्ना जी को देखकर पूछा, 'ई कौन हैं?' जवाब ज्योत्स्ना जी ने ही दिया, 'नहीं पहचाना पंडितजी! नारायण ठाकुर की बेटी ज्योत्स्ना!'

'अच्छा–अच्छा! जुसना! तुम तो सब छोड़–छाड़कर दिल्ली चली गई।'

'छोड़–छाड़कर कहाँ गई!' ज्योत्स्ना जी के जवाब पर पंडितजी बोले, 'नहीं गई छोड़कर तो यह घर, यह जमीन कैसे निकल गई तुम्हारे अधिकार से?'

'निकल गई? क्या निकल गई?' ज्योत्स्ना जी पंडितजी का चेहरा देखने लगीं। पंडितजी बोले, 'यह जमीन तो अवधेश बाबू ने अपने नाम करवा ली है। तुमको किसी ने बताया नहीं? चूड़ीवाला कौन था वह? भगा दिया उसको अवधेश बाबू ने।'

प्रमोद बाबू चकरा गए, 'आप क्या कह रहे हैं पंडितजी? रसीद कट रही है इनके नाम से और आप कहते हैं...।'

पंडितजी ने मुस्कराते हुए कहा, 'किसने कहा आप से प्रोफेसर साहब कि रसीद इनके नाम से कट रही है? मुझे सब पता है, इसलिए बोल रहा हूँ।'

'कौन हैं अवधेश बाबू?' ज्योत्स्ना जी ने पूछा तो प्रमोद बाबू बोले, 'यहीं के हैं। जिला परिषद के अध्यक्ष हैं।' प्रमोद बाबू पंडितजी की ओर देखने लगे, 'तो पंडितजी, कैसे क्या होगा? विचित्र बात है! जमीन–घर ज्योत्स्ना जी का और रसीद कटा रहे हैं अवधेश प्रसाद अपने नाम से?'

'सब होता है प्रोफेसर साहब। आप तो शहर से आए हैं न! बाहरी आदमी क्या जानेगा गाँव को! सब होता है। प्रखंड का रेवेन्यू क्लर्क एक ही जमीन की मालगुजारी रसीद दो–दो आदमियों के नाम से काट देता है। अब लड़िए मुकदमा! जाकर देखिए न डीसीएलआर के ऑफिस में। ऐसे सैकड़ों मामले पड़े हैं वहाँ। लोग दौड़ रहे हैं! वर्षों से दौड़ रहे हैं।'

ज्योत्स्ना जी ने कहा, 'लेकिन पंडितजी, यह घर, यह जमीन तो मेरी है।'

'भूल जाओ कि तुम्हारी है। पूछ लेना प्रोफेसर साहब से कि अवधेश बाबू कौन

हैं और क्या हैं!'

अपने इस टिनशेड वाले घर को लेकर ज्योत्स्ना जी में जो भी अतीत राग था, अकस्मात् अवसाद में बदल गया। थान सिंह चूड़ीवाले ने धोखा दिया, झूठ बोलता रहा फोन पर कि मालगुजारी की रसीद कटा रहा है। ज्योत्स्ना जी मायूस बनी बाहरी बरामदे पर खड़ी रहीं। पंडितजी सामने खड़े थे। बोले, 'आप लोग जाइए हैदर अब्बास के यहाँ। वहीं रहता है रेवेन्यू क्लर्क। मुसलमान है इसलिए मुसलमान के यहाँ रहता है। नाम है मेहँदी इमाम। जमीन-जायदाद का मामला वही उलझाता-सुलझाता है। वही काटता है मालगुजारी रसीद। ब्लॉक के सीओ के अधीन काम करता है रेवेन्यू क्लर्क। गाँव में उसे 'कर्मचारी' कहते हैं। जमीन का खाता-खेसरा, खतियान, रकबा, नक्शा सब उसी के पास रहता है। मिलिए उससे। मैं तो कहूँगा प्रोफेसर साहब, अवधेश बाबू से मिलकर और ले-देकर मामला निबटा लीजिए। आपकी सब इज्जत करते हैं।'

प्रमोद बाबू निराश थे। आभास मिल गया। चुपचाप बरामदे पर उस जगह खड़े रहे जहाँ बहुत वर्ष पहले ज्योत्स्ना जी की माँ चटाई बिछाकर बैठती थीं।

'चलो' प्रमोद बाबू ने ज्योत्स्ना जी से कहा और बिना नीचे की तरफ देखे आगे बढ़े तो पैर नाले में जाते-जाते बचा। बच गए, नहीं तो पैर तुड़वा लेते। ज्योत्स्ना जी ने पूछा, 'यह नाला! पानी की निकासी के लिए बना है क्या?'

'हाँ, बना तो पानी की निकासी के लिए है, लेकिन पानी की निकासी होती नहीं है। पानी जाएगा कहाँ? पूरे बाजार में ऐसी ही नालियाँ हैं जो कहीं जाकर मिलती नहीं हैं। सुना गया कि कई मवेशी, लोग, बच्चे इस नाली में कई बार गिरे हैं, पैर तुड़वा चुके हैं!'

'नालियाँ बनाईं किसने?' ज्योत्स्ना जी ने पूछा।

'मुखिया ने बनाई हैं। न बनाए तो पैसे कैसे आएँगे जेब में? दिखा दिया कि नालियाँ बनी हैं। उधर सुरपतनाथ महादेव का जो मंदिर है बभनटोली के पास, वहाँ तीन-चार छोटे-छोटे पुल देखे हैं मैंने। रास्ते नहीं हैं, लेकिन यों ही वीराने में छोटी-छोटी पुलियाएँ दिखाई पड़ेंगी। पुराना नक्शा बताता है कि यहाँ सड़कें थीं इसलिए पुलियाएँ बनाई गई हैं।'

प्रमोद बाबू ने घड़ी में समय देखा-ग्यारह दस। बोले, 'दोपहर बाद मैं जाऊँगा हैदर अब्बास के यहाँ। पूछूँगा, क्या सही कहा है पंडित लालमुनि चौबे ने?'

सच कह रहे थे पंडितजी! हैदर अब्बास के घर में रहने वाले रेवेन्यू क्लर्क ने बताया-जमीन की मालगुजारी की रसीद कुछ वर्षों से अवधेश बाबू के नाम से कट रही है। बात प्रमाणित हो गई। गलत नहीं कहा था पंडितजी ने।

रेवेन्यू क्लर्क मेहँदी इमाम ने बताया, 'ज्योत्स्ना या इनके मदर-फादर के नाम से तो रसीद कटी नहीं है।' प्रमोद बाबू समझ गए, मामला हाथ से निकल चुका। उन्होंने मेहँदी इमाम से पूछा, 'तो अब कोई रास्ता नहीं है?'

'एक रास्ता है। आपकी बहुत इज्जत है इलाके में। अवधेश बाबू से ले-देकर मामले को निबटा सकते हैं, लेकिन बहुत महँगा सौदा होगा सर।' प्रमोद बाबू थोड़ी देर रहे बरामदे पर। मेहँदी इमाम की बगल में बड़ा-सा नक्शा जमीन पर बिछाए एक गँवई टाइप नेता ने प्रमोद बाबू से कहा, 'रुकिए सर।' वह प्रमोद बाबू को थोड़ी दूर आगे ले गया। तीसरे पहर की तीखी धूप थी। बगल में अमलतास का पेड़ था। अमलतास के फूलने का मौसम बीत चुका था, फिर भी देर से फूली कुछ डालियों में निष्प्रभ पीले फूलों के टूटे गुच्छे दिख रहे थे। पेड़ के नीचे फूल की सूखी पंखड़ियाँ बिखरी हुई थीं। युवक ने प्रमोद बाबू से धीरे से कहा, 'सर, यहाँ सरकारी ढंग से जमीन का काम-काज होता है। बल्कि समझिए कि यहाँ मामला उलझता है। आप ऐसा कीजिए सर! सुराजी चौक के दक्षिण सड़क के किनारे परमानंद पोद्दार का घर है। अमीन हैं परमानंद पोद्दार। जमीन के मामलों के भारी जानकार हैं। धंधा ही यही है। उनके दरवाजे पर भीड़ लगी रहती है। उनसे मिलिए या मुझे काम सौंप दीजिए और कानों में तेल डालकर सो जाइए।'

प्रमोद बाबू समझ गए कि इस लंबे कुर्ते वाले युवक का रोजगार क्या है। उन्होंने युवक से कहा, 'तो यहाँ मामला उलझाया जाता है और पोद्दार जी के पास सुलझाया जाता है।'

'जी सर! आखिर अवधेश बाबू के नाम जमीन की मालगुजारी-रसीद इसी कर्मचारी ने काटी है न! इस कर्मचारी का कनेक्शन सीओ और डीसीएलआर से है।'

देखते-देखते पंद्रह-बीस लोग अब्बास साहब के दरवाजे पर जमा हो गए। प्रमोद बाबू ने पूछा, 'इतने लोग क्यों आए हैं?', 'ये लोग वही मालगुजारी रसीद कटाने वाले हैं। कृषि लोन मिल रहा है सरकार से। बैंक के माध्यम से मिलता है। लोन के लिए हालिया रसीद चाहिए। कर्मचारी एक ही जमीन पर दो-दो लोगों के नाम पर रसीद काट रहा है। पैसा तो बरख रहा है यहाँ। पैसे दीजिए, काम कराइए।'

'लेकिन एक ही जमीन की मालगुजारी रसीद दो आदमियों के नाम से कैसे कट सकती है?' प्रमोद बाबू के मासूम सवाल पर युवक मुस्कराया, 'सर, लगता है आपको गाँव की हवा लगी नहीं है! सब होता है सर! माल निकालिए। आगे दीवानी मुकदमा चलेगा, लड़ते रहिए मुकदमा। निचली अदालत से लेकर हाईकोर्ट तक लड़ते रहिए!'

प्रमोद बाबू अमलतास की सूखी पंखड़ियों को एक नजर देख रास्ते पर आ गए। सोचा, क्यों न परमानंद पोद्दार से भी मिल लिया जाए! शायद कुछ बताएँ! लेकिन थक गए थे और शाम भी हो रही थी। थोड़ी दूर था सुराजी चौक। कोई रिक्शा भी नहीं दिख रहा था।

पैदल ही पहुँचे भतीजे की इलेक्ट्रॉनिक्स की दुकान। सुरेंद्र ने बाहर कुर्सी रखी और धीरे से पूछा, 'चाचाजी, कौन-सी जमीन है नारायण ठाकुर वाली?'

'क्यों, क्या हुआ? कोई बात है क्या?' प्रमोद बाबू सुरेंद्र का चेहरा देखने लगे।

सुरेंद्र ने रहस्यमय ढंग से, बहुत धीरे से कहा, 'अभी थोड़ी देर पहले अवधेश बाबू का एक आदमी आया था बाइक से। मुझसे कहा कि अपने चाचा प्रोफेसर साहब से कह देना–नारायण ठाकुर की जमीन नेताजी की है। नेताजी यानी अवधेश प्रसाद। उस जमीन पर अगर कोई गया तो हाथ–पैर तोड़कर वहीं बैठा देंगे।'

प्रमोद बाबू विवश भाव से बोले, 'सुरेंद्र, यह कैसी गुंडागर्दी है कि जिसकी जमीन है, जिसका घर है उसी को कोई धमकी दे कि हाथ–पैर तोड़कर बैठा देंगे!' सुरेंद्र लगभग फुसफुसाता हुआ कहने लगा, 'चाचाजी, ये जो नेताजी हैं न अवधेश प्रसाद! ये तो जमीन–मकान पर कब्जा दिलाने का या खाली कराने का ठेका लेते हैं। इनसे कौन पंगा ले! बीडीओ को पीट दिया, सीओ को थप्पड़ मारा और इनको कुछ नहीं हुआ! करते रहो मुकदमा! खतरनाक आदमी हैं नेताजी।'

प्रमोद बाबू हारे हुए आदमी की भाषा में बोले, 'लेकिन कानून–व्यवस्था नाम की कोई चीज है कि नहीं?'

'है क्यों नहीं! केस कीजिए और लड़ते रहिए केस। पाँच साल, दस साल, कभी–कभी बीस–बीस साल...लड़ते रहिए। ऐसे कितने केस लड़ रहे हैं नेताजी।'

सुरेंद्र ने चाय मँगवाई। मन में आया, डाक्टर झा के 'आरोग्य निकेतन' में बैठें थोड़ी देर। वहाँ मुखिया, प्रखंड प्रमुख, जिला परिषद अध्यक्ष और कभी–कभी विधायक जी भी आते हैं। पता करेंगे, लिंक कैनाल वाला मामला कहाँ है। अपने तईं तो जो करना था किया, अब ये जनप्रतिनिधि क्या कर रहे हैं! दूर से देखा, 'आरोग्य निकेतन' में कोई गाड़ी–वाड़ी नहीं लगी है, यानी कोई आया नहीं है। फिर सिगरेट और अखबार लेने की याद आई।

घर लौटते हुए प्रमोद बाबू सोच रहे थे–दीवानी मुकदमा तो लंबा चलेगा। बार–बार कोर्ट का चक्कर, तारीख पर तारीख! ज्योत्स्ना क्या इसके लिए दिल्ली से आएगी? फिर जीत हो भी जाए तो क्या अवधेश प्रसाद जमीन से हट जाएगा? जमीन बेचना भी चाहे तो कोई खरीदेगा?

यही सब सोचते प्रमोद बाबू शाम में घर लौटे तो देखा, सावित्री जी के साथ बैठी ज्योत्स्ना किसी बात पर हँस रही है। चकित हुए प्रमोद बाबू। सोचा था, ज्योत्स्ना मुँह लटकाए बैठी मिलेगी, लेकिन वह तो सावित्री जी से बात कर रही है और हँस रही है। प्रमोद बाबू दिन भर के थके थे। बगल में खाली कुर्सी पर बैठे ही थे कि ज्योत्स्ना जी ने हँसते हुए पूछा, 'कहाँ गए थे? रेवेन्यू क्लर्क से मिलने? क्या कहा रेवेन्यू क्लर्क ने! वही न जो पंडितजी कह रहे थे?'

'हाँ, घुमा–फिराकर वही बात।' सावित्री जी ने ढाढ़स बँधाने की कोशिश की, 'कानून से कोई ऊपर है क्या! जमीन–घर ज्योत्स्ना जी का है तो कानून इन्हीं का साथ देगा। हाँ, थोड़ा पेंच लग गया।' ज्योत्स्ना जी तपाक से बोलीं, 'भाभीजी, कोई पेंच–वेंच नहीं। जमीन और घर मेरे हैं और मुझे चिंता ही नहीं है तो प्रमोद बाबू क्यों परेशान

हो रहे हैं?'

प्रमोद बाबू बोले, 'सवाल इतना भर नहीं है ज्योति। सवाल है कि यदि यही होता रहे तब तो हम जैसों का रहना मुश्किल है गाँव में।' सावित्री जी ने ज्योत्स्ना जी की तरफ देखा, 'इनसे पूछिए। लालसेना वाले लड़के आए थे लेवी माँगने। इन्होंने लेवी देने से इनकार किया तो धमकी देकर गए।' फिर ज्योत्स्ना जी से बात करने लगीं सावित्री जी, 'अभी तो कुछ ही साल हुए हैं यहाँ आए और देखा न रात में! एक लड़का आता है पहरेदारी के लिए। कहता है सुरक्षा संघ का है। गाँव में रहने के लिए सुरक्षा संघ के आदमी को रखिए।'

बातचीत की दिशा बदलने के लिए प्रमोद बाबू ने पत्नी से पूछा, 'अच्छा, कलिया चली गई क्या?'

'हाँ, शाम हो रही थी। रामनिहोरा जा रहा था। उसी के साथ गई।'

बिजली आ गई। बरामदे का ट्यूब लाइट जला दिया सावित्री जी ने। प्रमोद बाबू की आँखें उजली रोशनी में चौंधिया गईं। दोनों हथेलियों से आँखें मलते हुए वे कपड़े बदलने अंदर चले गए। तब तक रात्रि-प्रहरी शशिकांत आ गया। ज्योत्स्ना जी और सावित्री जी को प्रणाम कर बरामदे वाले अपने कमरे में चला गया। तौलिए में लपेट कर रखा अपना देसी कट्टा शशिकांत ने निकालकर खाट पर रखा तो ज्योत्स्ना जी ने सावित्री जी से पूछा, 'वह क्या रखे हुए हैं शशिकांत?'

'देसी कट्टा है। रखना पड़ता है। सुरक्षा संघ का आदमी है न!'

'हद हो गई!' ज्योत्स्ना जी जैसे अपने आप से बोलीं–'गाँव में रहने के लिए हाउस गार्ड चाहिए!'

प्रमोद बाबू नहाकर लौटे बरामदे पर। सावित्री जी ज्योत्स्ना जी को चाय का कप देती पूछ बैठीं, 'आपने समर के बारे में कुछ बताया नहीं। उसके लिए लड़की देखी। कहा, तो बोला–मत देखिए लड़की। आखिर चाहता क्या है! करे अपने मन से शादी! लेकिन बोले तो!' ज्योत्स्ना जी चुप रहीं और मंद-मंद मुस्कराती रहीं।

आषाढ़ महीने की रात थी। बारिश के आसार थे। मकान की छत पर कमजोर रोशनी का एक बल्ब जल रहा था एक कोने में। चारों तरफ गहरा अँधेरा था। प्रमोद बाबू, ज्योत्स्ना जी और सावित्री जी छत पर बैठे थे। सरायपोखर के पास के जंगल से वन्य जीवों की तरह-तरह की आवाजें आ रही थीं। ज्योत्स्ना जी सियारों की 'हुआ-हुआ' आवाज सुनकर बोलीं, 'बरसों बाद सियार की आवाज सुन रही हूँ। अच्छा, वो सरायपोखर था एक!'

'है। है सरायपोखर, लेकिन पानी जहरीला हो गया है। लिंक कैनाल बनने की बात हो रही है। मैं लगा हूँ उसी काम में। यदि लिंक कैनाल बन गया तो सरायपोखर का पानी जहरीला नहीं रहेगा।'

'छोटी थी तब कमल के फूल लेने जाती थी सरायपोखर।' ज्योत्स्ना जी पिछले

समय को याद करती बोलीं। प्रमोद बाबू ने कहा, 'सरायपोखर को उन दिनों लोग कमलपोखर कहते थे।'

टिटहरी की टिही-टिही आवाज आकाश में लकीर-सी बनाती चली गई। सावित्री जी बोलीं, 'चलें अब नीचे। रात ज्यादा हो गई।'

तीनों नीचे उतरे। बरामदे वाले ग्रिल में ताला लगाकर शशिकांत अपने कमरे में सो रहा था। नाक बज रही थी जैसे जांते में कोई चीज पीसी जा रही हो। प्रमोद बाबू पत्नी से बोले, 'सावित्री, देखो, पहरा दे रहा है। तभी तो बगल से चोर मोटर खोल कर ले गए, ट्यूबवेल का हेड खोलकर ले गए। बेकार रखना है इसको।'

सुबह प्रमोद बाबू ने ज्योत्स्ना जी से कहा, 'अब एक जो उपाय बचता है, उसको भी आजमा लेता हूँ। कोई परमानंद पोद्दार है जो जमीन के उलझे मामले को सुलझाता है।' ज्योत्स्ना जी के चेहरे पर हर्ष-विषाद, आशा-निराशा कुछ भी नहीं दिखा प्रमोद बाबू को। अपने पुराने घर या जमीन को लेकर भी चिंता की कोई रेखा चेहरे पर नहीं थी। बोलीं, 'लड़ने तो आई नहीं हूँ प्रमोद। लड़ूँ भी तो पार पाऊँगी इन दबंगों से! फिर भी मन को समझा लो। जाना चाहते हो तो जाकर मिल लो! कौन पोद्दार है? क्या नाम बताया?

'परमानंद पोद्दार।'

प्रमोद बाबू ने नाश्ता किया। सिगरेट पी और छाता लेकर घर से निकले। सुराजी चौक के दक्षिण पोद्दार का घर बताया गया था। सुबह सुरेंद्र की दुकान खुली नहीं थी। आगे जाकर एक व्यक्ति से परमानंद पोद्दार का घर पूछा तो जवाब मिला, 'जाइए आगे। पक्के के जिस मकान के सामने दो-चार मोटरसाइकिलें लगी हों, दस-बीस लोग हों, समझिएगा वही मकान है परमानंद पोद्दार का।'

उस व्यक्ति ने बिल्कुल सही पहचान बताई थी। प्रमोद बाबू को लगा, जैसे सरकार का कोई मंत्री या विधायक पटने से गाँव आया हो और लोग उससे मिलने आए हों। वही दृश्य था जो हैदर अब्बास के घर में दिखा था, बल्कि यहाँ तो उससे भी ज्यादा लोग थे। एक बूढ़ा-सा आदमी मेज पर कागजात फैलाए कुर्सी पर बैठा था। लोग अपनी-अपनी पारी की प्रतीक्षा में थे। बेंच पर एक तरफ डाक्टर बनर्जी का मझला बेटा राजा बाबू हाथ में झोला लिए बैठा था।

परमानंद पोद्दार ने प्रमोद बाबू को पहचाना और कुर्सी से उठकर खड़े हो गए। हाथ जोड़कर प्रणाम किया, 'आप कैसे आ गए सर! राघवेंद्र जी आते हैं जब-तब। आप भी उसी मामले में आए हैं क्या सर?' प्रमोद बाबू के कान खड़े हो गए। क्या कह रहे हैं पोद्दार जी! मामला क्या है! राघवेंद्र क्यों आता है यहाँ, उनको क्या पता! पोद्दार जी कुर्सी से अलग हटकर प्रमोद बाबू के नजदीक आए। बोले, 'आप लोगों का पटीदारी (पार्टिशन) मामला है सर! राघवेंद्र बाबू कह रहे थे कि उनकी जमीन आपके नाम पर चढ़ गई है। जमीन का खाता-खेसरा दिखा रहे थे।'

प्रमोद बाबू को शंका हुई। क्या षड्यंत्र कर रहा है राघव! इसी षड्यंत्र के कारण कभी मिलने नहीं आता है। बड़े भैया भी देखकर कन्नी काटते हैं। प्रमोद बाबू अपने मामले को वहीं छोड़कर पोद्दार जी से बोले, 'ऐसा है पोद्दार जी कि अभी मैं एक दूसरे मामले को लेकर आया हूँ। राजकचहरी चौक पर वह जो नारायण ठाकुर का पुराना घर है और उससे जुड़ी थोड़ी-सी जमीन है उसके बारे में सुना कि रसीद किसी और आदमी के नाम से कट रही है?' पोद्दार जी को बाजार की जमीन के चप्पे-चप्पे की जानकारी थी। बोले, 'वो जुसनामाय वाली जमीन?' प्रमोद बाबू ने स्वीकृति में सिर ऊपर-नीचे हिलाया, 'हाँ, वही घर-जमीन!' पोद्दार जी बोले, 'वह घर तो अवधेश बाबू का हो गया! जुसनामाय चली गई यहाँ से तो कोई-न-कोई तो कब्जा करता ही। लेकिन सर, आपको उस जमीन से क्या लेना-देना! आप चाहते हैं वह जमीन खरीदना, तो कहिए नेताजी से बात करूँ!'

प्रमोद बाबू हैरत में पड़ गए। क्या कह रहे हैं पोद्दार जी? बोले, 'नहीं पोद्दार जी, जमीन खरीद कर क्या करूँगा। असल में नारायण ठाकुर की बेटी ज्योत्स्ना जी आईं अपना टिन वाला घर और जमीन देखने तो पता चला, किसी और का कब्जा है।' परमानंद पोद्दार ने सुप्रीम कोर्ट के जज की तरह फैसला सुना दिया, 'सर उस घर और जमीन पर बेमतलब है माथापच्ची! कौन रार मोल ले नेताजी से! कहिए जुसना जी से! क्या नाम बताया ज्योत्स्ना! कहिए उनसे कि चुपचाप चली जाएँ दिल्ली।'

पोद्दार जी को बेंच पर बैठे कई लोग आँखें गड़ाए देख रहे थे। प्रमोद बाबू बरामदे से नीचे उतरने लगे। राजा बाबू को इत्मीनान से बैठे देखा तो बुलाया, 'क्या राजा बाबू, तुम्हारा क्या प्रोब्लेम है?'

'प्रोब्लेम ही प्रोब्लेम है सर! फेलू बाबू ने मकान हथिया लिया है। बारह कमरे हैं-आठ नीचे, चार ऊपर। मुझे ऊपर के कमरे मिले। अब देखिए कि फेलू कहता है-आँगन वाली सीढ़ी से नहीं, बाहर वाली सीढ़ी से चढ़ो-उतरो। मुझे सिर्फ आठ बीघे जमीन मिली, बाकी सब फेलू बाबू और मैनेजर के कब्जे में है।'

'कौन मैनेजर?' प्रमोद बाबू ने पूछा तो राजा बाबू बोला, 'आप भूल गए सर! वही प्रेमपाल गुप्ता! बाबा ने उसी को मैनेजर बनाया था। वही जमीन के सारे कागजात देखता था। कोर्ट-कचहरी वही देखता था। उसने आधे से भी ज्यादा जमीन अपने नाम करवा ली है सर! जुलुम हो गया सर! जुलुम हो गया!' तुड़ी-मुड़ी-सी फुलपैंट पहने था राजा बाबू, साधारण-सी गंदी शर्ट। पैरों में हवाई चप्पलें। प्रमोद बाबू के मन में जमा हुआ आक्रोश विवेक में बँध नहीं सका। बोले, 'तुम दोनों भाइयों ने अपने पिता को उनकी मौत के पहले मार दिया। अब लड़ो अपने में।' बोलते हुए वे रास्ते की तरफ बढ़ गए।

लौटते हुए उनके मन में एक दूसरी शंका ने घर कर लिया था। परमानंद पोद्दार के पास क्यों आ रहा है राघव। क्यों कह रहा है, उसकी जमीन मेरे नाम पर चढ़ गई

है? पता नहीं, क्या करेगा! रास्ता चलते हुए उन्होंने सिगरेट का पैकेट निकाला। जानते थे कि वे क्लासिक सिगरेट ही पीते हैं, फिर भी कुछ क्षणों तक सिगरेट का नाम पढ़ते रहे। एक सिगरेट सुलगाई राह चलते। सोचा, ज्योत्स्ना को घर-जमीन का मोह छोड़ ही देना चाहिए। फिर सोचा कि ज्योत्स्ना ने तो लोभ-मोह छोड़ ही दिया है। फिक्र ज्योत्स्ना को नहीं, उनको है।

घर लौटे तो लगा जैसे कई किलोमीटर पैदल चलकर आए हों। थके-थके-से थे। कलिया से पीने के लिए पानी मँगाया। सावित्री जी से पूछा, 'रामनिहोरा आया था?' सावित्री जी बोलीं, 'आया था, लेकिन कोई काम था नहीं, चला गया।' ज्योत्स्ना जी नई बनी चारदीवारी की ओट में, जहाँ थोड़ी-सी छाँह का एक छोटा-सा टुकड़ा था, वहीं खड़ी थीं। ज्योत्स्ना जी ने मुस्कराते हुए पूछा, 'क्या कहा पोद्दार जी ने? कहा होगा, संतोष कीजिए!' प्रमोद बाबू मुस्कराए। सोचने लगे यह ज्योत्स्ना भी विचित्र स्वभाव की है। लाखों की संपत्ति चली गई और यह उसको तिनका समझ रही है! कभी किसी गहरी चिंता में इसको देखा ही नहीं। प्रमोद बाबू उन दिनों की याद करने लगे, जिन दिनों ज्योत्स्ना के घर में कभी-कभी खाना भी नहीं बनता था। माँ खोखा बाबू के रसोईघर से अपने लिए खाना लाती थी आँचल से ढककर। वही खाना तीनों खाते थे। ज्योत्स्ना, उसकी माँ और पिता नारायण ठाकुर। उन दिनों भी ज्योत्स्ना में न कोई हीनता की ग्रंथि थी, न चेहरे पर चिंता की रेखा। वैसी ही उन्मुक्त हँसी।

साठ की उम्र के पास पहुँची ज्योत्स्ना जी जरा भी उदास या पराजित नहीं दिख रही हैं। प्रमोद बाबू ने कहा, 'चलो बैठते हैं बरामदे पर। यहाँ धूप है।' ज्योत्स्ना जी बोलीं, 'धूप तो उधर है, यहाँ जहाँ खड़ी हूँ छाँह है दीवार की।' सावित्री जी दोनों के लिए चाय ले आईं। प्रमोद बाबू से पूछा, 'क्या हुआ, कुछ पता चला?' प्रमोद बाबू कुछ बोलें, इसके पहले ज्योत्स्ना जी हँसती हुई बोलीं, 'होगा क्या! तजहु आस अब दिल्ली जाहू!...' खिलखिलाकर हँस पड़ीं ज्योत्स्ना जी। तीनों साथ-साथ बरामदे पर आए। ज्योत्स्ना जी अचानक गंभीर हो गईं। बोलीं, 'प्रमोद, चौकीघर जिसमें हम रहते थे वह बाबा का खरीदा हुआ तो था नहीं। हरावत इस्टेट के मैनेजर खोखा बाबू ने रहने के लिए वह घर दिया था। बड़े दुर्दिन में उस घर का सहारा मिला। यही क्या कम था! न घर खरीदा हुआ था, न घर से लगी जमीन खरीदी हुई थी। जो अपना था ही नहीं उसके जाने का दुख कैसा!' सावित्री जी बोलीं, 'ज्योत्स्ना जी, मुझे तो लगता है, जो आपके घर और जमीन को लेकर हुआ, कहीं हमारे साथ न हो! मेरे जेठ और उनके बेटे खार खाए बैठे हैं। जबसे हम आए हैं, उन लोगों को लगता है, उनके दुश्मन आ गए हैं। मैं तो अभी भी कहती हूँ इनसे कि बेच-बाचकर चलिए यहाँ से। दिल्ली में बेटा है, वहीं फ्लैट खरीद लेंगे। साथ-साथ रहेंगे बेटे के।' प्रमोद बाबू चिंतित थे भीतर से। परमानंद पोद्दार ने इशारा कर दिया कि भाई-भतीजे कोई गहरी चाल चल रहे हैं। लेकिन सावित्री जी को उन्होंने इसकी बाबत कुछ बताया नहीं।

ज्योत्स्ना जी ने घड़ी में समय देखा–बारह चालीस। बाहर बादलों की छाँह थी। सावित्री जी से बोलीं, 'भाभीजी, कल शाम मेरी गाड़ी है कटिहार से महानंदा एक्सप्रेस। आरक्षण समरेश ने करवा दिया था।' प्रमोद बाबू हड़बड़ा गए अचानक, 'क्या? कल ही लौटना है? इतनी जल्दी!' ज्योत्स्ना जी में पहले वाला उत्साह नहीं था। बोलीं, 'जल्दी कहाँ है प्रमोद। सोचकर ही आई थी, चार दिन रहूँगी। दिल्ली से चलने के पहले माँ का बक्सा ढूँढ़ मारा। बस दाखिल खरिज का मुहर लगा कागज मिला और चार मालगुजारी की रसीदें मिलीं। सोचा कि सरायगंज जाकर कागजात की नकल ले लूँगी। सारे कागजात तुम्हें सौंपकर लौट जाऊँगी। सोचा तो यही था कि घर–जमीन तुम्हारे नाम लिख दूँगी। मैं क्या करूँगी जमीन रखकर! लेकिन यहाँ आई तो देखा, बात ही बदल गई है।'...हँसने लगीं ज्योत्स्ना जी। हँसते–हँसते बोलीं, 'अब मैं केस–मुकदमा तो लड़ने आऊँगी नहीं दिल्ली से।' बोलकर फिर घड़ी देखने लगीं। प्रमोद बाबू ने मुस्कराते हुए सावित्री जी से कहा, 'बार–बार घड़ी देख रही है ज्योत्स्ना। इतना भी नहीं समझ रही हो कि इसको भूख लगी है!'

सावित्री जी खिलाने की व्यवस्था करने भीतर चली गईं। बाहर अब मेघ–छाया नहीं थी, चिलचिलाती धूप थी। धूप में तरंग–सी उठ रही थी नीचे से ऊपर वर्तुलाकार। आषाढ़ की धूप में ऐसी तरंगें कभी–कभी ही दिखती हैं। बारिश अभी तक हुई नहीं, दो–चार बौछारों से भला प्यास बुझती है धरती की!

'इस तरह आने से तो अच्छा था, तुम न आती ज्योत्स्ना! कुछ दिन रह नहीं सकती थी?' ज्योत्स्ना जी को परिहास सूझा, 'कुछ दिन क्या, मैं तो चाहती थी हमेशा–हमेशा रहूँ। तुमने ही नहीं चाहा।' ज्योत्स्ना जी के मुस्कराने में अजीब–सा रहस्य था। प्रमोद बाबू ने कहा, 'गर्मी है यहाँ, चलो अंदर कमरे में चलें। खाना लग रहा होगा।'

प्रमोद बाबू अंदर रसोईघर की तरफ गए। पता नहीं क्या हुआ आकाश में कि बादल का एक बड़ा–सा टुकड़ा सूरज के नीचे आ गया। बादल का रंग सूरज की तेज रोशनी में सफेद–भूरा दिख रहा था। अभी थोड़ी ही देर पहले चिलकती धूप थी। थोड़ी–सी साँवली धूप प्रीतिकर लग रही थी।

दूसरे दिन दोपहर तक ज्योत्स्ना जी को निकल जाना था। महानंदा एक्सप्रेस कटिहार से खुलती है नौ पाँच में। सरायगंज रेलवे स्टेशन से कटिहार के लिए एक ही गाड़ी है डेढ़ बजे दिन में।

सरायगंज रेलवे स्टेशन तक जाने के लिए भाड़े की एक जीप ले ली प्रमोद बाबू ने। सरायगंज बस–स्टैंड पर भाड़े की कई गाड़ियाँ खड़ी मिलती हैं। रामनिहोरा को भेजकर गाड़ी मँगा ली गई थी। सावित्री जी भी तैयार थीं स्टेशन जाने के लिए। प्रमोद बाबू के मन में था कि सावित्री जी न जाएँ तो अच्छा, लेकिन वे तैयार थीं। सामान के नाम पर एक अटैची थी और एक चेन वाला झोला। उसी झोले में रात का खाना–पराठे–भुंजिया–अचार वगैरह रख दिए थे सावित्री जी ने।

ज्योत्स्ना जी उदास थीं। सावित्री जी ज्योत्स्ना जी के पास गईं और बोलीं, 'समरेश से कहिएगा, बात करे। समझाइएगा उसको, अगर हमारी पसंद की लड़की उसको पसंद नहीं है तो खुद लड़की पसंद कर ले और हमें बुलाए। उमर हो गई, कब करेगा शादी!'

ज्योत्स्ना जी भेदभरी आँखों से सावित्री जी को देखने लगीं। बोलीं, 'कहता तो है कि जल्दी करेगा शादी।' सावित्री जी ने पूछा, 'कोई लड़की देखी है क्या?'

'देखी होगी तब तो कहता है!' ज्योत्स्ना जी ने यह वाक्य इस ढंग से कहा जैसे उनको पता हो कि लड़की कौन है।' सावित्री जी और प्रमोद बाबू एकटक देखते रहे ज्योत्स्ना जी को।

जोगबनी-कटिहार फास्ट पैसेंजर अपने निर्धारित समय एक तीस में आने वाली थी। तीस-चालीस मिनट पहले किराए की जीप रेलवे स्टेशन पहुँच गई थी। जीप में ज्योत्स्ना जी के अतिरिक्त थे प्रमोद बाबू और सावित्री जी।

छोटा-सा रेलवे स्टेशन सरायगंज। गाड़ी से उतरने-चढ़ने वाले कम लोग होते हैं यहाँ। प्लेटफॉर्म की एक बेंच पर सावित्री जी और ज्योत्स्ना जी बैठी थीं। प्रमोद बाबू गाड़ी आने की दिशा की तरफ देखते हुए प्लेटफॉर्म पर चहलकदमी कर रहे थे। ज्योत्स्ना जी चुपचाप बेंच पर बैठी थीं। उनके भीतर पता नहीं क्या-क्या टूट-बिखर रहा था। महज आधे घंटे का समय काटे नहीं कट रहा था। क्या बात करते ज्योत्स्ना जी से! सावित्री जी न होतीं तो बीते दिनों को लेकर कोई प्रसंग आ सकता था। सावित्री जी बेंच से उठकर प्लेटफॉर्म पर टहलने लगीं।

प्रमोद बाबू बेंच के पास आए और बिना किसी पूर्व प्रसंग के ज्योत्स्ना जी से बोले- 'सावित्री ने समरेश के बारे में जो कहा उसको ध्यान में रखना। कहना समरेश से- शादी कर ले, हम बाधा नहीं बनेंगे।' ज्योत्स्ना जी धीरे से मुस्कराईं, 'प्रमोद, तुम आखिर आ ही गए न उस मुकाम पर। समरेश को निर्णय लेने के लिए आजाद कर दिया। चलो, नई पीढ़ी के साथ ताल-मेल बिठाकर जीने का एक रास्ता यह भी है। कहते हो तो तुम्हारी बात और भाभीजी की ममता भरी भावनाएँ समरेश तक अवश्य पहुँचा दूँगी। लेकिन तुम क्यों नहीं आ सकते बेटे से मिलने?' प्रमोद बाबू ने बेंच पर बैठी ज्योत्स्ना जी को साभिप्राय देखा। ज्योत्स्ना जी ने आँखें झुका लीं।

गाड़ी आ गई। सावित्री जी ने झोला उठाया, प्रमोद बाबू ने अटैची हाथ में ले ली। ज्योत्स्ना जी सावित्री जी के हाथ से झोला लेने लगीं तो सावित्री जी ने उनकी बाँह को छुआ और बोलीं, 'पहले बैठिए तो!' जोगबनी-कटिहार पैसेंजर ट्रेन में भीड़ कम होती है। जगह मिल गई बैठने की। गाड़ी खुली तो गेट पर खड़ी ज्योत्स्ना जी दोनों को देखती रहीं-तब तक देखती रहीं जब तक दोनों अविचल खड़ी आकृतियाँ ओझल न हो गईं।

जीप में बैठने से लेकर घर पहुँचने तक प्रमोद बाबू सावित्री जी से कुछ नहीं बोले।

# अनमिल किनारों के बीच

ज्योत्स्ना जी को दिल्ली गए दो हफ्ते भी नहीं हुए कि एक रात जब प्रमोद बाबू सोने के लिए पलंग पर लेटे थे, मोबाइल फोन का रिंगटोन बजा। कमरे में बल्ब जल रहा था। 'हैलो!...' बेटा समरेश था, 'प्रणाम पापा! मम्मी से बात करनी है।'

बराबर के पलंग पर सावित्री जी लेटी थीं। उनके हाथ में मोबाइल फोन देते हुए प्रमोद बाबू बोले, 'तुम्हीं से बात करेगा समरेश।'

'हाँ बेटा! इतने दिनों बाद फोन किया! कैसे हो बेटा?'

'ठीक हूँ मम्मी! असल में एक सूचना देनी थी...!' थोड़ा-सा विराम देकर समरेश बोला, 'मम्मी, मैंने शादी कर ली। कोर्ट मैरेज'। सावित्री जी जो अभी तक पलंग पर अधलेटी पड़ी थीं, अकस्मात् उठकर बैठ गईं..., 'आएँ! शादी कर ली? कब? किस लड़की से?' सावित्री जी ने मोबाइल का स्पीकर ऑन कर दिया ताकि प्रमोद बाबू भी सुन सकें। सावित्री जी की घबड़ाहट देख प्रमोद बाबू ने पूछा, 'क्या हुआ?'

'शादी कर ली समर ने।' फिर बेटे से बात करने लगीं, 'कैसी है लड़की? कब की शादी?' समरेश की आवाज प्रमोद बाबू साफ-साफ सुन रहे थे।

'परसों! कोर्ट में। मेरे तमाम साथी थे।'

'लड़की कौन है? कहाँ की है?'

'लड़की को तुम जानती हो मम्मी। कणिका...।'

'आएँ कणिका! ज्योत्स्ना की बेटी?' सावित्री जी पति की ओर देखने लगीं, 'हे-ई लीजिए! कणिका से शादी की। इसको कोई और लड़की नहीं मिली। दुनिया में भरी पड़ी हैं लड़कियाँ और इसको मिली ज्योत्स्ना की बेटी!' मोबाइल ऑफ कर दिया था समरेश ने। प्रमोद बाबू सब सुन चुके थे। सावित्री जी जैसे छत से बात करने लगीं– सब पता था ज्योत्स्ना को इसलिए साफ-साफ बोलती नहीं थी। बोलती कैसे! मन में चोर बैठा था। भारी फोरट्वेंटी औरत है। अचानक तो यह हुआ नहीं होगा! सुनते हैं कि पहले अर्जी देनी पड़ती है कोर्ट मैरेज के लिए। सब जानती थी ज्योत्स्ना। टोह लेने आई थी।'

प्रमोद बाबू को चुप देख सावित्री जी बोलीं, 'आप चुप क्यों हैं? आपको क्या लगता है कि कुछ नहीं हुआ?' प्रमोद बाबू ने अलसाई आवाज में कहा, 'इसमें मैं क्या

कर सकता हूँ? सावित्री, समझदारी इसी में है कि मन मारकर इसे स्वीकार कर लो।' सावित्री जी बेचैन-सी थीं। उनकी बेचैनी देख प्रमोद बाबू बोले कि समर तो मुझसे खुलकर बात भी कहाँ करता है। बात तो होती है तुमसे। मुझसे तो प्रणाम-पाती मात्र। लगता है, मैं उसका कोई दूर का रिश्तेदार हूँ।'

सावित्री जी को कई पछतावे एक साथ होने लगे। पता नहीं प्रमोद बाबू को सुना रही थीं या अपने को। कहने लगीं-'पहले ही शादी कर दी होती समर की तो आज यह नौबत न आती। रिश्ता आया था। लड़की फिजिक्स में एम एस-सी थी। ऐसी सुंदर कि अन्हार घर अंजोर हो जाता! घर भर जाता दान-दहेज से...!'

प्रमोद बाबू से रहा नहीं गया तो बोले, 'सावित्री, अब सिर पीटने से कुछ नहीं मिलेगा। शादी हो गई। हम कुछ कर सकते हैं क्या?'

सावित्री जी असामान्य मनःस्थिति में थीं। बोलीं, 'आप अपनी ज्योत्स्ना से बात नहीं कर सकते हैं क्या?' सावित्री जी ने चिढ़ाने के लिए ज्योत्स्ना नाम के पहले 'अपनी' लगाया था। प्रमोद बाबू मुस्कराए। सावित्री जी के कटाक्ष को धूल की तरह झाड़ते हुए बोले, 'अपना उपहास कराना हो तो कहो करता हूँ बात!' सावित्री जी क्रुद्ध मधुमक्खी की तरह भनभनाती रहीं-'चार सौ बीसी करती है। सब जानती थी। इसी ने फँसाया मेरे बेटे को। समर तो भोला-भाला है। माँ-बेटी ने फँसा लिया। टोह लेने आई थी यहाँ कि देखें, माँ-बाप क्या कहते हैं।'

प्रमोद बाबू लम्बे दांपत्य जीवन के अनुभव से जान गए कि आग में घी डालना अच्छा नहीं होगा। वे इस वक्त याद दिलाना चाहते थे कि सावित्री ने क्यों कहा ज्योत्स्ना से कि बेटा जहाँ चाहे वहाँ शादी करे! समर ने शादी कर ली तो माथा पीट रही है?

प्रमोद बाबू पलंग पर लेट गए। बल्ब जल रहा था। मन में आया, बल्ब ऑफ कर दें, लेकिन पलंग से उठकर दीवार तक जाने में अशक्त महसूस कर रहे थे। समर के आत्मनिर्णय से उद्विग्न नहीं थे प्रमोद बाबू। मन के किसी कोने में पता नहीं क्यों, कुछ वर्षों से जो अतृप्ति थी, आज तृप्त होती महसूस हुई। अभी हाल में ज्योत्स्ना आई थी तो कई बार मन में आया था कि कणिका के बारे में कुछ पूछें, लेकिन ज्योत्स्ना हमेशा ऐसे प्रश्नों से बचती रही। फोन से तो ऐसी बातें हो नहीं पातीं। बेमतलब...अतृप्ति के उत्ताप से बार-बार झुलसने से बेहतर है, चर्चा ही न की जाए!

रात ढल रही थी। प्रमोद बाबू ने सोचा, यदि बल्ब बुझा दिया जाए तो नींद आ जाएगी। वे हल्के-से 'उँह' के साथ उठे और स्विच ऑफ कर पलंग पर लेट गए। अशांत-सी पत्नी से वे बात करना चाहते थे, लेकिन क्या बात करते! वही संताप, प्रलाप, उलाहने...यही सब और क्या!

कमरे में अँधेरा हो गया तो सावित्री जी की आवाज आई, 'अमरेश से बात की जाए?'

प्रमोद जी को ऊब हो रही थी, 'अभी इतनी रात में! सब सोए होंगे। प्रमोद बाबू

को पत्नी की नासमझी पर गुस्सा आ रहा था। बोले, 'सावित्री, अभी तुम सोने की कोशिश करो। अमरेश को पता हो गया होगा। कल पूरे गाँव को पता चल जाएगा। दिल्ली में इस इलाके के बहुत लोग रहते हैं। कइयों से समरेश की जान-पहचान भी है।'

'हाँ नरेन्द्र झा है वहाँ–डाक्टर सीएम झा का भतीजा। समरेश और नरेन्द्र झा कुछ दिन एक साथ रहे थे दिल्ली में।'

सावित्री जी आत्मालाप-सा करने लगीं, 'कल सबको पता चल जाएगा। अलग तरह का बखेड़ा खड़ा होगा।...' सावित्री जी की आवाज अँधेरे कमरे में घुस आए चमगादड़ की तरह चक्कर काटती रही।

बरामदे वाले कमरे में सोए शशिकांत का खर्राटा यहाँ तक पहुँच रहा था। प्रमोद बाबू ने तय किया, 'हटा देंगे इसको। सिर्फ सोने के लिए आता है यहाँ।'

पता नहीं, कितनी रात तक क्या-क्या सोचते रहे प्रमोद बाबू। मन का एक कोना ऐसा भी था जिस कोने में उजाला ही उजाला था। समरेश ने कणिका से शादी कर ली। ज्योत्स्ना की पुत्री कणिका! तकिए पर सिर रखे वे मुस्कराए–चलो, मुझमें हिम्मत नहीं थी तो क्या, समरेश में तो आई! लेकिन यह बात वे सावित्री जी को बताएँगे नहीं। बहुत-सारे अरमान, सपने, दुर्बलताएँ सिर्फ अपने साथ रहते हैं और साथ ही जाते हैं।

सुबह उठे तो सावित्री जी की तरह वे खिन्न और उदास नहीं थे। ऐसा महसूस हुआ जैसे पिछली रात जो कुछ हुआ, वह सब बस यों ही था। आँगन के ट्यूबवेल पर स्नान कर कमरे में आए तो देखा, सावित्री जी खुले दरवाजे के बाहर देख रही थीं। कलिया आ गई थी और कमरे में झाड़ू लगा रही थी। सावित्री जी ने बिना कुछ बोले कलिया की बनाई चाय पी और बरामदे की कुर्सी पर बैठकर सामने की सड़क को इस तरह देखने लगी जैसे कोई आने वाला हो। तभी चौकी पर रखा मोबाइल बजा। डाक्टर सीएम झा की आवाज थी, 'प्रोफेसर साहब, मैं सीएम झा!' प्रमोद बाबू ने पूछा, 'इतनी सुबह फोन किया आपने! क्या कोई खास खबर?'

'नरेन्द्र, मेरा भतीजा पिछली रात दिल्ली से आया है। उसी ने बताया कि आपके बेटे ने ज्योत्स्ना की बेटी से कोर्ट मैरेज कर लिया! क्या सच में ऐसा हुआ है?'

प्रमोद बाबू की आवाज जरा भी लड़खड़ाई नहीं, 'मुझे भी कल रात सूचना मिली।'

'यह तो अजीब खबर है प्रोफेसर साहब!' प्रमोद बाबू ने मोबाइल ऑफ कर दिया। सावित्री जी ध्यानस्थ होकर सुन रही थीं। बोलीं, 'वही बात है न! देखिएगा, दोपहर तक बात फैलते-फैलते कहाँ तक पहुँचेगी। मजा लेंगे लोग। लड़की कोई और होती तो लोग दिलचस्पी नहीं लेते। लोग तो जानते हैं जुसनामाय को! देखिएगा!...सबसे पहले वे आएँगे जो दुश्मनी ठाने हुए हैं।'

प्रमोद बाबू मोबाइल को मुट्ठी में इस तरह पकड़े हुए थे जैसे न पकड़े रहें तो परिंदे की तरह उड़ जाए। रात समर के फोन आने पर वे चिंतित और उद्विग्न बिल्कुल

नहीं हुए थे, जो भी थोड़ी-सी चिंता थी वह सावित्री जी को दिखाने के लिए थी। लेकिन डाक्टर सीएम झा के फोन से थोड़ी चिंता हो आई कि कई लोग पूछेंगे। लोगों को उपहास करने का एक अयाचित अवसर मिल जाएगा।

सावित्री जी उदास बैठी थीं बरामदे पर। जिंदगी एक तो यों ही उदासी में कट रही थी, फिर पति ने पुश्तैनी मकान से अलग हटकर यह मकान बनवाया। ऐसा लगता है, बिरादरी बाहर कर दिए गए हैं। वे कभी कमरे में जातीं, कभी बाथरूम में, कभी आँगन में। बेचैनी गई नहीं थी। प्रमोद बाबू समझ रहे थे, सावित्री अशांत है। कुछ बात करना चाहते थे, लेकिन क्या बात करें! कहीं ज्योत्स्ना को लेकर कुछ अनाप-शनाप न बोल दे। पलंग पर लेटी सावित्री जी के पास गए, 'ज्योत्स्ना से बात करता हूँ।' सावित्री जी बिना पति की ओर देखे बोलीं, 'क्या फायदा बात करने से! उसी ने चालबाजी की है। क्या बात करेगी वह?' प्रमोद बाबू समझ गए अभी तक सावित्री 'है' से 'हैं' पर नहीं आई है। वे सावित्री जी को उन्हीं की बात की याद दिलाना चाहते थे कि समर कहीं भी कर ले शादी! कब तक कुँवारा रहेगा! लेकिन यह सब याद दिलाने का यहाँ अवसर नहीं था। वे कुर्सी पर बैठ गए और बड़े बेटे अमरेश का मोबाइल नम्बर याद करने लगे। याद नहीं आया मोबाइल नंबर। टेलीफोन डायरी में नंबर देखा, मिलाया। नंबर व्यस्त मिला। मोबाइल उन्होंने चौकी पर रख दिया-रखा क्या, फेंक दिया।

दोपहर होते-होते खबर गाँव में, बाजार में फैल गई। इसका पता प्रमोद बाबू को तब हुआ, जब 'पेपर-पत्रिका' वाला रामचंद्र अखबार देने आया।

थोड़ी ही देर बाद बड़ी भाभी आईं दोनों बहुओं के साथ। बहुओं ने पैर छुए और अंदर चली गईं। बड़ी भाभी अब तक एक ही बार आई थीं-गृहप्रवेश में। प्रमोद बाबू ने पूछा, 'भाभीजी, कोई बात है क्या? देखता हूँ, पूरा परिवार उठकर चला आया है!'

भाभीजी अंदर जा रही थीं। रुक गईं। बोलीं, 'अजी, का सुन रही हूँ! समर ने बियाह कर लिया जुसना की बेटी से!'

'मुझे भी तो पिछली रात सूचना मिली भाभीजी। समर ने खुद फोन किया था।' प्रमोद बाबू बोले। भाभीजी मुँह बनाकर बोलीं, 'समर को जात-बिरादरी की कोई चिंता नहीं हुई?' प्रमोद बाबू हँसने लगे, 'भाभीजी, यह तो समर जाने। उसको ज्योत्स्ना की बेटी पसंद आ गई तो मैं क्या कर सकता था! ज्योत्स्ना की बेटी इन्फॉर्मेशन टेक्नोलॉजी में डिप्लोमा होल्डर है। साठ हजार वेतन मिलता है। समर सॉफ्टवेयर इंजिनियर है।'

'भाभीजी भीतर से तिलमिला गईं। बोलीं, 'पहले वाला समय होता तो जात के लोग आपको बिरादरी बाहर कर देते।' प्रमोद बाबू तीखी हँसी हँसते हुए बोले, 'अभी मैं जात से बाहर नहीं हूँ क्या? कोई आता है मिलने? छठी का भोज होता है और मुझे बुलाया नहीं जाता। मैं जात में शामिल हूँ क्या?'

बगल वाले कमरे में चली गईं भाभीजी। दोनों बहुएँ पहले से वहाँ बैठी थीं। बड़ी बहू पूछ रही थी, 'अच्छा अम्मा जी, बंगालिन है लड़की! कैसी है? सुना कि इसी गाँव

की है।' प्रमोद बाबू के कान कमरे की तरफ लगे थे। सावित्री जी का जवाब था, 'लड़की तो बहुत सुंदर है बहू। बच्ची थी, तभी से देख रही हूँ। इन्फॉर्मेशन टेक्नोलॉजी में डिप्लोमा लेकर साठ-सत्तर हजार मासिक की नौकरी कर रही है दिल्ली में। अपना फ्लैट है।' छोटी बहू बोली, 'बाप रे! साठ-सत्तर हजार महीना!'

बड़ी भाभी जिस उद्देश्य से आई थीं, शायद पूरा नहीं हो रहा था वह उद्देश्य। बोलीं, 'लेकिन समर को ऐसा नहीं करना चाहिए था। लड़की जो है न सो...जुसना की बेटी!...उसकी जात-वात का कुछ पता नहीं है।'

'कैसे नहीं है पता?' सावित्री जी ने प्रतिवाद किया, 'पता नहीं है जात का तो कैसे मिल गई बाप की संपत्ति में लाखों रुपए की हिस्सेदारी! जाकर देखिए दीदी, दिल्ली में ज्योत्स्ना जी का फ्लैट। रानी की तरह रहती हैं। फ्लैट में तीन कमरे हैं। तीनों में एसी हैं। जानती हैं क्या होता है एसी? ज्योत्स्ना जी के लाखों रुपए बैंक में हैं। सूद के रुपए तो खा नहीं पाती हैं।'

प्रमोद बाबू बरामदे पर बैठे सब सुन रहे थे। क्या कह रही है सावित्री! इन सबके आने के पहले ज्योत्स्ना के बारे में अनाप-शनाप बोल रही थी। अभी प्रशंसा के पुल बाँध रही है। अभिमान कर रही है बेटे की शादी पर। सावित्री जी ने कलिया को बुलाया, 'चाय बनाओ कलिया। एक कप बिना चीनी के। दीदी चीनी नहीं लेती हैं।'

प्रमोद बाबू का अंतर्मन हिल गया। बेटे की शादी को लेकर अपना सिर पीटने वाली सावित्री कैसे चहक रही है बड़ी गोतनी और गोतनी की दोनों बहुओं के सामने, जैसे समर ने मम्मी-पापा की सहमति से की हो कणिका से शादी!

सावित्री जी का तर्क जारी था, 'समर की अपनी जिंदगी है दीदी। अपने ढंग से जीए। मैं या समर के पिता कौन होते हैं बीच में आने वाले! और दीदी, अब शादी में जात-पात मानता कौन है!'

'मानने वाले तो मानते ही हैं' भाभीजी बोलीं, 'मैं बहुओं के साथ इसलिए आई कि आप लोग चिंता में होंगे।'

'नहीं दीदी! चिंता कैसी! मैं और समर के पापा तो सोच रहे हैं कि समर और बहू को बुलाकर 'बहू भात' का आयोजन करें।'

भाभीजी दोनों बहुओं के साथ चली गईं। शाम में बबुआन टोले के कुछ और लोग आए। सबको एक जवाब। हँसी आ रही थी प्रमोद बाबू को! 'अपने लोगों' में अकस्मात् यह आत्मीयता कैसे उमड़ पड़ी!

गाँव के लोगों को एक विषय मिल गया था बात करने के लिए। कोई और व्यक्ति होता तो इतनी चर्चा नहीं होती, लेकिन प्रमोद बाबू ठहरे इज्जतदार आदमी, वर्षों तक विश्वविद्यालय में प्रोफेसर रहे, कमीशन के मेम्बर रहे, विद्वान के रूप में पहचान है। चर्चा तो होनी ही थी। लड़की इसी गाँव की ज्योत्स्ना की बेटी! कोई दूसरी लड़की रहती तो क्यों होती चर्चा!

प्रमोद बाबू बाजार नहीं गए उस दिन। रामनिहोरा को क्लासिक सिगरेट का पैकेट दिया नमूने के लिए। बोले, 'मालकिन से माँग लो रुपए।'

रतनपुरा से छोटे भाई विनोद जी आए। उनके पास दो कन्याओं के प्रस्ताव थे समरेश के लिए। विनोद जी को यह अभिमान कि लड़के के चाचा हैं। समरेश ने माँ-बाप-चाचा सबको धत्ता बता दिया। शादी भी की तो जुसना की बेटी से! लेकिन विनोद जी ने प्रमोद बाबू से ऐसा कुछ नहीं कहा जो उनको अप्रिय लगे। प्रकृति से विनोदी विनोद जी ने सावित्री जी से कहा, 'अब सब्बुर (सब्र) रखिए और जैजैकार कीजिए कि समर ने जो किया अच्छा किया। कहाँ मिलती इतनी सुंदर और कमाऊ बहू! सुना कि साठ-सत्तर हजार तनखा पाती है। बड़ी भाभी कह रही थीं कि चाहे अपनी जात की न हो, मगर है इंद्रासन की परी!'

सावित्री जी विनोद जी की खांटी देहाती बोली में हास-परिहास का आनंद लेती रहीं। प्रमोद बाबू तनावमुक्त थे कि सावित्री अकेले में चाहे जितना सिर धुने, किसी के सामने समरेश के प्रेम-विवाह की पक्षधर और प्रशंसिका बन जाती है। ऐसी प्रतिक्रिया व्यक्त करती है कि नीचा दिखने आईं औरतें अपना-सा मुँह लेकर चली जाती हैं। 'जात या समाज क्या बिगाड़ लेंगे भाभीजी! अब वो जमाना गया। बस पैसा हो, सब जी-हजूरी करेंगे। समर को क्या लेना-देना सरायगंज से! आपको जाना है दिल्ली तो जाइए। है कि नहीं भाभीजी!' विनोद जी समरेश के प्रेम-विवाह के पक्ष में ही बोलते रहे।

विनोद जी अपने को तिनखुटिया मैट्रिक पास कहते हैं। तिनखुटिया मतलब तीन खूँटों वाला...तृतीय श्रेणी। आगे नहीं पढ़ सके। बाबूजी से कह दिया-पढ़ाई-लिखाई में मन नहीं लगता। रतनपुरा की खेती-बाड़ी सँभालने लगे, फिर वहीं के होकर रह गए। विनोद जी घर से ज्यादा चौपाल के आदमी हैं। गड़बड़ी यही है कि इनकी बहुरिया ही इनको नचाती है। वह जो कहती है, विनोद जी वही करते हैं। है भी सहरसा की बनौत राजपुतानी। प्रमोद बाबू से अधिक कौन जानता है विनोद जी को। 'परबुधिया' हैं यानी दूसरे की बुद्धि से चलने वाले और यह दूसरी बुद्धि है सहरसावाली बहुरिया। प्रमोद बाबू जानते हैं, कोई आकस्मिक विपत्ति आ जाय तो रतनपुरा से विनोद दौड़ता चला आएगा, जबकि बगल में रहने वाले बड़े भैया देर से पहुँचेंगे।

प्रमोद बाबू ने देख लिया कि तूफान अब थम गया है। सावित्री जी की बड़ी भूमिका रही इसमें। उनमें हीनता या प्रायश्चित का भाव दिखाई ही नहीं पड़ा, हालाँकि अकेले में जी भर कोसती रहीं ज्योत्स्ना को।

उस रात प्रमोद बाबू सावित्री जी के नाटकीय व्यवहार पर सोचकर मुस्करा रहे थे। सावित्री जी से जब नहीं रहा गया तो पूछ बैठीं, 'आप मुझे देखकर कल से ही मुस्करा रहे हैं। आखिर क्यों?'

'इसलिए कि अकेले में बेटे के कोर्ट मैरेज को लेकर सिर धुनती हो और यही बात जब कोई कहने आता है तो गर्व से सिर उठाकर जवाब देती हो।' सावित्री जी

पति की निच्छल टिप्पणी पर हँसने लगी थीं। इस हँसी में उनके भीतर का सारा अवसाद, आत्मसंताप, लांछन और अमर्ष भाव बह गए। बोलीं, 'मैं भी जानती हूँ कि मेरे विरोध करने से कुछ होगा नहीं। समर ने शादी कर ली ज्योत्स्ना जी की बेटी से तो हम उनका कुछ बिगाड़ नहीं सकेंगे। दीवार पर सिर मारें तो अपना ही सिर फूटेगा। बस शिकायत यही कि हमें क्यों नहीं बताया! हम तो कहीं के नहीं रहे।' आत्म विश्लेषण करते हुए प्रमोद बाबू गंभीरता से बोले, 'सावित्री, समर हम दोनों को समझ नहीं पाया। लगातार अलग रखा गया उसको। इसी का परिणाम है यह, लेकिन दूसरे लोग जो हमें नीचा दिखाने आते हैं, उनके सामने हम क्यों न गर्व से पक्ष लें बेटे का! तुमने बहुत ठीक किया सावित्री! बहुत ठीक।' पति की निर्व्याज प्रशंसा से सावित्री जी का अंतर खिल गया जैसे। निजी जीवन को कितना सार्वजनिक होना चाहिए और कितना गोपनीय, इसे सावित्री जी इतनी गहराई से समझती हैं, यह प्रमोद बाबू ने इसी प्रसंग में देखा।

अब प्रमोद बाबू और सावित्री जी को समरेश की शादी पर बात करने की जरूरत महसूस नहीं हो रही थी। समरेश से बात करना भी बेकार महसूस हुआ। प्रमोद बाबू के मन में एक ख्वाहिश जरूरी रही कि ज्योत्स्ना से बात होती, लेकिन फोन करते-करते रह जाते। एक बार तो ज्योत्स्ना का फोन नम्बर अपने मोबाइल पर लगाया भी, फिर ऑफ कर दिया।

बेटे के इस साहसिक निर्णय से प्रमोद बाबू को एक अनजानी-सी तृप्ति मिली जिसे वे किसी के सामने व्यक्त नहीं कर सकते थे-ज्योत्स्ना के सामने तो बिल्कुल नहीं। क्या सावित्री नहीं जानती कि उसका जो पति है वह ज्योत्स्ना को कितना चाहता था। सावित्री ने अनपढ़-गँवार की तरह न कभी लाँछना दी, न आरोप मढ़े। अविश्वास की दुर्गंध कभी नहीं लगी सावित्री को।

एक हफ्ते में सारी असहज स्थितियाँ सहज हो गईं। सावित्री जी भी मान गईं कि विरोध करके वे अपना ही बिगाड़ेंगी, समरेश का नहीं। सोच लिया है सावित्री जी ने-रहो बेटा तुम अपनी जगह, मैं अपनी जगह। जब मिलूँगी तुमसे, तुमको आभास भी नहीं होगा कि तुम्हारा यह फैसला माँ के विरुद्ध था। और तुम्हारे पापा! वे तो बहुत पढ़े-लिखे हैं, अनुभवी हैं, उनका पार पाना मुश्किल है। शायद बहुत संतुष्ट हों तुम्हारे फैसले से। तुम्हारी पत्नी बन चुकी कणिका पुल बन गई दो अनमिल किनारों के बीच!

# नथनियाँ है भारी, राजा जी!

चैत महीने की सुबह। प्रमोद बाबू बरामदे के बाहर टहल रहे थे। चैती पछिया हवा का सुखद स्पर्श कितनी सारी स्मृतियों को बटोर-बटोरकर ला रहा था। यह हवा गेहूँ की कटी फसल की 'ओसौनी' के बहुत अनुकूल होती है।

चैती बयार में गेहूँ के भूसे की गंध कितनी प्यारी लगती है, यह कोई किसान ही जान सकता है। शहरी आदमी तो मुँह पर रूमाल रख लेता है! वायु-प्रदूषण!

थोड़ी देर बाद प्रमोद बाबू छत पर चले गए। पूरब-दक्षिण कोने में सूखी हुई सुरसर नदी के रेत भरे उजले किनारे सूर्य की किरणों में कत्थई रंग से रँगे दिखाई पड़ते थे। सोचने लगे, चैत का महीना बड़ा उत्पाती होता है-'आइल चैत उतपतिया हो रामा!' प्रमोद बाबू को चैता की एक कड़ी याद आ गई। सोचने लगे-अब कहाँ चैता, फाग, बारहमासा, बटगमनी, लावनी!...फिर भी मौसम अपना धर्म निभा रहा है। चैत अभी तक चैत है और फागुन फागुन।

मीठी बयार में जाने कैसे बचपन के दिनों की याद आ गई। दिख गई एक किशोरी! सलवार-फ्रॉक में। कि तभी सावित्री जी ने नीचे से आवाज दी, 'चाय रखी हुई है।' प्रमोद बाबू मानो छत पर अपने को छोड़ नीचे उतरे। बरामदे की कुर्सी पर बैठे तो सावित्री जी बोलीं, 'चैत की पछिया हवा जोड़ों के दर्द को जगा देती है और आपके घुटनों में दर्द रहता है।' कैसे कहते प्रमोद बाबू कि यह पछिया हवा कितनी-सारी यादों को जगा देती है!

बरामदे पर बैठे चाय पी रहे थे कि तभी एक युवक मोटरसाइकिल से आया। प्रमोद बाबू ने पहचानने की कोशिश की, लेकिन पहचान नहीं पाए। यों भी गाँव की दूसरी-तीसरी पीढ़ी में बहुत कम को पहचानते हैं। युवक बरामदे पर आया। पैर छुए। सावित्री जी बैठी थीं, उनके भी पैर छुए।

'कौन हो भाई, पहचाना नहीं!'

'कैसे पहचानिएगा चाचाजी! मैं श्यामसखा सिंह 'सखा' का छोटा बेटा हूँ महेश।'

प्रमोद बाबू प्रफुल्लित हो गए, 'अच्छा, कविजी के बेटे हो तुम? बैठो-बैठो!'

सावित्री जी मुस्करा रही थीं। प्रमोद बाबू ने कहा, 'सावित्री, कविजी का बेटा है। देखो, कितना बड़ा हो गया! बहुत पहले देखा था!'

'तुम्हारे दो भाई तो मेडिकल कालेज में पढ़ते थे। हो गए डाक्टर?'

'जी चाचाजी, डाक्टर हो गए। सरकारी नौकरी में हैं।'

'तुम क्या कर रहे हो?'

'जी, मैं बाबूजी के साथ रहता हूँ।'

प्रमोद बाबू को याद आया,...कविजी के विषय में तो पूछा ही नहीं।

'अरे हाँ!...कविजी का क्या हाल है? आठ-दस साल हो गए उनसे मिले। तुम कब आए यहाँ? कविजी भी आए हैं?'

महेश कुछ जवाब नहीं दे पा रहा था। प्रमोद बाबू ने फिर वही सवाल पूछा, 'कविजी भी आए हैं?'

'जी, आए हैं कहने से अच्छा होगा, ले आए गए हैं।'

प्रमोद बाबू घबड़ा गए,' 'ले आए गए हैं' का क्या मतलब? बीमार हैं क्या?'

'बीमार ही समझिए। वैसे बीमार नहीं हैं।'

अजीब चक्कर था। प्रमोद बाबू की समझ में नहीं आ रहा था यह लड़का क्या कह रहा है। बोले, 'अजी, साफ-साफ बोलो। क्या हुआ है कविजी को?'

महेश ने रुक-रुककर बोलना शुरू किया, 'असल में चाचाजी, माँ ने सोचा कि पापा को एकबार गाँव ले जाया जाए। जन्मस्थान है उनका। फिर आप लोग हैं उनके संगी-साथी! शायद पहचान लौट आए!...चाचाजी, पापा की याददाश्त खत्म हो गई है। वैसे पहले की तरह दिखते हैं, चलते-फिरते हैं, बातचीत भी करते हैं, लेकिन किसी को पहचानते नहीं हैं। हम लोगों को भी नहीं।'

प्रमोद बाबू अवसन्न भाव से महेश को देखते रहे। सावित्री जी चकित रह गईं। महेश बोला, 'माँ ने कहा, आपको बुला लाऊँ। आपके घर का पता इंद्रदेव चाचा ने बताया। चलिए चाचाजी, माँ ने बुलाया है आपको।'

'चलता हूँ। लेकिन यह बताओ कि कविजी की ऐसी हालत कब से है?'

'तीन-चार साल से' महेश कहने लगा, 'वैसे रिटायर होने के पहले लक्षण दिखने लगे थे। कई दिन ऑफिस से लौटे नहीं। मुझे और माँ को ढूँढ़ने जाना पड़ा। तभी से मैं उनके साथ रहने लगा। एयरफोर्स में मेरा सेलेक्शन हो गया था। पापा के कारण नौकरी ज्वाइन नहीं की।'

सावित्री जी ने कलिया को चाय बनाने के लिए कहा। प्रमोद बाबू कमरे में जाते हुए सावित्री जी से बोले, 'कविजी कहते थे, 'प्रमोद, रिटायर होने के बाद गाँव में रहेंगे। अपना घर है वहाँ। एक घर शहर में बनाएँगे। कुछ दिन गाँव में रहेंगे, कुछ दिन शहर में।' महेश सुन रहा था। बोला, 'चाचाजी, परसों आए हैं हम लोग। यहाँ का मकान खँडहर हो चुका है और जमीन पर कब्जा कर लिया है उन लोगों ने जिनको लीज पर या बँटाई पर दी गई थी जमीन। बस आम का बगान बचा है और पिछवाड़े की डेढ़-दो बीघे जमीन। वह भी चली गई होती अगर पटनावाली चाची ने बचाई न होती!'

'कौन पटनावाली चाची?' प्रमोद बाबू कमरे में जाते हुए रुक गए। 'चाचाजी, भूल गए आप पटनावाली चाची को? हम लोगों की दियादी में है। चाचा श्रीकांत शर्मा की पत्नी पटनावाली! पटने में रहती हैं इसलिए हम लोग पटनावाली चाची कहते हैं।'

'अच्छा, वो...इंजिनियर साहब!...क्या नाम है श्रीकांत शर्मा।...उनकी पत्नी जयमाला देवी?'

'जी चाचाजी, जयमाला देवी! पटनावाली चाची!' प्रमोद बाबू ने सावित्री जी से कहा, 'पटनावाली चाची जानती हो कौन है? अजी वही जयमाला देवी! पटना वीमेंस कालेज में पढ़ती थी। इंग्लिश आनर्स के साथ ग्रैजुएशन किया। उसके पिता कम्युनिस्ट लीडर थे। 'जनशक्ति' दैनिक के संपादक थे।'

सावित्री जी बोलीं! 'हाँ, याद है जयमाला!'

प्रमोद बाबू ने महेश से पूछा, 'जयमाला गाँव आती है क्या?'

'जी चाचाजी, आती हैं! वैसे पटने में उनका अपना फ्लैट है। खेती-बाड़ी देखने आती रहती हैं। न आती रहतीं तो वही हाल होता जो हमारा हुआ है।'

प्रमोद बाबू कपड़े बदलकर आए। मोटरसाइकिल की पिछली सीट पर बैठ गए। धूप तेज थी। सिर पर तौलिया रख लिया। सखा जी को लेकर यादों का बवंडर-सा उठ रहा था। मैट्रिकुलेशन की बोर्ड परीक्षा में फॉर्म भरते समय श्यामसखा सिंह ने अपने नाम के आगे 'सखा' शब्द लगा लिया था-श्यामसखा सिंह 'सखा'। स्कूल में तुक्कड़ कवि के रूप में सखा जी को पहचान मिल गई थी। फारबिसगंज कस्बे में छोटी-छोटी कवि-गोष्ठियों में सखा जी ने भाग लिया था। हास्य रस के कवि के रूप में कुछ लोग उनको जानने लगे थे।

ब्रह्मर्षि टोले में अच्छा-खासा मकान था कविजी का। पुराने ढंग के टिन के मकान पर खपड़े की छाजन थी। पिता रामदेव सिंह की उस समय सौ बीघे के आस-पास जमीन थी। दो भाई थे पिताजी। एजी में लेखापाल हुए सखा जी। राँची एजी ऑफिस ज्वाइन किया। नौकरी में जाने के बाद सखा जी कुछ ज्यादा कवि हो गए। प्रमोद बाबू को कविजी की दो पंक्तियाँ याद आ रही थीं इस वक्त :

'एजी कुल का मैं सपूत हूँ
लेखा का मैं अग्रदूत हूँ।'

लेखापाल थे एजी ऑफिस में, इस कारण विभिन्न सरकारी विभागों में भेजे जाते रहे। नौकरी में गए तो शादी हो गई। पत्नी रामकली देवी। सुंदर-सी, भरी-पूरी देहवाली कन्या! हाजीपुर के एक गाँव की थी-सम्पन्न परिवार की। शिक्षा मात्र मिडिल तक।

पिता रामदेव बाबू जान गए थे कि श्यामसखा की बहुरिया के कारण ही जमीन बचे तो बचे। कहते थे, 'ई कविया श्यामसखा सब धन-संपत्ति 'बिलटा' देगा।'

सखा जी गाँव जाते रहते। गाँव में भी लोग उनको उनके नाम से नहीं, कविजी नाम से ही बुलाते। ब्रह्मर्षि टोले के अखिलेश शर्मा कहते थे, 'कविजी का अर्थ समझते

हैं न प्रमोद बाबू? 'कवि' का अर्थ तो वही होता है जो आप जानते हैं। अर्थ का अनर्थ तब होता है जब 'कवि' में 'जी' लग जाता है। कविजी का अर्थ हो जाता है–बेवकूफ, निकम्मा, फालतू, जोड़-तोड़ कर तुकबंदी करने वाला।'

'लेकिन सखा जी तो नौकरी में हैं।'

'बस यही गनीमत है कि ऐसे फालतू आदमी को नौकरी मिल गई। नहीं तो बताइए, साली–सलहज, सलवार–साड़ी–पेटीकोट पर फूहड़ कविताएँ लिखने वाला श्यामसखा सिंह 'सखा' कवि है?'

जो भी कहें अखिलेश शर्मा, लेकिन एजी की नौकरी से सखा जी की कविताई को बहुत फायदा हुआ। राँची एजी ऑफिस में रहते हुए सखा जी ने 'साली' खंडकाव्य लिख मारा।

संवेदनशील, स्नेहिल और शाहखर्च 'सखा' जी राँची में कविजी के रूप में प्रसिद्ध हुए। मंचीय कवियों को बुलाकर कवि–सम्मेलन कराने वाले सखा जी ने एक बार प्रोविडेंट फंड से लोन तक लिया। कविजी की माली हालत दयनीय बन जाती यदि उनको जिला सहरसा के कार्यपालक अभियंता कार्यालय सुपौल में स्थानांतरित न किया गया होता।

प्रमोद बाबू एमए करने के बाद डेढ़–पौने दो साल सुपौल के नवस्थापित कालेज में व्याख्याता बने थे। वहीं कोसी सिंचाई विभाग में सखा जी स्थानांतरित होकर पहुँचे थे। प्रमोद बाबू सुपौल के एक कालेज में व्याख्याता हैं, यह सूचना तो सखा जी को थी ही। कार्यालय में लेखापाल का पद–भार ग्रहण करने के बाद एक कर्मचारी को सखा जी ने अपने साथ लिया और सीधे पहुँचे कालेज। प्रमोद बाबू स्टाफ रूम में थे। देखते ही कविजी ने प्रमोद बाबू को अंकवार में भर लिया। स्टाफ रूम में बैठे अध्यापक चकित भाव से देखते रहे।

...प्रमोद बाबू की यादों का सिलसिला ब्रह्मर्षि टोले में सखा जी के खंडहरनुमा मकान तक पहुँचकर टूट गया। प्रमोद बाबू जब से गाँव में आए हैं, इस टोले में गए नहीं, हालाँकि इसी टोले के अखिलेश शर्मा, इंद्रदेव बाबू और दूसरे कुछ लोगों से मुलाकातें होती रही हैं। अखिलेश शर्मा से सखा जी की बाबत एक बार बातचीत भी हुई थी। कोई प्रामाणिक सूचना अखिलेश जी भी नहीं दे पाये थे। उन्होंने इतना जरूर बताया कि कविजी की पत्नी ने मुजफ्फरपुर के सरैयागंज मोहल्ले में मकान बनाया है। दो बेटे एमबीबीएस कर चुके हैं, बेटी की शादी हो चुकी है। प्रमोद बाबू को बार–बार सखा जी की बातें याद आती रहीं, 'प्रमोद, रिटायर होने के बाद हम दोनों गाँव में रहेंगे। गाँव के पुश्तैनी मकान में कुछ जोड़ूँगा, शहर में भी एक मकान बनाऊँगा। कभी गाँव, कभी शहर...।'

अखिलेश शर्मा ने बताया था, 'पहले तो सखा जी की पत्नी गाँव आती भी थी। धान, गेहूँ, दलहन वगैरह ट्रैक्टर की ट्रॉली में लादकर ले जाती थी। बाद में उसका आना

भी बंद हो गया। प्रखंड का कर्मचारी कह रहा था, कई साल की मालगुजारी का भुगतान भी नहीं किया है सखा जी ने। अब तो अधिया-बटैया पर जमीन जोतने वाले कविजी को कुछ देते भी नहीं हैं।

सखा जी अपने बड़े-से खंडहर दालान में इस तरह टहल रहे थे जैसे आकाश में चील चक्कर काट रही हो। कविजी ने महेश को मोटरसाइकिल से उतरते देखा, फिर प्रमोद बाबू को, लेकिन ध्यान नहीं दिया। टहलते रहे दालान में। घास-फूस, वनतुलसी-कंटैया जैसे जंगली पौधों से घिरा बड़ा-सा सहन अगिनधूप में कुछ ज्यादा ही सुनसान दिख रहा था।

मोटरसाइकिल की आवाज सुनकर कविजी की पत्नी रामकली देवी बाहर निकल आईं।

'प्रणाम भाभीजी!' दोनों हाथ जोड़ प्रमोद बाबू ने अभिवादन किया। भाभीजी के शरीर पर बुढ़ापा अपना प्रभाव-चिह्न दिखा रहा था। भाभीजी फीकी मुस्कान के साथ प्रमोद बाबू से बोलीं, 'बैठिए प्रोफेसर साहब, बैठिए। बोलती हुई रामकली देवी सामने की कुर्सी पर बैठ गईं। कविजी को दालान में टहलते देख प्रमोद बाबू ने पूछा, 'भाभीजी, ये कविजी ही हैं न?'

'तो और कौन हैं!' भाभीजी के बोलने में कोई व्यथा नहीं दिख रही थी। प्रमोद बाबू को लगा, भाभीजी लम्बे अरसे से कविजी की यह स्थिति देखते-देखते अभ्यस्त हो गई हैं।

कविजी ने एक बार भी प्रमोद बाबू को नहीं देखा। भाभीजी बोलीं, 'उन्होंने देखा होगा आपको! लेकिन पहचानें तब तो! पहचानते ही नहीं हैं किसी को। दिल्ली ले गई। डाक्टरों ने कहा-लाइलाज बीमारी है। दूसरी कोई बीमारी नहीं है इनको। दो बार ऐसा भी हुआ कि कुछ देर के लिए इनकी याददाश्त लौट आई थी। पहली बार जब इनकी याददाश्त थोड़ी देर के लिए लौटी, ये सरैयागंज चौक पर पान खाने चले गए। घर में उस समय कोई था नहीं। मैं रिश्ते की अपनी भाभी से मिलने चली गई थी। लौटी तो देखा, वे नहीं हैं। दो-तीन पड़ोस के लोगों को खोजने के लिए भेजा। मैं भी निकली। खोजते-खोजते सरैयागंज चौक पर पहुँची तो इनको पान की दुकान पर देखा। पान की दुकान वाले ने कहा, कविजी खूब बोले-बतियाये, लेकिन अचानक बदल गए।'...थोड़ी देर चुप रहकर भाभीजी बोलीं, 'गाँव ले आई हूँ इनको। शायद पुराना कुछ याद आए!'

'आपके तो दो बेटे डाक्टर हैं?'

'हाँ, दोनों सरकारी सेवा में हैं। वह तो समझिए, मैं लगी रही बेटों की पढ़ाई के पीछे। ये तो यह भी नहीं जानते थे कि कौन बेटा किस क्लास में पढ़ता है। दिन-रात कविता-कविता...। प्रोफेसर साहब, कविजी चाहते तो करोड़ों कमा लेते। पद ही ऐसा था लेखापाल का। ठेकेदारों के सारे बिल ये ही पास करते थे। इन्होंने कुछ नहीं कमाया।

जमीन मिली थी मुझे बाबूजी से, उसी को बेचकर मुजफ्फरपुर वाला घर बनाया।'

प्रमोद बाबू ने यहाँ गाँव की जमीन-जायदाद के विषय में पूछा तो भाभीजी उदास हो गईं, 'सारी जमीन समझिए, निकल गई। सिकमी बटाई में उलझी है जमीन। जिसको लीज पर जमीन दी, उसने कब्जा कर लिया। लालसेना वालों ने झोपड़ियाँ बना लीं जमीन पर। बस आम का बगान बचा है और पिछवाड़े की डेढ़-दो बीघे जमीन। वह भी समझिए, पटनावाली छोटकी गोतनी की कृपा से।'

'अब तो मुकदमा लड़िए तभी कुछ हो सकता है।'

भाभीजी बोलीं, 'क्या-क्या करूँ! इनको देखूँ या मुकदमा लड़ूँ! वह भी दीवानी मुकदमा जो वर्षों चलता है! छोटे बेटे महेश की नौकरी लग गई थी एयरफोर्स में। नहीं गया। बोला कि बाबूजी को कौन देखेगा! हमेशा नजर रखनी पड़ती है इन पर। कहीं निकल न जाएँ।'

खँडहर दालान में लकड़ी की एक टूटी बाँह वाली कुर्सी पर बैठे प्रमोद बाबू कविजी को देखते रहे। कविजी के लिए प्रमोद बाबू बिल्कुल अपरिचित थे। मन पर गहरा आघात लगा कविजी को देखकर। इतने आत्मीय, इतने बातूनी, इतने सहृदय बचपन के साथी सखा जी आज इस हाल में हैं। प्रमोद बाबू कुर्सी से उठकर कवि जी के पास गए और उनके सामने थोड़ा झुककर खड़े हो गए। आँखों में झाँकते हुए प्रमोद बाबू ने पूछा, 'नहीं पहचाना कविजी?'

'कौन हैं आप?' तब तक भाभीजी पहुँच गईं। कविजी से बोलीं, 'न चीन्हलियै? नहीं पहचाना? अप्पन प्रोफेसर साहब हथिन! प्रमोद सिंह! अपने के संगी!'

कोई उत्तर नहीं। कविजी दालान की छप्पर देखते रहे। तेज धूप थी बाहर। भाभीजी चिलकती धूप को देखती बोलीं, 'बिजली तो रहती ही नहीं है यहाँ। आने के बाद एक बिजली मिस्त्री को महेश बुला लाया। कामचलाऊ तार खींच लाया है पोल से। एक नौकर था मलाहटोली का। परिवार के साथ इस घर में रहता था। पाँच-छह महीने पहले वह भी चला गया। तब से घर इसी तरह ढन-ढन कर रहा है।'

कविजी को कुछ मतलब नहीं था कि कौन आया, कौन गया। सबसे निकट का साथी जिसके साथ इतने खुले और घुले हुए थे कविजी, आज वह एकदम अपरिचित हो गया है। प्रमोद बाबू कविजी के बूढ़े चेहरे को देखते सोच रहे थे, क्या यही हैं श्यामसखा सिंह 'सखा'? लोगों को घेर-घेर कर कविताएँ सुनाने वाले? किसी भी सीमा तक मित्रों की मदद करने वाले? सुपौल में कविजी के साथ बीते मनोरंजक दिन प्रमोद बाबू को याद आते रहे :

हर हफ्ते मारवाड़ी धर्मशाला में कवि-गोष्ठी करवाते थे कविजी। हर गोष्ठी में श्रोताओं के लिए भी नाश्ते के पैकेट। लेखापाल के पद पर थे। इनके 'चेक्ड एंड फाउंड करेक्ट' की मुहर और हस्ताक्षर से कोसी के ठेकेदारों के लाखों रुपए के भुगतान होते थे। सारे ठेकेदार इनकी कविताएँ सुनते और वाह-वाह करते, हालाँकि दूर-दूर तक

उन ठेकेदारों का कविता से कोई रिश्ता नहीं था।

प्रमोद बाबू को सुपौल की एक दिलचस्प घटना याद आ गई। प्रमोद बाबू नवस्थापित कालेज में व्याख्याता बनकर गए थे। किसी साह जी के मकान के एक कमरे में रहते थे। बगल के दो कमरों में कोसी के एक ठेकेदार रहते थे भोला झा। घोघरडीहा जिला मधुबनी के थे। कोसी में लाखों का ठेका था उनका। तब कोसी की नहर खुदाई के काम हो रहे थे। बाढ़-नियंत्रण की समस्या थी, सो अलग। पहाड़ी क्षेत्र से बोल्डर लाने के ठेके, नहर खुदाई, मरम्मत के काम वगैरह ठेकेदारों के जिम्मे होते थे। ये काम सरकारी नीति के मुताबिक बेरोजगार सिविल इंजिनियरों को दिए जाते थे। ठेके तो इंजिनियरों को दिए जाते थे, लेकिन काम कराते थे घाघ किस्म के ठेकेदार! 'पेटी' ठेकेदार! भोला झा के अधीन ऐसे चार-पाँच बेरोजगार सिविल इंजिनियर थे जिनके नाम पर ठेके मिलते थे। चैक इंजिनियरों के नाम से बनते थे। चैक लेने के लिए इंजिनियरों को कार्यपालक अभियंता कार्यालय में आना पड़ता था।

ऐसा ही एक इंजिनियर कोलकाता का था-चटर्जी। भोला झा उसके नाम पर मिले काम करवाते थे। ठेका लाखों में था। सिविल इंजिनियर चटर्जी के नाम से चैक बनने वाला था। इसी काम से वह सुपौल आया था। भोला झा के कमरे में चटर्जी चार-पाँच दिन रहा। उसकी सेवा के लिए एक नौकर था। मीट-मछली-शराब-सिगरेट की कोई कमी नहीं थी। बगल के कमरे में प्रमोद बाबू रहते थे। कमरे के आगे बड़े-से बरामदे पर कुर्सी पड़ी रहती थी। प्रमोद बाबू कुर्सी पर बैठते। ठीक बगल के कमरे का भी वही बरामदा था। इंजिनियर चटर्जी भी बरामदे पर आकर बैठता। जब तक बैठता, सिगरेट का धुआँ उड़ाता रहता। तब प्रमोद बाबू को सिगरेट पीने की आदत नहीं लगी थी। प्रमोद बाबू सुपौल जैसी छोटी जगह में घुटन महसूस करते रहते थे। वह तो सखा जी का साथ मिल गया था कि कुछ समय हँसी-खुशी में कट जाता था।

प्रमोद बाबू चाहते थे कि बगल में बैठा इंजिनियर चटर्जी कुछ बात करे, लेकिन चटर्जी एक फुटपाथी कालेज के लेक्चरर से बात करना नहीं चाहता था। कुर्सी पर बैठकर दोनों पाँव एक स्टूल पर रखे वह सिगरेट पीता रहता। नौकर से चाय बनवाता और देर तक चाय पीता। प्रमोद बाबू को पता नहीं क्यों, इस बंगाली इंजिनियर से चिढ़ होती थी। वह हिकारत की नजर से प्रमोद बाबू को देखता। चार-पाँच दिनों से था, लेकिन एक बार भी 'हाय-हेलो'...नहीं किया चटर्जी ने। प्रमोद बाबू पर कभी नजर पड़ जाती तो नाक सिकोड़ने लगता जैसे बदबू महसूस हो रही हो। इंजिनियर चटर्जी को किसी से बात करने में कोई दिलचस्पी नहीं थी। अपने को असुविधा और कष्ट में डालकर वह टूटी-फूटी हिंदी बोल लेता था। खाते समय नौकर से कहता-तुमको डाल लाने बोला था! प्याज को 'पियांज' कहता था।

दूसरे दिन छब्बीस जनवरी थी। पच्चीस जनवरी की घटना है यह। उस दिलचस्प घटना को याद कर प्रमोद बाबू को इस समय हँसी आ रही थी। घटना के केंद्र में थे

यही सखा जी। ईस्वी–सन् भी याद है–उन्नीस सौ सत्तर।

कविजी से तो रोज मिलना ही था। छुट्टी के दिन तो कभी–कभी दो बार मिलना हो जाता। प्रमोद बाबू कोसी कालोनी के उनके क्वार्टर में जाते। कविजी कविताएँ लिये तैयार बैठे मिलते। प्रमोद बाबू के पहुँचने के पहले एक–दो 'बैच' को अपनी कविताएँ सुना चुके होते। 'बस अभी पिछली रात ही लिखी है यह कविता...' और कविजी शुरू हो जाते। कविता के सस्वर पाठ को वे कवि और कविता के लिए जरूरी मानते थे, लेकिन कविजी की आवाज मधुर नहीं थी। इस मामले में वे गोपाल दास 'नीरज' को अपना आदर्श मानते थे। दुर्भाग्य यही था कि कविजी की आवाज में 'नीरज' के कंठ की मिठास नहीं थी। आवाज फटी हुई थी जो उठान पर ज्यादा फट जाती और कर्कश हो जाती थी।

पच्चीस तारीख को लगभग चार बजे शाम में प्रमोद बाबू कविजी के क्वार्टर पहुँचे तो कविजी की पत्नी ने कहा, 'आफिस में हथिन!' यानी दफ्तर में हैं। बगल में ही कार्यपालक अभियंता का कार्यालय था। प्रमोद बाबू कार्यालय के दरवाजे पर पहुँचे तो देखा, उनका कक्ष खचाखच भरा है और गणतंत्र दिवस पर बनाई उनकी कविता का सस्वर पाठ चल रहा है।

प्रमोद बाबू को कविजी ने देखा तो कविता–पाठ छोड़कर खड़े हो गए। उनकी प्रसन्नता का क्या कहना! गोरे तो थे ही, प्रमोद बाबू को देख गोरेपन पर गुलाब की लाली छा गई। उनका कुर्सी छोड़कर खड़ा होना तमाम ठेकेदारों और कर्मचारियों के लिए एक पाठ जैसा था कि आप सब खड़े हो जाइए। बस एक आदमी बैठा रहा कुर्सी पर। प्रमोद बाबू ने पहचाना, वही इंजिनियर था–चटर्जी। आप्लावित भाव से कविजी ने प्रमोद बाबू को देखा। सामने बैठे एक ठेकेदार ने कुर्सी छोड़ दी। बैठ गए प्रमोद बाबू। कविजी ने मुस्कराते हुए कहा, 'बड़े अच्छे मौके पर आए भाई! रात भर जागकर एक कविता बनाई है।' उनकी बड़ी–सी मेज पर फाइलों का ढेर लगा था। इन फाइलों पर 'चेक्ड एण्ड फाउंड करेक्ट' की मुहर लगनी थी और लेखापाल श्यामसखा सिंह 'सखा' का हस्ताक्षर होना था।

कविजी के सामने थोड़ा बाएँ हटकर लगाई गई कुर्सी पर इंजिनियर चटर्जी गंभीर मुद्रा में बैठा था। वह प्रमोद बाबू को देख शायद कुछ असहज हो गया था। कविजी जिस कविता को कई बार पढ़ चुके थे, उसी कविता का सस्वर पाठ फिर शुरू हुआ। वैसे पूरा कक्ष श्रोताओं से भरा हुआ था, लेकिन नवागंतुक विशिष्ट श्रोता प्रमोद बाबू थे। प्रमोद बाबू को देखते हुए कविजी कई बार सुनाई कविता फिर सुनाने लगे :

'मुक्त तिरंगा, मुक्त तिरंगा
नील गगन में फहरे...'

मुखड़ा यही था। अंतरा में फहरे के साथ ठहरे, सुनहरे, घहरे, छहरे, आदि तुकांत शब्द थे। कविजी को तुक मिलाने के लिए ज्यादा जद्दोजहद नहीं करनी पड़ती थी।

उनके घर में काका हाथरसी की एक किताब थी–तुकांत कोश। कविजी के लिए वह कोश बहुत उपयोगी था। एक शब्द के कितने तुक हो सकते हैं, इनकी पूरी सूची थी कोश में।

कविजी की गणतंत्र दिवस पर बनाई कविता का पाठ चल रहा था। उपस्थित श्रोता जिनमें प्राय: ठेकेदार और इंजिनियर थे, वाह-वाह कर कविजी को दाद दे रहे थे। कविजी प्रशंसा के उत्साह में एक ही पंक्ति को तीन-तीन, चार-चार बार पढ़ जाते। ठेकेदारों का ध्यान फाइलों पर था। सबको हड़बड़ी थी कि कविजी जल्दी से कविता-पाठ खत्म करें और फाइल देखें।

आखिर कविजी का कविता-पाठ समाप्त हुआ। श्रोताओं ने तालियाँ बजाईं। वाह! वाह! कविजी गदगद। कविता में रूपक, उपमा, उत्प्रेक्षा आदि अलंकार थे। झंडे के हरे रंग को आकाश के रूप में दिखाया गया था। उनके सांग रूपक में पूरा आकाश ही तिरंगामय हो गया था।

सामने कुर्सी पर बैठा इंजिनियर चटर्जी फाइलों के ढेर की तरफ देखता वाह-वाह करता रहा। प्रमोद बाबू समझ रहे थे कि इस बंगाली इंजिनियर की समझ में कुछ नहीं आया है। बेमतलब वाह-वाह कर रहा है। प्रमोद बाबू को चटर्जी से चिढ़ तो थी ही। उन्होंने चटर्जी से पूछा था, 'कैसी लगी कविता?'

'अच्छा लगा! भालो।...'

प्रमोद बाबू ने फिर पूछा, 'कुछ समझा कि यों ही वाह-वाह कर रहे थे?'

'हाँ बूझा।'

'क्या बूझा?'

'झोंडा।' प्रमोद बाबू को अच्छा मौका हाथ लगा। बोले, 'इतनी अच्छी कविता में सिर्फ 'झोंडा' 'बूझा?' प्रमोद बाबू कविजी से कहने लगे, 'कविजी, इस इंजिनियर साहब के लिए आपकी कविता सिर्फ 'झोंडा' है।'

'आएँ! खाली झोंडा बूझा? चार-पाँच बार गा-गाकर कविता सुनाई और आपने सिर्फ 'झोंडा' समझा? नहीं समझा तो 'मूड़ी' काहे हिला रहे थे? वाह-वाह काहे कर रहे थे?' कविजी क्रोध में भाषा के भदेस पर उतर आए। उनका मूड खराब हो गया। बड़बड़ाते रहे-खाली झोंडा। खाली झोंडा बूझा! कविजी तमतमाए हुए खड़े हो गए। फाइलों के अम्बार में कोई फाइल ढूँढ़ने लगे। फाइल ऊपर ही रखी थी। ऊपर रखी फाइल को उन्होंने सबसे नीचे रख दिया और चटर्जी से बोले, 'आप अट्ठाईस को आइए!' यानी सोमवार को। शुक्रवार की शाम में कविजी का कविता-पाठ हो रहा था। छब्बीस जनवरी शनिवार का दिन था। उसके बाद रविवार। सोमवार तक चटर्जी साहब चैक बनने की प्रतीक्षा करें।

चटर्जी ने खा जाने वाली आँखों से प्रमोद बाबू को देखा। चूँकि यह बिहार का सुपौल कस्बा था और इंजिनियर चटर्जी के अपने लोग यहाँ नहीं थे, अन्यथा वह 'सालार

बेटा' संबोधन से बाँहों पर शर्ट को ऊपर चढ़ाने लगता। था भी लंबा-तगड़ा। चेहरा हिंदी फिल्म 'बीस साल बाद' के हीरो विश्वजित से मिलता-जुलता था।

रात दस बजे कविजी के आवास पर खाना खाकर प्रमोद बाबू लौटे तो इंजिनियर चटर्जी बरामदे पर नहीं, कमरे में छोटी-सी मेज पर व्हिस्की की बोतल रखे सिगरेट का धुआँ उड़ा रहा था। बरामदे से ही दिख रहा था। प्रमोद बाबू चटर्जी को देख मुस्कराए। चटर्जी नशे में था और कुर्सी पर बैठा झूम रहा था। प्रमोद बाबू ने अप्रस्तुत संवाद स्थापित किया, 'पीयो दारू तीन-चार दिनों तक। बात करने लायक नहीं समझते थे। झेलो तीन-चार दिन सुपौल कस्बे का एकांत। पीते रहो दारू!...'

वर्षों पीछे की दिलचस्प घटना की याद करते हुए प्रमोद बाबू कविजी को देखने लगे। कविजी दालान की खाली जगह में टहल रहे थे। भाभीजी इस बीच घर के अंदर जाकर लौट आई थीं। प्रमोद बाबू की तरफ देखती हुई बोलीं, 'जानते हैं प्रोफेसर साहब! चावल, दाल, आलू, प्याज सब-कुछ सरायगंज बाजार से खरीदकर मँगाना पड़ा है। सोचिए कि अपनी जमीन है, अपना घर है और सामान खरीदकर मँगाना पड़ा है। गाँव-घर की तरफ ध्यान नहीं दिया, इसी का नतीजा है यह।' कवि जी को कमरे में टहलते देख रहे थे प्रमोद बाबू। बेचैनी हो रही थी प्रमोद बाबू को। पता नहीं मन में क्या आया कि प्रमोद बाबू कुर्सी से उठकर कविजी के पास चले गए और उनके दोनों हाथ पकड़कर पूछने लगे, 'कविजी, मैं हूँ प्रमोद सिंह! आपका साथी! याद है कविजी, मुजफ्फरपुर का चतुर्भुज स्थान? याद है? आप मुझे चमेली बाई के कोठे पर ले गए थे? याद है? 'नथनियाँ है भारी राजा जी'!...

कविजी एकटक देखते रहे दोनों हाथ पकड़ने वाले व्यक्ति को। हाथ छुड़ाकर दालान के एक कोने में चले गए। वहाँ से आम का बगान दिखता था। इस भरी दुपहरी की चिलचिलाती धूप में कोयल की कुहू-कुहू आवाज सुनाई पड़ रही थी।

प्रमोद बाबू जान गए थे-भाभीजी पहचान लौटाने की सारी तरकीबें आजमा कर हार चुकी हैं। वह तो संयोग था कि एक-दो बार कुछ देर के लिए अकस्मात् इनकी याददाश्त लौट आई थी। प्रमोद बाबू के मन में आया-काश! कविजी थोड़ी देर के लिए भी स्मृतिभ्रंश की स्थिति से निकलकर बाहर आते! तब शायद अंकवार में भरकर रोने लगते!

भाभीजी सिर पर आँचल की छाँह रखे आँगन से लौटीं तो बोलीं, 'प्रोफेसर साहब, खाना बना रही हूँ। कविजी के साथ खाना खाइएगा।' प्रमोद बाबू खाट पर लेट गए और कविजी के साथ मुजफ्फरपुर के चतुर्भुज स्थान में चमेली बाई के कोठे की याद करने लगे :

कविजी सुपौल से स्थानांतरित होकर मुजफ्फरपुर चले गए थे एडवांस प्लानिंग में। प्रमोद बाबू भागलपुर विश्वविद्यालय में व्याख्याता बन चुके थे। सुपौल के बाद कविजी से मुलाकात नहीं हुई। गाँव गए तो कविजी का पता-ठिकाना मिला। इंद्रदेव

बाबू ने पता-ठिकाना दिया था। यह भी बोले थे कि एडवांस प्लानिंग में काम-वाम कुछ रहता नहीं है, लिहाजा कविजी कुछ ज्यादा 'कविया गए' हैं। रात-दिन कविता बनाते रहते हैं। बच्चों की लिखाई-पढ़ाई, घर की व्यवस्था सब उनकी पत्नी देखती है।

अपने शोधकार्य के सिलसिले में प्रमोद बाबू मुजफ्फरपुर गए थे प्रोफेसर रामबिहारी सिंह से मिलने। विश्वविद्यालय के गेस्ट हाउस में ठहरे थे। प्रोफेसर रामबिहारी सिंह से दो बार मिले प्रमोद बाबू। अपने शोधकार्य को लेकर विमर्श किया, सुझाव लिए। अब भागलपुर लौटना था। तभी ख्याल आया कि कविजी यहीं मुजफ्फरपुर में हैं तो उनसे मिल लिया जाए। कंपनी बाग में कविजी का कार्यालय था। रिक्शे से कार्यालय गए तो बताया गया कि दो-तीन दिनों से नहीं आए हैं। बगल में ही किराए के मकान में परिवार के साथ रहते हैं। चपरासी ने मकान का पता बता दिया।

प्रमोद बाबू कविजी के किराए के मकान में पहुँचे, तब अपराह्न तीन-साढ़े तीन के बीच का समय रहा होगा। सोचकर गए थे कि बस मिल लेना है और शाम की गाड़ी पकड़ लेनी है। कविजी बाहरी कमरे में थे। एक व्यक्ति उनके कमरे से निकल रहा था। प्रमोद बाबू ने कविजी के विषय में पूछा तो उस व्यक्ति ने इशारे से अंदर जाने को कहा। कविजी ने खुले दरवाजे से प्रमोद बाबू को देख लिया था, 'प्रमोद! अरे!...तुम कैसे आ गए भाई?' उछल पड़े कविजी। अंकवार में भर लिया। 'कैसे-कैसे आ गए भाई! आश्चर्य!'... कविजी ने घर के भीतर आवाज दी, 'रामकली!...देखो तो कौन आया है!' प्रमोद बाबू को दोनों बाँहों में बाँधे कविजी ने दो-तीन बार पत्नी को पुकारा। भाभीजी बाहर आईं। प्रमोद बाबू को देख प्रफुल्लित हो गईं। 'कइसे-कइसे आ गए?'

कविजी ने प्रमोद बाबू को पलंग पर बिठाया और सटकर बैठ गए। बोले, 'बस अभी-अभी एक कविता एक इंजिनियर को सुनाई है।' तकिए के नीचे से सफेद फुलस्केप कागज पर लिखी कविता के साथ पूरा एक पुलिंदा ही निकाल लिया। लगे सुनाने। पहले शृंगार रस, फिर वीर रस, फिर शांत रस। इस बीच भाभीजी चाय रख गईं। विभिन्न रसों में बनाई गई कविताओं का अंत नहीं हो रहा था। रामकली भाभी फिर चाय रख गईं। इस बार चाय के साथ बिस्किट और आलू चिप्स। शाम हो गई तो रामकली भाभी पति से बोलीं, 'खाली कवितवे सुनाइएगा अपने मित्र को कि नाश्ता-पानी भी कराइएगा?' कविजी की चाय रखी-रखी ठंडी हो गई थी। भूल गए थे चाय।

अब जाकर कवि जी को याद आया कि प्रमोद बाबू को नाश्ते-चाय के लिए मोहलत देनी होगी! भाभी जी कुछ नमकीन और मिठाइयाँ ले आईं। प्रमोद बाबू खाते रहे और कविजी की कविताएँ सुनते रहे।

इधर हाल की बनाई कविताएँ कविजी धाराप्रवाह सुनाते रहे। प्रमोद बाबू मन ही मन आकलन करते रहे-इन कविताओं का स्थाई भाव वही पुराना है। हाँ, मुजफ्फरपुर आने के बाद कविताओं के विषय कुछ बदल गए हैं। हाल में बनाई गई कविताओं

में कुछ शुद्ध देहधर्मी...गर्म कविताएँ थीं। कविजी ने वेश्याओं पर लिखी अपनी तीन कविताएँ सुनाईं...कविताओं में महफिल की ऐयाशी की उत्कट गंध थी।

...इस वक्त जब वही कविजी बाहर की चिलचिलाती धूप को देखते खँडहरनुमा दालान के एक कोने में प्रमोद सिंह नामक एक अपरिचित व्यक्ति के साथ बैठे हैं, प्रमोद बाबू को आत्मविस्मृत श्यामसखा सिंह 'सखा' की वेश्याओं पर लिखी एक कविता याद आ रही है। पूरी कविता नहीं, कविता की पहली पंक्ति:

'उन्हें तो हरे नोट की हरियाली चाहिए।' आगे की पंक्तियों का भावार्थ यह था कि देह का धंधा करने वाली को न गोरा चाहिए, न काला चाहिए, न बूढ़ा चाहिए, न जवान चाहिए!...

'बूढ़ा भी खोजता है शबाबवाली-मतवाली,
इनको तो चाहिए हरे नोट की हरियाली...।'

प्रमोद बाबू को याद आ रहा था कविजी का मुजफ्फरपुर वाला वह आवास। अकस्मात् पहुँचे थे। सोचकर गए थे कि कविजी से मिलने के बाद शाम की गाड़ी पकड़ लेंगे, लेकिन कविजी अपने गाँव के लंगोटिया यार को भला छोड़ने वाले थे! शाम हुई तो कविजी ने कहा, 'प्रमोद, चलो तुमको ले चलता हूँ निराला निकेतन। आचार्य जानकीवल्लभ शास्त्री से मिलवाता हूँ। अक्सर जाता रहता हूँ शास्त्री जी के निराला निकेतन।' प्रमोद बाबू को लौटना था, लेकिन करते क्या! कविजी का उत्साह और लम्बे समय बाद मिलन की ऊष्णता को महसूस कर ना कहने की हिम्मत नहीं हुई। कविजी धीरे से बोले, 'चतुर्भुज स्थान की तीन-चार कोठेवालियाँ मेरा लिखा गाना गाती हैं महफिलों में। चलो, चमेली बाई से अपना लिखा गाना सुनते हैं।'

यह कविजी का नया रूप था। शायद इंजिनियरों, जूनियर इंजिनियरों और ठेकेदारों की सोहबत का या शायद खुद की दीवानगी का असर था कि इनके गीत कोठे तक पहुँच गए थे। सुना था मिर्जा गालिब के विषय में कि उनकी नज्में कोठेवालियाँ गाती थीं।

कविजी ने धुली हुई सेनगुप्ता धोती माँगी पत्नी से। बबुआन शैली में धोती पहनी, रेशमी कुर्ता, उस पर बंडी। पैरों में उजले रंग की चप्पलें। अक्तूबर का गुलाबी मौसम था। आलमारी खोलकर रुपए निकाले, जेब में रखे। बाहर निकलते समय पत्नी से बोले, 'लौटते-लौटते ग्यारह बज जाएँगे। खाना-पीना जरा बढ़िया बनना चाहिए।' पत्नी रामकली देवी मुस्कराईं।

आगे चौक पर कविजी ने रिक्शा लिया। प्रमोद बाबू बगल में बैठे। कविजी गीत गुनगुनाते और बीच-बीच में प्रमोद बाबू को टोकते रहे। रिक्शा निराला निकेतन पहुँचा। तब तक शाम हो गई थी। चतुर्भुज स्थान का इलाका जगमग कर रहा था बिजली की रोशनी में। मुजफ्फरपुर उन दिनों छोटा-सा शहर था, लेकिन जीवंत था। रास्ते में कविजी ने कहा, 'प्रमोद, एक पंथ दो काज। शास्त्री जी के दर्शन भी कर लेता हूँ और कोठों

की रंगीनियाँ भी देख लेता हूँ।'

...प्रमोद बाबू याद करने लगे कि बदनाम मोहल्ले में प्रवेश करते उन पर क्या बीत रही थी! पेशा था कालेज में अध्यापन का। पसीना छूट रहा था, लेकिन कविजी से कहें कैसे! शास्त्री जी घर में नहीं थे। पत्नी छाया देवी बोलीं, 'कोई डाक्टर साहब अपनी गाड़ी से कहीं ले गए हैं।'

कविजी के साथ प्रमोद बाबू निराला निकेतन से निकलकर सड़क पर आए। प्रमोद बाबू ने पूछा, 'कविजी, क्या आपने अपनी कविताएँ शास्त्री जी को सुनाई हैं?' कविजी हँसने लगे, 'क्या बात करते हो! अपनी कविताएँ शास्त्री जी को सुनाऊँगा? बस शास्त्री जी सिर्फ जानते हैं कि श्यामसखा सिंह 'सखा' कवि है। वैसे कविता-संग्रह छपाऊँगा तो शास्त्री जी को एक प्रति दूँगा। जानते हो प्रमोद, शास्त्री जी मुजफ्फरपुर में इतने लोकप्रिय हैं कि रिक्शेवाले भी नाम जानते हैं। इतनी लोकप्रियता सिर्फ फणीश्वर नाथ रेणु की है पूर्णियाँ जिले में।'

कविजी निराला निकेतन से निकलकर जिस सड़क पर आए, वह सड़क अपना परिचय खुद दे रही थी। दुमहले-तिमहले कोठों में पर्दों के पीछे जलती बत्तियाँ, हारमोनियम, सारंगी, तबले और घुँघरुओं की आवाजें। प्रमोद बाबू की धड़कन बढ़ रही थी। अकचकाए-से कभी इधर देखते, कभी उधर। गली का माहौल बिल्कुल अलग था। उस वक्त प्रमोद बाबू को 'शराफत' फिल्म की याद आ रही थी। कवि जी मस्ती में थे। थोड़ा झुककर चलने की आदत के कारण नीचे ज्यादा देखते थे। ऊपर कोठों की तरफ देखने के लिए उनको सिर उठाना पड़ता था। कविजी निर्द्वंद्व भाव से आगे-आगे चल रहे थे, इधर प्रमोद बाबू का गला सूख रहा था। ऐसी बदनाम गली में कभी आए नहीं थे। सोच रहे थे, यह कोठेवाला शायर ले कहाँ जा रहा है! किसी ने देख लिया तो मुँह दिखाने लायक न रहेंगे। खैरियत थी कि यह भागलपुर नहीं था और किसी पहचानने वाले के मिलने की कोई संभावना नहीं थी।

गली एक मोड़ पर जहाँ मुड़ी, कविजी कोठों की कतार के दूसरे कोठे के पास रुक गए। किसी टोपी वाले ने कविजी को सलाम किया और अगवानी करता सीढ़ियों तक ले गया। आगे-आगे कविजी, पीछे-पीछे युवा प्राध्यापक प्रमोद सिंह डरे हुए! भौंचक! जीने पर चढ़ते हुए कविजी ने प्रमोद बाबू को ढाढ़स बँधाया, 'अरे, यहाँ डरने की कोई बात नहीं है। सब पहचानते हैं मुझे।' हालाँकि कविजी के दुश्चरित्र होने का अब तक कोई उदाहरण देखने-सुनने में नहीं आया था, फिर भी इस मोहल्ले में कविजी की इतनी जान-पहचान का रहस्य आखिर क्या था!

कोठे पर बड़ी गर्मजोशी से कविजी का स्वागत हुआ। तीन नर्तकियाँ थीं। एक अधेड़ उम्र की शायद कोठे की मालकिन थी। कविजी ने प्रमोद बाबू का परिचय कराया-मेरे दोस्त हैं, बाहर से आए हैं। रूह-ए-आफजा का शरबत आया, लेकिन प्रमोद बाबू की रूह ठंडी नहीं हुई। आसपास के कोठों से गाने-बजाने की और

घुँघरुओं की आवाजें आ रही थीं। कविजी ने एक खूबसूरत नर्तकी से अपना लिखा गाना गाने का इसरार किया। थोड़ी हँसी-ठिठोली चली। साजिंदे आए। कविजी का लिखा 'कोठा-गीत' वह खूबसूरत नर्तकी गाने लगी जिसका नाम कविजी ने बताया-चमेली बाई।

'नथनियाँ है भारी राजा जी, उतार दअ।' पहले तो बैठकर गा रही थी, फिर नाचने लगी। कविजी अपना लिखा गाना निमग्न भाव से इस तरह सुनते रहे जैसे मधुमती भूमिका में हों। बीच-बीच में वे मुस्कराकर प्रमोद बाबू को देख लेते थे।

कविजी का लिखा एक दूसरा गाना एक दूसरी गायिका ने गाया। इस तरह रात के दस बज गए।

प्रमोद बाबू को याद है, उस वक्त की अपनी बेचैनी। बार-बार कहते रहे, 'कविजी, अब चलिए।' कविजी अपना लिखा एक और गाना सुनना चाहते थे, लेकिन प्रमोद बाबू कोठे पर आकुल-व्याकुल हो रहे थे।

तीनों नर्तकियाँ और कोठे की मालकिन कविजी को छोड़ने जीने तक आईं। कोठे पर जाते समय प्रमोद बाबू पीछे-पीछे थे, इस समय वे आगे-आगे चल रहे थे। नीचे उतर आए। कविजी ऊपर कोठे की मालकिन से बतिया रहे थे। दो-तीन मिनट बाद कविजी उतरे। पूरी गली गुलजार थी। कविजी ने एक अच्छी-सी पान की दुकान में पाँच या दस रुपए का एक बीड़ा पान लिया। मुँह में रखा। प्रमोद बाबू के बारे में जानते थे, पान-वान नहीं खाता। प्रमोद बाबू कविजी के पीछे इस तरह खड़े थे जैसे मेले में बच्चा खो जाने के डर से अपने पिता के साथ खड़ा रहता है। कवि जी पान की दुकान से बाहर आए तो बोले, 'प्रमोद, देखो, इस मोहल्ले में जानकीवल्लभ शास्त्री ही नहीं रहते, कामशास्त्र का प्रैक्टिकल भी होता है। तुम तो फिर यहाँ शायद आओगे नहीं, इसलिए देखते जाओ। तुम्हारे अनुभव में एक अध्याय यह भी जुड़ जाए!

और वे एक संकरी गली से आगे बढ़ने लगे। अच्छी खासी रंगीन भीड़-भाड़ थी। बोले, 'यही है रेड लाइट एरिया! यहाँ की देसी बोली में इसे लालटेन बाजार कहते हैं।'

यह गली जिस्म की मंडी थी। गली की दोनों तरफ जिस्म बेचने वाली रंडियाँ ग्राहकों को इशारे से बुला रही थीं। कुछ अश्लील इशारे कर रही थीं। कविजी थोड़ा झुककर आहिस्ता-आहिस्ता चल रहे थे। बगल से तरह-तरह की बोलियाँ, सीत्कारें, इशारे, सीटियाँ...। प्रमोद बाबू को भय से कंपकंपी हो रही थी। दोनों तरफ रंडियों की कतारें, बीच में सँकरा-सा रास्ता। कविजी की थोड़ी झुकी-सी काया देख किसी वेश्या ने बोली मारी, 'अरे वो!...इधर आ ना! कमर सीधी कर दूँ!' प्रमोद बाबू के मन में आया, दौड़कर गली पार कर जाएँ, लेकिन कविजी का साथ रहना जरूरी था। कविजी यहाँ भी एकदम शांत थे, माहौल से पूरी तरह निर्लिप्त!

गली का आखिरी छोर आया तो प्रमोद बाबू ने हाँफते हुए लंबी साँस खींची। बोले,

'बाप रे! कविजी...आप कहाँ ले आए थे!' कविजी मुस्कराए, 'दुनिया देखो प्रमोद। सभ्य-सुसंस्कृत दुनिया आधा सच है। तुम प्रोफेसर लोग बनावटी जिंदगी जीते हो। देखो कि यह भी यथार्थ है और जान लो, मैं सिर्फ दर्शक हूँ-बाजार से गुजरा हूँ खरीदार नहीं हूँ। कोठेवालियाँ मुझे जानती हैं कि यह शायर है। जानते हो प्रमोद? एक नाचनेवाली ने मुझसे कहा, शायर नहीं, शाइर सही उच्चारण है।...'

प्रमोद बाबू इस तरह लंबी-लंबी साँसें ले रहे थे जैसे डैंजर जोन से बाहर निकल आए हों। बोले, 'वह जो आपका लिखा गाना गा रही थी...क्या नाम!...हाँ चमेली बाई! बला की खूबसूरत थी।' कविजी हँसने लगे, 'उससे भी ज्यादा खूबसूरत दूसरी कोठेवाली है-खुशबू! बेकाबू हो जाओगे देखकर। वहाँ नहीं ले गया तुमको।'

रिक्शे से साढ़े ग्यारह बजे रात में प्रमोद बाबू को साथ लिए कविजी लौटे तो आशा के सर्वथा विपरीत कवि-पत्नी रामकली देवी को संकेत मात्र से दरवाजा खोलते पाया। हँसने लगीं कवि-पत्नी। बोलीं, 'कहाँ ले गए थे कविजी! चमेली बाई के कोठे पर या खुशबू के कोठे पर?'

प्रमोद बाबू अवाक् रह गए कवि-पत्नी को देख। वे हँस रही थीं और पूछ रही थीं, 'बोलिए प्रोफेसर साहब!' क्या बोलते प्रमोद बाबू! सोचने लगे, तो क्या ये सब कुछ जानती हैं? जानते हुए भी ऐसा निष्पाप प्रश्न! हँसती-मुस्कराती किसी पत्नी का यह पूछना कि 'किसके कोठे पर ले गए थे!'

कविजी उसी मस्ती में थे। अपना लिखा कोई गीत गुनगुनाते हुए स्नानघर में गए। लौटे तब भी गुनगुना रहे थे। खाने की मेज पर शाकाहारी भोजन सजा हुआ था। कविजी और प्रमोद बाबू एक तरफ बैठे, दूसरी तरफ भाभीजी। कटोरे में खीर डालती भाभीजी बोलीं, 'हाँ तो बताया नहीं, कौन गाना सुनाया बाईजी ने!' पहले तो प्रमोद बाबू को लगा, भाभीजी व्यंग्य में पूछ रही हैं, लेकिन आगे की बातचीत के खुलेपन से और कविजी के मनोरंजक हस्तक्षेप से जाहिर हो गया कि इसमें व्यंग्य कहीं नहीं था।

कविजी ने गर्म चीज-पकौड़े की प्लेट खाली कर भाभीजी की तरफ सरकाते हुए कहा, 'प्रमोद, तुम्हारी भाभी मेरे बारे में बहुत-कुछ जानती हैं, न जानने वाली कई बातें भी जानती हैं। मेरा सौभाग्य है प्रमोद कि तुम्हारी भाभी मुझे निष्पाप-निष्कलंक मानती हैं जो मैं सचमुच हूँ। तुम्हारी भाभी का मुझ पर अटल विश्वास मुझे भटकने नहीं देता। बताओ, एक भी उदाहरण दे सकोगे कि आधी रात में कोठे से लौटे पति का कोई पत्नी इस तरह अकुंठ भाव से स्वागत करे? है कोई उदाहरण?'

भाभीजी हँसती हुई बोलीं, 'प्रोफेसर साहब, आज तो ये कुछ पहले आ गए। कभी-कभी तो एक-डेढ़ बजे रात में लौटते हैं। दारू-वारू कभी नहीं पीते। मुझे विश्वास है, इनके शरीर पर पाप-कर्म का कोई दाग नहीं है।'

कविजी सगर्व कभी अपनी पत्नी को देखते थे, कभी प्रमोद बाबू को। प्रमोद बाबू

को लगता था, ये दोनों किस लोक के हैं!

...खाना खाने के बाद खाट पर लेटे प्रमोद बाबू वर्षों पूर्व के समय का चक्कर लगा आए। कविजी बगल में पलंग पर लेटे थे। उनके लिए खाट पर लेटा यह व्यक्ति बिल्कुल अपरिचित था। भाभीजी अंदर से आईं और बोलीं, 'अभी आराम करिए प्रोफेसर साहब। शाम में महेश पहुँचा आएगा आपको।'

प्रमोद बाबू पलंग पर लेटे कविजी को देखते हुए यही सोचते रहे, क्या से क्या हो गया! कितना क्लेशदायक है कविजी पर सोचना! रस्क आता है भाभी पर। इतना अटूट विश्वास अपने पति पर! इतना गहरा प्रेम! मात्र मिडिल पास रामकली भाभीजी! पूरे घर-परिवार का दायित्व ही नहीं सँभाला, बच्चों को पढ़ाया, तीन-तीन फ्लैट बनवाए। एक मिडिल पास स्त्री इतनी कुशल गृहिणी हो सकती है? दो बेटे डाक्टर हैं, तीसरे को एयरफोर्स में नौकरी लगी, लेकिन पापा को छोड़कर नौकरी में जाना नहीं चाहता। बच्चों में कहाँ से आया यह संस्कार!

दालान की पुरानी दीवार और खपरैल की छाजन के बीच के फाँक में गोरैये का घोंसला दिख रहा था। चें-चूँ, चें-चूँ की बड़ी प्यारी-सी आवाज आ रही थी गोरैये के जोड़े की। इसी बीच भाभीजी आ गईं। गौर से सोये पति को देखा। भाभीजी के चेहरे पर विषाद का कोई भाव नहीं दिख रहा था। वे सामान्य थीं। प्रमोद बाबू को चिंतित उदास देखकर बोलीं, 'हम लोगों को आदत हो गई है प्रोफेसर साहब! पाँच-छह साल से इनको इसी तरह देखते-देखते सहने की शक्ति आ गई है। एक ही भय लगा रहता है कि कहीं चुपचाप निकल न जाएँ। दो बार थोड़ी देर के लिए इनकी याददाश्त लौटी थी। उस पर सोचकर और चिंता होती है। इन्हीं के कारण महेश लगी हुई एयरफोर्स की नौकरी में नहीं गया।'

प्रमोद बाबू जर्जर दालान की ओर इशारा करते बोले, 'भाभीजी, अब इस दालान की जगह नया मकान बनाइए। बहुत पुराना हो चुका है।'

'अब नया क्या बनाना प्रोफेसर साहब! वैसे चाह लूँ तो बड़ी बात नहीं है। दो-दो बेटे सरकारी नौकरी में हैं, लेकिन मकान बनाकर होगा क्या! यहाँ की जमीन पर तो कब्जा कर लिया लोगों ने। कल महेश को साथ लेकर चांप की जमीन देखने गई थी। देखा, जमीन पर लाल झंडे गड़े हैं, आठ-दस फूस के घर बने हैं। अब करूँ क्या! पति को देखूँ या मुकदमा लड़ूँ!...' सदा हँसमुख दिखनेवाली रामकली भाभी इस समय चिंतित और गंभीर थीं।

सूरज छिप रहा था। महेश मोटरसाइकिल से प्रमोद बाबू को उनके घर तक पहुँचा आने के लिए तैयार था। कविजी पलंग पर बैठे थे। दालान से बाहर निकलने के पहले प्रमोद बाबू ने गौर से कविजी का चेहरा देखा। चेहरे पर बुढ़ापे के निशान थे। कविजी ने पनबट्टे से पान का बीड़ा निकाला, मुँह में रखा, जर्दा फाँका और प्रमोद बाबू को अनपहचानी नजरों से एक बार देखा। कोई हर्ष-विषाद नहीं, एकदम निर्वेद की स्थिति।

मोटरसाइकिल की पिछली सीट पर बैठते हुए प्रमोद बाबू ने पूछा, 'भाभीजी, आप यहाँ गाँव में हैं कब तक?' भाभीजी ने एक लंबी साँस ली, फिर बोलीं, 'कैसे कहूँ! वैसे गाँव में हूँ तो भरोसा है कि कविजी कभी घर से निकलकर भटक भी गए तो लोग पहुँचा देंगे। सब पहचानते हैं इनको। वहाँ शहर में डर लगा रहता है।' प्रमोद बाबू मुस्कराए भाभीजी के 'भरोसे' पर। बोले तो नहीं, मगर मन ही मन सोचा–चलिए एक सुखद भ्रम तो अभी बचा है कि कविजी भटक भी जाएँ तो कोई-न-कोई पहुँचाने आ जाएगा!'

# गाँव में रंडियाँ ही रंडियाँ

सरायगंज के सुराजी चौक पर चहल-पहल बढ़ गई है। डाक्टर सीएम झा के 'आरोग्य निकेतन' के सामने के चौक पर सरायगंज और रतनपुरा ग्राम पंचायतों के चालू-पुर्जा लोग ही नहीं, मौसमी धंधेबाज भी हवा-पानी लेने चले ही आते हैं। घुटनों से नीचे तक झूलता लंबा कुर्ता और चुस्त पाजामा पहने किसी युवक को देखिए तो समझ जाइए, यह किसी राजनीतिक पार्टी का कमाऊ कार्यकर्ता है। अपने नेता के पावर का धौंस जमाकर स्थानीय अफसरों-कर्मचारियों से काम कराना इसका रोजगार है।

प्रमोद बाबू धीरे-धीरे ऐसे लोगों को पहचानने लगे हैं। इनकी तादाद राजधानी पटना के राजनीतिक तापमान के हिसाब से घटती-बढ़ती रहती है। नब्बे के दशक में यादव टोले के लोगों की चलती थी। लंबे कुर्ते चुस्त पाजामे और बंडी पहनने वाले ज्यादातर युवक यादव टोले के थे। प्रखंड कार्यालय, थाना, कोसी के कार्यपालक अभियंता-कार्यालय में सही-गलत काम कराने वाले ब्रोकर, सब-के-सब यादव टोले के थे। अब दृश्य बदल गया है। यादव टोले में कुर्ता-चुस्त पाजामा वाले कम हो गए हैं। जो हैं भी, वे कुंठित हैं। अब चलती है कुर्मी टोले की।

इसी टोले के हैं अवधेश प्रसाद! नेताजी! पहले प्रखंड प्रमुख थे, अब जिला परिषद के अध्यक्ष हैं। इनके राजनीतिक गुरु यादव टोले के मुखिया सदानंद यादव रहे हैं। दबंगई में अवधेश प्रसाद का अच्छा-खासा नाम था। बल्कि नाम कमाकर ही ये राजनीति में आए। प्रखंड प्रमुख बने तो पहले बीडीओ-सीओ को पीटा। केस चला, लेकिन अवधेश प्रसाद का कुछ नहीं बिगड़ा। छह फुट लंबे, जमुनिया रंग, भारी-भरकम शरीर। सीधा-सादा भला आदमी देखकर ही दहशत में आ जाता है। पूर्णियाँ कालेज से बीए फेल हैं। कालेज में पढ़ते थे तो शहर के भट्ठा बाजार से लेकर गुलाबबाग तक इनका नाम था।

स्वाभाविक था कि अवधेश प्रसाद उर्फ नेताजी के व्यक्तित्व और कृतित्व के अनुकूल राजनीति ही सही पनाहगाह हो सकती थी। हुआ भी वही। शादी विराटनगर नेपाल में हुई। भारत की सीमा से सटे जोगबनी के उस पार। भारत-नेपाल के बीच अवधेश प्रसाद की ट्रक जाने-आने लगी। एक बार बीस-पच्चीस लाख रुपए के गांजे से भरी इनकी ट्रक पकड़ी गई। अवधेश प्रसाद की भवों पर बल नहीं पड़ा। प्रखंड स्तर

से लेकर जिला स्तर तक किसी का कोई काम रुका पड़ा हो, किसी झंझटिया जमीन पर कब्जा करना हो, मकान हथियाना हो या मकान खाली कराना हो, ऐसे काम का अवधेश प्रसाद ठेका लेते हैं।

पच्चीस-तीस साल पहले बगल के गाँव फत्तेपुर-पिठौरा के विधायक सम्राट सिंह यादव का आतंक था। अवधेश प्रसाद अभी उस सीमा तक नहीं पहुँचे हैं, लेकिन आसपास जरूर पहुँच गए हैं। इधर सात-आठ वर्षों से कोसी-क्षेत्र में इनका नाम है। अपने को मुख्यमंत्री का रिश्तेदार बताते हैं। हैं जिला परिषद अध्यक्ष, मगर पटना के ममता होटल में एक कमरा इनके लिए हमेशा आरक्षित रहता है। चाहते तो विधायक क्या, मंत्री भी बन जाते, लेकिन पार्टी ने इनको संगठन का काम सौंपा है। प्रखंड प्रमुख रामदेव ऋषिदेव न सिर्फ इनके पैर छूता है, बल्कि पैर दबाता भी है। अवधेश प्रसाद कभी-कभी चुहल में नाम न लेकर पुकारते हैं-रे मुसहरवा!...रामदेव ही-ही करता रहता है।

पंचायती चुनाव में आशीर्वाद के याचक उम्मीदवारों को देखकर प्रमोद बाबू को लगता है, सबसे अधिक मुखिया-पद के उम्मीदवार होंगे। प्रमोद बाबू घर में मिलें या बाजार में, आशीर्वाद के आकांक्षी उम्मीदवारों से बच नहीं पाते हैं।

त्रिस्तरीय ग्राम पंचायती चुनाव में, जाहिर है, कई पद हैं। सरायगंज और रतनपुरा पंचायतों में शायद ही ऐसा कोई खाता-पीता परिवार होगा, जिससे पंचायती चुनाव में कोई उम्मीदवार न हो।

देखते-देखते पंचायती चुनाव की अधिसूचना जारी हो गई। प्रमोद बाबू चकित थे-ऐसा क्या है पंचायती चुनाव में कि उम्मीदवार पागल हो रहे हैं!

प्रमोद बाबू ने यही सवाल डाक्टर सीएम झा से किया था उनके 'आरोग्य निकेतन' में। 'सुनना चाहते हैं प्रोफेसर साहब! मुखिया के सामने आमदनी के लिहाज से सच पूछिए तो विधायक का पद भी छोटा है।' प्रमोद बाबू डाक्टर झा का चेहरा देखने लगे। झा जी पान की पीक बाहर बरामदे के नीचे फेंक आए और बोले, 'यहीं बगल का गाँव है न रामघाट! वहाँ की ग्राम पंचायत की मुखिया है दुखिया देवी। महादलित जाति की है। पहले फूस के दो छोटे-छोटे घर थे, बकरियाँ चराती थी। अब जाकर देखिए। पक्के का घर है और दरवाजे पर स्कार्पियो गाड़ी है।' डाक्टर झा की बात सुनकर प्रमोद बाबू चकित रह गए। डाक्टर साहब ने जान-बूझ कर अपनी पंचायत के मुखिया सदानंद यादव का नाम नहीं लिया। उनके ग्रुप के हैं यादव जी। रोज हाजिरी बजाने 'आरोग्य निकेतन' आते हैं। कैसे कह दें अपने मुखिया के बारे में कि तीन-तीन ट्रकें उन्होंने कहाँ से खरीदीं।

प्रमोद बाबू के पूछने पर कि आखिर मुखिया को इतने पैसे आते हैं किन स्रोतों से, डाक्टर झा ने हँसते हुए जवाब दिया, 'इंदिरा आवास योजना, मनरेगा, बीपीएल सूची, पंचायत शिक्षक-नियुक्ति, विकास के नाम पर काम...फिर बाढ़-सुखाड़...।

प्रोफेसर साहब, मुखिया-पद के सामने आपकी प्रोफेसरी और मेरी डाक्टरी फेल!...' हँसने लगे डाक्टर झा। प्रमोद बाबू भी हँसे। फिर कुछ सोचते हुए बोले, 'लेकिन रतनपुरा पंचायत की टिकुली देवी भी तो है! वह भी तो मुखिया है?'

'अपवाद हर जगह होता है प्रोफेसर साहब! आमतौर पर आजकल एक मुखिया की कमाई पाँच साल में कम-से-कम पचास लाख।'

तो यह है पंचायती राज! सत्ता का विकेन्द्रीकरण जो महात्मा गांधी का सपना था!...प्रमोद बाबू फटी-फटी आँखों से सामने की दीवार को देखते रहे। दीवार पर एड्स से बचाव का एक पोस्टर सटा था जिसमें एक औरत और एक मर्द की युग्म आकृतियों को गहरे काले रंग में दिखाया गया था।

डाक्टर झा प्रमोद बाबू को 'आरोग्य निकेतन' के गेट तक छोड़ने आए। बाहर निकले ही थे कि देखा, जिला परिषद अध्यक्ष की भरी हुई गाड़ी गेट के अंदर जा रही है।

घर लौटते हुए प्रमोद बाबू मन ही मन किसी विसंगत स्थिति पर सोचकर मुस्कराते रहे। हाथ में 'दि हिन्दू' और एक प्रादेशिक हिन्दी अखबार थे। अखबार आजकल अण्णा हजारे के भ्रष्टाचार उन्मूलन के रामबाण नुस्खों से भरे रहते हैं। लोकपाल विधेयक नहीं, जनलोकपाल विधेयक! आंदोलन छेड़े हुए हैं अण्णा हजारे! एक बड़ी टीम है उनकी जिसमें बड़े-बड़े लोग हैं—शांति भूषण-प्रशांत भूषण, (बाप-बेटे) अरविंद केजरीवाल, किरण बेदी, संतोष हेगड़े और ऐसे अनेक। दूसरी तरफ गाँव की पंचायती राज व्यवस्था है। ग्राम स्वराज जिसमें मुखिया की कमाई एक कार्य-काल में पचास लाख। हाल ही में गांधी जी की 'हिंद स्वराज' पुस्तिका के शताब्दी-वर्ष की धूम मची। 'हिन्द स्वराज' के बाद गांधी जी का ग्राम स्वराज। पंचायती राज। त्रिस्तरीय पंचायती राज-व्यवस्था : गाँव, प्रखंड और जिला।

सरायगंज प्रखंड कार्यालय में जिस दिन त्रिस्तरीय पंचायती चुनाव के लिए परचे भरे जाने थे, उस दिन प्रखंड कार्यालय-परिसर उम्मीदवारों और उनके समर्थकों से भरा था। मेला-सा लगा था। 'स्क्रूटनी' के बाद अंतिम रूप से उम्मीदवारों की जो सूची सामने आई, वह प्रमोद बाबू के लिए चकित करने वाली थी। कम ही परिवार थे सरायगंज और रतनपुरा पंचायत के जिनसे उम्मीदवार न हों। सबसे ज्यादा संख्या महिलाओं की। बड़े भतीजे राघव ने अपनी पत्नी को मुखिया-प्रत्याशी बनाया है। हर जतियारी टोले में दो-तीन-चार उम्मीदवार विभिन्न पदों के लिए। कुछ नहीं तो वार्ड सदस्य का प्रत्याशी ही सही!

गाँव की ऐसी बदली हुई हवा प्रमोद बाबू जैसे बुद्धिजीवी ग्रामवासी ने पहली बार महसूस की। चैत का महीना जा रहा था। आखिरी हफ्ता था। पछिया हवा के साथ धूप ज्यादा गर्म हो रही थी। गेहूँ की फसल पूरी की पूरी कट चुकी थी। फसल घर आ गई थी, घर से बाजार। सरकारी खरीद का समर्थन मूल्य सरकारी घोषणाओं में था।

गेहूँ का मूल्य बाजार तय कर रहा था। प्रमोद बाबू की ग्यारह बीघे जमीन में सिर्फ डेढ़ बीघे चमरटोली की जमीन बँटाई पर लगी थी। बाकी कूत (लीज) पर थी। तीन बीघे जमीन यों ही परती पड़ी थी। वह रहिका जमीन थी। न कोई बँटाई पर लेना चाहता था, न लीज पर। चांप में जो छह बीघे जमीन थी वही कम लागत में अच्छी उपज देती थी।

खुद खेती करना प्रमोद बाबू के वश की बात नहीं थी। जिन छोटे किसानों ने जमीन बँटाई पर या कूत (लीज) पर ली थी, उनको लागत के हिसाब से सिर्फ मेहनत करने की मजदूरी ही मिलती थी। जमीन जोतने से ज्यादा कमाई पंचायत के विकास कार्यों से जुड़ जाने में थी। सरकार की विभिन्न कागजी कल्याणकारी योजनाएँ, स्वास्थ्य सेवाएँ, बीपीएल सूची में शामिल होने, जॉब कार्ड आदि अधिक लाभकारी काम थे, जो खेती-किसानी से बेहतर थे। जो होशियार लोग थे वे 'ब्लॉक' जोत रहे थे, 'थाना जोत' रहे थे। ब्लॉक जोतना नया मुहावरा बना था और गाँवों में खूब प्रचलित था।

अर्थशास्त्र के पूर्व प्रोफेसर प्रमोद सिंह के ग्रामीण जीवन के अर्थशास्त्र में ज्ञान का यह नया अध्याय यहाँ आने पर जुड़ा था। इस अध्याय में कई खंड-उपखंड थे जिनसे धीरे-धीरे परिचय हुआ।

शाम में सिगरेट के पैकेट और अखबार लेने प्रमोद बाबू सुराजी चौक गए। रामचंद्र साव की 'पेपर-पत्रिका' दुकान पर पाँच-छह युवकों ने प्रमोद बाबू के पैर छूकर आशीर्वाद माँगे। इधर आशीर्वाद लेने वालों की संख्या अकस्मात् बढ़ गई है। बड़ा भतीजा राघव जो दरवाजे पर आता नहीं था, अब लगातार प्रणाम कर रहा है। उसकी पत्नी जो खड़ी है मुखिया-पद के लिए! जानकारी के आधार पर प्रमोद बाबू को लगता है, मुकाबला उम्मीदवारों के बीच कम उम्मीदवारों के चुनाव में खर्च करने की औकात के बीच ज्यादा है। जतियारी टोलों के एक-एक परिवार के मतदाताओं की गणना कई-कई दृष्टियों से हो रही है। पिछड़ रहे हैं सवर्ण उम्मीदवार। बभनटोली में सात-आठ परिवार हैं मैथिल ब्राह्मणों के। वहाँ से मुखिया, सरपंच और जिला परिषद के सदस्य के लिए तीन उम्मीदवार हैं। सबसे दिलचस्प उम्मीदवारी है विदेशी शराब की दुकान 'मधुशाला' के मालिक नरेश सिंह की। नरेश सिंह ने मतदाताओं के लिए अपनी 'मधुशाला' फ्री कर दी है-पीयो और घर भी ले जाओ। प्रचारकों के लिए आठ-दस मोटरसाइकिलें हैं। 'जीत दिलाओ, बाइक घर ले जाओ।' वैसे देसी शराब का ठेकेदार सतीश कुमार टक्कर देने की कोशिश में है, मगर कहाँ विदेशी शराब कहाँ देसी ठर्रा!

शाम में राघव पत्नी के साथ प्रचार-कार्य के सिलसिले में चाचा-चाची से मिलने पहुँचा। 'चाचाजी, नरेश सिंह तो पानी की तरह पैसा बहा रहा है चुनाव में। लाखों खर्च कर रहा है। ऐसी प्रतियोगिता में मेरी पत्नी कैसे सफल होगी!'

राघव ने बताया कि पंचायती चुनाव में आधे से ज्यादा महिला उम्मीदवार हैं। 'आधे से ज्यादा?' प्रमोद बाबू को आश्चर्य हुआ। राघव ने कहा, 'आपको आश्चर्य क्यों हो

रहा है चाचाजी! गाँव की महिलाएँ अब जागरूक हो गई हैं। आपने गौर किया है चाचाजी? जितने उम्मीदवार हैं उनमें एक भी बूढ़ा या अधेड़ नहीं है। सब युवा हैं?'

'हाँ सो तो देख रहा हूँ।' प्रमोद बाबू बोले। इसके साथ यह सवाल भी किया, 'लेकिन ऐसा क्यों है?'

'इसलिए कि कोई अधेड़ या बूढ़ा उम्मीदवार प्रचारकों और वोटरों को दारू नहीं पिला सकता और जो उम्मीदवार दारू नहीं पिला सकता, रुपए नहीं बाँट सकता वह चुनाव जीतने के बारे में सोच भी नहीं सकता।'

'इसी कारण नरेश सबसे आगे है।' प्रमोद बाबू हँसने लगे थे।

राघव और उसकी पत्नी के जाने के बाद प्रमोद बाबू सोचते रहे–गाँव की स्त्रियों में यह जागरूकता! आखिर क्या हुआ कि घर की दहलीज लाँघकर हर जाति की, हर टोले की औरतें चुनाव–मैदान में आ गई हैं! रतनपुरा पंचायत तो खैर महिला के लिए सुरक्षित है, लेकिन सरायगंज पंचायत में इतनी महिलाएँ? राघव बताकर गया है कि अपनी पंचायत में सिर्फ मुखिया–पद के लिए बाईस उम्मीदवार हैं जिनमें ग्यारह हैं महिलाएँ। रतनपुरा पंचायत में अठारह महिलाएँ सिर्फ मुखिया–पद की उम्मीदवार हैं।

प्रमोद बाबू को जयमाला देवी की याद आई। सन् उन्नीस सौ बहत्तर में विधान सभा क्षेत्र से सीपीआई की उम्मीदवार बनी थी जयमाला देवी! इसी क्षेत्र के लोगों ने हरा दिया जयमाला देवी को। जयमाला ने इलाके के आतंक सम्राट सिंह यादव को खुली चुनौती दी थी।

प्रमोद बाबू ने चरण–स्पर्श करने वाली जिला परिषद की उम्मीदवार बभनटोली की ममता झा से पूछा था, 'तुमने जयमाला देवी का नाम सुना है? सन् उन्नीस सौ बहत्तर में अपने विधान सभा क्षेत्र से चुनाव में खड़ी हुई थी! सुना है नाम?'

'जी, सुना तो है, लेकिन जानती नहीं हूँ कि कौन थी जयमाला देवी! बहुत पहले की बात है। सुना कि विधान सभा के लिए खड़ी हुई थी।'

प्रमोद बाबू ने सावित्री जी को बुलाया। पूछा 'जयमाला देवी की याद है तुमको?'

'कौन जयमाला देवी? ब्रह्मर्षि टोले की...इंजिनियर साहब की पत्नी? वही न?'

'हाँ वही' प्रमोद बाबू बोले, 'कविजी के चचेरे भाई की पत्नी। बेगूसराय की है। पटना वीमेंस कालेज से इंग्लिश ऑनर्स किया था। सीपीआई के टिकट पर उम्मीदवार बनी थी, लेकिन हार गई। यहीं के लोगों ने जयमाला के खिलाफ कोई गंदा–सा पर्चा छपवाया था कि रंडी हो गई जयमाला देवी। औरत होकर चुनाव लड़ती है? वह भी नई–नवेली दुल्हन?'

सावित्री जी को अच्छी तरह याद थी जयमाला देवी। 'हाँ याद है। लंबी–सी गोरी! फर्राटे से अंग्रेजी बोलती थी। मिली थी आपसे। सुना कि पटने में रहती है।'

'हाँ, पटने में कहीं फ्लैट खरीदा है, लेकिन गाँव आती रहती है। कविजी के टोले

में ही घर है। कोई मुसलमान है साबिर मियाँ, वही देखता है उसकी खेती-बाड़ी। गया था न कविजी से मिलने! वहीं जानकारी मिली जयमाला देवी की। कविजी की पत्नी ने कहा कि जयमाला देवी के कारण ही उनकी डेढ़-दो बीघे जमीन बच गई, नहीं तो उस पर भी लोग कब्जा कर लेते।

सावित्री जी ने साश्चर्य पूछा, 'आएँ! कविजी की जमीन पर कब्जा कर लिया लोगों ने?'

'लोगों ने नहीं, जिनको बँटाई पर जमीन दी, उन्हीं लोगों ने कब्जा कर लिया। जमीन-जायदाद छोड़ दे कोई तो कब्जा कर ही लेंगे लोग!'

सावित्री जी को गाँव आना इस दृष्टि से जरूरी महसूस हुआ। बोलीं, 'अच्छा किया जो हम आ गए!' प्रमोद बाबू सोचने लगे, आ तो गए हैं, लेकिन भतीजा राघव क्या कर रहा है खिलाफ में, इसका पता तो बाद में चलेगा। गलत तो नहीं कह रहा था परमानंद पोद्दार! आना-जाना, बोल-चाल सब बंद किए हुए था राघव। बड़े भैया देखकर कन्नी काटते थे। वह तो चुनाव में खड़ी है बहुरिया, इसलिए राघव आ-जा रहा है।

शाम गहरा रही थी। कलिया चली गई थी अपने घर। प्रमोद बाबू ने एक सिगरेट निकाली, दियासलाई ली और छत पर चले गए। बिजली की लाइन भी चली गई थी। घुप्प अँधेरा था। सरायगंज बाजार में जेनेरेटरों की रोशनी अँधेरे में रोशनी के द्वीप-जैसा प्रतीत होती थी। सरायपोखर के पास का जंगल अभी शांत था। छत पर रखी कुर्सी पर बैठ गए प्रमोद बाबू। सिगरेट जला ली। ऐसे सुनसान अँधेरे में जब अकेले बैठे हों, पुरानी यादें घेरने लगती हैं। कितनी अतृप्तियाँ, कितने आत्मदंश, कितनी जय-पराजय! मन में बार-बार कचोट-सी उठती है।

उम्र के इस आखिरी पड़ाव पर अब क्या मिलने वाला है! फिर भी मन मानता कहाँ है! लाभ-हानि का हिसाब जिंदगी के अंत तक चलता ही रहेगा क्या? कहाँ जीते, कहाँ हारे!

मन के किसी कोने में यह संतोष भी तो है! जो वे नहीं कर सके, बेटे समरेश ने कर दिखाया। सावित्री नाराज है, चर्चा तक नहीं करना चाहती। लाड़ले ने कैसे कर ली शादी! प्रमोद बाबू बेटे के पक्ष से खुलकर बोलते नहीं हैं, लेकिन मन के किसी वीरान कोने में बादलों के बरसने का सुखद अहसास होता है!

सावित्री जी ने सीढ़ी के पास जाकर प्रमोद बाबू को बुलाया। नीचे बरामदे पर जिला परिषद के पूर्व अध्यक्ष अवधेश प्रसाद कुछ लोगों के साथ बैठे थे। प्रमोद बाबू नीचे आए तो देखा, गेट पर लंबी-सी गाड़ी खड़ी है। अवधेश प्रसाद ने प्रमोद बाबू के चरण छुए। 'जिला परिषद के लिए खड़ा हूँ सर। आशीर्वाद दीजिए। पहले भी अध्यक्ष रह चुका हूँ।'

'आप तो जीतेंगे ही अवधेश बाबू! बिना आशीर्वाद के भी जीतेंगे।'

अवधेश प्रसाद अपने समर्थकों के साथ कुर्सी से उठने लगे। प्रमोद बाबू ने आग्रह किया, 'चाय-वाय पीकर जाएँ आप लोग!'

'नहीं सर, किसी दूसरे दिन आएँगे चाय पीने। थोड़ी देर पहले अनशन से उठे हैं हम लोग। अण्णा हजारे के सशक्त जनलोकपाल विधेयक के समर्थन में हम चौबीस पच्चीस लोग सुराजी चौक पर अनशन पर बैठे रहे दिन भर। जंतर-मंतर पर आज अण्णा हजारे हजारों लोगों के साथ अनशन पर बैठे थे। उन्हीं का समर्थन कर रहे हैं हम लोग। चुनाव के बाद दिल्ली जाना है पाँच-छह लोगों को लेकर। अण्णा हजारे का आंदोलन शुरू हो चुका है।'

लंबा-तगड़ा, काला-कलूटा अवधेश प्रसाद कुर्सी से उठा तो प्रमोद बाबू को लगा, वे किसी काली चट्टान के सामने खड़े हैं। चरण-स्पर्श किया अवधेश प्रसाद ने और साथ आए चार-पाँच समर्थकों के साथ गाड़ी में बैठ गया। गाड़ी में आवाज बहुत कम थी। कीमती गाड़ी की पहली पहचान तो यही है।

सुबह चाय पीकर प्रमोद बाबू अखबार के हेड लाइन देख रहे थे कि बभनटोली के गुणेश्वर झा पहुँच गए, 'यौ जजमान, की कही! (जजमान, क्या कहूँ!) पुतौह कहलक, जाउ प्रचार में! (बहू ने कहा जाइए प्रचार में)।' पंडित गुणेश्वर झा पुरोहित हैं। इनके पिता भी प्रमोद बाबू के परिवार के पुरोहित थे।

'कहिए पंडित जी! क्या हाल है! एकदम सुबह-सुबह पहुँच गए?'

'यौ प्रोफेसर साहेब, की कही! क्या कहूँ! रहना तो आखिर घरे-परिवार में है! बहू बोली कि जाइए प्रचार में। बहू ममता झा जिला परिषद के लिए उम्मीदवार है। न निकलूँ प्रचार में तो समझिए भोजन-भात भी न मिलेगा। जमाना बदल गया प्रोफेसर साहब! अब तो बूढ़े लोगों के मुँह पर लगाम लग गया है। याद है आपको प्रोफेसर साहब? तीस-पैंतीस साल से ज्यादा हो गया। जयमाला देवी विधायक-पद के लिए उम्मीदवार बनी थी तो क्या-क्या अफवाह उड़ी थी इलाके में! याद है न आपको? कहा गया कि रंडी हो गई, रंडी हो गई। झूठ क्या कहूँ, मैं भी था उन लोगों में। रात भर कोसी के आईबी में गुलछर्रे उड़ाती थी। कभी कोई महिला खड़ी होती थी अपने इलाके में; बताइए? हमीं लोगों ने सोचा कि औरत होकर चुनाव लड़ेगी! हराओ इसको, नहीं तो घर की औरतें मर्दों के माथे पर चढ़ जाएँगी। हमीं लोगों ने हराया, नहीं तो दोनों प्रखंडों में तो सम्राट सिंह यादव को पीछे छोड़ चुकी थी।'

प्रमोद बाबू मुस्कराते हुए बोले, 'और पंडित जी, आज क्या स्थिति है! पंचायती चुनाव में तो पुरुषों से अधिक संख्या महिला-उम्मीदवारों की है। अपनी पंचायत में सिर्फ मुखिया-पद के लिए ग्यारह महिला उम्मीदवार हैं। मेरी एक बहू भी खड़ी है- राघवेंद्र की पत्नी।'

'मेरी भी बहू खड़ी है। बोली है कि जाइए रजपुताही-बबुआन टोला। ब्रह्मर्षि टोले में जाइए। अब सोचिए कि टक्कर है अवधेश प्रसाद से! कौन हराएगा उसको! फिर

भी खड़ी हो गई है! बोली कि सवर्ण मतदाताओं पर भरोसा है।' प्रमोद बाबू पंडित गुणेश्वर झा की दयनीय स्थिति को देखते हुए बोले, 'अब आप आ गए हैं तो सोचना तो पड़ेगा पंडित जी!'

कलिया चाय दे गई। प्रमोद बाबू ने चाय का कप पंडित जी की तरफ बढ़ाया। पंडित जी थोड़ा कुँहरते हुए बोले, 'क्या पीऊँ चाय-वाय! बहू ने धकियाकर भेजा है-खाली घरे में बैठे रहिएगा!...बाँह में, पीठ में दरद रहता है प्रोफेसर साहब। पूरी देह कनकनाती रहती है और बहू ने कहा-जाइए प्रचार में!'

पंडित गुणेश्वर झा और प्रमोद बाबू ने चाय पी। प्रमोद बाबू सामने सड़क की तरफ देखने लगे। चार-पाँच औरतों का झुंड इधर ही आ रहा था। होगी कोई महिला उम्मीदवार। सिर्फ दो वोटर हैं-एक प्रमोद बाबू, दूसरी हैं सावित्री जी, लेकिन उम्मीदवार आशीर्वाद लेने पहुँच जाते हैं।

'परनाम मालिक!' प्रमोद बाबू ने प्रणाम करने वाली को पहचानने की कोशिश की। नहीं पहचान पाए तो साठ-पैंसठ साल की बूढ़ी औरत ने मुस्कराते हुए कहा, 'हौ मालिक, बुचनीमाय! डीएसपी साहेब की चाची।''

'अच्छा, बुचनीमाय! पिठौरा वाली?'

'जी मालिक!' प्रमोद बाबू ने देखा, छपुआ साड़ी, कलाइयों में चूड़ियाँ, पैरों में हवाई चप्पलें, मुट्ठी में मोबाइल फोन। पहले खेत-मजदूर थी। डीएसपी के टोले में घर था इसका। दो छोटे-छोटे फूस के घर। बेटे को रेलवे में नौकरी मिल गई। बुचनीमाय ने छोड़ दी मजदूरी। पैसे आ गए घर में तो खड़ी हो गई पंचायती चुनाव में।

बोली, 'मालिक, मुखिया-पद के लिए खड़ी हूँ। आसिरबाद दीजिए।' प्रमोद बाबू ने मुस्कराते हुए कहा, 'तुम्हीं बताओ बुचनीमाय! किस-किस को आशीर्वाद दूँ? मेरी बहू भी इसी पद की उम्मीदवार है और ये पंडित जी आए हैं। इनकी बहू जिला परिषद के लिए खड़ी है।'

बुचनीमाय ने हँसते हुए कहा, 'मालिक, आप लोग तो सनातन काल से राज करिये रहे हैं। अब हम लोगों को 'मौका' दीजिए। देखिए रतनपुरा पंचायत में। टिकुली देवी मुखिया थी, फिर खड़ी हुई है। बताइए मालिक, कोई उँगली उठा सकता है? छोट जात की है तो क्या, बड़का जात के कान काटती है। देखिए यूपी में। मायावती दीदी हैं न मुख्यमंत्री!'

प्रमोद बाबू को आश्चर्य हुआ, 'मायावती को जानती हो तुम?'

'हाँ मालिक, काहे नहीं जानूँगी। घर में टीवी है, फिर बहू भी पढ़ी-लिखी है। वैसे रहती तो बाहर है, मुदा घर आती है तो दुनिया-जहान के बारे में बताती है। वही बताती है कि अम्बेदकर साहेब हुए थे एक। हम लोगों के लिए भगवान थे।'

प्रमोद बाबू एकटक चमरटोली की बुचनीमाय को देखते रहे। बहुत वर्ष पहले जब यह खेत-मजदूर थी, इसके हाथ में खुरपी या हँसुआ होता था। अब हाथ में मोबाइल

फोन है। बुचनीमाय हाथ जोड़कर प्रणाम कर रही थी कि तभी मोबाइल का रिंगटोन बजा। बुचनीमाय ने मोबाइल ऑन किया–हेलो! उधर से पता नहीं क्या पूछा गया था। इसने कहा, 'हाँ, लिखिए नम्मर! नैन–नैन–फैब–सेभुन...।' प्रमोद बाबू हतप्रभ! एकटक बुचनीमाय को ही देखते रहे।

'तो मालिक चलती हूँ। बबुआन टोला जाना है। आप बिदमान आदमी हैं मालिक। आपके आसिरबाद का बहुत भेलू है।'

बुचनीमाय को चार औरतों के साथ अपने टोले के रास्ते पर जाते हुए देखते रहे प्रमोद बाबू। मुस्कराते हुए पंडित गुणेश्वर झा से बोले, 'देखा बुचनीमाय को? नैन–नैन–फैब–सेभुन...।' प्रमोद बाबू जोर से हँसे। पंडित जी भी हँसने लगे, हालाँकि उनके हँसने में शरीर का दर्द भी घुला–मिला था। पंडित जी ने चाय पी ली थी। प्रमोद बाबू ने सोचा कि अब चले जाएँगे पंडित जी, लेकिन पंडित जी में कोई हड़बड़ी दिखी नहीं। आखिर प्रमोद बाबू ने टोका, 'आप तो पंडित जी, प्रचार में निकले हैं। फिर यहाँ आसन जमाए हुए हैं?' पंडित जी अपनी दोनों टाँगों को फैलाते और धोती को घुटनों से ऊपर तक खींचते हुए विश्राम की मुद्रा में आ गए। बोले, 'प्रचार तो करिये रहा हूँ प्रोफेसर साहब! यह प्रचार नहीं तो क्या है। एक भोट तो 'सौलिड' हो गया न!'

पंडित जी सामने सड़क की तरफ देखते बोले, 'हे–ई लीजिए! लाली यादव पधार रहे हैं लँगड़ाते हुए।' प्रमोद बाबू भी सड़क की तरफ देखने लगे। पंडित जी से पूछा, 'हाँ, लँगड़ा तो रहे हैं। क्या हुआ है इनको!' पंडित जी को पता था, 'असल में क्या है कि यादव जी का दुनू ठेहुना में गठिया रोग धरे हुए है। दुनू ठेहुने फूले हुए हैं। कल गया था यादव टोले में। देखा, लाली यादव ठेहुने पर तारपीन का तेल मल रहे हैं। इनकी बहू भी जिला परिषद के लिए खड़ी है। रुपैया झोंक रही है प्रचार में।'

लँगड़ाते हुए लाली यादव बरामदे तक आए। बूढ़े हैं। सत्तर पार की उम्र होगी। ऊपर से गठिया रोग। बरामदे के नीचे से पंडित जी को प्रणाम किया, 'पाय लागी पंडी जी।' पंडित जी ने मुस्कराते हुए आशीर्वाद दिया, 'जय हो! जय हो!' प्रमोद बाबू ने लाली यादव को प्रणाम किया, 'प्रणाम भाई साहब!' खाट पर बैठते हुए लाली यादव बोले, 'काहे मजाक करते हैं प्रोफेसर साहेब! मैं भैंसलेट गँवार आदमी। आप नामी विद्वान।' प्रमोद बाबू बगल की कुर्सी पर बैठते हुए लाली यादव से बोले, 'आप उम्र में बड़े हैं, गाँव के प्रतिष्ठित व्यक्ति हैं।'

'क्या रहेंगे प्रतिष्ठित! परिवार में एक्को पैसा इज्जत है मेरी? समझिए फेंका हुआ ठूँठ झाड़ू हूँ प्रोफेसर साहब। दुआर के एक कोने में फेंका हुआ हूँ। पुरैनियाँ वाली बहू आज प्रचार में जाने के लिए जीप में बैठी तो ऑडर देती गई, 'दिन भर घर में ठेहुना पकड़कर बैठे रहते हैं। फिर एकदम कड़क आवाज में ऐसे बोली जैसे मालिक नौकर को डाँटता है, 'दिन भर ठेहुना! ठेहुना!...' उजड़े छत्ते वाली मधुमक्खी की तरह भनभनाती जीप की अगली सीट पर बैठ गई। जाते–जाते बोली, 'घर में बैठे मत रहिएगा।

जाइए रजपुताही। फिर भूमिहार टोले में चले जाइए। कविजी का टोला है न बरसतिया नाले के पार! जाकर प्रचार कीजिए।'

जो पीड़ा पंडित गुणेश्वर झा की, वही पीड़ा लाली यादव की। बहुओं ने जबरन प्रचार के लिए निकाला है घर से। पंडित जी बोले, 'एक्के हाल है प्रोफेसर साहब! असल में समय-साल बदल गया, नहीं तो भला बताइए, ऑडर करेगी बहू?' प्रमोद बाबू को पता नहीं क्यों, मजा आ रहा था और इन बूढ़ों पर दया भी आ रही थी। मुस्कराते हुए बोले, 'समय तो सच में बदल गया पंडित जी! नहीं तो एक समय था कि आपका ही आदेश चलता था परिवार में। यादव जी के डर से परिवार में तो क्या, यादव टोले में कोई चूँ तक नहीं कर सकता था।'

'अब तो गाँव के सारे बूढ़ों का एक्के हाल है प्रोफेसर साहब!' गुणेश्वर झा लाली यादव को दाहिना घुटना सहलाते हुए देखकर बोले। लाली यादव की चेतना पर बहू सवार थी, 'बहू जीप से प्रचार के लिए निकली है। रात में लौटेगी या नहीं, पता नहीं। पूरे प्रखंड में प्रचार करना है। बेटा इंद्र नारायण अपनी बहुरिया के साथ नहीं गया है। वह मोटरसाइकिल से निकला है।'

प्रमोद बाबू को परिहास का अच्छा मौका हाथ लगा था, 'तब तो रात-रात भर गायब रहेगी आपकी बहू और आप कुछ नहीं बोल सकेंगे?'

'क्या बोलूँगा प्रोफेसर साहब! कुछ बोलूँ तो मुँह नोच लेगी।'

प्रमोद बाबू लाली यादव को याद दिलाते हुए बोले, 'आपको याद है यादव जी? बहुत साल पहले सन् बहत्तर में अपने इसी क्षेत्र से विधान सभा के लिए एक बहू खड़ी थी। नंदेश्वर शर्मा की बहू जयमाला देवी! जीत रही थी। आप लोगों ने मिलकर उसको हरा दिया। पर्चा छपवाया था आप लोगों ने-जयमाला देवी रंडी हो गई।'

'बात तो सही है प्रोफेसर साहेब!' पंडित गुणेश्वर ने स्वीकारते हुए कहा, 'इसमें तो मैं भी शमिल था और ई यादव जी भी।' लाली यादव ने भी स्वीकारा, 'इसमें सब लोग शामिल थे प्रोफेसर साहेब! दुसाध टोली के नसीब लाल पासवान से लेकर चमरटोली के घट्टर राम तक।'

'मतलब जयमाला देवी की जीत न हो। इसमें जात-पात के सारे भेद-भाव खत्म हो गए थे। चमार से लेकर राजपूत-ब्राह्मण सब एकमत थे।' लाली यादव का एक हाथ घुटने पर ही था जब से यहाँ आए थे। बोले, 'बात तो सच है प्रोफेसर साहेब। सब ने कहा था-रंडी हो गई जयमाला देवी! वैसे रंडी वाला परचा तो आपके ही बड़े भाई चंद्रदेव सिंह ने फारबिसगंज से छपवाकर मँगाया था। बाँटा था हम सबने।'

फिर कभी दिखाई नहीं पड़ी जयमाला देवी। शर्मा जी एक-दो बार बाजार में दिखाई पड़े थे। कार्यपालक अभियंता थे पीडब्लूडी में।' पंडित गुणेश्वर झा बोलकर प्रमोद बाबू को देखने लगे, 'असल में लोग जयमाला देवी की सुंदरता और नंदेश्वर शर्मा के सम्पन्न परिवार को सहन नहीं कर पाते थे प्रोफेसर साहब! मैं आपको असली बात

बता रहा हूँ इतने साल बाद।' लाली यादव अपनी रीढ़ सीधी करते हुए बोले, 'बात तो ठीके कह रहे हैं पंडित जी। बाप रे! सुंदरता थी! तब हम लोग भी जवान थे।' यादव जी की रंगीनी मिजाजी पर पंडित जी और प्रमोद बाबू खूब हँसे। प्रमोद बाबू ने हँसते हुए पंडित जी से कहा, 'सुनते हैं पंडित जी, यादव जी की बात! कहते हैं कि 'भैंसलेट हैं, सो देखिए! जवानी की याद आ गई तो रीढ़ तन गई।'

दोपहर होने को थी। पंडित गुणेश्वर झा तो सुबह में ही आ धमके थे। लाली यादव भी उनकी पीठ पर ही आ गए। प्रमोद बाबू को ऊब हो रही थी। चाहते थे, ये दोनों अब टलें, लेकिन सवाल था बोलें कैसे! कुछ सोचते हुए प्रमोद बाबू ने दोनों से कहा, 'आप दोनों प्रचार में निकले हैं और यहीं अड्डा जमाए बैठे हैं। क्या कहेंगी आपकी दोनों की बहुएँ!' गुणेश्वर झा हँसने लगे, 'आपके पास प्रचार के लिए आ गया न प्रोफेसर साहब! अब एक-दो घर और। फिर साँझ हो जाएगी। घर वापस। कह दूँगा, पूरा गाँव छान मारा। हर जगह तुम्हारी जैजैकार है।' फिर वे लाली यादव की ओर उन्मुख हुए, 'आप यादव जी? आपकी पुरैनियाँ वाली बहू तो सुना है, अगिया बैताल है! बोली है न कि ब्रह्मर्षि टोला जाइए?'

लाली यादव कुछ देर पहले कुर्सी छोड़कर खाट पर बैठ गए थे। खाट पर ज्यादा आराम मिल रहा था। वे हँसना चाहते थे, लेकिन उनकी लाचार-सी हँसी सामने के टूटे दाँतों के बीच फँस गई थी। धीरे से बोले, 'बहू बोली है कि कविजी के टोले में जाइएगा। मतलब जयमाला देवी के टोले में। अब बात ई है प्रोफेसर साहेब कि सन् बहत्तर के बाद कोई उम्मीदवार किसी भी चुनाव में उस टोले में पैर नहीं रखता है। जूते-चप्पल लेकर निकल आते हैं लोग। इसी चुनाव में कुछ प्रचारकों को अच्छी मार लगी है। अब मुझको क्या पागल कुत्ते ने काटा है कि मैं मार खाने जाऊँ? एक तो ठीक से चल नहीं पाता हूँ। कहीं मारने दौड़े तो भागते भी नहीं बनेगा। जाय न पुरैनियाँ वाली बहू! बड़ी झाँसीवाली रानी बनती है! कहीं जयमाला देवी मिल गई तो साड़ी-ब्लाउज सब फाड़ देगी।'

सन् उन्नीस सौ बहत्तर में सरायगंज विधान सभा क्षेत्र से सीपीआई के टिकट पर खड़ी हुई थी जयमाला देवी। तीन-चार साल पहले नंदेश्वर शर्मा की बहू और श्रीकांत शर्मा इंजिनियर की पत्नी बनकर इस गाँव में आई थी। शर्मा जी पीडब्लूडी में इंजिनियर थे। जयमाला ने वीमेंस कालेज पटना से इंग्लिश में ऑनर्स के साथ बीए किया था। पटना विश्वविद्यालय छात्र संघ में उपाध्यक्ष रह चुकी थी। बेगूसराय की थी। पिता कम्युनिस्ट। पटना के 'जनशक्ति' दैनिक के संपादक थे। पाँच फुट छह इंच लंबी, गोरी-चिट्टी जयमाला। देखने में वैसी ही सुंदर। नंदेश्वर शर्मा की ब्रह्मर्षि टोले में छोटी-मोटी हवेली थी। सौ बीघे जमीन। संतान सिर्फ एक श्रीकांत शर्मा।

शायद प्रभूत भू-संपदा और इंजिनियर श्रीकांत शर्मा का आकर्षण रहा हो कि जयमाला शादी के लिए तैयार हो गई। पारिवारिक पृष्ठभूमि के कारण जयमाला में

राजनीतिक महत्त्वाकांक्षा रही होगी। संभवत: विधायक सम्राट सिंह यादव के आतंक से क्षेत्र को मुक्त कराने का साहस भी रहा होगा जयमाला में। चुनाव में खड़ी हो गई। पति का साथ मिला। परिवार तो संपन्न था ही।

लोग चकित हो गए। नंदेश्वर शर्मा की बहू चुनाव लड़ रही है! आश्चर्य। नई-नवेली दुल्हन और खड़ी हो गई चुनाव में!...चुनाव की तारीख की घोषणा के बाद हर दूसरे-तीसरे दिन सुराजी चौक पर जयमाला देवी का धाराप्रवाह भाषण होता। सम्राट सिंह यादव को खुली चुनौती देती। लोगों से अनुरोध करती-आप लोग मुझे वोट दीजिए। मैं विश्वास दिलाती हूँ, सम्राट सिंह यादव के आतंक-राज का अंत कर दूँगी।' लोग कहते थे-जयमाला देवी में जादू है। जो भी देखता है अपनी सुध-बुध गवाँ बैठता है।

पूरा युवा वर्ग पागल-जैसा हो गया था जयमाला देवी के लिए। लेकिन युवा सिर्फ 'हो-हो' कर सकते थे। इनके वश में सिर्फ अपने वोट थे। गाँव के मालिक असमंजस में थे। सारे जतियारी टोलों के प्रमुखों की एक बैठक हुई सुरपतनाथ मंदिर के प्रांगण में। यादव टोले के लाली यादव, बबुआन टोले के चंद्रदेव सिंह, वैद्य लालमुनि चौबे, अवधेश प्रसाद के चाचा रघुनाथ सिंह, पासवान टोले के नसीबलाल पासवान, चमरटोली के घट्टर राम, बभनटोली के पंडित गुणेश्वर झा आदि 'प्रमुखों' ने बैठक में हिस्सेदारी की। तय हुआ कि मनचली और दबंग यह जयमाला देवी चुनाव जीत गई तो गाँव-घर की औरतों का मन बढ़ जाएगा। वे मर्दों का मुकाबला करने लगेंगी। पंडित गुणेश्वर झा ने बाबा तुलसीदास की चौपाई सुनाई-जिमि सुतंत्र होहि बिगरहिं नारी!...स्त्रियों को बेलगाम नहीं होना चाहिए। नंदू बाबू की बहू जयमाला अपनी सुंदरता से वोटरों को सम्मोहित कर रही है। बेलगाम और निर्लज्ज औरत है। बदचलन का आरोप भी लगाया गया। सुंदर है इसलिए बदचलन भी है। गाँव के लड़के दीवाने हैं जयमाला देवी के। दिल्ली से कोई नेता प्रचार के लिए आए थे। कोसी के आईबी में रात भर रंगरेलियाँ मनाती रही जयमाला देवी। नवतुरिया लड़कों के साथ दारू पीती रही। देखने में इतनी सुंदर है कि किसी का ईमान खराब हो जाए। जयमाला जीत गई तो हम कहीं के न रहेंगे। घर की औरतें मर्दों को जी में नहीं लगाएँगी।

बैठक में तय हुआ कि किसी भी हालत में जयमाला देवी को हराना है। गाँव की आबरू को सरेआम नीलाम करने वाली है जयमाला देवी! पर्चा छप गया तीसरे दिन। दो दिनों में पूरे क्षेत्र में बँट भी गया कि एक रंडी खड़ी है सरायगंज विधान सभा चुनाव क्षेत्र से। नाम है जयमाला देवी।

चुनाव के ठीक तीन दिन पहले रंडी वाला पर्चा जब जयमाला देवी के हाथ में आया तो आसमान से गिरी। जीत तय थी। क्षेत्र में भविष्य की इस नेत्री को लोगों ने आँखों में बसा लिया था, लेकिन उस पर्चे ने और दुष्प्रचार ने सारा खेल बिगाड़ दिया। 'जयमाला देवी रंडी हो गई।' विधान सभा क्षेत्र के तीन प्रखंडों में दो प्रखंडों से मतगणना

में लीड करने वाली जयमाला अपने ही प्रखंड सरायगंज में बुरी तरह पिछड़ गई। हार गई जयमाला देवी।

सरायगंज के लोगों ने राहत की साँस ली। बच गई लाज। तिरिया राज होने से बच गया विधान सभा क्षेत्र। उसके बाद से ही जयमाला देवी सार्वजनिक जीवन से गायब हो गई। किसी राजनीतिक सभा या सार्वजनिक जीवन के किसी आंदोलन में नहीं देखी गई। पति श्रीकांत शर्मा ने पटना में फ्लैट खरीदा। गाँव की खेती-बाड़ी की देख-रेख के लिए मुसलमान टोले के साबिर मियाँ को नियुक्त किया गया। जयमाला देवी या श्रीकांत शर्मा जब-तब गाँव आते। दस-बारह साल पहले श्रीकांत शर्मा की कार दुर्घटना में मृत्यु हो गई। जयमाला देवी ने क्रिया-कर्म गाँव में ही किया। अपने ब्रह्मर्षि टोले और बभनटोली के कुछ ब्राह्मणों को छोड़ किसी को भी श्राद्धभोज में नहीं बुलाया गया।

जयमाला देवी कब गाँव आती है, कब पटना लौट जाती है, इसकी खबर किसी को नहीं रहती। किसी को जिज्ञासा भी नहीं है कि कौन आता है, कौन जाता है। गाँव का सरायगंज बाजार अब फैल गया है। सन् उन्नीस सौ बहत्तर के उनचालीस-चालीस साल बाद की नई पीढ़ी जानती भी नहीं कि कौन थी जयमाला देवी। सन् बहत्तर में जो मोंछउठान किशोर थे या युवा थे उनमें से कई चले गए दुनिया से। जो बचे हैं, वे अपने बचे रहने पर पछता रहे हैं। यादव टोले के धनी किसान लाली यादव, प्रमोद बाबू के बड़े भाई चंद्रदेव सिंह, कुर्मी टोले के रघुनाथ सिंह, घट्टर राम, वैद्य लालमुनि चौबे जैसे पाँच-छह लोग ही जिंदा हैं।

जयमाला देवी गाँव की नई पीढ़ी के लिए ही नहीं, इन बूढ़ों के लिए भी विस्मृत हो चली है। सन् बहत्तर का समय ही कुछ दूसरा था। तब विधायक-पद के लिए अपने इलाके की कोई महिला-उम्मीदवार चुनाव लड़े, यह सोचा नहीं जा सकता था। जयमाला देवी का चुनाव लड़ना खास तौर से एक बेहद खूबसूरत बहू का चुनाव लड़ना आश्चर्य की बात थी। नई-नवेली दुल्हन हो तो रहो घर में। यह क्या कि लफंगों के साथ रँगरेलियाँ मनाओ!

...प्रमोद बाबू ने जान लिया कि दोनों विकट प्रचारक लाली यादव और पंडित गुणेश्वर झा खिसकने वाले नहीं हैं। मन मारकर पूछा प्रमोद बाबू ने, 'दो बज गए हैं। क्या कीजिएगा आप लोग? आप दोनों को खिलाने की व्यवस्था की जाए?' गुणेश्वर झा इसी उम्मीद में थे, 'हाँ-हाँ, कोई हर्ज नहीं है खाने में!' लाली यादव ने भी यही जवाब दिया, 'हाँ, भूख तो लगी है। घर जाऊँ भी तो कहाँ से मिलेगा खाना! कोई है कहाँ घर में!'

खाना खाकर पंडित गुणेश्वर झा और लाली यादव बरामदे पर लगी चौकी पर आकर पसर गए। प्रमोद बाबू भीतर आराम करने चले गए। चार बज गए तो प्रमोद बाबू ने दोनों विवश प्रचारकों को जगाया। चाय आ गई तो दोनों ने चाय पी। पंडित

गुणेश्वर झा बोले, 'प्रचार तो हो गया प्रोफेसर साहब! जाकर कह दूँगा बहू से।' लाली यादव ने घुटना सहलाते हुए कहा, 'बहू तो लौटी नहीं होगी। रात में लौटे तो लौटे। कह दूँगा कि ब्रह्मर्षि टोले वाले डंडे लेकर दौड़े।'

शाम होने से पहले दोनों प्रचारकों को विदा कर प्रमोद बाबू कुर्सी पर बैठे सोचते रहे कि जयमाला देवी पराजय और अपमान के बाद सार्वजनिक जीवन से गायब क्यों हो गई! उसके संकल्प में जरूर कमी थी। अगर संघर्ष की क्षमता होती तो रंडी कह देने से इतनी हताश न होती। गाँव नहीं छोड़ा है उसने। चुपचाप आती है, खेती-बाड़ी देखती है और चली जाती है। किसी को पता नहीं चलता कब आई, कब गई। लेकिन आज तो पंचायती चुनाव में महिलाएँ पुरुषों के मुकाबले ज्यादा संख्या में किसी-न-किसी पद के लिए खड़ी हैं। महिलाओं के लिए आरक्षण भी है। जिन लोगों ने जयमाला देवी को रंडी कहा, उनके परिवारों से भी महिलाएँ खड़ी हैं और उन महिलाओं के प्रचार में बड़े-बूढ़े भी मन से या बेमन से लगे हैं।

जयमाला देवी इधर वर्षों से नहीं दिखी। लोग भूल गए हैं। नहीं जानते किसी जयमाला देवी को। बस कुछ पुराने लोग हैं जानने वाले जो रंडी वाले कांड से जुड़े हुए थे। वे या तो जयमाला देवी की चर्चा करना नहीं चाहते या जान बूझकर दिखाने की कोशिश करते हैं-कौन जयमाला! वह बात आई-गई हो चुकी है। पंचायती चुनाव नया माहौल लेकर आया है। महिलाएँ पंचायती राज व्यवस्था के विभिन्न पदों से चुनाव में खड़ी हैं। जिसका एकल परिवार है, उस परिवार में मर्द घर सँभाल रहा है, औरत चुनाव-प्रचार में निकल रही है।

और प्रचार-अभियान के अंत का दिन भी आ गया। आज प्रचार का आखिरी दिन है। संयोग से आज हाट का दिन भी है। सरायगंज और रतनपुरा पंचायतों की कई महिला-उम्मीदवार अपने समर्थकों के साथ सुराजी चौक और राजकचहरी चौक पर हवा का रुख परखने आ जुटी हैं। बिना बाजार आए चुनावी तापमान का पता भी कहाँ चलता है!

वैशाख महीने की शाम यों भी कुछ देर से होती है। लंबे दिन होते हैं, छोटी रातें। चार बजे तक तो धूप रहती है। लिहाजा पाँच बजे से लोगों की भीड़ बाजार में बढ़ने लगती है। लोग जानना चाहते हैं, किसके पक्ष में हवा बन रही है, पहले भी पंचायती चुनाव होते थे, लेकिन तब मलाईदार पद नहीं थे पंचायतों में। अब बात बदल गई है। बगल में राजकीय अस्पताल है। डाक्टर बनर्जी की सूनी-वीरान पड़ी क्लिनिक के आगे बरगद का छायादार बड़ा-सा पेड़ है जहाँ अब हनुमानजी की मूर्ति अवस्थित है। सामने जुसनामाय का टिनहा घर है जो अब अवधेश प्रसाद के कब्जे में है। दाहिनी तरफ हाई स्कूल है।

सरायगंज और रतनपुरा पंचायतों के बुजुर्ग जो चुनाव को अपने अनुसार परिणाम तक पहुँचाने की क्षमता रखते थे, आज अप्रासंगिक हो गए हैं। जो घर-परिवार में ही

उपेक्षित हैं, उनको समाज में क्या मिलेगा आदर! बाबू चंद्रदेव सिंह, लाली यादव, पंडित गुणेश्वर झा, वैद्य लालमुनि चौबे आदि अपने-अपने उम्मीदवारों के कारण आए हैं राजकचहरी चौक। चाय-पान-जलपान की दुकानों में भीड़ है। दुकानों में बैठे या बरगद की छाँह में खड़े लोग जोड़-घटाव कर रहे हैं। बस एक ही टोला ऐसा है जिस टोले से एक भी आदमी चौक पर नहीं आया है और वह टोला है ब्रह्मर्षि टोला। त्रिस्तरीय पंचायती चुनाव में उस टोले का एक भी उम्मीदवार किसी पद से चुनाव नहीं लड़ रहा है। जयमाला देवी को अपमानित कर पराजय का मुँह दिखाने वाले गाँव के बुजुर्ग लोगों के प्रति ब्रह्मर्षि टोले की शत्रुता कम नहीं हुई है।

हाई स्कूल के परिसर में जहाँ गुलमोहर और अमलतास के पेड़ हैं, उनकी छाया में दोनों पंचायतों की महिलाओं की अलग-अलग 'गोठ' है। दबा-दबा-सा शोर भी है, लेकिन कहीं प्रचार का लाउडस्पीकर नहीं बज रहा है।

ठीक पाँच बजे एक रिक्शा चौक पर आकर रुकता है। रिक्शे की हैंडिल से लाउडस्पीकर बँधा हुआ है। रिक्शा सुराजी चौक के रास्ते से आया है। रिक्शा कमरू मियाँ का है। लोग पहचानते हैं रिक्शेवाले को। पचास पार की उम्र का है। इसी गाँव के मुसलमान टोले में उसका घर है। बड़ा भाई साबिर मियाँ ब्रह्मर्षि टोले में काम करता है। खेती-बाड़ी देखता है इंजिनियर श्रीकांत शर्मा की। श्रीकांत शर्मा अब रहे नहीं, इस कारण साबिर मैनेजर का काम भी करता है। उसी का छोटा भाई कमरू मियाँ रिक्शा चलाता है सरायगंज में। रेलवे स्टेशन के आसपास के गाँवों की सवारी लेता है। पहले घर से भागकर चला गया था दिल्ली। वहाँ पुरानी दिल्ली में रिक्शा चलाने का काम किया, फिर अलीगढ़ में रहा। अंत में गाँव लौटा। शादी नहीं की। अकेला है, इसलिए बड़े भाई के परिवार के साथ रहता है। दिल्ली-अलीगढ़ में तो कमरू ने कुछ खास कमाया नहीं, लेकिन तहजीब जरूर सीख आया। अच्छी हिंदुस्तानी बोलता है और जानता है, किसके साथ कैसे गुफ्तगू की जाती है।

रिक्शा चौक पर लगा है। रिक्शे पर एक ढली उम्र की गोरी-चिट्टी लंबी-सी औरत बैठी है। अधपके बाल, सिर पर अधखुला आँचल। लोग नहीं पहचानते कौन औरत है। हो सकता है पिठौरा की रजपुताही की हो या मिरदौल की बभनटोली की हो। छोटी जाति की तो हो नहीं सकती! रंग-रूप ही बताता है सवर्ण वर्ग की है।

लोग जोड़-तोड़ का गणित कर रहे थे। रतनपुरा ग्राम पंचायत से टिकुली देवी का सफल होना सब तय मान रहे थे। सरायगंज पंचायत के पूर्व मुखिया सदानंद यादव का आसन डोलता प्रतीत हुआ, हालाँकि खर्च कम नहीं किया है इन्होंने। इनके चाचा हैं भोला यादव। उनकी एक समय तूती बोलती थी, अब 'बेचारों' के वर्ग में आ गए हैं। बीमार रहते हैं, फिर भी आज चुनाव प्रचार के अंतिम दिन नजारा देखने राजकचहरी चौक आए हैं। सबसे ज्यादा समर्थक सदानंद यादव के हैं। चौक पर अच्छी-खासी भीड़ है। यहाँ से 'आरोग्य निकेतन' तक दुकानें ही दुकानें हैं, सबसे ज्यादा हैं पान की

दुकानें। हरावत इस्टेट के मैनेजर सुरेंद्र मोहन सान्याल कहते थे कि कोसी बेल्ट का आदमी नरम पानी का होता है, हियाँ का हवा में म्वाइसचर बेसी है इसलिए हियाँ का आदमी चाय-पान ज्यादा खाता है, मिरचाई भी ज्यादा खाता है।

ठीक कहते थे सुरेंद्र मोहन सान्याल! पूरे कोसी क्षेत्र में, छोटे-छोटे गँवई चौकों पर भी पान की दुकानें मिल जाएँगी। सटे हुए, बंगाल से बड़े-बड़े पत्तों वाला पान आता है-बंगला पान। पश्चिम में है मिथिला-भूमि जिसके बारे में एक उक्ति प्रचलित है: माछ-पान मखान, ई अछि मिथिलाक शान...।'

कमरू मियाँ के रिक्शे पर बैठी गोरी-चिट्टी लम्बे कद की औरत खड़ी हो गई है। लाउडस्पीकर की बैट्री और एम्प्लीफायर उसके पैरों के पास हैं। सड़क की दोनों तरफ चाय-पान-जलपान की कई दुकानें हैं। दुकानों में खड़े-बैठे लोग आपस में चुनाव को लेकर तरह-तरह की बातें कर रहे हैं। जब-तब एक नजर रिक्शे पर बैठी सुदर्शन व्यक्तित्व वाली महिला को भी देख लेते हैं। समझ में नहीं आता, बीच चौक पर रिक्शा खड़ा कर क्या मुआयना कर रही है।

पाँच बजकर बीच-पच्चीस मिनट हुए होंगे।

इस बीच कितनी साइकिलें, मोटरसाइकिलें चौक से गुजर गई हैं। दो-तीन चारपहिया गाड़ियाँ भी गुजरीं, लेकिन रिक्शा एक ही जगह खड़ा रहा। धूप नहीं थी, लेकिन सूरज अभी डूबा नहीं था। इस समय को गोधूलि वेला कहिए या गाँव की बोली में गदहबेला!

रिक्शे का स्पीकर अचानक ऑन होता है। थोड़ी चूँ-चाँ होती है, फिर माइक्रोफोन पर ठक-ठक की आवाज। महिला जो रिक्शे पर बैठी थी, अब खड़ी हो गई है। उसके एक हाथ में माइक्रोफोन है, दूसरे हाथ में कागज के कुछ पन्ने हैं। क्याँ-कूँ-चूँ-चाँ जैसी आवाजों के बाद रिक्शे पर खड़ी महिला की आवाज सुनाई पड़ती है :

मेरे ग्रामवासियो!

आप लोग शायद मुझे नहीं पहचानेंगे। सोचते होंगे कौन है यह निर्लज्ज जो बीच चौक पर रिक्शा लगाए बैठी है...' लोग देखने लगे रिक्शे पर खड़ी औरत को। ढली उम्र की है, लेकिन देखने में आकर्षक, संभ्रांत परिवार की पढ़ी-लिखी दिखती है।

मेरे ग्रामवासियो! मैंने कहा, आप लोग शायद मुझे नहीं पहचानते होंगे। तो सुनिए : मेरा नाम है जयमाला देवी, ग्राम रतनपुरा! स्वर्गीय नंदेश्वर शर्मा की बहू और स्वर्गीय श्रीकांत शर्मा की पत्नी जयमाला देवी। श्रीकांत शर्मा की विधवा नहीं कहा मैंने।' लोग लाउडस्पीकर की आवाज की ओर उन्मुख हुए। कौन जयमाला देवी? जो नहीं जानते थे, रिक्शे पर खड़ी औरत को देखने लगे। एक हाथ में माइक्रोफोन, दूसरे हाथ में कागज के कुछ पन्ने। पुनः वही संबोधन :

मेरे ग्रामवासियो!

जो लोग मुझे जानते थे, वे भी मुझे भूल गए होंगे। याद दिला दूँ कि आज से

उनचालीस साल पहले सन् उन्नीस सौ बहत्तर में मैं अपने इसी सरायगंज विधान सभा चुनाव-क्षेत्र से सीपीआई के टिकट पर उम्मीदवार बनी थी।...लोगों में कुछ हरकत हुई। चुनाव-प्रचार का आज आखिरी दिन है तो उम्मीदवार तरह-तरह के स्वाँग रचने चौक पर पहुँच जाते हैं। होगा यह भी कोई स्वाँग!

भाषण जारी था :

उनचालीस साल बीत गए। विधान सभा चुनाव में मैं अपने सरायगंज प्रखंड को छोड़ अन्य दोनों प्रखंडों की मतगणना में सबसे आगे थी। अपने प्रखंड में ही पिछड़ गई, क्योंकि मेरे खिलाफ एक पर्चा छपा था और पूरे प्रखंड में बाँटा गया था। पर्चे में मतदाताओं से निवेदन किया गया था-रंडी को वोट न दें। जयमाला देवी रंडी हो गई। पर्चा छपाने वाले कुछ लोग आज भी जिंदा हैं। यादव टोले के भोला यादव, लाली यादव, रजपुताही के बाबू चंद्रदेव सिंह, चमरटोली के घट्टर राम, बभनटोली के गुणेश्वर झा आज भी जिंदा हैं। ये तमाम लोग सन् बहत्तर में जवान थे। इन लोगों को जयमाला देवी का खूबसूरत होना और इतना पढ़ा-लिखा होना बर्दाश्त नहीं हुआ। उनको लगा, यदि जीत गई जयमाला तो उनके घर की बहू-बेटियाँ भी रंडियाँ हो जाएँगी।...

राजकचहरी चौक पर एकत्र लोग सन्न रह गए। क्या बोल रही है यह औरत! जयमाला देवी जिन लोगों के नाम ले चुकी थी उनमें कुछ उस चौक पर भी थे। वे धीरे-धीरे खिसकने लगे।

मेरे ग्रामवासियो! मैं 'भाइयो और बहनो' नहीं कह रही हूँ। 'बहनो' कहने से सारी बहनें मेरी ही तरह रंडियाँ हो जाएँगी। सन् बहत्तर में मैं एक ही रंडी थी, आज ग्राम पंचायत के चुनाव में रंडियाँ ही रंडियाँ हैं। दोनों पंचायतों में रंडियाँ ही रंडियाँ और उन रंडियों के भड़वे...। मैंने इसीलिए 'भाइयो' नहीं कहा। मेरे ग्रामवासियो! यह जो कागज है मेरे हाथ में, यह लिस्ट है रंडियों की। एक-एक नाम पढ़ूँ?'

देखते-देखते राजकचहरी चौक खाली हो गया। उधर पश्चिम की तरफ जहाँ कुछ महिला-उम्मीदवारों का जमावड़ा था, वहाँ सन्नाटा पसरा था। जयमाला देवी को सुनने वाले दुकानदार थे और दुकानों में काम करने वाले नौकर। जयमाला देवी हाथ में कागज लिये नाम पढ़ रही थी-नामों के साथ विशेषण भी: ये हैं मेरे गाँव की रंडियों के नाम-बभनटोली की ममता झा, यादव टोले की राधिका यादव पुरैनियाँ वाली, कुर्मी टोले की रमरतिया देवी, चमरटोली की रामसहेली देवी...। हर उम्र की रंडियाँ और उनके भड़वे। सन् बहत्तर में मैं अकेली रंडी थी, अब गाँव में रंडियाँ ही रंडियाँ हैं...।

दुकानदार रिक्शे पर खड़ी सुदर्शन व्यक्तित्व की अतीतयौवना को एकटक देख रहे थे। रिक्शे की हैंडिल थामे कमरू मियाँ भौंचक। सोच रहा था कि इतने दिनों से जिस स्त्री को वह देख रहा है, जिसकी खेती-बाड़ी उसके बड़े भाई सँभाल रहे हैं, उसका पिछला एक इतिहास भी है। उसे पता नहीं था कि मालकिन जयमाला देवी विधान सभा का चुनाव भी लड़ चुकी हैं इस क्षेत्र से। जयमाला देवी के उठे हुए दाहिने हाथ

में दो-तीन फुलस्केप कागज बसंती हवा में परचम की तरह लहरा रहे थे। कमरू के चेहरे पर अजीब-सा नूर था। कभी वह मैदान फतह करने वाली जयमाला देवी को देखता, कभी सूने चौक पर मँड़राते आवारा कुत्तों को।

जयमाला देवी थकी हुई-सी रिक्शे की सीट पर बैठ गईं। कमरू मियाँ ने जयमाला देवी के हाथ में पड़े कागज को देखते हुए कहा, 'मालकिन, आपकी फेहरिस्त में मेरे टोले की एक भी औरत का नाम नहीं हैं।' जयमाला देवी मुस्कराती हुई बोली, 'यह तो अच्छा है न कमरू मियाँ! तुम्हारे टोले की कोई होती तो वह भी रंडी में शुमार होती। बच गईं तुम्हारे टोले की औरतें।' कमरू मियाँ मायूसी भरी हँसी हँसता बोला, 'नहीं मालकिन, मेरी तो हसरत थी कि इस फेहरिस्त में मेरे टोले की औरतों के भी नाम होते!' जयमाला देवी चकित-सी काले-कलूटे ठिगने-से रिक्शाचालक को देखने लगी।

'हाँ मालकिन, मेरी हसरत थी–जाहिल, गँवार, अनपढ़, गरीब मजदूर...मेरे टोले की औरतें...।'

गर्मियों की शाम। पूरब दिशा से गुलाबी स्पर्श वाला हवा का एक झोंका आया जिसमें जुसनामाय की 'बाड़ी' में रोपे गए हिना की मीठी गंध भी घुली-मिली थी। इस समय जब राजकचहरी चौक पर भीड़-भाड़ एकदम नहीं थी, हिना की मीठी गंध वाली हवा बेरोक-टोक आ रही थी। अचानक हवा का एक और झोंका आया और जयमाला देवी के हाथ से कागज छीनकर ले उड़ा। कमरू मियाँ कागज के उन पन्नों को लेने दौड़ना ही चाहता था कि जयमाला देवी ने मना कर दिया, 'छोड़ दो कमरू! वह कागज अब काम का नहीं है। काम हो गया। बाजार के आवारा कुत्ते सड़क पर इत्मीनान से बैठे थे। न वे भौंक रहे थे, न झगड़ रहे थे। रिक्शे पर बैठी जयमाला देवी ने कमरू को चलने के लिए कहा। रिक्शा आगे बढ़ा तो जयमाला देवी ने एक बार पीछे मुड़कर देखा और दिल खोलकर हँसी जैसे वर्षों से सिर पर रखा भारी बोझा चौक पर उतार फेंक आई हो।

# ऐसी नगरिया में केहि विध रहना!

ग्राम पंचायत का चुनाव-परिणाम आया। चले गए सरायगंज पंचायत के मुखिया सदानंद यादव। नौ लाख रुपए खर्च किए थे। साइकिलें बाँटीं, रुपए छींटे, ट्यूबवेल गड़वाए, लेकिन कुछ मतों से हार गए। जीत गया नरेश सिंह। सुराजी चौक के दक्षिण उसकी विदेशी शराब की दुकान है मधुशाला। दुकान के बाहर एक साइनबोर्ड है जिस पर 'बच्चन' जी की 'मधुशाला' की चार पंक्तियाँ लिखी हुई हैं :

मधुशाला वह नहीं जहाँ पर मदिरा बेची जाती है
भेंट जहाँ मस्ती की चढ़ती मेरी तो वह मधुशाला।

प्रमोद बाबू ने जिस दिन 'मधुशाला' दुकान के बाहर साइनबोर्ड पर लिखी ये पंक्तियाँ देखी थीं, बहुत प्रसन्न हुए थे। सोचा था, यह विदेशी शराब की दुकान वाला निश्चय ही पढ़ा-लिखा होगा। बात सही थी। दुकान का मालिक नरेश सिंह बीए पास है। मधुशाला की पंक्तियाँ पढ़कर देर तक सोचते रहे थे प्रमोद बाबू। क्या इन पंक्तियों के गूढ़ार्थ तक वह पहुँचा होगा? क्या हरिवंश राय 'बच्चन' ने शराबियों के लिए लिखी थी मधुशाला?

सरायगंज में एक देसी शराब की दुकान भी है जो राजकचहरी चौक के एक छोर पर है। इन दिनों शराब की दुकानों की संख्या काफी बढ़ गई है। छोटे-छोटे हाटों-बाजारों में भी शराब की दुकानें खुल गई हैं। सरकार को हर साल बारह हजार करोड़ रुपए का राजस्व प्राप्त होता है जो कुल प्राप्त राजस्व का चौथाई भाग है। प्रदेश की सरकार में मद्यनिषेध मंत्री हैं जिनका दायित्व शायद मद्य का निषेध करना है।

अवधेश प्रसाद फिर जीत गए हैं। जिला परिषद के सदस्य चुने गए हैं। तय है कि फिर जिला परिषद के अध्यक्ष होंगे। दो बार विधायक के लिए टिकट के प्रत्याशी रहे। सुना गया कि मुख्यमंत्री ने फिलहाल जिला परिषद को सँभालने का भार दिया। रिश्तेदार ठहरे मुख्यमंत्री, जैसाकि अवधेश प्रसाद प्रचारित करते हैं। कैसे बात न मानें! यादव टोले की हेंकड़ी चली गई लालू प्रसाद के पराभव के बाद। बिहार में जब लालू-काल था, कई यादव अपने नाम के आगे लगे 'सिंह' हटाकर 'यादव' लिखने लगे थे।

अब समय आया है अवधेश प्रसाद का। इनका दाहिना हाथ है इनका चचेरा भाई

जुबली सिंह। पहले अवधेश प्रसाद यादव टोले के सदानंद यादव के पिछलग्गू थे, अब अवधेश प्रसाद के पीछे-पीछे घूमते हैं सदानंद यादव। लंबा कुर्ता, चुस्त पाजामा और बंडी वाले छुटभैये नेता अब कुर्मी टोले में दिखते हैं।

लोग अवधेश प्रसाद को 'नेताजी' कहकर पुकारते हैं। अफसर भी अदब से पेश आते हैं। मुख्यमंत्री के आदमी ठहरे। अवधेश प्रसाद खुद कहते हैं कि मुख्यमंत्री जी जब-तब उनको बुलाते हैं। आखिर पटना के ममता होटल में एक कमरा क्यों आरक्षित रहता है अवधेश प्रसाद के लिए? सरकारी कर्मचारियों का ट्रांसफर कराना, ट्रांसफर रुकवाना, अफसरों का मनचाहा पदस्थापन...ढेर सारे काम हैं जो पटना से ही संचालित होते हैं। अपना विधायक भाजपा का है। वैसे भाजपा सरकार में शामिल है, लेकिन इस क्षेत्र के विधायक कृपानाथ मिश्र कभी-कभी दर्शन देते हैं। जबसे मुख्यमंत्री ने विकास-मद की राशि खर्च करने का अधिकार विधायकों से छीन लिया है, विधायक पद सारहीन जैसा हो गया है। न रस रहा न 'लस'। विधायक का वेतन-भत्ता बढ़ जाने से भला भरपाई होने वाली है विधायक की! आते ही नहीं हैं क्षेत्र में कृपानाथ मिश्र। प्रमोद बाबू लिंक कैनाल के मामले में उनसे पटना में मिले तो हवाई आश्वासन भर दिया। लोकसभा क्षेत्र से चुने गए सांसद मूकेश्वर पासवान संसद में अपने नाम की सार्थकता सिद्ध करते आए हैं। दूसरी बार संसद पहुँचे तो वहीं के होकर रह गए। क्षेत्र में उनकी पूछ नहीं तो जाकर क्या करेंगे! ले-देकर विकास मद की विपुल राशि है। उसी का पीसी सबसे प्रमुख आकर्षण है। अवधेश प्रसाद की दहशत के कारण उनके इशारे पर ही काम होता है। मजाल है कि सांसद महोदय खिलाफ जाएँ!

अवधेश प्रसाद के पिता गनौरी महतो सीधे-सादे किसान थे। जतियारी पंचायत के मड़र। दस-बारह साल पहले दिवंगत हुए। वे मड़र थे जाति के, जिधर चाहते थे, वोट उधर जाता था। तब मड़र का आदेश अकाट्य माना जाता था। डाँड़-बान्ह, जाति से निष्कासन...यानी खिलाफ गए तो बिरादरी बाहर। सरायगंज विधान सभा चुनाव-क्षेत्र से जब जयमाला देवी उम्मीदवार बनी थीं, गनौरी महतो ने पूरे टोले को सचेत कर दिया था-खबरदार, एक भी वोट उस रंडी को नहीं मिलना चाहिए।

अब वैसा फरमान चल नहीं पाता। डांड़-बान्ह, जाति से निष्कासन, हुक्का-पानी बंद जैसे दंड-विधान बिलकुल निष्क्रिय हो गए। टूट गई जतियारी पंचायत। आ गई सरकारी ग्राम पंचायत। असमर्थ और परिवार में दुत्कारे गए अधिपति अब 'घबहा बूढ़े बैल' जैसे हो गए हैं। आदमी हैं, नहीं तो कसाई के हाथों बेच दिए गए होते। शादी-ब्याह में जाति की बंदिशें भी टूट रही हैं। कोई टोकने-रोकने वाला नहीं है। जिसकी जैसी मर्जी वैसा कर रहा है। इसी कुर्मी टोले में अवधेश प्रसाद की दियादी में पूर्णियाँ कालेज में पढ़ने वाला एक लड़का सवर्ण जाति की लड़की से कोर्ट मैरेज करते हुए गाँव आया।

किसी की विरोध करने की हिम्मत नहीं हुई। चुनाव में लोग अपनी मर्जी से वोट

देते हैं। अवधेश प्रसाद अपने पिता गनौरी महतो की तरह जिधर चाहें उधर हाँक दें टोले को, ऐसा अब संभव नहीं है। वैसे उनका दबदबा तो है! दबंग हैं और ऊपर तक पहुँच है, इसका फायदा तो कुर्मी टोले के लोग लेते ही हैं।

यही दबंगई देखी जाती है अवधेश प्रसाद के चचेरे भाई जुबली सिंह में। चौबीस-पच्चीस की उम्र है। बीए फेल है। पिता जनकधारी महतो का सुपुत्र है। जनकधारी महतो ने बेटे का नाम रखा था जनार्दन। बेटे ने अपना नाम बदल लिया। हो गया जुबली सिंह। जनार्दन महतो नहीं, जुबली सिंह। अपने चचेरे भाई अवधेश प्रसाद के पद-चिह्नों पर चलनेवाला यह होनहार नेता ठेकेदारी करता है। सांसद मूकेश्वर पासवान का चहेता है। जुबली सिंह के नेता होने की वास्तविक अर्हताएँ लोगों के सामने आ रही हैं। उसके लिए ग्राम पंचायत के पद व्यर्थ हैं। विधान सभा में जाना चाहता है, लेकिन अपने चचेरे भाई ही लाइन में लगे हैं। कैसे मिले टिकट!

जुबली सिंह जब अपनी बोलेरो गाड़ी से निकलता है, उसके साथ चार-पाँच हमउम्र साथी जरूर रहते हैं। चाय-नाश्ते की जिस दुकान में बैठा, उस दुकानदार का दुर्भाग्य। खाया-पीया और दुकानदार से कह दिया-लिख लेना नेताजी के नाम पर। पैसे माँगने की हिम्मत सरायगंज बाजार में किसी दुकानदार में नहीं है। नरेश सिंह की 'मधुशाला' में भी जुबली सिंह से पैसे नहीं लिए जाते। हाल के पंचायती चुनाव में नरेश सिंह को जुबली सिंह का समर्थन प्राप्त था। यों ही नहीं जीत गया छपरा का राजपूत नरेश सिंह!

प्रमोद बाबू को जानकारी नहीं थी कि 'मधुशाला' में स्कॉच व्हिस्की की भी अच्छी-खासी बिक्री है। गाँव का बाजार कहाँ पहुँच गया है, प्रमोद बाबू को इसकी जानकारी उस दिन हुई जिस दिन भतीजे सुरेंद्र की दुकान में बैठकर उन्होंने दुकान के नौकर से एक पैकेट सेविंग ब्लेड मँगवाया। ब्लेड की कीमत पूछी तो नौकर ने बताया पैंतीस रुपए। पाँच सेविंग ब्लेड की कीमत पैंतीस रुपए और यह ब्लेड सरायगंज बाजार में बिक जाता है? कौन खरीदता है इतने महँगे ब्लेड?

नौकर ने कहा था, 'सर, बिकता है तभी तो दुकानदार रखता है!' तो अपने इस देहाती बाजार में ऐसे भी ग्राहक हैं! यह सरायगंज बाजार है। प्रमोद बाबू ने सोचा नहीं था, यहाँ के कुछ लोगों की क्रय-शक्ति इतनी बढ़ गई है।

जिस दिन प्रमोद बाबू ने 'मधुशाला' दुकान देखी थी और साइनबोर्ड पर 'मधुशाला' की पंक्तियाँ पढ़ी थीं, उस दिन दुकान में ग्राहकों की कतार देख वे हैरत में पड़ गए थे। सुरेंद्र ने कहा था, 'चाचाजी, 'मधुशाला' की प्रतिदिन की बिक्री अस्सी हजार से एक लाख रुपए के बीच है।

और यही 'मधुशाला' वाला इस चुनाव में मुखिया बन गया। चर्चा है, नौ-दस लाख रुपए खर्च किए। इस खर्च में शराब की कीमत शामिल नहीं है। नरेश सिंह खुलेआम कहता है-नौ लगाया नब्बे लूँगा।

उधर दिल्ली में जंतर-मंतर पर अण्णा हजारे का भ्रष्टाचार उन्मूलन के लिए अनशन

चल रहा है। एक बड़ी टीम है उनके साथ विधिवेत्ताओं, समाजकर्मियों और नौकरशाह रह चुके युवाओं-अधेड़ों की। जनलोकपाल विधेयक पास कराना है। योग गुरु बाबा रामदेव भी सुरफुराए थे भ्रष्टाचार और विदेशों में जमा काले धन को लेकर। सरकार की एक धौंस में सटक गए। एक केंद्रीय मंत्री बोले, 'बाबा, यह राजनीति है। पेट फुलाने और पेट पिचकाने का योगाभ्यास-केंद्र नहीं है।'

प्रमोद बाबू पंचायती चुनाव से निरपेक्ष ही रहे। वैसे कोई पूछ भी नहीं रही उनकी। गाँव में रहकर यह जरूर देखा कि पंचायती चुनाव में पैसे और शराब का खेल चला। अपवाद में रही रतनपुरा पंचायत की मुखिया टिकुली देवी। बिना गलत खर्च किए फिर जीत गई चुनाव। अपने वायदे के मुताबिक टिकुली देवी ने बरसतिया नाले पर जर्जर पुलिया की मरम्मत करवा दी। आने-जाने लायक हो गई पुलिया। अब इस पुलिया की जरूरत भी नहीं रहेगी। लिंक कैनाल की स्वीकृति की प्रक्रिया सरकारी स्तर पर चल रही है। डीडीसी अररिया से प्रमोद बाबू को जानकारी मिली है। अब जरूरत है राजनीतिक दबाव की।

एक बार जल संसाधन मंत्री से मिलने पटना भी गए थे। आश्वासन मिला कि काम हो जाएगा। जिस दिन फाइल आएगी, स्वीकृति दे दी जाएगी।

यही एक बड़ा सपना है प्रमोद बाबू का। लिंक कैनाल बन जाए तो रेत बनी सुरसर नदी जी उठेगी। सरायपोखर का जहरीला पानी सुरसर नदी के जल-प्रवाह से मिल जाएगा। सरायपोखर फिर बनेगा कमलपोखर।

प्रमोद बाबू अपने मकान की छत से पश्चिम-दक्षिण कोने में लगभग आधे किलोमीटर की दूरी पर सरायपोखर के पास के जंगल को देखते हैं। बहुत छोटे थे तब यह जंगल झाड़ियों का दायरा था। सरायपोखर तब कमलपोखर था। कमल के अनगिनत फूल खिलते थे इसमें। पुरइन के पत्ते पूजा-पाठ में और भोज में काम आते थे। सूखे पत्तों पर नहीं, हरे-हरे पुरइन के पत्तों पर लोगों को खिलाया जाता था भोज में। सुरसर नदी सूखने लगी, सरायपोखर का पानी सड़ने लगा। विलुप्त हो गए कमल। मर गया कमलपोखर। बाद में तो भुतहा पोखर कहा जाने लगा। प्रमोद बाबू कालेज में पढ़ने के दिनों में गाँव आते। गाँव में चर्चा के दो मुख्य विषय होते-कमलपोखर का जहरीला होता पानी और भुतहा इमली का पेड़।

प्रमोद बाबू का सपना मरा नहीं है आज भी। अपमान सहे, टूटते भाईचारे को महसूस किया, फिर भी मन के भीतर कहीं अपने गाँव के प्रति गहरा लगाव बना है। यदि लिंक कैनाल बन जाए तो एक बड़ा सपना पूरा होगा। सूरत बदल जाएगी गाँव की। दुख है तो यही कि जनप्रतिनिधि उदासीन हैं। उनको भी चिंता नहीं है जिनकी जमीन चौर में चली गई है। साल में छह-सात महीने पानी में डूबी रहती है जमीन। रब्बी की फसल बोने के समय पहचान होती है कि किसका कौन-सा खेत है। पिछले तीस-चालीस वर्षों में एक या दो बार इंजिनियर आए, पैमाइश हुई, रिपोर्ट बनी, नक्शा

बना, फिर सब शांत।

सांसद मूकेश्वर पासवान ने कभी फाइल को जिंदा करने की राजनीतिक पहल नहीं की। विधायक को तो क्षेत्र से कोई वास्ता ही नहीं है, वे क्या मदद करेंगे!

इधर लोगों की दिलचस्पी बढ़ी है जबसे प्रमोद बाबू इसके पीछे पड़े हैं। डीडीसी ने आश्वस्त किया है। फाइल ऊपर भेजी गई है।

पंचायत-चुनाव के बाद अवशिष्ट द्वेष गाँव के लिए रिश्तों का गंदा कीचड़ बन गया है। प्रमोद बाबू देख रहे हैं, एक ही परिवार में एक-दूसरे के प्रति संशय का भाव है। भाई हो, भतीजा हो या दियादी रिश्ते हों, अपने लोगों को पराजित उम्मीदवार धोखेबाजों की श्रेणी में रख रहे हैं। जिला परिषद के अध्यक्ष-पद पर फिर आसीन हुए अवधेश प्रसाद। प्रमोद बाबू लिंक कैनाल के मामले को लेकर अवधेश प्रसाद के घर गए थे। बोले, 'अब राजनीतिक पहल की जरूरत है अवधेश जी! पटने में कोई पैरवी भिड़ाइए। डीडीसी और डीएम से मिलिए। आप जिला परिषद के अध्यक्ष हैं। आपकी बात को अफसर तरजीह देंगे।' अवधेश प्रसाद ने कहा था, 'सर, ऐसा है कि डीडीसी से मेरी पटती नहीं है। खचड़ा अफसर है। साउथ का है न! यहाँ के हवा-पानी को ठीक से पहचान नहीं पाया है। उससे सर आप ही मिलिए। डीडीसी से फाइल ऊपर भिजवाइए। जरूरत पड़ी तो मुख्यमंत्री जी से भी बात करूँगा।'

जिला परिषद-अध्यक्ष से मिलने के तीसरे दिन प्रमोद बाबू छोटे भाई विनोद जी को साथ लेकर डीडीसी कार्यालय पहुँचे। आप्त सचिव पहचान गए हैं प्रमोद बाबू को। उन्होंने बताया, 'साहब आउट ऑफ स्टेशन हैं।' विनोद जी साथ थे। उन्होंने प्रमोद बाबू से पूछा, 'क्या कहा उस अफसर ने? स्टेशन गए हैं?' प्रमोद बाबू हँसने लगे, 'नहीं रे! मुख्यालय से बाहर हैं।'

अब क्या किया जाए! गाँव लौटा जाए या एक दिन रहकर मिल ही लिया जाए। कल डीडीसी आ जाएँगे, आप्त सचिव ने बताया था। विनोद जी बोले, 'भैया, यहाँ रात में रहने की कोई दिक्कत नहीं है। अपने गाँव के एक वकील हैं यहाँ सत्यदेव यादव! आप तो जानते होंगे भैया! भोला यादव के पुत्र हैं। बढ़िया प्रैक्टिस है उनकी। चलिए, उन्हीं के यहाँ रात में रह जाएँगे।'

अररिया छोटा-सा शहर है। विनोद जी का देखा हुआ था सत्यदेव यादव का घर। उन्हीं के घर पहुँचे दोनों। वकील साहब ने बड़े आदर से दोनों को नाश्ता कराया, चाय पिलाई। रात में खाने-सोने की अच्छी व्यवस्था की।

रात दस बजे के आसपास प्रमोद बाबू का मोबाइल फोन बजा। पत्नी की कांपती हुई आवाज थी। पता नहीं किसके मोबाइल से फोन कर रही थी। 'क्या हुआ? इतनी घबड़ाई हुई क्यों हो?' सावित्री जी ने जवाब में जो कहा, प्रमोद बाबू सुनकर एकदम स्तब्ध रह गए। मोबाइल फोन को हाथ में रखे बिछावन पर गिर पड़े।

'क्या बात है भैया? क्या कहा भाभी ने? आप इतने बदहवास क्यों हैं? क्या हुआ?'

बिछावन पर लेटे-लेटे प्रमोद बाबू लड़खड़ाती आवाज में बोले, 'अभी गाँव लौटने का कोई उपाय है विनोद?'

'भैया, पहले बताइए तो, हुआ क्या है?'

'मेरे घर में काम करती है न वह लड़की कलिया! आज शाम अपने घर लौट रही थी। आम बगान के पास दो लड़कों ने गाड़ी में ले जाकर उसके साथ बलात्कार किया। आम बगान वाली सड़क तो अब चालू सड़क है नहीं। दो लफंगे थे। एक वही जुबली सिंह था, अवधेश प्रसाद का भाई और एक यादव था। क्या नाम?...रास्ते पर कलिया को फेंककर गाड़ी से दोनों निकल गए। देर हुई तो कलिया की माँ मेरे घर की तरफ आ रही थी। अँधेरे में कलिया सड़क पर फेंकी हुई दिखाई पड़ी। कराह रही थी। कलिया की माँ मेरे घर आई, लेकिन मैं तो यहाँ हूँ।'

'अब क्या होगा भैया?'

प्रमोद बाबू चुप। कुछ बोलते नहीं बन रहा था। धीरे-धीरे कहने लगे, 'कलिया का बाप पाँच-छह महीने पहले पंजाब गया है कमाने। पिछली बार आया था तो सैंतीस हजार रुपए मेरे पास रख गया। बोला कि इस बार साल भर बाद आएगा। कलिया को देखते रहिएगा मालिक! अपनी ही बेटी समझिएगा। पंजाब से लौटकर कलिया का ब्याह-दान कर दूँगा! शादी की उमर हो गई है।'

'कलिया की माँ है?' विनोद जी ने पूछा।

'हाँ, है। गाँव में मजदूरी करती है-कुटौनी-पिसौनी। थोड़ी-सी जमीन है घर के पिछवाड़े।'

प्रमोद बाबू ने खाना खा लिया था। इस चिंताजनक सूचना के बाद उनको लग रहा था, कै हो जाएगी। तीन बार 'औक-औक' करते वे सटे हुए बाथरूम में गए, कै हुई नहीं। चित्त ज्यादा अशांत हो गया। विनोद जी बोले, 'आपकी तबीयत ठीक नहीं लग रही है भैया।'

'हाँ विनोद, बहुत बेचैनी लग रही है। कलिया का बाप मुझी पर छोड़ गया था बेटी को। कहा था, अपनी ही बेटी समझिएगा मालिक।' प्रमोद बाबू आत्मालाप-सा करने लगे-'अब देखो! क्या हो गया! क्या जवाब दूँगा कलिया के बाप को! क्या होगा कलिया का! इतनी अच्छी लड़की!...' देर तक पता नहीं क्या-क्या बोलते रहे प्रमोद बाबू।

बड़े-से कमरे में जीरो पावर का बल्ब जल रहा था। आसपास दो पलंग लगे थे। वकील साहब का पूरा परिवार सो गया था। प्रमोद बाबू कमरे में इस कोने से उस कोने तक आ-जा रहे थे।

'अभी रात में लौटने का कोई साधन मिल सकेगा विनोद?'

'नहीं भैया! रात का एक बजा है। न कोई बस मिलेगी न ट्रेन। हाँ, चार बजे सुबह एक गाड़ी है सरायगंज के लिए।'

प्रमोद बाबू ने मोबाइल फोन में समय देखते हुए कहा, 'अभी एक पाँच हो रहा है। उसी गाड़ी से निकल चलें। यहाँ से एक घंटा पहले निकलना होगा। ओटो या रिक्शा तो इस समय मिलेगा नहीं। ओफ! कलिया की जिंदगी बर्बाद कर दी गाँव के लफंगों ने। अवधेश का भाई...क्या नाम है...हाँ, जुबली सिंह! वह तो देखने से ही क्रिमिनल लगता है।' विनोद जी को किसी बात पर ज्यादा सोचने की आदत नहीं है। बोले, 'अब तो रेप केस लड़ना होगा और कलिया का बाप है मजदूर। लड़ पाएगा मुकदमा?'

'विनोद, मैं लड़ूँगा मुकदमा। कलिया का बाप मुझ पर छोड़ गया था अपनी बेटी। मैं लड़ूँगा मुकदमा और जेल भिजवाकर रहूँगा हरामजादों को!' प्रमोद बाबू संतुलन खो रहे थे। अपशब्द उनकी जबान से नहीं निकलते, लेकिन इस वक्त वे अपने काबू में नहीं थे।

विनोद जी घबड़ा गए। भैया की आवाज इस तरह लड़खड़ा क्यों रही है! उनके मुँह से कभी गाली नहीं सुनी! प्रमोद बाबू की आवाज ही नहीं, देह भी काँप रही थी। बेमतलब कमरे में भटके परिंदे की तरह चक्कर काट रहे भैया को विनोद जी ने पलंग पर बिठाया। उनकी बगल में बैठ गए। प्रमोद बाबू बड़बड़ा रहे थे–'अब तो कल ही कुछ होगा। कानून ही सहारा है...जिंदगी बर्बाद हो गई कलिया की। ज्योत्स्ना कहती थी–कलिया भी कोई नाम है! इसका नाम कलिका कर दो!...सांवले रंग की खूबसूरत लड़की! इसका बाप इसलिए इतना डरा हुआ था! जिंदगी बर्बाद कर दी हरामजादों ने! जिंदगी बर्बाद कर दी! कैसे मुँह दिखाऊँगा इसके बाप को!...'

विनोद जी सो गए थे बराबर के पलंग पर। उनकी नाक बज रही थी। प्रमोद बाबू कभी कलाई में बँधी घड़ी में समय देखते, कभी मोबाइल फोन में। साढ़े तीन बज गए तो विनोद जी को जगाया। पैदल झपटते हुए रेलवे स्टेशन पहुँचे। गाड़ी आधा घंटे लेट आई।

साढ़े छह बजे सुबह सरायगंज रेलवे स्टेशन पर उतरकर रिक्शा किया। घबड़ाए हुए घर पहुँचे। सावित्री जी बदहवास थीं। उन्होंने विस्तार से पूरी घटना सुनाई। विनोद जी साथ में थे। कलिया दोनों बलात्कारियों को पहचानती है, नाम जानती है। दोनों तो गाँव के ही हैं। सावित्री जी ने बताया–कल कलिया को यहाँ से जाने में देर हो गई। इंतजार कर रही थी अपने टोले के रामनिहोरा का। रामनिहोरा कल आया नहीं। बाजार में कहीं काम मिल गया था।

कलिया अकेली चली यहाँ से। ठीक आम बगान के पास सुनसान में बोलेरो गाड़ी में जबरदस्ती खींच लिया जुबली सिंह ने। उसके साथ यादव टोले का उसका साथी था। कलिया ने उसका भी नाम बताया है–कुलबा यानी कुलानंद यादव। गाड़ी खड़ी रही। दोनों ने बलात्कार किया। चीखती–चिल्लाती रही कलिया, लेकिन उस सुनसान में कौन सुनता उसकी चीख! जबसे मुसलमान टोले की ईदगाह वाली पक्की सड़क बनी है, आम बगान वाली सड़क मरिया सड़क हो गई है। बस दिन में आस–पास के

टोलों के लोग आते-जाते हैं।...कलिया की माँ ने यहाँ आकर यह सब बताया। आपके इंतजार में हैं सब।'

'इस समय कलिया कहाँ है?' प्रमोद बाबू ने पूछा।

'अपने घर में। अस्पताल भी नहीं ले गए लोग। आपका रास्ता देख रहे हैं।'

प्रमोद बाबू ने न कपड़े बदले, न हाथ-मुँह धोया। विनोद जी को साथ लिए कलिया के घर पहुँचे। ज्यादा दूर नहीं है केवट टोला। मकान की छत से दिखता है। पंद्रह-बीस परिवारों का टोला है। आठ-दस इंदिरा आवास योजना के अंतर्गत बने छोटे-छोटे पक्के मकान हैं। टोले के अस्सी-नब्बे प्रतिशत लोग मजदूर हैं। आधे से ज्यादा प्रवासी मजदूर जिनमें एक बंदेलाल भी है-कलिया का पिता। प्रमोद बाबू ने पहली बार बंदेलाल का घर देखा। दरवाजे पर मातम था। कलिया की माँ फूस की छोटी-सी बैठक के एक कोने में बैठी रो रही थी। वहीं चौकी पर लेटी कलिया कुंहर रही थी। टोले के लोग एकत्र थे। औरतें, लड़कियाँ, बच्चे सब थे आँगन-दरवाजे पर। प्रमोद बाबू को देख कलिया की माँ की जान में जान आई, 'अब क्या होगा मालिक? कलिया की जिनगी बर्बाद हो गई।'

क्या जवाब देते प्रमोद बाबू! कलिया जहाँ लेटी कुंहर रही थी, प्रमोद बाबू वहीं कलिया के पैरों के पास बैठ गए। बोले, 'अस्पताल क्यों नहीं ले गई इसको?' कलिया की माँ रोती रही, 'आपका ही इंतजार कर रही थी मालिक! आप आ गए। अब जो सोचिए, कीजिए।' कलिया का बारह-तेरह साल का भाई लालू जो गाँव के मिडिल स्कूल में पढ़ता है, बैठक का खूँटा पकड़े जैसे खुद खूँटा हो गया था। अविचल खड़ा वह अपनी बहन को देख रहा था। 'पहले तो कलिया को अस्पताल ले चलें। कोई रिक्शा मिलेगा यहाँ?'

टोले का एक युवक बोला, 'हाँ, यहाँ टोले में आठ-दस रिक्शे हैं।'

साथ आए विनोद जी छोटे-से दरवाजे के कोने में जहाँ उड़हुल फूल के पौधों की छोटी-सी झाड़ी थी, वहाँ खड़े थे। थोड़ी ही देर में बगल से दो रिक्शे आ गए। एक पर कलिया और उसकी माँ बैठीं, दूसरे पर प्रमोद बाबू और विनोद जी। रिक्शे पूरब वाली सड़क से आगे बढ़े-ईदगाह वाली सड़क से। सड़क सीधे सरायगंज बाजार जाती है। रिक्शे के पीछे कई लोग चले। विनोद जी ने प्रमोद बाबू से पूछा, 'इसको ले कहाँ जाइएगा? डाक्टर सीएम झा के आरोग्य निकेतन या सरकारी अस्पताल?' प्रमोद बाबू बोले, 'मामला बहुत गंभीर है विनोद। प्राइवेट हॉस्पीटल में नहीं, सरकारी हॉस्पीटल में भर्ती करना होगा।'

सुबह आठ-साढ़े आठ के बीच का समय रहा होगा। राजकीय अस्पताल में एक महिला डाक्टर के अतिरिक्त तीन और डाक्टर रहते हैं। अक्सर दो डाक्टर ही हॉस्पीटल में दिखाई पड़ते हैं। डाक्टर एनएल दास को उनके आवास से बुलाया गया। मामला गंभीर था और गंभीर परिणामों तक ले जाने वाला था। डाक्टर दास को इस घटना

की जानकारी मिल चुकी थी शायद। बलात्कृत लड़की को देख डाक्टर दास के चेहरे पर हवाइयाँ उड़ने लगीं। प्रमोद बाबू को डाक्टर दास जानते थे। कुछ करते नहीं बन रहा था उनसे। इलाज के बाद मेडिकल रिपोर्ट पर सोचकर डाक्टर दास के होश गुम हो गए थे। थाने को सूचना देने के लिए अस्पताल के एक स्टाफ को भेजा गया। नर्स की सहायता से जख्मों पर पट्टियाँ आदि बाँधी गईं। दो-तीन इंजेक्शन दिए गए। अस्पताल के बाहर गाँव के ढेर सारे लोग जमा हो गए थे।

बिना कुछ खाए-पीए प्रमोद बाबू एक बजे दिन तक अस्पताल की एक प्लास्टिक की कुर्सी पर बैठे रहे। सावित्री जी कुछ देर बाद आ गई थीं। वे बेड पर लेटी कलिया के पास बैठी हुई थीं। पूरे गाँव में बलात्कार की यह घटना वैशाख-जेठ में लगी आग की तरह फैल गई थी।

ढाई बजे तक न थाने से थानाध्यक्ष आए, न कोई सिपाही आया। गाँव के दो लड़कों को प्रमोद बाबू ने भाड़े की जीप के लिए बाजार भेजा। यहाँ बस-अड्डे के पास जीप-कार-टेम्पो आदि भाड़े पर मिलते हैं। गाड़ियों की भरमार है यहाँ। दोनों लड़के लौट आए बाजार से। कोई गाड़ी वाला भाड़े पर अपनी गाड़ी देने को तैयार नहीं हुआ। आखिर प्रमोद बाबू ने ब्रह्मर्षि टोले के इंद्रदेव शर्मा को फोन कर उनका मारुति वैन मँगाया।

कलिया कराह रही थी। भीतरी जख्म ज्यादा थे। डाक्टर ने इंजेक्शन दिए, टैब्लेट खिलाए, मगर पीड़ा दुस्सह थी। प्रमोद बाबू डाक्टर दास की घबड़ाहट देख बोले, 'आप घबड़ा क्यों रहे डाक्टर साहब! आपने थाने को लिखित सूचना दी?'

'जी लिखित सूचना भेजी है।'

'डिस्पैच पंजी पर अंकित कर लिया न?'

'जी-जी।...' डाक्टर एनएल दास की आवाज लड़खड़ा रही थी।

कलिया को वैन में लिटा दिया गया। साथ में कलिया की माँ और छोटा भाई लालू। रिश्ते के एक चाचा भी थे। प्रमोद बाबू को चिंता यह भी थी कि कहीं कलिया के पिता बंदेलाल को यह खबर न मिल जाए! उन्होंने कलिया की माँ से कहा, 'खबर नहीं होनी चाहिए बंदेलाल को।'

एफ़आईआर के लिए सरायगंज थाना जाना था। दोनों बलात्कारियों को अच्छी तरह पहचानती है कलिया। वैन पर कलिया को लिटा दिया गया था। वैन में प्रमोद बाबू बैठने ही जा रहे थे कि देखा, किसी की बाइक की पिछली सीट पर बैठी टिकुली देवी आ रही है। खबर रतनपुरा पंचायत तक पहुँच गई थी। मोबाइल फोन का जमाना है। पल भर में कोई खबर इलाके में तो क्या पूरी दुनिया में फैल जाती है। टिकुली देवी को देख प्रमोद बाबू को संतोष हुआ। प्रमोद बाबू ने पूछा, 'तुमको कैसे खबर मिल गई मुखिया जी?'

'मोबाइल का युग है न सर, क्षण भर में कोई बात फैल जाती है।'

वैन में टिकुली देवी भी बैठी। कलिया की पीड़ा को झेलती दिखी टिकुली देवी।

अपलक देखती रही कलिया को। रौंदी गई कली! कलिया। बोली कुछ नहीं टिकुली देवी। बोलने या पूछने को था भी क्या!

वैन थाने पहुँची। कलिया को टिकुली देवी और उसकी माँ ने वैन से नीचे उतारा। थाने में दो या तीन सिपाही थे और मुंशी था। पूछने पर किसी सिपाही ने कहा, 'साहेब नइखन!' यानी साहब नहीं हैं। एफआईआर के लिए मुंशी से कहा गया तो मुंशी ने बेरुखी से जवाब दिया, 'बिना थानाध्यक्ष के एफआईआर नहीं होगा। हम मुंशी हैं।'

'कब आएँगे थानाध्यक्ष?'

'मालूम नहीं। एसपी साहेब का बुलावा आया था। नहीं मालूम, कब आएँगे। आज अइबो करेंगे कि नहीं, सो भी मालूम नहीं।'

'रेप का संगीन मामला है मुंशी जी।' प्रमोद बाबू बोले,' एफआईआर करना है।' मुंशी प्रमोद बाबू की बात को इतने हल्के ढंग से ले रहा था जैसे कोई खास बात न हो। संकेत था कि मामला दर्ज नहीं होगा। इतने में केवट टोले का एक लड़का आया और प्रमोद बाबू से बोला, 'दारोगा यहीं है अपने क्वार्टर में। जान-बूझकर घर में घुसा हुआ है। लगता है, पहले से मैनेज्ड है सब-कुछ।' प्रमोद बाबू एक टूटी बाँह वाली कुर्सी पर बैठे थे। लड़के की सूचना पर खड़े हो गए और सूचना देने वाले लड़के से कहा, 'चलो तो मेरे साथ! कहा हैं थानाध्यक्ष!'

थाने से थोड़ी सी दूरी पर उसी परिसर में थानाध्यक्ष का आवास था। बीच में महावीर मंदिर था, इसी कारण थानाध्यक्ष का आवास दिखता नहीं था। मंदिर की दक्षिण वाली दीवार की बगल वाली गली से प्रमोद बाबू उस युवक के साथ थानाध्यक्ष के आवास पर पहुँचे तो देखा, थानाध्यक्ष अंदर वाले कमरे में सोफे पर बैठे अखबार पढ़ रहे हैं। थानाध्यक्ष को छिपने का मौका नहीं मिला। पुकारने पर वे बरामदे पर आए और प्रमोद बाबू को हाथ जोड़कर प्रणाम किया। प्रमोद बाबू ने कहा 'दारोगा जी, सीरियस मामला है। रेप केस है। एफआईआर लिखना है आपको। मामले की जानकारी तो आपको हो ही गई होगी!'

'आज के अखबार से मालूम हुआ कि कुछ अज्ञात लोगों ने रात के अँधेरे में...।'

'नहीं दारोगा जी, अज्ञात लोगों ने नहीं, ज्ञात लोगों ने...।'

थानाध्यक्ष इधर-उधर ताकने लगे। प्रसंग को मोड़ने की कोशिश करते बोले, 'सर, चाय चलेगी?'

'नहीं। आपको चाय सूझ रही है दारोगा जी? आप थाने में आइए और एफआई आर लिखिए। मैं चलता हूँ वहाँ।' प्रमोद बाबू बरामदे की कुर्सी से उठने लगे तो दारोगा जी प्रमोद बाबू के साथ आए युवक से बोले, 'तनी उधर जाइए तो आप!' दारोगा जी प्रमोद बाबू को कमरे में ले गए। सोफे पर बैठने का अनुरोध करते हुए बोले, 'सर, एक बात कहें! आप विद्वान आदमी हैं। एक तो विद्वान आदमी को गाँव में रहना ही नहीं चाहिए। रह गए हैं तो गाँव के लफड़े में नहीं पड़ना चाहिए। आप गाँव की

पॉलिटिक्स नहीं समझते हैं सर। विद्वान आदमी हैं आप। आपको गाँव के मामले में नहीं पड़ना चाहिए। जितनी दूर रहिए गाँव की पॉलिटिक्स से, उतनी इज्जत बढ़ेगी आपकी।'

प्रमोद बाबू चकित। दारोगा का चेहरा देखते रहे–यह तो उपदेश देने लगा! सोफे से उठते हुए प्रमोद बाबू बोले, 'मैंने कहा, आप थाने चलिए और मामला दर्ज कीजिए। वहाँ थाने में कहा गया कि आप यहाँ हैं ही नहीं।' दारोगा जी दिखावटी हँसी हँसते बोले, 'हम पुलिस के आदमी हैं सर। हम पब्लिक से नहीं कहते कि कहाँ जा रहे हैं, क्या कर रहे हैं! सिपाही जो बोला, वही हम लोगों का तरीका है।'

'तो आप आ रहे हैं थाने में?'

दारोगा जी के चेहरे पर चेचक के दाग थे। उन दागों में न जाने कितने रहस्य छिपे हुए थे। खी-खी कर हँसते हुए दारोगा ने हाथ जोड़ लिए, 'आपको बोल दिए न सर कि इस लफड़े में न पड़िए।'

समझ गए प्रमोद बाबू। साथ आए युवक को बुलाया। बोले, 'इनकार कर रहा है दारोगा। चलो।' युवक ने प्रमोद बाबू से लौटते हुए कहा, 'यह दारोगा अवधेश प्रसाद के इशारे पर काम करता है। इसका ट्रांसफर हो गया था। पटना जाकर अवधेश प्रसाद ने ट्रांसफर रुकवाया। यह कैसे खिलाफ में जाएगा!'

थाना-परिसर में गाँव के ढेर सारे लोग थे। तीनों सिपाही और मुंशी किसी संभावित घटना से आतंकित एक कमरे में चुपचाप बैठे थे। प्रमोद बाबू ने टिकुली देवी से कहा, 'दारोगा मामला दर्ज करने में आना-कानी कर रहा है। ऐसा करो कि कलिया को लेकर तुम मेरे घर चली जाओ। मैं गाड़ी लेकर डीएसपी से मिलने जाता हूँ।'

डीएसपी रामसुखित मंडल को लेकर प्रमोद बाबू के मन में यह उम्मीद अभी बाकी थी कि उनका विद्यार्थी रह चुका डीएसपी इस मामले में जरूर सक्रिय होगा। कभी मिले तो नहीं, लेकिन गाँव के ही अवधेश प्रसाद ने कहा था कि डी एसपी आपकी चर्चा करता है। आप उसको पढ़ा चुके हैं। प्रमोद बाबू जमुई, मुंगेर के किसी गाँव के रामसुखित मंडल का चेहरा याद करने लगे। गरीब परिवार का था। प्रमोद बाबू ने टीएनबी कालेज के कल्याण छात्रावास में उसको रखवाया। एक प्रोफेसर के यहाँ ट्यूशन लगा दिया। दो बच्चों को पढ़ाना था। अर्थशास्त्र विषय में ऑनर्स के साथ रामसुखित ने बीए किया। प्रमोद बाबू बिहार लोक सेवा आयोग के सदस्य बनकर पटना आए। रामसुखित पटने में रहकर प्रतियोगिता परीक्षा की तैयारी कर रहा था। मिलता रहता था आवास पर आकर। यहाँ भी उसके लिए प्रमोद बाबू ने एक ट्यूशन ठीक कर दिया था। याद है प्रमोद बाबू को–एक बार पैसे की जरूरत आ पड़ी थी रामसुखित को। पाँच सौ रुपए देकर मदद की, लेकिन सबसे बड़ी मदद थी–आयोग की मौखिक परीक्षा में रामसुखित की मदद। उस दिन की चयन-समिति के अध्यक्ष थे प्रमोद बाबू। रामसुखित को अच्छे अंक देकर डीएसपी बना दिया।...कौन याद रखता है! कितने

आए-गए! बैच-दर-बैच, साल-दर-साल!

...प्रमोद बाबू उसी मारुति वैन से फारबिसगंज पहुँचे। न भूख थी, न प्यास। किसी को अपने साथ लिया भी नहीं। उम्मीद लेकर गए थे कि डीएसपी दारोगा पर एफआईआर लिखने का दबाव डालेगा। प्रमोद बाबू सीधे डीएसपी के दफ्तर पहुँचे। कभी मिले नहीं थे अपने डीएसपी शिष्य से। सुना था, याद करता है अपने गुरु प्रमोद सिंह को। मदद की पूरी उम्मीद लेकर गए थे मिलने। एक आधार यह भी था कि जिस लड़की के साथ बलात्कार हुआ है वह अत्यंत पिछड़ी जाति की है। बलात्कार करने वाले दोनों में एक जुबली सिंह जाति का कुर्मी है, दूसरा कुलानंद यादव है। रामसुखित खुद अत्यंत पिछड़ी जाति का है। किस जाति का है, यह प्रमोद बाबू ने कभी जानने की कोशिश नहीं की। वे आश्वस्त थे-रामसुखित अपनी जाति, अपना वर्ग भूला नहीं होगा।

यही सब सोचते प्रमोद बाबू डीएसपी कार्यालय के सामने जाकर खड़े हुए। मारुति वैन भी वहीं लगी थी। एक सिपाही को उन्होंने अपने नाम का पुर्जा लिखकर दिया। बोले, 'साहब को दे आइए।' सिपाही पुर्जा लेकर चैम्बर में गया। सिपाही पीछे रह गया, पहले ही आ गया रामसुखित, डीएसपी। श्रद्धानत होकर चरण छुए। आदरपूर्वक अपने चैम्बर में ले गया।

'आप सर, इस तरह अचानक!'

'हाँ रामसुखित, जरूरत आ पड़ी।'

'जरूरत! अच्छा बाद में यह सब। पहले चलिए सर मेरे आवास पर। बगल में है। गाड़ी से आए हैं क्या? छोड़िए अपनी गाड़ी। चलिए मेरे साथ।' डीएसपी रामसुखित एक सिपाही को लेकर अपनी सरकारी जीप के पास आया। प्रमोद बाबू से बोला, 'बैठिए सर। आवास पर बात होगी। मेरा अहोभाग्य!...'

रामसुखित की पत्नी आई। चरण छुए। फिर नाश्ता-चाय। सुसज्जित आवास था। गेट पर एक सशस्त्र सिपाही। फारबिसगंज छोटा-सा कस्बा है। अंग्रेज फरबेश साहब के नाम पर इस कस्बे का नाम फारबिसगंज है। यहीं के ली-एकेडमी हाई स्कूल में प्रमोद बाबू पढ़े।

रामसुखित गुरु को अपने आवास में पाकर प्रसन्न दिख रहा था। सामने सोफे पर बैठा पूछ रहा था, 'आपने खुद आने का कष्ट क्यों किया सर! खबर देते, मैं आ जाता आपके घर! आपके गाँव के एक नेताजी हैं अवधेश प्रसाद। उन्हीं से जानकारी मिली थी कि रिटायर होने के बाद आप गाँव लौट आए हैं। आप आए, मैं कृतार्थ हुआ। आपकी कृपा कभी भूल नहीं सकूँगा सर! आपका सहारा न मिला होता तो यहाँ तक निश्चय ही नहीं पहुँच पाता। मुझे याद है सर, डीएसपी-पद के लिए आठ-दस लाख रुपए का रेट चल रहा था। आपका उपकार कैसे भूल सकता हूँ सर!'

प्रमोद बाबू प्रसन्न हो रहे थे। आज भी रामसुखित के मन में कृतज्ञता है।

'तो सर, आदेश दें। क्या काम है! कैसे-कैसे आए?'

‘रामसुखित, तुमने सुना होगा कि सरायगंज में कल शाम एक लड़की के साथ गाँव के ही दो युवकों ने बलात्कार किया।’

‘जी, आज के अखबार में छोटा-सा एक न्यूज तो है कि कुछ अज्ञात लोगों ने एक लड़की के साथ...।’

‘अज्ञात नहीं रामसुखित! बिलकुल ज्ञात हैं रेप करने वाले।’

‘सर, मुझे कोई आधिकारिक सूचना अभी नहीं मिली है सरायगंज थाने से। कोई मामला थाने में आता है तो तुरंत खबर मिल जाती है। थाने में मामला नहीं गया होगा।’

प्रमोद बाबू ने छूटते ही कहा, ‘मामला गया था थाने में। दारोगा ने मामला दर्ज नहीं किया।’

‘क्यों दर्ज नहीं किया?’

‘डरा हुआ है दारोगा।’

‘लेकिन सर, आपको इस मामले से क्या लेना-देना?’

‘लेना-देना है डीएसपी साहब!’ प्रमोद बाबू रामसुखित नाम की जगह डीएसपी संबोधन से बोले, ‘लेना-देना है, इसलिए तो मिलने आया हूँ। वह लड़की जिसके साथ बलात्कार हुआ है, मेरे घर में काम करती है।’

‘अच्छा! आपकी नौकरानी है लड़की?’

‘नौकरानी कहना ठीक नहीं लग रहा है। कहना चाहिए मेरे घर में काम करती है। कहना चाहिए मेरे परिवार की सदस्य है, सहयोगिनी है। उसका पिता पंजाब कमाने गया है और मुझ पर छोड़ गया है अपनी बेटी। कैसे कहूँ कि नौकरानी है!’

इस सूचना से डीएसपी थोड़ा असमंजस में दिखा जैसे भीतर से लड़खड़ा रहा हो। प्रमोद बाबू को लगा, यह वही रामसुखित नहीं है जो अभी थोड़ी देर पहले था।

‘तो सर, मैं क्या कर सकता हूँ?’

‘मेरा अनुरोध है कि इस अत्यंत गंभीर मामले को एक कर्तव्यनिष्ठ पुलिस अफसर की तरह टेकअप करो। तुम डीएसपी हो और जिस लड़की के साथ बलात्कार हुआ है, वह अत्यंत पिछड़ी जाति की है। सरायगंज थाने के दारोगा ने एफआईआर लेने से इनकार किया।’

‘इनकार किया?’

‘हाँ, लेकिन सीधे नहीं प्रकारांतर से। इसलिए तुम्हारे पास आना पड़ा। क्या तुम सरायगंज के दारोगा से नहीं कह सकते कि एफआईआर ले?’

‘कहने को कह सकता हूँ, लेकिन दारोगा मेरी बात मानेगा?’

‘क्यों? क्यों नहीं मानेगा? तुम डीएसपी हो।’ प्रमोद बाबू को स्पष्ट आभास हो गया, डीएसपी के भीतर छल है जिसे छुपाने की कोशिश कर रहा है। डीएसपी रामसुखित मंडल की आवाज अब बदली हुई थी, ‘असल में ऐसा है सर, दारोगा एसपी का आदेश मानता है। एसपी कहे उठने को तो उठेगा, बैठने को कहे तो बैठेगा।’

'तो मुझे अब एसपी से मिलना होगा? तुम कुछ नहीं हो?'

डीएसपी रामसुखित चुप। मिमियाता हुआ बोला, 'सर, आप मेरे गुरु हैं, मेरे निर्माता हैं। झूठ नहीं बोलूँगा। अवधेश बाबू के खिलाफ मैं नहीं जा सकता। ऐसा है सर कि आप सीजेएम के कोर्ट में जा सकते हैं यदि दारोगा एफआईआर नहीं ले रहा हो! आप कोई बढ़िया वकील कीजिए।' बोलते-बोलते हकलाने लगा डीएसपी, 'देखिए सर, आप विद्वान व्यक्ति हैं। लोग आपकी बहुत कद्र करते हैं, मुझे पता है। मेरा तो कहना है सर, आप इस मामले में न पड़ें। नौकरानी ही है न जिसके साथ बलात्कार हुआ है?'

प्रमोद बाबू अपने शिष्य रह चुके डीएसपी का चेहरा देखने लगे मानो पहचानने की कोशिश कर रहे हों, क्या यह रामसुखित मंडल है? ऐसा डरपोक! कापुरुष!...वे झपटते हुए बाहर निकल गए। मुड़कर पीछे नहीं देखा कि डीएसपी रामसुखित बाहर निकलकर आया भी या नहीं। दुखी और अवसन्न वे वैन में आकर बैठ गए। शाम हो गई थी। ड्राइवर से गाँव लौटने को कहा।

चढ़ते वैशाख महीने की शाम। गर्म पछिया हवा बह रही थी। चारों तरफ अँधेरा। कस्बे की सरहद के पार अँधेरा और गहरा होता गया। सड़क किनारे के गाँवों में बूँद-बूँद रोशनी दिख रही थी। भीतर से आहत प्रमोद बाबू। एक अत्यंत पिछड़ी जाति का पुलिस अफसर अत्यंत पिछड़ी जाति की बलात्कृत लड़की के मामले से बचना चाहता है। एक बाहुबली से उसको डर है। संभव है, बाहुबली ने उपकृत किया हो! प्रमोद बाबू ने स्वयं को धिक्कारा। जा रे प्रमोद! ऐसे ही छात्र का तुमने आयोग के इंटरव्यू में डीएसपी पद के लिए चयन किया? जमुई के किसी गाँव के अत्यंत गरीब परिवार के लड़के की तुमने मदद की? आज काम पड़ा तो डरे हुए चूहे-सा बिल में घुस गया!...

प्रमोद बाबू ने रास्ते में तय कर लिया, कल सुबह जिला मुख्यालय जाएँगे कलिया को लेकर। डीएन सहाय पुराने एडवोकेट हैं वहाँ। पटना कालेज के साथी रहे हैं। उन्हीं की मदद लेंगे और सीजेएम कोर्ट में मामला दर्ज कराएँगे।

घर पहुँचते-पहुँचते शाम के साढ़े आठ बज गए। देखा, घर में लोग भरे हुए हैं। रतनपुरा पंचायत की मुखिया टिकुली देवी बरामदे पर बैठी हुई थी।

'तुम अभी तक यहीं हो?' प्रमोद बाबू ने पूछा। टिकुली देवी खड़ी हो गई, 'घर कैसे जाती सर! इतना भयंकर कांड हो गया। घर जाती तो क्या वहाँ चैन मिलता!' सावित्री जी ने बताया कि कविजी की पत्नी आई थीं किसी के साथ। प्रमोद बाबू ने पूछा, 'और अपने पड़ोस से कोई आया? मतलब बड़े भैया या भतीजा, भाभी...कोई भी?'

'नहीं। झाँकने तक नहीं आया कोई। विनोद जी ने बड़े भैया के हवाले से कहा-क्यों इस मामले में पड़े हैं आप!'

प्रमोद बाबू कुर्सी पर बैठ गए। सावित्री जी से पूछा, 'तो विनोद गया था बड़े भैया के घर?'

'हाँ, तभी तो खबर लाए कि क्यों पड़ते हैं आप इस मामले में! बल्कि विनोद जी के हाव-भाव से यही लगता था कि इस मामले से आपको अलग रहना चाहिए। शायद इसलिए विनोद जी रुके नहीं, चले गए अपने गाँव।' सावित्री जी ने सारी स्थितियाँ स्पष्ट कर दीं।

'मैं इस मामले में क्यों पड़ा हूँ! यही न?' पता नहीं, प्रमोद बाबू ने यह वाक्य सावित्री जी से कहा या स्वयं से! प्रकट रूप से सावित्री जी से बोले, 'देख रही हो सावित्री! मेरे सगे बड़े भाई का कैसा सामंती विचार है! क्या इन्हीं लोगें के भरोसे मैं शहर छोड़कर गाँव आया हूँ?'

घर में कलिया का पूरा परिवार था। प्रमोद बाबू ने कलिया की माँ से पूछा, 'बंदेलाल को किसी ने खबर तो नहीं दी?'

'नहीं। किसी ने खबर नहीं दी है।' कलिया की माँ ने कहा।

'हाँ, बंदेलाल को पता नहीं लगना चाहिए। सुनेगा तो पता नहीं क्या बीतेगी उस पर!'

दिन भर कुछ नहीं खाया था प्रमोद बाबू ने। भूख मर गई थी। सावित्री जी के आग्रह पर थोड़ा-सा खाया और बिछावन पर लेट गए। चिंता अशांत किए हुए थी। बस एक बात विषैले तीर की तरह मन में धँसी थी-'आप पर अपनी बेटी छोड़कर जा रहा हूँ। पूरे एक साल पंजाब कमाऊँगा और लौटकर कलिया के हाथ पीले कर दूँगा। उमर हो गई है शादी की। डर लगा रहता है, कहीं कुछ ऊँच-नीच न हो जाए। अपने गाँव से ही डर लगा रहता है।'

अपने गाँव से डर?...ऐसी भयावह आशंका पर प्रमोद बाबू भीतर से हिल गए थे। अशांत-उद्विग्न। नए-नए धनी बने लोग पागल हाथी बन गए हैं।...कहाँ आ गए हम! क्या यह अपना गाँव है? अब तो अपने गाँव से ही डर लगता है। लालसेना वालों की 'लेवी' न देने पर 'देख लेंगे' की धमकी...चोरी...जमीन हड़पने वाले बाहुबली।

दूसरी सुबह प्रमोद बाबू जिला मुख्यालय जाने की तैयारी में थे। एडवोकेट डी एन सहाय से मिलकर सीजेएम कोर्ट में मामला दर्ज कराना है। दारोगा ने तो एफआईआर लेने से इनकार ही कर दिया। अब सीजेएम कोर्ट ही सहारा है। कोर्ट तो दस बजे के बाद ही खुलेगा। यह सोचकर कि साढ़े आठ-नौ तक यहाँ से कलिया को लेकर निकलेंगे, प्रमोद बाबू 'पेपर-पत्रिका' दुकान पहुँचे। दो दिनों से दिल्ली का अखबार 'दि हिंदू' नहीं देखा। प्रादेशिक अखबार में क्या छपा इसकी भी जानकारी नहीं मिली।

'आरोग्य निकेतन' के सामने वाले रास्ते से वे आगे बढ़े ही थे कि डाक्टर सीएम झा ने बुला लिया। वे गेट के पास ही खड़े थे। 'आइए प्रोफेसर साहब! आइए।' डाक्टर झा प्रमोद बाबू को कमरे में ले गए। प्रमोद बाबू कुर्सी पर बैठे तो डाक्टर झा ने धीरे से कहा, 'प्रोफेसर साहब, एक बात कहूँ? बुरा तो नहीं मानिएगा?'

'हाँ, कहिए।'

'ऐसा है प्रोफेसर साहब कि आप क्यों रेप वाले मामले को इतना तूल दे रहे हैं! अजी भाई साहब, यह सब तो होता ही रहता है। आप कितने मामलात लेकर कोर्ट-कचहरी दौड़िएगा इस उम्र में! अगर गाँव की ऐसी-ऐसी घटनाओं में इन्वॉल्व होने लगेंगे तो पागल हो जाएँगे प्रोफेसर साहब! अजी, आपकी नौकरानी ही है न वह लड़की! आप लड़की वालों से कहिए, जो होना था हो गया। अब कुछ ले-दे कर मामले को निबटाइए।'

प्रमोद बाबू के भीतर जैसे आग जलने लगी। क्या कह रहा है यह डाक्टर! इसको डाक्टर कहते हैं? भीतर से तिलमिला रहे थे प्रमोद बाबू, फिर भी संयम रखते हुए धीरे से बोले, 'डाक्टर साहब, आप से उम्मीद नहीं थी कि आप ऐसी बात भी कह सकते हैं। गाँव के दबंगों ने एक लड़की की इज्जत लूट ली और आप कहते हैं, यह सब तो होता ही रहता है?'

डाक्टर झा मँजे हुए खिलाड़ी हैं। कहते थे डाक्टर बनर्जी-प्रोमोद, सीएम झा पौश्चुराइज्ड मिल्क माफिक है, फटेगा नहीं चाहे जेतना गर्मी हो या जेतना ठंडा हो।

डाक्टर सीएम झा कहने लगे, 'प्रोफेसर साहब, आप हाल-फिलहाल गाँव में आए हैं। मैं गाँव में ही रहा पूरी नौकरी के दरमियान। आज भी गाँव में ही हूँ। मैं जानता हूँ गाँव को, इसलिए कहता हूँ-यह रेप वगैरह कोई नई घटना नहीं है गाँव के लिए। गाँव कितना नीचे गिर गया है, इसे आप देख नहीं रहे?'

प्रमोद बाबू से रहा नहीं गया, 'डाक्टर साहब, एक बात का जवाब दीजिए। यदि आपके परिवार की लड़की के साथ गुंडों ने यही किया होता तो आप क्या करते! क्या यही कहते कि यह सब तो होता ही रहता है?' प्रमोद बाबू के मर्मभेदी आक्रमण से भी डाक्टर झा विचलित नहीं हुए। बोले, 'ओफ! प्रमोद बाबू, आप तो इसको व्यक्तिगत रूप में ले बैठे। जिस टोले की लड़की है, उस टोले में तो यह सब होता ही रहा है।'

प्रमोद बाबू अपने पर नियंत्रण रखने में असफल हो रहे थे, 'डाक्टर साहब, आपके विचार इस हद तक सामंती हैं, यह मेरी जानकारी में नहीं था। जो छोटी जाति का है, गरीब है उसकी इज्जत नहीं है?' प्रमोद बाबू की स्थिति खौलते पानी में डाल दिए गए जिंदा कछुए-सी हो गई थी। 'आपने जवाब नहीं दिया डाक्टर साहब? यदि घटना आपके परिवार की किसी लड़की के साथ हुई होती तब आप क्या करते?' डाक्टर झा फिर भी गुस्से में नहीं आए। ऐंठी हुई मुस्कराहट में बोले, 'प्रमोद बाबू, आपको गाँव में रहना नहीं चाहिए। आप गलत जगह आ गए हैं। बुढ़ापे में गाँव लौटे हैं और सोचते हैं कि वही चालीस-पचास साल पहले वाला सरायगंज है। आप रेप केस को लेकर आगे बढ़ रहे हैं न! देखिएगा, कितने लोग आपके साथ हैं। आप अकेले न पड़ गए तो कहिएगा।'

प्रमोद बाबू को लौटकर घर जाना था और वहाँ से जिला मुख्यालय। वे तेजी से रोड पर आ गए। 'पेपर पत्रिका' दुकान से दोनों अखबार लिए और लोहे के पाइप की तरह गोल लंबा बंडल बना लिया। घर लौटे तो देखा, बरामदे पर जयमाला देवी बैठी है।

प्रणाम किया प्रमोद बाबू को। प्रमोद बाबू ने पूछा, 'तुम तो निकलती नहीं हो घर से!'

'जी, निकलती तो नहीं हूँ, मगर ऐसी घटना हो जाए तो कैसे घर में बंद रहूँ?' अभी थोड़ी देर पहले डाक्टर सीएम झा की बातों से आहत प्रमोद बाबू कुछ स्वस्थ हुए। जयमाला देवी बोली, 'सर, उनचालीस वर्ष के अज्ञातवास के बाद आज दूसरी बार गाँव में निकली हूँ। पहली बार निकली थी इसी पंचायत-चुनाव में। पुराना हिसाब चुकता करना था। सुना होगा आपने!'

'हाँ, खूब चर्चा थी तुम्हारे हिसाब-किताब की।' प्रमोद बाबू ने जयमाला देवी से बात करते हुए सावित्री जी से पूछ लिया, 'कलिया का क्या हाल है?'

'ठीक है अब, अंदर कमरे में है।'

जयमाला देवी ने प्रमोद बाबू से कहा, 'बहुत दुखद है सर। क्या कहूँ मैं! सुना कि थाना इंचार्ज ने एफआईआर नहीं लिया?'

'हाँ, कोशिश तो की, लेकिन थाना इंचार्ज अवधेश प्रसाद का खरीदा हुआ आदमी है। इससे भी ज्यादा दुखद है कि अपने जिस छात्र को मैंने कमीशन में मदद कर डीएसपी बनाया, वह भी मुकर गया।' प्रमोद बाबू के पपड़ी पड़े होंठों पर मार खाई सर्पिणी-सी मुस्कराहट थी। उन्होंने पत्नी की तरफ देखते हुए पूछा, 'अच्छा सावित्री, तुमको उस लड़के की याद है जो अर्थशास्त्र ऑनर्स लेकर पढ़ता था? रामसुखित मंडल! जो एक दिन आवास पर तुम्हारे सामने रोने लगा था-बाबूजी जमुई में रिक्शा चलाते हैं। यहाँ एक ट्यूशन कर किसी तरह पढ़ता हूँ।'

सावित्री जी बोलीं, 'हाँ, याद है। वह साँवला-सा लड़का जो पाजामा और ऑपेन शर्ट पहने रहता था। उसको तो दो-तीन बार खाना भी खिलाया था।'

'हाँ, वही रामसुखित! तुमको याद होगा! पाँच सौ रुपए देकर मदद भी की थी उसकी। बोला था-सर, पहनने के लिए ढंग के शर्ट-पैंट नहीं हैं। कैसे दूँगा बीपीएससी का इंटरव्यू?'

'हाँ, वह तो डीएसपी है कहीं!'

'कहीं नहीं, यहीं अपने अनुमंडल फारबिसगंज में डीएसपी है। कल गया था उसी के पास। उसने खूब सत्कार किया, लेकिन उतना ही तिरस्कार भी। बलात्कार वाले केस में पड़ने से मुकर गया।'

जयमाला देवी बीच में ही बोली, 'सर, यहाँ के दारोगा का ट्रांसफर हो गया था। अवधेश प्रसाद ने उसका ट्रांसफर पटना जाकर रुकवाया। वह भला अवधेश के भाई का रेप केस में नाम लिखेगा? सुना है कि अवधेश प्रसाद का मुख्यमंत्री से कोई रिश्ता है। मुझे तो लगता है, मुख्यमंत्री की जाति के होने का फायदा ले रहा है अवधेश प्रसाद। संभव तो यही दिखता है कि मुख्यमंत्री जानते भी न हों कि कौन है अवधेश प्रसाद!'

जयमाला देवी का अपने यहाँ पहली बार आना प्रमोद बाबू को अच्छा लगा। सोचने लगे, अपना सगा भाई विनोद तो चुपके से खिसक गया। सामने आईं दो महिलाएँ-

टिकुली देवी और जयमाला देवी। जयमाला देवी जाने लगी तो प्रमोद बाबू ने कविजी के विषय में पूछा। जयमाला देवी बोली, 'हाँ गई थी तीन-चार दिन पहले। वही स्थिति है। कल तो यहाँ आई थीं कविजी की पत्नी! अभी बता रही थीं मैडम!'

'हाँ, कल आई थीं। मैं नहीं था। कविजी स्कूल के मेरे साथी रहे हैं। याददाश्त खो गई उनकी। गया था उनसे मिलने। मुझे भी नहीं पहचाना। तुम पटना चली गई थी। पता किया था।' जयमाला देवी ने जाते-जाते कहा, 'सर, मेरा मोबाइल नंबर लिख लीजिए। पटना भी जाना होता है। बड़ा बेटा अकेला है वहाँ।'

प्रमोद बाबू ने किराए की एक जीप स्टैंड से मँगा ली थी। रेलगाड़ी के समय का ठिकाना नहीं रहता। बस से जाने में देर हो सकती है। जीप में कलिया को बिठाया गया। उसकी बगल में माँ बैठी। जीप ग्यारह बजे जिला मुख्यालय पहुँची। सीधे डीएन सहाय के घर गए। एडवोकेट सहाय कोर्ट के लिए निकलने ही वाले थे। अपने पुराने साथी को देख रुक गए। मामला सुना और उसी जीप पर बैठकर कोर्ट पहुँचे। प्रक्रियाएँ पूरी करते तीन बज गए। सीजेएम के कोर्ट में मामला दर्ज हो गया। कलिया को पुलिस-संरक्षण में सदर अस्पताल भेज दिया गया।

घर लौटते-लौटते रात के दस बज गए। सावित्री जी के आग्रह पर दो रोटियाँ दूध के साथ खाईं। भूख थी नहीं, पानी पीते हुए किसी तरह रोटी के टुकड़ों को गले के नीचे उतारा। पलंग पर लेटे ही थे कि गेट के खटखटाने की आवाज आई। कौन हो सकता है इस वक्त! इतनी रात में...। रात्रिप्रहरी शशिकांत को हटा दिया गया है। वह रहता तो गेट का ताला खोलता। प्रमोद बाबू खुद गए गेट का ताला खोलने।

'कौन?'

'मैं सदानंद यादव! पूर्व मुखिया।'

'कैसे-कैसे आना हुआ यादव जी? भला यह भी कोई मिलने का समय है!' प्रमोद बाबू की नाराजगी स्पष्ट थी।

'हाँ, तो इतनी रात में क्यों तकलीफ की आपने यादव जी?'

'जी, मिलने आ गया। माफी चाहता हूँ। आप सो रहे थे शायद।'

'सोया नहीं था, सोने की कोशिश में था। हाँ, तो कहिए।'

पूर्व मुखिया सदानंद यादव ने इधर-उधर बेमतलब देखते हुए कहा, 'सर, मैं कहने आया हूँ कि आप विद्वान आदमी हैं। हम लोग आपकी बहुत इज्जत करते हैं। आपको गाँव की पॉलिटिक्स में नहीं पड़ना चाहिए।' प्रमोद बाबू समझ नहीं पा रहे थे कि सदानंद यादव क्या कहना चाह रहे हैं। गाँव की पॉलिटिक्स! कौन-सी पॉलिटिक्स! पूछा, 'यादव जी, आप कहना क्या चाहते हैं?'

'कुछ नहीं सर, बस इतना कि आप विद्वान आदमी हैं। कोर्ट-कचहरी के चक्कर में न पड़िए।'

'मतलब?' प्रमोद बाबू भीतर उठे क्रोध को बलात् पी रहे थे।

'मतलब....कि आपने आज सीजेएम कोर्ट में केस करवाया है।'

'हाँ, करवाया है। तो?'

'आप सर विद्वान आदमी हैं। इसलिए कहने आया हूँ कि विद्वान आदमी को कोर्ट-कचहरी के चक्कर में नहीं पड़ना चाहिए।' प्रमोद बाबू तिलमिला रहे थे, 'तो आप यही करने आए हैं बारह बजे रात में?'

दो बलात्कारियों में एक कुलबा इनका भतीजा है। प्रमोद बाबू समझ गए–सदानंद यादव धमकी देने आए हैं। सभ्य भाषा में असभ्यता की सीमाएँ लाँघ रहे हैं।

सारी अप्रिय बातचीत गेट के पास हुई खड़े-खड़े। यादव जी के साथ तीन और लोग थे। सदानंद यादव ने कहा, 'सर, मामले को यहीं रफा-दफा कर लीजिए। जो दंड-जुर्माना लगाना हो लगा दीजिए। मैं देने को तैयार हूँ।'

'तो आप कलिया की गई इज्जत लौटा दीजिए।'

'अब यह तो कोई बात नहीं हुई सर! लड़के हैं, भटक गए, गलती हो गई। अब उनकी जिंदगी खराब करने से आपको क्या मिलेगा!'

'और जिस लड़की की जिंदगी खराब हो गई, उसका क्या होगा? मैं आखिरी दम तक लड़ूँगा यादव जी। यह मत सोचिएगा कि लड़की गरीब घर की है और बेसहारा है!'

सदानंद यादव के साथ आए तीन लोग जो उनके अगल-बगल खड़े थे, उनमें से एक ने सदानंद यादव को केहुनी से छूते हुए कहा, 'ई अइसे नहीं मानेंगे मुखिया जी! बिदमान हैं न! अइसे नहीं मानेंगे! चलिए। देखिए, क्या कर लेते हैं!' बिना अभिवादन के चारों गेट के बाहर खड़ी बोलेरो में बैठ गए।

गाँव में कितने ही लोगों की अशिष्टताएँ देख चुके हैं प्रमोद बाबू। यह अशिष्टता और धमकी नई नहीं थी। 'आप विद्वान आदमी हैं सर' कहकर गालियाँ देते हैं, धमकी देते हैं।

नींद चली गई प्रमोद बाबू की आँखों से। एक तो गर्मी, फिर बिजली की लाइन नहीं। चौबीस घंटे में आठ-दस घंटे भी बिजली रह जाए तो लोग कहते हैं–बिजली की हालत अच्छी है। बेचैनी थी, नींद नहीं आ रही थी। बराबर के पलंग पर पत्नी लेटी हुई थीं। बोलीं, 'सुनते हैं?...एक कहावत है न! दूर का ढोल सुहावना लगता है!...'अपना गाँव' शब्द सुनने में कितना प्यारा लगता है! लेकिन यहाँ आकर तो देखे कोई! सड़ा हुआ कोंहड़ा है गाँव! बाहर से साबुत दिखता है, मगर जहाँ उँगली दबाओ, वहीं छेद।'

प्रमोद बाबू कुछ बोले नहीं। सोने की कोशिश में करवटें बदलते रहे। बंद आँखें देखती रहीं वह सब कुछ जो सामने नहीं था–अतीत, वर्तमान और कालिख पुते उजाले। यह अपना गाँव है–सरायगंज।

# बलात्कार का विरोध यानी गाँव की पॉलिटिक्स में पड़ना

नींद नहीं आई पिछली रात। प्रमोद बाबू सुबह उठकर छत पर चले गए। छत थोड़ा सुकून देती है। यहाँ प्लास्टिक की एक कुर्सी रखी रहती है। उसी कुर्सी पर बैठ गए प्रमोद बाबू। दक्षिण-पूर्व कोने में रेत बनी सुरसर नदी को देखने लगे। सूरज थोड़ा ऊपर आ गया था पूरब के क्षितिज पर। नदी की रेत पहले सोना हुई, बाद में चाँदी।

मर गई है नदी। प्रमोद बाबू यह सोचते हुए मायूस हो गए। नदी के उस पार ताड़वन का हरा धब्बा नदी की सफेदी पर चिपका-सा लग रहा था। पश्चिम की तरफ सरायपोखर के पास की जंगल-झाड़ियाँ दिख रही थीं। छत से सिर्फ नदी की रेत दिखती है, स्लेट पर खड़िया से किसी बच्चे ने जैसे टेढ़ी-मेढ़ी लकीर खींच दी हो। प्रमोद बाबू को यह सोचते हुए चिंता हुई-आसपास की सारी छोटी-छोटी नदियाँ सूख गईं।

वे छत से नीचे उतर आए। सीढ़ी जहाँ जमीन से मिलती है, वहीं बगल में ट्यूबवेल है, वहीं नहाने का कमरा है। मन में आया, कलिया को देख आएँ, लेकिन हिम्मत नहीं जुटा सके अपने भीतर। कलिया की माँ दिख गई तो उन्होंने पूछा 'बंदेलाल तक खबर तो नहीं पहुँची? याद रखना, खबर नहीं पहुँचनी चाहिए।'

कलिया के साथ बलात्कार की घटना के बाद भी बगल के टोले में रहने वाले बड़े भैया, भतीजे और चचेरे भाई-भतीजे नहीं आए। चौथा दिन है आज। अखबार भी नहीं देख पाए हैं। वे बरामदे पर बैठ गए और बासी अखबार देखने लगे। सावित्री जी चाय दे गईं। पिछली रात सदानंद यादव का उतनी रात गए मिलने आना प्रमोद बाबू को अशुभ संकेत जैसा लगा। अभी तक दोनों बलात्कारियों में एक भी पकड़ा नहीं गया है। कल तक तो यही सूचना थी कि दोनों बलात्कारी छुट्टा साँड़ बने घूम रहे हैं।

चाय पीकर कप चौकी पर रखा ही था कि गेट की तरफ नजर चली गई। देखा जीप से प्रखंड प्रमुख रामदेव ऋषिदेव उतरा है। जीप भरी हुई थी। कौन-कौन थे जीप में, प्रमोद बाबू पहचान नहीं पाए। वैसे भी छोटी-सी अवधि में और इस उम्र में कितनों को पहचानेंगे! इतना बड़ा गाँव है, बाजार है, दो-दो पंचायतें हैं।

नाटा कद, काला भभूक रंग, सपाट चेहरा। मुँह में पान की गिलौरी चुभकाते प्रखंड प्रमुख रामदेव ऋषिदेव ने हाथ जोड़े। 'पहचानते हैं न सर! दो-तीन बार भेंट-मुलाकात हुई है आपसे। दो बार डाक्टर साहब के 'आरोग्य निकेतन' में, एक बार अररिया में जब आप लिंक कैनाल के मामले में डीडीसी के ऑफिस गए थे!'

प्रमुख जी कभी अकेले नहीं दिखते हैं। पाँच-सात लोग आगे-पीछे। इनका घर फुलकाहा-नवाबगंज में है, मुसहरी में। वैसे फारबिसगंज के सुलतान पोखर पर इनका मकान बनकर लगभग तैयार है। घर तो थोड़ी दूरी पर है सरायगंज से, मगर सरायगंज ऋषिदेव का गुरुधाम है। गुरु हैं जिला परिषद अध्यक्ष अवधेश प्रसाद। प्रमोद बाबू जान गए हैं, अवधेश प्रसाद को बबुआन टोले और ब्रह्मर्षि टोले के लोग डर से प्रणाम करते हैं, लेकिन पीठ पीछे गंदी गालियाँ देते हैं। एक युवक उनको काला पहाड़ कहता है। कुर्मी टोले में बड़ा-सा पक्के का मकान रामदेव ऋषिदेव का गुरुधाम है। प्रखंड के लोग जानते हैं, रामदेव ऋषिदेव कहने भर को प्रखंड प्रमुख है।

ऋषिदेव चौकी पर बैठने लगा तो प्रमोद बाबू ने कहा, 'बैठिए कुर्सी पर। ऋषिदेव पता नहीं क्यों, डरा हुआ-सा दिख रहा था। दोनों हथेलियों को आपस में रगड़ते हुए वह सहमा हुआ-सा कुर्सी पर बैठ गया। प्रमोद बाबू ने पूछा, 'तो कहिए प्रमुख जी! कैसे-कैसे आने का कष्ट किया!' ऋषिदेव लड़खड़ाती आवाज में कहने लगा, 'सर, यों ही आ गया। आप विद्वान आदमी हैं सर...। असल में क्या है कि...क्या है कि...सुना...कवनों रेप केस का मामला है जिसमें आप...।'

'हाँ तो?...' प्रमोद बाबू ने ऋषिदेव के चेहरे पर नजर गड़ाई तो हड़बड़ाने लगा ऋषिदेव! 'नहीं सर, जी सर...।' प्रमोद बाबू समझ गए, यह ऋषिदेव आया नहीं है, भेजा गया है, इसलिए डर रहा है।

'हाँ तो प्रमुख जी, आप कहना क्या चाहते हैं?'

'जी कुछ नहीं सर। जानने आ गया कि रेप केस में आप...?'

प्रमोद बाबू प्रखंड प्रमुख का दयनीय चेहरा देखते रहे। हँसी आ रही थी प्रमोद बाबू को। 'आप घबड़ाए हुए क्यों हैं प्रमुख जी?'

'नहीं सर...जी सर! आपको विलेज पॉलिटिक्स में नहीं पड़ना चाहिए। आप विद्वान आदमी हैं सर।'

प्रखंड प्रमुख का चेहरा जो पहले दयनीय लगा था, अब विदूषक जैसा लग रहा था। ऋषिदेव क्या बोल रहा है, उसके साथ आए लोग बड़े गौर से सुन रहे थे। इन्हीं लोगों का साक्ष्य काम देने वाला था समय पर।

'आप कैसे, किस मकसद से आए हैं प्रमुख साहब?' प्रमोद बाबू ने पूछा।

'ऐसे ही...हाल-समाचार जानने आया कि कोर्ट-कचहरी...। रेप-वेप कुछ नहीं हुआ सर...मैं तो कहूँगा कि...कहना है कि...कुच्छो नै...बस परनाम...।' असंगत-विसंगत अल्ल-बल्ल...बोल रहा था रामदेव ऋषिदेव। प्रमोद बाबू को उस पर दया

आ रही थी। मंतव्य अवश्य समझ में आ गया कि क्यों भेजा गया है प्रखंड प्रमुख को और किसका भेजा हुआ आदमी है यह।

ऋषिदेव प्रणाम कर चला गया। सावित्री जी सब देख-सुन रही थीं। प्रमोद बाबू ने सावित्री जी से कहा, 'देखा तुमने! यह प्रखंड प्रमुख था। कितना नर्वस था! सिखाई हुई बात भी कह नहीं पाया।'

'हाँ, डरा हुआ लगता था! लेकिन क्यों डरा हुआ था?' सावित्री जी ने पूछा तो प्रमोद बाबू मुरझाई-सी हँसी में बोले, 'यह अवधेश का डरा हुआ दूत था। इसका मन कुछ और कह रहा था, मुँह कुछ और। जानती हो सावित्री, यह कैसा प्रमुख है। इसकी एक अपनी जीप है जो अवधेश प्रसाद के पास रहती है। अभी जिस जीप से आया था वह भाड़े की जीप थी। देखा नहीं मुड़ा-सा रूमाल बँधा था ड्राइवर की सीट के पास। गाड़ी वाले इस रूमाल को माँ का आँचल कहते हैं। बस-स्टैंड पर ऐसी गाड़ियाँ दिखाई देती हैं जिनमें क्षमता से दुगने-तिगुने पैसेंजर बिठाए जाते हैं। गाड़ी मधुमक्खी के छत्ते की तरह दिखाई पड़ती है। पहले टीवी पर फेवीकोल का प्रचार आता था न! एक बस जिस पर ऊपर-नीचे लदे लोग। बस उलटने-उलटने को हो जाती थी, लेकिन पैसेंजर गिरते नहीं थे। फेवीकोल से जो सटे थे! गिरते कैसे!' चिंता और दुख के माहौल में भी प्रमोद बाबू और सावित्री जी कुछ क्षणों के लिए मुक्त हुए-से दिखे।

अब इंतजार है दोनों अपराधियों की गिरफ्तारी का। लेकिन भरोसा नहीं है थाने पर। दारोगा अवधेश प्रसाद का क्रीतदास है। प्रमोद बाबू ने अपने वकील डीएन सहाय को फोन लगाया। वकील ने बताया कि वारंट इश्यू हो गया है। वैसे बहुत संभव है, सरायगंज थाने का दारोगा अपराधियों को गिरफ्तार न करे। आपको एसपी से मिलना चाहिए। सरायगंज थाने के दारोगा का यहाँ से हटाया जाना सबसे जरूरी है।

शाम में प्रमोद बाबू अखबार और सिगरेट लेने सुराजी चौक गए। एटीएम से रुपए भी निकालने थे। शाम में सुराजी चौक पर भीड़-भाड़ कुछ ज्यादा रहती है। अक्सर सुराजी चौक जाते हुए वे भतीजे सुरेंद्र की इलेक्ट्रॉनिक्स दुकान में थोड़ी देर बैठते हैं। बैठे-बैठे सड़क से आने-जाने वाले लोगों में किसी परिचित की तलाश करते हैं।

सरायगंज बाजार आसपास के लोगों के लिए एक तरह से मनोवैज्ञानिक आवश्यकता बन चुका है। अगर घर में कोई जरूरी काम न रहा तो लोग चल देते हैं चौक की तरफ। मजदूर वर्ग के बीच एक उक्ति प्रचलित है-चल-अ, तनी 'टराय' कर आते हैं। टराय यानी घूमना! प्रमोद बाबू ने यह शब्द सुना था तो हँसे थे-गाँव के लोग अंग्रेजी के शब्दों में अपना अर्थ भर लेते हैं।

प्रमोद बाबू को सुराजी चौक की शाम पहले जैसी महसूस नहीं हुई। बदला-बदला सा महसूस हुआ माहौल। इसका खुलासा किया 'पेपर-पत्रिका' दुकान के रामचंद्र ने। वह दुकान पर ही था जब प्रमोद बाबू अखबार लेने पहुँचे। रामचंद्र प्रमोद बाबू को दुकान के भीतर ले गया। बैठने के लिए कुर्सी दी। बोला, 'लड़की के साथ बलात्कार

का जो मामला है, चर्चा है कि आप इस मामले को कोर्ट में ले गए हैं! दारोगा ने एफआईआर नहीं लिया।'

प्रमोद बाबू ने रामचंद्र से पूछा, 'रामचंद्र, क्या गलत किया मैंने? एक गरीब लड़की के साथ बलात्कार हो और हम चुप बैठे रहें? वह लड़की मेरे घर में काम करती है। उसका बाप मुझ पर छोड़कर पंजाब कमाने गया है। बताओ, मैं बर्दाश्त कर लूँ बलात्कार?' रामचंद्र ने इतना भर कहा, 'सर, अवधेश प्रसाद का भाई है न जुबली सिंह, इसलिए बचाने में लगा है। आप तो जान ही गए होंगे, गाँव में अवधेश के खिलाफ बोलने की किसी में हिम्मत नहीं है।'

'लेकिन किसी-न-किसी को हिम्मत तो करनी होगी न!' रामचंद्र ने दो अखबारों को मोड़कर प्रमोद बाबू को देते हुए कहा, 'अभी क्या बात करूँ सर। देखते हैं फॉर्म लेने वालों की भीड़!' रेलवे भर्ती बोर्ड और शिक्षक-नियुक्ति के फॉर्म लेने वाले लड़कों की लाइन लगी थी।

'पेपर-पत्रिका' दुकान पीछे छूट गई थी। प्रमोद बाबू सड़क पर थे। गोनर मोदी की दुकान से क्लासिक सिगरेट के दो पैकेट खरीदे। सुरेंद्र की इलेक्ट्रॉनिक्स दुकान में शाम के समय मोबाइल फोन वालों की भीड़ लग जाती है। इसी भीड़ को देख वे दुकान में नहीं गए।

मोबाइल फोन ने तो हद कर दी। सुरेंद्र की दुकान में एक दिन बैठे हुए थे। बगल के रास्ते से गुजरती एक मजदूरिन को देखा। सिर पर गठरी, गोद में बच्चा, मुँह में पान का बीड़ा और कान पर मोबाइल फोन! मुस्कराती और मोबाइल फोन से बात करती मजदूरिन टेम्पो स्टैंड जा रही थी। आसपास के किसी टोले की रही होगी! सरायगंज गाँव का मजदूर अब एक किलोमीटर भी पैदल चलना नहीं चाहता। हर गाँव तक जाने वाली पक्की सड़कें हैं। ऑटो रिक्शे मिलते हैं गाँव-गाँव, टोले-टोले के लिए। मोबाइल फोन का जाल बिछ गया है गाँव में। विनोद बता रहा था कि दुसाध टोली के एक मजदूर को उसने काम करने के लिए बुलाना चाहा। मजदूर ने अपना मोबाइल नंबर बताते हुए कहा, 'मुसकैल कर दीजिएगा मालिक!' 'मुसकैल' शब्द पर हँसने लगा था विनोद। मुसकैल यानी मिस्ड कॉल!...प्रमोद बाबू 'मुसकैल' शब्द पर देर तक हँसते रहे थे। मोबाइल के लिए 'मोजैल' शब्द तो उन्होंने पहले भी सुना था।

प्रमोद बाबू बदलते गाँव पर सोचते हैं तो चकित रह जाते हैं। पिछले बीस-पच्चीस वर्षों में दुनिया कितनी बदल गई। दुनिया जितनी बदली उससे ज्यादा बदल गया गाँव! जिन दिनों वे फारबिसगंज ली-एकेडमी में पढ़ते थे, सरायगंज से फारबिसगंज के लिए पक्की सड़क तक नहीं थी। रेलगाड़ी तो सन् उन्नीस सौ चौहत्तर में शुरू हुई। वह भी इस कारण कि रेल-मंत्री बगल के गाँव बलुआ बाजार के थे। सरायगंज से फारबिसगंज जाने के लिए बैलगाड़ी होती थी या साइकिल। गरीब लोग पैदल ही पंद्रह-सोलह किलोमीटर 'टान' लेते थे।

अब तो गाँव के मजदूरों के पैर एक किलोमीटर चलने में भी दुखने लगते हैं। भले सड़क-पुल न हों, मगर मोबाइल से जुड़े हैं गाँव-गाँव। न प्रतीक्षा रही, न जिज्ञासा। दिल्ली-पंजाब-जम्मू-मुम्बई गए मजदूर अपने घर से सीधे बात करते हैं। नई-नवेली बहुरिया घूँघट में मोबाइल फोन कान से लगाए पति से कहती है-हेलो!

प्रमोद बाबू जब-तब सोचकर परेशान हो जाते हैं कि गाँव में कहाँ है गाँव! बैलगाड़ी ढूँढ़ने पर मिलती है। अच्छे-अच्छे किसानों के पास हल-बैल नहीं हैं। ट्रैक्टर से खेती होती है। बैल रखने की समस्या बेमतलब की बला!

प्रमोद बाबू गाँव लौटे तो भरोसा था भाइयों-भतीजों और 'दियादों' का, गाँव के पुराने साथियों-परिचितों का और इन सबसे ज्यादा आकर्षण था गाँव की मिट्टी का, नदी, कमलपोखर और बरगद की छाँह का। कितना कुछ सोचा था गाँव के लिए। लेकिन यहाँ तो सब-कुछ सोचे हुए के खिलाफ है। आज कलिया के मामले को लेकर संकट आया है तो अपना कोई सामने नहीं आ रहा है। कुछ दिन पहले जब ज्योत्स्ना की बेटी से समरेश की शादी की खबर फैली तो सब आए थे नीचा दिखाने या मजा लेने। भाई-भाभी-भतीजे ही नहीं, बहुएँ तक आई थीं। अभी कोई झाँकने तक नहीं आ रहा है।

सुराजी चौक पर इलेक्ट्रॉनिक्स की दुकान चलाने वाले सुरेंद्र का व्यवहार भी बदला-बदला सा दिखता है। शाम में उसकी दुकान पर गए तो उसने बैठने के लिए कुर्सी दी, लेकिन ढंग से बात नहीं की। बातचीत से बचने की कोशिश करता दिखा। आखिर कहाँ बैठें बाजार में! ले-दे कर रामचंद्र की 'पेपर-पत्रिका' दुकान बचती है। डाक्टर सीएम झा का 'आरोग्य निकेतन' ग्रामीण राजनीति के खिलाड़ियों का अड्डा है। कौन जाए वहाँ!

सुरेंद्र की दुकान के बाहर कुर्सी पर बैठे प्रमोद बाबू प्रादेशिक अखबार का पहला पृष्ठ देख रहे थे। तभी सामने आ खड़ा हुआ कवि श्यामसखा सिंह 'सखा' का पुत्र महेश।

'क्या महेश! क्या हाल है?'

'जी, अच्छा नहीं है चाचाजी! बाबूजी कल सुबह से लापता हैं।'

'कल सुबह से?' प्रमोद बाबू कुर्सी से उठकर खड़े हो गए।

'जी! कल सुबह में दिखाई नहीं दिए बाबूजी। हो सकता है, रात में ही निकल गए हों। कपड़े पहनकर निकले। उनकी घड़ी और अँगूठी भी नहीं है। माँ ने सुबह इधर-उधर खोजा, मिले नहीं। माँ कल से बदहवास है। मैं और मेरा चचेरा भाई बाइक से आसपास का टोला-टोला, गाँव-गाँव छान रहे हैं, कहीं पता नहीं। कोई बताता भी नहीं है। माँ ने आपको खबर करने को कहा। आपके घर गया था अभी।' प्रमोद बाबू धीरे से बुदबुदाए, 'भाभीजी अभी हाल ही में बोलीं कि गाँव इसलिए आई हैं कविजी को लेकर कि कहीं भटक भी जाएँगे तो लोग पहचानते हैं, पहुँचा देंगे। आखिर इनका जन्म-

स्थान है सरायगंज। कि शायद कुछ याद आ जाए इनको!' महेश ने प्रमोद बाबू की बात थोड़ी सुनी, थोड़ी नहीं सुनी।

प्रमोद बाबू ने महेश से पूछा, 'कविजी अलग कमरे में सोते थे क्या?'

'नहीं चाचाजी, माँ उनके कमरे में सोती थी। पता नहीं कब उन्होंने कपड़े बदले और किवाड़ खोलकर निकल गए।'

'कोई पहुँचाने नहीं आया।' प्रमोद बाबू ने जैसे स्वयं से कहा। फिर महेश से बोले, 'हमारे समय के लोग हैं ही कितने इस गाँव में! नई उम्र के लोग तो पहचानते नहीं। असल में क्या है महेश कि बहुत साल बाद अपने गाँव लौटा आदमी गाँव के लिए अपरिचित जैसा तो हो ही जाता है। मुझे ही लो न! लोग बाहरी आदमी समझते हैं मुझे। औरों की क्या बात! मेरे अपने भाई-भतीजे इस गाँव का नहीं समझते।'

'तो चाचाजी, क्या किया जाए? कहाँ ढूँढ़ें बाबूजी को? कल से तो ढूँढ़ ही रहे हैं उनको?' प्रमोद बाबू ने पूछा, 'अपने दोनों भाइयों को इसकी सूचना दी?'

'आज फोन से बात हुई। माँ तो मना कर रही थी। बड़ा भाई प्रतापगंज प्रखंड में डाक्टर है, दूसरा भाई दूर है बाढ़ के एक प्रखंड में।'

'थाने में रिपोर्ट लिखवाई?'

'जी लिखा दी। दारोगा ने पूरा हुलिया पूछा। पाँच सौ रुपए लिए।' प्रमोद बाबू ने कुछ सोचते हुए कहा, 'कहाँ जा सकते हैं कविजी!' सुरेंद्र की दुकान से बाहर आते प्रमोद बाबू ने महेश से पूछा, लेकिन महेश कुछ सुन नहीं पाया। प्रमोद बाबू सोचते रहे, याददाश्त खो चुके हैं, पहले का कुछ भी याद नहीं है, फिर जा कहाँ सकते हैं!

अचानक याद आया कि भाभीजी बोली थीं कि दो बार ऐसा हुआ कि कविजी की याददाश्त थोड़ी देर के लिए लौट आई थी, लेकिन थोड़ी ही देर के लिए! कहीं ऐसा तो नहीं कि कविजी की याददाश्त उसी तरह थोड़ी देर के लिए लौट आई हो और घर से चुपचाप निकल गए हों? यह तो और खतरनाक बात हुई!

गर्म पछिया हवा में थ्रेशिंग मशीन से उड़कर आई गेहूँ के भूसे की गंध थी। मौसम उलंग-उचाट जैसा था। गर्म हवा, धूल-धुक्कड़, बवंडर। इसी से मेल खाती मनःस्थिति।

'आखिर कहाँ जाएँ खोजने कविजी को?'

'यही तो समझ में नहीं आता! आसपास आठ-दस किलोमीटर तक खोज आए हम। अब करें क्या? सुबह पटनावाली चाची किसी की बाइक पर खोजने निकलीं। थोड़ी देर पहले उनका फोन आया कि फारबिसगंज जाने वाली सड़क के आसपास के सभी टोलों-मोहल्लों में एक-एक कर पता किया। किसी ने कुछ नहीं बताया। पहचान भी बताई: लंबे-से, गोरे, थोड़ा झुककर चलने वाले, उम्र पैंसठ-छियासठ। हमेशा गुनगुनाते रहते हैं। किसी ने देखा ऐसा व्यक्ति?...' किसी ने नहीं बताया।

महेश चला गया। प्रमोद बाबू बाजार के मुख्य मार्ग से आगे बढ़े तो देखा, 'आरोग्य निकेतन' के परिसर में दो गाड़ियाँ लगी हुई हैं—एक स्कॉर्पियो, दूसरी बोलेरो। निश्चय

ही अवधेश प्रसाद होगा। बोलेरो शायद पराजित मुखिया सदानंद यादव की होगी। यहीं अड्डेबाजी होती है इन लोगों की। चांडाल चौकड़ी!...बाजार में चारों तरफ जेनेरेटरों की भटभट आवाज और कड़वा धुआँ। अँधेरा बाजार के बाहर है अभी। खैरियत है कि गर्म पछिया हवा धुआँ उड़ा ले जा रही है। जाड़े के दिनों में तो जेनेरेटरों का धुआँ स्थिर-सा हो जाता है। साँस लेने में दिक्कत महसूस होती है। प्रमोद बाबू के घर जाने का रास्ता आधे से ज्यादा पक्की सड़क वाला है। दिक्कत उसके बाद आती है। दृष्टि कमजोर हो गई है, अँधेरे में ठीक से दिखता नहीं है। हाथ में अखबारों का बंडल लिये प्रमोद बाबू सोच रहे थे, अपराधियों की गिरफ्तारी बिना एसपी से मिले नहीं होने वाली है। ठीक कह रहे हैं वकील डीएन सहाय।

घर पहुँचे तो देखा, बिजली की लाइन नहीं है। सावित्री जी टीवी पर अपना पसंदीदा सास-बहू मार्का सीरियल देख रही थीं। प्रमोद बाबू ने सूचना दी, 'सावित्री, महेश मिला था बाजार में। यहाँ भी आया था। उसी ने बताया, कविजी कल सुबह से गायब हैं। लोग खोज रहे हैं। मिले नहीं। चिंताजनक है यह। समस्या यह नहीं है कि वे याददाश्त खो बैठे हैं, इससे भी बड़ी समस्या यह है कि दो बार उनकी याददाश्त लौट आई थी। डर की बात यह कि कहीं उनकी याददाश्त तो नहीं लौट आई और वे घर से निकल गए?'

सावित्री जी ने टीवी ऑफ कर दिया। बोली, 'हाँ, चिंता की बात है। और आप ठीक कह रहे हैं, कहीं उनकी याददाश्त तो नहीं लौट आई? क्या ठिकाना दिमाग का। बड़ा रहस्यमय है।'

बाजार में रेप केस को लेकर खलबली है, लेकिन दिखती नहीं है। सुरेंद्र भी खुलकर बात नहीं करता। उसकी दुकान में प्रमोद बाबू थोड़ी देर बैठे, लेकिन आज पहली बार अहसास हुआ, वह कतरा रहा है।

'कैसा मुर्दा गाँव है यह!' सावित्री जी बोलती हुई बरामदे पर आ गईं। इन्वर्टर के छोटे अपर्याप्त रोशनी वाले बल्ब में प्रमोद बाबू ने पत्नी को देखा। वे थकी-थकी-सी दिखीं। प्रमोद बाबू ने इस तरफ संकेत किया तो बोलीं, 'हाँ, ज्यादा देर बैठने पर भी आदमी थक जाता है। सिर्फ मेहनत से थकान नहीं होती, बहुत सोचते रहने से या अकर्मक बैठे रहने से भी थकान होती है।' प्रमोद बाबू ने कलिया, उसकी माँ और भाई लालू के विषय में पूछा और अंदर कपड़े बदलने चले गए। एक तो गर्मी, ऊपर से मच्छर और आती-जाती बिजली की लाइन।

नहा चुकने के बाद बरामदे पर आकर बैठे तो सोचने लगे-यह उनके सपनों का गाँव है सरायगंज। पाँच साल में ही गाँव का असली चेहरा सामने आ गया। एकरसता, ऊब और अकेलापन। धंधेबाजों का जाल। प्रमोद बाबू को लगा, वे अपने ही सामने प्रश्नवाचक बन गए हैं। सावित्री जी से बहुत-सारी बातें करते हैं, लेकिन अपने जहरीले अनुभवों को बताने से बचते हैं। जानते हैं, सावित्री जी कहीं यह टिप्पणी न जोड़ दें,

'मैं कहती थी न! मत लौटिए गाँव!'

इन्वर्टर के छोटे बल्ब में इतनी रोशनी नहीं थी कि अखबार पढ़ा जा सके। अखबार रख दिया चौकी पर। सोचने लगे–कल एसपी से मिलने जिला मुख्यालय जाना चाहिए। सावित्री जी खाना बना रही थीं। इन दिनों कलिया का पूरा परिवार यहीं है। अगर वे अपने घर गए तो कुछ भी अनहोनी हो सकती है।

इन्वर्टर का बल्ब दम तोड़ने लगा तो प्रमोद बाबू ने पत्नी से लालटेन जलाने के के लिए कहा। मच्छर भगाने वाला क्वाइल जल रहा था बरामदे पर। उमस थी सो अलग। तभी साइकिल से आ गया शशिकांत। अब रात्रि प्रहरी का काम नहीं करता। प्रमोद बाबू ने ही हटा दिया था। वैसे भी डेढ़ हजार रुपए महीने की पगार से क्या होना–जाना था। बीए पास है। सदानंद यादव मुखिया थे, तब उनके पीछे–पीछे घूमा कि पंचायत–शिक्षक में लगा दें। यादव मुखिया के लिए राजपूत अनुकूल नहीं दिखा। आखिर नया मुखिया नरेश सिंह काम आया। एक जगह थी पंचायत–शिक्षक की। लगा दिया शशिकांत को, फिर भी रुपए तो लिए ही।

'कितना लिया?'

'जी, पचास हजार। अभी तीस हजार दिए हैं। बाकी बाद में देने की बात है। शिक्षा–मित्र योजना में मुखिया को नियुक्ति का 'पावर' है। एक मेरा हुआ, दूसरा है कुलानंद यादव।'

'कौन कुलानंद यादव? वही जिसने रेप किया है?

'जी वही। सत्तर हजार दिए उसने। मुझे बीस हजार की छूट मिली। जाति की बात है सर।'

'लेकिन कुलबा पर तो वारंट है। वह बच नहीं सकता। बलात्कारी है। वह शिक्षक बन गया?'

'जी सर, सुना है, वह भी था जुबली सिंह के साथ। जुबली सिंह का दोस्त है कुलानंद। अब क्या करेगा नौकरी!' शशिकांत ने पूछा 'सर, चाचीजी कहाँ है?' बोलता हुआ वह अंदर जाने लगा तो प्रमोद बाबू ने रोक दिया, 'ठहरो, बुलाता हूँ।' असल में शशिकांत के अंदर जाने से कलिया और उसके परिवार को देख लेने की शंका थी। यह लड़का कभी विश्वसनीय नहीं लगा, न प्रमोद बाबू को न सावित्री जी को!

शशिकांत चरण–स्पर्श कर चला गया। प्रमोद बाबू सोचने लगे, आखिर शशिकांत आया क्यों था! क्या यह सूचना देने कि वह पंचायत शिक्षक बन गया है या किसी और मकसद से आया था! प्रमोद बाबू ने मोबाइल फोन में समय देखा–बाईस पंद्रह। खाना खाने के बाद गेट का ताला लगा आए। बरामदे के 'ग्रिल' में भी ताला लगाया। बिजली की लाइन आ गई तो सोचा मोटर ऑन कर दें। फिर यह सोचकर कि ऑफ करने के लिए जागते रहना होगा, वे कमरे में चले गए।

एक बार मोटर की चोरी हो चुकी है, इसलिए सावधान रहना पड़ता है। उसी चोरी

के बाद चारदीवारी खड़ी करनी पड़ी, बरामदे पर ग्रिल लगाना पड़ा। यहाँ मकान बनाने के पहले तो सोचा ही नहीं था कि चारदीवारी बनानी पड़ेगी। चारदीवारी तो क्या, बरामदे को भी ग्रिल से घेरना पड़ेगा! सोचा ही नहीं था। स्मृति में था पहले का गाँव! पहले का अपना पुराना घर, दालान! बीघे भर का सहन, पक्का कुआँ, कुएँ की बड़ी-सी जगत। खुली-खुली दिशाएँ! आज भी गाँव में कहाँ घेरता है कोई अपने घर को चारदीवारी से! कहाँ लगाता है कोई बरामदे पर ग्रिल! यह सब उन्हीं को क्यों करना पड़ा है? क्यों?...

प्रमोद बाबू को याद नहीं, रात में कब नींद आई। सुबह कोई गेट खटखटा रहा था। इसी आवाज से आँखें खुलीं। पहले बरामदे के ग्रिल का ताला खोला, फिर गेट का ताला खोलने गए।

'तुम झमेली राम!...इतनी सुबह?'

'जी, सोचा कि मालिक से मुलाकात करूँ!'

झमेली राम चमरटोली की डेढ़ बीघे जमीन बँटाई पर जोतता है। गेहूँ की फसल कट चुकी है। अब 'दवनी' होनी है। चार-पाँच दिन पहले फोन पर झमेली ने कहा था–'मालिक, थ्रेशिंग मशीन वाले को कह दिया है। उसका रेट है दस में एक। यानी दस किलोग्राम में एक किलोग्राम। प्रमोद बाबू ने झमेली से कह दिया था, 'हाँ, थ्रेशिंग मशीन से ही 'दवनी' करा लो। हर-हर-कच-कच नहीं होगी।' खेती-बाड़ी की अंदरूनी जानकारी प्रमोद बाबू को ज्यादा है भी नहीं। बस मोटा-मोटी जानते हैं-मुड़कट्टी हिसाब की तरह।

गेट का ताला खोलते हुए प्रमोद बाबू ने झमेली से कहा, 'आओ झमेली! बैठो।' झमेली फर्श पर बैठने लगा तो प्रमोद बाबू बोले, 'अरे भाई, बैठो कुर्सी पर। कुर्सी पर नहीं बैठना चाहते तो चौकी पर बैठो। तुम्हारा भतीजा तो डीएसपी है।' झमेली राम हँसते हुए बोला, 'भतीजे के डीएसपी हो जाने से मेरा क्या हो जाएगा मालिक! मैं तो वही हूँ! मजदूर का मजदूर। पहले भी मरी उठाता था, छीलता था, चमड़े बेचता था, आज भी वही कर रहा हूँ। मगर यह तो आता-जाता धंधा है, असली काम तो है अपने ही खेत में मजदूरी।'

'इतना निराश क्यों हो झमेली? तुमको तो मैं वर्षों से जानता हूँ।'

'नहीं मालिक, निराश कहाँ हूँ। मनरेगा में जॉब कार्ड मिल गया है। सरकारी रेट पर मजदूरी मिलेगी। साल में एक सौ दिन काम की गारंटी। सौ दिन न सही, साठ-पैंसठ दिन ही सही, मगर कमीशन काटकर सौ दिन की मजूरी।'

प्रमोद बाबू ने पूछा, 'और सब हाल-चाल?'

'एगो काम से आया हूँ मालिक। पैरवी समझिए।'

'क्या पैरवी! कहो।'

'असल में मालिक, पहले मुखिया थे सदानंद यादव। उनके समय में मुझे मनरेगा

का 'जॉब कार्ड' मिला था। मेरे बेटे जगेसर को भी मिला था जॉब कार्ड। नए मुखिया हैं नरेश सिंह। नरेश सिंह समझते हैं, मैं पुराने मुखिया का समर्थक हूँ। नरेश बाबू ने मेरा और मेरे बेटे के नाम काट दिए। पैरवी यही है मालिक कि जॉब कार्ड मुझे और बेटे जगेसर को मिल जाए। बीपीएल में नाम है मेरा और जगेसर का भी। हम बाप-बेटे आज भी फूस के घर में रहते हैं। टोले के चार-पाँच लोगों को इंदिरा आवास मिल गए हैं। मुखिया नरेश सिंह कहते हैं, दस हजार निकालो। मैं कहाँ से दूँगा दस हजार।'

प्रमोद बाबू ने आश्वासन दिया, 'मैं बात करूँगा नरेश सिंह से। दारूवाला नरेश सिंह? वही न?'

'जी मालिक, दारूवाला नरेश सिंह।'

मनरेगा का जॉब कार्ड! साल में सौ दिन मजदूरी मिलने की गारंटी। लेकिन यह सब कागजी बातें हैं, फिर भी हवाई बातें नहीं हैं। झमेली राम ने बताया, 'नरेश सिंह दारूवाले ने कहा कि चमरटोली के लोगों ने उसको वोट नहीं दिए। पैसे लिए, वोट नहीं दिए। कहता है-माँगो सदानंद यादव से! मुखिया ने मेरा, मेरे बेटे का और चमरटोली के कुछ मजदूरों के नाम काट दिए।'

प्रमोद बाबू ने आश्वस्त किया, 'मैं बात करूँगा मुखिया से तुम्हारे लिए। लेकिन तुम इंदिरा आवास के लिए कोशिश क्यों नहीं करते?'

'मुखिया का रेट इंदिरा आवास के लिए दस हजार रुपए है। कहाँ से लाऊँगा इतने रुपए! पैसे का खेल चल रहा है ग्राम पंचायत में। मालिक, सच कहूँ आपसे! ग्राम पंचायत ने गाँव को तोड़कर रख दिया। कितना अन्याय करता है मुखिया, पूछिए मत। कई लाख खर्च कर चुनाव जीता है नरेश सिंह ने। कहता है-सब वसूल करेगा।' प्रमोद बाबू सुनते रहे। बोले, 'सब पता है झमेली। गाँव को जान रहा हूँ।' झमेली राम ग्राम पंचायत को लेकर आक्रोश में था, खास तौर से मुखिया को लेकर, 'मैं बताता हूँ मालिक। पहले वाले मुखिया यादव जी ने राम खेलावन यादव को तीन इंदिरा आवास दे दिए। बीपीएल में नाम है राम खेलावन का। भूमिहीन बताकर जॉब कार्ड भी ले लिया। इंदिरा आवास योजना में राम खेलावन को तीन मकानों के पैसे मिल गए। उसी राम खेलावन को सीमांत किसान के नाम पर किसान क्रेडिट कार्ड भी मिला। बहुत कम ब्याज पर बैंक से लोन मिल गया।'

प्रमोद बाबू बड़े गौर से झमेली राम को सुन रहे थे। भुक्तभोगी है झमेली राम। मन ही मन सोच रहे थे, गाँव का दलित मजदूर भी अब अंदरूनी हकीकत को समझने लगा है। जनचेतना का नया उभार है यह। झमेली राम से बोले, 'एक दिन तुम्हारे बड़े भाई घट्टर राम से भेंट हुई थी। वे पहले के मुखिया सदानंद यादव की तारीफ कर रहे थे।' झमेली राम का आक्रोश शांत नहीं हुआ था, 'काहे नहीं करेंगे तारीफ! चोर चोर मौसेरे भाई।...अब क्या कहूँ अपने ही भाई के खिलाफ!...'

प्रमोद बाबू मुखिया के लखपति बनने का गणित अब समझने लगे हैं। पाँच साल

का कार्यकाल इतना दे देता है एक मुखिया को कि उसकी अगली पीढ़ी ऐश कर सकती है। बैलगाड़ी की जगह सफारी गाड़ी आ जाती है मुखिया के दरवाजे पर।

प्रमोद बाबू को अररिया जाकर एसपी से मिलना था। पत्नी से एक गिलास सत्तू माँगकर पीया। कपड़े बदले, चमड़े का छोटा बैग लिया। पत्नी से बोले, 'अररिया जाना है, देर शाम तक लौट आऊँगा।' सुराजी चौक पर बस-अड्डा है। वे झपटते हुए चले। बस-अड्डे पर बड़े भैया दिख गए।

'आप भैया यहाँ? कहीं जाना है क्या?'

'हाँ, फारबिसगंज जाना है।'

'क्या काम है! कुछ लाना हो तो कहिए, मैं लेता आऊँगा।'

'नहीं, दूसरा काम है।' बड़े भैया चंद्रदेव सिंह कुछ इस तरह बोले कि प्रमोद बाबू को लगा, कोई बात है जो बड़े भैया बताना नहीं चाहते। प्रमोद बाबू के नजदीक आ गए चंद्रदेव सिंह। बोले, 'प्रमोद, यह बताओ कि तुमको रेप केस में बेमतलब कूद पड़ने की क्या जरूरत थी? बाजार में, गाँव में सब तरफ यही चर्चा है। अरे, लड़की थी केवट टोले की। कौन-सी बड़ी बात हो गई? होता ही रहता है रेप-वेप। कौन ध्यान देता है! सुना कि सीजेएम के कोर्ट में इस मामले को ले गए हो! तुम्हारी नौकरानी ही थी न! तुम्हारे घर में तो उसका रेप नहीं हुआ! मेरी किसी नौकरानी के साथ कहीं रेप हो तो मुझे उसमें कूदने की क्या जरूरत? नौकर-नौकरानियाँ आते-जाते रहते हैं। निचली जात की कुछ औरतों-लड़कियों का यह रोजगार है। तुम क्या जानने गए गाँव की भितरिया बात! विद्वान हो! क्या जानने गए तुम!'

बड़े भैया के सामंती मिजाज का ऐसा निर्लज्ज रूप प्रमोद बाबू ने इसके पहले नहीं देखा था। इस सोच में शायद कुछ और बातें भी मिली हुई थीं। बड़े भैया के बोलने में सिर्फ रेप वाला मामला ही नहीं था। उसमें किसी बात को लेकर प्रमोद बाबू से चटखती हुई दूरियाँ भी थीं जो स्वयं बड़े भैया की बनाई हुई थीं। प्रमोद बाबू बस-अड्डे पर खड़े थे और बस की प्रतीक्षा कर रहे थे। बस अभी 'डिपो' से आई नहीं थी। बड़े भैया को क्या जवाब दें, यह सोचते हुए उन्होंने धीरे से कहा, 'भैया, अभी यहाँ बस-अड्डे पर मैं आपको क्या जवाब दूँ, लेकिन इतना कहूँगा भैया, सोच को बदलिए, नहीं तो समय और समाज के साथ चल नहीं पाइएगा।'

तभी देखा बड़े भतीजे राघव को। हाथ में शायद कागजात का झोला था। राघव ने देखकर भी अनदेखी की और फारबिसगंज वाली बस में चढ़ गया। भैया भी उसी बस में चढ़े। तब तक जिला मुख्यालय जाने वाली बस भी अड्डे पर आ लगी। बस में हड़बड़ाया हुआ परमानंद पोद्दार भी चढ़ा। प्रमोद बाबू को प्रणाम किया और मुस्कराता हुआ बोला, 'चंद्रदेव बाबू और राघव बाबू तो डीसीएलआर के ऑफिस गए हैं। आप ही के खिलाफ कागजात तैयार करवा रहे हैं।...'

प्रमोद बाबू के मन में खटका हुआ! खटका तो पहले से था, आज प्रमाणित हो

गया। परमानंद पोद्दार पहले अमीन था। इसी के दरवाजे पर जमीन के मामलात लेकर पहुँचने वालों की भीड़ लगती है। इसको सारी बातों की जानकारी है।

कहाँ तो एसपी से मिलने निकले हैं, कहाँ एक दूसरे झमेले की आशंका ने आ घेरा। जरूर है कोई साजिश। बड़े भैया छुपा रहे थे, परमानंद पोद्दार कह रहा है जिसका रोजगार ही यही है! इसने तो उसी समय इशारा कर दिया था जब पहली बार मिले थे ज्योत्स्ना की जमीन के मामले में। अब बात समझ में आ रही है, क्यों भाई-भतीजे मिलने नहीं आते!

जिला मुख्यालय पहुँचते-पहुँचते दो बज गए। व्यवहार न्यायालय में अपने वकील डीएन सहाय से मुलाकात हुई। सहाय जी को आश्चर्य नहीं हुआ कि क्यों अपराधियों की गिरफ्तारी नहीं हुई है। उन्होंने प्रमोद बाबू से कहा, 'जब तक सरायगंज थाने में वह दारोगा रहेगा, दोनों अपराधियों की गिरफ्तारी नहीं होगी। हाँ, जिला मुख्यालय से पुलिस जाए तभी गिरफ्तारी संभव है।'

आरक्षी अधीक्षक कार्यालय पास में था। अपने नाम का पुर्जा भिजवाया। एसपी से मिले और स्थिति स्पष्ट की। जब तक सरायगंज थाने का दारोगा नहीं बदला जाता, अपराधी गिरफ्तार नहीं होंगे। एसपी ने आश्वस्त किया, 'मुझे जानकारी है। दारोगा वहाँ किसके इशारे पर काम करता है, मुझे पता है। पहले भी सरायगंज थाने के दारोगा के खिलाफ शिकायतें मिली हैं।'

लौटते हुए प्रमोद बाबू अंदर और बाहर के दो तनावों के बीच अपने को अशांत महसूस कर रहे थे। एक तनाव बड़े भैया ने दिया और उससे भी ज्यादा बड़े भतीजे राघवेंद्र के कागजात वाले बस्ते ने। दूसरा तनाव अपराधियों का खुलेआम घूमते रहना!

पाँच बजे शाम वाली गाड़ी मिल गई। यह लोकल ट्रेन ठसाठस भरी रहती है। इसके बाद रात ग्यारह बजे कोसी एक्सप्रेस आती है। कोर्ट-कचहरी या बाजार में काम वाले लोग इसी पंचबजिया गाड़ी से लौटते हैं। प्लेटफॉर्म पर घूमते हुए प्रमोद बाबू डब्बे-डब्बे में नजर दौड़ा रहे थे कि कहीं बैठने की जगह दिखे। तभी दिखाई पड़ा हरिलाल। खिड़की के पास बैठा था। उसी ने पुकारा, 'सर, आइए।' प्रमोद बाबू डब्बे में घुसे। हरिलाल ने खड़े होकर कहा, 'आइए बैठिए सर।' प्रमोद बाबू बैठ गए। उन्हीं से सटकर किसी तरह हरिलाल भी बैठा। बहुत दिनों बाद आज दिखाई पड़ा हरिलाल! पूछा, 'डाक्टर बनर्जी का घर छोड़ दिया क्या?'

'जी सर! अब वहाँ रहा क्या! बेटों-बहुओं ने डाक्टर साहब को समय से पहले मार दिया। घुट-घुटकर जी रहे थे बेचारे! उन्हीं की आह लगी है बेटों-बहुओं को। जानते ही होंगे। सब लड़ रहे हैं अपने में और प्रेमपाल गुप्ता पूर्णियाँ में अपनी आलीशान बिल्डिंग के एसी कमरे में बैठे मौज कर रहे हैं।' हरिलाल ने एक ही साथ पूरा वृत्तांत सुना दिया, 'छोटे बेटे ने तो घर आना ही छोड़ दिया। वह दिल्ली में प्रोफेसर है। वहीं शादी की। भाइयों को खबर तक नहीं दी।' प्रमोद बाबू ने दिक्कत से बैठे हरिलाल

के लिए थोड़ी जगह बनाई और बोले, 'हाँ, राजा बाबू से जब-तब मुलाकात होती रही है। एक बार मिला था परमानंद पोद्दार के यहाँ। बैग में कागजात लिये हुए था। जमीन-जायदाद के कई मामले बता रहा था। दूसरी बार मिला तो फटेहाल-जैसा दिखा। गंदी-सी तुड़ी-मुड़ी पैंट पहने था, वैसी ही शर्ट, पैरों में हवाई चप्पलें। राजा बाबू को इस हाल में देख तकलीफ हुई। सुना हालात बदतर हो गए हैं।' प्रमोद बाबू की मार्मिक टिप्पणी का हरिलाल पर कोई असर दिखा नहीं। लगता था, डाक्टर साहब के बेटों के लिए कोई हमदर्दी नहीं है उसके मन में। उसने सुन भर लिया। बोला, 'दो साल का मेरा वेतन नहीं मिला। कई बार गया। फेलू बाबू से कहता था तो वे 'टरका' देते थे-राजा बाबू से माँगो। राजा बाबू से माँगता तो घर में घुस जाते। आखिर नहिंए मिला दो साल का वेतन। क्या करता! यहीं अररिया में एक हॉस्पीटल में काम करने लगा। इधर-उधर के कुछ काम भी मिल जाते हैं। हफ्ते में दो बार घर जाता हूँ। आज जा रहा हूँ। कल फिर दस बजे से यहाँ ड्यूटी करनी होगी।'

'कौन-सा हॉस्पीटल है?'

'जी प्राइवेट नर्सिंग होम है। नाम है एसएस हॉस्पीटल। लाइन बाजार में है। डाक्टर डी राम का हॉस्पीटल है। अच्छे सर्जन हैं, लेकिन हॉस्पीटल का यश नहीं है। एसएस हॉस्पीटल को लोग स्वर्ग सिधारो हॉस्पीटल कहते हैं।' प्रमोद बाबू हँसने लगे, 'क्या कहा? एसएस हॉस्पीटल यानी स्वर्ग सिधारो हॉस्पीटल?'

हरिलाल कैफियत देने लगा, 'असल में ऐसा है सर कि इस हॉस्पीटल में अक्सर ऐसे मरीज आते हैं जिनका इलाज यहाँ संभव नहीं है। लाइलाज बीमारियों वाले मरीज। उनमें कुछ को तो मरना ही होता है।...' बोलते हुए हरिलाल मुस्करा रहा था।

शाम साढ़े छह बजे गाड़ी सरायगंज रेलवे स्टेशन पहुँची। गर्मी थी। अँधेरा नहीं था। स्टेशन के बाहर चार-पाँच रिक्शे थे। कमरू मियाँ अपना रिक्शा लिये दिख गया। उसने दूर से ही पुकारा, 'सर, इधर...यहाँ आइए सर!' प्रमोद बाबू ने हरिलाल ने कहा, 'चलो हरिलाल, अपना रिक्शा मिल गया।' कमरू मियाँ रिक्शे की सीट हथेली से पोंछने लगा। दोनों बैठ गए। यहाँ से एक-सवा किलोमीटर की दूरी। बीच में एक पुलिया मिलती है। पहले वहाँ एक बरसाती नदी थी-कोकड़ाहा धार। अब निशान तक नहीं है नदी का, लेकिन पुलिया है अभी भी। प्रमोद बाबू डाक्टर बनर्जी को भूल नहीं पा रहे थे। बोले, 'हरिलाल, समझ में नहीं आता, डाक्टर बनर्जी के मरते ही उनके परिवार की ऐसी दयनीय स्थिति कैसे हो गई! राजा बाबू के विषय में किसी ने बताया कि वह होटल में खाता है। रात का खाना टिफिन कैरियर में रखवा लेता है।'

हरिलाल आसपास घिरते जा रहे अँधेरे को देखते हुए बोला, 'असल में डाक्टर साहब के मैनेजर प्रेमपाल गुप्ता की चालबाजी से बनर्जी परिवार की यह दुर्दशा हुई है। डाक्टर साहब ने विश्वास किया गुप्ता पर, गुप्ता ने विश्वासघात किया। रजिस्ट्री ऑफिस में फर्जी लोगों को खड़ा कर जमीन अपने नाम करवाता रहा। डाक्टर साहब

की जमीन बिकती रही, लेकिन डाक्टर साहब को भनक तक नहीं लगी। सुरसर नदी के पलार की जमीन पर लोगों ने कब्जा कर लिया।'

प्रमोद बाबू ने स्मृति में प्रेमपाल गुप्ता को तलाशा। मोटा-सा, तोंद वाला। फर्राटे की बंगला बोलता था, हालाँकि जाति का बिहारी हलवाई था।

'जाकर देखिए सर पूर्णियाँ में उसका मकान! मैं दो-तीन बार गया हूँ। बड़ा बिजनेस है। कई बार फेलू बाबू और राजा बाबू मिलने गए। गुप्ता जी ने भेंट नहीं की। दरबान ने कह दिया, 'जाइए! नहीं हैं गुप्ता जी!...' बस थोड़ी-सी जमीन बची है। उसी के लिए दोनों भाइयों में मारा-मारी होती रहती है।'

पुलिया के उस पार से सरायगंज बाजार की रोशनी दिखने लगी थी। बिजली रहे न रहे, जेनेरेटरों की रोशनी से बाजार गुलजार रहता है। पुलिया के पार रिक्शा थोड़ा आगे बढ़ा ही था कि तीन-चार लोग सुनसान में सड़क किनारे दिखाई दिए। किसी ने कड़क आवाज में कहा, 'रे रिक्शा...रोक साले!...' दिल धक् से किया प्रमोद बाबू का।

'उतरिए रिक्शे से! ई दोसरका के है रे?'

कमरू ने रिक्शा रोक दिया। भौंचक-सा वह उन चार अपरिचितों को देखने लगा। अँधेरा था, पहचान में नहीं आए चारों। चारों में एक जो लंबा-तगड़ा था, हरि लाल से बोला, 'तुम उधर जाओ। हम लोगों को सर से बात करनी है।' बदतमीजी के बावजूद उन चारों की भाषा अभी तक शिष्टता की सीमा में थी। फिर भी उनकी नाटकीय शिष्टता में उद्दंड आचरण का आतंक था। डर गए प्रमोद बाबू।

चारों ने उनको घेरे में ले लिया था। उनमें एक युवा था, बाकी तीन ज्यादा उम्र के मालूम पड़ते थे। अपने घेरे में लिए चारों थोड़ी दूर आगे चले गए। इधर रिक्शे के पास खड़ा हरिलाल घबड़ाया हुआ था। प्राण सूख रहे थे। रिक्शे का हैंडिल पकड़े कमरू पत्थर के बुत जैसा बन गया था।

चारों में एक जो युवा था, धीरे से कुछ इस तरह बोलने लगा जैसे बिगड़े बच्चे को समझाया जा रहा हो, 'देखिए सर! आप विद्वान आदमी हैं। असल बात तो यह है कि विद्वान के लिए देहाइत हइए नहीं है। आपको रहना चाहिए टौन में जहाँ आप पहिले थे! फिर भी इहाँ के लोग आपकी कदर करते हैं। आप तो समझदार आदमी हैं सर। आप गाँव के पालिटिक्स में काहे पड़ते हैं। बिदमान आदमी का कदर तभी तक है जब तक वह हाथ-गोड़-मुँह समेट कर रहे। इसलिए आप जो कोट-कचहरी दौड़ रहे हैं, सो अच्छा नहीं है। काहे अपनी इज्जत गवाँ रहे हैं! शांत होकर, चुपचाप बिदमान की तरह रहना है तो रहिए गाँव में, नहीं तो बोरिया-बिस्तर बान्हिए। हम अभी सिरिफ चेता रहे हैं सर। नहीं चेते तो आपके साथ कुछ भी हो सकता है।'

वे थे तो चार, लेकिन बोल रहा था एक। उसकी बोली यहाँ की नहीं थी। बाकी तीन यों ही घेरे खड़े थे दीवार बनकर। उस रास्ते से कोई गुजरता तो यही समझता,

ये चारों–पाँचों आपस में बतिया रहे हैं। प्रमोद बाबू को घबड़ाहट हो रही थी। यों भी हाई ब्लडप्रेशर के मरीज हैं। उन्होंने जवाब न देने में ही कुशल समझी। वे चारों प्रतिवाद सुनने नहीं आए थे। उन चारों की मंशा भाँप गए प्रमोद बाबू। घेरा तोड़कर धीरे से वे रिक्शे के पास आ गए। हरिलाल की जान में जान आई। कमरू जो बुत बना हुआ था, अपनी जगह हिला। दोनों रिक्शे पर बैठ गए। कमरू भारी पैरों से रिक्शा चलाने लगा। चारों पीछे छूट गए। हरिलाल के पास पूछने को कुछ नहीं था। उन चारों के इरादे क्या थे, क्यों सुनसान अँधेरे में प्रमोद बाबू को घेर रखा था, यह बताने की जरूरत नहीं थी।

अशांत थे प्रमोद बाबू। उनके अपने ही गाँव में धमकी देनेवाले अज्ञात लोग किसके भेजे हुए हो सकते थे, यह समझने में देर नहीं लगी प्रमोद बाबू को। कौन थे चारों? इसके पहले भी धमकियाँ मिल चुकी हैं। 'आप विद्वान आदमी हैं सर। हम आपकी बहुत कद्र करते हैं...?' और इसके बाद धमकियाँ...! भद्र–सी प्रतीत होने वाली भाषा में अश्लील अभद्रता! 'यह आपका ही गाँव है सर! आपका अपना गाँव! देख लिया न!' रिक्शे पर बाजू में बैठे हरिलाल ने कहा। प्रमोद बाबू चुप। सच में, यह गाँव तो उनका अपना गाँव है जिसके आकर्षण से आविष्ट होकर, कई लोगों के मना करने के बावजूद वे लौटे, मकान बनाया। कई सपने थे, कई आकांक्षाएँ थीं।...अपने को लेकर नहीं, गाँव को लेकर।

# आप विद्वान हैं तो विद्वान की तरह रहिए!

सुराजी चौक पर हरिलाल रिक्शे से उतर गया। रात हो रही थी। बिजली आ जाने से सुराजी चौक रोशन था। पछिया हवा चुप हो गई थी। जेठ महीने का मध्य भाग बहुत आहिस्ता-आहिस्ता गुजर रहा था। मौसम का सही अहसास दरअसल गाँव में ही होता है। काफी हद तक तो खेतों की फसलें या खेतों की वीरानगी ही मौसम का पता बता देती हैं।

प्रमोद बाबू अशांत थे। जिस गाँव में उनका सार्वजनिक अभिनंदन हुआ था, सम्मान-समारोह में दस-पंद्रह हजार लोग आए थे, विद्वान होने की प्रशस्तियाँ गाई गई थीं, वही है उनका यह गाँव सरायगंज। वे मन ही मन हँसे। कमरू से कहा, 'यहीं छोड़ दो कमरू मियाँ, यहीं चौक पर। मैं चला जाऊँगा। तुमको लौटने में देर हो जाएगी।' बोलते हुए वे जेब से पैसे निकालने लगे। कमरू ने जवाब दिया, 'सर, पहुँचा आता हूँ आपको। अँधेरा है। मेरे लिए देर-सवेर क्या! कौन है घर में...!' प्रमोद बाबू फिर बैठ गए रिक्शे पर। रिक्शा चलाते हुए कमरू बोला, 'मैं तो दहशत में था सर। ऐसा नहीं देखा कभी। पहचान भी नहीं सका, कौन लोग थे। लगता है, बाहर से बुलाए गए थे।' प्रमोद बाबू को बोलने की इच्छा नहीं हो रही थी। इतने दुखी थे कि न कुछ सुनना चाहते थे, न बोलना।

कमरू ने रिक्शे से घर तक पहुँचा दिया। थोड़ी दूर कच्चा रास्ता है, लेकिन रिक्शा आता-जाता है। सावित्री जी गेट के पास खड़ी राह देख रही थीं। गेट के भीतर आए तो सावित्री जी ने पूछा, 'देर हुई आने में?'

'हाँ देर तो हुई।' बोलते हुए वे बरामदे पर आए। सावित्री जी से गेट का ताला लगाने को कहा और कमरे में चले गए। अभी बिजली की रोशनी थी। आज शाम की घटना के बारे में उन्होंने पत्नी को बताया नहीं। सोचा, टेंशन देने से क्या फायदा! आज की दहशत और चेतावनी को पचा गए। घुटते रहे, लेकिन कहा नहीं।

आँगन वाले बरामदे पर कलिया, उसकी माँ और लालू को देख आए। फिर कमरे में लौटे। नहाते-खाते साढ़े दस बज गए रात के। रोज की तरह छत पर चले गए। दूर-दूर तक अँधेरे का काला सागर था। सरायपोखर के पास के जंगल से कोयल की आवाज आ रही थी। दूरागत कुहू-कुहू...। कोयल की मीठी आवाज सुनते रहे। एक आवाज

के साथ दूसरी आवाज भी आ मिली। फिर तीसरी। मन का सारा अवसाद, अपमान, दहशत...सब धुल गए। मन निरभ्र आकाश का चाँद बन गया।

बीत रहा है वसंत! बीत रहा है क्या, बीत गया! लेकिन कोयल की कुहू-कुहू में वही माधुर्य है, वही रोमांस! इतनी रात गए कोयल की आवाज! प्रमोद बाबू के गँवई संस्कारों में कहीं किसी कोने में 'चैता' की एक कड़ी अटकी हुई थी:

'आन दिन बोले कोइली साँझ दुपहरिया,
आज काहे बोले आधी रतिया हो रामा!
सूतल पिया के जगावे...।'

तरोताजा हो गए प्रमोद बाबू जैसे जेठ के महीने में स्वच्छ सरोवर में डुबकी लगा आए हों। पुरवैया सिहर रही थी-मीठा-मीठा स्पर्श। छत पर पड़ी रहने वाली कुर्सी पर बैठ गए। जिद्दी कोयल की प्रतिस्पर्द्धा जारी थी। कू-कूहू। कू-कूहू का स्वर ऊँचा उठ रहा था।

कवियों की दुनिया में कोयल कूकती है। सच्चाई यह कि नर कोकिल की यह मधुर आवाज होती है, कोकिला की नहीं। नर कोयल मादा के लिए कूकता है-समागम की चाहत।

पता नहीं क्यों, प्रमोद बाबू को अकस्मात् ज्योत्स्ना की याद आ गई। ज्योत्स्ना जो अतीतयौवना हो चुकी है। बीत गया है वसंत, फिर भी नर-कोकिल कुहू-कुहू कर रहा है। मादा कोयल को बुला रहा है। प्रमोद बाबू को पाठ्यक्रम में पढ़ी महाकवि निराला की कविता याद आ गई :

'सुमन भर न लिए, सखि वसंत गया!...'

बीत गया, रीत गया जीवन! फिर भी याद आ रही है ज्योत्स्ना! ज्योत्स्ना जो उन्हीं के बेटे की सास बन चुकी है। समधिन बन गई है अब। उसकी बेटी कणिका बहू है। देखा नहीं बहू बनी कणिका को। बहुत दिन हुए दिल्ली गए। समरेश फोन नहीं करता। फोन करता भी है तो अपनी मम्मी को!

प्रमोद बाबू आज शाम की घटना को इस वक्त भूल गए थे। कोयल की कुहू-कुहू ने सब-कुछ भुला दिया। लेकिन फिर याद आ गई आज शाम की घटना। वसंत के बाद अचानक जेठ की दोपहरी आ गई। प्रमोद बाबू ने अपने को चिलचिलाती धूप में पाया।

आधी रात बीत चुकी थी और प्रमोद बाबू मकान की छत पर बैठे थे। पता नहीं, कृष्णपक्ष की कौन-सी तिथि थी। पूरब के क्षितिज पर धूल-धूसरित कटा हुआ चाँद निकल आया था-निष्प्रभ, मैला और उदास। वर्षों से तिजोरी में बंद चाँदी के सिक्के जैसा। प्रमोद बाबू आहिस्ता-आहिस्ता सीढ़ियों से नीचे उतर आए।

कोयल की कूक को याद करते-करते नींद भी आ गई। अच्छी नींद जो अक्सर नहीं आती इस उम्र में।

सुबह चाय पी रहे थे कि वकील डीएन सहाय का फोन आया–जुबली सिंह को गिरफ्तार कर पुलिस अररिया ले आई है। देर रात छापा मारकर पुलिस ने जुबली सिंह को उसके घर से गिरफ्तार किया। एसपी खुद गए थे पुलिस फोर्स लेकर। सरायगंज थानाध्यक्ष और डीएसपी को भनक तक नहीं लगी। थानाध्यक्ष को सस्पेंड कर दिया गया है। बस एक आरोपित कुलानंद यादव पकड़ में नहीं आया है।

प्रमोद बाबू को संतोष हुआ। वे आँगन की तरफ गए और पत्नी से इस तरह बोले ताकि कलिया, उसकी माँ और लालू भी सुन लें, 'जुबली सिंह गिरफ्तार हो गया। पिछली रात एसपी ने छापा मारकर उसको घर से गिरफ्तार किया। कुलबा पकड़ में नहीं आया। कहीं बाहर चला गया है गाँव छोड़कर। अपने वकील सहाय साहब ने अभी–अभी सूचना दी है।' सावित्री जी सामने आईं तो प्रमोद बाबू बोले, 'एक बड़ी घटना यह हुई कि एसपी ने सरायगंज के दारोगा को सस्पेंड कर दिया है। दारोगा अवधेश प्रसाद के इशारे पर काम करता था। एसपी को इस बात की जानकारी थी।'

प्रमोद बाबू बरामदे की कुर्सी पर कुछ इस तरह बैठे जैसे थककर आने के बाद एक गिलास ठंडा पानी पीया हो। आकाश में उमड़ते–घुमड़ते बादलों के साथ आशंकाएँ भी उमड़ने–घुमड़ने लगीं। आँधियाँ भी तो ज्यादातर इसी महीने में आती हैं।

दारोगा के सस्पेंशन से बौखला गया होगा अवधेश प्रसाद। पता नहीं क्या करे! एक तो जुबली सिंह की गिरफ्तारी दूसरे उसके अपने दारोगा का सस्पेंशन! सस्पेंशन से हालाँकि होता–जाता कुछ खास नहीं। कुछ दिनों बाद दूसरा एसपी आएगा। दारोगा फिर कहीं पदस्थापित होगा।

उस शाम रामचंद्र साव की 'पेपर–पत्रिका' दुकान जाते हुए प्रमोद बाबू सुराजी चौक से गुजरे तो कुछ परिचित लोगों ने उनको इस तरह देखा जैसे पहले कभी देखा न हो। किसी ने बात नहीं की। 'आरोग्य निकेतन' में शाम के समय एक–दो गाड़ियाँ लगी दिखाई देती हैं, आज सिवा एक खटारा एम्बुलेंस के कोई गाड़ी नहीं थी परिसर में।

पिछले दो दिनों के अखबार नहीं मिले। बस प्रादेशिक हिंदी अखबार मिलता रहा। सबसे ज्यादा बिकने वाले पटना के हिंदी दैनिक में मुख्यतः सरकारी समाचार होते हैं या प्रदेश की घटनाएँ। पाँच–सात मिनट में अखबार पढ़ लिया जाता है। इससे ज्यादा समाचार तो टीवी के न्यूज चैनलों पर देखे जाते हैं। प्रमोद बाबू को जिज्ञासा थी, 'लोकप्रिय हिंदी दैनिक' के क्षेत्रीय कोसी संस्करण में जुबली सिंह की गिरफ्तारी का समाचार छपा है या नहीं। 'पेपर पत्रिका' दुकान जाते हुए वे भतीजे की इलेक्ट्रॉनिक्स दुकान में गए। यह जानते हुए कि भतीजा सुरेंद्र आजकल मुँह चुराता है। बाजार की 'आबोहवा' की आहट पाने के उद्‌देश्य से वे दुकान के आगे लगी कुर्सी पर बैठ गए। जानना चाहते थे कि जुबली सिंह की गिरफ्तारी को लेकर लोगों की प्रतिक्रिया क्या है। उन्होंने सुरेंद्र से पूछा भी, लेकिन सुरेंद्र कुछ बोला नहीं। चार–पाँच मिनट बाद अपने

नौकर पर दुकान छोड़कर बाहर निकल गया। प्रमोद बाबू थोड़ी देर कुर्सी पर बैठे रहे, फिर उठकर पेपर-पत्रिका की दुकान की तरफ जाने लगे।

शाम के समय सरायगंज बाजार की भीड़-भाड़ बढ़ गई थी। सुराजी चौक राजकचहरी चौक की तुलना में कुछ ज्यादा जीवंत है। एक तो रेलवे स्टेशन का रास्ता यहीं से जाता है, दूसरे बस-अड्डा भी इसी चौक के पास है। पुरानापन और पुरानेपन का इतिहास राजकचहरी चौक पर है, नएपन का गतिशील इतिहास सुराजी चौक पर। प्रमोद बाबू इन दोनों चौकों को देखते हैं तो पुरानी दिल्ली और नई दिल्ली की याद आ जाती है। वैसे प्रमोद बाबू का अपना साझा इतिहास तो राजकचहरी चौक पर ही बिखरा पड़ा है।

पेपर-पत्रिका दुकान आ गई। रामचंद्र साव दुकान में ही था। अंदर बुला लिया प्रमोद बाबू को, 'आइए सर, अंदर आ जाइए।' स्टूल रखा था अंदर। बैठ गए प्रमोद बाबू। रामचंद्र धीरे से बोला, 'जुबली सिंह गिरफ्तार हो गया सर! पता है आपको? पिछली रात एसपी दो गाड़ियों पर पुलिस लेकर आया। पकड़कर ले गया। सुनने में आया कि यहाँ के दारोगा को खबर तक नहीं हुई।'

'हाँ रामचंद्र, सुबह मुझे खबर मिली। अखबार में न्यूज छपा है या नहीं?' रामचंद्र ने सारे हिंदी अखबार जो सरायगंज आते हैं, देख लिए थे। बोला, 'नहीं सर, किसी अखबार में नहीं है यह न्यूज। हिन्दुस्तान, दैनिक जागरण, सहारा, प्रभात खबर चारों अखबार देख चुका हूँ। कहीं नहीं छपा है। लेकिन सर, बाजार 'हन-हन' कर रहा है।' प्रमोद बाबू यहाँ का खाँटी 'हन-हन' शब्द नहीं समझ पाए। रामचंद्र ने कहा, 'हन-हन' माने खलबली मची हुई है। लोग अचरज कर रहे हैं–अवधेश प्रसाद का भाई जुबली सिंह गिरफ्तार कैसे हो गया जबकि दारोगा, डीएसपी इन्हीं के आदमी हैं!' इसी में रामचंद्र साव ने यह भी जोड़ दिया, 'सर, नेताजी से आपकी मुलाकात कभी हुई है या नहीं?'

'हाँ, दो-तीन बार हुई है। इस घटना के बाद कभी नहीं हुई। वैसे उसके भेजे गुंडों से तो हुई है मुलाकात!'

'गुंडे?' रामचंद्र चकराया तो प्रमोद बाबू ने उसकी जिज्ञासा को टालते हुए कहा, 'छोड़ो उसको। कभी बाद में बताऊँगा।'

'बड़ा जालिम आदमी है नेताजी!' रामचंद्र को डांट दिया प्रमोद बाबू ने, 'नेताजी-नेताजी क्यों कह रहे हो? क्यों बदनाम करते हो इस पवित्र शब्द को?' रामचंद्र शर्म से मुस्कराने लगा, 'लोग कहते हैं सर! बड़ा खतरनाक आदमी है अवधेश प्रसाद। उसी की राह पर चल रहा है उसका भाई जुबली सिंह। आप तो जान गए होंगे–मर्डर, डकैती, अपहरण, तस्करी यही रोजगार है अवधेश का। यहाँ से लेकर अररिया-पूर्णियाँ तक इसका हुकुम चलता है। पता नहीं, जुबली सिंह की गिरफ्तारी क्या आफत लाए!' रामचंद्र ने दुकान पर ग्राहकों को देख धीरे से कहा, 'अवधेश प्रसाद के आह्वान पर कल सरायगंज बाजार बंद रहेगा। आपके आने के पहले ऑटोरिक्शे पर लाउडस्पीकर

से ऐलान हो रहा था–जुबली सिंह की गिरफ्तारी के विरोध में कल बाजार बंद रहेगा। दोपहर से ही हो रहा था ऐलान।'

टेबुल फैन की तेज हवा में भी प्रमोद बाबू को पसीना आ रहा था। बाजार बंद रहेगा कल! जुबली सिंह की गिरफ्तारी के विरोध में बाजार बंद! रामचंद्र ने कहा, 'जानते हैं सर, लाउडस्पीकर से क्या कहा जा रहा था? कहा जा रहा था–जन विरोध! उभरते हुए नेता की गिरफ्तारी का जन विरोध!'

प्रमोद बाबू को चक्कर-सा आने लगा। जन विरोध!...'किसी में हिम्मत नहीं है सर कि बंद का विरोध कर सके। देखिएगा, कल पूरा बाजार बंद रहेगा। ऑटोरिक्शे, बसें नहीं चलेंगे। बाजार बंद कराने के लिए कोई जुलूस भी नहीं निकलेगा। लोग डर से बंद रखेंगे दुकानें। सब जानते हैं, बलात्कार के मामले में जुबली सिंह गिरफ्तार हुआ है, फिर भी बाजार बंद।' रामचंद्र अजीब-सी हँसी हँसने लगा। उसकी हँसी में बेबसी महसूस की जा सकती थी।

प्रमोद बाबू ने अखबार का बंडल लिया। दुकान के नौकर को भेजकर सिगरेट के दो पैकेट मँगवाए और चल दिए। जेनेरेटरों की भट-भट आवाज अशांत चित्त को और अशांत बना रही थी।

कल शाम स्टेशन से आते समय पुलिया के पास जो कुछ हुआ–धमकी, चेतावनी, अपमान...प्रमोद बाबू ने पत्नी को नहीं बताया। लेकिन आज रामचंद्र ने जो कुछ कहा उसको छिपाया नहीं जा सकता था। उन्होंने सावित्री जी से कहा, 'जानती हो सावित्री, जुबली सिंह की गिरफ्तारी के विरोध में कल सरायगंज बाजार बंद रहेगा। आज दोपहर लाउडस्पीकर से लोगों को सूचित किया जा रहा था। पेपर-पत्रिका वाले रामचंद्र ने बताया। उसी ने बताया कि यह जनता का विरोध है! जनविरोध! जुबली सिंह को उभरता हुआ नेता कहा जा रहा था।' सावित्री जी भनभनाती मक्खी जैसी आवाज में पता नहीं क्या बोलीं। प्रमोद बाबू ने इतना भर सुना–ओफ! हद है! हद है!

सावित्री जी से कलिया के बारे में पूछा कि टैब्लेट खा रही है या नहीं! सावित्री जी ने 'हाँ' कहा और चाय बनाने अंदर चली गईं। प्रमोद बाबू ने कपड़े बदले। वे जब घर में होते हैं, बाँह वाली बनियान और लुंगी पहनते हैं। लुंगी में ज्यादा फ्री महसूस करते हैं। कहते हैं–लुंगी तौलिए का काम भी करती है और रूमाल का भी। मुँह-हाथ धोकर एक चक्कर आँगन का लगा आए। कलिया, उसकी माँ और लालू को देखा। कलिया की माँ ने बताया कि लालू को आज उसने अपने घर भेजा था। गाय-बकरी, बक्सा-पेटी और घर के कुछ और सामान संतलाल के यहाँ रखे हुए हैं। संतलाल देवर है। लालू अपने चाचा से मिल आया है आज। यह पूछने पर कि लालू है कहाँ, कलिया की माँ ने कहा, 'छत पर होगा।'

बिजली नहीं थी। इन्वर्टर के बल्ब की बेहद कम रोशनी में अखबार पढ़ना भी संभव नहीं था। सावित्री जी ने कहा कि इतने कम पावर से टीवी भी नहीं चल रहा

है। मच्छरों की भनभनाहट से तंग आकर प्रमोद बाबू ने क्वाइल जलाया और चौकी के पौवे के पास रख दिया। बरामदे से अपने पुराने डीह की तरफ देखा–बड़े भैया के घर की तरफ। कहीं–कहीं रोशनी के धब्बे थे अंधकार की कालिमा पर।

कलिया की माँ खाना बनाने में सावित्री जी की मदद कर रही थी। प्रमोद बाबू सावित्री जी से पूछ आए कि गैस सिलेंडर की गैस तीन–चार दिन चल सकती है या नहीं। सावित्री जी ने जवाब दिया कि गैस अभी चलेगी। गाँव आने के बाद लगभग अकेले पड़ जाने की स्थिति में प्रमोद बाबू को कई ऐसे घरेलू काम करने पड़ते हैं जो काम उन्होंने कभी नहीं किए। जब तक नौकरी में थे, कभी जाना नहीं कि चाय–चीनी, सब्जियाँ वगैरह किस कीमत में मिलती हैं। यहाँ गाँव में घर बनाने के बाद कई चीजों के दाम उनको मालूम हो गए हैं। किससे करें शिकायत! यह राह तो उन्होंने खुद चुनी है।

सावित्री जी कभी प्रमोद बाबू के निर्णय से सहमत नहीं हुईं, बस अनुगामिनी बनी रहीं। दस–बारह किलोमीटर की दूरी पर है सावित्री जी का मायका, लेकिन जाने का मन नहीं होता। माँ–बाबूजी रहे नहीं, भाई हैं, भाभियाँ हैं। एक बार भतीजे की शादी में भाई ने गाड़ी भेज दी तो जाना पड़ा। तीसरे दिन यह सोचकर लौट आईं कि यहाँ पति को खाना बनाकर खिलाएगा कौन! उनको तो गैस चूल्हा भी जलाना नहीं आता।

प्रमोद बाबू को शिद्दत से महसूस होती है यहाँ की ऊब और एकरसता। जब–तब पत्नी से कहते भी हैं, 'सावित्री, हो आओ मायके से! बगल में ही तो है! गाड़ियों की कमी नहीं है सरायगंज में।' सावित्री जी का मन ही नहीं होता जाने का। मायके का सब कुछ बदल गया। लगाव के सारे स्मृति–चिन्ह विलुप्त हो गए। क्या जाना, क्या नहीं जाना! बस एक रागात्मक लगाव कि मायका है मेहँदीपुर में! हाँ, बेटों के पास जाने को जी मचलता जरूर है।

गाँव में बने घर ने घेर लिया है चारों तरफ से। एक दिन के लिए भी घर को छोड़ा नहीं जा सकता। कौन देखेगा! जो भाई–भतीजे हैं, गोतिया–दियाद हैं, सब खार खाए बैठे हैं। उनको लगता है, उनकी छाती पर मूँग दलने आ गए हैं हम। दो–चार दिन के लिए कहीं बाहर जाएँ तो शायद खिड़की–किवाड़ भी न बचें।

घर जेल हो गया जैसे। पति का दिल दुखाना भी अच्छा नहीं लगता कि क्यों आ गए! आने के पहले जितना कहना था कहा, अब जब आ ही गए तो!...

सावित्री जी खाना बनाकर बाहर बरामदे पर आ गई थीं। चुपचाप बैठी थीं कुर्सी पर। बिजली की लाइन नहीं थी, लाइन रहती तो सीरियल देखतीं टीवी पर! सावित्री जी ने अंदाजा लगाया–नौ–साढ़े नौ बजे होंगे रात के। प्रमोद बाबू गुमसुम बैठे थे। संवाद के लिए कोई विषय था ही नहीं। अब तो अनबोले की आदत हो गई। सावित्री जी जानती हैं पति को। घंटो सामने बैठे रहेंगे, लेकिन एक शब्द नहीं बोलेंगे। मस्ती में

होंगे तो लगातार बोलते ही रहेंगे। सावित्री जी सुनें न सुनें। अजीब स्वभाव है इनका।

प्रमोद बाबू की कोशिश यही रहती है कि दुश्चिंता वाली कोई बात पत्नी से न कहें। यही सोचकर उन्होंने नहीं बताया कि पुलिया के पास चार गुंडों ने उनको घेरा था और बलात्कार वाले मुकदमे से अलग हो जाने की चेतावनी दी थी। सावित्री जी चुप थीं और प्रमोद बाबू अपने ही भीतर के बियाबान में कहीं भटक रहे थे। भीतर झंझावात चल रहे थे, लेकिन बाहर से शांत थे। सावित्री जी ने सोचा, पति से कहें, खाना खा लीजिए, लेकिन कहा नहीं। वही द्विपक्षीय मौन की दीवार। बाहर अँधेरा था, घर में उमस। हवा में आज सिहरन भी नहीं थी अन्य दिनों की तरह। बिजली रहती है तो सीलिंग फैन की घरघराहट से सन्नाटा टूटता रहता है। अभी तो इन्वर्टर के छोटे बल्ब की कमजोर रोशनी भर थी।

सावित्री जी को अपने एकांत और ऊब से निजात पाने के लिए टीवी का बहाना मिल जाता है। डिश एंटीना की सुविधा के कारण टीवी पर कई चैनल उपलब्ध हैं। प्रमोद बाबू को न्यूज चैनलों में थोड़ी रुचि है, बाकी बेसिर-पैर के अबौद्धिक सीरियल न सिर्फ अरुचिकर लगते हैं, बल्कि कभी-कभी गुस्सा भी पैदा करते हैं। पत्नी का साथ देने के लिए अक्सर वे टीवी के सामने बैठते हैं, लेकिन मन में कुछ और चलता रहता है। दादी माँ का रोबदार चेहरा, बहुओं को मात देने वाला सास का फैशन, लकदक साड़ी जिसकी कीमत हजारों में होगी। मोतियों का हार पहने हिटलरी रोब से घूमती हुई। दादी माँ या माताजी के दयनीय पति महोदय बेहद दब्बू। बेटों-बहुओं के सामने याचक मुद्रा में दिखने वाले उपेक्षित माता-पिता और उनसे भी दयनीय जिंदगी जीने वाली दादियाँ कहाँ हैं इन सीरियलों में! किस लोक की कथा है यह! फिर भी सावित्री जी देखती हैं तो उनका मन रखने के लिए प्रमोद बाबू टीवी स्क्रीन के सामने बैठ जाते हैं।

लेकिन हर वक्त तो बिजली रहती नहीं। इन्वर्टर में इतनी ताकत नहीं कि पंखे भी चलें और टीवी भी देर तक चले! इस समय प्रमोद बाबू सोच रहे थे कि बिजली की लाइन होती तो सास-बहू मार्का कोई सीरियल ही देख लेते! दो नि:शब्द प्राणियों के बीच कोई सीरियल तो होता!

बरामदे पर बैठे वे सामने के अँधेरे को देख रहे थे। कोई गाड़ी इधर ही आ रही थी। हेडलाइट बरामदे की दीवार पर पड़ी तो समझ गए कोई आ रहा है। कौन हो सकता है? बड़ी-सी गाड़ी थी, शायद स्कॉर्पियो। गेट के सामने गाड़ी का हॉर्न बजा जिसका अर्थ था गेट खोलिए। प्रमोद बाबू कुछ क्षणों तक असमंजस में रहे। सावित्री जी कुर्सी से उठकर खड़ी हो गईं और अस्त-व्यस्त हो चुकी अपनी साड़ी ठीक करने लगी।

'देखिए तो कौन है!' सावित्री जी बोलीं तो प्रमोद बाबू चाबी लाने अंदर चले गए। गेट के सामने गाड़ी खड़ी थी। गेट का ताला खोलते हुए उन्होंने पूछा, 'कौन?'

'मैं हूँ सर, अवधेश प्रसाद।'

'अच्छा...अच्छा! आइए!' बोलते हुए प्रमोद बाबू ताला खोलकर खड़े हो गए। अवधेश प्रसाद ने प्रणाम करते हुए प्रमोद बाबू के पैर छुए तो प्रमोद बाबू ऐसे भड़क गए जैसे पैर पर मरा हुआ चूहा गिर गया हो। तीन और लोग थे अवधेश के साथ। सब नेता टाइप। लंबा कुर्ता, चुस्त पाजामा।

लंबा-तगड़ा अवधेश प्रसाद कुर्ता और बंडी पहने था। उसका काला भभूक चेहरा अपर्याप्त रोशनी में डरावना-सा दिखता था।

'लाइन नहीं है क्या सर?' इन्वर्टर के छोटे बल्ब को देखता अवधेश प्रसाद कुर्सी पर बैठ गया। बाकी तीन चौकी पर बैठे। सावित्री जी अंदर चली गई थीं और भीतर वाले दरवाजे की ओट में खड़ी थीं। रात में किसी का आना अब तक के अनुभव में क्लेशदायी ही रहा है। लिहाजा वे भीतर से कुछ आतंकित थीं। 'हाँ तो सर आपको 'बेटाइम' डिस्टर्ब किया। असल में दिन में पब्लिक वर्क के कारण टाइमे नहीं मिलता है। आपसे मिलने की इच्छा थी सो चला आया। सोचा, आपके दर्शन कर लूँ। पंचायत-चुनाव के समय आया था आपसे मिलने।'

प्रमोद बाबू अवधेश के नाटकीय शिष्टाचार को न समझते हों ऐसा तो था नहीं। वे मुस्कराते रहे।

'आप विद्वान आदमी हैं सर! कौन नहीं जानता है आपको! आप हम लोगों के गौरव हैं। डीएसपी है न मंडल जी! कहता है कि आपकी किताब और लेख पढ़कर कितने विद्यार्थी क्या से क्या बन गए। वह अपना उदाहरण देता है...।' प्रमोद बाबू के कान पक गए हैं यह डायलॉग सुनते-सुनते! पहले भी बोल चुका है अवधेश यही सब। लेकिन इस समय रात में इसके यहाँ आने का प्रयोजन क्या हो सकता है! कहीं अपने भाई की गिरफ्तारी वाले मामले को लेकर तो नहीं आया है?

'तो अवधेश जी, कैसे-कैसे आना हुआ? एक बार तो आप आए थे पंचायती चुनाव के समय।'

'बस अइसही आ गया सर! सुना कि लिंक कैनाल वाला काम मंजूर हो गया है सरकार से। ई सब तो आपे के कारण हुआ है सर! डीएम साहब मीटिंग में कह रहे थे कि प्राक्कलन हो रहा है, इंजिनियर आएँगे साइट पर।' प्रमोद बाबू को खुशी हुई। बोले, 'आपने यह अच्छी खबर सुनाई अवधेश जी! वैसे चार-पाँच महीने पहले पटना जाकर मैं जल संसाधन मंत्री से मिला था। लौटकर डीएम साहब से भी मुलाकात की थी।'

प्रमोद बाबू ने चाय बनाने के लिए पत्नी से कहा। अवधेश प्रसाद ने मना कर दिया, 'नहीं सर, चाय-वाय नहीं। असल में मैं कहने आया था कि...'

'हाँ कहिए, क्या कहने आए हैं।'

'कहने आया हूँ सर कि आप विद्वान आदमी ठहरे। हम लोग आपकी इज्जत करते हैं।'

प्रमोद बाबू के मन में आया, दोनों कानों में उँगलियाँ ठूस लें। हद हो गई। अवधेश प्रसाद बोल रहा था, 'सर, विद्वान आदमी के लिए शहर है, गाँव नहीं। आप गाँव आए क्यों, यही समझ में नहीं आता।'

प्रमोद बाबू बीच में ही मुस्कराते हुए बोले, 'यह मेरा अपना गाँव है अवधेश जी! पुरखों की जमीन-जायदाद है यहाँ। कैसे नहीं आता!'

'सो तो ठीके किया आकर। हम लोगों का गौरव बढ़ा, मुदा आप हैं तो बाहर के न! पच्चीस-तीस साल शहर में रहे, अंत में लौटे गाँव।'

'बाहरी कैसे हो गया अवधेश जी? आप तो वर्षों से देखते आ रहे हैं। मैं लगातार आता रहा अपने गाँव।'

अवधेश प्रसाद अपनी जगह स्थिर थे, 'सर केतनो कहिएगा, मुदा हैं तो आप बाहरी विद्वान आदमी! खैर, ठीके है, आपकी जगह-जमीन है।' धीरे-धीरे अवधेश प्रसाद का तेवर बदलने लगा। वह अपने मूल स्वभाव में आता दिखा, 'तो सर, आप विद्वान हैं तो विद्वान की तरह रहिए गाँव में। अच्छा तो ई होता कि आप गाँव में रहबे नहीं करते, मुदा आ गए हैं तो रहिए। हाँ, हाथ-गोड़ समेट कर रहिए, तभी आपकी इज्जत रहेगी। गाँव में जो चल रहा है उसको देखिए। टाँग मत अड़ाइए।'

प्रमोद बाबू अनस्थिर-से हो गए, 'अवधेश जी, मैं अपने गाँव में कुछ करना चाहता हूँ, कुछ योजनाएँ हैं मेरी और आप कहते हैं, टाँग मत अड़ाइए! टाँग अड़ाना कैसे हो गया मेरा यहाँ रहना?'

'आप झूठा केस करवाए हैं बलात्कार का।'

'झूठा? झूठा केस है?'

'तो और क्या! लाइए गवाह। आपके केस करने से बलात्कार साबित हो जाएगा? और सर, आप उस लड़की को अपने घर में काहे रखे हुए हैं? आप विद्वान आदमी हैं सर! एतनो नहीं बूझते हैं कि विद्वान आदमी की कद्र तभी तक है जब तक किसी काम में टाँग नहीं अड़ाए। चुपचाप लिखने-पढ़ने और भाषण देने का काम करें! विद्वान आदमी को विलेज पॉलिटिक्स में नहीं पड़ना चाहिए।'

प्रमोद बाबू को अब आई समझ में बात। यह आदमी बौखलाया हुआ है। ठीक कहता था रामचंद्र साव। इससे क्या बात की जाए! अवधेश प्रसाद कुर्सी से उठकर खड़ा हो गया। हाथ जोड़कर बोला, 'यही निवेदन करने आया था सर कि यहाँ रहना है तो हाथ-गोड़ समेटकर रहिए। गाँव को हम लोग चलाते हैं। विद्वान आदमी हैं तो विद्वान की शोभा है देखते रहना। क्या मतलब विद्वान को कि क्या होता है गाँव में! आप सर, पहिले उस लड़की को अपने घर से हटाइए। आप नए-नए आए हैं सर। गाँव में झूठा रेप-वेप का केस चलते रहता है। चलिए पूर्णियाँ-अररिया। आपको मिलवाते हैं औरतों से जिनका धंधा यही है। रुपए दीजिए। कोर्ट में कहेंगी उसके साथ फलाने आदमी ने रेप किया है...।'

प्रमोद बाबू ने देखा, किवाड़ के पास खड़ी सावित्री जी सब सुन रही हैं।

'अच्छा सर, प्रणाम!' बोलता हुआ अवधेश प्रसाद गेट की तरफ जाने लगा। उसके साथ आए तीन लोगों ने भी प्रणाम कहा। मोबाइल फोन में प्रमोद बाबू ने समय देखा–दस पच्चीस। बिजली अब तक नहीं आई थी। इन्वर्टर का बल्ब दम तोड़ रहा था। उन लोगों के जाने के बाद सावित्री जी बरामदे पर आईं तो प्रमोद बाबू बोले, 'देखा न! विद्वान-विद्वान कहते हैं, चरण छूते हैं और धमकी देते हैं।'

# आतंक के साये में अकेला

जुबली सिंह की गिरफ्तारी के विरोध में सरायगंज बाजार बंद रहा। अवधेश प्रसाद का आतंक। एक दिन पहले ऐलान हो गया–कल बाजार बंद रहेगा और बाजार बंद रहा। पेपर-पत्रिका दुकान भी बंद रही। शाम में रामचंद्र खुद अखबार देने आया। प्रमोद बाबू जानते हैं, रामचंद्र उन बहुत थोड़े-से लोगों में है जो हृदय से उनकी इज्जत करता है। रामचंद्र ने आते ही अखबार का बंडल प्रमोद बाबू के सामने रखा और चौकी पर बैठ गया।

'क्या रामचंद्र, बाजार बंद रहा आज?'

'जी सर, सुराजी चौक से राजकचहरी चौक तक सारी दुकानें बंद रहीं। किसी दुकानदार में हिम्मत नहीं थी कि नेताजी के हुक्म को न माने। ऐलान एक दिन पहले हो चुका था।'

प्रमोद बाबू चिंतित थे। बोले, 'जानते हो रामचंद्र, कल रात आया था अवधेश प्रसाद। चरण छुए और धमकी देकर गया।'

'सर, बड़ा खतरनाक आदमी है। आप तो जानते ही हैं, नारायण ठाकुर की जमीन और टिनहा घर हड़प लिए। उसी जमीन पर बड़ी-सी बिल्डिंग बना रहा है। आप राजकचहरी चौक की तरफ गए हैं इधर?'

'नहीं, इधर तो गया नहीं।'

'देखिएगा जाकर। नामो-निशान नहीं है टिनहा घर का। सुना कि बौखलाया हुआ है आप पर। कहता है, इन्हीं के बहकावे में आकर धंधा करने वाली केवट टोले की लड़की ने बलात्कार का केस किया है। वह गुंडा किसी हद तक जा सकता है सर। सारा इलाका उसके नाम से काँपता है। पुलिस को खरीदे हुए है। दारोगा सस्पेंड हुआ, इससे और बौखला गया है।'

प्रमोद बाबू ने ललाट पर बाईं हथेली रख ली। बोले, 'रामचंद्र, तुम्हीं बताओ, वह गरीब लड़की जो मेरे घर में काम करती है, क्या वह 'धंधा' करती है? और लोग हैं कि चुप हैं। सिर्फ दो से समर्थन मिला–एक टिकुली देवी से जो रतनपुरा की मुखिया है, दूसरी जयमाला देवी से। बाकी सब चुप। अभी तो एक बलात्कारी कुलबा की गिरफ्तारी हुई नहीं है।'

'एसपी कड़ियल अफसर है सर। पकड़ा जाएगा कुलबा। नेताजी को पहली बार पाला पड़ा है आपसे।'

रामचंद्र जाने लगा तो प्रमोद बाबू ने कहा, 'बैठो। चाय पीकर जाना। दुकान तो अब खोलोगे नहीं।'

रामचंद्र चाय पीकर चला गया। प्रमोद बाबू ने गेट का ताला लगाया और छत पर चले गए। अँधेरा था चारों तरफ। आशंकाओं से घिरे वे कुर्सी पर बैठ गए। बाजार में रोशनी नहीं थी, शायद बंद का परिणाम था। अक्सर देर रात तक सरायगंज बाजार रोशन रहता है। जेनेरेटरों की आवाज यहाँ तक नहीं पहुँचती, लेकिन बाजार का उजाला रात में भी दिखता रहता है।

बिजली आई तो प्रमोद बाबू नीचे आ गए। बरामदे की कुर्सी पर बैठकर अखबार देखने लगे। अखबार देखते हुए भागलपुर में रखी किताबों की याद आ गई। अब पुस्तकालय सपना ही बना रहेगा। सब कुछ जो सोचा था, बेकार जा रहा है।

उस रात फिर नहीं आई नींद। चिंता में रहे, अवधेश प्रसाद पता नहीं क्या करे। कुछ ही दिन पहले पुलिया के पास चार गुंडों की चेतावनी, फिर अवधेश की चेतावनी। सब की भाषा एक। यह गाँव तो लगता है मुर्दों का गाँव है। कोई सुगबुगाहट नहीं। गरीब लड़की के साथ बलात्कार हुआ। अवधेश कहता है–लड़की धंधेबाज थी। कोई साथ नहीं दे रहा है। बड़े भैया ने भी किनारा कर लिया और भतीजे खुश हैं कि भले फँसे चाचाजी। सुरेंद्र का व्यवहार बदल गया। देखते ही खिसक जाता है।

उसी समय मोबाइल फोन बजा। उधर से अपरिचित आवाज थी, 'सर हैं?' प्रमोद बाबू ने जवाब में कहा, 'हाँ, बोलिए।'

'बोलना-ओलना कुच्छो नै है सर। बस एतने कहना है कि आप रेपकेस वाले मामले से अलग हो जाइए। सब झूठा केस है और सर, सुन लीजिए कान खोलकर, जान सबको प्यारी होती है। अब आपको प्यारी है कि नै सो आप जानिए। उस भोंसड़ीवाली लड़की को आप अपने घर में काहे रखे हुए हैं? घर से निकालिएगा कि नहीं?'

'तुम हो कौन? क्या धमकी दे रहे हो?'

'अब छोड़िए न सर। नाम में क्या रखा है! राम-रहीम कुच्छो नाम रख दीजिए।' बोलते हुए उसने फोन काट दिया।

'किसका फोन था?' सावित्री जी ने पूछा तो उन्होंने बात बदल दी, 'कोई पागल था। रौंग नंबर।'

इस फोन ने फिर चिंता में डाल दिया। अखबार क्या पढ़ते! सोच रहे थे, यूनिवर्सिटी क्वार्टर के बाहरी कमरे में रखी किताबों पर कि इसी बीच यह फोन आ गया।

खाने की इच्छा नहीं थी, फिर भी दूध के साथ दो रोटियाँ किसी तरह निगल गए। बिजली आ गई थी। पंखे चल रहे थे। थोड़ी राहत मिली। पलंग पर लेट गए। ग्यारह

बजे के आसपास का समय रहा होगा कि मोबाइल फोन फिर बजा। कान से लगाया– 'हेलो! कौन?'

'छोड़िए सर, कौन! आपका बेटा अमरेश जयपुर में रहता है। आपका एक पोता है सात साल का। गोलू नाम है। स्कूल का नाम है मनीष पराशर। डॉन बास्को में पढ़ता है। स्कूल की बस से जाता है...।'

'भई, कौन हो तुम?'

'छोड़िए न सर। कोई भी हूँ। आपका पोता जो स्कूल जाता है उसकी कभी भी...।' फोन काट दिया गया।

बराबर के पलंग पर लेटी पत्नी ने पूछा, 'किसका फोन था?'

'एक आदमी का था। तुम नहीं जानती हो।' प्रमोद बाबू ने धमकी की बात फिर नहीं कही सावित्री जी से। सावित्री जी पति के चेहरे के भावों को बिजली की रोशनी में पढ़ती हुई बोलीं, 'आप मुझसे कुछ छुपाते हैं।'

'नहीं, छुपाना क्या है! क्यों छुपाऊँगा?' मन में आया, पत्नी से कह दें और जयपुर फोन कर दें अमरेश को कि सतर्क रहे। आखिर कौन था फोन पर इतनी जानकारी देने वाला? कैसे मिली उसको इतनी जानकारी! कहीं गोलू का अपहरण न हो जाए! इसी उधेड़बुन में थे कि अमरेश को फोन करें या नहीं कि मोबाइल फोन फिर बज उठा। मन में आया ऑफ कर दें, लेकिन हिम्मत कर मोबाइल ऑन किया।

'हेलो! पहचानो तो!'

'अरे तुम ज्योत्स्ना! पहचानने वाला मजाक क्या करती हो!'

'तुम तो फोन करते नहीं। नाराज हो तुम और भाभीजी भी। जानती हूँ। तुम्हारे बेटे ने कहा कि मैं तुमको फोन कर दूँ। तुम बेटे से भी नाराज हो। बोला, आप ही करो फोन! सो मैंने बीड़ा उठाया।' सावित्री जी ने पूछा, 'किसका फोन है? तुम्हारी 'वो'...।'

'हाँ जी, उसी का है।'

'सुनो...!' ज्योत्स्ना जी की आवाज थी, 'सूचना देनी थी कि तुम बहुत जल्द दादा बनने वाले हो।'

'आएँ! दादा!...' प्रमोद बाबू जो अब तक पलंग पर लेटकर बात कर रहे थे, उठकर बैठ गए, 'समरेश ने कभी बताया नहीं?'

'कैसे बताता! शर्म आ रही थी उसको। कैसे कहे!...इसलिए मुझे फोन करना पड़ा। ज्योत्स्ना जी की आवाज में फागुनी साँझ की बयार थी।

'और सब!...कुछ कहो तो!'

'क्या कहूँ ज्योति! बस ठीक हूँ।'

'दिल्ली कब आ रहे हो अपने बेटे–बहू के पास? मैं अपनी बात नहीं कर रही। तुम्हारे बेटे–बहू की बात कर रही हूँ।' प्रमोद बाबू चुप। मोबाइल पर चुप्पी बहुत अप्रिय लगती है। कुछ क्षण बाद बोले, 'अभी यहाँ कुछ प्रोब्लेम हैं ज्योति। बाद में आऊँगा।

आऊँगा नहीं, आएँगे हम। लो, सावित्री से बात करो।' बोलते हुए उन्होंने सावित्री जी की अनिच्छा के बावजूद मोबाइल उनको थमा दिया। सावित्री जी बिना किसी अभिवादन के बोलीं, 'समर को दीजिए फोन!' समर से देर तक बतियाती रहीं सावित्री जी। महीनों बाद माँ-बेटे में बातचीत हो रही थी। प्रमोद बाबू समझ रहे थे। समर के अपने मन से शादी कर लेने और बाप-माँ को नकार कर ज्योत्स्ना के बहकावे में आने के कारण सावित्री अपने को अपमानित महसूस कर रही है। संवाद तभी से स्थगित था।

यह कैसा विसंगत संयोग है। प्रमोद बाबू सोचते रहे। अभी-अभी धमकी भरा फोन और ठीक बाद ज्योत्स्ना का फोन! उधर धमकी भरा फोन कटा, इधर ज्योत्स्ना का फोन आया। रूठी माँ की बेटे से बात भी हो गई। प्रमोद बाबू को बहुत पहले पाठ्यक्रम में पढ़ी एक कविता की पंक्तियाँ याद आ गईं :

'आज मन पावन हुआ है
जेठ में सावन हुआ है।'

सारा अवसाद धुल गया। मलिन मन निर्मल हो गया। धमकियाँ, दुश्चिंताएँ सब तिरोहित। सावित्री जी बोलीं, 'महीनों बाद आपकी ज्योत्स्ना जी ने फोन किया। क्यों किया फोन? वे रहें अपने घर में। हम जहाँ हैं, जैसे हैं, ठीक हैं। मेरे बेटे को फुसला कर अपनी बेटी साट दी। भनक तक न लगने दी। सब हो गया तो समर से फोन करवाया!...बड़ी चालू है।' प्रमोद बाबू ने पत्नी की जली-कटी बातों पर ध्यान नहीं दिया।

मन में यह बात चक्कर काटने लगी कि फोन करने वाले को जयपुर में रह रहे बेटे के परिवार की जानकारी कैसे मिल गई! मन में फिर आया, सावित्री से यह धमकी वाली बात कह दें। पोते का नाम, स्कूल का नाम सब कैसे मालूम हुआ फोन पर धमकी देने वाले को? यहाँ तो बस बड़े भैया का परिवार है जिसको अमरेश के परिवार की जानकारी है और तो कोई जानता नहीं!...

पलंग पर लेटे प्रमोद बाबू सोच रहे थे-क्या आधी रात में अमरेश को फोन करना उचित होगा? फिर सावित्री पूछेगी, क्या बात है?...कैसे छुपी रहेगी बात! क्या सोचेगी सावित्री? फिर अमरेश भी बेचैन हो जाएगा!

पलंग पर करवट लेते हुए उन्होंने सोचा, नहीं, सावित्री से छुपाना ठीक नहीं है। लेकिन अभी नहीं। रात ढल रही है। कल सुबह चाय के समय!...

सुबह बिस्तर पर लेटे हुए थे कि कलिया की माँ ने किवाड़ खटखटाया। उठ कर बैठ गए। सावित्री जी बोलीं, 'देखिए तो! कौन पीट रहा है किवाड़! क्या बात है?' प्रमोद बाबू ने किवाड़ खोला। सामने कलिया की माँ थी। बोली, 'चलकर देखिए देवाल के पास! अँगना में क्या-क्या न फेंका हुआ है!' प्रमोद बाबू और सावित्री जी आँगन में गए। देखा तो जैसे काठ मार गया। कुछ देर दोनों अविचल खड़े रहे। दीवार के पास

आँगन में जली लकड़ियाँ थीं, श्मशान के कपड़े, फूटी हंड़िया...और ऐसी ही कुछ और घिनौनी–अपवित्र चीजें। प्रमोद बाबू और सावित्री जी एक–दूसरे को देखते रहे। पीछे खड़ी थीं कलिया और उसकी माँ। लालू एक अधजले कपड़े को छूने लगा तो प्रमोद बाबू ने मना कर दिया।

'यह सब क्या हो रहा है हमारे साथ?' प्रमोद बाबू ने स्वयं से पूछा। सावित्री जी जहाँ खड़ी थीं, वहीं अबोली खड़ी रहीं। श्मशान की घिनौनी चीजों को देखती बोलीं, 'हमने क्या बिगाड़ा है किसी का कि...गाँव के लोग हमें रहने नहीं देंगे।' प्रमोद बाबू सोचने लगे, ऐसी घिनौनी चीजों को यहाँ से हटाएगा कौन? रामनिहोरा आएगा या नहीं! कलिया की माँ बोली, 'मालिक, आप काहे करते हैं चिंता। हम फेंक आएँगे जहाँ कहिएगा। कलिया है, लालू भी है।'

रामनिहोरा हफ्ते में दो–तीन दिन आता है। दिहाड़ी मजदूर है, जहाँ मिल जाए काम! घर–बाजार के काम उसी के जिम्मे हैं। उसी ने दीवार के उस पार चार–पाँच कट्ठे जमीन में सब्जियाँ लगाई हैं। सावित्री जी ने रामनिहोरा से कहा था, 'बस हमारे खाने भर दे देना, बाकी ले जाना।'

प्रमोद बाबू सोचने लगे–आखिर किस बदमाश ने किसके इशारे पर श्मशान की ऐसी अपवित्र–घिनौनी चीजें आँगन में फेंकी हैं? खुद तो कोई श्मशान की अधजली लकड़ियाँ ढोकर लाएगा नहीं। किसी डोम से यह काम करवाया होगा।

कलिया की माँ ने प्रमोद बाबू से पूछा, 'मालिक, बता दीजिए जगह। फेंक आते हैं हम।' प्रमोद जी ने बता दिया, 'इमली का जहाँ पेड़ था वहाँ गड्ढा है। उसी में फेंक देना।'

प्रमोद बाबू बाहर बरामदे पर आए। पत्नी की चिंता कम करने के उद्देश्य से बोले, 'सावित्री, एक देहाती कहावत है–कोढ़िया डराए थूक से! हम लोगों को परेशान करने के लिए कोई यह सब कर रहा है।' कहने को तो कह दिया प्रमोद बाबू ने, मगर न अपने को मजबूत कर पाए, न पत्नी को।

बाहर पत्नी के साथ बैठे ही थे कि कलिया, उसकी माँ और लालू आँगन में फेंकी गई तमाम गंदी चीजें दूर गड्ढे में एक ही 'खेप' में फेंक आए। ट्यूबवेल पर नहाकर तीनों सामने आए। सावित्री जी ने तीनों के शरीर पर गंगाजल छिड़का। प्रमोद बाबू के मन में यह शंका जोर मार रही थी कि श्मशान की ऐसी अपवित्र चीजें बाहर का आदमी फेंकने आएगा नहीं। कहीं अपने ही लोग तो यह उत्पात नहीं कर रहे हैं? बड़े भैया और भतीजे चाहते ही नहीं थे कि यहाँ घर बनाएँ प्रमोद सिंह। इधर कई महीनों से उन लोगों की बेरुखी से शंका होती है। बलात्कार वाले मामले में भी बड़े भैया और उनका परिवार एकदम खिलाफ है। साथ देने की बात तो दूर, सिर्फ फटकार और तिरस्कार।

बस जयमाला देवी और टिकुली देवी का समर्थन मिला। विनोद एक दिन साथ

रहा, फिर जो गया सो कभी फोन पर भी बात नहीं की। गाँव में, बाजार में जो मिलते थे लोग, बात करते थे, रेप केस के बाद सब अलग हो गए। कोई बात तक नहीं करता। प्रणाम-पाती भी बंद। प्रमोद बाबू सोचते हैं, क्या सच में वे गाँव के लिए बाहरी आदमी हैं?

नाश्ता करने के बाद सिगरेट पी। अंग्रेजी 'आउटलुक' पत्रिका लेकर बाहर बैठ गए। मोबाइल फोन बजा। मन होता है, मोबाइल ऑफ करके रख दें। फिर मन में आया कि देखें, कौन है।

'हम मालिक, घट्टर राम!'

'क्या घट्टर भाई?' घट्टर राम का यह पहला फोन था। आवाज साफ नहीं थी। ऐसा शायद घट्टर राम के दंतविहीन मुख के कारण था। कहने लगे घट्टर राम, 'मालिक, हमारे टोले में आपकी जो डेढ़ बीघे जमीन है, जिस जमीन को झमेली बँटाई पर जोतता है, वह जमीन मालिक जल्दी से जल्दी बेच दीजिए। हम खरीदना चाहते हैं। जो रेट चल रहा है, हम देंगे।'

प्रमोद बाबू समझ नहीं पा रहे थे कि अचानक घट्टर राम चमरटोली की जमीन खरीदने पर क्यों उतारू हो गए! उन्होंने पूछा, 'आपने तो कभी चर्चा नहीं की घट्टर बाबू! आज अचानक!' घट्टर राम पोपले मुँह के कारण फों-फों जैसी अतिरिक्त ध्वनि के साथ बोले, 'मालिक, हमको पक्की जानकारी है, आपकी जमीन पर लालसेना के लोग कब्जा करने वाले हैं। इसलिए देर मत करिए। अच्छा, परनाम!'

मोबाइल ऑफ कर प्रमोद बाबू याद करने लगे-अभी कुछ ही दिन पहले बँटाईदार झमेली राम ने खेती नहीं करने की बात कही थी। अभी उसके बड़े भाई का फोन आया। घट्टर राम झूठ तो बोलेंगे नहीं! क्यों कह रहे थे कि उनको पक्की जानकारी है? चमरटोली के कुछ लड़के हैं लालसेना में। कहीं सच में घट्टर राम को जानकारी हो!

पाँच-छह मिनट ही बीते होंगे कि फिर फोन। उधर से आवाज आई, 'मैं बोल रहा हूँ चाचाजी! कविजी का पुत्र महेश।'

'हाँ महेश, बोलो! क्या बात है?'

'बात ऐसी है चाचाजी!...बाबूजी जो लापता थे, उनका पता चल गया है।'

'आएँ! पता चल गया! प्रसन्नता की बात है महेश। घर आ गए हैं?'

'जी आए नहीं हैं। वे मुजफ्फरपुर में एक जगह हैं। सूचना मिली है। एक आदमी आया था वहाँ से।'

'कौन आदमी था? क्या कहा उसने? कहाँ हैं कविजी?'

'जी, कैसे कहूँ! कहते नहीं बन रहा है चाचाजी! मुजफ्फरपुर में चतुर्भुज स्थान है न! सुना होगा आपने मोहल्ले का नाम!...उसी मोहल्ले में नाचने-गाने वाली एक बाई के कोठे पर हैं। जो आदमी वहाँ डेरे पर आया था, वही फोन पर बोला कि उसी मोहल्ले की गली में भूखे-प्यासे भटक रहे थे बाबूजी! कोई गीत गुनगुना रहे थे।

कोठेवाली को किसी पहचानने वाले ने बताया। कोठेवाली ऊपर ले गई। कुछ दिनों से वहीं हैं। जानती थी कोठेवाली कि बाबूजी कहाँ रहते हैं। वहीं गया था उसका आदमी। मेरे मकान में किराएदार प्रोफेसर साहब ने फोन पर माँ को बताया। बाबूजी को कुछ याद नहीं है, वे कहाँ हैं!'

'क्या कह रहा था?...चमेली बाई का कोठा?'

मोबाइल फोन पर महेश की आश्चर्यचकित आवाज आई, 'आप कैसे जानते हैं चमेली बाई को? माँ भी कह रही थी यही नाम!' महेश बोलते हुए हकला रहा था, 'चाचाजी, आप साथ चलिएगा?'

'हाँ जी, जब कहो! कैसे नहीं चलूँगा! कब चलना है?'

'बस आज ही। मैं आता हूँ आपके घर। मुजफ्फरपुर में अपना मकान तो है ही। चतुर्भुज स्थान में चमेली बाई का कोठा ढूँढ़ने में दिक्कत नहीं होगी।'

प्रमोद बाबू ने कुछ याद करते हुए महेश से कहा, 'महेश, तुम्हारी माँ कविजी को सरायगंज लाने का एक कारण यह बताती हैं कि यह गाँव कविजी का अपना गाँव है। कहीं भटक जाएँगे, तो कोई-न-कोई उनको घर तक पहुँचा देगा। टूट गया तुम्हारी माँ का सुखद भ्रम।' महेश की आवाज जैसे हवा में तिनके की तरह उड़ रही थी। बोला, 'जी चाचाजी, बाबूजी गए तो होंगे गाँव के रास्ते से। पता नहीं कैसे पहुँच गए मुजफ्फरपुर! माँ कहती है, कई बातें हमारी बुद्धि और कल्पना से परे होती हैं। बाबूजी घर से निकलते समय घड़ी और सोने की अँगूठी पहनना नहीं भूले थे! थोड़ी देर के लिए उनकी याद का लौटना आफत बन गया।'

'ठीक है महेश। आओ तुम!'

'जी चाचाजी, मैं बाहर हूँ अभी। घर से होकर आता हूँ। अपनी बाइक है। पंद्रह-बीस मिनट लगेंगे आपके यहाँ पहुँचने में। आप तैयार हो जाइए।'

महेश से बातचीत के बाद प्रमोद बाबू ने कविजी के मिल जाने की बात सावित्री जी से कही। सावित्री जी के कुम्हलाए चेहरे पर हल्की-सी मुस्कराहट आई, 'आएँ! मिल गए कविजी! बहुत अच्छा! बहुत अच्छा।'

इसी बीच रामनिहोरा आ गया। प्रमोद बाबू ने पूछा, 'क्यों भाई, इधर तीन-चार दिन से आए नहीं?' रामनिहोरा दाँत निपोरता बोला, 'कवनो कामे नहीं है मालिक आपके यहाँ। बाड़ी-झाड़ी देखिए कर गए थे। अभी पानी पटाने आए हैं बाड़ी में।'

चालीस-पचास मिनट बाद महेश बाइक से आ गया। बाइक वहीं बरामदे के पास लगा दी। ताला भी लगा दिया और प्रमोद बाबू से कहा, 'चलिए चाचाजी! शाम हो जाएगी मुजफ्फरपुर पहुँचते-पहुँचते।'

शाम हो गई जब दोनों मुजफ्फरपुर जीरो माइल पहुँचे। वहाँ से महेश सरैयागंज अपने घर गया प्रमोद बाबू के साथ। बैग रखा। गर्मी थी। स्नान के बाद दोनों तैयार होकर चतुर्भुज स्थान के लिए रवाना हुए। सीधे चमेली बाई के कोठे पर पहुँचे। रात

हो गई थी। अब पहले वाली रौनक नहीं रही चतुर्भुज स्थान की।

वर्षों बाद प्रमोद बाबू फिर उसी मोहल्ले के उसी कोठे पर थे। याद कर रहे थे, कविजी ने कहा था, 'तुम तो फिर कभी इधर आओगे नहीं!' नियति का चक्र! फिर उसी मोहल्ले के उसी कोठे पर...। आज किसी तरह की कोई घबड़ाहट नहीं थी प्रमोद बाबू में। एकदम सामान्य। उन्होंने चमेली बाई को देखा। याद आया उस समय का हुस्न और जवानी। गाँव की अपनी सुरसर नदी याद आ गई–रेत की नदी! चमेली बाई क्या पहचानती भला, लेकिन प्रमोद बाबू को याद आ रहा था–नथनियाँ है भारी राजा जी! उतार द–अ...।

चमेली बाई किसी भग्न राज प्रासाद जैसी दिखी प्रमोद बाबू को। मुँह में पान का बीड़ा, होंठों पर मुस्कराहट। बोली, 'कविजी को इस मोहल्ले में भटकते हुए फत्ते खाँ ने देखा। पहचान गया। मेरे पास आया। मैंने कहा, ले आओ बुलाकर। फटेहाल थे। मुझे भी नहीं पहचाना। धोती–कुर्ता–बनियान सब गंदे। बदबू आ रही थी। फत्ते खाँ दर्जी को बुला लाया। कपड़े खरीदे। वही पहने हुए हैं।'

कविजी सामने बैठे थे, लेकिन किसी को पहचान नहीं रहे थे। कलाई में न घड़ी थी न उँगली में अँगूठी। नए कपड़े थे शरीर पर। चमेली बाई बोली, 'ऐसा अनोखा इनसान मैंने नहीं देखा। शाइर हैं सखा जी। इनके लिखे कई गाने मैंने महफिलों में गाए हैं। क्या जानती थी कि इनका यह हश्र होगा!'

महेश ने जेब से पाँच–पाँच सौ के कुछ नोट निकाले और चमेली बाई को देना चाहा। चमली बाई ने हँसते हुए कहा, 'क्यों तौहीन कर रहे हैं? रखिए।' प्रमोद बाबू महेश से बोले 'रख लो महेश। यहाँ बात रुपए–पैसे की नहीं है। ऊँची बात है, बहुत ऊँची। तुम नहीं समझोगे।' इन सारी बातों से निरपेक्ष–निस्संग कविजी कमरे में आराम से टहल रहे थे। कौन आया है, वे कहाँ हैं, कुछ पता नहीं उनको। प्रमोद बाबू को बीते हुए समय का बहुत–कुछ याद आ रहा था–'उन्हें तो हरे नोट की हरियाली चाहिए...' और ऐसे ही गीतों की कई टूटी कड़ियाँ!

हर आधे घंटे पर भाभीजी का फोन आ रहा था महेश को। तवायफ का कोठा न होता तो भाभीजी भला मानने वाली थीं? खुद आतीं कविजी को लेने।

रात हो गई थी। महेश ने कहा, 'आज रात अपने घर में रहेंगे। कल सुबह कोई टैक्सी ले लेंगे सरायगंज के लिए।'

एक रिक्शे पर महेश, दूसरे पर कविजी और प्रमोद बाबू। प्रमोद बाबू को फिर वही रात याद आ रही थी जब लगभग इसी समय कविजी के साथ घर लौटे थे। तब कविजी का किराए का मकान था।

नौकरी में थे। 'एजी कुल का मैं सपूत हूँ! लेखा का मैं अग्रदूत हूँ...।' हँसमुख, मस्तमौला, घर से बेफिक्र। वही कविजी रिक्शे पर साथ बैठे हैं। नहीं जानते, साथ बैठा यह व्यक्ति कौन है! कैसे बताएँ महेश को कि बहुत पहले कविजी के साथ चमेली

बाई के कोठे पर गए थे इनका लिखा गाना सुनने!

मुजफ्फरपुर के सरैयागंज में प्रभात जर्दा फैक्ट्री के सामने तीन फ्लैटों वाला कविजी का मकान। दो फ्लैट किराए पर लगे हैं। नीचे वाला फ्लैट अपने लिए रखा गया है। ऊपर के फ्लैट में रहने वाले एलएस कालेज के एक प्रोफेसर ने खाना बनवाया-खिलाया।

सुबह महेश टैक्सी लाने गया। चेताते हुए गया कि चाचाजी, देखते रहिएगा बाबूजी को! किवाड़ खोलकर बाहर न निकल जाएँ। प्रमोद बाबू ने भाभीजी से बात की। भाभीजी के बोलने में संतोष था। चकित थीं–कविजी सरायगंज से मुजफ्फरपुर कैसे पहुँच गए! विश्वास नहीं होता। क्या उनकी स्मृति लौट आई थी घर से निकलते समय? ऐसा पहले दो बार हुआ था। प्रमोद बाबू ने फोन पर कहा, 'भाभीजी, जिंदगी रहस्यों से भरी हुई है। अजीबोगरीब घटनाएँ घट जाती हैं। ऐसा ही कुछ हुआ हो! वास्तविकता कभी-कभी कल्पना से भी अधिक चकित करने वाली होती है। प्रमोद बाबू अंग्रेजी की एक उक्ति का हिंदी अनुवाद सुना रहे थे भाभीजी को।

दूसरे दिन दोपहर से पहले कविजी को लेकर प्रमोद बाबू और महेश सरायगंज के लिए रवाना हुए। दोपहर का समय था। सरायगंज से साइफन वाले पुल के रास्ते घर पहुँचे। भाभीजी प्रतीक्षा कर रही थीं। प्रमोद बाबू ने देखा, भाभीजी के चेहरे पर खोई हुई अमूल्य निधि के मिल जाने का परम संतोष था। 'सँभालिए अपने पतिदेव को!' प्रमोद बाबू ने हँसते हुए भाभीजी से कहा। महेश की बाइक सरायगंज में थी, प्रमोद बाबू के यहाँ। महेश ने कहा, 'चाचाजी, टैक्सी तो है ही। चलते हैं टैक्सी से। अपनी बाइक से घर आ जाऊँगा।'

प्रमोद बाबू जयमाला देवी से मिलना चाहते थे। बगल में ही रहती हैं। टैक्सी रोक दी जयमाला देवी के घर के सामने। कोई था घर के बाहर। बोला, 'मालकिन नहीं हैं। पटना चली गईं। असल में क्या है हुजूर कि मालकिन को यहाँ भी देखना पड़ता है और वहाँ भी। तीन बच्चे हैं। दो बाहर भेजे गए हैं पढ़ने के लिए। एक बेटा साथ रहता है। पटना साइंस कालेज में पढ़ता है। बिना माँ के दिक्कत होती है बेटे को। मालकिन इसलिए पटना चली गईं। यहाँ खेती-बाड़ी का ऐसा कोई जरूरी काम भी नहीं है।'

महेश को बाइक लेकर लौटना था प्रमोद बाबू के घर से। धूप तीखी थी, गर्मी भी वैसी ही। तेज पछिया हवा बह रही थी। जाने कहाँ-कहाँ से धूल, सूखे पत्ते और पॉलीथिन उड़-उड़कर आ रहे थे। टैक्सी प्रमोद बाबू के घर के सामने रुकी। प्रमोद बाबू ने गेट के बाहर से ही देखा, बाइक वहाँ नहीं थी जहाँ लगाई गई थी। सावित्री जी बरामदे पर खड़ी इधर ही देख रही थीं। प्रमोद बाबू ने बरामदे के नीचे देखा। बाइक नहीं थी। क्या हो गई बाइक। सावित्री जी फटी-फटी आँखों से देखती रहीं पति को। उदास स्वर में बोलीं, 'कोई चुराकर ले गया रात में। गेट का ताला तोड़ कर कब ले

गया मोटरसाइकिल, पता नहीं चला। रामनिहोरा को रात में पहरेदारी के लिए रोक लिया था। सोया ही रह गया रामनिहोरा और चोर ले गए मोटरसाइकिल।

महेश चुप। क्या कहता! प्रमोद बाबू बरामदे की कुर्सी पर बैठे थे और ललाट को बाईं हथेली से सहला रहे थे या शायद पसीना पोंछ रहे थे। महेश ने कहा, 'छोड़िए चाचाजी! इन्स्योर्ड है बाइक। चिंता नहीं। थाने में रिपोर्ट लिखानी पड़ेगी। हो जाएगी दूसरी बाइक। जाने दीजिए।'

प्रमोद बाबू बोले, 'सिर्फ बाइक चोरी की बात नहीं है महेश! दूसरी कई बातें हैं। क्या बताऊँ!'

'आप चिंता न करें चाचाजी। बाइक के रुपए मिल जाएँगे। इंस्योर्ड है न! थोड़ी परेशानी बढ़ी, बस। पैदल चला जाता हूँ।' महेश थोड़ा उदास था, लेकिन नहीं चाहता था कि प्रमोद बाबू इसके लिए चिंतित हों।

'रोज कुछ-न-कुछ बुरा हो जा रहा है सावित्री! हमको यहाँ से भगाने की जितनी कुचेष्टाएँ हो सकती हैं, हमारे दुश्मन सब आजमा रहे हैं। हमारी किसी से नहीं है दुश्मनी, मगर पता नहीं किन लोगों की दुश्मनी है हमसे। पता नहीं, क्यों है दुश्मनी!'

सावित्री जी ने लस्सी दी पीने को। प्रमोद बाबू लस्सी पीकर अपने कमरे में गए। सिगरेट का डब्बा ढूँढ़ा। मिला नहीं। सावित्री जी से कलिया और उसकी माँ के विषय में पूछा। सावित्री जी ने कहा, 'कलिया की माँ और लालू अपने घर चले गए आज। कलिया यहीं है। कलिया की माँ बोली, 'कितने दिन रहूँगी यहाँ! अपना घर खाली पड़ा है। गाय-बकरी सब देवर के भरोसे छोड़ आई हूँ। कलिया रहेगी यहाँ। काम-धाम भी कर देगी घर के। क्या ठिकाना! नेताजी कुछ अनर्थ न कर दे।'

प्रमोद बाबू कुछ बोले नहीं। चुपचाप अखबार पढ़ते रहे। अखबार तीन दिन पहले का था।

गेट के सामने एक जीप आकर रुकी। जीप के सामने वाले हिस्से में एक प्लेट पर लिखा था-बिहार सरकार। जल संसाधन विभाग। जीप से चार लोग उतरे। चारों सरकारी अफसर जैसे दिखते थे। गेट के पास से पूछा जीप के ड्राइवर ने, 'प्रोफेसर प्रमोद सिंह का घर यही है?'

'हाँ, यही है। मैं हूँ प्रमोद सिंह। बोलिए, क्या काम है?'

चारों जीप से उतरकर बरामदे पर आए। कुर्सियाँ सिर्फ दो थीं। प्रमोद बाबू दो और कुर्सियाँ भीतर से ले आए। खुद चौकी पर बैठ गए।

'सर, आश्चर्य है कि आपका घर बताने वाला कोई नहीं मिला बाजार में। तीन-चार लोगों से पूछा।' चारों में जो सबसे वरिष्ठ दिखते थे, उन्होंने कहा और अपना परिचय दिया, 'मैं कार्यपालक अभियंता सुरेश श्रीवास्तव। ये तीन एसडीओ हैं जल संसाधन विभाग में। डीएम साहब का आदेश था कि सबसे पहले हम आपसे मिलें। सरायगंज बाजार में किसी ने आपका घर नहीं बताया। वैसे सबने कहा कि वे आपको

जानते हैं। हॉस्पीटल के पास एक दुकानदार ने आपके घर का पता बताया। सर, आप गाँव में नए-नए आए हैं क्या?'

'नहीं, हूँ तो मैं यहीं का।' प्रमोद बाबू बोले, 'लेकिन घर इधर हाल में बनाया है, इसलिए लोग मुझे शायद नहीं जानते।'

'असल में सर, हम मुआयना करने के लिए आए हैं। वर्षों से लिंक कैनाल का मामला लटका हुआ था। अब सरकार से स्वीकृति मिल गई है। आप हमारे साथ चलिए। हम लोग देखना चाहते हैं कि कैसे क्या हो सकता है। नक्शा है हमारे पास। हम जमीनी हकीकत देखना चाहते हैं। वह पौंड (चौर) कहाँ है और सरायपोखर कहाँ है। सूखी हुई सुरसर नदी तो हमने देख ली, बाकी वह बरसाती नाला और सरायपोखर...। धूप तो देह जलाने वाली है, लेकिन काम तो काम है।'

प्रमोद बाबू ने आग्रह किया, 'पहले पानी-वानी कुछ पी लीजिए।' उन्होंने रामनिहोरा को आवाज दी। सावित्री जी अंदर से बोलीं, 'रामनिहोरा उधर बाड़ी में काम कर रहा है। मैं आती हूँ।' एक प्लेट में नमकीन और पाँच कोल्ड ड्रिंक के भरे गिलास एक ट्रे में ले आईं सावित्री जी। बोलीं, 'सिर्फ नाम है कोल्ड ड्रिंक। कोल्ड है नहीं। बिजली रहती ही नहीं है।'

जीप में प्रमोद बाबू भी बैठे। बाकी चार इंजिनियर। आधे दिन का पूरा चक्कर था। चौर देखा, बरसाती नाले का मुआयना किया, सरायपोखर देखा। लौटते समय प्रमोद बाबू ने रतनपुरा की मुखिया टिकुली देवी से इंजिनियरों को मिलवाया। टिकुली देवी की खुशी की सीमा नहीं थी। मुस्कराती हुई प्रमोद बाबू से बोलीं, 'पहला धन्यवाद तो आपको सर। आप न लगते इस काम में तो कुछ होता नहीं और दूसरा धन्यवाद आप चारों को। हम लोगों का बहुत पुराना सपना है लिंक कैनाल। आप लोग सपना साकार कर दें सर!'

# फूल से हाथ जल गया साहिब!

जल संसाधन विभाग के कार्यपालक अभियंता श्रीवास्तव जी ने आश्वस्त किया था, 'सर, टेंडर वगैरह कागजी प्रक्रिया में थोड़ा समय तो लगेगा, लेकिन बरसात के बाद कैनाल का काम शुरू हो जाएगा।' प्रमोद बाबू अंदरूनी परेशानियों के बावजूद प्रसन्न थे कि चलो, एक काम तो होने जा रहा है। ढाई-तीन साल से इसी काम के लिए दौड़-धूप करते आ रहे थे।

कल बाजार जाते समय चश्मा टूट गया। शाम से कुछ पहले घर से निकले। बाजार के रास्ते पर बच्चे क्रिकेट खेल रहे थे। गेंद चश्मे पर आकर लगी। फ्रेम कहीं, शीशा कहीं। बच्चों को एक बूढ़े का टूटा चश्मा खोजना अच्छा लग रहा था। वे हँस रहे थे और प्रमोद बाबू अपनी कमजोर आँखों से चश्मे का फ्रेम ढूँढ़ रहे थे। फ्रेम आखिर मिला। एक चश्मा बैंक में टूट गया था चार-पाँच दिन पहले। पैसे निकालने गए थे। चश्मा गिरा और उन्हीं के पैरों तले आ गया। कल यह दूसरा चश्मा बच्चों के क्रिकेट खेल में टूटा।

अखबार पढ़ना भी मुश्किल। मन में आया कि रामनिहोरा को चश्मा बनवाने बाजार भेजें, लेकिन रामनिहोरा इस काम के लिए अयोग्य था।

जिस दिन इंजिनियर लिंक कैनाल के लिए जमीन का मुआयना करके गए, उस रात कई दिनों बाद प्रमोद बाबू ने रुचि से खाना खाया। रात में ही अपने वकील डीएन सहाय से बात की। सरायगंज थाने में नया दारोगा आया है। प्रमोद बाबू को वकील ने सूचना दी-दूसरा बलात्कारी कुलानंद भी जल्द ही गिरफ्तार होगा। अब तो सरायगंज का दारोगा भी अनुकूल है।

मन में आया, जयपुर बात करें अमरेश से। धमकी देने वाले ने फोन पर जो कुछ कहा था, प्रमोद बाबू को महसूस हुआ, उसकी जानकारी अमरेश को हो जानी चाहिए। सतर्क रहेगा। लेकिन इतनी जानकारी फोन करने वाले को दी किसने? शंका बार-बार अपनों पर क्यों जाती है? बड़े भैया और भतीजे ही अमरेश और उसके परिवार के बारे में जानते हैं। कहीं बड़े भैया के परिवार के सूत्र तो नहीं जुड़े हुए हैं धमकी देने वालों से? यह संभावना प्रमोद बाबू को चिंता में डाल देती है। सावित्री से कहें तो वह परेशान हो जाएगी। न कहें तो मन बेचैन।

कई महीनों बाद टेलीफोन डायरी देखकर प्रमोद बाबू ने अमरेश को फोन लगाया। अमरेश की आवाज में चकित होने का भाव स्वाभाविक था। प्रमोद बाबू ने पहले परिवार का हाल-चाल पूछा, फिर बोले, 'आजकल अपहरण की घटनाएँ बहुत बढ़ गई हैं-खासकर बच्चों के अपहरण की। आज के क्रूर समय में कुछ भी संभव है। पता नहीं, जयपुर में कानून-व्यवस्था कैसी है, लेकिन बच्चे पर ध्यान रखना जरूरी है।'

अमरेश की आवाज जो सुनाई पड़ी उसमें विचित्र-सी हँसी भी मिली हुई थी, 'पापा आज क्या बोल रहे हैं! अपहरण...किसका अपहरण?...' सावित्री जी आ गईं, 'किससे बात कर रहे हैं? अमरेश से? यह अपहरण-अपहरण...क्या है यह सब?' मोबाइल ऑफ कर दिया प्रमोद बाबू ने। पत्नी से बोले, 'कुछ नहीं। यों ही सावधान रहने को कहा कि गोलू का ध्यान रखे। अपने यहाँ देख रही हो न! अपहरण की कितनी घटनाएँ हो रही हैं! इसलिए आगाह कर दिया अमरेश को कि गोलू का ध्यान रखे।' सावित्री जी पति का चेहरा देखने लगीं-इनको हो क्या गया है! कभी फोन तो करते नहीं अमरेश को! आज फोन किया तो यह क्या अपहरण-अपहरण...! प्रमोद बाबू अंतर्मन की बात छिपाते हुए बोले, 'सावित्री, मोह-ममता के कारण अमरेश को ऐसा कहा। चिंता रहती है न! ठीक किया न कहकर?'

सावित्री जी क्या जवाब देतीं! बूढ़े-बुजुर्गों का तो काम ही है कहना! असल में क्या है कि उम्र बढ़ने के साथ-साथ आदमी के भीतर का भय भी बढ़ जाता है। प्रमोद बाबू अपने ही भीतर उलझे थे। सोच रहे थे-नहीं कही जा सकने वाली सच्चाई गलतबयानी से जितनी दबती नहीं उससे ज्यादा प्रकट हो जाती है। वे भीतर-भीतर कसमसाते रहे। छिपाने की कोशिश सुरक्षात्मक छल के बावजूद बहुत कमजोर महसूस हुई। नहीं, सावित्री से कह देना ही ठीक रहेगा। कह देना चाहिए कि धमकी भरे फोन मिल रहे हैं। फोन करने वाला अपना नाम नहीं बताता। मोबाइल पर नंबर तो आता ही है फोन करने वाले का। क्या पुलिस को सूचना देना ठीक रहेगा?

रात में खाना खाने के बाद थोड़ी देर टीवी के सामने बैठे। समाचार देखे-सुने। फिर सोने की तैयारी करने लगे। इस उम्र में सोने की तैयारी करनी होती है। मोबाइल फोन सामने के पलंग पर जहाँ सावित्री जी सोती हैं, वहीं रखा था।

यह सोचते हुए कि कहीं फिर न कोई धमकी भरा फोन आए और कहीं सावित्री न फोन उठा ले, उन्होंने मोबाइल अपने पास रख लिया। मोबाइल तकिए के पास रखा ही था कि रिंगटोन सुनाई पड़ा। हड़बड़ाकर वे नंबर पढ़ने लगे। जाना हुआ नंबर नहीं था। नंबर के पहले शून्य लगा था, मतलब फोन कहीं बाहर से आ रहा था। उन्होंने मोबाइल ऑफ कर दिया और मोबाइल की तरफ देखती पत्नी से बोले, 'अनाप-शनाप फोन आते रहते हैं। कभी कोई 'ऐड' तो कभी रौंग नंबर। उन्होंने अपनी आशंका टालने की कोशिश की। लेकिन आशंका घेरे रही तब तक जब तक नींद नहीं आ गई।

सुबह आखें खुलीं तो बरामदे पर आए। देखा, पंद्रह-बीस लोग गेट के बाहर खड़े

हैं। टिकुली देवी को देख निश्शंक हो गए कि कोई ऐसी-वैसी बात नहीं है। विनोद भी दिखाई पड़ा। आज दिखाई पड़ा है विनोद। एक फोन तक नहीं किया उसने! प्रमोद बाबू ने कुछ लोगों को पहचाना। सब गाँव के थे। ग्रिल में लगा ताला खोल रहे थे तो देखा, मुखिया टिकुली देवी प्रसन्न मुद्रा में है।

गाँव के लोग धन्यवाद देने आए थे प्रमोद बाबू को। जल संसाधन विभाग, बिहार सरकार के अभियंताओं के आने और लिंक कैनाल के लिए संभावना तलाश करने की चर्चा दोनों पंचायतों में है। बरसतिया नाले और 'चौर' में पड़ी जमीन से प्रभावित लोग प्रसन्न थे। जिन लोगों की जमीन चौर-क्षेत्र में आती है और साल में सात-आठ महीने पानी में डूबी रहती है, उनकी खुशी देखने लायक थी। विनोद जी को शायद उनकी अनिच्छा के बावजूद लोग ले आए थे, ऐसा प्रमोद बाबू ने भाई का चेहरा पढ़ते हुए सोचा।

गाँव में घर बनाने के बाद यह पहला अवसर था जब गरीब-गुरबा लोग कृतज्ञ भाव से मिलने आए थे। घंटे भर रहे लोग। तय हुआ कि टिकुली देवी के नेतृत्व में सरायपोखर को उड़ाहने (उलीचने) का काम होगा। लोग श्रमदान के लिए तैयार थे। सावित्री जी प्रसन्न थीं यह देख कि गरीब लोगों की आँखों में पानी आज भी बचा हुआ है। सलाह-मशविरे के लिए प्रमोद बाबू विनोद जी को रोकना चाहते थे, लेकिन वे साथ आए लोगों के साथ चले गए।

दो परस्पर विरोधी स्थितियों के बीच प्रमोद बाबू की समझ में नहीं आ रहा था कि सच किस तरफ है। एक ओर बलात्कार केस में कोर्ट-कचहरी का चक्कर, ताकतवर लोगों की धमकियाँ, आतंक...। चोरी करवा रहे हैं, रास्ता रोककर बेइज्जत करते हैं, श्मशान की अपवित्र घिनौनी चीजें आँगन में फेंकते हैं, भाइयों-भतीजों की आँखों में किरकिरी बने हुए हैं प्रमोद सिंह, दूसरी तरफ गाँव के ही लोग कृतज्ञता प्रकट करने आते हैं!

जेठ महीना बीत रहा है। आषाढ़ के खंड-खंड बादल जब-तब धरती पर भागती छाया का बिंब रचते हैं, फिर विलीन हो जाते हैं। घर से थोड़ी दूर आगे सरायगंज के रास्ते में चार मोबाइल कंपनियों के ऊँचे-ऊँचे टावर आसमान में भालों की नोकों की तरह धँसे हुए हैं। प्रमोद बाबू आत्मस्थ होकर स्मृतियों में जाते हैं तो लगता है, अब गाँव ही नहीं, आकाश की दुनिया भी बदल रही है। कितना सूना, कितना श्रीहीन लगने लगा है आकाश का जमीनी जुड़ाव! अभी हाल तक गौरैये और कचपचिया चिड़ियों के कलरव से गुलजार रहता था घर-आँगन। सुबह-शाम फुदकती, जीवन के उल्लास के गीत गाती चिड़ियाएँ कितनी प्यारी लगती थीं! आकाश में चक्कर काटने वाली चीलें भी नहीं दिखतीं। सरायगंज रेलवे स्टेशन के पश्चिम बैरबन्ना में सेमल के पेड़ों पर सैकड़ों की संख्या में रहने वाले गिद्ध विलुप्त हो गए। पता नहीं, कौवे-मैने कब तक हैं। अखबार में तो इनके विनाश की भी आशंका भरी खबरें छपती हैं।

आबादी बढ़ रही है, धरती सूनी हो रही है और नंगा हो रहा है आकाश। प्रमोद बाबू सोचते हैं, सारा दुख उन्हीं को क्यों है? 'सुखिया सब संसार है खावै और सोवै। दुखिया दास कबीर है, जागै और रोवै।'

उन्होंने स्वयं से कहा–रोते रहो प्रमोद, रोते रहो भीतर ही भीतर। लोग इसी में आनंदित हैं कि उनके हाथों में मोबाइल फोन हैं। संचार क्रांति। घर–घर मोबाइल फोन! मोबाइल कंपनियाँ करोड़पति से अरबपति और अरबपति से खरबपति बन रही हैं और यह सब देखते–देखते हुआ है। बाजार में परचून की दुकानों की तरह मोबाइल फोन की दुकानें हैं। नई–नई कंपनियाँ आ रही हैं अपने मोहक विज्ञापन लेकर। रिचार्ज कूपन नमक–हल्दी–मसाले की तरह जरूरी हो गए हैं। बाजार भरे हैं ऐसी दुकानों से। कितनी छोटी हो गई दुनिया! टीवी, इंटरनेट, फेसबुक, ट्वीटर...। विज्ञापन की नई भाषा... आभासी दुनिया का स्वप्निल यथार्थ! कर लो दुनिया मुट्ठी में!...सरायगंज बाजार में साइबर कैफे हैं। प्रतियोगी छात्र ऑन लाइन रिजल्ट देखते हैं प्रतियोगिता परीक्षाओं के।

यह गाँव है सरायगंज और इसका एक बाजार है–सुराजी चौक से लेकर राजकचहरी चौक तक। इस छोटे–से देहाती बाजार में इलेक्ट्रॉनिक्स की दुकानें हैं। गाँव में हल–बैल और बैलगाड़ियाँ खोजने पर मिलते हैं। ट्रैक्टर से खेती होती है, थ्रेशिंग मशीन से होती है फसलों की 'दवनी'। बस रोपनी–डोभनी के लिए थोड़ा–सा 'स्पेस' अभी बचा है। यादव टोले के दहियार खरीदते हैं पॉलीथिन में दूध। बरौनी से रोज सुबह सरायगंज आ जाता है मिल्क वैन। कौन पाले गाय–भैंस! नौकर–चाकर मिलते नहीं। अब तो दलितों में भी महादलित। सरकार ने महादलित आयोग ही बना दिया है। गाँव की मुसहरी में हर परिवार को नकदी के अलावा एक रेडियो और एक क्विंटल चावल दिया गया पिछले साल। फिर बीपीएल की सुविधाएँ! इंदिरा आवास...।

कितना मोहक लगता है यह सब! लेकिन अर्थशास्त्री डाक्टर प्रमोद सिंह को लगता है, गरीब ज्यादा गरीब हो रहे हैं, अमीर ज्यादा अमीर। नवधनाढ्यों की तो गिनती ही नहीं है। कृषि–क्षेत्र सबसे उपेक्षित है। डीजीपी का मात्र साढ़े चौदह प्रतिशत कृषि–क्षेत्र से आता है, जबकि भारत की साठ प्रतिशत जनता कृषि–कर्म से जुड़ी हुई है। खेती–किसानी की हालत लंबे समय से चिंताजनक बनी हुई है। इसकी पुष्टि खुद कृषि–मंत्रालय की मौजूदा वित्तीय वर्ष के बारे में तैयार रिपोर्ट करती है। रिपोर्ट बताती है कि डीजीपी में कृषि का हिस्सा लगातार घटता जा रहा है। पिछले दो दशकों में डीजीपी में कृषि क्षेत्र का योगदान तीस प्रतिशत से घटकर साढ़े चौदह प्रतिशत रह गया है। सकल राष्ट्रीय आय में कृषि का हिस्सा केवल बीस वर्षों में आधे से ज्यादा घट जाना अर्थव्यवस्था में कृषि क्षेत्र के गंभीर संकट की ओर इशारा करता है।

राष्ट्रीय नमूना सर्वेक्षण संगठन का अध्ययन बताता है कि प्रति एक हजार रोजगारशुदा लोगों में साढ़े सात सौ लोग कृषि क्षेत्र से जुड़े हुए हैं, लेकिन कुल राष्ट्रीय

आय का बीस प्रतिशत भी उनके हिस्से में नहीं आता। कभी यह जानने की कोशिश नहीं की गई कि पिछले पंद्रह वर्षों में दो लाख किसानों ने आत्महत्याएँ क्यों कीं। इस बार बजट में खाद पर दी जाने वाली सब्सिडी में भारी कटौती के कारण खेती में लागत खर्च बहुत बढ़ जाएगा।

प्रमोद बाबू के भीतर का अर्थशास्त्री इस उधेड़बुन में है कि बाहर जो दिखता है यथार्थ वह नहीं है। अर्जुन सेन गुप्ता की रिपोर्ट बताती है कि औसत भारतीय बीस रुपए प्रतिदिन की कमाई करता है। योजना आयोग के उपाध्यक्ष मोंटेक सिंह अहलूवालिया कहते हैं—गाँवों में बाईस रुपए और शहरों में उनतीस रुपए रोजाना कमाने वाले गरीबीरेखा के अंदर नहीं है। विचित्र है गाँवों की आर्थिक संरचना! देखने में लगता है, खुशहाली है, लेकिन मामूली-सी डिसेंट्री, सर्दी-जुकाम की दवा लेने जाओ तो पचास-सौ रुपए में मिलेगी। इसमें चिकित्सक की फीस शामिल नहीं है।

बरामदे पर बैठे प्रमोद बाबू भारतीय ग्रामीण अर्थव्यवस्था पर सोचते रहे। गाँव लौटना अध्ययन पर पूर्ण विराम साबित हुआ। उलझनों ने जकड़ लिया है। क्या पढ़ें, क्या लिखें!

क्या से क्या हो गया गाँव! धोती पहनने वाली पीढ़ी गाँव से विदा ले रही है। किसी ने नहीं कहा कि धोती छोड़ो, पैंट पहनो। किशोरों ने, युवकों-अधेड़ों ने अपना ली पैंट-शर्ट। पैरों में चप्पलें। पहले खाते-पीते किसानों के पैरों में चप्पलें या जूते खास-खास अवसरों पर ही दिखाई पड़ते थे। पंजाब, आंध्र प्रदेश, महाराष्ट्र, हरियाणा वगैरह के किसान करते हैं आत्महत्याएँ। अपने इस कोसी क्षेत्र में किसी किसान ने नहीं की आत्महत्या। हाँ, हत्याएँ होती हैं, पहले से ज्यादा होती हैं, लेकिन कर्ज में डूबे होने के कारण यहाँ के किसी किसान ने नहीं की आत्महत्या।

पाँच-छह वर्षों में ही गाँव ने प्रमोद बाबू को अपनी वास्तविक कुरूपता दिखा दी। आए थे सपने लेकर! सुकून की प्रत्याशा में। पुस्तकालय-वाचनालय बनाएँगे, गाँव के लड़के-लड़कियों को पढ़ाएँगे, सरायपोखर कमलपोखर बनेगा, सूख रही सुरसर नदी फिर जी उठेगी! बहेगी निर्मल धारा!...

बैठे-बैठे प्रमोद बाबू ने बारह बजा दिए। याद भी नहीं रहा कि स्नान करना है। मोटर अब ग्रिल के अंदर है। सुबह बिजली आई थी। छत पर रखी टंकी भर दी गई थी। अब शाम तक के लिए बेफिक्र।

इधर कुछ दिनों से बाजार नहीं गए। रामनिहोरा सिगरेट वगैरह ले आया था। अखबार भी मिलते रहे। रामनिहोरा घरेलू चीजें बाजार से ले आता है। प्रमोद बाबू ने सोचा, आज राजकचहरी चौक जाएँगे।

आषाढ़ महीने में जेठ वाली गर्मी थी, लेकिन शाम के समय हल्की पुरवैया सिहरने लगी थी। प्रमोद बाबू ने पैंट-शर्ट पहनी। चश्मा लिया और निकले बाजार की तरफ। सिगरेट खत्म हो गई थी। घर में रखे सिगरेट के खाली पैकेट देखे, नहीं मिली एक

भी सिगरेट। सावित्री जी से बोले, 'राजकचहरी चौक की तरफ जाऊँगा।' शाम के पाँच बजे थे। अभी सूरज के डूबने में डेढ़ घंटे की देर है। छह बीस या साढ़े छह में सूर्यास्त होगा। अब अँधेरे में ठीक से दिखता नहीं है। चश्मे के बावजूद रास्ते, रास्ते की चीजें, आते-जाते वाहन या लोग साफ-साफ नजर नहीं आते।

कच्चा रास्ता पार कर प्रमोद बाबू जैसे ही मेन रोड पर पहुँचे, कुछ बच्चे क्रिकेट खेलते हुए दिखे। अभी हाल ही में क्रिकेट की गेंद से चश्मा टूटा था। आजकल अमूमन हर गली में, हर रास्ते पर शाम के समय बच्चे क्रिकेट खेलते मिलते हैं। मैदान तो हैं नहीं बाजार में। बच जाती हैं सड़कें। वही सड़कें 'पिच' के काम करती हैं। शायद ही रिहायशी इलाके की कोई सड़क हो जिस पर शाम के समय बच्चे क्रिकेट खेलते न मिलें।

प्रमोद बाबू क्रिकेट-खिलाड़ी बच्चों से एक दूरी बनाते सड़क के किनारे से निकल रहे थे। सावधानी के बावजूद गेंद चश्मे पर लगी। दाहिनी आँख पर चोट लगी। चश्मे का एक शीशा टूट गया और जमीन पर बिखर गया। बैट पकड़े एक लड़का क्षमायाचना की मुद्रा में उनके सामने आकर खड़ा हो गया। बोला, 'गलती हो गई दादाजी।' प्रमोद बाबू ने मुस्कराते हुए कहा, 'कोई गलती-वलती नहीं हुई। शीशे के टुकड़े खोजो पहले। नंगे पैर हो न!'

टूटा चश्मा बाएँ हाथ में और दाहिनी हथेली दाहिनी आँख पर रखे प्रमोद बाबू आगे बढ़ गए। देखा, आगे फिर बीच सड़क पर बच्चे क्रिकेट खेल रहे हैं। इस बार वे बैट-बॉल को देखते हुए सड़क के एकदम किनारे-किनारे चलने लगे। एक बच्चे ने कहा, 'दादाजी, सड़क से जाइए। कोई आता-जाता है तो हम खेल रोक देते हैं।' क्या करें दादाजी, कोई जगह ही नहीं है खेलने की। बगल में एक जगह थी, वहाँ देखते हैं न! बड़ी बिल्डिंग खड़ी हो गई है। कहाँ जाएँ हम खेलने? हम लोगों पर कोई सोचता नहीं है।' प्रमोद बाबू मुस्कराए। कितना समझदार लड़का है! यकीन नहीं हो रहा, ये बच्चे सरायगंज बाजार के हैं। याद आ गया अपना पोता गोलू। सात-आठ साल का है। बहुत दिन हो गए पोते को देखे!

इसी के साथ फोन पर दी गई धमकी भी याद आ गई। मन को समझाया-अमरेश को संकेत में तो फोन पर कह ही दिया है। खुद समझदार है, समझ गया होगा, पापा ने क्यों कहा है सतर्क रहने को!

सोचते-सोचते चौक आ गया। याद करने लगे, चश्मे की दुकान कहाँ है! शायद सरकारी अस्पताल के पास हो! दुकान का नाम याद था-मजीद ऑप्टिकल्स! वे याददाश्त पर जोर डालने लगे, कहाँ देखा है मजीद ऑप्टिकल्स! उनके पाँव राजकचहरी चौक की तरफ बढ़ गए। चश्मे टूटने की बात पर सोचने लगे कि अब बाजार आएँगे तो थोड़ी देर से आएँगे, हल्का अँधेरा होने पर।

इसके पहले तीन-चार बार चश्मे की दुकान में भेजा था अपना चश्मा। हर बार

इलेक्ट्रॉनिक्स दुकान वाले भतीजे सुरेंद्र का नौकर चश्मा ठीक कराके लाया था। मजीद ऑप्टिकल्स का साइनबोर्ड दिख गया। पूरे सरायगंज बाजार में यही एक दुकान है चश्मे की। कम चलती है दुकान। वह तो सरकारी अस्पताल में एक नेत्र-रोग विशेषज्ञ है जिसके कारण मजीद की यह दुकान चलती है। चश्मे की दुकान के पास ही है नेत्र-रोग विशेषज्ञ की प्राइवेट क्लिनिक।

दुकान वाला पहचानता था। 'आदाब अर्ज' कहकर स्वागत किया। बोला, 'आप क्यों आ गए सर! कहते सुरेंद्र जी से! मैंने तो कई बार आपका चश्मा बनाया है।' प्रमोद बाबू कैसे कहते कि सुरेंद्र आजकल आँखें चुराने लगा है। उन्होंने मुस्कराते हुए कहा, 'इधर ही आना था। क्या कहता सुरेंद्र से!'

सूर्यास्त हो गया था। दिन का थोड़ा-सा उजास शेष था। दुकान से निकले तो पैर अपने आप सिपहिया लॉज की तरफ बढ़ गए। सिपहिया लॉज नहीं, उच्च विद्यालय, सरायगंज। सिपहिया लॉज नाम तो जमींदारी के साथ ही चला गया। उसी सिपहिया लॉज में हाई स्कूल खोला गया। पहली छात्रा ज्योत्स्ना बनी। थोड़ी ही दूरी पर वह चौकीघर। बाद में जुसनामाय के नाम से लोग इस चौकीघर को जानने लगे। अब यह घर और घर से लगी थोड़ी-सी जमीन अवधेश प्रसाद के कब्जे में है। अपने घर और जमीन पर अवधेश प्रसाद के कब्जे को देख ज्योत्स्ना दिल्ली लौट गई। ज्योत्स्ना का टिन की छतवाला घर अब नहीं है। उसकी जगह बड़ी-सी बिल्डिंग बन रही है अवधेश प्रसाद की। बाजार में चर्चा है-कमर्शियल कम्प्लेक्स बन रहा है। प्रमोद बाबू उस बनती हुई बिल्डिंग के सामने खड़े थे। पीछे से किसी ने टोका, 'कौन? प्रोफेसर साहब!...' पलट कर देखा, चौबे जी थे। हाथ में बकुली लाठी। लँगड़ाकर चलते थे। झंखाड़ पेड़-जैसे दिख रहे थे। प्रमोद बाबू ने मुस्कराते हुए पूछा, 'पंडित जी! क्या बात है कि आपसे इसी जगह मुलाकात होती है?'

'घर पास में है न प्रोफेसर साहब! बस यहीं तक सीमा है मेरी। इस जगह से आगे नहीं जाता। लेकिन आप यहाँ खड़े क्या कर रहे हैं? बिल्डिंग देख रहे हैं क्या?'

'नहीं पंडित जी, मैं टिन का छोटा-सा घर देख रहा हूँ।'

'कहाँ है वह घर?'

'वह है पंडित जी, मैं देख रहा हूँ। आप नहीं देख सकेंगे।'

चौबे जी अपनी कमर सीधी करते हुए प्रमोद बाबू को देखने लगे। तभी घिरते अँधेरे में किसी ने पुकारा, 'सर! मैं हूँ सर।' आवाज नजदीक आ गई थी।

'अच्छा तुम हो! राजा बाबू!'

'जी, अभी हड़बड़ी में हूँ सर। बाद में मिलूँगा। लेकिन सर, एक बात कहनी थी। परमानंद पोद्दार से जाकर मिलिए। आपका भतीजा राघवेंद्र आपकी जमीन को लेकर 'फर्जरी' कर रहा है। मैं जाता रहता हूँ पोद्दार के पास, इसलिए कह रहा हूँ।'

प्रमोद बाबू के कान खड़े हो गए। शक तो था ही। बस-अड्डे पर परमानंद पोद्दार

ने भी इशारा किया था बड़े भैया को देखकर। जरूर कोई षड्‌यंत्र है। बड़े भैया और छोटे भाई विनोद की बेरुखी, भतीजे का कटे-कटे रहना...। संकट में डालेंगे अपने लोग!

राजा बाबू चला गया तो चौबे जी धीरे से बोले, 'जानते हैं प्रोफेसर साहब, ये जो राजा बाबू हैं, इनको छोड़कर इनकी पत्नी चली गई।'

'छोड़कर चली गई?' प्रमोद बाबू को आश्चर्य हुआ।

'हाँ, छोड़कर चली गई। फेलू बाबू की पत्नी और राजा बाबू की पत्नी में रोज झोंटा-झोंटव्वल होता था। सारी जमीन तो बनर्जी साहब के मैनेजर प्रेमपाल गुप्ता ने बड़ी होशियारी से अपने नाम कर ली। थोड़ी-सी जमीन बची है और यह मकान है। दोनों भाइयों में मार-पीट होती रहती है। कोर्ट-कचहरी दौड़ रहे हैं दोनों। तंग आकर राजा बाबू की पत्नी चली गई चुपचाप। अब राजा बाबू सुराजी चौक पर भगत जी के होटल में खाते हैं। देखा नहीं, कैसे फटीचर जैसे दिखाई पड़े!'

अँधेरा बढ़ रहा था। चश्मा न रहने से परेशान थे प्रमोद बाबू। सोचने लगे डाक्टर बनर्जी के परिवार पर। राजकुमारों की तरह पले-बढ़े फेलू बाबू और राजा बाबू का यह हाल! चौबे जी ने प्रमोद बाबू को गुमसुम देखा तो बोले, 'प्रोफेसर साहब, यह दैवी-न्याय है। डाक्टर साहब को दोनों बेटों-बहुओं ने इतना सताया...इतना सताया ...। आप नहीं जानते होंगे प्रोफेसर साहब! अब देखिए! फेलू बाबू कुट्टी काटते हैं, मवेशियों को सानी-पानी देते हैं। ट्रैक्टर बिक गया। एक जीप थी, पहले भाड़े पर चली, फिर बिक गई।'

एक रिक्शा दिखा। प्रमोद बाबू ने आवाज दी। रिक्शेवाले ने बीस रुपए माँगे। 'ठीक है' कहते हुए प्रमोद बाबू रिक्शे पर बैठ गए। राजा बाबू की सूचना से चिंतित थे। पता नहीं, क्या षड्‌यंत्र कर रहे हैं बड़े भैया और भतीजे! कोई बात है जरूर। रिक्शे से घर पहुँचने में पंद्रह-बीस मिनट लगते हैं। घर लौटते-लौटते आठ बज गए थे। रामचंद्र ने अखबार भेज दिए थे। पढ़ने वाला एक चश्मा था घर में। सावित्री जी ने चश्मा लाकर दे दिया। इन्वर्टर से जलने वाले बल्ब में रोशनी कम थी। 'दि हिंदू' के हेडलाइन पढ़े जा सकते थे।

तभी रामचंद्र साव का फोन आया, 'सर आपने सुना? कुलानंद यादव पकड़ा गया। सरायगंज के दारोगा ने उसके घर पर छापा मारा। थाने ले गया है।' प्रमोद बाबू सोचने लगे-किसी ने बताया नहीं! संतोष हुआ। दूसरा बलात्कारी भी पकड़ा गया।

अग्निकोण में बिजली चमक रही थी। बादल गरज रहे थे। बारिश के आसार थे। आषाढ़ का महीना है। बारिश तो होनी ही चाहिए। उन्होंने पत्नी से कहा, 'सावित्री, आँगन में देख आओ। कोई सामान तो नहीं है बाहर!'

मोबाइल फिर बजा। कान से लगाया, 'हेलो! कौन?' जवाब वही 'सर, नाम-वाम छोड़िए। चेतावनी दे चुका हूँ। आप जाइए गाँव से। आप विद्वान आदमी हैं सर!

आपको गाँव में नहीं रहना चाहिए। बोल चुका हूँ पहले भी। आप यहाँ रह नहीं सकिएगा। बस इतने कहना है। विद्वान को इशारा काफी! आपकी कदर करते हैं इसलिए एतना दिन का मोहलत दिया।' कुछ नहीं बोले प्रमोद बाबू। यह आवाज और ऐसी भदेस भाषा वे पहले सुन चुके हैं। वही आदमी था। जयपुर में पोते के अपहरण की धमकी इसी आवाज में, इसी भाषा में मिली थी।

'किसका था फोन?' सावत्री जी ने पूछा तो ऊँ-आँ करते हुए प्रमोद जी बोले, 'था एक आदमी। तुम नहीं जानती हो उसको!'

बादल ऊपर चढ़ रहे थे। हवा शांत हो गई थी। कमरे से चाबियों का गुच्छा ले आए। गेट का ताला लगाया। मन में आया कि सावित्री जी से कहें कि रामनिहोरा को रात में यहीं सोने को कहें।

ताले लगाना, ताले खोलना और ऐसे कई छोटे-छोटे काम प्रमोद बाबू को अब भारी लगने लगे हैं। उठने की इच्छा नहीं होती। घर में किसी सामान को यहाँ से वहाँ ले जाने में भी परेशानी होती है।

मन में आया, छत पर जाएँ, लेकिन टिप-टिप बूँदें गिर रही थीं। आँधी की संभावना नहीं थी। बादल इधर-उधर बिखर रहे थे। सावित्री जी खाना खाने के लिए बुलाने आईं। प्रमोद बाबू ने कलिया के विषय में पूछा। सावित्री जी बोलीं, 'अब मानसिक आतंक कम हुआ है। घर के काम कर रही है। मैंने झाड़ू-पोंछा लगाने से मना किया।'

प्रमोद बाबू और सावित्री जी ने आसनी पर बैठकर साथ-साथ खाना खाया। आकाश में टूट-बिखर रहे बादलों की आखिरी सौगात थी कुछ बूँदें। खाना खाने के बाद हाथ धो रहे थे, तभी मोबाइल फोन बजा। 'ओफ!' उन्होंने झल्लाकर कहा-'यह मोबाइल फोन भी आफत है। चैन नहीं मिलता।' मन में आया कि मोबाइल ऑफ कर दें। फिर नंबर देखा। फोन अमरेश का था। बेचैनी खत्म हो गई। सावित्री जी को मोबाइल देते हुए बोले, 'सावित्री, तुम्हारा फोन है जयपुर से।'

'क्यों, आपका नहीं है?'

'हाँ, है तो मेरा भी, लेकिन तुम्हारा बेटा कहेगा, मम्मी को दीजिए।' सावित्री जी को मोबाइल फोन देते हुए प्रमोद बाबू सोचने लगे, बेटे अपनी माँओं से ही क्यों बात करना चाहते हैं! वे बरामदे पर आ गए और रात के आकाश में उन बादलों की तलाश करने लगे जो अभी-अभी गरज रहे थे। बेटे से बात करने के बाद सावित्री जी बरामदे पर आईं तो बोलीं, 'अमरेश चिंता में है। आपने क्या कह दिया उससे?'

प्रमोद बाबू बोले, 'सावित्री, जो कहा वह एक पिता की चिंता थी। सावधान करते रहना चाहिए। समय-समाज की स्थिति ठीक नहीं है। कितना परेशान करते हैं लोग सो तो देख रही हो!'

सुबह चाय पी रहे थे कि तेजू का फोन आया, 'आपसे मिलना चाहते हैं मालिक!' तेजू मंडल पाँच बीघे का एक पूरा प्लॉट लीज पर लिए हुए है। पाँच हजार प्रति बीघे

की दर से पच्चीस हजार रुपए सालाना भुगतान करता है। इसके अलावा दस मन गेहूँ, पाँच मन चावल।

साइकिल से आया था तेजू। आते ही बोला, 'आपके भतीजे राघव बाबू ने मना कर दिया जमीन जोतने से। हम ट्रैक्टर किराए पर लेकर गए थे कि खेत जुतवा लेते हैं। रोपनी का समय आ रहा है। चार लोगों के साथ आए थे राघव बाबू। बोले कि जमीन उनकी है। अब क्या करें मालिक! इसलिए दौड़े-दौड़े आए हैं।'

'जमीन तो मेरी है तेजू। मेरे बाबूजी तीनों बेटों में पूरी जमीन बाँटकर मरे थे। अब बखेड़ा खड़ा कर रहा है राघव?'

'आप ही बात करिए मालिक। हम तो जोतदार हैं। राघव बाबू से लड़ तो नहीं सकते।' तेजू चौकी पर पराजित-सा बैठा था।

सावित्री जी आईं, 'क्या हुआ तेजू?' तेजू ने कही बात दुहराई, 'मालकिन, जो है कि नहीं सो...राघव बाबू खेत जोतने से मना कर रहे हैं। कह रहे हैं जमीन उनकी है। चार लोगों के साथ आए थे बंदूक लेकर। बोले, कभी खेत पर आए तो जान से मार दूँगा।'

कुल लगभग साढ़े ग्यारह-बारह बीघे जमीन मिली थी प्रमोद बाबू को। डेढ़ बीघे चमरटोली की जमीन सबसे कम उपज देने वाली बलुआही जमीन है। घट्टर राम उस जमीन को खरीदना चाहते हैं। प्रमोद बाबू को लगता है, वह जमीन बिक जाए वही अच्छा। कहीं लालसेना वाले झंडा गाड़कर जमीन पर चढ़ बैठे तो क्या कर सकेंगे वे! घट्टर राम कह भी रहे थे कि पूरी आशंका है! लेकिन घट्टर राम ने फिर संपर्क नहीं किया। बोले थे कि जो रेट चल रहा है, वह रेट देंगे। अब नई समस्या लेकर आया है तेजू मंडल।

भूख-प्यास गायब। नाश्ता करने की इच्छा नहीं हुई। तेजू से बोले, 'तेजू तुम जाओ। मैं देखता हूँ, क्यों ऐसा कहा राघव ने! पता नहीं क्या साजिश कर रहा है! ठीक ही कहा था परमानंद पोद्दार ने और सही थी राजा बाबू की शंका!'

तेजू ने कहा, 'राघव बाबू कहते हैं, चाचाजी ने जबरदस्ती मेरी जमीन अपने नाम पर चढ़वा ली है। जमीन की रसीद कटती है मेरे नाम से, मालगुजारी मैं देता हूँ। जमीन चाचाजी की कैसे हो गई?'

प्रमोद बाबू समझ नहीं पा रहे थे, यह लफड़ा क्या है! सारे कागजात उनके पास हैं। मालगुजारी रसीद भी कटती है उनके नाम से। बाबूजी के जीवन काल में ही उनके नाम से दाखिल खारिज हो चुका था, फिर भतीजा कैसे दावा कर रहा है! एकदम बेबुनियाद दावा! तेजू जाने के लिए खड़ा हो गया। बोला, 'मालिक यह सब तो आप लोगों के बीच का मामला है। हम तो एतना जानते हैं मालिक कि तिकड़मिया लोगों से गाँव भरा हुआ है। आप तो जानते होंगे मालिक, नारायण ठाकुर के घर और जमीन पर नेताजी ने कब्जा कर लिया। कोई कुछ कर सका? लड़ते रहिए मुकदमा! दौड़ते

रहिए कोर्ट-कचहरी।'

प्रमोद बाबू जो सुन रहे थे तेजू से, वही कई बार दूसरों से भी सुन चुके हैं। पिछले साल परमानंद पोद्दार जो किसी की जमीन को इधर से उधर करने में माहिर है, कह रहा था कि आपका भतीजा आपकी जमीन को लेकर कुछ घपला कर रहा है। तब ध्यान नहीं दिया प्रमोद बाबू ने। सोचा, करेगा क्या! जमीन तो बाबूजी ने बाँटी थी। क्या घपला करेगा भतीजा! अब तेजू लाया है नई चिंता!

क्या किया जाए! सावित्री जी सब सुन चुकी थीं। बोलीं, 'अब समझ में आया न! क्यों राघव जी के परिवार का कोई मिलने-जुलने नहीं आता है! मुझे तो लगता है, विनोद जी भी मिले हुए हैं बड़े भैया से। आखिर उनका व्यवहार बदल कैसे गया! पहले तो ठीक थे! राघव जी ने उनको पढ़ाया होगा। वैसे भी विनोद जी को अक्ल थोड़ी कम है। आ गए होंगे बहकावे में!'

प्रमोद बाबू ने यहाँ घर बनाने का जब फैसला किया था, तभी से बड़े भैया के परिवार में खलबली मची थी, लेकिन सतह पर उनकी मंशा को आने में थोड़ा समय लगा। प्रमोद बाबू सावित्री जी से बोले, 'बड़े भैया और भतीजों ने यही सोचा होगा कि प्रमोद सिंह तो गाँव लौटकर आएँगे नहीं। लेकिन मैं आ गया और घर बना लिया! बस यही बात उन लोगों को बर्दाश्त नहीं हुई!' सावित्री जी को इसका दूसरा पहलू दिख रहा था, 'अपनी दियादी में व्रत-त्योहार, उपनयन, छठी, अनुष्ठान आदि होते हैं तो कोई हमें बुलाता भी है? जो गोतिया-दियाद नहीं हैं वही बुलाते हैं। भीतर ही भीतर अपने ही लोगों ने हमें बिरादरी बाहर कर दिया है।'

'हाँ, बड़े भैया के यहाँ छठी में भी हम लोगों को नहीं बुलाया गया। अभी हाल की बात है।' प्रमोद बाबू को अपने उपेक्षित होने के कई प्रसंग याद आ रहे थे। तभी कलिया आ गई पूछने, 'मालकिन, आज तो सब्जी नहीं आई बाजार से।' कलिया के भीतर का आतंक कम हुआ है। कुछ दिन तक तो वह बोलती भी नहीं थी। अब जब वह देखती है कि प्रमोद बाबू जी-जान से मुकदमे में लगे हैं और दोनों बलात्कारी जेल में हैं, वह विवश भाव से ही सही, थोड़ा-थोड़ा बोलने लगी है। कलिया की माँ बेटे लालू को लेकर अपने घर चली गई है। सिर्फ कलिया को नहीं जाने दिया प्रमोद बाबू ने। क्या ठिकाना! कुछ भी कर सकता है अवधेश! हत्या करवाना उसके लिए मामूली-सी बात है।

बरामदे पर बैठे प्रमोद बाबू सिर ऊपर उठाए छत पर लिखी कोई अदृश्य लिपि पढ़ते रहे। न जाने क्या सोचकर फोन-डायरी ले आए। छोटे भाई विनोद जी का नंबर मिलाया।

'हाँ भैया!' विनोद जी बात करने लगे लिंक कैनाल पर। बोले कि गाँव में खुशी की लहर है। सब आपको धन्यवाद दे रहे हैं। प्रमोद बाबू ने प्रसंग बदल दिया। मन उद्विग्न था। बड़े भैया और भतीजे जमीन से बेदखल कर रहे हैं, यही मुख्य चिंता थी।

विनोद जी से उन्होंने फोन पर यही बात कही। तेजू मंडल की कही बात का उल्लेख किया। विनोद जी दबी-दबी आवाज में क्या कह रहे थे, यह प्रमोद बाबू समझ नहीं पाए। विनोद जी कहने लगे, 'बड़े भैया कह रहे थे कि सब कुछ वही लेगा? 'वही' मतलब प्रमोद सिंह। उसके बेटे तो अच्छी-अच्छी नौकरियों में चले गए। खुद अच्छी-खासी पेंशन पाता है। उसके बावजूद यहाँ की जमीन में बराबर का हिस्सा भी उसको चाहिए? यह नहीं चलेगा। नहीं चलेगा कि चित्त भी मेरी, पट्ट भी मेरी?'

'मैं बड़े भैया की नहीं, तुम्हारी राय जानना चाहता हूँ।' प्रमोद बाबू ने पूछा तो विनोद जी बोले, 'मेरी क्या राय होगी! मैं इस मामले में नहीं हूँ।'

'यह तो कहोगे कि इंसाफ क्या कहता है?'

'इंसाफ तो कहता है कि बाबूजी अपने तीनों बेटों में जमीन बाँटकर गए थे।'

'आखिर तुम हो किसके साथ?' प्रमोद बाबू ने दो टूक पूछा। उनकी आवाज में उनके स्वभाव के विपरीत कठोरता थी।

'भैया, मेरे लिए तो आप क्या, बड़े भैया क्या। दोनों बराबर हैं! चाहे यह उँगली कटे चाहे वह उँगली, दर्द तो समान होता है!'

विनोद जी के इस आखिरी वाक्य ने पक्ष उजागर कर दिया। सावित्री जी, स्पीकर ऑन होने के कारण विनोद जी की बातें सुन रही थीं। उन्होंने पूछा, 'क्या कह रहे थे विनोद जी?' प्रमोद बाबू बोले, 'कह रहा था विनोद कि चाहे यह उँगली कटे, चाहे वह उँगली! दर्द तो बराबर होता है।'

'यानी विनोद जी हमारे साथ नहीं हैं। मैं कहती थी न!' सावित्री जी उलाहने के स्वर में बोलीं, 'कहती थी न! दाल में कुछ काला है। आखिर वे लोग कभी आते क्यों नहीं हैं? उस दिन आपके कहने के बावजूद विनोद जी रुके नहीं।'

प्रमोद बाबू को चिंता ने घेर लिया। छोटे भाई विनोद ने भी साथ छोड़ा। अब दो ही विकल्प हैं-या तो बड़े भैया से मिलकर स्थिति स्पष्ट की जाए या कागजी लड़ाई लड़ें। उन्होंने सावित्री जी से पूछा, 'क्या संकेत नहीं है कि विनोद बड़े भैया के साथ है? विनोद हर समय, हर मोड़ पर मेरे साथ रहा, अब वह बड़े भैया के साथ खड़ा है।'

बड़े भैया से मिलकर जमीन से संबंधित मामले पर बात करना निष्प्रयोजन जैसा लगा। जब जाल उन्होंने ही फेंका है तो बात क्या करनी! दोपहर खाना खाने के बाद थोड़ी देर आराम किया, फिर निकल गए प्रखंड कार्यालय। सोचकर निकले कि सीओ से मिलेंगे और वहीं रेवेन्यू क्लर्क से मामले की जानकारी लेंगे।

सीओ से उनके दफ्तर में मुलाकात हो गई। सीओ ने कर्मचारी को बुलाया! कर्मचारी को पूरा मामला याद था। कहा, 'दस-बारह साल से मालगुजारी रसीद चंद्रदेव सिंह के नाम से कट रही है सर!' सीओ साहब प्रमोद बाबू से बोले, 'सर, मैं आपको जानता हूँ। आप बुद्धिजीवी हैं। मैं बीपीएससी का जब इंटरव्यू दे रहा था, आप उस समय सदस्य थे। योग्य और ईमानदार आयोग के सदस्य के रूप में आपकी चर्चा थी।

मुझे तो आश्चर्य होता है सर, आप गाँव क्यों लौट आए! आप गाँव को नहीं जानते सर। मैं जनता हूँ।' प्रमोद बाबू सीओ साहब को सुनते रहे। हर जगह यही सुनने को क्यों मिलता है। सब यही सलाह देते हैं–आपको गाँव में रहना नहीं चाहिए।

प्रमोद बाबू ने सीओ साहब से मुस्कराते हुए कहा, 'आप यह बताइए सीओ साहब, जिस गाँव में अपनी जमीन-जायदाद हो वहाँ नौकरी के बाद लौटकर आना गाँव की तरक्की के बारे में सोचना, सार्वजनिक विकास के लिए कोशिश करना गलत है क्या?'

'नहीं सर, अच्छी बात है, लेकिन मैं आपको देखकर कह रहा हूँ सर, चूँकि मैं आपको जानता हूँ। आपके लेख पढ़े हैं मैंने। आप रिनाउंड प्रोफेसर थे अर्थशास्त्र के। आप जैसे विद्वान के लिए गाँव नहीं है सर! मैं तो चकित रह गया जब सुना कि आपने अपने इस गाँव में मकान बना लिया है।' प्रमोद बाबू के चेहरे पर वही मुस्कराहट थी, 'सीओ साहब, चकित तो मैं खुद हूँ। सोचा नहीं था कि ऐसा भी हो सकता है। मेरे बाबूजी हम तीनों भाइयों में जमीन का बँटवारा करके दुनिया से गए। उन्हीं के जीवनकाल में दाखिल खारिज भी हो गया था। कागजात हैं मेरे पास। मालगुजारी रसीद भी कटती रही। सब ठीक-ठाक चल रहा था यहाँ घर बनाने से पहले।' सीओ साहब का ऐसी समस्याओं से दो-चार होना कार्यालयी दिनचर्या में शामिल था। बोले, 'आपका मामला उलझ गया है। किसी दिन आप कागजात लेकर आइए।' प्रमोद बाबू ने पूछा,' लेकिन फिलवक्त क्या किया जाए सीओ साहब! मेरा भतीजा मेरे आदमी को जमीन पर चढ़ने नहीं दे रहा है और आप तो समझ सकते हैं सीओ साहब, मैं भाई-भतीजे से मार-पीट तो कर नहीं सकता!'

'एक ही रास्ता है।' सीओ साहब बोले, 'केस करना पड़ेगा आपको! होगा यही कि एक सौ चौवालीस लग जाएगा। परती पड़ी रहेगी जमीन।' प्रमोद बाबू सीओ साहब के खंडहर-जैसे चैम्बर में लाल कपड़ों के गट्ठरों में बँधे कागजात के अंबार को देखते रहे। पुराने कागजात की एक अजीब-सी गंध को महसूस करते बोले, 'दीवानी मुकदमे तो लंबे समय तक चल सकते हैं सीओ साहब?'

'जी, लंबा समय लगता है–कभी-कभी तो दस-पंद्रह साल लग जाते हैं। टाइटिल सूट तो और लंबा चलता है। लड़ते रहिए हाईकोर्ट तक। तारीख पर तारीख...दौड़ते रहिए वकील के पास!'

प्रमोद बाबू के चेहरे पर विसंगत-सी हँसी उभरी। मुस्कराते हुए वे कुर्सी से उठे। मिर्जा गालिब का एक शेर याद आया : 'कौन जीता है तेरी जुल्फ के सर होने तक...'।

आषाढ़ महीने के तीसरे पहर की धूप कभी उजली हो रही थी, कभी साँवली। आकाश में खंड-खंड बादल थे। प्रखंड कार्यालय बभनटोली जाने के रास्ते में है, सुराजी चौक से थोड़ी दूर। बीच भें न कहीं चौक-चौराहा, न मकान-दुकान। संयोग ही था कि रिक्शा मिल गया। वैसे छाता लेकर निकले थे। अब शहर-बाजार में छाता लेकर निकलने को लोग फैशन के खिलाफ मानते हैं। बस कुछ बूढ़े-देहाती लोग ही गर्मी-

बरसात के महीनों में छाते लिए दिखाई पड़ते हैं। यहीं आकर प्रमोद बाबू को छाता लेकर निकलने की आदत लगी।

रिक्शे से घर लौटते प्रमोद बाबू चिंतित कम थे, दुखी ज्यादा। जो बड़े भैया इतना स्नेह देते रहे, वे अचानक बदल कैसे गए! नौकरी में थे तब साल में कम-से-कम दो बार गाँव आते ही थे। कभी-कभी सावित्री जी साथ आती थीं। तब बड़े भैया के व्यवहार में कितनी आत्मीयता रहती थी! प्रमोद को क्या खिलाया जाए, सोने की जगह कहाँ हो, कैसे इसको कोई कमी महसूस न हो, इन सारी बातों पर बड़े भैया खुद ध्यान देते थे। यह जानते हुए कि प्रमोद को मछली खाना पसंद है, उन्होंने घर के पिछवाड़े दस-बारह कट्ठे का एक तालाब खुदवाया था। तालाब में रेहू, कतला और माँगुर मछली के 'जीरे' डलवाते थे। गोंढ़ियारी के मछुआरों को भी पता था, प्रोफेसर साहब को मछली बहुत पसंद है। कोई बड़ा रेहू कहीं किसी तालाब में पकड़ा जाता तो मछुआरा बाजार न जाकर सीधे चंद्रदेव बाबू के घर पहुँचता।

प्रमोद बाबू भागलपुर लौटते या कमीशन की सदस्यता के दिनों में पटना लौटने लगते तब बैलगाड़ी पर गेहूँ, बासमती चावल और अरहर-मूँग दालों की छोटी-छोटी बोरियाँ लादी जातीं। एक-डेढ़ किलोमीटर दूर रेलवे स्टेशन। बड़े भैया और छोटा भाई विनोद बैलगाड़ी के साथ रेलवे स्टेशन आते। बाद में दोनों भतीजे-राघवेंद्र और सुरेंद्र भी रेलवे स्टेशन आने लगे थे। टोले के और गाँव के कई लोग स्टेशन पर विदा करने आते थे। बड़े भैया कहते, 'प्रमोद, हम लोगों को तुम पर गर्व है। तुम्हारे कारण परिवार की इज्जत बढ़ी है। लोग कहते हैं-प्रमोद सिंह विद्वान हैं। हम लोगों के परिवार में शिक्षा थी कहाँ! पुरखे भी पढ़े-लिखे कहाँ थे! सिरिफ 'बाबू साहेब' संबोधन सुनकर प्रसन्न रहते थे।

'विद्वान क्या रहूँगा भैया!' प्रमोद बाबू बड़े भैया से कहते, 'जो कुछ हूँ, आपकी ही बदौलत हूँ।...'

सरायगंज रेलवे स्टेशन से गाड़ी खुलने लगती, बड़े भैया और विनोद आँखें पोंछते दिखाई पड़ते। प्रमोद बाबू की आँखें भी डबडबा जातीं। सावित्री जी को लक्ष्य कर बड़े भैया कहते, 'अगली बार आना तो दुल्हिन को यहीं छोड़ जाना भर जाड़ा। मलाईदार दूध पीएगी यहाँ, अपनी बाड़ी-झाड़ी की सब्जियाँ खाएगी, अपने पोखर की मछली खाएगी...।' दोनों बेटे अमरेश-समरेश तो आवासीय विद्यालयों में थे। लंबी छुट्टियों में घर आते। गाँव तो मुश्किल से दो या तीन बार आए।

बड़े भैया और विनोद से यह आत्मीय लगाव उस समय भी बना रहा जब बाबूजी ने जमीन का बँटवारा अपने तीनों बेटों में किया। अभी हाल तक सब-कुछ ठीक चल रहा था। रिटायर होने के बाद गाँव में घर बनाने और यहीं रह जाने का फैसला क्या किया, बड़े भैया और दोनों भतीजों को लगा, वे उनका हक मारने आए हैं। असह्य हो गया उनके लिए प्रमोद सिंह का यहाँ आना, खेती को अपने हाथ में लेना, अपने

हिसाब से जमीन को लीज पर देना और अपने हिस्से की जमीन की पूरी व्यवस्था अपने हाथ में लेना। नागवार गुजरा बड़े भैया और उनके परिवार को।...

अब तो स्थिति अलगाव से भी आगे बढ़कर टकराव तक पहुँच चुकी है। संवाद की संभावना के दरवाजे बड़े भैया ने अपनी तरफ से बंद कर लिए हैं। बलात्कार के मुकदमे में भी बड़े भैया खिलाफ हैं। उम्मीद थी कि इनका सहयोग मिलेगा तो अत्याचार का प्रतिकार कर सकेंगे, मगर यहाँ तो उल्टी बात सुनने को मिली। बड़े भैया की प्रतिक्रिया थी–क्या जरूरत थी इस मामले में पड़ने की! नौकरानी ही तो थी! यह सब तो होता ही रहता है। विनोद को बुद्धि थोड़ी कम है। बड़े भैया ने विनोद को भी मझले भाई से अलग कर दिया। कोई अवधेश प्रसाद का विरोध करना नहीं चाहता। सब डरते हैं। बड़े भैया तो बलात्कार के मुकदमे पर कहते हैं–क्या जरूरत थी कोर्ट में केस करवाने की। पंचायत हो जाती। पाँच आदमी बैठकर जो दंड–जुर्माना लगाना होता, लगाते!

# रेत की नदियाँ पानी के पुल

सुबह कलिया ने देखा, दीवार के उस पार से फिर श्मशान की जली लकड़ियाँ, गंदे कपड़े, फूटी हंड़िया घास-फूस वगैरह फेंके गए हैं। जगाने गई प्रमोद बाबू को। प्रमोद बाबू के साथ सावित्री जी भी आईं। देखा, फिर वही गंदी-अपवित्र चीजें। इसके पहले रात में दीवार के उस पार से ढेले फेंके गए थे।

'उत्पात बढ़ता ही जा रहा है। हमने क्या बिगाड़ा है किसी का!' प्रमोद बाबू धीरे से बोले और आँगन में खड़े रहे। 'कौन आदमी है?' प्रमोद बाबू सावित्री जी की तरफ देखते रहे। सावित्री जी बोलीं, 'इस गाँव के लोग हमें रहने नहीं देंगे।'

रामनिहोरा आजकल रात में यहीं सोता है। शाम में घर चला जाता है, खा-पीकर सोने आ जाता है यहाँ। कलिया ने बरामदे पर सोये, रामनिहोरा को जगाया, 'उठिए चाचा, जाकर देखिए आँगन में।'

रामनिहोरा अंदर आँगन में गया। देखा, वही लकड़ियाँ, वही सारी श्मशान की अपवित्र चीजें। कलिया, उसकी माँ और लालू तीनों इन्हीं चीजों को फेंक आए थे गड्ढे में जहाँ पहले इमली का पेड़ था। रामनिहोरा बोला, 'समझ में नहीं आता मालिक, कौन लोग यह गंदा काम कर रहे हैं!' प्रमोद बाबू बोले, 'मुझे भी समझ में नहीं आता, कौन ऐसा कर रहा है।'

'एक बात कहूँ मालिक!' रामनिहोरा ने इधर-उधर देखा जैसे कोई छिपकर उसकी बात सुन रहा हो, 'हमको तो शक है मालिक, ई काम अगल-बगल का कोई आदमी कर रहा है। उस रात आँगन में ढेले फेंके गए थे। ढेला फेंकने बाहर का कोई आदमी तो आएगा नहीं!'

प्रमोद बाबू ने पूछा सावित्री जी से, 'सावित्री, अब तो सहने की सीमा जवाब दे रही है। थाने को इसकी लिखित सूचना दे दूँ? फिर एसपी से मिल लूँगा। अफसर और पढ़े-लिखे लोग मेरी बात को तरजीह देते हैं।'

'सनहा लिखाइएगा तो उसमें नाम तो देना पड़ेगा कि किस पर संदेह है। किसका नाम दीजिएगा?'

'यही तो मुश्किल है-किसका नाम दूँगा! बड़े भैया के परिवार का नाम दे नहीं सकता! फिर किसका नाम...।'

'वैसे यह सब गीदड़भभकी है सावित्री!' प्रमोद बाबू दरअसल अपने को संबोधित कर रहे थे, लेकिन कह रहे थे सावित्री जी से। सावित्री जी ने प्रमोद बाबू से कहा, 'कल कलिया की माँ आई थी। कह रही थी कि पहले वाले मुखिया सदानंद यादव आए थे। कलिया की माँ को धमकाकर गए।'

प्रमोद बाबू चिंतित। सोचा नहीं था, गाँव इतना गिर गया है। यहाँ तो किसी भले आदमी का जीना मुश्किल है। जिन लोगों के साथ की उम्मीद थी, उन लोगों ने भी साथ छोड़ दिया। यहाँ तो शहर से भी ज्यादा पैसे की लूट है। खेती-बाड़ी आखिरी मजबूरी है।

सावित्री जी और प्रमोद बाबू आँगन से लौटकर सामने वाले बरामदे पर बैठ गए थे। प्रमोद बाबू गौर से सावित्री जी का चेहरा देख रहे थे। देख रहे थे नहीं, पढ़ रहे थे। सत्तावन-अट्ठावन साल की उम्र। चेहरे पर धागों जैसी रेखाएँ ऐसी दिखती थीं जैसे धूप में चिकनी केवाल माटी फट जाती है। सावित्री जी दूधिया गोरी तो नहीं हैं, लेकिन साँवली भी नहीं हैं। दोनों के बीच की श्यामता पर चाँदनी का आलेप लगा हो जैसे। चिंता और अकेलेपन के कारण पाँच-छह वर्षों में ही चेहरे से चाँदनी का आलेप उतर गया है। कद की लंबी हैं सावित्री जी। बहुत पहले उन्होंने अपने साथ सावित्री जी को खड़ा कर उनकी लंबाई नापी थी। डेढ़ इंच छोटी थी तब। अब तो बुढ़ापा आ रहा है। समय से पहले ही आ पहुँचा है।

कहाँ आ गए हम! प्रमोद बाबू ने सावित्री जी का चिंताग्रस्त चेहरा देखा। उदास चेहरा उतरते आषाढ़ में भी जलती धरती जैसा प्रतीत हुआ। सावित्री जी ने कहा, 'अब भी समय है। बेच-बाचकर निकल चलिए यहाँ से। जयपुर में बेटा है, बहू है, पोता है। दिल्ली में भी बेटा-बहू हैं। जमीन बेचने से इतने रुपए तो मिल ही जाएँगे कि अपना एक फ्लैट खरीद सकें। दो कमरों का फ्लैट। फिर आपकी पेंशन है। कम-से-कम शांति से तो रहेंगे!' सावित्री जी कुर्सी पर बैठी थीं और बाईं हथेली दीवार से इस तरह सटाए हुए थीं कि लगता था, अगर हथेली हटा लें तो दीवार गिर जाएगी।

'हाँ सावित्री, आखिरी विकल्प यही है, लेकिन यहाँ कलिया वाला मुकदमा है! बीच मझधार में तो छोड़ नहीं सकते।'

'नहीं, छोड़ना नहीं है, लेकिन बाहर से आकर भी केस लड़ा जा सकता है। फिर वकील डीएन सहाय तो आपके मित्र ही हैं।'

प्रमोद बाबू ने अपने को समस्याओं के चक्रव्यूह में घिरा पाया। बोले, 'बेच-बाचकर चल देने का रास्ता तो है, लेकिन जिस पाँच बीघे जमीन पर भतीजा कब्जा करने की कोशिश कर रहा है, वह जमीन बिकेगी कैसे! सीओ कहता है, मुकदमा करना होगा और मुकदमा लंबा खिंच सकता है-दो वर्ष, पाँच वर्ष, दस वर्ष...। पहले जमीन पर धारा एक सौ चौवालीस लगेगी यानी जमीन न मेरी न उसकी।'

सावित्री जी विवश भाव से बरामदे की दीवार को देखने लगी। दीवार पर एक

छिपकली इस तरह चिपककर बैठी थी जैसे छिपकली न हो, उसका चित्र बना हो। प्रमोद बाबू ने पूछा, 'क्या देख रही हो एकटक?' सावित्री जी ने छिपकली को दिखाते हुए कहा, 'वह देखिए! छिपकली है। लगता है छिपकली नहीं है, छिपकली का चित्र है दीवार पर?...शाम होने दीजिए। देखिएगा, यह छिपकली कीटों-पतंगों को देख कैसी हिंसक बन जाती है!'

रामनिहोरा झोला लिये खड़ा था। बाजार जाना था उसको। सावित्री जी पैसे निकालने अंदर गईं। प्रमोद जी बोले, 'मैं भी हो आता हूँ पेपर-पत्रिका दुकान से। सिगरेट भी लेनी है। अखबार भी नहीं मिले हैं।'

बाजार जाने के लिए तैयार हुए। सोचा, पहले बाजार में भतीजे की दुकान एक ठिकाना थी जहाँ थोड़ी देर बैठते थे, दूसरा ठिकाना था 'आरोग्य निकेतन'। दोनों छूट गए। भतीजा देखते ही दुकान से खिसक जाता है। 'आरोग्य निकेतन' दो नंबर के लोगों का अड्डा है। थोड़ा पैदल चलना भी जरूरी है। ब्लडप्रेशर की दवा भी खत्म हो गई है। एम्लोकांइड एटी...उन्होंने दवा का नाम याद किया। निकलते समय शर्ट की जेब देख ली कि रुपए हैं या नहीं। सूरज छिप रहा था। यह संकेत था कि बच्चे अब क्रिकेट खेलते नहीं मिलेंगे। चश्मे का शीशा रूमाल से पोंछते प्रमोद बाबू बरामदे से नीचे उतरे। सावित्री जी बोलीं, 'अँधेरे में आपको दिक्कत होती है। देर हो जाए तो रिक्शा ले लीजिएगा।'

अपने ही अखाड़े पर चित्त पड़े हैं प्रमोद सिंह! उन्होंने अपने ही भीतर के मध्यम पुरुष को संबोधित कर कहा: साहस नहीं है तुममें कि पत्नी से सच्ची बातें कह सको। भय लगता है तुम्हें! क्योंकि सबको अस्वीकार कर तुमने गाँव आने का फैसला किया था। दोनों बेटे अपने-अपने साथ रहने का अनुरोध कर रहे थे। लेकिन तुम्हारे भीतर तो गाँव का आकर्षण मचल रहा था। क्या तुम जानते नहीं थे कि गाँव अब पुराना गाँव नहीं रहा, पूरी तरह विकृत हो चला है? और यह सरायगंज!...यह गाँव तो पतन की परिभाषा है!

धुएँ-सी फैलती साँझ में सूरज की आखिरी किरणें घुल रही थीं। सुनहरा अँधेरा! प्रमोद बाबू के जेहन में एक शब्द ने आकार ग्रहण किया-उजास भरा अँधेरा भी हो सकता है क्या! रास्ते पर क्रिकेट खिलाड़ी बच्चों की धमाचौकड़ी नहीं थी।

बिजली की लाइन थी। बाजार जगमगा रहा था। पेपर पत्रिका दुकान सुरेंद्र की इलेक्ट्रॉनिक्स दुकान से आगे है। रास्ता वही है-बाजार का मेन रोड। इलेक्ट्रॉनिक्स की दुकान शॉपिंग कम्पलेक्स-जैसा है। यह पूरा कम्पलेक्स डाक्टर सीएम झा का है। सुरेंद्र किराएदार है। अब क्या सुरेंद्र का नाम लेना! वह तो देखकर कन्नी काटता है। इलेक्ट्रॉनिक्स की दुकान से आगे बढ़े ही थे कि बिजली चली गई। फिर भट-भट की आवाज होने लगी। धुआँ फैलने लगा।

रामचंद्र दुकान में नहीं था। उसका नौकर था जो अक्सर अखबार देने आता है।

नौकर ने बैठने के लिए कुर्सी दी। कुर्सी पर बैठकर प्रमोद बाबू सोचने लगे, अब तो कोई जगह बची नहीं बाजार में जहाँ थोड़ी देर बैठा जाए। सोचकर चले थे कि राजकचहरी चौक की तरफ जाएँगे। तभी दिख गया राजा बाबू! हाथ में कपड़े का झोला था जिसमें शायद कागजात भरे हुए थे। चेहरे पर परेशानी। वह दुकान पर कागज खरीदने आया था। प्रमोद बाबू को देखा तो प्रणाम किया। प्रमोद बाबू ने दुकान के अंदर बुलाया, 'आओ राजा बाबू!' नौकर एक स्टूल ले आया राजा बाबू के लिए।

'कहाँ से आ रहे हो राजा बाबू?'

'फारबिसगंज गया था सर। डीसीएलआर ऑफिस में काम था। कोर्ट में केस भी है, वहाँ भी गया था। गाड़ी लेट आई आज। कागज की जरूरत थी। सोचा, लेता चलूँ।'

'जमीन का मामला सुलझा नहीं क्या?'

'क्या सुलझेगा सर! उलझता ही जा रहा है। सारी जमीन तो मैनेजर ने हथिया ली। मुझे मिली है सिर्फ सात-आठ बीघे बलुआही जमीन। मकान में ऊपर के चार कमरे दिए हैं फेलू बाबू ने। सारे गहने रख लिए। बरतन-बासन कुछ नहीं दिया। बैंक के एफडी पर फेलू बाबू का कब्जा है।'

राजा बाबू के चेहरे की बदहवासी बता रही थी, वह परेशान है और शायद भूखा है। प्रमोद बाबू ने दुकान के नौकर से कहा, 'इनको पानी पिलाओ।' पानी पी कर राजा बाबू बोला, 'सर जमीन बेचना चाहता हूँ। दस बीघे का प्लॉट है। कोई ग्राहक मिले तो बताइएगा। या आप ही खरीद लीजिए। सस्ते में दे दूँगा।' प्रमोद बाबू हँसते हुए बोले, 'अभी तुमने कहा कि सात-आठ बीघे जमीन ही तुम्हारे हिस्से में है, फिर दस बीघे का प्लॉट कैसे आ गया तुम्हारे पास?'

'मेरे नाम पर है वह जमीन। बस थोड़ा-सा लेटीगेशन है। कोई दबंग खरीदार मिल जाए!' प्रमोद बाबू बोले, 'अवधेश प्रसाद तो है ही। बात नहीं की उससे? उसको तो ऐसी ही जमीन चाहिए। देखा नहीं, नारायण ठाकुर वाली जमीन...अरे वही जिसमें जुसनामाय रहती थी! उस जमीन पर कब्जा कर लिया या नहीं?' राजा बाबू म्लान हँसी हँसता बोला, 'कहा था अवधेश बाबू से। बोले कि आप भाइयों के बीच नहीं पड़ूँगा।'

'जब अवधेश जैसा आदमी कह रहा है कि आप भाइयों के बीच नहीं पड़ूँगा तो कौन खरीदार मिलेगा तुमको?' प्रमोद बाबू ने इस प्रसंग पर विराम लगा दिया। स्टूल से राजा बाबू उठा तब जैसे उसको याद आया, 'हाँ सर, आपका भतीजा, क्या नाम है...हाँ राघवेंद्र...मिला था कल सीओ ऑफिस में। आपके खिलाफ कुछ कर रहा है। मैंने पहले भी बताया था आपको।'

राजा बाबू झट से निकल गया। कागज जो उसने खरीदा था, उसके पैसे भी नहीं दिए थे। रामचंद्र के नौकर ने राजा बाबू को पुकारा। राजा बाबू ने सुना या शायद नहीं सुना। प्रमोद बाबू ने नौकर से कहा, 'छोड़ो, मैं देता हूँ। कितने पैसे हुए?'

प्रमोद बाबू को राजा बाबू के बचपन के दिन याद आए। सच में राजा बाबू राजा

बाबू थे। सही नाम रखा था डाक्टर अंबर कुमार बनर्जी ने।

राजा बाबू चला गया तो दुकान के नौकर ने प्रमोद बाबू से कहा, 'सर आपको पता है कि नहीं! राजा बाबू की पत्नी इनको छोड़कर भाग गई? भाग गई माने अपने नैहर चली गई। सारे गहने-जेबर लेकर गई। उसका भाई आया था लेने। राजा बाबू बाहर चले गए थे। सारा सामान जीप में लदवा लिया इनकी पत्नी ने और घर की चाबी किवाड़ के पास फेंककर चली गई। अब हाल ये है कि राजा बाबू भगत जी के होटल में खाते हैं। झोले में असली-नकली-फरजरी कागजात भरे हुए हैं। दौड़ते रहते हैं-कभी ब्लॉक, कभी सीओ ऑफिस, कभी डीसीएल आर...कभी अररिया कोर्ट...। भूखे-प्यासे परमानंद पोद्दार के दुआर पर बैठे मिल जाएँगे...।'

प्रमोद बाबू को इस वक्त अपनी पाँच बीघे जमीन की चिंता सता रही थी। राजा बाबू ने पिछले साल परमानंद पोद्दार के घर पर कहा था। खुद परमानंद पोद्दार ने भी संकेत दिए थे। अब सीओ कहता है-केस कीजिए। केस करें तो लोग क्या कहेंगे! कुछ न करें तो जमीन निकल जाएगी!

एक रिक्शावाला दुकान के सामने रिक्शे के पास खड़ा बीड़ी पी रहा था। मन में आया, इसी रिक्शे से राजकचहरी चौक चलें। बरगद के पास थोड़ी देर खड़े रहेंगे, फिर सिगरेट खरीदते हुए रिक्शे से घर लौट जाएँगे। नौकर चाय ले आया था। चाय पीने की इच्छा थी भी। पता नहीं क्यों, गर्मी में लोग ठंडा पीना चाहते हैं, लेकिन प्रमोद बाबू चाय पीना चाहते हैं। नौकर पान भी ले आया था। पान कभी-कभार खाते हैं प्रमोद बाबू और जब पान खाते हैं तो जर्दे के साथ। मुँह में पान का बीड़ा रखकर उन्होंने रिक्शेवाले को अपने घर का पता बताया। रिक्शेवाले ने पंद्रह रुपए माँगे। रिक्शे पर बैठ गए। अखबार हाथ में थे। सोचा, आगे कहीं सिगरेट खरीद लेंगे।

रिक्शेवाले ने घर तक पहुँचा दिया। गेट के पास प्रमोद बाबू पहुँचे तो बिजली की रोशनी में देखा, घट्टर राम बैठे हुए हैं बरामदे पर। घट्टर राम ने प्रणाम किया। प्रमोद बाबू ने पूछा 'क्या घट्टर भाई! इस समय? और साथ में आपका बड़ा बेटा है क्या?'

'जी मालिक, जगलाल हैं।' प्रमोद बाबू ने सावित्री जी को चाय बनाने के लिए कहा। घट्टर राम बोले, 'चाय हो चुकी है मालिक! मालकिन चीन्हती हैं न!'

'हाँ तो घट्टर भाई, बेटा तुलमोहन कहाँ है आजकल। पहले तो बेगूसराय में डीएसपी था!'

'अब एएसपी हो गया है दरभंगा में! एएसपी क्या होता है मालिक?'

'एएसपी यानी डीएसपी और एसपी के बीच का पद। प्रोमोशन हुआ है तुलमोहन का! अच्छा एक बात पूछता हूँ घट्टर भाई! क्या आपके पास इंद्रदेव बाबू पैरवी के लिए गए थे?'

घट्टर राम ठठाकर हँसे, 'हाँ मालिक, आए थे इंद्रदेव बाबू अपने नाती की पैरवी

करने। तुलमोहन को जाँच की रिपोर्ट लिखनी थी। आए थे आपके भाई विनोद बाबू के साथ। लेकिन मैंने ऐसा जवाब दिया कि एकदम चित्त हो गए।'

प्रमोद बाबू ने पूछा, 'क्या बात हुई घट्टर भाई?'

'हुआ मालिक ऐसा...इंद्रदेव बाबू का नाती बेगूसराय का भारी रंगबाज है, गुंडा है। जेल में था। शायद आज भी होगा जेल में। उसी की पैरवी के लिए आए थे। रिपोर्ट डीएसपी को लिखनी थी। बोले कि पैरवी कर दीजिए।'

'तो आपने क्या किया?'

'मैं क्या करता! मुझे याद था वह दिन जब इंद्रदेव बाबू और इनके टोले के लोगों ने मेरे बड़े बेटे जगलाल को चोरी के केस में फँसा दिया था। दारोगा जो इंद्रदेव बाबू का भांजा था, जगलाल को पकड़कर ले गया। मैं और जगलाल की माँ गए इंद्रदेव बाबू के घर। पैर पकड़े। कहा, मालिक बचा लीजिए जगलाल को। इंद्रदेव बाबू का खास भांजा था दारोगा। इंद्रदेव बाबू बोले कि दारोगा बिना कुछ लिए छोड़ेगा नहीं। उन्होंने मेरी गाय अपने बथान में बाँधने को कहा। उसी गाय का दूध पीते थे जगलाल और दुधकट्टू तुलमोहन। मैं गाय बाँध आया इंद्रदेव बाबू के बथान पर।' प्रमोद बाबू ने पूछा, 'फिर इसके बाद?'

घट्टर राम बोले, 'इंद्रदेव बाबू ने समझा होगा, घटरा तो भूल गया होगा, लेकिन मुझे तो एकदम याद था। मैंने कहा कि इंद्रदेव बाबू, मैं तुलमोहन से कहकर रिपोट आपके फेभर में लिखा दूँगा, लेकिन आप देंगे क्या? मेरा बेटा चोर नहीं था, फिर भी आपने मेरी गाय अपने बथान में बँधवा ली। अब आप ही बताइए, रिपोर्ट फेभर में लिखाने के लिए आप क्या देंगे?...'

प्रमोद बाबू हँसने लगे। घट्टर राम बोले, 'मालिक, मौका मिल गया था बदला लेने का! इंद्रदेव बाबू तो समझते थे, ई घटरा चमार है। हूँ चमार, मुदा बेटा तो डीएसपी है और उसके पास पावर है! मैंने इंद्रदेव बाबू से कहा–आपके पास एक जर्सी गाय है। सुनते हैं दस–बारह किलोग्राम दूध देती है। आप कल सुबह गाय लेकर आइए।'

प्रमोद बाबू एकटक देखने लगे घट्टर राम को! घट्टर राम बोले, 'मालिक, जमाना बदल गया। पद का पावर है। मेरे बेटे ने इंद्रदेव बाबू के नाती को खूब पीटा थाने में। यह पद का पावर है मालिक! एक चमार डीएसपी ने भूमिहार क्रिमिनल की खूब धुनाई की। मैं बेगूसराय में था उन दिनों। कलेजा जुड़ा गया मालिक, सच कहता हूँ।'

प्रमोद बाबू ने घट्टर राम की गर्व से फूली छाती और चेहरे पर उभर आए आत्मसम्मान को देखा। बोले, 'लेकिन घट्टर भाई, आपने अभी तक यह बताया नहीं कि आप आए कैसे!'

घट्टर राम बोले, 'मालिक, मैं पहले बोल चुका हूँ आपसे कि ऊ डेढ़ बीघा जमीन आपके हाथ से निकल जाएगी, इसलिए बेच दीजिए। लालसेना में कुछ लड़के मेरे टोले के हैं। लाल झंडा गाड़ देंगे आपकी जमीन पर। आप कुछ नहीं कर पाइएगा। फूस

के घर बना लेंगे जमीन पर। आप क्या कर लीजिएगा उनका! इसलिए मालिक, जमीन बेच दीजिए। जो रेट है, मैं देने को तैयार हूँ। असल में आपकी जमीन मिल जाए तो, मेरी जमीन का एक प्लॉट बन जाएगा।'

'ठीक है घट्टर भाई! मैं घर में विचार-विमर्श कर लेता हूँ। सोचा तो था कि पुरखों की जमीन है, नहीं बेचूँगा, लेकिन परिस्थिति एकदम बदल गई है। आपको पता होगा शायद! मेरे बड़े भैया मेरी ही जमीन से मुझे बेदखल करने पर लगे हैं।' प्रमोद बाबू बोले। ध्यान से सुन रहे थे घट्टर राम। तब तक सावित्री जी भी आ गईं। घट्टर राम ने सावित्री जी को संबोधित कर कहा, 'मालकिन, मैं यही बात कहने आया हूँ कि मेरे टोले में आपकी जो डेढ़ बीघे जमीन है, वह मेरे हाथ बेच दीजिए। एकदम भितरिया बात यह है कि जमीन पर कब्जा करने की तैयारी चल रही है।' घट्टर राम बोलकर चुप रह गए। फिर कुछ सोचते हुए बोले, 'दो लाख रुपए बीघा के हिसाब से डेढ़ बीघे के तीन लाख हुए। जमीन की नापी में उन्नीस-बीस जो हो! मैं दे रहा हूँ आपको। देर मत करिए मालिक! कागज-पत्तर देख लीजिए जमीन का। हालिया मालगुजारी रसीद है न आपके पास? प्रमोदे बाबू बोले कि हाँ है।

'तो बस। बात पक्की। कल तक खबर करिए। मोबाइल का नंबर लिख लीजिए।' घट्टर राम ने बेटे जगलाल से कहा, 'अपना नंबर लिखा दो।'

सावित्री जी जमीन की विक्रय-वार्ता में अनायास शामिल हो गई थीं। प्रमोद बाबू ने पूछा, 'क्या किया जाए सावित्री? मुझे तो लगता है, घट्टर राम की शंका सही है। कविजी की जमीन इसी तरह चली गई। अब भाभीजी बेटे के साथ अररिया कोर्ट दौड़ रही हैं। एक आदमी रखा जाता है कविजी पर पहरा देने के लिए।' सावित्री जी तो पहले ही बोल चुकी हैं कि सब बेच-बाचकर चलिए यहाँ से, इसलिए जमीन की बिक्री के लिए वे पूरी तरह सहमत थीं, 'तीन लाख दे रहे हैं घट्टर राम। सोचना बेकार है। जल्दी से रजिस्ट्री कर दीजिए। क्या ठिकाना! जब पाँच बीघे जमीन पर आपके भाई-भतीजे दावा ठोंक रहे हैं तब चमरटोली की जमीन का क्या भरोसा! राघव जी कोई भले आदमी तो हैं नहीं!'

रामनिहोरा कहकर गया है कि आज रात यहाँ सोने के लिए नहीं आएगा। कलिया खाना बनाने में सावित्री जी की मदद कर रही थी। आषाढ़ का महीना बीत रहा है। तीन हल्की बौछारें पड़ी हैं। इतनी हल्की बारिश से क्या होगा। अब तो मौसम का मिजाज पढ़ने की आदत हो गई है। विश्वविद्यालय में थे तो बारिश के होने, न होने की ज्यादा चिंता नहीं रहती थी। अब आकाश को भी देखना पड़ता है।

रात में खाना खाने के बाद प्रमोद बाबू छत पर चले गए। अँधेरे के एकांत में बैठते हैं तो अपने भीतर पैठने की क्रिया शुरू हो जाती है। कुछ विगत, कुछ आगत...टूटे शीशे की तरह सपने, कई तरह की अतृप्तियाँ सब घेरने चले आते हैं।

रात में सरायपोखर के पास के जंगल से कोई आवाज नहीं आ रही थी। मन

अनजाने ही ज्योत्स्ना पर चला गया।

अब तो उसकी बेटी कणिका बहू के रिश्ते में आ गई। मन में आता है, एक बार बेटे-बहू को देख आएँ दिल्ली जाकर। ज्योत्स्ना ने दादा बनने की सुखद सूचना देकर मन की बेताबी और बढ़ा दी है।

लेकिन यहाँ जिस मकड़जाल में फँस गए हैं, उससे निकलना संभव दिखता नहीं है। घर को छोड़ा भी तो नहीं जा सकता। रहने पर तो चोरी हो जाती है, श्मशान की जली-अधजली लकड़ियाँ, मुर्दाही कपड़े, हंड़िया वगैरह आँगन में फेंके जाते हैं। ढेले बरसाए जाते हैं आँगन में। न रहने पर क्या होगा!

रिटायर होने के बाद सुकून पाने की प्रत्याशा में आए थे अपने गाँव कि वहाँ अपने लोग हैं। गाँव के लिए कुछ करने का अरमान लेकर आए थे। सब व्यर्थ! अपने ही लोग दुश्मन हो गए।

इस निराशा के घटाटोप में आशा की झीनी-सी रोशनी दिख रही है। लिंक कैनाल स्वीकृत हो गया। प्रमोद बाबू सोचने लगे-सरायपोखर फिर कमलपोखर बनेगा। खिलेंगे कमल के फूल। आश्विन-कार्तिक महीनों में खिलेंगे कुमुदनी के फूल। भुतहा सरायपोखर नहीं, कमलपोखर।

सुबह आँखें खुलीं। गेट का ताला खोलने गए। रामनिहोरा आ गया था। वह गेट के बाहर खड़ा था। चाबियों के गुच्छे से गेट के ताले की चाबी निकाली। पहले बरामदे के ग्रिल का ताला खोला। नीचे उतरे तो दीवार पर एक कागज सटा दिखा। क्या है?...वे नजदीक गए। बड़े-बड़े लाल अक्षरों में लिखा था :

चेतावनी! 'न' में दीर्घ ई न देकर 'स्व इ दिया गया था-चेतावनि। धड़कन बढ़ गई। टूटी-फूटी भाषा में लाल स्केच पेन से लिखा था : 'आपका मर्डर होने वाला है। आप गाँव छोड़कर जल्दी भागिए। तीन महीने का समय दिया जा रहा है। जयपुर में आपके पोते को अगवा कर लिया जाएगा। समय है। भागिए यहाँ से।' सबसे नीचे दाहिनी तरफ एक कोने में लिखा था : आपका शुभचिंतक।

गेट का ताला क्या खोलते! सावधानी से उन्होंने दीवार से सटा वह पर्चा अलग किया। बरामदे की तरफ देखा, कहीं सावित्री तो नहीं देख रही है! पर्चे को कायदे से मोड़ा और गेट का ताला खोलने लगे। रामनिहोरा सामने खड़ा था।

सावित्री जी आँगन की तरफ चली गई थीं। कलिया बरामदे पर झाड़ू लगा रही थी। प्रमोद बाबू बाथरूम में चले गए। मुट्ठी में बंद था वह पर्चा। बाथरूम के रोशनदान के पास खड़े हो गए। रोशनदान की थोड़ी-सी रोशनी में बिना चश्मे के उन्होंने पर्चे को गौर से पढ़ा। देर तक बाथरूम में बैठे वे सोचते रहे-अब क्या किया जाए! बाथरूम से निकलकर हाथ-पैर धोए। कमरे में गए। खूँटियों पर कमीजें टँगी थीं। एक उजली कमीज की ऊपरी जेब में पर्चे को मोड़कर रख दिया। चाय के लिए सावित्री जी को कहा और आँगन वाले ट्यूबवेल पर चले गए।

चेतना उसी पर्चे में उलझी थी। तय किया कि आज ही एसपी से मिलेंगे और यह पर्चा दिखाएँगे। दारोगा उतना सक्षम नहीं है। एसपी से कहेंगे। अपने वकील डीएन सहाय से भी मिल लेंगे। डीडीसी से मिलकर लिंक कैनाल पर अद्यतन कार्रवाई की जानकारी भी ले लेंगे। ढेर-सारे काम दिख रहे थे। ऐसे में वापसी वाली पंचबजिया ट्रेन शायद न मिले।

सबसे जरूरी था एसपी से मुलाकात करना। उन्होंने दीवार पर सटे पर्चे की बात पत्नी से नहीं कही। सावित्री जी घबड़ा जाएँगी। यों ही कह दिया, 'सावित्री, अररिया जाना है डीडीसी से मिलने। पता करना है नहर की खुदाई कब शुरू होगी। फिर फारबिसगंज में डीसीएलआर के ऑफिस भी जाना है। पाँच बीघे जमीन के मामले को देखना है। आखिर कौन-सा दाँव खेल रहे हैं बड़े भैया!' सावित्री जी बोलीं, 'नाश्ता कर लीजिए। कहाँ खाइएगा बाजार में! कह देती हूँ कलिया को। रोटी-सब्जी बना देगी।'

सुबह साढ़े नौ बजे की गाड़ी मिल गई। यथासमय जिला मुख्यालय पहुँच गए। रेलवे स्टेशन से थोड़ी ही दूरी पर है आरक्षी अधीक्षक कार्यालय। बलात्कार वाले मामले में एसपी से दो बार मिल चुके हैं। एसपी जान गया है प्रमोद सिंह को। अपने नाम का पुर्जा भिजवाया। तत्काल एसपी ने बुला लिया। प्रमोद बाबू ने अपनी परेशानियाँ बताईं। जो पर्चा आज सुबह दीवार से उतारा था वह पर्चा भी दिखाया। यह भी बताया कि कई बार फोन पर और रास्ता रोककर धमकियाँ मिली हैं।

'ऐसा है प्रोफेसर साहब, अब कभी ऐसा फोन आपको मिले तो फोन नंबर, फोन आने की तारीख और समय नोट कर लेंगे। आप भयभीत न हों। मैं सरायगंज के थाना इंचार्ज से बात करता हूँ।'

प्रमोद बाबू थोड़ा आश्वस्त हुए। एसपी ने अपनी तरफ से पूरा भरोसा दिया। विकास भवन पास में ही था। डीएम से भी मिलना था। डीएम के चैम्बर के सामने ही चपरासी बैठा था। चपरासी ने कहा, 'साहब नहीं हैं। आप आप्त सचिव से मिल सकते हैं।' चपरासी ने आप्त सचिव से प्रमोद बाबू को मिलवाया। जानकारी मिल गई कि सितम्बर-अक्तूबर में नहर खुदाई का काम शुरू हो जाने की उम्मीद है। टेंडर वगैरह में समय लग सकता है।

साढ़े तीन बज गए। वहाँ से फारबिसगंज अनुमंडल कार्यालय आना था। फिर अपने वकील डीएन सहाय से भी मिलना था। यानी अब शाम वाली गाड़ी मिलने की उम्मीद नहीं थी। उन्होंने सोचा कि मुख्य काम था एसपी से मिलना, वह हो गया। बाकी अपने वकील से फोन पर बात कर लेंगे। डीसीएलआर से तब मिलना ठीक होगा जब प्रखंड के सीओ से बात हो जाएगी।

पाँच बजे से पहले ही रेलवे स्टेशन पहुँच गए। गाड़ी भी मिल गई। प्रमोद बाबू को अब स्वप्न नहीं, दुःस्वप्न घेरने लगे हैं। कहाँ तो शांतिपूर्ण जीवनसंध्या की आशा

थी, कहाँ दुखमय दुराशा की काली रात घिर आई है। अपने भीतर अब प्रकाश नहीं, अँधेरा ही अँधेरा महसूस होता है। सरायगंज रेलवे स्टेशन आ गया। भीतर वाला अँधेरा स्टेशन के बाहर भी पसरा हुआ दिखा। जिला शहर से लौटने वाले इस इलाके के लोगों के लिए यही गाड़ी सबसे सुविधाजनक है। वैसे दो या तीन बसें भी हैं जिला मुख्यालय से जो सरायगंज तक आती हैं, लेकिन बस-रूट घुमावदार है। प्रमोद बाबू को बस से यात्रा करना यों भी पसंद नहीं है। जब से बस रोककर 'लेवी' वसूलने वाली घटना हुई, उन्होंने बस से मुख्यालय जाना छोड़ दिया।

रिक्शेवाले ने घर तक पहुँचा दिया। हाथ-मुँह धोकर बरामदे पर बैठे तो सावित्री जी ने पूछा, 'क्या हुआ?' प्रमोद बाबू ने एसपी से मिलने की बात छिपा ली। वे नहीं चाहते कि सावित्री जी को टेंशन हो। जितनी अप्रिय और दहशत पैदा करने वाली घटनाएँ इधर हुई हैं, यदि सब सावित्री जी से प्रमोद बाबू ने कह दी होतीं तो सावित्री जी एक दिन के लिए भी सरायगंज में रहना बर्दाश्त नहीं करतीं।

उन्होंने डीएम की अनुपस्थिति में आप्त सचिव से मिलने की बात कही। यह भी कहा कि सितम्बर-अक्तूबर में लिंक कैनाल की खुदाई का काम शायद शुरू हो। सावित्री जी मुस्कराती हुई बोलीं, 'चलिए, एक काम तो होने जा रहा है और लोग इसका श्रेय भी आपको ही दे रहे हैं।' प्रमोद बाबू ने रोज की तरह आज भी कलिया के विषय में पूछा।

अपने वकील से तो मिल नहीं सके आज। मोबाइल से बात की। अभी घर आए एक घंटा भी नहीं हुआ था कि सरायगंज थाने का दारोगा मोटरसाइकिल से आ गया। किसी पुलिसवाले का वर्दी में किसी के घर आना शुभ नहीं माना जाता। सो सावित्री जी भी चकराईं दारोगा को देखकर।

बरामदे के बाहर से ही दारोगा ने पूछा, 'प्रोफेसर साहब आ गए हैं अररिया से? मैं सरायगंज थाने का इंचार्ज हूँ। प्रोफेसर साहब से मिलना है।' सावित्री जी असमंजस में कुछ क्षणों तक खड़ी रहीं। अंदर कमरे में गईं। बोलीं, 'सुनते हैं? दारोगा आया है मिलने। क्या बात है?'

'देखता हूँ, क्या बात है।' बोलते हुए प्रमोद बाबू बरामदे पर आए। दारोगा ने प्रणाम करने के बाद कहा, 'एसपी साहब का हुकुम है सर कि आप से मिलूँ। दो सिपाही आपके यहाँ रात में रहेंगे। और सर, कोई जरूरत हो तो तुरंत मुझे फोन किया जाए।'

'लेकिन मैंने तो एसपी साहब से ऐसी कोई माँग नहीं की है।' दारोगा ने जवाब में कहा, 'मुझे तो सर, साहब के आदेश का पालन करना है। दो सशस्त्र सिपाही रात भर आपके घर-परिवार की सुरक्षा के लिए तैनात रहेंगे। मुझे आदेश है सर। आज ही एसपी साहब ने आदेश दिया है।' प्रमोद बाबू क्या कहते! कमरे के दरवाजे पर खड़ी सावित्री जी सुन रही थीं। दारोगा प्रणाम कर चला गया।

सावित्री जी परेशान! क्यों रहेंगे दो सिपाही पहरे पर? प्रमोद बाबू बोले, 'मैंने ऐसी

माँग नहीं की है।' बोलते हुए वे 'चेतावनी' वाले पर्चे पर सोचने लगे। वह पर्चा वे एसपी को दे आए हैं, लेकिन यह बात सावित्री जी को मालूम नहीं है।

सावित्री जी के लिए यह नई मुसीबत थी। जब सुरक्षा की माँग नहीं की गई तो क्यों रहेंगे रात में पहरे पर दो सिपाही! प्रमोद बाबू को सावित्री जी कुछ अशांत दिखीं, हालाँकि वे खुद सामान्य मनःस्थिति में नहीं थे। दो स्तरों पर, बल्कि दो पाटों के बीच पिसनेवाली स्थिति थी। एक तो सावित्री जी से पर्चे छिपाने वाली बात, दूसरे गाँव में, बाजार में चर्चे की आशंका। लोग कहेंगे–देखो, प्रमोद सिंह को! सिपाहियों की सुरक्षा में रात काट रहे हैं। वह भी कहीं बाहर नहीं, अपने ही गाँव में!

रोज की तरह आज भी खाना खाकर छत पर जा ही रहे थे कि दो बंदूकधारी सिपाही आ गए। 'प्रणाम हुजूर।' दोनों बरमदे के नीचे खड़े थे। बिजली की रोशनी थी। एक सिपाही ने कहा, 'हुजूर, हमको रोज रात भर यहाँ रहने का आदेश मिला है। जगह बता दीजिए।'

'जगह तो यही है–बरामदा। यहाँ चौकी है और दरी बिछी हुई है। दो कुर्सियाँ हैं।'

रात के साढ़े दस बज रहे थे। उमस तो थी ही, हवा भी चुप थी। बिजली का आना-जाना जारी था। प्रमोद बाबू छत पर चले गए। अंधकार में डूबा था सब कुछ। सरायगंज बाजार रोशनी के द्वीप जैसा दिखाई पड़ता था। सरायपोखर के पास के जंगल से उल्लुओं और बादुर पक्षियों की कर्कश आवाजें आ रही थीं। प्रमोद बाबू ने मन ही मन कहा–कुछ दिन और। लिंक कैनाल बन जाएगा, सारा नजारा ही बदल जाएगा। आज की रेतभरी सुरसर नदी में बहेगी निर्मल धारा। सरायपोखर को उड़ाहने (उलीचने) के काम का जिम्मा मुखिया टिकुली देवी ने लिया है। नए पानी का ड्डोत पोखर से आकर मिलेगा। फिर खिलेंगे सरायपोखर में कमल।

प्रमोद बाबू कल्पना में खोए हुए थे कि मुट्ठी में पड़ा मोबाइल फोन बजा। 'हेलो!...' उधर से आवाज आई–'आपको पहले भी चेता चुके हैं। आप विद्वान आदमी हैं सर, इसीलिए हम अभी तक कुछ नहीं किए हैं। आपको पचास हजार रुपए लेवी देनी है। बोलिए कब दे रहे हैं? यह फोन नंबर नोट कर लीजिए। हमको सूचना दीजिए। और सुनिए! पुलिस को नंबर देने की गलती भूल से भी मत कीजिएगा। दू गो बंदूकधारी आपको कब तक बचाएँगे!...' प्रमोद बाबू ने मोबाइल ऑफ कर दिया। धमकी-चेतावनी, फिर भी 'सर' कहना कोई नहीं भूलता। यह कैसी भाषा है। 'आप विद्वान आदमी हैं सर। हम आपकी बड़ी इज्जत करते हैं...' और उसके बाद 'हम आपका मर्डर कर देंगे सर।'

आपदाएँ चारों तरफ से घेरती दिखीं प्रमोद बाबू को। अपने भाई जमीन से बेदखल करने की साजिश रच रहे हैं। सीओ कहता है–देखेंगे आपका मामला! रेवेन्यू क्लर्क कहता है–जमीन का फैसला तो कोर्ट ही करेगा! दीवानी मुकदमा! यानी दो वर्ष, चार वर्ष–दस वर्ष और कभी-कभी उससे भी अधिक समय तक चलने वाला मुकदमा!

और फिर अपनी जिंदगी ही कितनी बची है, सड़सठ पार कर रहे हैं। हाई ब्लड प्रेशर और बुढ़ापे की व्याधियाँ, तनाव, चिंताएँ। क्या किया जाए! क्या मोबाइल पर जो फोन आया है उसको नोट कर लें और एसपी से मिलें? पचास हजार लेवी लालसेना को! डाक्टर सीएम झा ने कहा था–सारे पैसे वाले लेवी देते हैं लालसेना को। गाँव में रहना है तो समझौता करके चलना होगा। इस गाँव में नौकरियों से रिटायर होकर आए लोग हैं। सरकारी सेवा से रिटायर होकर गाँव में रह रहे कई लोग हैं। डाक्टर सीएम झा कहते हैं–सब देते हैं लालसेना वालों को लेवी। अब इसको लेवी कहिए या रंगदारी या गुंडा टैक्स! गाँव में रहना है तो कितनों से लीजिएगा पंगा!

सीएम झा पर सोच ही रहे थे कि मुट्ठी में रखा मोबाइल फिर बजा। घबड़ा गए प्रमोद बाबू। फिर किसी उपद्रवी का फोन तो नहीं? नंबर देखा तो परिचित जैसा लगा। मोबाइल ऑन किया–'हेलो!' उधर से आवाज आई, 'रूठे ही रहोगे?'...प्रमोद बाबू पिछले क्षणों का सब कुछ भूल गए, 'अरे! ज्योति! 'देर से लगा रही हूँ तमको। हमेशा बिजी मिला। इतना व्यस्त रहता है तुम्हारा मोबाइल? वह भी इतनी रात में! लगता है, गाँव में भी बड़े आदमी बन गए तुम!' हँसने लगे प्रमोद बाबू। सामने होती ज्योत्स्ना तो इस हँसी में छिपी वेदना की पहचान कर लेती। फोन पर क्या आभास भी होगा कि प्रमोद सिंह कैसी विपदाओं से घिरा हुआ है! 'कैसी हो तुम? समरेश कैसा है? और...।' उधर से ज्योत्स्ना जी की आवाज आई, 'हाँ, रुक क्यों गए? पूछना चाहते हो न कणिका, तुम्हारी बहू कैसी है?'

'हाँ, वही!' ज्योत्स्ना जी चहक रही थीं, 'एकदम ठीक हैं सब। अगले महीने कणिका की 'डिलीवरी है पंद्रह से बीस अगस्त के बीच। आओ। सावित्री जी को जरूर साथ लाना। तुम तो गाँव में इतने रम गए हो कि बेटों–बहुओं यहाँ तक कि अपनी ज्योति से भी दूर हो गए।'

कहाँ तो अभी लालसेना की लेवी की माँग, जान से मारने की धमकी और धमकी भी उस समय जब नीचे बरामदे पर दो बंदूकधारी सिपाही सुरक्षा के लिए बैठे हैं...और अकस्मात् ज्योत्स्ना का फोन! अजीब–सा उजाला! मोबाइल फोन में प्रमोद बाबू ने समय देखा–ग्यारह पैंतीस। छत से नीचे उतरे तो देखा, बरामदे की चौकी पर एक सिपाही चित्त लेटा हुआ था। उसकी बगल में पड़ी बंदूक ऐसी लगती थी जैसे पिता से सटकर छोटा बच्चा सोया हो। दूसरा सिपाही बंदूक के कुंदे पर सिर रखे ऊँघ रहा था। प्रमोद बाबू कुछ क्षण वहाँ खड़े रहे और सोचते रहे, थाना इंचार्ज ने बेकार ही भेज दिया सिपाहियों को।

नींद नहीं आ रही थी। इन्वर्टर से चलने वाला पंखा गों–गों की आवाज कर रहा था। बिजली आएगी भी या नहीं, पता नहीं। उमस थी, लेकिन असहनीय नहीं थी। बिना मच्छर भगाने वाले क्वाइल को जलाए सोना तो क्या, बैठना भी मुश्किल होता है। रामनिहोरा अपने घर चला गया है। दिन भर यहीं था। पिछवाड़े की बाड़ी में सब्जियाँ

लगाई हैं उसने। प्रमोद बाबू ने सोचा, जब दो-दो सशस्त्र सिपाही हैं ही तो तीसरे पहरेदार की क्या जरूरत! लिहाजा, रामनिहोरा कल से नहीं आएगा रात में सोने।

सुबह दोनों सिपाही प्रणाम कर चले गए। बूँदाबाँदी शुरू हो गई थी। बाद में झमाझम बारिश। खूब बरसे हथिया नक्षत्र के बादल। चारों तरफ पानी ही पानी। तन-मन तृप्त हुआ। पूरा दिन प्रमोद बाबू ने बरामदे में बैठकर बिताया। हवा के झोंकों के साथ आती फुहारें तन की ही नहीं मन की तृषा को भी तृप्त कर रही थीं। भूल गए कि वे चारों तरफ से घिरे हैं और गाँव को छोड़ने के सिवा कोई और रास्ता नहीं है। शायद निकल भागना भी संभव न हो!

काफी इंतजार के बाद बारिश का सुहावना मौसम आया था। अभी थोड़ी देर पहले बारिश के आसार नहीं थे-न बादलों का गर्जन, न बिजली की चमक। अंदर आँगन में बारिश देखने गए तो देखा, अवसाद और दुख में डूबी रहने वाली कलिया बारिश में नहा रही है और हँस रही है। मूसलाधार बारिश। आँगन के कोने में जहाँ छत पर जमा पानी गिरता है, कलिया वहीं खड़ी थी। प्रमोद बाबू ने कलिया को अकेले में हँसते हुए देखा तो हँसने लगे। किसी के साथ होकर हँसना और अकेले में हँसना दो भिन्न स्थितियाँ होती हैं। अकेले में हँसना आत्मिक आह्लाद का चरमोत्कर्ष होता है।

प्रमोद बाबू फुहारों से भीग गए थे और भीगना बहुत प्रिय लग रहा था। मन में आया, कपड़े बदल लें, फिर यह सोचकर कि पता नहीं ऐसी बारिश फिर मिले न मिले, वे फिर उसी कुर्सी पर बैठ गए जहाँ फुहारें उड़-उड़कर आ रही थीं। सावित्री जी को सोने का अच्छा मौसम हाथ लगा था। वे पलंग पर भागलपुरी सिल्क की चादर ओढ़कर सो गई थीं।

रात दस बजे के आसपास मोबाइल फोन बजा। प्रमोद बाबू को इधर कुछ महीनों से मोबाइल फोन से दहशत-सी होने लगी है। ऑफ रखें, यह भी नहीं हो पाता। कुछ जो अच्छे हैं, अपने हैं इनके फोन भी तो आते हैं! मोबाइल पर चमक रहे अंक उन्होंने बार-बार पढ़े। 'हेलो!' प्रमोद बाबू बोले तो उधर से जानी-पहचानी आवाज आई, 'पापा प्रणाम!' इसी के साथ यह भी जोड़ दिया गया, 'मम्मी कहाँ है?'

'अमरेश का फोन है जयपुर से!' प्रमोद बाबू ने सावित्री जी से कहा और मोबाइल उनके हाथ में दे दिया। मोबाइल देते हुए बोले, 'तुम्हारी बातचीत खत्म हो जाय तो मोबाइल मुझे देना।' आज फिर प्रमोद बाबू सोचने लगे, बेटे अपनी माँओं से ही क्यों बात करना चाहते हैं?

अमरेश और उसकी माँ के बीच देर तक होती रही बातचीत। अंत में सावित्री जी ने फोन प्रमोद बाबू को दिया। प्रमोद बाबू को इतना भर कहना था कि यहाँ बिहार में अपहरण और फिरौती की माँग-जैसी घटनाएँ होती रहती हैं। मैंने इसीलिए सावधान रहने को कहा था। अमरेश ने जवाब में कहा, 'पापा, यहाँ जयपुर में ऐसा कुछ नहीं है।' फिर भी प्रमोद बाबू अपने कहे पर अड़े रहे, 'मैंने कहा न! सावधान रहना चाहिए।'

मोबाइल पलंग पर लगभग फेंकते हुए उन्होंने सावित्री जी से पूछा, 'क्या कह रहा था अमरेश?' सावित्री जी बोलीं, 'अमरेश ने जयपुर में तीन कमरों का एक फ्लैट खरीदा है। कह रहा था–आप दोनों यहीं आकर रहिए। गाँव में क्या रखा है! वहाँ बीमार पड़े तो कौन है देखने वाला? बोला कि आपकी बहू भी चाहती है, आप दोनों यहाँ आ जाएँ।' प्रमोद बाबू ने पूछा, 'इस पर तुमने क्या कहा?' 'मैं क्या कहती!' सावित्री जी तकिए पर केहुनी रखे बोलीं, 'बोली कि तुम्हारे पापा से बात करूँगी।'

प्रमोद बाबू आत्मालाप-सा करने लगे–'मन में तो आता है, जमीन-मकान सब बेचकर चले जाएँ यहाँ से। बाप रे! यह गाँव है? अपना गाँव है? इसी को कहते हैं अपना गाँव?'...बोलते-बोलते चुप हो गए तो मन बोलने लगा–कितने अपमान और कितनी चेतावनियों-धमकियों को सावित्री जी से अभी तक छिपाए हुए हैं। क्यों छिपाए हुए हैं? गाँव में रहने की जिद ने कहीं का नहीं रखा। अपने बाल-बच्चों से भी दूर कर दिया। घर ने इस तरह घेर लिया कि अकेलेपन से जूझती सावित्री घुट रही है। एक दिन के लिए भी कहीं बाहर निकलना मुश्किल हो गया है।

सुबह बारिश थम गई। बादलों के छोटे-छोटे टुकड़े समूह बनाकर बच्चों की तरह आकाश के मैदान में खेल रहे थे। बचपन के दिनों की याद कर रहे थे प्रमोद बाबू। भारी बारिश के बाद जब धरती के बहुत करीब से छोटे-छोटे बादलों के टुकड़े पश्चिम की तरफ भागते दिखाई पड़ते तो बच्चे कहते–बादल समुद्र से पानी लाने जा रहे हैं।...

बारिश के कारण प्रमोद बाबू के घर के आसपास पानी जमा हो गया था। सामने के कच्चे रास्ते पर भी कीचड़-पानी था। उसी कीचड़-पानी को पार करता सुबह-सुबह घट्टर राम का छोटा भाई और प्रमोद बाबू की डेढ़ बीघे जमीन का बँटाईदार झमेली राम आ गया।

'परनाम मालिक!' बोलता हुआ झमेली राम प्रमोद बाबू को परेशान-सा दिखा। झमेली राम ने लाठी दीवार से टिकाकर रख दी और भीगे फर्श पर बैठ गया। प्रमोद बाबू ने मना किया, 'नहीं झमेली, फर्श पर नहीं, यहाँ चौकी पर बैठो।' झमेली अपने कीचड़ सने पैरों को देखता चौकी पर बैठ गया।

'क्या झमेली, इस बरसात में कैसे आ गए?'

'मिलना चाहता था आपसे मालिक! असल में आपकी जमीन जो मैं जोतता आ रहा हूँ, उसके बारे में कहने आया हूँ मालिक कि आप कोई बँटाईदार ढूँढ़िए। सुना कि घट्टर भैया खरीद रहे हैं वह जमीन तो उन्हीं को दे दीजिए। मैं नहीं करूँगा अब खेती-पथारी।'

'क्यों, क्या हो गया झमेली? तुम इतने सालों से बँटाई पर खेती कर रहे हो, फिर क्या हो गया?'

'कर रहा था बँटाई पर खेती, मुदा अब माफ करिए मालिक। कुच्छो फायदा नहीं ऐसी अधिया-बटैया खेती से। उससे अच्छी है मजदूरी।' प्रमोद बाबू सावधान होने

की मुद्रा में आ गए। क्या कह रहा है झमेली राम! बोले, 'अचानक...ऐसा क्या हो गया झमेली?'

'अचानक नहीं मालिक! दो-तीन साल से खेती छोड़ने की बात सोच रहा था। अब यह फैसला है मेरा।'

'लेकिन बात क्या हुई?'

'आप ही सोचिए मालिक! खेती करने में कोई फायदा है? मजदूरी भी नहीं मिलती खेती से।'

प्रमोद बाबू ने तर्क दिया, 'कैसे नहीं है फायदा! फायदा नहीं है तो क्यों तुम्हारे भाई उसी जमीन को खरीदने के लिए बार-बार आ रहे हैं मेरे पास?'

'अब नहीं आएँगे मेरे भाई साहब जमीन खरीदने की बात करने। भड़क गए हैं।'

'भड़क गए हैं! कैसे? अभी तो बाप-बेटा दोनों आए थे। रेट भी बोलकर गए हैं।'

'गए होंगे रेट बोलकर। असल में क्या है कि भाई साहब का बेटा तुलमोहन डीएसपी है। भाई साहब दिखाना चाहते हैं कि जमीन वाले हैं। जमीन खरीदने की हाही (हवस) लगी है उनको। खूब खरीदी है उन्होंने जमीन। पुलिसिया कमाई क्या होती है, यह तो आप जानबे करते हैं मालिक। लेकिन आपकी जो जमीन मैं जोतता था, वह जमीन वे नहीं खरीदेंगे।'

'नहीं खरीदेंगे तो क्यों फोन पर फोन कर रहे हैं? क्यों दो-दो बार मिले हैं?'

'दो-तीन दिन से उनका फोन आया है आपको?'

प्रमोद बाबू याद करने लगे, 'नहीं, दो-तीन दिनों से नहीं आया है उनका फोन!'

'अब नहीं करेंगे फोन! मुझसे कह रहे थे कि जमीन की सही जानकारी उनको नहीं थी।'

प्रमोद बाबू का माथा ठनका, 'आएँ! क्या बात हो गई इस बीच?'

झमेली धीरे से बोला, 'असली बात तो मालिक नहीं मालूम, मुदा भाई साहब के घर से विनोद बाबू को निकलते देखा मैंने। तभी से भाई साहब भड़क गए हैं।' प्रमोद बाबू को दुश्चिंताओं ने फिर घेर लिया। विनोद क्यों गया था घट्टर राम के घर! वे कमरे में गए और टेलीफोन डायरी में घट्टर राम का मोबाइल नंबर खोजने लगे। जगलाल ने एसएमएस किया था। टेलीफोन डायरी में प्रमोद बाबू ने नोट भी कर लिया था। मोबाइल नंबर मिल गया। नंबर मिलाया, 'घट्टर भाई। मैं प्रमोद सिंह!'

'जी मालिक! हुकुम!'

'आप जमीन खरीदने की बात करके गए, फिर कुछ अता-पता नहीं! आपने तो कहा था कि पेशगी देकर महदानामा बना देंगे!' घट्टर राम साफ-साफ बोले, 'मालिक, नहीं खरीदूँगा आपकी जमीन! विनोद बाबू आए थे यह कहने कि जमीन उनकी है, प्रमोद बाबू की नहीं। बोले कि नहीं होने देंगे रजिस्ट्री! इसलिए मालिक...। झंझटिया

जमीन के बखेड़े में नहीं पड़ना चाहता।'

प्रमोद बाबू सिर पकड़कर बैठ गए। सावित्री जी ने पूछा, 'क्या हुआ?–क्या कहा घट्टर राम ने?'

'इनकार कर रहे हैं। कहते हैं, नहीं खरीदेंगे जमीन!'

सावित्री जी को आश्चर्य हुआ, 'उस दिन तो आए थे घट्टर राम! खुशामद कर रहे थे। जमीन का रेट भी तय हो गया था। फिर मन क्यों बदल गया उनका?' प्रमोद बाबू चिंतित स्वर में बोले, 'इस बीच मेरा प्रिय छोटा भाई विनोद पहुँच गया उनसे कहने कि जमीन की रजिस्ट्री नहीं होने देगा।' सावित्री जी बैठ गईं चौकी पर। बोलीं, 'हे ई लीजिए! विनोद जी इसीलिए आना-जाना छोड़ चुके हैं। मन में छल है तो आएँगे कैसे!'

प्रमोद बाबू अशक्त-निरुपाय भाव से कुर्सी पर बैठे रहे। बोले, 'अब क्या किया जाए! समझ में नहीं आता। लाठी लेकर अपने सगे भाइयों से मार-पीट करने तो जा नहीं सकता!' सावित्री जी चिंता में डूबी थीं। भर्राई आवाज में बोलीं, 'यही सोच कर तो आपके भाई-भतीजे जबरदस्ती जमीन पर कब्जा कर रहे हैं कि भैया मार करने तो आएँगे नहीं। भले आदमी हैं, विद्वान हैं। वे लाठी तो उठाएँगे नहीं अपने भाइयों पर।'

देर से चुप बैठा था झमेली राम। मौका देख बोला, 'मालिक, कहावत है कि 'जमीन-जोरू जोर की, नहीं तो किसी और की।' मालिक आप ठहरे बिदमान आदमी। आप पहले के गाँव को जानते हैं। तीस-चालीस साल में गाँव कितना बदल गया, यह हम लोग जानते हैं।'

'हाँ झमेली, ठीक कहते हो!' प्रमोद बाबू इस तरह बोल रहे थे जैसे बीमार हों, 'गाँव को ठीक से जाना नहीं। अपने सगे-संबंधियों को भी ठीक से नहीं समझा। भ्रम में था कि अपने भाई-बंद हैं, सुख-दुख में साथ देंगे।'

दोपहर हो गई। काले-भूरे-उजले बादलों की टुकड़ियाँ पूरब से पश्चिम की ओर तेजी से भागी जा रही थीं जैसे बहुत जरूरी काम हो।

झमेली राम के लिए कलिया चाय ले आई। चाय पीते हुए झमेली राम ने फिर प्रमोद बाबू को यहाँ आने के प्रयोजन की याद दिलाई, 'मालिक, अब खेती-बाड़ी, अधिया-बटैया के फेरे में नहीं पड़ूँगा। अपनी दस कट्ठे जमीन है घर के पिछवाड़े, उसी में साग-सब्जी कुछ उपजा लूँगा।'

'आखिर तुमको हो क्या गया है झमेली? मेरा बटाईदार न सही, मगर खेती तो करो!' झमेली अपना संकल्प गमछे की गिरह में बाँधकर आया था, 'नहीं मालिक, छोटा-मोटा किसान या बटाईदार बने रहने से अच्छा है मजदूर बनना। तीन चार बीघे या पाँच-छह बीघे जमीन के जोतदार किसान को मिलता क्या है! जोड़िए न खेती का खर्चा! अभी तीन-चार महीने पहले ही आपके खेत में फसल काटी! जी जान लगाकर

खेती की। एक बीघे में सोलह मन गेहूँ उपजा। दस कट्ठा तो परती पड़ा रहा। आठ मन में एक मन गेहूँ की कटाई, दस मन में एक मन थ्रेशिंग मशीन वाले को। जोड़ते जाइए मालिक! मैं मुड़कट्टी हिसाब बताता हूँ! शुरू करिए जुताई से। एक बीघे की ट्रैक्टर से जुताई सात सौ रुपए। तीन 'चास' यानी तीन बार ट्रैक्टर से खेत जुतवाओ। कितना हुआ? सात तिया एकैस! दो हजार मानिए। तीन बार पटौनी। मोटर वाला एक घंटे के तीन सौ रुपए लेता है। कम-से-कम तीन बार पटौनी (सिंचाई) करानी पड़ती है। सबसे महँगी है खाद। अब तो सरकार सब्सीडी भी हटा रही है। खाद का खर्च-डीएपी, यूरिया के दाम आसमान छू रहे हैं। उस पर कीटमारक दवा का छिड़काव। साढ़े चार-पाँच महीने की मेहनत। मैं, मेरा बेटा, मेरी घरवाली-हम तीनों खटते रहे। कुल उपज सोलह मन। आधा आपको बाँटकर दिया। मुझे क्या मिला मालिक?...मान लीजिए, बटैया नहीं अपना ही खेत था। तब भी काट-कूट कर सोलह मन गेहूँ। मजदूरी जोड़िए! फायदा सिर्फ भूसे का। ऐसी खेती को राम-राम!'

खेती के लागत खर्च का ऊपरी हिसाब तो जानते थे प्रमोद बाबू, लेकिन खेती का 'व्यवहार गणित' इतना जटिल और दयनीय परिणाम वाला है, यह जानकारी नहीं थी। उन्होंने झमेली से पूछा, 'तो फिर किसान जमीन खरीदने के लिए क्यों बेचैन रहते हैं?'

'इसलिए मालिक कि जमीन वाले कहलाएँ! लोग कहें कि फलाने बाबू को आज भी पचास बीघे, साठ बीघे जमीन है।'

'तो तुमने फैसला कर लिया है कि खेती नहीं करोगे?'

'जी मालिक, खेती को परनाम! जिसके पास पैसा है उसी की है खेती। गरीब आदमी कहाँ से खरीदेगा खाद-बीज? कहाँ से करेगा निकौनी-पटौनी? मजदूरी का रेट कितना ऊँचा हो गया है, यह तो आप जानबे करते हैं। सवा सौ रुपए रोज की मजदूरी! तो मजदूरी ही क्यों न करें?'

छोटे किसान के खेती से मोहभंग का रहस्य बता रहा था झमेली राम! कहने लगा, 'मुझे और मेरे बेटे को रोजगार गारंटी योजना में 'जौब कारड' मिल गया है। सरकारी रेट पर मजूरी है एक सौ चौवालीस रुपए। बेटा कह रहा था-अब एक सौ एकावन होने जा रहा है। साल में सौ दिन काम की गारंटी। बाकी दिन कहीं करेंगे काम तो सौ-सवा सौ रुपए नगद और नाश्ता-पानी अलग से। बीपीएल में मेरा और बेटे का नाम आ ही गया है। अलग-अलग परिवार। पिछले साल हर परिवार को बाईस सौ रुपैया मिला, ऊपर से एक क्विंटल चावल। कौन करे खेती! तीन-चार बीघे के जोतदार तो 'जौब कारड' बनवाने के लिए मुखिया को घूस दे रहे हैं।'

'तुमने भी दिया मुखिया को घूस?'

'नहीं मालिक! नरेश सिंह मुखिया जानता है कि मैं आपका बँटाईदार हूँ, सो नहीं लिया।'

'तब तो मेरे बँटाईदार होने का फायदा हुआ तुमको! और तुमने छोड़ दी बँटाईदारी!' प्रमोद बाबू फीकी हँसी हँसते बोले तो झमेली लजा गया। बोला, 'इंदिरा आवास योजना में घर बनाने के लिए पैसा मिलेगा। बेटे का अलग घर बनेगा। मगर इसमें तो बिना घूस दिए काम होगा नहीं! दस दुनी बीस हजार लगेगा। कर लेंगे बाप-बेटा मिलकर इंतजाम।'

प्रमोद बाबू अनपढ़-गवाँर झमेली के भीतर बैठे होशियार आदमी का चेहरा देख रहे थे। काला-कलूटा, नाटा-सा झमेली राम। पचास-पचपन की उम्र। तुड़ी-मुड़ी गंदी सी फुलपैंट और वैसी ही शर्ट पहने हुए था। जो युवा-अधेड़ एक बार दिल्ली-पंजाब कमाने गया, वह धोती-पाजामा छोड़ पैंट पहनने लगता है। फुटपाथ पर सस्ते में मिल जाती है। अपना नौकर रामनिहोरा कहता है-'एक तो किफायती दूसरे टिकाऊ! मन हो तो सर्फ में डाल दो, न मन हो तो पहनते रहो, पहनते रहो। ज्यादा गंदी दिखेगी नहीं पैंट। गर्दखोर पोशाक है मालिक!'

झमेली राम ने अपनी लाठी ली। पैंट को घुटनों तक मोड़ा। जाते-जाते बोला, 'मैं तो निरच्छर आदमी। आपको क्या कह सकता हूँ मालिक। मुदा आपको भइयारी में बात कर लेनी चाहिए। आपको शांति से आपके ही लोग नहीं रहने देंगे। उधर लालसेना वाले अलग बखेड़ा कर रहे हैं। मेरे टोले में भी चार-पाँच हैं। कहते हैं-धावा बोलो।...मालिक, सुद्धा आदमी के लिए गाँव अब नहीं है। भूल-चूक माफ करिएगा मालिक। कुछ बेसी बोल गया।'

झमेली राम ने बाहर निकलकर आकाश को निहारा। फिर पानी-कीचड़ वाले रास्ते को देखने लगा। जाते-जाते विनम्र पाठ पढ़ा गया झमेली-आप जैसे लोगों के लिए गाँव नहीं है मालिक। प्रमोद बाबू को लगा, सच में गाँव नहीं लौटना चाहिए था। अतीत का राग यहाँ आने के बाद अपने नंगे यथार्थ में दिखा। दोनों बेटे कहते थे, सावित्री कहती थी-मत लौटिए गाँव! बेच दीजिए जमीन। शहर में कोई फ्लैट खरीदकर इत्मीनान से रहिए।

लेकिन पुरखों की जमीन कैसे बेच दें। फिर गाँव की अपनी नदी, सरायपोखर, ज्येत्सना के साथ मिलकर रोपा गया बरगद का पौधा जो अब छायादार पेड़ बन गया है, वहाँ की स्मृतियाँ...। स्मृतियों को अपने से अलग कर दें तो क्या बचता है जीवन में! गाँव की स्मृतियाँ ले आईं खींचकर। बड़े भैया और भाभी का स्नेह, छोटे भाई की आत्मीयता, पूरे इलाके का सम्मान। इसी अपने गाँव ने तो नागरिक अभिनंदन किया था और दोनों भाइयों-भतीजों ने अभिनंदन-समारोह में बढ़-चढ़ कर हिस्सा लिया था!

अब आया है ऊँट पहाड़ के नीचे! क्या किया जाए! जमीन बेच-बाचकर चल चलें जयपुर बड़े बेटे के पास या जमीन की बिक्री के पैसे से दिल्ली में कोई फ्लैट खरीद लें। वहाँ बेटा समरेश है, बहू है और...कोई संतान होने वाली है बहू कणिका

को! उम्र के इस आखिरी पड़ाव पर वहाँ दिल्ली में ज्योत्स्ना भी तो मिलेगी!

नहीं रहना इस गाँव में। जहाँ जीना मुश्किल हो, दिन-रात की शांति चली जाए, जहाँ रोज धमकियाँ, अपमान, दहशत भरे फोन अशांत करते हों, जहाँ के लोगों के लिए यह प्रमोद सिंह बर्दाश्त से बाहर हो, वहाँ क्या रहना! सगे भाई दुश्मन बन गए, क्योंकि बीच में आ गई भू-संपत्ति! जिन नदियों को निर्मल धारा की नदियाँ समझा, सब रेत की नदियाँ निकलीं, रिश्तों का पुल पानी का पुल निकला।

पानी का कहीं पुल होता है? और रेत की कहीं होती है नदी? मगर दोनों हैं अपने गाँव सरायगंज में। रेत की नदियाँ, पानी के पुल!...

# अपने ही गाँव में पुलिस-सुरक्षा

दोनों बंदूकधारी सिपाही रोज शाम में आते और सुबह 'सलामी' के सौ रुपए लेकर चले जाते। यह सिलसिला एक हफ्ता ही चला होगा कि प्रदेश में सर्वाधिक प्रसार-संख्या वाले अखबार में समाचार छपा : सरायगंज। सेवानिवृत्त प्रोफेसर को पुलिस सुरक्षा मिली।...प्रमोद बाबू ने जब यह समाचार पढ़ा तो लगा, पैर में बिच्छू ने डंक मार दिया हो। समाचार छोटा-सा था, लेकिन ऐसी जगह छपा था जहाँ पाठकों की नजर पड़ जाती थी।

छपा था : सेवानिवृत्त प्रोफेसर प्रमोद सिंह को पुलिस अधीक्षक ने उनकी जान पर खतरे की आशंका के मद्देनजर पुलिस-सुरक्षा प्रदान की। दो सशस्त्र सिपाही उनके घर पर रात में पहरे पर तैनात किए गए हैं।...

प्रमोद बाबू ने अखबार सावित्री जी के हाथ में दिया। बिना कुछ बोले तीसरे पन्ने पर उँगली रखते हुए इशारे से समाचार पढ़ने को कहा। यह समाचार दिया किसने? उन्होंने तो सुरक्षा की माँग नहीं की! एसपी से धमकियों की चर्चा भर की थी। शायद उस 'चेतावनी' वाले पर्चे के कारण एसपी ने सरायगंज के दारोगा को सुरक्षा देने के लिए कहा होगा।

मन में तो उसी दिन आया था-क्या सुरक्षा! दोनों सिपाहियों से कहना चाहते थे-आप जाएँ। मुझे नहीं चाहिए आपकी सुरक्षा! लेकिन इससे शायद पुलिस-प्रशासन को अपना अपमान महसूस हो यही सोचकर प्रमोद बाबू सिपाहियों से कुछ बोले नहीं।

सावित्री जी ने अखबार पढ़ा और बगल में चौकी पर फेंक दिया। हताश मुद्रा में बोलीं, 'सुनते हैं? यह सब क्या हो रहा है? कैसे छपी यह खबर? आपने तो सुरक्षा की माँग नहीं की थी!'

प्रमोद बाबू विद्रूप-सी हँसी हँसते बोले, 'हो सकता है, अखबार के रिपोर्टर ने थाने से यह सूचना ली हो! देख रही हो सावित्री!...यही मेरा वह गाँव है जहाँ मेरा नागरिक अभिनंदन हुआ था! और यही गाँव है जहाँ मेरी और परिवार की सुरक्षा के लिए दो सिपाही तैनात किए गए हैं। जिस गाँव में एक मासूम लड़की का बलात्कार होता है और बलात्कारी की गिरफ्तारी पर बाजार बंद कराया जाता है। अपने ही गाँव में कितना अपमान सहना पड़ रहा है! अपने ही भाइयों द्वारा मेरी जमीन पर कब्जा...।

यह मेरा गाँव है सरायगंज। कितने सपने लेकर आया था यहाँ!'

सावित्री जी चुप थीं और बरामदे की छत को देख रही थीं। मोबाइल फोन बजा। प्रमोद बाबू ने नंबर भी नहीं देखा। आदत हो गई है। धमकियों से मन कठोर होता जा रहा है। उधर से डाक्टर सीएम झा की आवाज थी, 'प्रोफेसर साहब, यह क्या छपा है अखबार में! आपने तो कभी चर्चा नहीं की?'

प्रमोद बाबू ने टूटे मन से जवाब दिया, 'मुझे भी नहीं मालूम डाक्टर साहब, अखबार में कैसे छपा!'

मोबाइल ऑफ कर दिया प्रमोद बाबू ने। बात करने की इच्छा नहीं थी। फिर आया फोन। स्त्री की आवाज थी, 'मैं टिकुली देवी! अभी अखबार में पढ़ा। दुखी हूँ और चिंता में हूँ कि यह सब क्या हो रहा है आपके साथ! आपने सुरक्षा की माँग क्यों की! आप शहर की सुख-सुविधा, यश-सम्मान सब छोड़कर गाँव आए। आपके प्रयास का फल है कि लिंक कैनाल का सपना पूरा होने जा रहा है। फोन पर क्या बात करूँ सर! आ रही हूँ।'

फिर कविजी की पत्नी का फोन: अभी-अभी पेपर में पढ़ा। समझ में नहीं आता, क्या कहूँ प्रोफेसर साहब! फिर नरेश सिंह मुखिया का फोन। शाम में ब्रह्मर्षि टोले के अखिलेश शर्मा और इंद्रदेव बाबू के फोन आए। फोन नहीं आए तो बड़े भैया के, भतीजों के और छोटे भाई विनोद के। अखबार न पढ़ा हो यह संभव है, लेकिन यह खबर तो अखबार से निकलकर पब्लिक में आ गई है।

आकाश में बादल फिर उमड़ने-घुमड़ने लगे थे। बिजली की चमक के साथ दो-तीन बार 'ठनका' गिरने की गगनभेदी आवाज भी सुनाई पड़ी थी। प्रमोद बाबू कमरे में मच्छरदानी तान कर लेटे हुए थे। बूँद-बूँद बटोरा हुआ साहस अब चुक गया था। एकदम से निराश-हताश होना या किसी बड़ी घटना से आतंकित होना प्रमोद बाबू की प्रकृति में नहीं रहा है। अपने भीतर झेलने की शक्ति वे बराबर महसूस करते रहे हैं। सावित्री जी ने कई कठिन परिस्थितियों में पति को देखा है।

लेकिन अब हार गए हैं प्रमोद बाबू। जिनसे सहयोग की, सहारे की, आत्मीयता को बनाए रखने की आशा थी, वे सब विपरीत चले गए। शाम में अक्सर अखबार या सिगरेट के लिए बाजार की तरफ निकलते हैं, आज नहीं हुई इच्छा निकलने की। जो भी परिचित मिलेंगे बाजार में, सब यही पूछेंगे-आपको पुलिस-सुरक्षा की जरूरत क्यों हुई सर? किससे है आपकी दुश्मनी?

कितने अरमान से बनाया था गाँव में छोटा-सा मकान! मकान जेल हो गया। अब इस उम्र में, सारी कमाई मकान में लगाकर जाएँ कहाँ! किससे कहें अपनी मर्मांतक पीड़ा! सगे भाइयों ने मेरी ही जमीन पर दावा ठोंक दिया। मार-पीट, झगड़ा-लड़ाई करूँ उनसे? मुकदमा लड़ूँ?

अच्छा हुआ कि पाँच बीघे जमीन पर खुद बड़े भैया ने ही एक सौ चौवालीस लगवा

दिया। परती पड़ी रहेगी जमीन। आगे मुकदमा! तारीख पर तारीख! वकील-कोर्ट-कचहरी! लोअर कोर्ट से हाईकोर्ट तक! कर्मचारी, सीआई, सीओ, डीसीएलआर के दफ्तरों के चक्कर! ढली उम्र का अकेला यह प्रमोद सिंह! जिंदगी ही कितनी बची है!

सावित्री जी चिंतित-उदास बैठी थीं। प्रमोद बाबू मच्छरदानी हटाते हुए बोले, 'सावित्री, अब छोड़ देना है यह गाँव। कहाँ जाएँगे, यह तय नहीं है, लेकिन जो भी जमीन-जायदाद बची है, वह सब बेच-बाचकर जल्दी से जल्दी भागना है यहाँ से। बहुत हो गया। बस एक बार बड़े भैया से मिल लूँ। क्यों जमीन पर एक सौ चौवालीस लगवा दिया! बाबूजी भाइयों में बराबर-बराबर बाँट गए थे सारी संपत्ति। मेरे नाम की जमीन का दाखिल खारिज उन्होंने अपने जीवन-काल में करा लिया था ताकि आगे कोई मामला न उठे। फिर बड़े भैया क्यों मेरी जमीन पर अधिकार जता रहे हैं?

मकान की छत से दिखता है बड़े भैया का घर। वह घर जिसमें प्रमोद बाबू की लंबी उम्र बीती। अब वह घर बड़े भैया का है। हवेली कही जाती थी बाबूजी के समय में। बाबू साहब की हवेली! ढह गई हवेली। सामने छोटा-सा पक्के का मकान बनाया गया है। दालान वही है। दरवाजे के सामने कतार में नारियल और सुपारी के पेड़ लगे थे पहले। अब चार-पाँच ठूँठ पेड़ बचे हैं। अपने इस मकान के बनने के पहले बड़े भैया का घर ही अपना घर हुआ करता था। वहीं जन्म हुआ। बचपन बीता, जवानी बीती। उम्र के आखिरी पड़ाव पर बनाया यह छोटा-सा मकान। मकान का बनना भाई-भाई के बीच दीवार बन गया। अब कोई नहीं आता देखने कि प्रमोद किस हाल में है।

प्रमोद बाबू ने सावित्री जी से पूछा, 'अच्छा सावित्री, यदि बड़े भैया के घर जाकर उनसे मिलूँ और जमीन के विषय में पूछूँ तो गलत होगा क्या? वे बड़े हैं!'...

'नहीं, हर्ज क्या है! बड़े हैं। मुकदमा लड़ना हम चाहते नहीं।' सावित्री जी कुछ क्षण चुप रहकर, सोच-विचारकर बोलीं। प्रमोद बाबू ने तय किया, कल सुबह बड़े भैया से मिलने उनके घर जाएँगे।

दोनों बंदूकधारी सिपाही अपनी 'ड्यूटी बजाने' आ गए थे। शाम के साढ़े आठ बजे थे। रामनिहोरा अपने घर चला गया था। कलिया घर के काम में लगी थी। प्रमोद बाबू के मन में अब कोई संशय नहीं रह गया है। बलात्कारी पकड़ा जाता है, यह समाचार नहीं बनता, लेकिन प्रमोद बाबू को पुलिस-सुरक्षा मिली है, यह समाचार अखबार में छपता है। सरायगंज के अखबारों के रिपोर्टर स्थानीय दबंगों, अपराधियों, अफसरों के निर्देश पर समाचार बनाते हैं। उनकी आमदनी का जरिया भी वही लोग हैं। अखबारों से पारिश्रमिक ही क्या मिलता है इन रिपोर्टरों को! अब तो समाचार भेजने के लिए इंटरनेट की सुविधा है। यहाँ के रिपोर्टर फैक्स से समाचार भेजते हैं। खर्च मिल जाए भेजने का और समाचार छप जाए, यही होती है संवाददाता की उपलब्धि।

सुबह चाय पीकर और हिम्मत कर प्रमोद बाबू बड़े भैया के घर की तरफ निकले तो ऐसा लगा, वे किसी नई जगह जा रहे हैं। कभी-कभी नजदीक की दूरियाँ कितनी लंबी हो जाती हैं! आगे जहाँ इमली का पेड़ था, वहाँ गड्ढा-सा बना था। इसी गड्ढे में श्मशान की गंदी-अपवित्र चीजें जो आँगन में फेंकी गई थीं, कलिया, उसकी माँ और लालू ने डाली थीं। प्रमोद बाबू ने देखा, वे सारी चीजें पानी के ऊपर तैर रही थीं। बड़े भैया का घर जिसे प्रमोद बाबू और सावित्री जी 'पुराना डीह' कहती हैं, चौड़े रास्ते से नहीं 'एकपेड़िया' से जुड़ा था। उस एकपेड़िया (पगडंडी) से कोई आता-जाता नहीं है। दोनों तरफ 'कदवा' किए खेत थे जिनमें धान की रोपनी होनी थी।

दूर से दिख गया बड़े भैया का दरवाजा। दरवाजे पर बड़े भैया थे, बड़ा भतीजा राघव था और एक स्त्री थी जो शायद बड़ी भाभी थीं। शंका थी, राघव कहीं कुछ अनाप-शनाप न बोल दे। दरवाजे पर गए। राघव ने पाँव छुए। दहलीज के पास खड़ी बड़ी भाभी के पैर छूने प्रमोद बाबू आगे बढ़े। बड़ी भाभी अंदर आँगन की तरफ चली गईं।

राघव कुर्सी ले आया। प्रमोद बाबू के मन में आया, जब बड़े भैया हैं ही तो भतीजे से बात नहीं करनी चाहिए। पूछा, 'बड़े भैया कहाँ हैं राघव?'

राघव ने जवाब में कहा, 'बाबूजी नहीं हैं। कहीं निकल गए हैं।'

प्रमोद बाबू समझ गए, राघव झूठ बोल रहा है। अभी वे देखे गए थे। असल में बड़े भैया को बात करने में भारी असुविधा होती। किस मुँह से बात करते! इसलिए सामने नहीं आ रहे हैं। प्रमोद बाबू दरवाजे पर लगी कुर्सी पर बैठे ठूंठ सुपारी के पेड़ देखने लगे। पहले मोटी लकीर की तरह शून्य में खिंचे हुए पेड़ कितने सुंदर दिखते थे! बड़े भैया ने ही एक कतार में रोपे थे सुपारी के पेड़। खजूर के पेड़ों की तरह फल लगाते थे इन पेड़ों में। कच्ची सुपारी खाने में कितनी स्वादिष्ट लगती थी। अब पेड़ ठूँठ हो चुके हैं। शायद सूख गए हैं। बाहर से जिंदा दिखते हैं।

'बहुत दिन बाद आए हैं चाचाजी!'

'क्या करूँ! तुम लोग नहीं आते। मुझे ही आना पड़ा।'

'कोई खास बात चाचाजी?' सामने बाँस के मोढ़े पर बैठते हुए राघव ने पूछा तो प्रमोद बाबू बोले, 'तुम नहीं समझ रहे हो कि मैं क्यों आया हूँ? तेजू को तुमने जमीन जोतने से मना कर दिया। लीज पर ली है उसने मेरी जमीन।'

राघव जवाब के लिए तैयार बैठा था, 'असल में चाचाजी, जमीन का बँटवारा गलत किया गया है। एक बार फिर से पूरी जमीन की 'नापी' कराई जाए और बँटवारा हो।' प्रमोद बाबू को ऐसे जवाब की ही उम्मीद थी। बोले, 'इसका मतलब बाबूजी ने गलत बँटवारा किया?'

'जी, गलत बँटवारा हुआ। यह कहाँ का इंसाफ है चाचाजी, नौकरी में आप रहें, वह भी शानदार नौकरी में और जमीन में भी बराबर का हिस्सा लें?' राघव तैश में बोल रहा था। प्रमोद बाबू अपने स्वभाव के अनुकूल बोले, 'इसके लिए तो सरकार

को कानून बदलना होगा राघव! अभी तक तो ऐसा कानून बना नहीं है।'

'नहीं चाचाजी, वह पाँच बीघे का प्लॉट हमारा है। मालगुजारी रसीद बाबूजी के नाम से कट रही है। अब तक हम लोग छोड़े हुए थे।'

'यह तो जबरदस्ती हुई न? तुमने जमीन पर एक सौ चौवालीस लगवा दिया।'

'अब आप जो समझिए चाचाजी! हम यहाँ खेत में ढेला फोड़ते हैं, आपके बेटे अच्छी-अच्छी नौकरियों में हैं। बाबूजी ने चारों बेटियों की शादियाँ जमीन बेचकर कीं। चौदह बीघे जमीन बिक गई। हम कैसे जीएँगे!'

प्रमोद बाबू राघव को सुनते रहे। सोचने लगे, बात जितनी बढ़ेगी, कुरूपता उतनी उजागर होगी। इरादा समझ में आ गया। राघव दहलीज के पास खड़ी अपनी माँ की ओर देखता रहा। वहाँ दोनों बहुएँ भी खड़ी थीं।

'चाचाजी, हमारा कहना है कि कुछ ले-देकर जमीन हमें लिख दीजिए।'

'कुछ ले-देकर। यानी...कितना दोगे?'

राघव कुछ क्षणों तक मन ही मन हिसाब करता रहा। फिर बोला, 'जमीन पूरे पाँच बीघे नहीं है, चार कट्ठा कम है। मान लीजिए पाँच बीघे। तो बीस पंचे सौ! एक लाख रुपए।'

प्रमोद बाबू चकरा गए। चमरटोली की बलुआही जमीन दो लाख रुपए बीघे और पाँच बीघे धनहर जमीन मात्र एक लाख रुपए में? बोले, 'ऐसा है राघव, तुम गाँव के लोगों से पूछ लो। ढाई लाख, तीन लाख रुपए बीघे है जमीन का रेट और तुम पाँच बीघे के एक लाख दे रहे हो?'

'तो आप ही कह दीजिए चाचाजी, कितना लेंगे?'

'मेरी बात छोड़ो। तुम कहो।'

'तो पाँच बीघे के पाँच लाख। अब हुआ?'

'ठीक है। मान लिया।'

'लेकिन चाचाजी, नकद तो है नहीं हमारे पास। हम धीरे-धीरे, पैसा होने पर चुकाएँगे।' प्रमोद बाबू हँसने लगे, 'हो गया राघव, समझ लिया। अब कहने-सुनने को रह क्या गया! चलता हूँ।' वे कुर्सी से उठने लगे तो बड़ी बहू चाय ले आई। चूँकि बहू लाई थी इसलिए 'ना' कहते नहीं बना। बहू ने चाय देकर चरण छुए।

भतीजे की मंशा क्या है, यह समझने के लिए अनुमान की आवश्यकता नहीं थी। सोचने लगे, चमरटोली की डेढ़ बीघे जमीन विनोद बिकने नहीं दे रहा है और पाँच बीघे जमीन पर भतीजा चढ़ बैठा है। पाँच लाख ही दे दे! मगर जिस तरह वह बोल रहा था, उससे जाहिर था, वह एक पैसा नहीं देगा।

लौटने लगे तो थोड़ी दूर तक पीछे-पीछे राघव आया। फिर बिना कुछ बोले लौट गया। सावित्री जी छत पर खड़ी इधर ही देख रही थीं। बादलों की छाया थी। दूर की चीजें अब साफ-साफ दिखती नहीं हैं। प्रमोद बाबू ने चश्मे के दोनों शीशे रूमाल से

पोंछे। उनके पहुँचने के पहले ही सावित्री जी छत से नीचे उतर आई थीं।

'क्या बोले बड़े भैया?' सावित्री जी ने पूछा तो गेट बंद करते हुए और मुस्कराते हुए जवाब दिया प्रमोद बाबू ने, 'बड़े भैया सामने आए कहाँ! थे घर में ही, कहा गया, नहीं हैं। राघव क्या जवाब देगा, यह तो मैं जानता ही था। वे लोग जमीन बिकने नहीं देंगे। मैंने राघव से कहा भी कि तुम्हीं खरीद लो। बोला–पाँच लाख। मैंने कहा, मंजूर। फिर वह आना–कानी करने लगा। धीरे–धीरे देंगे यानी किस्तों में, फिर बोला, होगा तब देंगे। मैंने समझ लिया, कहता है नहीं देंगे। यही तो बात हुई!'

कमरे की तरफ प्रमोद बाबू के पीछे–पीछे जाती सावित्री जी बोलीं, 'अब और कुछ नहीं रह गया जानने–सुनने को। डेढ़ बीघे जमीन पर दावा ठोंक रहे हैं विनोद जी, पाँच बीघे पर एक सौ चौवालीस लग गया। बच गई छह बीघे जमीन! चांप की जमीन है, महँगी बिकेगी। बेचिए वह जमीन। जो मिले, लेकर चलिए यहाँ से। जयपुर से अमरेश का बुलावा है। आपकी पेंशन ही हमारे जीने के लिए काफी है।'

'हाँ सावित्री, मैं भी इसी निष्कर्ष पर आया हूँ। उस गाँव में क्या रहना जहाँ अपने सगे ही दुश्मनी पर उतर आएँ!' प्रमोद बाबू आत्मनिर्णय का निष्कर्ष सुनाकर चुप रह गए। कुछ सोचते हुए बोले, 'बुलाता हूँ जगदीश को जो छह बीघे जमीन लीज पर लिए हुए है। कहता हूँ उसको, ग्राहक खोजे।'

कलिया ने ही खाना बनाया था दोपहर का। सावित्री जी ने खाना परोसा और पति के साथ आसनी पर बैठ गईं। डाइनिंग टेबुल नहीं है यहाँ। कई सामान भागलपुर के क्वार्टर में बाहरी कमरे में रखे हुए हैं। सोचा गया था कि बाद में मँगा लेंगे। अब क्या मँगाना!

जगदीश से बात हुई मोबाइल फोन पर। शाम से कुछ पहले ही जगदीश आ गया साइकिल से। साइकिल बता रही थी कि रास्ते में कीचड़–पानी मिला था। जगदीश कुर्मी टोले का है–उसी टोले का जिस टोले में अवधेश प्रसाद की शानदार बिल्डिंग है।

'क्या मालिक, सुनते हैं कि आप यहाँ का सब–कुछ बेचकर जा रहे हैं बेटे के पास?' जगदीश ने आते ही सवाल किया। प्रमोद बाबू चकित। कैसे फैल गई बात! अभी तो यह बात मन में है, बाहर लोगों के बीच कैसे आ गई! बोले, 'तुमसे किसने कहा कि जा रहा हूँ यहाँ से?'

जगदीश फीकी मुस्कराहट के साथ बोला, 'यहाँ से जाने की बात नहीं मालिक, यहाँ नहीं रहने की बात! आपके ही बबुआन टोले से उड़ी है यह खबर।' प्रमोद बाबू भीतर से थोड़ा डगमगाए, फिर सँभल गए। बोले, 'जगदीश एक कहावत है न गाँव में। कव्वा एक कान लेकर उड़ गया। तो तुम पहले कान छूकर देखोगे या उड़ते कव्वे के पीछे दौड़ोगे? देख रहे हो कि मैंने घर बनाया है, रहने आया हूँ यहाँ! फिर भी, ज्यादा जमीन रखकर क्या करूँगा। वह छह बीघे का प्लॉट जो तुम जोत रहे हो, वह जमीन

बेचना चाहता हूँ।'

'बाप रे! वह चांप वाली 'नेमा' जमीन बेचिएगा मालिक? वह तो सोनामाटी है!'

'जगदीश, मन उचट गया है यहाँ से। सोचता हूँ, थोड़ी जमीन ही रखूँगा। बेचना चाहता हूँ वह जमीन जो तुम लीज पर लिए हुए हो। एकमुश्त पूरे पैसे देने वाला मिलेगा कोई ग्राहक?'

'कई खरीदार मिल जाएँगे मालिक! जमीन ही ऐसी है वह। सोना है मालिक। जमीन नहीं सोना है। पूरा तो नहीं, दो बीघे मैं खरीद लूँगा। बाकी चार बीघे के ग्राहक मिल जाएँगे।'

प्रमोद बाबू जमीन का रेट जानना चाह रहे थे। पूछा, 'चांप की जमीन का रेट अभी क्या चल रहा है?'

जगदीश कुछ सोचने लगा। बोला, 'चांप की जमीन कोई बेचता नहीं है, मुदा रहिका जमीन (ऊँची बलुआही जमीन) दो लाख, अढ़ाई लाख रुपए बीघा है तो नेमा जमीन का रेट तीन-साढ़े तीन लाख मान लीजिए। बेसी भी मिल सकता है।' प्रमोद बाबू ने जगदीश का चेहरा देखा। वह शायद अपने भीतर ही उलझ गया था। पता नहीं क्या सोच रहा था। प्रमोद बाबू ने पूछा, 'दो बीघे तुम खरीदोगे। बाकी चार बीघे का ग्राहक खोजो। नकद निकालोगे न?'

'जी मालिक, अपनी एक बीघा जमीन है, वह बेच दूँगा। बाकी का इंतजाम हो जाएगा।'

प्रमोद बाबू पूछने लगे, 'अच्छा, यह बताओ जगदीश! गाँव के किसान कहते हैं कि खेती में कुछ नहीं रखा है, कुछ लाभ नहीं है खेती से, तो तुम जमीन क्यों खरीद रहे हो! मेरा एक बँटाईदार झमेली राम है। कहता है–मामूली खेतिहर से मजदूर बनना अच्छा!'

'बात तो सही है मालिक!' जगदीश कहने लगा, 'छोटे किसान से मजदूर ज्यादा सुखी है, संतुष्ट है। इसलिए दो-चार बीघे वाले 'जॉब कार्ड' बनवाने के लिए मुखिया को घूस तक दे रहे हैं। बीपीएल में नाम डलवाने के लिए मारा-मारी है। खेती से किसान कुछ नहीं कर सकता है। बेटी का बियाह-दान करना हो और घर-वर अच्छा मिल रहा हो तो बिना जमीन बेचे कोई उपाय नहीं है। आप ही के बड़े भाई चनरदेव सिंह कितनी जमीन बेच चुके! बस समझिए कि मजूरी मिलती है खेती से। जो बहुत लगाते हैं खेती में, वही फायदे में रहते हैं। गरीब आदमी जो तीन-चार-पाँच बीघे का जोतदार है, कहाँ से खर्च करेगा? मजूरी का रेट भी इतना ज्यादा है कि कमर टूट जाती है गरीब किसान की। पूरे परिवार के साथ जो खुद अपनी जमीन पर मेहनत करता है, उसी को दो पैसे की बचत होती है। दिखाई पड़ती है बचत, लेकिन असल में उसकी मजदूरी होती है। बीज, खाद, जुताई, पटवन, निकौनी, कटनी, दवनी-ओसौनी! अब तो हर काम मशीन से होता है और सबके लिए चाहिए पैसा! इसलिए ठीक कहता है झमेली

राम! खेती करने से अच्छा है मजदूर बनना! कम-से-कम रोज सौ-सवा सौ रुपए! जॉब कार्ड वाले तो बम-बम हैं! सवा सौ रुपए से भी ज्यादा मजदूरी। सौ दिन काम की गारंटी! क्यों करें खेती? बड़का किसान की बात अलग है। वे मरजाद बचाने में ही मर रहे हैं।'

'लेकिन तुम तो बड़े किसान नहीं हो। तब क्यों खरीदना चाहते हो जमीन?'

'बस यही मेन बात है मालिक। मन की असली घुर्ची (गुत्थी) यही है-क्यों खरीदना चाहता हूँ जमीन!' जगदीश जैसा मामूली किसान एक कठिन सवाल के सामने था। बोला, 'मैं मजूरी तो नहीं कर सकता मालिक। बीपीएल में नाम डलवाना, मनरेगा में 'जॉब कार्ड' बनवाना मुझसे नहीं हो सकेगा। आप तो जानते होंगे मालिक, मेरे बाबूजी के पास चालीस बीघे जमीन थी। तीन हल चलते थे। तीन हलवाहे, दो नौकर थे। अब मैं मजदूरी करूँ! क्या कहेंगे लोग! मैं दिल्ली-पंजाब-हरियाना जाऊँ मजदूरी करने? इज्जत भी कोई चीज है कि नहीं! आपकी जमीन खरीदूँगा तो गाँव में नाम होगा मेरा। लोग कहेंगे प्रोफेसर साहब की नेमा जमीन जगदीश ने खरीदी। मैं मजदूरी नहीं कर सकता मालिक, भले एक सौ चौवालीस रुपए हो गई हो सरकारी मजदूरी! बीपीएल में नाम लिखवाकर इज्जत नहीं गँवा सकता, न इंदिरा आवास के लिए मुखिया की चिरौरी ही कर सकता हूँ। मेरा अपना फूस का घर और खपरैल का दालान मेरी मरजाद हैं मालिक।'

प्रमोद बाबू जगदीश का स्वाभिमान से भरा चेहरा देखते रहे। जानते थे जगदीश प्रसाद को, लेकिन इतना स्वाभिमानी है, इस रूप में नहीं जानते थे।

इस बीच कलिया चाय दे गई। प्रमोद बाबू ने एक प्याली जगदीश की ओर बढ़ा दी, 'लो पीयो चाय।' कमरे की तरफ लौटती कलिया को देख जगदीश ने पूछा, 'ई तो वही लड़की है मालिक! उन दोनों हरामजादों को उमरकैद होगी कि नहीं?' जगदीश का चेहरा तन गया था।

'मुकदमा चल रहा है। सजा तो होगी ही।'

शाम के साढ़े सात बजे थे। दोनों सिपाही आ गए। पुलिस को देख जगदीश कुछ घबड़ाया। अंदर चला गया सावित्री जी के पास। पूछा, 'मालकिन, पुलिस आई है, क्या बात है?'

सावित्री जी जगदीश की घबड़ाहट देखती बोलीं, 'घबड़ाओ नहीं जगदीश। पहरा देने आती है पुलिस।'

'हाँ, छपा था अखबार में।'

'तुमको कैसे मालूम कि अखबार में छपा था?'

'टोले में आता है न अखबार। चर्चा कर रहे थे लोग।' जगदीश प्रणाम कर जाने लगा। बोलता गया, 'मालिक, मेरे ऊपर किरपा रखिएगा।'

आज आसमान साफ था। आषाढ़ की पूर्णिमा थी।

आषाढ़-सावन की पूर्णिमा रात में बादल न हों तो चाँद का सौंदर्य देखते ही बनता है। निर्मल-धवल चाँदनी में बैठो तो जिंदगी कुछ ज्यादा ही प्यारी लगने लगती है। प्रमोद बाबू छत पर चले गए। जाते समय पत्नी से बोले, 'सावित्री, चलोगी छत पर बड़ी प्यारी रात है।'

आगे-आगे प्रमोद बाबू, पीछे-पीछे सावित्री जी। कुर्सी सिर्फ एक थी जो छत के एक कोने में पड़ी रहती है। सावित्री जी नीचे बैठ गईं। चाँदनी में ऊब-डूब नहाने का आनंद पीछे चला गया। आ गया फिर वही मुद्दा। बोले, 'सावित्री, अब गाँव में रहना नहीं है, तय कर लिया है। रोज-रोज का टेंशन अब झेला नहीं जाता। कदम-कदम पर आपदा दिखती है। बड़े भैया के रुख का पता भतीजे के बात-व्यवहार से चल गया। मुझे तो लगता है, श्मशान की जली-अधजली लकड़ियाँ, मुर्दाही कपड़े, हंड़िया सब भाई-भतीजे फेंकते हैं या फिंकवाते हैं। बाहर का कौन आएगा ढेले फेंकने!' सावित्री जी बोलीं, 'असल में इन लोगों ने सोचा ही नहीं था कि रिटायर होकर आप गाँव लौटेंगे। आपके भाई-भतीजे यही सोचते रहे कि ये इसी तरह आते-जाते रहेंगे।'

कलिया रात का खाना बना रही थी। प्रमोद बाबू की चिंता में कलिया शामिल थी। उन्होंने तय कर रखा है कि जहाँ रहेंगे, कलिया भी वहीं रहेगी। अगर कलिया को यहाँ छोड़ा तो इसकी हत्या हो सकती है। मुकदमे की तारीख पर कहीं भी रहेंगे तो आ जाएँगे। वकील डीएन सहाय मित्र हैं।

देर रात तक जमीन और कलिया बातचीत के केंद्र में रहे। छत पर बुलाने आ गई कलिया। पहरा देने आए दोनों सिपाही बरामदे की चौकी पर नींद का आनंद ले रहे थे।

प्रमोद बाबू 'चाँप' की जमीन बेच रहे हैं-यह खबर फैल गई गाँव में। कोसी-क्षेत्र में ऐसी जमीन कम है जिसमें बारहमसिया फसलें होती हैं। ऐसी जमीन हो तो खेती के बढ़े हुए लागत खर्च के बावजूद किसान को थोड़ी बचत हो ही जाती है। तभी तो पाँच हजार प्रति बीघे की दर से जगदीश ने जमीन लीज पर ली और संतुष्ट है। छह बीघे के तीस हजार सालाना देता है दो किस्तों में। इसके अलावा भेंट-स्वरूप बासमती चूड़ा-चावल, अरहर और मूँग दालें, पर्वों-त्योहरों में छछिया में जमाया दही।

खबर क्या फैली, खरीदारों का आना शुरू हो गया। 'चाँप' की मटियार जमीन। कहता है जगदीश-सोनामाटी है। खरीदार-पैरवी सिफारिश लेकर आने लगे हैं। कहाँ तो खेती से विराग की चर्चा है, कहाँ जमीन खरीदने वालों में होड़ लगी है। ब्रह्मर्षि टोले के बूढ़े इंद्रदेव बाबू ग्राहक बनकर आए। प्रमोद बाबू ने पूछा, 'क्या इंद्रदेव बाबू, जमीन से इतना आकर्षण क्यों? लोग तो घाटे का काम मानते हैं। मुझे मेरे बँटाईदार ने कहा-'नहीं करनी है खेती। खेती से मजदूरी अच्छी!' इंद्रदेव बाबू ने हँसते हुए कहा, 'प्रमोद बाबू, गाँव का आदमी आखिर करे क्या! सूखा पड़े या आए बाढ़! जीना-मरना तो इसी खेती में है। फिर आपकी चांपवाली जमीन ऐसी है कि लागत कम, उपज ज्यादा।

गेंहू में दो पटौनी, थोड़ी-सी खाद दीजिए, उपज डेढ़ मन कट्ठा। अगहनी में तो खाद की जरूरत ही नहीं। इसी कारण लोग ललचाई आँखों से देख रहे हैं आपकी जमीन।'

'क्या रेट चल रहा है 'चाँप' की जमीन का?' प्रमोद बाबू ने पूछा। इंद्रदेव बाबू बोले, 'रेट-वेट छोड़िए। तीन लाख रुपए बीघे के हिसाब से जितनी हो जमीन! एकमुश्त नकद भुगतान। अमीन से नापी करवा लीजिए प्रमोद बाबू।'

यकीन नहीं हो रहा था। इंद्रदेव बाबू अब खेती-बाड़ी में हाशिये के किसान हो गए हैं। कहाँ से दे सकेंगे अठारह-बीस लाख। ऊपर से जमीन की रजिस्ट्री का खर्च। पूछा, 'इंद्रदेव बाबू, सोचकर बताइए, आप एकमुश्त कीमत दे सकेंगे?' इंद्रदेव बाबू ने हिसाब बता दिया, 'आठ-साढ़े आठ बीघे रहिका जमीन है। वही जमीन बेचकर और कुछ इधर-उधर से लाकर आपकी जमीन की कीमत चुकाऊँगा।'

इंद्रदेव बाबू ने जाते-जाते आखिर पूछ ही लिया, 'यह जो चर्चा है प्रमोद बाबू कि आप गाँव छोड़कर जा रहे हैं, क्या सही है?' प्रमोद बाबू ने सोचा कि अब कितना छिपाया जाए। बोले, 'हाँ-इंद्रदेव बाबू, दिल टूट गया आपके या कहिए अपने गाँव से। बेटे हैं जयपुर-दिल्ली में। बाकी जिंदगी उन्हीं के साथ...।'

'हाँ प्रमोद बाबू, आप जैसे विद्वान के लिए गाँव है ही नहीं। यह दक्षिण भारत नहीं है। मेरी एक नातिन केरल में है। दामाद बैंक में हैं किसी देहाती क्षेत्र में। नातिन कहती है कि केरल के गाँवों में भी कवि-लेखक-विद्वान की बहुत इज्जत है।'

प्रमोद बाबू बोले, 'इंद्रदेव बाबू, यह केरल नहीं, बिहार है और बिहार में भी कोसी-क्षेत्र।'

इंद्रदेव बाबू प्रमोद बाबू की प्रशंसा करने लगे, 'प्रमोद बाबू, आपके ही प्रयास से लिंक कैनाल बनने जा रहा है। क्या उसे देखकर नहीं जाएँगे?'

प्रमोद बाबू की आवाज में पहले वाली उदासी थी, 'आप लोग देखिएगा। देखिएगा आप लोग सरायपोखर का नया रूप। फिर खिलेंगे कमल के फूल सरायपोखर में...!'

इंद्रदेव बाबू प्रमोद बाबू की अवसाद में डूबी आवाज से विचलित-से होने लगे, 'आपको क्या हो गया है प्रमोद बाबू!' बोलते हुए इंद्रदेव बाबू बरामदे से उतरने लगे। एक बार मुड़कर देखा प्रमोद बाबू को, 'विचार कीजिएगा प्रमोद बाबू। अपना नाम लिखाकर जा रहा हूँ।'

इंद्रदेव बाबू बाहर निकले ही थे कि मुसलमान टोले के अनवर हसन साहब हरिलाल को मोटरसाइकिल पर बिठाए आ गए। हरिलाल ने प्रमोद बाबू को प्रणाम किया। अनवर साहब ने 'आदाब' कहा। शाम होने को थी। शाम में ही दोनों सशस्त्र सिपाही 'सुरक्षा प्रदान' करने के लिए आते हैं।

'हाँ तो हरिलाल, क्या हाल-चाल है?'

'सर, पूरे गाँव में, बाजार में यही चर्चा है कि आप गाँव छोड़कर जा रहे हैं। जमीन बेच रहे हैं।'

'हरि, तुमने ठीक सुना।' प्रमोद बाबू की आवाज में निर्मम तटस्थता थी। उन्होंने हरिलाल से पूछा, 'हरिलाल क्या बात है? देखता हूँ अनवर साहब को साथ लाए हो! कोई खास बात?'

'जी सर...! अनवर साहब ने साथ चलने को कहा तो चल दिया। इनका भतीजा मेरे साथ हॉस्पीटल में काम करता है। अनवर साहब बोले कि तुम्हारी जान-पहचान है प्रोफेसर साहब से।' मैंने कहा, 'हाँ है थोड़ी-सी जान-पहचान।'

'आखिर अनवर साहब के आने का मकसद?'

'जी, आप जमीन बेच रहे हैं क्या सर? गाँव में चर्चा है कि सब बेच-बाचकर जा रहे हैं!'

प्रमोद बाबू ने स्थिरचित्त होते हुए कहा, 'तुमको कैसे मालूम हुआ कि मैं यहाँ का सब बेचकर जा रहा हूँ? मैंने यह सब किसी अखबार वाले को तो कहा नहीं।'

हरिलाल मुस्कराता हुआ बोला, 'सर, जो बात किसी अखबार में छपती नहीं है वह ज्यादा तेजी से फैलती है। सन् चौहत्तर में जेपी आंदोलन के बारे में कहा जाता है कि जो बात मीडिया में दबा दी जाती थी, वह बड़ी तेजी से पब्लिक में फैलती थी।'

'बात तो सही कही तुमने हरिलाल। यह बताओ कि अनवर साहब कैसे-कैसे आए हैं?'

हरिलाल ने आने का प्रयोजन बताया, 'सर, आपकी छह बीघे जमीन है जो आप बेचना चाहते हैं। अनवर साहब, ग्राहक बनकर आए हैं।'

अनवर साहब बीच में ही बोले, 'जो रेट चल रहा है सर, वह मैं देने को तैयार हूँ।' प्रमोद बाबू ने हरिलाल से पूछा, 'हरि, यह बताओ, अनवर साहब एकमुश्त नकद दे सकेंगे?'

'जी सर, पेट्रोडॉलर हैं इनके पास। दो बेटे साउदी अरब में काम करते हैं। एकमुश्त भुगतान देंगे।'

'ठीक है हरिलाल, मैं विचार करूँगा।' प्रमोद बाबू अनवर साहब की ओर मुखातिब हुए, 'एक बात बताइएगा अनवर साहब? आप जानते हैं कि मेरी जो जमीन आप खरीदना चाहते हैं, वहाँ आसपास किसी मुसलमान की जमीन नहीं है! फिर आप कैसे घुसना चाहते हैं हिन्दुओं के बीच?' अनवर साहब हँसने लगे, 'जमीन की खरीद-फरोख्त में यह सब नहीं देखा जाता है, सर! हाँ, घर बनाने की बाबत यह अहम मुद्दा बनता है।'

दूसरे दिन पंचायत का नवनिर्वाचित मुखिया नरेश सिंह अपनी स्कार्पियो से आ गया। पैर छूकर प्रणाम किया। कभी आया नहीं था नरेश सिंह। कई बार इसकी 'मधुशाला' को देखा है प्रमोद बाबू ने। पंचायत चुनाव में 'मधुशाला' की निर्णायक भूमिका के विषय में भी सुना है। आज पहली बार मिलने आया है मुखिया नरेश सिंह। अजीबोगरीब कपड़े पहने हुए है-जींस पैंट पर नारंगी रंग का झोलंगा कुर्ता। लंबे बालों

को चोटी की तरह बाँधे हुए। आधुनिक शहरी युवा पीढ़ी का प्रतिनिधि चरित्र नरेश सिंह मुखिया। ग्राम पंचायत के मुखिया की पुरानी अवधारणा को विखंडित करने वाला 'मधुशाला' का मालिक नरेश सिंह। फारबिसगंज कालेज से बी.कॉम पास है। सरायगंज बाजार में अच्छी धाक है नरेश सिंह की। बड़ी बात यह है कि बाहुबली अवधेश प्रसाद का कृपापात्र है और बलात्कार के मामले में जेल में पड़े जुबली सिंह का दोस्त है।

'हाँ तो मुखिया जी, कैसे-कैसे आना हुआ?'

नरेश सिंह बाईं हथेली अपने बालों पर फेरता बोला, 'सर, सुना है कि आप जमीन बेच रहे हैं। आपकी जहाँ जमीन है, वहीं मेरा भी चार बीघे का प्लॉट है। आप यदि जमीन मुझे दे दें तो मेरा बड़ा-सा प्लॉट बन जाएगा। जो रेट माँगिए सर, मैं देने को तैयार हूँ।'

अजीब विरोधाभास है–प्रमोद बाबू समझ नहीं पाते कि एक तरफ लोग खेती छोड़ने की बात करते हैं, दूसरी तरफ जमीन खरीदने वालों की लाइन लग गई है। प्रमोद बाबू ने यही शंका युवा मुखिया नरेश सिंह के सामने रखी, 'मुखिया जी, एक बात बताओ। यहाँ के कुछ छोटे किसान खेती छोड़ मजदूर बन रहे हैं, फिर तुम क्यों जमीन खरीद रहे हो जबकि जानते हो, मजदूरी का रेट बहुत बढ़ गया है और मजदूर मुश्किल से मिलते हैं?' नरेश सिंह ने छूटते ही जवाब दिया, 'सर, यह सच है कि दो-चार-पाँच बीघे खेती करने वाले छोटे किसान छोड़ रहे हैं खेती। आप सरेह की तरफ अगर गए होंगे तो देखा होगा, कुछ जमीन परती पड़ी हुई है। किसी से पूछिएगा तो जवाब मिलेगा, मजदूर नहीं मिलते, लागत बहुत बढ़ गई है, उपज का वाजिब दाम नहीं मिलता।'

'तो फिर क्यों खरीदना चाह रहे हो जमीन?'

'सर, खेती पूँजीवाले किसान के लिए हो गई है। खेती में ज्यादा लगाओ, ज्यादा पाओ। फिर आपकी जमीन में बोरिंग है, चाँप की उपजाऊ जमीन है। सबसे बड़ी बात कि मेरी जमीन के पारा है।' नरेश सिंह मुस्कराता हुआ बोला, 'सर, खेती पूरी जमीन में हो न हो, लेकिन करीब चालीस बीघे जमीन है मेरे पास, यह आज भी शान की बात मानी जाती है। मैं तो मुखिया हूँ सर। सात-आठ बीघे जमीन जोतने वाले के बेटे-भतीजे बीपीएल के लिए, जॉब कार्ड के लिए, इंदिरा आवास योजना में मकान के लिए मेरे पास रोज आते हैं। सर, आप तो विद्वान आदमी हैं, मैं क्या कह सकता हूँ। इतना मेरा अनुभव जरूर है कि जिस तरह डीजल की कीमत बढ़ गई है और बढ़ती जा रही है, जिस तरह सरकार खाद से सब्सिडी हटाती जा रही है, मजदूर नहीं मिलते, कुछ मिलते हैं तो बहुत ऊँची मजदूरी माँगते हैं, ऐसी स्थिति में खेती बहुत महँगी हो गई है। उपज की सही कीमत नहीं मिलती। सरकारी खरीद में गेहूँ का न्यूनतम समर्थन मूल्य बारह सौ पचास रुपए प्रति क्विंटल है। बीच में बिचौलिए हैं। हजार रुपए से कम ही मिलता है किसान को। ऐसे में सीमांत किसान नहीं करेगा खेती। मजूरी भली। अब तो जॉब कार्ड वाले को एक सौ इक्यावन रुपए मजदूरी की बात हो रही हैं।

प्रमोद बाबू ने युवा मुखिया नरेश सिंह की बातें बड़े गौर से सुनीं। मन-ही-मन झमेली राम, इंद्रदेव बाबू और लीज पर जमीन जोतने वाले जगदीश के तर्कों का मिलान किया। लगा, नरेश सिंह का सोचना उन तीनों से अलग नहीं है।

'एक बात कहूँ सर! लेकिन हिचक होती है कहने में! आप सोचेंगे नरेश सिंह राजपूत है, सामंती मिजाज का है, इसलिए कह रहा है!' प्रमोद बाबू को नरेश सिंह से बात करना अच्छा लग रह था। उन्होंने कहा, 'हाँ-हाँ, बोलो!' थोड़े संकोच से हल्की मुस्कान के साथ बोला नरेश सिंह, 'यह सरकार जो महादलितों को घर में बैठे-बैठे खाने की आदत डाल रही है और आलसी बना रही है, वह खेती के लिए बड़ा खतरा है सर। जाकर देखिए मुसहरी में। बैठे रहेंगे घर में, लेकिन खेत में काम करने नहीं जाएँगे। जाएँगे तो सरकारी रेट पर मजदूरी माँगेंगे। बताइए एक सौ चौवालीस रुपए मजदूरी कहाँ से देगा छोटा किसान! इसलिए सर, सीमांत किसान नहीं रहेंगे, ऐसा मेरा अनुभव है। बड़े किसान जिनको कहीं बाहर से आमदनी आती है, नौकरी से या रोजगार से या किसी दूसरे ड्डोत से, वे करेंगे खेती, क्योंकि खेती में वे पूरी पूँजी झोंक देते हैं। पूँजीवालों के लिए खेती रह गई है सर।'

कृषि की सैद्धांतिकी तो जानते हैं प्रमोद बाबू, लेकिन व्यावहारिक ज्ञान तो उन्हीं लोगों को है जो इसी में जीते-मरते हैं। नरेश सिंह चाय पीकर जाने लगा तो प्रमोद बाबू से निवेदन की मुद्रा में बोला, 'सर, जो रेट कोई और देगा, वह मैं दूँगा। फोन कीजिएगा सर!' बोलते हुए नरेश सिंह ने अपना कार्ड दिया प्रमोद बाबू को।

दस बजे रात में खाना खाने के बाद थोड़ी देर छत पर बैठने की बात सोच रहे थे प्रमोद बाबू कि तभी आ गए घट्टर राम। गेट पर ताला लगा था। दोनों सशस्त्र सिपाही बरामदे की कुर्सी पर बैठे बातचीत कर रहे थे। गेट और ग्रिल की चाबियाँ उन्हीं के पास थीं। घट्टर राम बड़े बेटे जगलाल की मोटरसाइकिल से आए थे। जगलाल ने गेट पर लगा ताला खटखटाकर आवाज़ दी, 'प्रोफेसर साहब? हैं प्रोफेसर साहब?' दोनों सिपाही एक साथ गेट पर पहुँचे। एक जो मरियल किस्म का था और बंदूक जिसके लिए भार की तरह थी, उसने पूछा, 'का है?' जगलाल सकपका गया! आएँ! बंदूकधारी सिपाही!...लेकिन घट्टर राम तो डीएसपी के पिता ठहरे! बोले, 'मिलना है प्रोफेसर साहेब से। जाकर कहिए, घट्टर राम आए हैं।' दोनों सिपाहियों पर रोब जमाते हुए बोले, 'मेरा बेटा डीएसपी है।' पिद्दी किस्म का सिपाही गेट का ताला खोलते हुए बोला, 'डीएसपी के फादर हैं आप? आइए।'

प्रमोद बाबू बरामदे पर आ गए। बेटे के साथ घट्टर राम भी बरामदे पर आए। 'प्रणाम' कहा। प्रमोद बाबू ने पूछा, 'रात में कैसे आ गए घट्टर भाई? कोई जरूरी काम है क्या?'

'हाँ मालिक, सुना कि चाँपवाली जमीन बेच रहे हैं आप। किसी और को न दें जमीन, इसलिए रात में हाजिरी देने आ गया।' क्या बोलते प्रमोद बाबू! सिपाहियों के

सामने क्या बात की जाती! मुस्कराते हुए कहा घट्टर राम से, 'कल सुबह आइए घट्टर भाई! अभी क्या बात होगी! आप आ गए हैं तो मैं ध्यान में रखूँगा कि बिना आपसे बात किए किसी और को न दूँ जमीन।'

'ठीक है मालिक! तो कल भोर में आता हूँ।' संक्षिप्त बातचीत खड़े-खड़े हुई। आज छत पर जाने का मन नहीं हुआ। वैसे चाँदनी रात थी। सावन के महीने में निरभ्र चाँदनी रात बेवा के शबाब जैसी प्रतीत होती है। प्रमोद बाबू की चेतना जमीन की समस्याओं में उलझी हुई थी। सोचा था, आखिरी साँस तक नहीं बेचेंगे जमीन। जो जमीन खुद खरीदी नहीं उसको बेचने का अधिकार कैसा! भाइयों ने और ओट में छिपे शत्रुओं ने मजबूर कर दिया। जब हर क्षण आपदा ही आपदा हो, तब कैसे रहा जाए गाँव में! अपने गाँव की माटी की गंध को चेतना में बसाए प्रमोद बाबू यहाँ आए थे। सोचा था, यहीं अपने लोगों के बीच रहते हुए दुनिया से विदा लेंगे। अपने लोगों से सहारा मिलेगा, इसका विश्वास था। लेकिन यहाँ आए तो उलटी बयार बहती मिली।

याद करने लगे जब माँ थीं, बाबूजी थे। दोनों भाई, दोनों भतीजे सेवा में लगे रहते थे। भागलपुर से जब कभी घर आते तो यही लगता कि अपना घर है। बाबूजी नहीं रहे, माँ नहीं रहीं, लेकिन अपना घर बना रहा। प्रमोद बाबू को याद है दालान के सामने के चाँपाकल पर नहाने जाते और खुद हैंडिल पकड़कर बाल्टी में पानी भरने लगते तो बड़े भैया दौड़े चले आते। खुद हैंडिल चलाकर बाल्टी भर देते।

अतीत की यादें दुख देती हैं चाहे वे कितनी सुखद या दुखद हों, दोनों स्थितियों में दुख ही देती हैं।

...नींद के लिए प्रमोद बाबू जमीन-जाल की चिंता से अलग, मन को भटकाव देने की कोशिश में लगे थे। सरायपोखर को कल्पना में कमलपोखर होते देख रहे थे। पोखर में लाल-लाल कमल खिल ही रहे थे कि मोबाइल फोन का रिंगटोन बजा। उन्होंने तय किया, यदि किसी परिन्ति का फोन नहीं हुआ तो 'ऑफ' कर देंगे। मोबाइल फोन में चमकते अंकों पर गौर किया, देखा हुआ-सा लगा। अंत में वन फाइव वन था। उधर से आवाज आई-'प्रणाम पापा!' फोन दिल्ली से था-समरेंद्र का। बोला, 'मम्मी को दीजिए।' मन झल्ला गया। सावित्री जी को फोन देते हुए बोले, 'लो, तुम्हीं से बात करेगा समर। बाप से दो बातें कर लेने में इनकी नानी मरती है।' सावित्री जी हँसती हुई बोलीं, 'अजी, इसकी नानी तो कब की मर चुकी। अब क्या दुबारा मरेगी?' प्रमोद बाबू हँसने लगे। सोचा, फोन तो ऑन था! समर ने भी सुना होगा।

देर तक समर बात कहता रहा मम्मी से। प्रमोद बाबू बगल के पलंग पर आँखें मूँदे लेटे रहे। बातचीत खत्म हुई तो पूछा, 'क्या कह रहा था?' सावित्री जी धीरे से बोलीं, 'बुला रहा है हम दोनों को! डिलीवरी है न बहू की! कहता था-आ जाइए कुछ दिनों के लिए।' प्रमोद बाबू उनींदी आवाज में बोले, 'ऐसा करो सावित्री, तुम चली जाओ। यहाँ से तो अब जाना ही है। उधर अमरेश ने जयपुर में तीन कमरे का बड़ा-

सा फ्लैट खरीदा है। हम कहाँ जाकर रहें, इस पर विचार करो।' सावित्री जी अनमने ढंग से बोलीं, 'कैसे चली जाऊँ आपको छोड़कर और ऐसी परिस्थिति में जब आपको न शांति है, न चैन है! जब जाना ही है तो क्यों न माया-मोह को एक झटके से तोड़कर एक ही बार चल चलें।'

'हाँ, एक ही बार चल चलें।' प्रमोद बाबू को सावित्री जी का जवाब अच्छा लगा। बोले, 'भागलपुर में किताबें जो एक कमरे में रखी हुई हैं, जिन किताबों को यहाँ लाने की योजना थी, वह योजना तो खत्म हो गई। सारी किताबें भागलपुर के भगवान पुस्तकालय को दान में दे दूँगा। क्या करूँगा किताबों-पत्रिकाओं का! अब न तो सपने हैं-न सामर्थ्य है। लिखना-पढ़ना तो कब का छूट गया।'

# यह था अपना चंदन-माटी गाँव!

रोज शाम अपनी ड्यूटी पर हाजिर होने वाले दोनों सिपाही एकदम बेमतलब महसूस होते हैं। प्रमोद बाबू और सावित्री जी ने आपस में इन दोनों सिपाहियों की व्यर्थता को लेकर बातचीत की। तय हुआ कि इन दोनों को मना कर दिया जाए। सुबह सौ रुपए पिद्दी किस्म के सिपाही के हाथ में रखते हुए प्रमोद बाबू ने साफ-साफ कह दिया, 'आप लोगों की जरूरत नहीं है। आप लोग न आया करें।' दोनों सिपाही प्रसन्न हो गए। दरअसल बेमन से आते थे दोनों और चाहते थे, यह सिलसिला खत्म हो।

एक सिपाही बोला, 'हुजूर, ईहे बात लिखकर के दिया जाय।' प्रमोद बाबू कमरे में गए और लेटरपैड पर अंग्रेजी में लिखकर दे दिया। जान छूटी सिपाहियों से। रोज सुबह जब दोनों जाने लगते थे, एक सौ रुपए देने पड़ते थे। सिपाहियों ने ड्यूटी के दूसरे ही दिन से 'दस्तूरी' माँगनी शुरू कर दी। एक सौ रुपए 'दस्तूरी' थी उनकी।

जब यहाँ रहना ही नहीं है, सब बेच-बाचकर जाने की तैयारी हो रही है तो घर की सुरक्षा के लिए सिपाहियों की क्या जरूरत! जान से मारने की धमकी देनेवाले ने तीन महीने की मोहलत दी है। जो माहौल है उसमें धमकी निरी धमकी नहीं लगती है।

अब न धमकियों भरे फोन आते हैं, न चेतावनी का कागज सटता है घर की दीवार पर। लालसेना वालों को भी खबर हो चुकी है-प्रमोद बाबू गाँव छोड़कर जा रहे हैं। आँगन में न ढेले फेंके जा रहे हैं, न श्मशान की गंदी-अपवित्र चीजें फेंकी गई हैं। सब कुछ सामान्य हो चला है दस-पंद्रह दिनों में।

अपना यह गाँव सरायगंज पहले समझ में आता था। जब यहाँ आकर विधिवत् रहने लगे तो समझ से परे हो गया। गाँव भीतर से सड़ गया है। दुर्गंध बर्दाश्त नहीं होती। गुंडों, बाहुबलियों, भ्रष्टाचारियों, बलात्कारियों का गाँव है सरायगंज। बलात्कारी जुबली सिंह गिरफ्तार होता है तो सरायगंज बाजार बंद हो जाता है। अवधेश प्रसाद उर्फ नेताजी के खिलाफ कोई बोल नहीं सकता।

वह तो गाँव में रहकर ही जाना प्रमोद बाबू ने कि यह स्वर्णमृग दरअसल क्या है। पाँच साल मुखिया रहो, पचास लाख से ज्यादा कमाओ। छोटे किसान छोड़ रहे

हैं खेती। ऐसी खेती से मजदूरी भली। अन्याय के खिलाफ प्रतिरोध की कोई आवाज नहीं। बलात्कार साधारण घटना है, ऐसी घटना जो ले-देकर रफा-दफा की जा सकती है।

प्रमोद बाबू ने सात साल में ही सब देख लिया। गाँव में गरीबी है, भुखमरी नहीं है। गाँव में पैसा आ रहा है। तरह-तरह की योजनाएँ हैं-इंदिरा आवास, मनरेगा के कार्यक्रम, आँगनबाड़ी, शिक्षा-मित्र वगैरह। अठारह-बीस लाख रुपए एकमुश्त निकालने वाले कई लोग हैं गाँव में। घट्टर राम जैसे पहले के बँटाईदार अब बेटे की पुलिसिया कमाई से अठारह-बीस लाख नकद निकालने की स्थिति में हैं। पिछले बीस-बाईस वर्षों में सवर्णों ने जमीन बेची है। सवर्णों की जमीन निचली जातियों के लोगों ने खरीदी। सरायगंज की बभनटोली, बबुआन टोले और ब्रह्मर्षि टोले के किसानों ने जमीन बेचकर कन्यादान किए, जमीन बेचकर बच्चों को शहर में पढ़ाया। इलाज, मामले-मुकदमे, श्राद्ध-भोज सब जमीन बेचकर।

सुबह रतनपुरा की मुखिया टिकुली देवी आ गई। आते ही पूछा, 'सुना है, आप गाँव छोड़कर जा रहे हैं?'

'हाँ, ठीक ही सुना है तुमने। यह जगह मेरे लिए नहीं है टिकुली देवी!'

प्रमोद बाबू को गाँव में रहते हुए अच्छे-बुरे लोगों की पहचान हो गई है। टिकुली देवी, जयमाला देवी, कविजी की पत्नी रामकली देवी हमेशा साथ रहीं।

टिकुली देवी सुबह आई थी, शाम में गई। कभी सावित्री जी के साथ बैठती, कभी प्रमोद बाबू के साथ। अनुनय-विनय करती रही, 'आप मत जाइए गाँव छोड़कर, हम आपके साथ हैं।' प्रमोद बाबू ने बस इतना ही कहा, 'चारों तरफ से घिर गया हूँ टिकुली! भाइयों ने जीना मुश्किल कर दिया। तुम्हीं कहो, क्या मैं सगे भाइयों-भतीजों से मार करूँ? मुकदमा लड़ूँ? बलात्कारियों से धमकी मिलती है, चेतावनी मिलती है, आँगन में श्मशान की लकड़ियाँ, मुर्दाही कपड़े, हंड़िया फेंके जाते हैं। लालसेना वाले लेवी माँगते हैं। मैं किस-किस से लड़ूँ? चिंता कलिया को लेकर है। इसका बाप बंदेलाल मुझे सौंपकर गया है। कहीं भी रहूँगा, कोर्ट में आता रहूँगा। जब तक दोनों बलात्कारियों को सजा न हो जाए, चैन से नहीं रहूँगा।'

बातचीत में सावित्री जी शामिल रहीं। जाते समय डबडबाई आँखों से टिकुली देवी ने प्रमोद बाबू और सावित्री जी के चरण-स्पर्श किए। फिर वही अनुनय, 'आप मत जाइए सर। हम आपके साथ हैं।' प्रमोद बाबू बोले, 'तुम्हारे साथ रहने से क्या होगा टिकुली देवी! तुम्हारी क्या औकात है गुंडों-भ्रष्टाचारियों के सामने! क्या औकात है तुम्हारी?' टिकुली देवी का चेहरा अचानक स्वाभिमान से दीप्त हो उठा, 'सर, औकात तो मेरे बाप की भी नहीं थी बैजनाथ सिंह पहलवान के सामने। वह जमींदार, हम मजदूर। उसी की हवेली में उसी के पलंग से बाँधकर मेरे बाप ने उसको कुट्टी-कुट्टी काटा, फिर गिना-छियानबे कुटिया। डोली रोकने की, बहू-बेटियों की इज्जत से खेलने की

परंपरा ही बंद हो गई। आप बढ़ैया टाल क्षेत्र में किसीसे पूछ लीजिएगा। मेरी ही सगी बहन थी रत्ना जिसकी डोली रोकी गई थी। आजीवन कारावास काटकर लौटे मेरे बाबूजी। जिंदा हैं कहानियाँ। मैं कलिया के बलात्कार से भी आगे के अत्याचार देख चुकी हूँ, इसलिए औकात की बात मत कीजिए सर।'

प्रमोद बाबू नाटे कद की काली-कलूटी युवती टिकुली देवी का स्वाभिमान से भरा चेहरा देखते रहे। मन में आया, बेटी-जैसी टिकुली देवी को गले से लगा लें। इसको कहते हैं स्वाभिमान से जीना!

शायद जमीन-जायदाद बेचकर गाँव से चले जाने की चर्चा का ही असर रहा होगा कि फोन पर धमकियाँ नहीं मिल रही हैं। कोई उत्पात भी नहीं हो रहा है कुछ दिनों से। चाँप की जमीन के पाँच खरीदार अब तक आ चुके हैं। सब एकमुश्त नकद देने वाले। प्रमोद बाबू ने गाँव की बदली हुई संरचना पर सोचा। पाँच खरीदारों में सिर्फ इंद्रदेव बाबू सवर्ण थे। वह भी अपनी कहीं की रहिका जमीन बेचकर 'नेमा' जमीन के खरीदार बनकर आए थे। पहले अपनी जमीन बेचेंगे, तब खरीदेंगे।

संपत्ति अब पिछड़ों के पास है सरायगंज में। गाँव करवट ले रहा है। पुरानी समाज-व्यवस्था टूट रही है। मजदूर महँगे हो गए हैं। ब्राह्मण, भूमिहार, राजपूत खुद खेतों में काम करते नहीं, आदत है काम करवाने की और मजदूर मिलते नहीं। खैरियत है कि हल-बैल कम हो गए। हल चला नहीं सकते। ट्रैक्टर चलाने में सवर्णता आहत नहीं होती। इसलिए जैसे-तैसे खेती हो जाती है। फिर जमीन बची ही कितनी है उनके पास! बेचते-बेचते अब कई लोग सीमांत किसान की सीमा में आ गए हैं।

सुबह सिगरेट की तलब हुई। देखा, पैकेट खाली है। दो दिनों के अखबार भी नहीं मिले थे। प्रमोद बाबू ने कपड़े बदले और रामचंद्र साव की दुकान पेपर पत्रिका जाने के लिए तैयार हुए। सोचा, सुबह का घूमना भी हो जाएगा।

पेपर-पत्रिका दुकान के सामने पहुँचे। एक वेंटर ने रोचक बात बताई। कहा कि राजकचहरी चौक के पास जो बरगद का पेड़ है, उस पेड़ की एक ठूँठ डाल पर कल दोपहर बाद से एक गिद्ध आकर बैठा हुआ है। वर्षों से कोई गिद्ध दिखा नहीं, फिर यह आया कहाँ से! रामचंद्र बोला, 'सर, बच्चों ने तो गिद्ध देखा ही नहीं है। सो कल कई बच्चे गिद्ध देखने आए थे।'

प्रमोद बाबू राजकचहरी चौक के पास बरगद के पेड़ की चर्चा से रोमांचित हो गए। तभी देखा, सामने कमरू मियाँ गुलमोहर के पेड़ की छाया में रिक्शा लिए खड़ा है। प्रमोद बाबू की नजर पड़ी तो बोला, 'आदाब!...कहीं जाना है सर?' प्रमोद बाबू को कहीं जाना था नहीं, लेकिन मुँह से निकल गया, 'चलो!' हाथ में अखबार का बंडल लिये वे रिक्शे पर बैठ गए। कमरू ने पूछा, 'कहाँ जाइएगा सर?' हँसते हुए बोले, 'राजकचहरी चौक!' कमरू हँसने लगा-यह सोचकर कि बस इतनी ही दूरी के लिए रिक्शा?

बरगद का पेड़ सरकारी हॉस्पीटल के पास है जहाँ पहले राजकचहरी हुआ करती थी। वहाँ तीन आदमी खड़े थे और बरगद की एक ठूँठ डाल पर बैठे गिद्ध को देख रहे थे। प्रमोद बाबू रिक्शे से उतरकर उन तीनों के पास गए। याद आ रहा था वह दिन जिस दिन इसी बरगद के नवजात पौधे को दीवार से उखाड़कर उन्होंने ज्योत्स्ना को दिया था। तब खाली मैदान था यहाँ।

बीस-पच्चीस साल हो गए लोगों को गिद्ध देखे। नई पीढ़ी ने तो गिद्ध देखा ही नहीं है। बच्चों ने किताब में देखा है गिद्ध का चित्र। राजकचहरी चौक पर कल बहुत लोगों ने गिद्ध देख लिया।

'गिद्ध कब से बैठा है?' प्रमोद बाबू ने पूछा तो उन तीनों में एक ने जवाब दिया, 'कल तीन-चार बजे दिन से बैठा है। कहीं से भटककर आ गया है। अब तो गिद्ध जटायु कहीं दिखाई नहीं पड़ते।' एक दूसरा व्यक्ति जो धोती-गंजी पहने हुए था, कुछ सोचता हुआ बोला, 'जटायु नहीं हैं महराज, संपाती जी हैं। देखते नहीं, डैनों पर पंख नहीं हैं। चले होंगे संपाती जी सूर्य को छूने! जल गए होंगे पंख।'

प्रमोद बाबू बगल में खड़े मुस्करा रहे थे। सोच रहे थे, गाँव के अनपढ़-गँवार लोग भी 'रामचरितमानस' का जटायु-संपाती-प्रसंग जानते हैं। वे थोड़ी देर वहीं खड़े रहे। वर्तमान से अधिक वे अपने अतीत में खोए हुए थे। बरगद के साथ ज्योत्स्ना की यादें घेर रही थीं। ज्योत्स्ना के साथ उसकी माँ की यादें–आसुन! कोथाय जाच्छो? भालो तो?...' प्रमोद बाबू को ज्योत्स्ना की माँ का प्रथम संवाद याद आ रहा था–'तुमि के?...'

ठूँठ डाल पर ऊँघते-से नुचे पंखों वाले गिद्ध को देखते रहे प्रमोद बाबू। पीछे मुड़े तो देखा, कमरूँ मियाँ रिक्शा लिये अभी तक खड़ा है।

'कमरू! तुम अभी तक यहीं हो?'

'आपको लौटना है न सर? धूप तेज हो रही है।'

प्रमोद बाबू रिक्शे पर बैठ गए। राजकचहरी चौक से सुराजी चौक, फिर वहाँ से अपने घर का रास्ता।...अपना घर? प्रमोद बाबू मन ही मन हँसने लगे–क्या अपना घर! अब तो घर-बार सब छोड़कर चले जाना है यहाँ से! यह घर भी बेच देना है! क्या फायदा घर रखने से! 'बहुरि नहिं आवना या देस!'

शाम में बरामदे पर बैठे अखबार पढ़ रहे थे, तभी मोबाइल फोन बजा। अब मोबाइल पर चमकते अंकों को प्रमोद बाबू देखकर पहले आश्वस्त होते हैं, तभी ऑन करते हैं। मोबाइल नंबर परिचित नहीं दिखा, फिर भी उन्होंने ऑन किया। उधर से आवाज आई, 'मैं हूँ मालिक, घट्टर राम।'

'हाँ घट्टर बाबू, बोलिए!'

'वही चांपवाली जमीन की बात!'

'ठीक है, घट्टर बाबू! आपको रेट मंजूर है?'

'जी मालिक, मंजूर है। तीन के हिसाब से...। नापी के बाद जितनी हो जमीन!'

'तो ठीक है। कल अमीन को लेकर आइए। मैं रहूँगा आपके साथ। पहले माप हो जाए कि जमीन है कितनी।' घट्टर राम की आवाज में प्रसन्नता का स्पष्ट आभास था, 'ठीक है मालिक। परमानंद पोद्दार के यहाँ अमीन रहता है। उसको लेकर आऊँगा कल सवेरे।'

जमीन-जाल से आजिज आ चुके हैं प्रमोद बाबू। पुरखों की जमीन न बेचने की बात अब बेमानी हो चुकी है। दो प्लॉटों पर तो अड़ंगे लगा ही दिए हैं दोनों भाइयों ने। बची है छह बीघे जमीन जो सबसे उपजाऊ कही जाती है। बस बिक जाए यह जमीन। बाद में दूसरी जमीन का मामला देखेंगे। फिलहाल पाँच एकड़ के प्लॉट पर बड़े भैया ने कोर्ट से धारा एक सौ चौवालीस लगवा दी है। पता नहीं, कब तक चले कोर्ट-कचहरी का चक्कर। अमरेश जयपुर बुला रहा है। हम दोनों की जिंदगी कट जाएगी बड़े बेटे के साथ। जयपुर है भी सुंदर शहर।

सुबह घट्टर राम अमीन को लेकर आनेवाले थे। मोबाइल फोन पर उनसे सारी बातें हो गई थीं। प्रमोद बाबू बाहर बरामदे पर बैठे जमीन के कागजात देख रहे थे। मालगुजारी की हालिया रसीदें थीं फाइल में। कागजात फाइल में बाँध ही रहे कि देखा, आठ-नौ लोग गेट पर खड़े हैं। उनमें दोनों भतीजे राघवेंद्र और सुरेंद्र भी थे। सब अंदर आए। किसी ने प्रणाम तक नहीं किया, राघवेंद्र और सुरेंद्र ने मुँह से भी 'प्रणाम' नहीं कहा। सब अपनी दियादी के लोग थे। चचेरे बड़े भाई नगीना सिंह भी थे। सबके चेहरे तने हुए थे। उनके यहाँ आने में आक्रोश दिखता था।

'क्या बात है सुरेंद्र? सुबह-सुबह इतने लोगों को लेकर आए हो!'

प्रमोद बाबू ने सुरेंद्र से पूछा था, जवाब राघवेंद्र देने लगा,' बात क्या रहेगी चाचाजी! आप तो हम लोगों को बेइज्जत कराने पर तुले हैं।'

प्रमोद बाबू ने आश्चर्य व्यक्त करते हुए पूछा, 'क्या मतलब? कैसे बेइज्जत करा रहा हूँ?'

राघवेंद्र प्रवक्ता बनकर आया था! बोला, 'आप चाँपवाली जमीन बेच रहे हैं?'
'हाँ, तो क्या करूँ! अच्छा है न! जमीन बेचकर चला जाऊँ! तुम लोगों की आँखों में गड़ रहा हूँ न!'

राघवेंद्र जहरीली मुस्कराहट के साथ बोला, 'यह आपका सोचना है चाचाजी। आपकी मर्जी।' बड़े भाई नगीना सिंह ने पूछा, 'सुना है कि जमीन घटरा खरीद रहा है।'

'हाँ, घट्टर राम ही खरीद रहे हैं। इसमें आप लोगों को आपत्ति है क्या?'

'आपत्ति है चाचाजी।' राघवेंद्र तैश में आ रहा था, 'आप घट्टर राम को जमीन की रजिस्ट्री नहीं कर सकते। आपको अपनी मरजाद की चिंता न हो, मगर हमको है। हम राजपूत हैं, हमारे दादा जमींदार थे। हमारी जमीन घट्टर राम खरीदेगा?' प्रमोद बाबू ने राघवेंद्र के सख्त हो गए चेहरे को देखा। बोले, 'तो तुम्हीं खरीद लो जमीन।'

'हाँ चाचाजी, हमीं खरीदेंगे। यह नहीं हो सकता कि चाँप में चारों तरफ हम लोगों की जमीन हो और बीच में चमरटोली घुस जाए। खून की नदी बह जाएगी चाचाजी, अगर आपने किसी को जमीन की रजिस्ट्री की। देखें, कौन खरीदता है आपकी जमीन!'

बोलते-बोलते राघवेंद्र हाँफने लगा, 'हम यह बर्दाश्त नहीं करेंगे कि आपकी जमीन कोई गैर खरीदे। हम जमींदार परिवार के हैं। अगर आप जमीन की रजिस्ट्री करना चाहेंगे भी तो हम नहीं होने देंगे। जमीन पर लहास गिर जाएगी चाचाजी!' वैसे तो राघव की हर बात में धमकी थी, लेकिन उसका यह आखिरी वाक्य धमकियों का निष्कर्ष था।

थोड़ी देर दोनों तरफ मौन रहा। आठ-नौ लोग जो आए थे, चले गए। दिन के पौने दस बज रहे थे। प्रमोद बाबू ने सोचा कि अच्छा हुआ, घट्टर राम अमीन को लेकर नहीं आए। संभव है, भतीजे की चेतावनी घट्टर राम को मिल गई हो! शायद इसलिए वे नहीं आए।

कुर्सी पर बैठी सावित्री जी सामने की दीवार को एकटक देखती रहीं। प्रमोद बाबू जहाँ बैठे थे, वहीं निश्चल बैठ रहे। समझ में नहीं आ रहा था, करें क्या! उन्होंने स्वयं से कहा, 'सारे रास्ते बंद हो गए हैं।' सावित्री जी कराहती हुई-सी बोलीं,' यही तो ये लोग चाहते थे कि मार-पीट तो करेंगे नहीं प्रोफेसर साहब! बुद्धिजीवी हैं। इनको इस तरह फंदे में फँसा दो कि भागते रास्ता न मिले।'

प्रमोद बाबू को अपने इस गाँव से अब कोई आसक्ति नहीं रह गई थी। बोले, 'अजीब चक्रव्यूह है। सही-सलामत बच निकलने का कोई रास्ता ही नहीं दिख रहा है।' सावित्री जी टूटती आवाज में जैसे अदृश्य को संबोधित करती बोलीं, 'अब तो लगता है, सब छोड़-छाड़कर जान बचाकर भागें यहाँ से।'

बेमन से प्रमोद बाबू और सावित्री जी ने दोपहर का खाना खाया। रामनिहोरा सुबह आ गया था। पिछवाड़े की जमीन में बीते मौसम के भिंडी, नेनुआँ, लौकी, पालक, साग अभी भी कुछ बचे हुए हैं। रामनिहोरा 'बाड़ी-झाड़ी' में काम करके आँगन में बैठा हुआ था। उसी ने आज सूचना दी-केवट टोले में पिछली रात बैठक हुई है। मलाहटोली के लोग भी बैठक में शामिल थे। बैठक में संकल्प लिया गया कि कलिया के बलात्कार वाले मुकदमे दोनों टोले के लोग मिलकर लड़ेंगे। बंदेलाल पंजाब में है। उसकी गैरहाजिरी में हम सब कलिया की रक्षा करें। रामनिहोरा ने बताया, 'मालिक, दोनों टोले के लोगों ने आपको बहुत सराहा। अपने टोले के बूढ़े अमीर चंद ने कहा कि प्रोफेसर साहब राजपूत होकर कलिया का मुकदमा लड़ें और हम लोग अपनी ही बेइज्जती का तमाशा देखें? आखिर में यह तय हुआ कि कलिया को उसके घर लाया जाए और सब लोग अत्याचारियों से मुकाबले के लिए तैयार रहें। आपस में चंदा-बिहरी कर केस लड़ेंगे और दोनों बलात्कारियों

को सजा दिलाएँगे।'

दोपहर बाद कलिया की माँ आ गई कलिया को लेने। रोती हुई बोली, 'मालिक, आपने जितना किया है, वह हम कभी भूलेंगे नहीं। आपने मेरी बेटी को अपनी बेटी समझा। हमारे कारण लोगों की बेइज्जती सही, यह भी हम जानते हैं। कलिया बोली कि आप गाँव छोड़कर जा रहे हैं। ठीक ही कर रहे हैं मालिक। यह गाँव आप-जैसे लोगों के लिए नहीं है। रात मेरे दुआर पर मलाहटोली के लोग आए थे। बैठक हुई दोनों टोलों की। लोगों ने तय किया कि सब मिलकर केस लड़ेंगे और गुंडों का मुकाबला करेंगे। मिलकर नहीं रहेंगे तो दो-चार गुंडे हमारी बहू-बेटियों की इज्जत से इसी तरह खेलते रहेंगे। कलिया को अपने घर ले जा रहे हैं मालिक। आपने जितना किया, भगवान देखते होंगे। आपका कभी बुरा नहीं होगा मालिक, हमारा मन कहता है। आप गाँव से जा रहे हैं, मुदा गाँव में आप किस्सा-कहानी बनकर बहुत दिनों तक जिंदा रहेंगे।' प्रमोद बाबू भरे मन से कलिया की माँ को सुनते रहे। बहुत प्रिय लगा। आँखें डबडबा आईं। उन्होंने सावित्री जी की तरफ देखा। वे भी कलिया की माँ की कृतज्ञता से अभिभूत थीं।

शाम से कुछ पहले प्रमोद बाबू पेपर-पत्रिका दुकान जाने के लिए तैयार हुए तो सड़क पर क्रिकेट खेलते बच्चों का ख्याल आया। रास्ते भर यही सोचते रहे कि अब तो सिर्फ मकान बचा है जिस पर कोई अड़ंगा नहीं लगेगा। आधे दाम में भी कोई खरीद ले। मकान के साथ आठ-दस कट्ठे जमीन भी है जिसमें फिलहाल रामनिहोरा साग-सब्जियाँ उगाता है। मकान बाजार के नजदीक है। कोई खरीदार मिल जाएगा। जितना मिल जाए वही बहुत। 'आग लगते झोपड़ा जो निकसे सो लाभ!' कितने अरमान से गाँव में मकान बनवाया था! सेवानिवृत्ति से मिले पूरे पैसे मकान में लगा दिए-पीएफ, ग्रैच्यूटी, जीवन बीमा, अनिवार्य बीमा की राशि सब मकान में लग गई। अब वही मकान सिर्फ सात साल बाद बेचना पड़ रहा है। आधे दाम में भी कोई खरीद ले तो खैरियत। पेपर-पत्रिका दुकान जाते हुए भतीजे सुरेंद्र की इलेक्ट्रोनिक्स की दुकान मिलती है। शाम के समय भीड़-भाड़ कुछ ज्यादा रहती है। सुरेंद्र ने देखा प्रमोद बाबू को। देखकर दूसरी तरफ देखने लगा।

रामचंद्र ने कुर्सी दी बैठने को। पूछा, 'चाय पीएँगे सर?' दुकान का नौकर चाय लाने चला गया। प्रमोद बाबू के सामने स्टूल पर बैठा रामचंद्र कहने लगा, 'बाजार में चर्चा है सर कि आप गाँव की जमीन-जायदाद बेचकर जा रहे हैं। आरोग्य निकेतन में सुबह यही चर्चा हो रही थी। मैं अखबार पहुँचाने गया था।' प्रमोद बाबू ने भीतर से उठती खाँसी को भरसक दबाते हुए कहा, 'हाँ रामचंद्र, जा रहा हूँ यहाँ से। जयपुर में बड़ा बेटा है,दिल्ली में छोटा बेटा है। कहीं भी हम दोनों रह लेंगे। जा रहा हूँ यहाँ से। भटककर आ गया था यहाँ। एक काम कर दो रामचंद्र, मकान बेचना है, कोई ग्राहक खोज दो। जानते ही हो, एकदम नया मकान है और बाजार की बगल में है।

मिल जाएगा ग्राहक।' रामचंद्र अचरज से देखने लगा प्रमोद बाबू को, 'मकान क्यों बेच रहे हैं सर! कोई निशानी तो रहने दीजिए। कभी आना चाहेंगे तो एक ठिकान तो रहेगा।' प्रमोद बाबू अपनी बात दुहराते हुए बोले, 'नहीं रामचंद्र, ग्राहक खोजो। बस एक हफ्ते का समय है।'

'ठीक है सर! तीन-चार दिन में खबर दूँगा।'

पूरे बाजार में, गाँव में यही चर्चा है-प्रमोद बाबू गाँव छोड़कर जा रहे हैं। जमीन मकान सब बेच रहे हैं। जमीन बेचकर गाँव से जाने की बात तो लोगों ने सुनी थी, लेकिन घर बेचकर चले जाने की घटना इस गाँव में कभी नहीं हुई। प्रमोद बाबू जैसे विद्वान जिनका इसी गाँव में सार्वजनिक अभिनंदन हुआ, उन्हीं को जाना पड़ रहा है गाँव से!

अब प्रमोद बाबू को गाँव का सब-कुछ पराया-सा लगने लगा है। सावित्री जी को लगता है, मेहमान बनकर आई थीं यहाँ-ऐसी मेहमान जिसका कोई मेजबान नहीं था। प्रमोद बाबू सुबह छत पर गए। पूरब-दक्षिण कोने में बालू भरी सुरसर नदी पहले काँसे की तरह चमकती हुई दिखी,फिर चाँदी बन गई। इसी नदी को पानी से भरी नदी के रूप में देखने का सपना था। अब यह सपना भी पराया लगता है-किसी दूसरे की आँखों का सपना।

तीन-चार दिन बाद रात में छोटे भाई विनोद जी का फोन आया,' सुना है भैया, आप मकान बेच रहे हैं!' प्रमोद बाबू ने बेरुखी से जवाब दिया, 'क्यों, इसमें भी तुम लोगों को आपत्ति है क्या?' विनोद जी ने कहा, 'नहीं भैया, आपत्ति क्यों होगी! आपका मकान है, आप रखें या बेचें। लेकिन गाँव का मकान खरीदेगा कौन? कोई बाहरी आदमी तो खरीदने आएगा नहीं।'

'बाहरी आदमी न सही, बाजार में कोई ग्राहक मिल जाएगा। बगल में है मकान और अभी-अभी बना है। क्यों नहीं मिलेगा ग्राहक?'

विनोद जी अपनी जगह कायम थे, 'मैं कहता हूँ न भैया, कोई नहीं खरीदेगा आपका मकान। मेरा कहना था भैया, मकान मत बेचिए। मुझे दे दीजिए। मुझे जरूरत है। बेटा अनिरुद्ध बाजार में छोटा-मोटा बिजनेस करता है। आपका मकान मिल जाएगा तो उसको सुविधा होगी। यहाँ रतनपुरा से जाने-आने में बहुत समय लग जाता है। पोता-पोती सरायगंज में पढ़ते हैं। रोज इतनी दूर जाना पड़ता है। आपका मकान मिल जाए तो बहुत सुविधा होगी।'

प्रमोद बाबू को महसूस होता है, विनोद अब उनका भाई नहीं रह गया है। वह उन लोगों में शामिल है जो प्रमोद बाबू को यहाँ से भागने पर मजबूर कर रहे हैं। बोले, 'विनोद, मुफ्त में तो मैं मकान तुमको दूँगा नहीं। ताला लगाकर जाऊँगा। ताला तोड़कर घर में घुस जाओगे, बस यही कर सकते हो तुम।' बोलते हुए प्रमोद बाबू ने फोन ऑफ कर दिया।

पाँच–छह दिन बाद रामचंद्र अखबार देने आया तो यह समाचार भी देता गया कि मकान का कोई खरीदार नहीं मिल रहा है। सब कहते हैं–कौन खरीदेगा झँझटिया मकान। प्रमोद बाबू के भाई–भतीजे मकान में तो क्या, मकान के अहाते में भी घुसने नहीं देंगे। रामचंद्र कहने लगा, 'सर, मैंने कई लोगों से कहा कि सस्ते में मिल जाएगा मकान। लेकिन अड़ंगा लगा रहे हैं आपके भाई और भतीजे। आपका बड़ा भतीजा कहता है–देखें, कौन माई का लाल मकान खरीदता है!'

रोज की तरह आज भी प्रमोद बाबू रात में खाने के बाद छत पर गए। भादो का महीना बीत रहा था। आसमान धुला–पुँछा था। नवमी का चाँद चमक रहा था। बस छह दिन बाद भादो की पूर्णिमा होगी। सरायपोखर के पास के जंगल से उल्लू और बादुर पक्षियों की आवाजें आ रही थीं। जब यह मकान बनकर तैयार हुआ था, प्रमोद बाबू रात में घंटों बैठे कभी घने अँधेरे में तो कभी शुभ्र चाँदनी में अपने भीतर डूबने का आनंद लेते थे। अब लगता है, किसी सराय में ठहरे थे, अब यहाँ से चल देना है। सरायगंज सचमुच में सराय की तरह है उनके लिए–रात भर का विश्राम। वह रात सात साल की हो गई। इतनी लंबी रात! इस लंबी रात के दु:स्वप्न बाद में भी याद आते रहेंगे।

छत पर थोड़ी देर टहलकर वे नीचे आ गए। बरामदे की चौकी पर सोया रामनिहोरा खर्राटे ले रहा था। सावित्री जी सोई नहीं थीं। प्रमोद बाबू ने पलंग पर बैठते हुए सावित्री जी से कहा, 'सावित्री, यह मकान भी कोई खरीदने को तैयार नहीं है। अब तो बस एक ही उपाय है–मकान में ताले लगाकर चाबियाँ रामनिहोरा को दे दी जाएँ। बाद में भाई लोग जो चाहे करें।' सावित्री जी पलंग पर लेटे–लेटे बोलीं, 'हम लोग जिस दिन यहाँ से जाएँगे, उसी दिन आपके भाई–भतीजे ताले तोड़कर घर पर कब्जा कर लेंगे।'

प्रमोद बाबू आँखें मूँद ही रहे थे कि मोबाइल फोन बजा। अब वे फोन से भयभीत नहीं होते। सारे गुंडों–बदमाशों को खबर हो गई है–प्रमोद बाबू गाँव छोड़कर जा रहे हैं। सही निकले लोग! 'आप विद्वान आदमी हैं सर! हम लोग आपकी बहुत इज्जत करते हैं। आपको गाँव की पॉलिटिक्स में नहीं पड़ना चाहिए।'...बलात्कार का विरोध करना, कोर्ट जाना गाँव के कुछ लोगों के लिए गाँव की पॉलिटिक्स में पड़ना होता है।

मोबाइल फोन का नंबर पढ़ा। अरे यह तो ज्योत्स्ना का नंबर है! 'हेलो!' उधर से आवाज आई, 'सो गए क्या? बहुत अच्छी खबर देनी थी, इसलिए इतनी रात को फोन किया। तुम दादा बन गए। पोता हुआ है। मैं नानी बन गई।' प्रमोद बाबू उठकर बैठ गए। पत्नी से प्रसन्न भाव से बोले, 'सावित्री, ज्योति का फोन है। तुम दादी बन गईं।' सावित्री जी इस तरह उल्लसित हो गईं जैसे सरायगंज में कोई समस्या ही नहीं थी। ज्योत्स्ना जी कहने लगीं, 'मेरे साथ समर जी भी हैं। एक नर्सिंग होम से फोन कर

रही हूँ। एक घंटा पहले डिलीवरी हुई है–नॉर्मल डिलीवरी!'

प्रमोद बाबू के मन का सारा अवसाद धुल गया। ज्योत्स्ना जी बोलीं, 'तुम लोग आ क्यों नहीं रहे? सरायगंज में क्या रखा है! वैसे अब गाँव से तुम्हारा मन जरूर भर गया होगा। यहाँ तीन कमरों के फ्लैट का एक कमरा खाली ही पड़ा रहता है। वह खाली कमरा तुम्हारे और भाभीजी के लिए है। कब आ रहे हो, खबर करो।' प्रमोद बाबू ने मोबाइल ऑफ किया। थोड़ी देर तक सावित्री जी से इसी विषय पर बातचीत करते रहे–'यहाँ से जाएँ कहाँ? अमर जयपुर बुला रहा है। फ्लैट खरीदा है। बहू चाहती है, हम साथ रहें। सरायगंज में पूर्णियाँ की एक ट्रैवेल एजेंसी की शाखा है। कल उसको रेलवे में आरक्षण के रुपए दे आता हूँ। यहाँ से पहले दिल्ली, फिर दो दिन बाद वहाँ से जयपुर। अमर को खबर तो करनी ही होगी कि हम दोनों आ रहे हैं।' सावित्री जी बोलीं, 'खबर क्या करनी है! जयपुर स्टेशन पहुँचकर फोन करेंगे।'

सुबह नाश्ता-पानी के बाद प्रमोद बाबू बाजार के लिए निकले। अब यहाँ की हर चीज पराई लगने लगी है। सुराजी चौक पर गए। कटिहार से खुलने वाली महानंदा एक्सप्रेस थ्री टायर एसी में आरक्षण के लिए एजेंट को अग्रिम दे दिए। एजेंट से कह दिया–तारीख जितनी नजदीक हो उतना अच्छा।

सरायगंज से जितनी आत्मीयता थी उतनी ही निर्ममता आ गई। प्रमोद बाबू ने सोच लिया कि मकान की चाबियाँ रामनिहोरा को दे जाएँगे। आगे जो करें बड़े भैया या विनोद! अपने को लेकर ऐसी कोई चिंता भी नहीं है। पर्याप्त पेंशन मिलती है। यूनिवर्सिटी के एफओ से बात हो चुकी है। पाँच-छह लाख रुपए और मिलनेवाले हैं।

मन को मना लिया प्रमोद बाबू ने। सरायगंज गाँव में अपना कुछ था ही नहीं। अब तो यही कोशिश करेंगे कि उनका कोई गाँव था ही नहीं।

ट्रैवेल एजेंट ने फोन किया, 'सर, महानंदा एक्सप्रेस में 15 अक्तूबर के लिए थ्री टायर एसी में आरक्षण मिल गया है। मैं टिकट लेकर आ रहा हूँ।' प्रमोद बाबू ने अपने को कितना भी निर्मम बनाना चाहा, लेकिन नाभि-नाल संबंध टूटता है भला! रात में वे मकान की छत पर गए। चाँद देर से निकला था–पीताभ और निष्प्रभ। आश्विन महीने का निरभ्र आकाश था। सरायपोखर के पास के जंगल से सियारों की 'हुआ-हुआ' आवाज आ रही थी। बहुत दिनों बाद शाही के दौड़ने की झनझन आवाज भी सुनाई पड़ी। वसंत ऋत्तु कब की बीत गई। कोयल की कुहू-कुहू सुनने की तमन्ना मन में रह गई।

छत पर एक कोने में कुर्सी पर बैठे वे रोते रहे। उनको पता भी नहीं था, वे रो रहे हैं। आँखों का खारा पानी होंठों पर आया, तब जाना, वे रोएँ न रोएँ, आँखें रो रही थीं। यह कैसा रोना है कि रोनेवाले को पता भी न हो। सावित्री जी जरूरी सामान ढूँढ़-ढूँढ़कर जमा कर रही थीं कि कल सबको बाँध लेंगी।

आधी रात के आसपास प्रमोद बाबू छत से उतरकर नीचे आए। सावित्री जी से

बोले, 'अमरेश को कह देना चाहिए कि हम उन्नीस अक्तूबर को जयपुर रेलवे स्टेशन पहुँच रहे हैं।' सावित्री जी बोलीं, 'कह तो दिया है हम आ रहे हैं उसके पास! थोड़ी जिज्ञासा, थोड़ी प्रतीक्षा भी तो होनी चाहिए! पता तो है ही। स्टेशन पहुँचकर फोन करूँगी।'

क्या-क्या समेटें! समेटने-बटोरने के लिए बहुत-कुछ था, लेकिन सच्चाई यह थी कि कुछ भी नहीं था। कुछ कागजात, निजी फाइल, कुछ किताबें-पत्रिकाएँ और ऐसी ही कुछ जरूरी चीजें। ऐसा क्यों लग रहा है प्रमोद बाबू को कि वे अपना गाँव छोड़कर नहीं, दुनिया छोड़कर जा रहे हैं? क्यों लग रहा है ऐसा?

प्रमोद बाबू के गाँव छोड़कर चले जाने की बात फैल चुकी है, फिर भी कोई कुछ बोलता नहीं है।

जाने कैसे यह खबर रतनपुरा की मुखिया टिकुली देवी तक पहुँच गई। हताश-व्याकुल टिकुली देवी सुबह ही पहुँच गई। थोड़ी ही देर बाद जीप से आ गई रामकली भाभी। साथ में बेटा महेश और कविजी श्यामसखा सिंह 'सखा'। कवि जी वैसे ही आत्मविस्मृत थे। प्रमोद बाबू ने पूछा, 'भाभीजी, कविजी को क्यों ले आईं?' रामकली भाभी से ज्यादा विचलित-उद्विग्न थी टिकुली देवी! टिकुली देवी ने पूछा, 'सर, आपने इतना बड़ा फैसला बिना हम लोगों से पूछे क्यों कर लिया? यह तो आपकी हार हुई सर!'

'हार क्या टिकुली देवी! कभी-कभी हार में भी राहत का अहसास होता है। अपने भाइयों-भतीजों से मैं लड़ तो नहीं सकता! उस धातु का नहीं बना हूँ। आत्मीयता की आँधी में उड़कर आए तिनके-सा मैं अपने गाँव आ गया था। सोचा था, अपनी शक्ति भर, अपने छोटे-से दायरे में गाँव के लिए काम करूँगा। क्या जानता था, मेरा अपना गाँव इतना बेरहम होगा! मुझ-जैसा कोई उदाहरण भी तो मिलना चाहिए गाँव को! मुझे और सावित्री को जीने के लिए मेरी पेंशन ही पर्याप्त है। एक अनुभव तो मिला। यहाँ से जाकर अपने गाँव पर लिखूँगा।'

रामकली भाभी प्रमोद बाबू को गौर से सुन रही थीं और कवि 'सखा' जी अपरिचित हो चुके प्रमोद बाबू को गहरी आँखों से एकटक देख रहे थे। प्रमोद बाबू कविजी को देखते हुए अपना चेहरा उनके एकदम पास ले गए और मैथिली भाषा में पूछने लगे, 'कविजी, चीन्हलियैन? किछु स्मरण अछि? चमेली बाईक कोठा! छम्मक छल्लो!...इधर आ, कमर सीधी कर दूँ!...किछु स्मरण अछि?' कविजी प्रमोद बाबू के चेहरे पर आँखें गड़ाए पता नहीं क्या देखते रहे! उनको समझ में नहीं आ रहा था कि यह अपरिचित व्यक्ति उनसे क्या कह रहा है। फिर भी जाने क्यों, कविजी की बूढ़ी-सूखी आँखें सजल हो आई थीं।

ऐसा पहली बार हुआ था। रामकली भाभी आत्मविभोर आवाज में बोलीं, 'प्रोफेसर साहब, जबसे इनकी याददाश्त गई है, आज पहली बार इनकी आँखों में आँसू देखे

हैं। क्यों! कैसे!...बता नहीं सकती।' प्रमोद बाबू बोले, 'भाभीजी, बुढ़ापे में आँखों में आँसू जितने आसान हैं, जवानी में उतने ही कठिन। शायद बुढ़ापे के कारण ऐसा हुआ हो!'

सावित्री जी पति का यह विसंगत हास-परिहास देख सोचने लगीं-अजीब स्वभाव है इनका। गाँव में सब-कुछ छोड़-छाड़कर टूटे मन से बेटे के पास जा रहे हैं, फिर भी आत्मविस्मृत बचपन के साथी कवि जी से मजाक कर रहे हैं। सावित्री जी ने आँखें मूँद लीं। सोचने लगीं-इस व्यक्ति के स्वभाव में थोड़ा-सा अंश ज्योत्स्ना जी का है। वैसे ही निश्चिंत, बेफिक्र। ज्योत्स्ना जी आई थीं यहाँ अपना मकान और जमीन बेचने। देखा, एक दबंग ने कब्जा कर लिया है। चली गई मुस्कराती हुईं। बोलीं-जिसको खरीदा ही नहीं उसके जाने का क्या गम। और ये मेरे पति भी यही कहते हैं, यहाँ की जमीन तो पुरखों से मिली, खरीदी हुई तो थी नहीं, फिर उसके जाने की क्या चिंता! जीने के लिए पेंशन ही काफी है।

टिकुली देवी बोली, 'सर, आपको विदा करके ही यहाँ से जाऊँगी। गाड़ी है कितने बजे?' प्रमोद बाबू बोले, 'शाम सवा छह बजे लोकल है कटिहार के लिए। वहाँ से महानंदा एक्सप्रेस है दिल्ली के लिए रात में पौने दस बजे।' रामकली भाभी विदा करके ही घर लौटने वाली थीं। बोलीं, 'अपनी जीप है प्रोफेसर साहब। बड़े बेटे ने खरीदकर दी है अपने बाबूजी के लिए।'

उसी जीप से सब सरायगंज रेलवे स्टेशन पहुँचे। टिकुली देवी, रामकली भाभी, आत्मविस्मृत कविजी, उनका छोटा बेटा महेश, कलिया, उसकी माँ और रामनिहोरा विदा करने आए थे। गाड़ी समय से थी। शाम हो रही थी। घर की चाबियों का गुच्छा प्रमोद बाबू ने रामनिहोरा को दे दिया, यह जानते हुए कि चाबियाँ देने का कोई मतलब नहीं है। गाड़ी सरायगंज रेलवे स्टेशन के ठीक पहले के रैलवे स्टेशन ललितग्राम से खुल चुकी थी। तभी पेपर-पत्रिका वाला रामचंद्र दौड़ता-हाँफता आया, 'सर, आपने बताया नहीं कि आज ही आप जानेवाले हैं!'

गाड़ी आ रही थी। कलिया सावित्री जी को पकड़कर जोर-जोर से रोने-चीखने लगी। प्रमोद बाबू बोले, 'बेटी, मैं गाँव छोड़कर जा रहा हूँ, तुमको छोड़कर नहीं। आता रहूँगा मुकदमे की हर तारीख पर। वकील डीएन सहाय मेरे साथी हैं। अपराधियों को सजा दिलाकर ही दम लूँगा।' टिकुली देवी गमगीन थी, आँखें डबडबाई हुईं। बोली, 'सर, आप एक बार गाँव आइएगा जरूर। अपने घर आप आएँ न आएँ, मेरे घर जरूर आइएगा-यह देखने कि आपका सपना पूरा हो गया। देखिएगा सर, सरायपोखर कैसे कमलपोखर बन गया। लिंक कैनाल की खुदाई जल्दी ही शुरू होनेवाली है। आप यहाँ न होंगे, यह दुख रह जाएगा। आपका सपना हम मरने नहीं देंगे। कमलपोखर में कमल के फूल देखने जरूर आइएगा सर!'

महेश ने प्रमोद बाबू और सावित्री जी के पैर छुए। कलिया और उसकी माँ ने प्रमोद

बाबू के पाँव इस तरह छान्ह लिए कि रामनिहोरा को पाँव छुड़ाने के लिए मशक्कत करनी पड़ी।

प्लेटफॉर्म पर बल्ब की तेज रोशनी थी। कविजी एकटक प्रमोद बाबू नाम के एक अपरिचित को देख रहे थे। प्रमोद बाबू ने कविजी को एक नजर देखा और रामकली भाभी से भीगी आवाज में बोले, 'काश!...कविजी की याददाश्त न खोई रहती...' आधा-अधूरा वाक्य बोलकर प्रमोद बाबू भावुकता से बचने की कोशिश में रेलगाड़ी की पटरियों को देखने लगे। रामकली भाभी बोलीं, 'प्रोफेसर साहब, सिर्फ कविजी याददाश्त खोते तो एक बात थी, यहाँ आपके गाँव में आपके अपने ही लोगों की याददाश्त खो गई है। इसी गाँव ने आपका अभिनंदन किया था। यह आपके गाँववालों को, परिवारवालों को कहाँ याद रहा! आपने ही बताया था, इसी रेलवे स्टेशन पर आपको विदा करने आपके भाई-भतीजे, संगी-साथी और दर-दियाद आते थे। सिर्फ कविजी की याददाश्त नहीं खोई है प्रोफेसर साहब! सिर्फ कविजी की नहीं...।'

गाड़ी आ गई। साथ आए लोगों ने गाड़ी में सामान रखा। प्रमोद बाबू ने झुककर धरती को प्रणाम किया-अपने गाँव की माटी को। रामचंद्र साव दो दिनों का 'दि हिंदू' अखबार पाइप की शक्ल में बाँधकर लाया था। प्रमोद बाबू के हाथ में देकर सिसकने लगा। सावित्री जी और प्रमोद बाबू ने गेट पर खड़े होकर हाथ जोड़े। गाड़ी खिसकने लगी। कलिया भोकार पाड़कर रोने लगी। प्रमोद बाबू की आँखों से टप-टप आँसू गिर रहे थे। सावित्री जी रो रही थीं। इस समय प्रमोद बाबू को वे दिन याद आ रहे थे जब बड़े भैया, विनोद और भतीजों के साथ गाँव के कई लोग उनको विदा करने आते थे। बड़े भैया की आँखों से टप-टप आँसू गिरते थे। भर्राई आवाज में कहते थे, 'अगली छुट्टी में जरूर आना प्रमोद! जरूर आना!'

कटिहार रेलवे स्टेशन पहुँचने तक गाँव की याद कर भीतर ही भीतर रोते रहे प्रमोद बाबू। बूढ़ी आँखों में आए आँसू दयनीयता दर्शाते हैं, उन्होंने चुपके से आँखें पोंछ लीं। याद करने लगे-जवानी के दिनों में कभी नहीं रोए। बाबूजी और माँ की मृत्यु पर भी नहीं। साक्षी है सावित्री। आज गाँव की माटी को प्रणाम कर यहाँ से जाते हुए वे रो रहे थे।

गाड़ी नौ बजे से पहले कटिहार जंक्शन पहुँच गई। सामान उतारने के लिए कुली को बुलाना पड़ा। दिल्ली के लिए महानंदा एक्सप्रेस नौ पैंतालीस में थी। प्लेटफॉर्म पर सामान एक जगह रख दिया कुली ने। प्रमोद बाबू इधर-उधर टहलते हुए कटिहार रेलवे स्टेशन के बदलाव को देखने लगे। तभी जेब में पड़ा मोबाइल फोन बजा। नंबर देखा। अमरेश का फोन था जयपुर से, 'आप लोग कहाँ हैं मम्मी? कई बार फोन किए, हमेशा ऑफ मिला।' प्रमोद बाबू ने मोबाइल सावित्री जी को दे दिया।

अमर पता नहीं क्या बोलता रहा। प्रमोद बाबू सावित्री जी के चेहरे पर प्रतिक्रिया पढ़ने की कोशिश करते रहे। सावित्री जी का चेहरा अप्रत्याशित रूप से म्लान दिख

रहा था। मोबाइल पर बेटे से बोलीं, 'लो, पापा को बता दो!' मोबाइल प्रमोद बाबू को देकर सावित्री जी एटैची पर बैठ गईं।

'हाँ समर, बोलो।'

'पापा, ऐसा है कि मेरा ट्रांसफर हो गया है। जोधपुर मेन ब्रांच में मुझे पदभार ग्रहण करना है। बैंक की नौकरी है पापा। आप तो जानते हैं।' प्रमोद बाबू ने पूछा, 'आखिर कहना क्या चाहते हो? यही न कि जयपुर के तुम्हारे फ्लैट में हम रहेंगे, तुम नहीं रहोगे। यही न?''

अमरेश की आवाज लड़खड़ा रही थी, 'ऐसा है पापा कि फ्लैट तो मैंने लोन लेकर खरीदा है। हर महीने पंद्रह हजार रुपए किस्त के जमा करने होते हैं। तो पापा, आपको अच्छी-खासी पेंशन मिलती है। आप आराम से आकर फ्लैट में रहें। बस पंद्रह हजार रुपए बैंक की माहवारी किस्त देते रहें। इसे फ्लैट का किराया नहीं समझेंगे। है तो आपका ही फ्लैट, लेकिन किस्त तो देनी पड़ती है। फ्लैट का बीस हजार किराया मिल रहा था, लेकिन आप दोनों आनेवाले थे, सो मैंने किसी को किराए पर दिया नहीं।...'

अब इसके बाद सुनने को क्या रह गया था? प्रमोद बाबू ने मोबाइल ऑफ कर दिया। सावित्री जी तो जान ही गई थीं कि क्या कहा होगा अमर ने! प्रमोद बाबू ने मुस्कराते हुए सावित्री जी को देखा। 'अब क्या किया जाए?' सावित्री जी ने पूछा तो प्रमोद बाबू एटैची पर बैठते हुए हँसने लगे। वह हँसी मन में विषैले तीर की तरह धँसी थी। हँसते हुए बोले, 'पहले चलो तो जयपुर। पंद्रह हजार रुपए किराया भी दूँगा।'

'जहाँ अपना घर समझकर जा रहे थे, वहाँ से किराएदार बनने का फरमान आ गया!' प्रमोद बाबू बोले, 'चलो, देखेंगे, अमर हमें लेने स्टेशन आता है या नहीं।'

महानंदा एक्सप्रेस के विलंब से पहुँचने की घोषणा हो रही थी। प्रमोद बाबू ने कहा, 'खाना खा लिया जाए। जाने कब आए गाड़ी!' कलिया और उसकी माँ ने केले के पत्ते में पराठे-भुजिया-अचार वगैरह बाँधकर दे दिए थे। समय काटने के लिए प्रमोद बाबू ए एच व्हीलर के स्टॉल पर चले गए। दो पत्रिकाएँ उलट-पलट कर देखीं। सोच ही रहे थे कि कौन-सी पत्रिका खरीदें कि जेब में पड़ा मोबाइल फोन बजा। नंबर देखा। ज्योत्स्ना थी।

'हाँ ज्योति, कहो।'

ज्योत्स्ना जी की मधुर-सुरीली आवाज, 'हाँ, सब ठीक है!...भालो! अभी तुम हो कहाँ?'

प्रमोद बाबू ने बनावटी हँसी हँसते हुए कहा, 'रहूँगा कहाँ? घर में हूँ!'

'दिल्ली आ कब रहे हो?'

'किसी भी दिन टपक पड़ूँगा अचानक!'

ज्योत्स्ना जी के बोलने का लहजा अचानक बदल गया, 'प्रमोद, तुम हमेशा दुविधा में रहते हो। अरे यार! मैं ज्योत्स्ना बोल रही हूँ न! तुम और भाभीजी चले आओ यहाँ। तीन कमरों का फ्लैट है। एक कमरा तुम्हारे और भाभीजी के लिए।' प्रमोद बाबू हँसने लगे–प्रसन्नता की हँसी नहीं, अवसाद में डूबी हँसी।

'हँस क्यों रहे हो? मैं ज्योत्स्ना बोल रही हूँ! विश्वास करते रहे हो, इसलिए आज भी विश्वास करो कि अपना फ्लैट तुम्हारे नाम कर दूँगी। अब हुआ?' प्रमोद बाबू चुप। 'कुछ बोलते क्यों नहीं? अरे, समरजी और कणिका तो जब चाहें फ्लैट खरीद लेंगे। समरजी को पंद्रह लाख का पैकेज मिला है, कणिका को बारह लाख का। बताओ, कोई कमी है तुम्हारे बेटे–बहू को?...यार, छिपाओ मत। मुझे सब पता है। सरायगंज के वो झा जी हैं न यहाँ केंद्रीय सचिवालय में! समरजी से मिलने आते हैं जब–तब। अभी तीन–चार दिन पहले सरायगंज से लौटे हैं। वही बता रहे थे तुम्हारे बारे में। मुझे पता है प्रमोद! न तुम्हारी जमीन बिकी, न मकान बिका।...बहुत हो चुका नाटक! सीधे आ जाओ दिल्ली। खबर कर देना। मैं नई दिल्ली रेलवे स्टेशन पर समरजी के साथ प्रतीक्षा करूँगी।'

सावित्री जी एटैची पर बैठी प्रमोद बाबू को देख रही थीं जो थोड़ी ही दूरी पर मोबाइल को देर तक कान से लगाए हुए थे। बातचीत खत्म हुई तो मुस्कराते हुए प्रमोद बाबू ने जेब में मोबाइल फोन रखा। सावित्री जी प्लेटफॉर्म पर सामान के बीच एटैची पर जहाँ बैठी थीं, प्रमोद बाबू धीरे–धीरे उधर बढ़ने लगे। सावित्री जी को लगा, प्रमोद बाबू के पैर लड़खड़ा रहे हैं। वे झपटती हुई आईं। प्रमोद बाबू की दाहिनी बाँह को थामे पूछने लगीं, 'आप ठीक तो हैं? किसका इतना लंबा फोन था?' गैस सिलेंडर–जैसे होल्डॉल पर बैठकर प्रमोद बाबू मुस्कराते हुए बोले, 'ज्योत्स्ना का फोन था दिल्ली से!'

'ज्योत्स्ना जी का! क्या बोलीं?'

टूटती–बिखरती...थकी हुई–सी आवाज में प्रमोद बाबू ने वह सब सुना दिया जो ज्योत्स्ना जी ने कहा था। सावित्री जी अवसन्न भाव से सुनती रहीं। पता नहीं क्या सोचती हुई, किस मनोदशा में बिल्कुल सटकर बैठे पति की गोद में उन्होंने बाईं बाँह रख दी और उनके शरीर पर इस तरह झुक गईं जैसे उम्र भर की थकी हों।

प्रमोद बाबू अधमुँदी आँखों से अपना एक दूसरा ही प्रतिरूप देख रहे थे। उस प्रतिरूप में उनकी गोद में बाँह पर सिर रखे सावित्री जी थीं। पृष्ठभूमि में थोड़ी ही दूरी पर बरगद का एक छतनार पेड़ था जिसके साये में धवल वस्त्रों में लिपटी एक स्त्री सागर की लौटती लहरों–सी निर्मल–उजली हँसी हँस रही थी।

प्रमोद बाबू ने आँखें खोलीं। उनकी हथेली सावित्री जी के आँसुओं से भीग गई थी। उन आँसुओं में उनकी बूढ़ी आँखों के भी आँसू थे जिनको अलग से पहचाना नहीं जा सकता था। हथेली उन्होंने पोंछी नहीं। गर्म–खारे आँसुओं से भीगी हथेली अब ऐसी

महसूस हो रही थी जैसे उस पर चंदन का आलेप लगा हो।

गाड़ी के आने की घोषणा हो रही थी। महानंदा एक्सप्रेस उसी प्लेटफॉर्म नंबर एक पर आ रही थी। प्लेटफॉर्म बदलना नहीं था। सावित्री जी के साथ वे भी उठ कर खड़े हो गए। दोनों एक-दूसरे को देख मुस्कराए। मुस्कराहट आँसुओं से धुली थी–बारिश के बाद शरद ऋतु के स्वच्छ-निर्मल आकाश की तरह।

●●●